茅盾文学奖
获奖作品全集
典藏版
The Mao Dun Literature Prize

人的杂志

你在高原 第七部

张炜 著

人民文学出版社

目 录

卷 一

第一章 　　　　　　　　　　　　　　　　3
　　秘籍　中年的功课　给我童心　诤友

第二章 　　　　　　　　　　　　　　　　66
　　那个夏天　追梦　酿酒师　驳夤夜书

第三章 　　　　　　　　　　　　　　　　111
　　雨梁　藏徐镇　热城　驳夤夜书　黄先生

卷 二

第四章 　　　　　　　　　　　　　　　　173
　　家园　驳夤夜书　好搭档　孤竹和纪　少一人
　　驳夤夜书

第五章 　　　　　　　　　　　　　　　　212
　　殷山　河汉奇遇　沙岛上　归途　驳夤夜书

第六章 　　　　　　　　　　　　　　　　253
　　儒林穿梭　菊花广场　旋转　驳夤夜书

老铁海峡

卷 三

第七章　　　　　　　　　　　　　309
　　诗与酒　迎送　驳夤夜书　味美思　驳夤夜书
第八章　　　　　　　　　　　　　345
　　山地行　驳夤夜书　荆山口　驳夤夜书　醇酒
第九章　　　　　　　　　　　　　390
　　蓝色破败病　追寻　疼痛　驳夤夜书

卷 四

第十章　　　　　　　　　　　　　423
　　铁窗　解读与诅咒　照彻　回家　驳夤夜书
第十一章　　　　　　　　　　　　469
　　一天一夜　她们　驳夤夜书　奔向终点
缀章：前夜—后夜　　　　　　　　513
　　前夜　后夜

你在高原　人的杂志

卷一

第 一 章

秘　籍

一

　　每个时代总有一些应运而生的人,伴随着这些人物,那些梦中都想不到的稀奇古怪东西就会出现。这些东西或者是千载难逢的宝物,或者是平常不得一见的其他怪异,反正一旦出世,总是让人两眼一亮:或者忍住心中的惊讶和悸动,或者失声喊叫出来。眼前的这个家伙是个四十多岁的古董贩子,黄黄瘦瘦,一双又细又长的眼睛半睁半闭,无精打采,好像对自己正做的事情十分厌倦,巴不得早点结束才好。他说话慢慢吞吞,有气无力,就像一个不久于人世的家伙对我做着最后的叮嘱。他一边说一边抽动鼻子,两撇发黄的胡须也跟着动。他从一只破皮箱中拿出了一个木盒,它裹在一个蜡染花布包袱里,展开之后,上面还套了几层粗麻纸之类的东西——就这样一层层解着,逗足了我的一片好奇心。我那会儿不由得把头往前探去,他却故意把身子闪了闪,像是害怕我的呼吸似的。木盒打开了,里面是黑布包起的一沓东西。除去黑布,这才露出了不足两厘米厚的、草草订过的一本册子。

　　"就是这个?"

　　他眯着眼,发出若有若无的哼叫声。

我想取到手里好好揣摸一下,他却抢在前头把东西搬到了膝盖上,用拐肘护住。

"我不看清它、不仔细看看怎么会下决心呢?"

他懒洋洋地瞥我一眼,香烟在嘴上翘动着,像在最后作一个艰难的决定。这样耽搁了三四分钟,才不得已把盒子放回原地——但并不想让我动它,而是挥手阻止说:"不能直接用手翻,你得找个家什儿来。"

"什么家什儿啊?"

他想了想,从衣兜里取出一枝火柴杆:"你就用这个掀着看吧。真到了手时,你得专门制个竹片。"

我用火柴杆挑开册子。一股不难察觉的霉味儿、樟脑球味儿散发出来。纸张极劣,一色的蝇头小楷——写字的人渐渐不耐烦了,后面的字迹显得潦草一些。有些字从未见过,大约是一些异体字或什么替代符号;还有让人眼花的勾画插入,夹杂着纽扣那么大的手绘图形,细看好像是一些古代器皿之类。老天,这是一本天书,时下别说把意思弄明白,就是将一个完整的句子读出来都不可能。我摇摇头。

"再好好看看。"

我没有理他。我在想它是什么。

"你如果不看清,怎么会知道它的价值!"

"谁能看懂?有人懂它吗?"

他嘴角那儿有一丝冷笑:"当然——满城也就一两个人吧!要不说这是一本'秘籍'嘛。"

"'秘籍'……"我琢磨着他的话,再次低头去看。我看到了"东夷""冥器""东莱"这样的字眼,马上想到了近年来一直研读的书籍——关于东部半岛莱子古国的一些考证。它们显然有着内容上的关联!莱子古国,这是许久以来将我深深缠住的一个题目。

我的目光开始贪婪地追逐着,头垂得越来越低。可是没有几分钟两眼就累极了,我抬头揉眼的时候,他却趁机把木盒取回了,并再次用那块蜡染花布盖上。

"你准备要多少钱呢?"我问道。

"这是国宝级呀,咻,再说这是冒死弄来的哩……"

"如果是违法盗来的,我可不敢沾它。"

"那倒不是,那倒不是。"

"那是从哪弄来的?要知道我不会买不明不白的东西。"

他搔着头皮,然后慢慢包起了木盒,声音小得像是说给自己听:"我怎么知道它从哪里来呢。这不过是民间物件出世了——你要是小看了民间,咦,你也就完了……你要是小看了民间,不拿民间当块干粮,你也就完了……"

他挟着包好的木盒站起来,踉跄着,打着嗝,一摇一摇往前——这时我才发现这家伙趿拉着鞋子。他头也不回地走出了五六米远,我才想起什么似的喊了一声:

"请等一等。"

"哼哼,哼……"

二

作为一个古董贩子,这家伙可算老到,只凭鼻子就能嗅出我心里想些什么。他胜了。可是当他"哼"过了,转回头来喊出一个价钱时,还是把我吓了一跳。我多么想要,多么想将这个木盒里的东西据为己有。作为一个中年人,内心里到底想要什么是知道的。可是即便这本小册子镶了金子也不值那么多钱啊。只这样一想又否定了自己:它可能比金子还要宝贵。我正试着下决心,却又一次感到了囊中羞涩。

我请他进屋喝茶。我想借故拖延一下。谁知他随我进屋后立刻精神起来:两眼四下里瞟,像在找什么东西。这副模样使我厌恶。我端了茶,可他根本就不想喝,也不落座,只在客厅一角那儿抱着膀子站定了。接下来我说什么他都不再用心听。

他盯上了一幅画,嘴巴鼓着。

十几分钟过去了。当他转过脸时,马上让我吃了一惊:一直蔫蔫的脸相这会儿突然精神十足,就像换了一个人似的;准确点说,他两眼放出了贼光,瞥我一眼,又飞快回头……他在看那张画。

"嗯,真的是这么回事!"

他咕哝一句,回身端起桌上的茶一饮而尽。

这是一个叫万磊的人一年前送我的画。青年画家,一度走红。不过这个人已经不在人世了。这张画尺幅较大,画得血糊淋拉的,上面的动物非驴非马,还有一簇簇的小人儿在天上飞。他送了我这张画,让当时的另一个画家朋友阳子见了大呼小叫:"呀,万磊能送你这么大的画啊! 你们俩什么关系?你还是通过我认识他的呢! 这怪了……"他意味深长地盯了我好几眼。

其实我既不喜欢这张画,也不喜欢这个人。当时是梅子在外面听说了这个人的画如何如何值钱,也就取下挂起、挂起又取下地折腾。可惜这个人已经没了。一切恍若隔世。我这会儿一闭眼,还能想得起万磊咋咋呼呼的劲儿,一个有名的狂人,而且是一个色鬼。在古董商一次次端量它时,我回忆着,一瞬间似乎明白了万磊为什么送画,脸上的汗一丝丝渗了出来。

那次我和梅子一块儿去看一个画展。有一个披头散发的家伙正用后背对着我们。他转过身来,原来是万磊。我还没来得及开口,他就一眼盯住了梅子,连连叫着:"这,这是尊、尊夫人?"他看看我,然后目不转睛地盯住她:"尊夫人? 尊夫人? 尊……"他一声比一声小,一边叫着一边往前凑,一下握住了梅子的手。梅子当时杏眼通圆,两颊绯红,不安地看看我又看看他。

画展不久他就送来了画,还来这儿拜访……

古董商身上散发出一股旧衣服的味道。这些家伙差不多各个如此。他不知厌倦地端量墙上的画,我则想起了万磊最后一次来我们家的情形。那一次他喝了不少酒,进门时长时间扶在门框上,两眼急急地寻索。梅子不在。他显然失望得很,手在桌边不停地摩擦。我记得他的手颜色发青,指甲修剪得很好。可能是因为酒喝得太多的缘故,这双手抖得厉害。后来他的目光凝在一个地方不动了——那儿有梅子的一张照片……这就是他与我的最后一面,我们并没有说几句话。

大约是半年之后,就传来了一个惊人的消息:万磊遭遇了不测。

"这果然是那一张……嗯,果然呀。"古董商一声声磕牙。这人的门牙又细又长,让我想起了啮齿动物。

"如果你愿意,干脆就让我们交换好了!"我突然灵机一动,痛快地说道。

他缓缓转过头来。可能由于这双眼睛过于专注,一瞬间竟然变成了斗鸡眼,让我稍一端量就笑出来。

"嗯?你笑什么?"

"哦,没有,我想起了另一个朋友……我们就谈正事吧。"

"哼,"他捋了一下不长的胡子,"你如果不想开玩笑,就得正经点儿。你知道这都是民间——私底下的事儿。我们民间……"

我注意到他一口一个"民间"。这与我在某些场合听到的一样。奇怪的是他与那些人根本就不搭界。我矜持了一下,皱皱眉头说:"反正谁也看不懂你的书,'我们民间'找不到买主,再大的宝贝也不过是一堆废纸。"

他几乎跳了起来,一直低沉的声音不见了,嗓子尖尖的:"什么?废纸?啊呀……你知道什么啊!这是转了八百六十道弯儿才落到我手里的,说不定围绕它还出过人命呢!找不到买主?你错了!要是行当里的老教授什么的见了它,那还不像苍蝇见了血!听你一开口,就知道是一个老赶!"

"我就是老赶。可你越说越玄,谁还敢收藏啊?"

他重新眯上了眼,头往后仰着:"这个嘛,我不过说它是一件宝物罢了。遇上不识宝的人我也懒得费词。实话实说,你藏了,玩上几年,想出手时就在民间找人,私下里流传——千万不要带到国外去,它出不了关的。"

"反正我没有钱,我可收藏不起。你还是拿去找老教授他们吧。"

"看来也只能这样了,"他把解了不止一遍的花布包袱重新紧了一下,提起来,"不过只叮嘱你一件事:千万不能把这事儿说出去,那样我就完了。"

"为什么?多一个人找你买它不好吗?"

"老天,你这人真是个榆木脑袋啊!知道的人多了,你还让不让我活了?你还是留我一条命吧!"

他受了大惊害一样咝咝吸气,手垂过膝。他脚步沉重地往外走去,待走到门口突然停,绝望地回头看看我:"可你还是见了我手里的东西啊,我怎么放得下心?"

他摇摇头,咬着嘴唇,斜着眼瞟墙上的画。这样大约有五六分钟,他沮丧之极地猛拍了一下大腿:"也罢!你就用这张画把它换去吧!我可亏大了,不过谁让我这么喜欢这张画呢!算了,就这样吧,你把画摘了吧,算是让你弄着了……"

我还没来得及动,他已经把花布包放在桌上,快步走到了那张画跟前。

我从来没有喜欢过万磊的画。

他已经把画取下来了,咕咕哝哝说着什么,小心地用衣襟揩拭框上的灰尘。

三

这个人显然是有备而来。当我看着他抚摸画框时,终于晓悟过来,一丝不安随之袭上心头:一个不在人世的、主动送我作品的艺术家,被我这么快地将其赠品处理掉,这意味着什么?这在道义上是否亏欠?是啊,人这种奇特的生物,一旦过世了也就有了一种魔力,说不定他会在某个四维空间里给我一拳呢。

但这种不安只是一闪而过,我们的交易还是达成了。

梅子一回来就望着空荡荡的墙壁发怔,而且在一两个小时之后还要沮丧。我安慰她,并深知自己的莽撞,以至于做下了一件难以挽回的错事。

直到午夜梅子还在怏怏不快。她鄙视那个蜡染花布包起来的木盒。

我在一天多的时间里再也没有打开它。但是中午刚过,一股近似于芬芳的气息从小布包上散发出来。这是真的。一开始我没有注意,后来梅子抽动鼻子,这才引起了我的好奇。我解开布包,立刻有一股确切无疑的香气——类似于檀香一样的气味扑鼻而来。

梅子过去端详了一会儿,走开了。她说:"为一沓破纸送掉一张大画!你知道我父亲要过这画我都没有答应。万磊很少这样慷慨的,他啊,死得太早了……"

我为人间的种种残暴和不测而悲愤伤感,但仍然还是不喜欢这个人。这是没有办法的。这个城市甚至更远的地方都有人为他的画着迷,连阳子也不例外。起因颇为复杂,最初好像是海外阔佬在一个大型拍卖会上买走了他的作品,而后又是国内商人间买来买去。总之我认为画价高得出玄,有点荒诞。而这种事情单纯的梅子是很难理解的。

我以前曾告诉过她：画画的那个人是个色鬼。后来那个人遭遇了不测，我就再也没有提起这个话题。

我真的按照那个人的建议，制了一个薄薄的灵巧的竹片，专门用来翻阅这本秘籍。我终于发现对它怎么呵护都不过分，因为它的确是太脆弱了。纸张糟透了，是那种又黑又黄的粗纸，而且很薄。由于时间的关系，许多字迹已经模糊。显而易见，当年的写作者不仅找不到像样的纸张，而且也没有好的墨水：我断定这是用当年那种廉价药片化制的墨水写成的，一经阳光或存放时间过久，都会变得淡淡的，以至于成为浅红色——像稀薄的血色一样。我认为目前最需要做的一件事，就是赶紧为它做一个复本，也许这才是最可靠最急需的一件事。这样做虽然不能增加一件文物的寿命，但起码可以让内容存留下来，也许这才是最重要的。我一想今后的阅读可以不必如此费劲地翻动原件，心里也就畅快了许多。

可是在复制之前，我还得用一枝竹片轻轻掀着它，勉为其难地辨认着。眼睛累极了，心也累极了。我承认自己是一个无可救药的急性子，一辈子都当不成好学者，根本不要指望会读懂这样艰辛的著作。我曾经是一个不太好的地质工作者，一度着迷于大山里的勘测和考察——直到今天也还保有这样的职业嗜好；当然，我在大山和野地游荡不息的这种欲望和习惯，倒很有可能是从童年时期养成的……不管怎么说，我如今离开了地质专业，背叛了心爱的地质学，一颗心却游离得越来越远。一个人的职业名头其实并不重要，正像我怀疑某些大学者肚子里空空如也一样，我压根儿就瞧不起一些徒有其名的业内人士。我现在最为满意的是，大约在两年前，我已经将自己的地质学与考古、东部游历，与我在那片平原上的事业、我所潜心探求的莱子古国——整整这一大沓子合成了一体。我想弄明白自己的来龙去脉，探究我的出生地——东部平原上的那些隐秘。

这部秘籍来得真是时候,而且是自己送上门来的。

我相信功夫不负有心人,只要在它身上花得时间久了,总会有所斩获。这世上凡是隐秘都需要叩击,需要猜悟和冥思,这种事情没有恒念恒力是根本不成的。好在我这一段不仅大有时间,而且兴趣正浓。

那种檀香气是从纸页内部透出的。我发现连樟脑球的刺鼻气味都无法掩盖这种香气。我渐渐相信这是一部秘籍特有的神异之力,是当年那个高深的大学者在写作之时注入的一种能量,许久之后,这种能量即化为一种芬芳弥散出来。奇怪的是它刚刚从古董贩子手中解脱的那会儿,我却分明嗅到了一股难以入鼻的糟纸味、樟脑及其他不好的气味。我明白了,一些真正称得上是珍宝的物品出世时——特别是它们遇到理应归属的某些人、某些机缘时,就会一点点释放出自己的光华,显露其真正的面目。想到这里我简直有些冲动,一股热血直冲脑门,心里烫烫的。我抚摸木盒,似乎感受到了噗噗的脉动。我认为这完全是一个命定的事实:关于莱夷族的某种大隐秘,而今就落到了我的手中。

是的,有很长一段时间了,我认为自己拥有莱夷人的血脉。我身上似乎有一种奇怪的、执拗的使命感,随着时间的推移,它正在日益显现。我此刻面对着这个木盒,甚至觉得自己是一个由神秘力量所控制的、一条生命长链上的一环。我注定了是一个接触隐秘的人。

接下去要做的事情就是快些复制这个文本。为此我十分慎重。要考虑的问题很多,比如必要的保密性、复制技术以及怎样严格保护原件等等。我选择了一个朋友任职的档案部门,那里有最好的复印设备;再就是瞅准了一个星期天,以便单独与朋友把这个事情干完。一切似乎都比想象的要简单得多。就这样,小心地做过了这些之后,我把木盒中的东西好好存放起来,而只是把复制件放在手边随时研读。

我松了一口气。一种幸福感,一种庄严感。

但问题是它实在太晦涩了,这让我有点发窘甚至绝望。

四

经过了几天的折磨,我想到了吕擎。他是我在这个城市的几个朋友当中出身极为特别的人:父亲是一个大学者,母亲在学界也算知名人物;父亲早就过世了,母亲还在。但我还是踌躇了半天,因为我也不相信吕擎会有解读的能力。我在想是否通过他去找一找大学里的那班老教授,因为他们当中会有一两个曲径通幽的人物。如今的大学里有一些人已是风烛残年,他们寂寞半生不受重视,这当中有一两个头脑清晰的,那往往还是蛮中用的。可惜他们生不逢时,价值不大,而且很快就会随着肉体一块儿消散。我认识的一个老人曾经在他得意的那个年代里出过多少著作啊,那才叫声名显赫呢,如今已经手无缚鸡之力了,连话都说不清了。有人说混乱的年头里起码夺走了他十年的大好时光,他守在床边的、稍为年轻一点的老伴愤愤地说:"十年?我看有四十年!"是的,三四十年一闪就过去了,他们这帮人眼看就一个个走光了,剩下的也就是吕擎这一帮可疑的后来人了:整天愤愤不平,不知该干点什么,不知该接下父辈的班还是索性另起炉灶——好像摆在眼前的路只有两条,非此即彼。

吕擎的母亲显然认定了接班这一条路,认为时代变了,该是儿子把父亲的路从头大步走上一次的时候了。可儿子的回答是:"我父亲是被一拨年轻人捆在树上打死的。"母亲说:"可是时代变了啊!"儿子摇头:"时代没有变。""你这个孩子真是睁着眼睛说瞎话啊!"母亲叹息一声,不再说什么。这是我所听到的最为典型的一段母子对话。所以我这会儿想,如果让吕擎看这样的秘籍,插手这档子事,那可能还早了点。

我犹豫着。我在想即便是请教老教授,是不是也太早了?这种冲动只不过说明了自己没有耐心而已。我想每个人都该拥有自己的一本秘籍吧,它该藏在一个隐蔽的角落,对最好的朋友都秘而不宣——直到有那么一天,机缘巧合,这个隐秘也活该揭开的那个时刻,它也就水到渠成,公诸于世。

人人心里都有一些渴念和欲望,一切都情有可原。我是说在这座像污染了的内陆湖一样的现代都市里,无数等待化解的隐秘实在太多了。我们人人都有自己的一个角落,就在这个角落里悄悄吟唱或默默泣哭。如若不然,我们就得闷死。

我心里明白,自己直到中年才找到的一个精神上的归宿或寄托,就是关于东部海角的探索——那是莱子古国消逝在烟尘中的无数故事,它们诱惑了我,使我乐此不疲。我不知自己从心爱的地质学走到这里,是沿了一条什么路径,是否一种宿命。梅子已经嘲笑起来,戏称一个伟大的古国史专家、一位大学者,即将在我们家诞生了。伟大嘛称不上,学者嘛,倒有可能。

我抚摸着这个复制本,抚摸着一份心爱的私藏,终于想起了一个真正应该与之分享的人。那个人的目光正望过来,我的脸庞都有了一种火烫烫的感觉。也许这份奇特的礼物原本就该属于我们两人共享、共同拥有吧。

我不再犹豫了。

"喂,是我。""啊……你好吗?""是,是这样,我得到了一本……""一本什么?""到时候你就知道了。我想立刻拿过去。""听你声音很兴奋,它有那么重要吗?""是的,它太重要了……"

一股温温的水流在心头漾开。我闭上眼睛。

我觉得这部神秘的书也是关于对方、关于她的——这是一种奇怪的预感。我还没有读懂,可是我似乎知道它一定是与她、与她所从属的那个家族有关。难道世界上还有谁比这样一个人来做解读搭档更合适的吗?在她那双美丽的目光照耀下,在这颗最明亮的心灵之窗面前,我相信再晦涩的文字、再深藏的隐秘,都会向我们敞开。

中年的功课

一

对我来说,早在得到这份秘籍之前,就有了一次不期而遇的人生停顿:就像一匹飞速向前的奔马突然止步不前了,缓缓地走向了一个吸引它的奇怪角落,然后垂下头颅,仔仔细细嗅着地上的什么——如果我就是这匹马,那么吸引我的会是什么东西?是一些典籍,一些关于这个半岛东部一个古老氏族的故事——准确点说是一个几千年前的古国的考证和研究资料。它们全都是从一些故去的老先生离世前的最后几年或干脆就是从他们的后人那儿抢救发掘出来的。有许多只是一些片断。我相信它们的出世,是一个学术走向多元和繁荣的一个不错的兆头,这有点使人兴奋。不知从什么时候起,大约是前些年,是在东部地质考察时的不经意的拾取,或直接就是同行的考古专家的解说和提示,使我对自己出生地的一些历史隐秘有了浓厚的兴趣。一个人关于自己的族先,以及比这更早的部落和胞族的故事,他们从哪里来到哪里去的遗迹和隐踪,当然是极具好奇心的。这或许可以称之为一种神秘的力量,它甚至只能在一定的人生阶段才会出现,并变得不可解脱,像宿命一样越来越紧地缠上他。

我不愿夸张这种宿命的力量,但这种用世俗语言似乎很难表述的某种感受或心结,我还是不得不说一下:它的确是存在的,并且早早晚晚都会得到印证。我真的在这些年里有意无意地搜寻起许多关于这方面的资料。它们很难弄懂,但借助出版整理者搞出来的大量详尽的注释,总还能勉强阅读下去。我作了大量笔记,并在后来东部之行的一些间隙里,按典籍资料上的标记和提示,特意到一些早已淹没或新近得到发掘的遗迹那儿去过。这对我来说真是一个全新的天地,它渐渐成为人生抵达中年之后的一站、一门有滋有味的功课。

从地图上看,我的出生地是一个半岛上的半岛,围绕它,这个伸进大海里的犄角四周,有说不清的一些零星小岛,它们散布在大海里,一直延伸至公海、至深处、至极为苍茫之域。在历时五千多年甚至没有文字记载的更长的一段时间里,这里发生的事情神秘无测。有历史和古地质学家依据强有力的出土物证,指出这个神秘犄角的左侧和前端,过去与另一片大陆——如今也成为了一个半岛,原是连在一起的。大约在夏商甚至更晚一点的时候,才发生了一次惊心动魄的海峡陆沉。于是两片大陆分离了,一个犄角形成了。而在它形成之前,却发生过不止一次的氏族大迁徙。

这个迁徙的伟大氏族叫作嵎族,在史学家那儿被称为莱夷,早在新石器时代,就已经统治了包括半岛在内的一大片土地,它在西周以前是一个最为强悍发达的国家,其疆界从东部沿海直达半岛中部,向西跨过了黄河,向南越过了泰山。至于大迁徙,发生的原因只能有两个:一是由于地理环境的巨大变迁不再适宜于居住,二是因为强大的异族入侵,以至于必须以部落迁移来避其锋锐。在历史学家的结论中,莱夷族的一部分北迁辽东以至更远的贝加尔湖地区,即是因为第二种原因。这是一个纠缠了几千年的悲壮惨烈的氏族和国家的故事,是包含了比欧洲的特洛伊、海伦之战的故事更为曲折惊心的历史传奇。

而这个传奇的发生地——伟大历史悲剧演出的中心舞台不在别处,即在我的出生地,在那个所谓的海角。仅仅如此就足以让我掩卷长思,心潮难平了。我在想象中把自己作为一个真正的莱夷人后裔,剩下的问题就是史实的追认和指证。我想这可能不是什么人生兴趣,更不是虚荣与否的问题,而只能是类似于血缘的本能在起作用。如果说更早时候对此一无所顾,是因为无知和日常的匆忙,还不如说是短浅人生阅历的局限,是一种觉悟的迟到。反正我乐意将这中年的不倦解读升华至一个应有的高度,由此去认识,并更加乐此不疲。

我一天到晚谈论的、在笔记本上描画的"鼏器""鱼族""莱子国""孤竹"等字眼,在梅子听来如同天书。但她在我的一脸肃穆中、在我的多少因为焦思和用心而变得沉默寡言中,也开始渐渐收敛起嘲笑。她不愿过多地过问我的事情,虽然并不表示支持。我承认,这种事对于女人通常来说总是很隔膜的,这是偏僻的无人理睬的学问,是几乎没有任何功利可言的东西,在她看来其性质多少类似于近年来兴起的集邮,却远不如集邮来得有趣和实惠。别小看了那一张小小的邮票,据梅子说就依靠这玩意儿,她单位一个翻鼻孔的其貌不扬的小女子,伙同其爱人在不长的一段时间里竟然发了大财。"他们发了大财!""多大?"梅子可爱的眼睛瞪着——她脸上最漂亮的就是这双眼睛了,神气特异,无以言表,我的一个好朋友说这叫"杏眼通圆"——长时间不吱声,后来可能是为了强调吧,将嘴角用力拧了一下,这才大声说道:"三万!"

我没有吱声。三万不是小数。万元户在这个城市里还是凤毛麟角呢。

但我并未因此而稍有气馁和松懈,或一丝一毫业余嬉戏的心情。我甚至为自己没有更早地涉猎这个重要的领域而后悔。想想看,如果更早一些,如果在我迷恋地质学的同时能够将目光投向生于斯长于斯的这片海角,说不定也就没有了后来的彷徨和沮丧。要知道这段倒霉的时间长达三至五年啊。是的,一个人未到中年就已经沮丧,已届中年则处于了无所适从的十字路口,不能不说是人生的至大挫折。我发现不仅是我,环顾整个一座城市,差不多所有和我年龄相仿而经历迥异的人,都在中年前后徘徊起来。冷静,失望,荒芜,最后就是——悲伤。悲伤这种东西是不幸的,但却并非廉价。它沉甸甸的,如果不能迅速从心里剔掉,人就得被压迫致死。中年的无效选择是致命的,而有意义的选择,哪怕仅仅是一个稍有价值的爱好,它到底意味着什么,难道还用饶舌吗?

我对瞪着一双大眼的阳子不无得意地说:"难道,难道还用得着我来饶舌吗?"

阳子点点头:"不过,这很像一个老学究干的事情。如果吕擎来做,说真的,我倒不太吃惊。"

"我来做你就吃惊了?"

"有点儿。"

"换一个角度来看吧。其实我们这一帮人干什么都不能小觑。就像你吧,有一天我发现连你也画起了裸体模特儿,简直给吓了一跳。后来习惯了也就好了。画家嘛,哪能不画这个。说到对古国史的兴趣,我从地质学、从驮着背囊满山遍野乱跑的一个人走到眼下,本来就不必大惊小怪吧。"

"那还是不一样。你这一段有点怪,连葡萄园的事都扔到了脑后,让我们吃惊不小。怪可惜的吧。"

"没有的事。这怎么可能呢。那片园子一切正常,它正按计划往前推进。我手头的这个事情不过是一个方面,我说过,它是我的一个功课——中年人应该有很多的、不同的功课。"

阳子意味深长地笑了:"是啊,你大概想门门功课都考个优秀。

但愿你能。"

二

  吕擎和阳子是我在这个城市里两个无话不谈的朋友。他们的事情从不瞒我,我们之间一度甚至可以说没什么隐私。但近年来就不能这样说了,我相信在长时间滞留东部的日子里,这座城市里究竟发生了多少怪事、他们两人又干了些什么,我也可能给蒙在鼓里。即便在我也是一样,我在那个葡萄园里的生活,还有其他种种繁琐,他们两人也不可能悉数知晓。这当然不是故意隐瞒,而是无暇叙说,或出于矜持。中年人的嘴巴又紧又深。

  我得到了一份秘籍的事情暂时不想告诉他们。实际上也无密可保,我只不过想独自闷上一段时间,想看看再说。

  另一个原因就是,我在这个城市里已经另有分享秘密的人,她是一位十分特别的女性。已经有一段时间了,我们之间保持了难能可贵的纯洁关系,当然这对于我们两人来说都很不容易,它正越来越成为了一种考验。但令人欣慰的是我们硬是经受住了种种关口,至今没有留下一点愧疚。我可以坦然正视梅子的那双杏眼。这种关系我从来没有对他们两人说起过,也没有什么可说的。

  阳子近来常常话中有话,这使我怀疑他和吕擎知道了什么。这当中虽然并无包含怕人的内容,但弄得周围尽人皆知毕竟非我所愿。隐藏这种关系的理由不多,只是在人际关系方面,我想保留完全属于自己的一个角落而已。但是,在心的更深处,是否担心这种关系在某一天会向着一个不可预料不可控制的方向偏斜,是否正有意无意地为它的将来预留了什么空间?这是连想一想都令人自谴和耳热的事情,我连连在心里说:"这不可能,这绝不可能!"

  有时候想起自己在葡萄园的一些经历,会觉得这有点掩耳盗铃的意味,是中年人常有的沉着和虚伪搅在一起的某种怪异行为,一种渐渐趋向暧昧的过程。但好就好在我对此既有察觉,也就有了足够的抵御和制动的能力。我总是在一条底线前边止步,总是将双方的热情集中在一个明朗可鉴的平面上,而不使其往纵深发展。这是一种混合了某种智力的情感交集,多少有了一种游戏的意味——当我发现了这一点时,心里立刻有了一些难过。我觉得这样对不起一位异性朋友。一种过来人的深沉经验和多多少少的狡狯,一种中年人的沧桑,掺杂在与一个单纯的姑娘的来往之中,或许是极不诚实和极不质朴的。

我多次想中止这种关系,但就是没有理由,似乎也没有勇气。没有引诱,没有欺骗,彼此只有美好的交谈和向往,还有越来越深的友谊。这是真正的友谊,两性间的友谊——这是可能的吗?比如说她长时间以来都称呼我为"叔叔",后来又改为"老师",再后来是"你",或干脆直呼其名。是的,过分的熟悉和相知会改变一些东西,它有时是不以人的意志为转移的。我在与葡萄园的邻居、那个园艺场的异性来往中,就有类似的体会。

不必讳言的是,这种交往带给我的是极大的愉悦,还有心灵深处浓浓的幸福感。突兀地中断这种交往,这怎么可能呢。如果这是轻易可以割舍的事情,那么我相信这个世界上的许多事情都好办得多了。我告诉自己:没有理由,没有必要,也没有危险——关键是没有危险,这才是主要的。

回头一看,我在回到城里的这段时间里,竟然把这么多工夫花在了关于东部古城的那些典籍上。我一次次跑图书馆,各种各类的藏书之所都访遍了。这使我大吃一惊:原来我们这座令人不快、一切都熟稔无奇的城市里,仍然还有那么多未曾涉足的隐秘角落,它们不能不说是博大精深。它们被一层世俗完好地、一层一层地覆盖了,上面又长满了时光的青苔,让人们平时毫无所察地在其上跌跌撞撞地走着,时不时地滑一个大跤子。我沉浸其中,有所斩获,学问见长,幽情思古。要知道我所关心和注目的不是别处,它正是我的出生地啊。

一个星期又一个星期过去了,竟然忘记了和朋友打一声招呼,甚至忘记了她——这是真的吗?我好像一直在冥思,在远古的跋涉之中慨叹,在另一个时世里恍惚。对这种专注最先感到吃惊的是梅子,后来就是她了。她有一次甚至在电话里说:"一直没有你的声音,你离开市里了吗?"我说没有,正用功呢。其实我的心已经离开了,我正在莱子国里开始了漫漫神游。

时间一长,她已经从我的口中对这个古国十分熟悉了,并且像我一样,自认为就是这个古国的后人。当然,最初这不过是我个人的一种判断,后来也就极大地影响到了她,使她对自己的出身变得坚信不疑。这很重要。

那还是许多年前,一个偶然的机会,我在查阅资料时看到了一位姓"淳于"的著名女学者的书。这本书的扉页上有她的黑白照片,那真是美极了。我渐渐对她的情况有了更多的了解:原来这位学者也出生于东部的海角,是当年学界里极有名的一位美人。但她的男人在学术界比她的名气大多了,最后却多少因为娶了她而遭到一场不小的报应,大概是因为深陷嫉恨吧,结果两个人的下场都很惨。这一对夫妇的命运引起了我的极大关注,并因为牵扯到另一个人的事情——我正作那个人的研究,当时就一口气查阅了许多卷宗,搜集的资料堆了满满一桌。就这样,一场辛劳的结果是让我猝不及防地知道了一个令人惊心的故事。我同时发现,无论是古代还是今天,我出生的那个海角都有许多人姓"淳于"。

而她,与那个女学者的姓氏是一样的,而且她们同样美丽。

她属于莱子古国,这究竟有多少出于牵强附会的想象,有多少来自真实的历史推演,恐怕不是一时能够确定的。但至少我们两个人,对这一点是越来越确认、越来越没有犹疑了。这很重要。

我们都是莱子国的后裔,这个心念像一根韧性的带子,把我们进一步系在了一起。她不知不觉地在业余时间帮我翻找起一些资料,好像要和我一起完成这个艰深的功课。她多次要求和我一起去东部出差,到那些古国遗址,顺路也去我们的葡萄园看一看。我答应了她,只是还没有来得及实施。

这本秘籍也就是在这个时刻出现的。它面世的时机可真是相宜啊。

三

中年是一个神秘的人生时刻。我对其充满疑惧和敬畏,充满了极其复杂的心情。在这人生的特殊的分界线上,大喜悦和大悲伤常常会交替出现。我不止一次听到有人叹息:"人啊,警惕你的中年吧。"

他们的警示包含了多重内容,但多半把两性问题作为其中的要点。中年人容易出事,其理论上的支持无非是:火热的青年时代已过,虽不豪迈,却也心有不甘,很想再试一把;其中的一大部分人烦恼于青春不再,而事业又没太大的长进,不是一个理想的成功者——试问这样的成功者又有几个呢——失望和急切之情交集一起,于是在一些家庭伦理问题上出格或犯错也就在所难免。女的搞起了第三者插足,男的热衷于偷偷摸摸,拈花惹草。他们双方都想重温情感上一泻千里的年轻时代,激情一旦焕发起来丝毫不让当年。最重要的是中年人更有经验也更沉着,出手稳准,志在必得,知道青春是多么不牢靠的玩意儿,要在较为紧迫的时间里做成一点更有意义的事情。两性关系上如此,经济犯罪也是如此,学界的成果剽窃、名利丑闻,大概都不例外。于是问题接二连三地出现了,社会就这样被中年人搅乱了。青年人喧哗冲动,而中年人实打实地、卓有成效地干着一些坏事。

类似的分析总是伴有说不完的事例,让试图反驳者哑口无言。这方面的例子我最先想到的是万磊:这个家伙在我们这座城市名气大极了,可是他自己还嫌不够大。他的一张画要卖一个吓人的数字,尽管生前的许多时候是有价无市,但毕竟还是卖出了一些。他用这笔钱来置豪宅、找女人,出手阔绰,一掷千金。他只要看上了一个女人,不管对方是有夫之妇还是未婚少女,总是千方百计地缠磨下去,不达目的死不罢休。他一度留了长发,又在脑袋后面扎了个马尾巴,用这束甩来甩去的长毛唬住了不少浅薄的女人。他最擅长玩的是大大小小的商人和官场人物,因为这些人大半都是艺术懵懂又对收藏和附庸风雅之类事情兴趣极高,让他玩起来也就得心应手。他们最喜欢他的那条马尾巴;其次就是女人:单纯的女人见了他那副才高八斗的怪模怪样,特别是丑巴巴狠巴巴的脸相,十有八九要在心中一阵惊诧,然后就是为其叫好,钦佩得五体投地。她们惯说的一句话就是:"男人哪,模样并不重要,关键还是要有——才——啊!"果然,她们心向往之的那个目标远在天边近在眼前,他就这样出现了:这家伙不仅有才,而且还丑陋、怪异、荒诞、无耻,浑身上下纵欲的标记十分明显,似乎从来懒得去揣摸对方的心思。"你们要和天才来上一家伙吗?"他有时见了她们把画笔一掷,就这样直截了当地对围上来的少妇们说。对方总是一下羞红了脸,往后跟跄着说:"万先生真是能、能开玩笑啊!"其实他哪有什么闲心开玩笑,他不过是竹筒里倒豆子,直来直去。事成之后他会给她们一张小画,要不就随手写一张大字,在上面胡乱把她们夸上一通。但不久他就会把她们忘记。对后一条,是她们最感遗憾和痛心的,都说:"心不专,心不专;花心,花心哎——天才可能个个都是这样吧!""都这样!都这样!"

　　万磊不久遭到了报应。这既让人心惊,又不出所料。但无论如何他还是有才华的——一种无根的才华,一种在消费的天空飘动的花花绿绿的才华,它们是确凿无疑的。对这种才华我们既要望洋兴叹无可奈何,又会哭笑不得。无数这样的天才在当今应运而生,称王称霸,走在人堆里从来不正眼看人。如果有谁敢于对这样的天才吐出半句不恭,立刻就会有另一些人大声呵斥:"呔,这是嫉妒!"

令我吃惊的是,阳子竟然也成了万磊真挚的拥戴者。他虽然对其为人不表赞同,但出于对其艺术才能的深度肯定,最后轻而易举地原谅了对方的一切。阳子极力向我和吕擎推荐这个绘画界的狂人、整个城市里百年不遇的怪杰,一定要让我们做这个人的朋友。吕擎不太理会这一套,我倒一度给说服了。这就是我最终去看他画展的原因,并引出了他送我画、在我家里进出了几回这种事。如果不是因为不久之后发生了一个恶性案件、不是因为这个人就此离世,我想事情在我们之间也许会以某种可怕的方式了结的。

我因为这个,对最好的朋友阳子极为不满。他,一个与我有着十多年友谊、无话不谈、让我一直当成兄弟的人,怎么会做起引狼入室的事儿呢?有一段时间我的愤怒达到了顶点——后来砰的一声——恶性案件发生了,全部恩怨也就顿时了结。人不必仇视和怨恨一个不在人世的家伙。而吕擎在看人方面就比阳子高明万倍,他这人心思笃定,从来不听咋咋呼呼那一套,不愧是一个大学者的后代,在思想和艺术之域见过大世面,想唬住他可不容易。他沉甸甸的目光和冷肃的面容分明在说:"哼,这一套我见得多了!"果然直到对方死去的那一天,他都没怎么买这个人的账。阳子却在背后咂着嘴说:"十分可惜,两个人直到最后都没有好好交谈一次啊。"

不错,万磊是中年疯狂的一个好例子。但我们不太清楚他的青年时代——如果这家伙从根上就是一个荒唐之物,那一切只好另当别论了。没有人能准确地描叙这个人的过去,他之于画坛,好像真的是一夜出世的天才圣手。然后就是电光石火一样稍纵即逝,惊叹、惋惜,一切不复存在。"天才往往就是这样的。"梅子说。我在这个城市、在周边,不知听了多少遍这样的话,最后竟然多少也能够认同这种观点了。从修辞学上讲,重复是为了强调,整个城市的文化界艺术界都在重复,都在强调,连老婆都是如此,我又能有什么话可说呢?是的,这是一个诡谲而不幸的中年。

另有一对中年夫妇也让我感慨万端。男方是一个时常让我牵肠挂肚的人,他是我在东部平原上结识的一个最成功的科学家,即那个最大的葡萄酒城的酿酒师,一个在业内赫赫有名的人物。他的作品在国际最重要的博览会上不止一次获得大奖,已经是海内酿酒界的传奇。不幸的是他娶了一个东部平原上最为妖冶的女人,而这个女人已届中年却仍然俊美异常,又恰逢一个自由放纵的年代,事情也就格外看糟。她的崇拜者追逐者不可胜数,其中当然不乏手段高超精力充沛的中年人。结果一个据说还算相当"正派持重"的少妇,突然就变得不可收拾了。人性燃烧起来即温文不再,结果这个少妇成了那个酿酒师的克星,从此一连串倒霉事接踵而至,奇怪的是却没有多少人同情他,倒是有不少人暗中盼着他早死呢。在那个葡萄酒城,人人都知道那个美丽少妇有说不清的丑闻,而她的男人则因此变得更加有名。他们夫妇二人的名声在当地远远超过了一些走红的歌星。

我当然见过酿酒师的妻子。一言难尽。太美了,这不可否认。问题是一个如此的尤物怎么处置,她对我们这个物欲横流的世界又意味着什么,还要好好想想呢。有人曾经说过:一个有些姿色的女人,如果不够道德,那么就一定会在某个范围内造成极大的毁坏;她仅凭一己之力,就会使一个地方变得荒唐无序、杂乱无章、怪事迭出。而酿酒师的妻子不是"有一定姿色",而是具备了惊世骇俗之美。更可怕的是,她不是那种因为放纵而变得满脸轻薄相的人,而是一眼看上去神色冷凝,甚至有着不可侵犯的傲然。只有与之长时间交谈,只有从她放松时刻的嫣然一笑之间,才会发现一种难以抵御的放浪之气。总之在东部,这个女人是一种百无一见的异常现象,有些不足以用常理揣测的行为。所以我的这位酿酒师朋友所遭遇的悲伤,简直馨竹难书,至为深切又至为无望——无以疗救——大概患上了一种除非死亡才能抑制的人性恶疾。

可怕的是我的这位朋友心无二用,对自己的妻子至为忠诚。我没有看到任何一个男人会对这样的女人疯迷到如此程度。那才是真正的疯迷,疯迷到死。而他长了一头稍稍卷曲的乌黑的头发,个子高大,名利俱存,喜好打猎,跑遍了大半个世界,曾经是人人钦羡的好男子。我有时端量着他,甚至认为这满头的卷发都是因为绝望和焦躁才变成了这样。

人啊,警惕你的中年吧。

四

中年人的荒唐和荒芜有时是同时出现的,而后者更为可怕。当一切都冷了下来,无动于衷的岁月也就来临了。看破的不是红尘,而是视一切为尘。一层灰尘落在了尚未衰老的心上,再也揩拭不掉。这一代中年人之不同,是他们跟从上一辈人走得太久,看得太多,一旦凉下来,对其他任何人都很难言听计从了。由于从一切财产公有化的年代走来,我们基本上没有什么财产,因此这一代人连破产的机会都没有。但我们有一个更要命更可怕的危机,即精神上的破产:荒芜。

吕擎是我们当中的代表,他因为荒芜而深刻,也因为荒芜而怪异,整个人一度都变得不好玩了。他的兴趣多变,最后是没有兴趣。他怀疑一切又尝试一切,一切都不能持久。他甚至对我的东部古城勘查、对我的莱子古国的入迷探究都深表疑虑,认为不过是一种中年人的无聊和潜逃之方。我说服不了他。我辞职后在东部平原多年经营的葡萄园曾经得到过他的热烈赞许,所以我以此为例紧紧追问:那也是无聊和逃避之方吗?他稍稍耽搁了一会儿,最后竟然点了点头。看吧,翻云覆雨,完全是扯淡。我们在这个话题上显然已经没有多少好谈的了。

就是这样的一个人,我有什么必要将自己内心深处的珍藏向其袒露?

是的,我深爱着,从一个人到一种事,从一门功课到一个田园。我离不开自己的那片土地,因为那是我的故地、我的生命之源。我不理解也不信任一切将自己的生命发生之地看得轻如鸿毛的人。我是一个用自己的一生走向一片土地的人。我将使用各种方法去接近自己这片生命的土地。照理说吕擎在许多方面都可以做我最好的切磋者,甚至是老师,因为他毕竟具有家学渊源。但可惜,他已经不成了,他也未能逃过一劫:玩世不恭。说到可怕的时代疾患,那么还有什么比这一流行病更为可怕的呢?患者不仅不以为然,而且还自以为是,认为自己是这个时期最大的智者呢。他们漠视的一个事实就是,这样的所谓智者已经满街都是了。类似的情形历史上屡屡发生,其实只是一种循环而已。我曾将俄罗斯赫尔岑的一段话抄给他,以示劝诫:

"这些人替世界向四十年代的人报复——那是一些'患上革命热情梅毒的人'。新的一代要向上一代人说:你们是伪君子,我们要当犬儒;你们说话像道德家,我们开口就要像无赖;你们对上无礼对下粗暴,我们对谁都要粗暴;你们鞠躬而无敬意,我们将推挤冲撞而不道歉……"

吕擎看了,脸色铁青,却发出非常费解的一声:"唏!"

比起吕擎,阳子也就单纯多了。他年纪尚小,也就是说还称不上中年。这就好。中年人的经历，连同一些可怕的毛病，他暂时还没有。配合这种单纯，老天爷帮他找到了一个双目炯炯有神、一天到晚叽叽喳喳、心无邪念的姑娘。小两口完美无缺，只偶尔有些浅浅的冲撞、一点小小的伤心。可是单纯善良的阳子常常听吕擎出一些坏主意，有时也要装出老谋深算的样子来吓唬我一下，比如背着手对我说："你这一段犯魔怔了罢？"他把"吧"字读成"罢"，这也是吕擎的习惯，那是想表达一种十分肯定的、不容争执的意思。我忍住笑说："没什么，反正这一段在城里没什么事情，钻钻古籍而已。""可是你这一来什么都不顾了，把我们都扔到脑后了。""我对你们有什么用？一个是大画家，一个是大学者，都比我忙十倍。"阳子咬咬嘴唇，大概在琢磨下面怎么说："不过你可能也想改改行，弄个大学教授干干吧？"我望望他的脸色，以便确定这是否包含了一种讥讽。看不出。于是我说："纯属业余爱好。等我钻得差不多了，我会从头讲一讲那个海角、那个古国的故事。也许它比你们想象的要有趣得多。"

阳子受吕擎影响，认为我突然——其实并非如此——喜爱起古国史来，纯粹是一种心血来潮，一种无益无助的消遣，是典型的不务正业而且——奢侈。他们隐而不说的一句话就是："你如果能干这个，那些老教授们、那一所又一所大学校园里贮藏的大小眼镜们不就失业了？人家整天载文载武的，你以为他们真的是吃干饭的？"我想辩驳的一句就是："是啊，不过你们忽略了学术活动中的情感——情感的分量、它的作用。你们不该忘记的一个事实是，我正是在那个海角上出生的人啊！"我看见吕擎在笑，那仿佛在问："那又怎么样呢？"我在心中回答："怎么样？你们等着瞧吧。这会有结果的，这会……"我并没有说出这件事情的结局到底会是怎样的。因为连我也未能想得清晰和条理。但后来，有一次吕擎在我这儿翻看了一些古籍资料，终于忍不住问了一句：

"你想写一本书吗？"

我摇摇头。我当时真的没有想过。

"那你为什么点灯熬油的，这么用功？"

"我对那个海角发生的一切都有兴趣；对了，我记起了母亲和外祖母说过的一件事，我的外祖父去世前就迷于这样的事——我和他是一样的，这好比接着做；今天，过去——我突然发现自己是古莱子国的人！这个发现让我明白了当年的外祖父究竟为什么……"

吕擎看着我，像在研究我的脸相。他语气懒散地说："是啊，前一段——现在稍稍过气了——有一股穷究古代的风气，就是回头去找相关的传统，什么考古啊、民俗啊，十八般武艺全用上了，想借助这些去弄清自己的祖先。其实这怎么会呢。历史从来都是一笔糊涂账，各说各的理。有名的历史人物被一个地方认定了原籍，过不久就会有三四个地方来争，弄到最后可以多达五六个甚至十来个地方找了来，声称他们那儿才是真正的'原籍'。"

他的话我能理解。比如为秦始皇寻找长生不老药的那个方士徐市（福）吧，许多地方就争得厉害，都说老徐是他们那里的人，有的为了让其成为不争的事实，还当仁不让地将自己的地方以徐福命名。但我时下所做与吕擎所说还是有极大的区别。我不是专心于某一历史人物，而更多的是注目于一个海角——这个海角尽管在漫长的历史演变中也发生过与一块大陆断裂的情形，但它毕竟还没有在大洋里漫无边际地漂流。它在根柢上与一个更大的半岛、与一个大陆紧紧相连。它没有飞掉。这是谁也否定不了的事实吧。与此相连的另一个小小的事实是，我本人恰恰就是那个海角上出生的人。我把如上的意思尽可能清晰地对吕擎说了一遍，然后不无得意地问他：

"阁下，你以为如何呢？"

"哦,"吕擎沉思了一下,"这是表象。"

"那它的真相又是什么?"

"它的真相,即你干这事的真实动机。"

我盯着他:"求求你了,你说得浅显一些好不好?"

"好吧。我是说,你害怕自己厌倦,或者说已经厌倦了……"

"咻,老生常谈毫无新意。你曾经说我去东部搞一个葡萄园有多么重要的意义,后来一转眼说那也是因为我'无聊'和'厌倦'了。"

"你就是厌倦了嘛。"

"不,干了这一切才使我生气勃勃。"

"我是说你对这座城市厌倦了。"

我一时无语。

"你走开了,就为了战胜自己的厌倦,你拿出了勇气。到现在为止你都是成功的,起码是不错吧。你不知道我有多么羡慕你啊,伙计!眼下你在做的,可能是同样的一件事,也可能是……"

我急急打断他的话,因为我不能容许他在这时候有一丝一毫的误解:"不,恰恰相反,葡萄园就在那个海角上啊,它们是连成一体的!说心里话,我在翻阅这些古国资料时,想到的常常是我的家族往事——它们当然相距遥远……可是我不能没有一些联想,一些假设。我想到了'血脉'两个字,是的,就是这两个字在牵着我的心,使我一时停不下来。我想当年的外祖父也是这样——也许这样想和这样做都是非常幼稚的,不过它蛮要紧的,起码在我心里是这样想的。"

吕擎沉默了一会儿,点点头,往旁边走开一步,自语般说道:"在你说到'假设'两个字的时候,事实上已经开始着手干了。问题就在这里。你要寻找自己的血脉——用书上的话说这叫'精神认同'——从这一点上说,你也许不会徒劳无功,不会空手而返……

这倒是可以理解的……"

我等待他说下去,说得更清楚一些。

"我们都专注于自己的父辈——他们的生存和经历,可是我们的结论还有结果,都是不同的。长期以来我一直在想这是为什么?他们都那么不幸,可是后代由他们的不幸得出的结论却是这么不同……有时我想你与我不一样的,是你有自己的一片土地,你可以站在那儿,而我什么都没有,我没有土地——这不是一种虚指,而是一种实指。无论是我的父辈还是我自己,都生活在城市,这儿很少泥土,连草都不生。而你的父亲下半生是在大山和平原度过的,你也是那儿出生的……这样简单的事实说明了什么?这会造成许多不同、本质的不同吗?就是这个问题在纠缠我,我还没有清楚的答案哩。"

我看着吕擎。这个人常常走入深深的思索,并在此刻习惯于用书面语来表述,可能就为了咬文嚼字的方便。这我早就领教过了。我只要和他在一起,有时也不得不用一种刻板的书面语来表述。他思考的问题我还没有好好想过,因为我已经作出的选择在自己看来都是自然而然的。但有一点我愿意承认,即对这座城市的"厌倦"——我说出来之后,吕擎马上答道:

"这是显而易见的。不同的是你有重新开始的方法,而我却没有找到这种方法。我知道人到中年最可怕的是什么,这就是战胜自己的荒凉——这其实是最难的。野心勃勃、一路下流,这仍然也是荒凉。荒凉的中年有时候可以是极具破坏力的——这种力量无论投向哪个方向都是可怕的……我警惕自己,警惕自己有一天会释放出这种力量;但是我并没有办法战胜自己的荒凉。最让我苦恼的就是这些……"

给我童心

一

她显然被我带来的东西吸引了,长时间地看着,嘴巴微动,但没有读出声音。她很谨慎,因为这些文字要无所阻碍地朗读出来是不可能的,那绝不是一件容易的事。她一定默读得磕磕绊绊,眼睛有时要滞留在那些生僻的字和词上。她偶尔抬头看我一眼,一双清澈的大眼似乎在问:这样一部天书,你就读得懂吗?我微笑不答。她继续翻下去,最后才不得不把它稍稍推开一点。我告诉她:这本书我准备好好研磨下去,就一直留在身边。我早晚会把它的所有隐秘都破解开来的。我相信这和我们以前读过的那些典籍同根同源,不过更其艰辛罢了。"很可能是没有整理过的一部手稿,更有可能是一部未定稿。"她的舌头不自觉地伸了一下,像一只小猫舌。这个年龄应有的一丝顽皮和活泼让我喜欢。我又说:"让我们来一起读它吧,看谁能够先一步把它读通。也许你更聪明,走在前边。"

她高兴极了,对我的信任投来赞许的一瞥,然后说:"当然是你把它读通了,我嘛,顶多算是一个助手。不过我真愿这样做……老天,这不是一件容易事儿,这要涉及多少考古知识,古文字学,还有其他。你不准备请教那些老教授了吗?"

我看着她红濡濡的脸庞。她其实知道我在想什么。是的,起码眼下还不会,这只有到了山穷水尽的时候,我才会携上它去叩别人的门。这会儿嘛,就连吕擎和阳子都无缘一见,它只属于我们这两个"莱夷人"了,差不多是咱们内部的事情。一种幸福感,一种两个人拥有的隐秘,这件事本身似乎就象征了什么。我不太清楚,反正这是一种同族人才有的亲近举动。对方是一个纯洁的女孩儿,大眼忽闪着,细高身量,双腿又直又长。她让我从第一眼看到就暗暗压住了一声惊叹。我竟然没有从她身上看到流行的时尚。是的,没有类似的痕迹。她自然,率性,淳朴而流畅。时间一长,我终于从她身上发现了那种深深吸引人的、令人惊叹的东西到底是什么:她的五官,特别是那双眼睛,都给人一种非现实的感受。是的,用书面语来说,那就是一种"梦幻气质"——好像虽然她整个人处于现实之中,而心灵与情志却远在高天之外,属于一个更为遥远的所在……一丝李子花的气息总是洋溢在她的周围,这是我第一次到她这个小小的空间里闻到的。为什么是李子花而不是其他的花,不是其他的香味?不知道。准确点说这不是香味,而只是"气息":若有若无,淡淡的,弥漫在她的四周。

我出生地的那个小茅屋旁有一棵巨大的李子树,我小时候有多少时间在它的身上攀上攀下啊。外祖母常在树下的水井旁洗衣服,我就从树上往下看她李子花一样的白发。有蜜蜂落在她的头发上了,它们大概误把她的头发当成了花束。我们的茅屋被雨水洗成了浅浅的灰白,四周的沙子是白色,李子花也是白色。无数的蜂蝶在歌唱,那是一种细小的烂漫的歌声,这声音里有我们全部幸福的奥秘。

冬天走得多么迟缓啊,为了对付这寒冬,炕头上总要摆放一个炭盆。有时外祖母还要往灶口里塞一些柴火,烧出噼噼啪啪的声音。这炕上热乎乎的气息,还有外祖母的故事,母亲剪窗花、描花的样子,是冬天里最不能割舍的。但我还是怀念春天,一到了春天就彻底解放了,我可以在大沙冈上奔跑,追赶刚刚出来品咂春光的小蜥蜴,然后就是攀这棵繁花似锦的大李子树了。

我仿佛没有父亲。是的,我很少谈论父亲,这终于引起了她的疑惑。关于父亲的话题几乎是一个禁忌。我始终没有对她、这个城市里目前给我许多温暖的年轻朋友,更多地说起自己的父亲。而对方也是一样,她也是一个不怎么谈论父亲的人。对我来说,父亲的话题太沉重了,仿佛一袋黑色的沙子长期压在心头,我只想搬开、搬开。可是我也知道,就是因为有了这袋沙子,我才不至于在极为轻浮的年代里犯下一些低级错误。也就是说,我没有漂浮起来,没有像另一些人一样一触就跳,一跳就喊,露出一副浅薄相。没有,我还像一个有所经历的男人一样,矜持、忍住,没有在某个时刻随着大流儿胡说八道。

父亲等于什么呢?在很长的一段时间里我找不到合适的比喻。父亲作为一个形象、一个象征,他不是矗立在前方的黎明的光色里,而是留在身后的时空中,仿佛是一道沉沉的、极有纵深感的天际线,使我不敢往那儿更多地瞟上一眼。那意味着冷酷和严厉、战抖和恐惧,甚至还有——死亡……是比死亡更可怕的意象,笼罩了"父亲"两个字。我不想对眼前这样一位美好的少女夸张什么,因为对少女夸张父辈和童年的苦难是可耻复可笑的。我的最真实的感觉就是如此:父亲,一个令我战栗的字眼。

大约是我三十多岁的时候,才从那团恐怖的阴影下看出了另一种色泽,这让我稍稍冷静了一些。我在感受父亲的伟大。对这迟来的感受我谁也没有诉说,没有对他人说,就连梅子也没有说。这个话题同样沉重,简直太沉重了。

算了。忘掉最沉重最不快的东西,更多地回顾那棵大李子树吧,它才是欢乐之源、童年之源。我只要一闭上眼睛就能望到昨天的一切,鼻孔里是她的真实无误的气息。我感激你,眼前的你。你的出现改变了我,成为我的一个传奇。我也许心的深处有着过于浪漫的想象,不自觉地、过分地夸大了你的意义?不,我知道你对我意味着什么。你给了我太多,你让我像复苏的冬天一样,身上开始出现化冻的小溪淙淙奔流……这样的感受已经许久没有了,这样的情形只在我热恋的年头出现过。而今它之所以弥足珍贵,是因为我内心里清清楚楚知道这不是一场恋爱。

这种判断是一种掩耳盗铃吗?不完全是——不,根本就不是。我以一个中年人的经验和诚实合在一起向自己保证:不是。

不言而喻,过分沉郁和不幸的少年时代,那种种经历,都往我的心里装满了沙子。我的心比一般人更容易变得衰老和沉重。这当然也不是矫情和夸大其词。所以我的中年是不曾显露的一场灾难,我的面容掩藏了真实的悲怆,我的习惯性的随和也形成了自然而然的误解。其实我比吕擎他们更早地走向了荒凉。

所以当你走向我、当你给我信任和非同一般的友谊时,其实在某种程度上是挽救了我。你的职业是一位教师,也真的堪称我的老师,因为你教会了我怎样鼓起希望、怎样欢乐和怎样重新开始。

你给了我一颗童心。

这是真实无误的。我在你的气息中想象那棵大李子树,连同一切欢快的昨天都一并收拾起来了。奇怪的是童年的不幸却被我忘却了、推远了,所能忆起的尽是名副其实的童年。

那时有一个像你一样美丽的女性,也是一位老师。就在她芬芳的小屋里,我第一次知道了两个人的午夜会是这般温暖。天很晚了,她留我过夜,把我当成了弟弟或孩子?她远离自己的城市自己的家,像我一样孤单。这样的夜晚当然有童话故事,有应该有的一切。而我在小茅屋里都是和外祖母一起睡觉的,从很小的时候起,都是吸吮着外祖母的乳房合上眼睑的。而在老师的身边,当我睡眼惺忪的时候,竟然一如既往地寻找起她的乳房来了。昏昏欲睡中,她的羞涩与拒绝我没有丝毫察觉,只是含住了一个最温暖最丰腴的童年的糕饼,香甜地睡去了。

我这会儿凝视着你,不能不想起当年的老师。你们有哪些方面极为相像？是的，眼睛！当然是眼睛啊，这一对黑色的苞朵啊，谁来抵御，怎样抵御？

"你的脸红成了这样！你怎么了啊？"

我摇摇头："哦，我走神了……"

二

但愿我能够始终像一个兄长那样爱护她——不，是保护她。保护与爱护是不一样的。这是理智的强大力量在管束自己。我不愿在这样的年代、这样的时刻，由自己动手编织出又一个千人一面的陈旧故事。这其实并没有多少意思，充当一个老旧故事中的老旧角色真的无趣。这不仅是愧对梅子的问题，还有因袭一个老故事的乏味和无聊。让我们提防它吧，提防这其中的某一部分，因为它必会随着时间的推移而变馊。

这样，当许多年过去之后，我们将拥有多么美好的回味。那只能是关于青春和友谊的忆想。我们曾经彼此努力过，用了很大的劲儿，从一些不易迈过的坎儿上跨过来了。这可真不是说说那么容易，这一点我们都知道。

她的睫毛眨动着，像是要看穿我的沧桑。我相信她并无一丝狡狯和恶意，她是那么明亮洁净。在我与她的相处之中，永远需要拒斥的，只是一个过来人的不自觉的阴郁和幽暗。我怎么会轻易相信一个伤痕累叠的心呢。这心里总有一些从来都没能掀开的角落，它们或是屈辱，或是狂喜，或是深惧，或是惶惑，或是其他莫名之物。

比如那个一生难忘的分别和丢失吧。

当我像往常一样去敲女老师的门时，才发现她已经不在了。她的突然离去让我万分震惊，还有痛苦。我怎么能忍受呢。我问所有可以问的人，问母亲和外祖母，他们没有一个说得清楚。我心爱的老师不在了,我再也没有了一个甜蜜的夜晚。我在这儿陪她、给她做伴儿,是得到母亲和外祖母同意的。肯定发生了什么更为可怕的事情,她或者回到了那个遥远的城市,或者消失在谁也不知道的地方。那是一个对童年守口如瓶的时代,那是纯粹的成人的时代,这其中的绝大部分故事、日日夜夜发生的故事,都与我们童年无关。我们被关在生活的大门外边,却要因此而忍受更多的痛苦。我们渴望知道事情的真相,可越是打听,越是模糊。人没有了,长夜里的芬芳没有了。

我在大海滩上游荡,不再上学,无心做任何事情。我瞒着外祖母和母亲在海边上摇晃,把不可忍受的伤痛咽下肚里。我那时没有父亲,他在我出生不久就远离了这个茅屋,一个人在南部山区的苦役地受苦。据外祖母说,那是更大的苦楚。总之我们家所有的人都在受苦,受折磨,这是不可逃脱的,我也一样。这不,我的厄运开始了,毫不含糊地开始了。

我呆在灌木丛中出神儿,一个人想了又想。我甚至大胆地想到:我爱老师。我幸福得哭了。我哭得不能自持,泪水打湿了好大一片沙子。这就是爱啊,爱就是一个人独自泣哭,就是藏在丛林中的悲伤啊。我甚至想到了一生跟上她奔走,寻找她,不再离开——我们之间称做什么并不重要,重要的是与她在一起,这样一生。如此下去又是怎样?我自问自答,心里有些发慌。最后我终于在心里大声说:

"你是我很大的爱人!"

因为从年龄上看,她比我大得多了。她教导我呵护我抚摸我,似乎还在睡梦中亲吻过我的脑壳——对最后这一点我不敢肯定,可能是真实发生过,也可能只是我的一个梦境。不管怎么说,我在她的怀中紧紧依偎过,这可是一个不可更改的事实。她身上的气味比李子花更稠,有一种刚刚成熟脱壳的葵花子那样的清香。她的眼睛和颈部、胸窝和肩膀,更有后背那儿,都有不同的气味。我在睡前总是深深地吸着,乐此不疲。我的这副模样让自己想起前些年我们家养的一条小狗:它总是贪婪地嗅着我的全身,贴在我身上用力地吸着,一双小灰眼睛爱恋地看着我。我那时深深地知道,它爱着我。那么我爱自己的老师,这还用多说吗?

我在大海滩上游走,成了一个野孩子。荆棘刺破了我的裤子,露皮露肉也浑然不觉。小鸟在高处盯着我裤子上的破洞,像是要看出里面的秘密,或是幻想着有一天能在里面做窝。无所谓,我已经无羞无涩,满目凄凉,几天之内突然长大了。丛林里的一些猎人往常见了我,总要讲一些鬼怪故事来吓我,而今他们看看我冷漠的眼神就不想说什么了。有一个老猎人随身不离一个大酒葫芦,见我悲切切的不开心,就给我灌了几口热辣辣的东西。啊,这种人间最神秘的液体,从那时起我算知道了你的滋味。如果饿了,就随便采一点野果、从地里找一种发甜的根茎。我还烧过蚂蚱和海蛤吃,嘴上常常带着黑乎乎的胡须般的灰迹。

想不到就是这样的灰迹惹来了事故。

有一个年纪差不多像我的老师或者稍稍大一点的女人在林子里采蘑菇,她一见了我的样子就笑了。她不停地笑,把我笑蒙了。原来她是海边园艺场里的人,后来才知道她是一个女会计。这会儿她戴了黄色的套袖,穿了花衣服,还有一个别别扭扭的掀在后背的斗笠。她长了一副大圆脸儿,眉弯弯的,一笑两个酒窝。人不难看,就是有点邪气。她比起我的老师来,简直是差得没法说。可是她对我蛮和蔼的,还从兜里掏出早熟的苹果给我吃。多么甜的苹果啊,这只有他们园艺场才有。

后来我们多次在林子里相遇。她总是给我苹果,还给我糖。她的糖块都是包在一个小花手绢里的,当她一点点解开手绢时,我就闻到了一股迷人的香味。当时我还想过:多么奇怪啊,她们女的就是不一样,她们女的总能弄出一些香气来,这才是她们最了不起的方面。我们成了朋友,一般化的朋友。她有一次邀请我去不远的果林里玩,玩到很晚,还和我一起登上了高高的草楼铺——那里看园人在木架子上搭的草铺子,这样可以看得很远。当我们踏着木梯吱嘎嘎往上登时,心里真是高兴。看园子的人不在,她说他们各个都偷懒,只要铺子上有人,他们就不来,早跑到海边找酒喝去了。我们俩在铺子上玩得很开心,听她讲一些杂七杂八的故事也算有趣。天黑下来时,她喊着困了困了就伸手一扳把我放倒了,我们并排躺着时,她还装着打鼾。她睡觉的样子比醒着时好看多了。有时她故意吓唬我,说半夜里起了雾气时,会有一种叫"黑煞"的东西偷偷摸上岸来,专门登上木梯找一些未成年的小孩吃,"它们咬小孩子的声音啊,咯吱吱,咯吱吱……"我知道这是瞎编,但还是有些害怕。这时她就在黑影里搂紧了我,使了很大的劲儿,搂了又搂。

我在她的怀抱中不能不想起自己走失的老师。可这不是想想就能代替的事儿。她身上的气味不对,人也太胖。她有时很难说不是故意用力地挤压我,让我差一点窒息。我从她怀中挣扎出来,总是大口地呼吸一场。我身上给捂得汗漉漉的,心跳噗噗。她抚摸起来,手伸进我的衣服里,说:"多滑溜的皮儿呀,怎么这么滑溜;呀,小肚肚真软呀,我看看穿了肚兜儿没有?"她真的借着微弱的月光看了起来,让我满脸羞红。我拒绝她不止一次,她就是不听,那也就索性由她去吧。我咬紧牙关,只想着自己的老师,在心里默念她的名字。"你害冷吗?"她突然停了手,问道。我咬着牙,一声不吭。

月亮升起树梢那么高时,她坐起来四下里看了看,咕哝了一句什么,重新躺下来。她对着我的耳边呵气,弄得我痒痒的。我说:"我要回家。"她说:"还不到半夜呢,哪有这么玩的。"我就不做声了。我想着自己的老师,有一种又深又长的思念,还有渴望,还有怨气。我长长地叹息着,她就说:"哎,年纪这么小就会像大人一样叹气,这说明你长大了!"我心里最同意这句话,心想:你算说对了,我其实知道比你更多更大的一些事情!她抚摸我的手越来越细致也越来越无所顾忌了。后来她不知怎么把我的衣服解掉了一部分,用力地拉向自己。我闭着眼睛连连说:"我不。我不。"可她就像没有听见,搓弄,拉动,还骑在我的身上。我觉得身上给她弄得湿湿的,热热的;她分明是把我身上的一部分给弄得更湿了,并把这一部分尽可能地拥向自己的深处。我真的哭了。她安慰我。她不停地安慰我。我从生下来,从来没有听到有人——一个女性,如此细致和柔软地安慰我。她生怕我伤心,她怕极了。这一切都是我从她一丝丝的抚摸和安慰中感知的。

月亮的光华哗一下洒了下来,洒了满满一铺子。我坐起来。她帮我整好衣服,亲了我几下。我的泪水干了。我觉得这个夜晚是不平凡的。

三

就这样,一件一生都令我羞于启齿的事件发生过了。它的始末就是如此,既无夸张,也无掩饰。我尽可能完整和真实地回忆和再现它的原初、原来的形态。是的,我虽不能说全然懵懂,也算得上少不更事。她并不知道我当时的思念和孤寂,不知道我失去老师的懊丧,因而还不能说是乘人之危。我期待,我拒斥,我在无比悔疚中经历了一生中的第一次也是最后一次——我一生都不会在这样被动与无知中去接受一个异性的。

我说过,她像我的老师甚至比我的老师还大呢。我从洒满了月光的铺子上走下来,像掉了魂似的。我不知是自觉还是不自觉地,一步步挪向了果园的西边——那儿有一条河,我听到了河水在月光下淙淙流动。我没有听到她在后边呼叫,这会儿她大概在铺子上仰躺着,而且大睁着双眼。我只凭想象就能想到她这会儿的样子。她很高兴,起码比我高兴。我只是有些怅然,有些茫然地往前,机械地往前。也许完全是流水的声音把我吸引过去了。一条河出现在眼前。风从河道里吹过来,让我瑟瑟发抖。这可不是洗澡的季节。但我几乎一点都没有犹豫地解开了衣服,然后一个猛子扎了进去。

我直到现在还记得河水像火一样烫人。也许是冰冷的水与滚烫的肌肤猛一接触的那种错觉。我在火一样的水流里奋力搏击,弄出了很大的声音,把夜里刚刚栖息的水鸟给惊得扑扑乱飞。这样游了许久,一口气游到对岸,又往上游冲了一会儿。上岸后才觉得身上火辣辣的,低头一看,胸脯、手臂、大腿,到处都有一丝丝的血迹流出来。原来我不小心让水中的芦苇之类的划破了。

奇怪的是从水中出来,穿上衣服,心情觉得好多了。有什么沉重得不可忍受的东西被轻轻卸掉了。我曾在亮得过分的月光下细细地看过了羞处,极力想看出它有无变化的痕迹。没有,一切如故。

从那时起我一直回避着这个女人。有一次她又看到了我,大声喊过之后赶紧敛口,然后呵气一样小声叫着我,想把我叫到身边。我看着她,脸红到脖子,两脚像钉在了地上。我这样大约有十几分钟,接着扭头跑开了。我一口气跑回了小茅屋里,就像百米冲刺一样。外祖母正在中间的屋子里缝补什么,见我冲进来吓了一跳,问是怎么一回事?我大口喘着说:"有……有……""有什么?又是大鹰吗?"外祖母放下手里的东西,赶紧出门。因为前些年有一只大鹰突然从天上冲刺下来,就在离我十几步远的地方把我们家一只正在啄食的母鸡给叼走了。这个场景当时把我吓坏了,我相信它如果用双爪抓住了我而不是鸡,也同样会叼到空中去的。

我那一次就是冲刺一般跑回了屋里的。当然,外祖母在外面手打眼罩望了一会儿天空,什么也没有看到。她回到屋里,说:"你长大了,再也不该怕鹰了。"

是的,我长大了,我什么都不想怕。后来我经历了多少事情,我的灵魂如果知道人的一生会经历这么多事情,特别是这么多磨难,一定不会投向人间的。但我既来之则安之,一切也只有迎上去。我爱我恨我去我来,只一晃就到了中年。人生真快啊,人生如梦,人生如戏,人生如一场恋爱——我没法不爱,我想过了各种办法,还是没法不爱。我曾爱得死去活来,爱得半疯半傻,爱得紧咬牙关。我从来没有吐露过那个月夜的经历,因为那是关于异性的一次古怪而又不幸的事件,一次过失和一次记忆,也是一次馈赠和一次占有,一次懵懂的偷偷欢会。

就在中年之前,伴随着爱的经历,我去过了多少地方,做过了多少职业。流浪,从平原到大山,再到平原;上过地质学院,进过地质研究所,当过杂志编辑;我既是一个热衷于实地勘查、立志要在地质方面一显身手、著书立说的学人,却又那么迷恋长长短短的句子!我发现人世间最神秘最自由、同时也是最让人嫉羡的角色和职业原来是这些大声歌吟者……是的,这一切我全都要!"你是否太贪婪了?是否太不自量力了?"我曾暗暗自问。我的回答是:"有点儿,可是我只有一生啊,请允许我有这种种不切实际的渴望吧!"

我心里多么清楚,这一切渴望都源于那颗童心。它是不灭的,生生不息的。它在有力地搏动,它于是就滋生了这一切。我只要往前走去,就必然要顽强地攀援。只要是出于童心,就不是以自己的意志为转移的。我听过一个老人讲叙他的青年和少年时代——"怎么说呢?我没法形容没法细说那时候的事儿了!我年轻啊,我什么都不怕啊!我浑身都是力量啊!告诉你们吧:到了夜晚,我走在路上,伸手一捋头发,嘿,你猜怎么着?咱满头噼啪直冒火星啊!

这是真的啊！"这个老人的一番话让我一直难忘。我只是不解,不解他头上噼啪的火星。后来有人说那只是手和头发摩擦之后产生的静电。我对这种解释仍是将信将疑。而今天我愿意用一句更准确更切实的话来表述:

"那是少年的闪电!"

那么中年的我呢?已经没有了这种闪电。我终于发现了自己的厌烦——只是厌烦;这是莫名的心绪,许多时候无以言表。最后,后来,我又发现了自己的疲惫。是的,是疲惫,而不是更可怕的那种——荒凉……我知道疲惫尚可以振作,而一旦变得荒凉,就很难重新生长出一片绿色了。心灵生态的恢复要比自然生态的恢复难上一千倍。

就为了驱赶这厌烦和疲惫,我奔走,我寻找,我从一种环境投入到另一种环境。用梅子父亲的话说就是——"你折腾去吧!"我甚至又回到了那片平原,去亲手侍弄起一片田园。

一种多多少少的沮丧,不,一种显而易见的沮丧,还是时不时地光顾我。这是绝望吗?为什么要绝望?这种绝望来自家族,来自生存的压力,来自其他种种?不知道。一位医生将其当成一种病症来解释,出个主意说:"你该多晒晒太阳。人缺了太阳不行。"是的,我们从小就唱着"万物生长靠太阳",那就晒太阳吧!我不停地暴露在强烈的阳光下,最后晒得卷了皮,胳膊上打了水泡;在葡萄园里劳动,更是晒得浑身焦黑……可是深夜里,那种再大的堤坝也阻挡不住的沮丧,还是一波一波袭来了。

我在大地上游荡。我回到那个田园。我回到这个城市。我与朋友争论。我与新朋旧友欢聚。一切都在频频发生,如日常之水流,流淌不息。可是,我仍旧无法筑起一道阻挡沮丧的堤坝。

也就在这个时候,她出现了。

她的笑声像1972年的河水,欢快,清脆,飞溅,银花四射。我看着她,心里想,这就是青春和生命之歌啊,这是一只正在唱个不休的鹂鸟啊,你可千万要爱惜自己,珍惜自己。我这样看着她,不知怎么想到了小时候突然从天而降的老鹰。我吓得一个激灵。千万警惕那只老鹰吧,它们真的会猝不及防地从天而降。而你只是一只小鸟,你歌唱着。

我何尝不知,在这个时世上,小鸟不多了,因为老鹰正不停地俯冲——刷、刷——小鸟不见了,牺牲了,变成猛禽的腹中餐了。这只是一眨眼的事。残酷,当然。

我告诉自己:你不要过于悲天悯人了,你自己小心一些吧,你自己只要别变成那只老鹰就行。

四

我对镜观看,发现已经悄悄改变的容颜竟让我如此吃惊。往日里油黑的头发变得干焦、稀薄,掺杂着一些银丝。这还好说,最不能容忍的是眼睛:深陷下去,而眉梢下边一点却又有些浮肿;可能因为两眼的下陷吧,鼻梁突了起来,并且鼻头莫名其妙地沉重了,多少往下垂着;鼻子两侧有几道弧形纹,颧骨下边也有;耳朵进一步缩进了头发里,显得比平时更小了。我还发现贴在额头上的不多的毛发蜷着,它正紧紧地像鸟爪一样抓住了我的皮肤——不知为什么,这副面容让我想到了一种飞禽:鹰,一只磨掉了一些羽毛的衰鹰。

我的寒酸模样却并没有让她退避三舍。我很快发现自己心底的沮丧正在缓缓地,然而是十分明显地减弱以至于消失。这期间我仍然按照那个医生的话去做:尽可能地多晒太阳。不知是不是长期坚持还是因为其他,反正是心情渐渐明朗起来,心底的阴霾正被驱散。阳光真是好东西啊,阳光原来可能透过皮肤穿过人心,赶走最深部的阴影。我脸上有了难以掩饰的笑容,欢乐由于出自更深处，所以它真实而且经久。我对周边的人说话时开始和声细语，话也多了。我能够更有耐心地阅读和做其他事情。关于古莱子国的那些典籍，我就是在这个时期稍稍深入的。我不再对那些古里古怪的铜器铭文感到绝望了，也不再对无穷无尽的注释、相互认证又相互矛盾的考古引述抓耳挠腮了。相反我产生了一种独特的、非一般学者所能拥有的幻想力和还原力：枝枝蔓蔓的古文字化为家园、城垣、骏马、弓箭以及石器和刀，化为辘辘车辆和国王、大臣、盛装使者。我能从古地图上毫不费力地指认犬牙交错的疆界，能把缺苗断垄的城墙在心中重新衔接。对这一点，她看在眼里，羡在心中。她认为我正率领一支仅有两个人的小小队伍，开始了一场不为人知的征战：去占领一片荒芜日久的古国。它是我们的，我们莱夷人的。这个古国的后人还活生生地存在着，他们在呼吸，在这个现代化了的世界上不合时宜地生存着。我们曾经拥有的骏马像锦缎一样闪亮，我们士兵的甲胄在阳光下灼灼动人。而这古国曾经一度丢失了，遗忘了，被轻而又轻的现代之风吹向了记忆的背面。

　　我们在一起时讨论学问，设想未来，开列计划。我在这个城市里第一次能够多少忘却和抛开那些好朋友——吕擎阳子他们，却又能开始这一类重要的企划。它们部分不切实际，部分颇有创意；个别细节有待推敲，另一些筹措则难能可贵。比如我对她说，我终有一天会将那片平原上的业绩搞大，从葡萄园到相关的产业链，从地上的劳作到纸上的记录；我们甚至可以在那儿搞起一份杂志——那将是一份集诗与史于一身的最强有力的探索和记录。我的这些大胆设想让她不可抑止地兴奋和幸福。她喃喃地说："如果，如果有一天它变成了真的，我会什么都不管不要地参与进去！我要求你能答应我，我保证不成为你的负担。我到那儿会做很多事情，做园子里的粗活、办杂志，我都会努力做好，我会好好向你们学习……"

那会儿由于激动,她的眼睛似乎变得更亮了。她的脸庞红得像苹果——这个被使用了一千次的比喻这会儿仍然还得被我拾起,因为它的确太像了。她丰润的双唇像刚刚饮过了甜酒和蜜,此刻泛着微笑,格外诱人。那时我把目光移开,望向窗外,仿佛在望远处的那片原野。我对她说:"是啊,当然。这时候阳子和吕擎他们,还有他们的爱人都会一起迁到那个地方,我们园子的疆界将扩大十倍,造酒——我有个最好的酿酒师朋友——他早就说要和我们一起干。到那时候这里就是一个诗和酒的堡垒,并且要一直存在下去。"

我浑身的热血在激流涌动。是的,已经许久没有这样了。这是一个稍具雏形的现实,因为那园子已经是存在无疑的,我们所要做的,只是强大它、发展它、充实它,把它一砖一瓦地加固。"你说我们不会成功吗?"我问她,其实答案已在心中。我只是为了更长时间地、不再游移地看着她的水汪汪的大眼睛而已。她严肃地点头:"会,一定会!"

这时在我的心里,已经有了两片田园:葡萄园和杂志。是的,它们是双双并列的两片绿洲。在我心中,后一片田园生长于前一片田园之中,它更为茂盛和繁荣,它当然需要同样的精心耕耘,有长长的而不是一蹴而就的培育期。对此我必要树立信心和蓄养恒力。这对我们几个人而言,既是一个梦想,又是一个伸长了手臂便能触摸的现实。比起她的天真和浪漫,我作为一个中年人则要于冲动之后想得更多更细一些。是的,我可以肯定地回答她充满期待的双眼,这是我经过了慎重思考的。

这时我们多么欢欣甚至幸福。一切已经准备,一切已经开始。我们相约了许多未来:耕作,阅读,编著,考古,移居,酿酒,欢庆,但就是不包括"倒霉"。这一切美好的事物,将伴随阳子吕擎等朋友一起,更有梅子的参与——梅子怎么能够缺席呢?她如果缺席,我敢说事物肯定起了质的变化。那会是高危动作,一道悬崖。

　　我同时也对梅子说起过这一切的设想和计划,只是没有谈这些美好的梦想是怎样、于何时何地产生并成熟起来的。梅子对她熟悉后印象颇好,但也只是适可而止。梅子在背后并不过多地谈论她。让梅子不敏感于她,这是不可能的。梅子知道自己的丈夫与她的这种交往和友谊,其界限在哪里;梅子相信自己的丈夫,但不相信这个时代。梅子说:"这个时代的男人啊,都学坏了。"所以梅子和岳父一家人,更包括我的岳母,都提倡一句老话,叫做:"警钟长鸣"。

　　可惜我总是在这种"长鸣"中畏手畏脚,连脑子里一切美好的想象都要退避三舍;在我和她之间,真的矗立了一口无形的黑色大铁钟,它每撞击一下、鸣响一下,我都要沮丧一下。完了,长鸣,当当响过之后,还有嗡嗡的回声,有长长的尾音。我简直是在它的声响中战栗。我和她在一起时,每当我沉默的一刻,她就会注视我一会儿,走路都蹑手蹑脚的。她以为我在思考一些严肃的学术问题,也就不再做声。可是这样时间久了,她会叫我一声。很奇怪,这时候她不叫我"你",也不叫我"老师",而是沉沉地叫我一声"叔叔":"叔叔怎么了?叔叔不高兴了?"

　　我从肃穆中醒过神来,笑了笑。我想起东部平原上的一种习惯说法:将"不高兴"说成"不乐意"——长辈人为了表达自己对晚辈的不悦,往往故意沉着脸,拉着长腔说一句:"大叔不乐意了!"只这一声,晚辈也就立刻毕恭毕敬起来,尽管有时多少也是装出来的。我看了她一会儿,这时闭上眼睛,拉着长腔说道:

"大叔不乐意了!"

　　她的神情一收,鼻翼动着,旋即笑了。她知道这是玩笑,来自老家的玩笑。她过来拉住我的胳膊,推动着我。

我长时间闭着眼睛,嗅着逼真而切近的李子花的香味。这是多么美好的青春的气息。这气息浸透我的周身,从肉体到灵魂。我多么愉悦,这是一种最深处的愉悦。我愿这种时刻长长地延续下去。她就一直站在身边,碰碰我,动动我,等待着什么。

我们在一起的时间越来越多。我们有谈不完的话——关于她的工作,我的事业,彼此的打算,眼前的问题,总是讨论不尽。最多要谈的还是刚刚得到的这部秘籍:我们相同的意见是留在手边闷一段时间,实在不行了再找人看一看,辅导一下。"谁知道呢,说不定你一下就豁然开朗了呢!"她这样说。我也抱着相似的心理。不过我同时也知道,学问的壁垒远比想象的还要深厚十倍,它有时要耗去人的一生也未必得以穿凿。但目前只好如此,像她说的那样,等待"豁然"。

我们偶尔也做一下"大叔"的游戏。我的心事泛上心头或者真的疲累了时,就会闭上眼睛,任她呼叫也不作答,最后只发出一声:"大叔不乐意了!"

她屏住呼吸,蹑手蹑脚地走近了,低头看我一会儿,然后拍拍我的胳膊。她细细的呼吸我听得很清晰,我甚至能听到她噗噗的心跳。她嘴里发出呵气似的声音,叹息,不,是亲昵的责备:"瞧你,瞧你,哎……"

没有什么下文。她的手在我枯燥的稀疏的头发上轻轻移动。

诤　友

一

我与她的交往只想默默地、静静地进行下去。除了不得已让梅子知道了之外——这完全是因为她的一次突兀的造访——其他人一无所查。她与梅子那天有过短暂的交谈，而且彼此印象不错。这让我大大地松了一口气。这很好，这多么好。在这样的年头，一种敞亮无欺的关系不仅最好也最为难得。

而对阳子和吕擎就不同了，不知是有意还是无意，我从没有对他们提到她半个字。那两个火眼金睛同时又是多猜多疑的家伙，还是少掺和为好。

时代真的不同了，只说在已婚男子交往女友方面吧，风气变化之大即有点令人猝不及防。比如有人不是千方百计地隐藏这种关系，而是尽力炫耀和大声张扬，当成了表达骄傲的良机，至少是一种无可忍耐的兴奋使其忘乎所以。他们无所顾忌地手挽手出现在一些场合，逛商场，去医院，看画展，甚至还常常当众学洋派搂搂抱抱，在脸颊上亲得叭叭作响。如果有人指责或作为朋友加以提醒，他们就会满不在乎地哼一声："真是少见多怪啊，老土啊，什么时代了啊，还搞男女授受不亲那一套啊！"这样狂妄粗放，一般而言结果并不美妙。除了个别夫妻间相安无事甚至创造出了某种奇迹之外，大多总会有一些令人不安的事情发生，有的还会是大麻烦。

阳子认识一位画商，这家伙不仅能让画廊里的两个女人情同手足，而且还能让她们与自己的妻子亲如姐妹。重新组合的一大家子其乐融融：四个人一块儿吃饭下馆子、一块儿打麻将，还一起大打出手，把对面一个抢占商机的画廊给砸了。这个画商我见过，人长得像一种德国纯种黑贝，宽肩细臂，两只眼的内眼角严重下垂，走起路来屁股紧紧往里缩着。这人实在说不上可爱，无论从哪个角度看都是人群中的下品，而且举止极为粗鲁无礼，当着顾客的面连连放屁。他这样做时那两个小情人就在一边，她们听了颇为得意，一边捂着嘴笑，一边暗中观察那些顾客，想看看他们这会儿有什么反应。这两个女人是平常人们所说的那种"小东西"，小个头、小手小脚,像两只小麻雀似的,不太起眼。但她们眉眼里都有一股狐气,娇艳,顽皮,走路也像狐狸那样轻手轻脚。她俩闲下来就百般照顾那个画商,给他递水递烟,还给他擦鼻子。画商吸一种又粗又长的雪茄,而且不像一般的吸法:让烟在嘴里打一个旋再吐出来,而是一直地吸进肚里去,然后再冲她们直直地喷出。她们迎向烟柱嘻嘻笑,有时皱起猫一样的小鼻子,打一个不大的喷嚏。画商的老婆时不时光顾这儿,她俩就一迭声地叫着"姐姐"凑上去,四只小手像熨斗一样抚着对方的后背。画商老婆年纪稍大一些,满脸横肉却涂脂抹粉,化妆浓烈,还配有一对老银元那么大的金耳环,戴了白金手链,穿了闪闪发亮的中式缎子小袄。

我和阳子一起去了几次画廊,对画商这一套行头很熟。阳子这样评议画商:"高手啊!"说就在前不久,另一个家伙——一个发了财的"京漂",依仗春风得意,携着新搞上的一个胖女人回来炫耀,结果还没来得及在这座城市焐热身子,也不过就是一个星期的时间吧,就让妻子的娘家兄弟咔嚓一剪子除掉了男根。"对比一下这两个男人的处境,成色差到了哪去,真是天上地下呀!"阳子满口感叹,同时叮嘱我:"你就不同了,你和梅子是天猫地狗。"我不明白,问他:"动用了什么修辞学?"阳子笑答:"'天猫地狗,配成两口',连这也不懂,还想当大学教授呢!"他的话令我哭笑不得。我什么时候想当大学教授了?但还没等接话,他又说开了:"咱们几个朋友可没有闹腾这种事的,到现在为止,还没发现这种俗物。我们几个把老婆宠得什么似的。喂,你见了吕擎怎么疼老婆吗?""怎么疼?"阳子做个鬼脸:"结婚多久了,有一次大家在一块儿,他一背身还偷着亲了她一口呢。嗯,他老婆黑乎乎的,在学校有个外号叫'黑牡丹',挺瓷实。当年也就是吕擎吧,都说他这个人深沉,其实是老谋深算,只有像他这么阴险的家伙,才能把她搞到手……""你也是个阴险的家伙,与吕擎不同的是,你很会伪装天真——假天真。"阳子不吱声了。我对付阳子自有一套办法。

可就在这番对话不久,我似乎犯了一个不大不小的错误。

那是一个挺好的星期天,正好有时间,她就建议我们一块儿去博物馆,看看新出土的一批铜器、新拓的鼎铭。她很少和我一起出去玩,我们许多时间都是待在她的那个小宿舍里,顶多是去了几次图书馆。博物馆是我们第二次去了,这是她后来才迷上的地方,而我对这里的一切早就烂熟于心。所以我是她最好的讲解员,她对我深入浅出的解说十分钦佩,这让我有些得意。近来我发现考古学与地质学其实是十分相近的一门学问,它们正可以在一个更深的层面上联姻。我还发现,一个曾经热衷于在大山和原野上勘察作业的人,一个有着奔走癖、十分迷恋野外生活的人,很容易就能把古城遗址探究这一类事情落到实处,它们之间不会有太多的隔膜感。我问她:"你如果现在回到故乡,还会以从前的目光去看那里的原野和乡村吗?"她忽闪着一对大眼睛,好像不太明白我的提问。我说:"我就不能。在我钻进莱子古国这些资料里以后,再次回到那儿,再看山看河看平原都变了。我觉得那一道道山影就是古人最好的屏障,他们在这儿摆过阵势;在古城遗址那儿,抬头看大山差不多围了个圆周,中间是几百平方公里的沃野,让我想到这里多么利于防御!所以考古学家坚持说,他们在平原上找到了莱子国的都城……也有人说,这是秦王东巡时的行宫。当然,这些都不急于定论……"她听了半天,这才叹一口气说:"啊,你是这个意思。"

我发现她美得无可挑剔,也算冰雪聪明,但有时候——有些时候,似乎并不敏锐。她直爽有余,机智不足。她甚至有点憨乎乎的。当然后来我发现了她身上还有一种极其可爱的狡狯,这大概是女人们都有的。但总的来说她是那么质朴,这好像令人不解:这样的时代,一个娇妙的女孩怎么会如此质朴?而且这质朴既非伪装,也非刻意追求,于是也就成了格外令人称奇的品质。

我们专注于文物,边走边谈,有时挨得很近,什么提防也没有。谁知离我们不远处早就有人在相跟着看,虽然也没什么大不了的,但总是出乎我们的预料。这个人就是阳子。他一般不来博物馆这一类地方,这一次是因为要画一种古代服饰,需要来实打实地看一看。就这样,当我们相挨着转过了一个陈列钱币的柜子,然后往陶器展区走去时,阳子终于和我们狭路相逢了。

"嘿嘿。"阳子只看着我笑。

我不知为什么有些慌张,嘴巴不那么流畅,指指她又指指阳子,不知在介绍哪一个:"这是我的好朋友……都来了。"

阳子伸出舌头抿抿嘴唇:"嗯,就这么撞上了。"

我开始镇静下来,瞪着他:"你这小子'嗯'什么?你们该好好认识一下了。"我把她拉得近一些,为两人作着介绍。阳子似乎并不专心,只笑吟吟的。他好像已经把所有的一切都搞清了似的,不太听我解释。他也不怎么看她,偶尔正面瞟一眼也要赶紧转脸。这样一会儿,他的脸上渗出了一层细细的汗粒。"嗯,这天气真是好啊,这天气有点热了不是。嗯,你们好好转转吧。"我讨厌这家伙装模作样的,就捏捏他的脖子:"一起转!你要去哪儿?"阳子歪着身子挣着,盯着我,扭到一个她看不见的角度向我做着鬼脸,说:"不能,不能耽误你们的事儿呀?""当然不能!你这小子想到了哪去!"我向他吼着。阳子从我手里挣脱,捋捋被弄乱的头发说:"不用高声,不用高声,自然一些吧。"

我们重新往前走时就没有多少话了。彼此都有些别扭,大概她也感到了。我发现她一直是拘谨的。

有几分钟她在专心看一个展品,于是阳子和我有一小段独处的时间。我不快地盯了他几眼,他立刻摆摆手小声说:"放心吧,我什么也不会说的。"

我恨不得揍他一顿。

可是他很愉快。他小声唱着:"'我说过,我们一无所知……'"走开了。

二

阳子知道了,其他人就不会一无所知。我是指吕擎。因为阳子遇到什么事情通常就要找两个人商量:一个是我,另一个就是吕擎。我已作好准备,所以满不在乎。

大概是在博物馆相遇的第一个星期,阳子就来找我玩了两次。这频率够高了。他不无夸张地说自己这一段时间有多么寂寞多么无聊,画是画不下去了,别的也做不好。这和万磊刚死的那些日子差不多。我不愿听万磊这个名字,就闭口不言。他又说:"我总觉得有什么事情要发生,究竟是什么事情,咱也不知道……"我打断他的话:"这一回知道了吧?"

阳子在屋子里转悠了一会儿,东看看西看看,鼻子使劲抽着:"我总觉得要发生什么事情,心里噗噗跳。我的预感是灵验的。"

"你如果想歪了,那是你的问题。"

阳子大笑:"我说什么了?我什么也没说!"

"别耍小聪明了阳子,咱们谈点正经事多好。你要说什么就直截了当些,这多好。我这样的年纪可不喜欢跟你转弯儿。"

"你是老大爷吗?你多大年纪?不过……"他看看窗外,磕磕牙,"不过她可真是没说的。好样的!你们都是好样的!你不跟我说说她的来历啊?"

"你不跟我好好说话,我怎么跟你说她?"

"我怎么不好好说话了?"

"什么叫'你们都是好样的'?"

阳子咧着大嘴:"长得好啊,瞧她个子一米七以上,小腰长腿的,脖子也长;那小脸儿真的不大,紧绷绷左顾右盼。这是最好的模特儿材料。你呢,魅力中年,一米七八以上,一出门就穿上牛仔裤,一副风尘仆仆的样子。所以我说两人都是好样的。我赞成。"

"你赞成,我却不赞成。我不赞成你影射的那种事儿,我要明明白白告诉你。"

他立刻严肃起来:"当然,你明白就好。你知道这里面有个梅子的问题……我们都不愿伤害了她。我和吕擎多么敬重嫂子啊,你心里最清楚。如果没有这一层,事情倒也简单多了。说心里话,我在博物馆一见她就同情你也佩服你。你知道我是个十分正派的人,可以说坐怀不乱,一口气画了多少女模特儿——即便这样我一见她也……也出汗了。这是真的。满展厅里哪还有别人,全是她了。我发现那一天展厅里像泼了松香似的,刷一下全凝固了,所有人都在看她,偷偷看。你想想博物馆这种地方一般都是老学究、准备做老学究的人聚堆儿的地方,突然地、冷不丁地出现个超大型美女,这会是什么效果啊!这玩笑开大了!同时我也不得不为你捏一把冷汗了,真的,这是把一个安分了一辈子的好兄弟、一个老实人,放在熊熊大火上烤啊,就像烤羊腿一样,上面还捅上了一把不锈钢三齿铁叉……"

阳子这番亦庄亦谐、掺杂了讽刺挖苦的话让我极为不快,也不习惯。他以前可没这么油气。我打断他的话:"说吧,先让你幽默一会儿。不过也别废话太多,你想说什么就更直接一些吧。"

"嗯,真的是这样。你知道咱们和吕擎这些人都是什么关系吗?净友!这就意味着不留情面,开门见大山,一斧一块肉,不管你多么疼。说实话,你往常回城总和我们在一起,因为咱们有多少问题等着讨论!我们也一直盼你回来,这以前曾计划了许多事情——有的正待实施,有的还要商量呢——你以前对我们的许诺如果是认真的,那就更得从头计划一下了……可如今你一反常态,回来了也不怎么与我们联系,我们找你还常常扑空呢。这回总算明白了,我一见她就找到答案了,原来是你们打得火热——这事儿你如果同意,我可不可以告诉吕擎?"

"完全可以。因为一切再正常不过了。这一段时间我在钻研莱子古国的那一沓子,你和吕擎都知道嘛。"

阳子斜眼看着我。那表明他根本不相信我的话。这样静了一会儿,他咬咬嘴唇,叹气:"不管怎么说,我们宁可信其有,不可信其无。我说过,就因为我们太敬重梅子了,还因为那个姑娘又漂亮又年轻,还生逢其时——现在到处都在发生第三者插足的事情,我们怎么能视而不见呢?我想说的不过是:你们之间没有那种事更好,如果有,那就必须立刻停止。你会说这是嫉妒,当然有一点,但不是主要的;主要是为什么,我已经全都说过了。"

我有些生气了,郑重相告:"你听着,我和她是老乡、朋友而已——这个世界上的老乡情谊、异性朋友毕竟还是存在的!"

"但愿如此。因为……因为……嗯,不说了。"

"你必须说!你不是说我们之间是诤友吗?那为什么吞吞吐吐?"

阳子咬唇皱眉,像下一个天大的决心:"那就告诉你吧,我和吕擎早在几年前就已经商定,如果你做下了对不起梅子的事,我们两人就私下里把你处置了……"

我头上出了一层冷汗:"怎么'处置'?"

阳子板着脸:"砸断你一条腿。"

看样子这不像玩笑。可是这又不像他们之间的正式约定,倒像是黑社会的那一套把戏。我摇摇头。

"你不相信,可这是真的,这是吕擎提议的。就是嘛,各个阶层要相互学习,前些年看了一本写青洪帮的书,上面说道上的人如果犯了规矩,就由内部朋友砸断他一条腿。当然了,这得受受苦,因为一条腿长好了总得有些日子……"

他只管说吧,我却认为吕擎也许会说说这样的玩笑话,但说过也就说过了。我接上问:"吕擎这些天忙些什么?"

"他嘛,义字当先。"

"正经说话好不好?"

"真的义字当先。你如果让我说,我就说说发生在他身上的一个真实故事吧。这是我刚知道的,你听了这个故事,也就会更明白吕擎了。"

我让他快些说吧。

阳子咽了一口,眼望着远处:"吕擎这个人哪,无论谁和他交往,或者是诤友,或者什么都不是。他不会油滑应付,搞泛泛之交。你可能不知道——我也是刚知道不久——他原来的恋人不是弹钢琴的这个黑姑娘呢,而是看上去比她还要美的一个,是刚刚毕业留在英语系的,青岛人,与吕擎正热乎着呢,大家估计两人结婚也就是一两年的事。他们挺浪漫的,月亮好的时候就到校外去漫步,一直走到老乡的打麦场上,在大草垛子下边谈情说爱。你知道草垛子旁边是最适合恋爱的。有一天那姑娘不知怎么说起了一个老人的坏话,这个老人恰好又是吕擎最敬重的导师——她说得太刻薄了,吕擎严厉地制止她。谁知她根本不听,接上反而使用了更恶毒的话,这完全是无中生有,是往导师身上泼脏水。他难过得眼泪都快流下来了。那女的没有察觉,说得更起劲了。吕擎两手抖着站起来,女的终于看清了,吓得拔腿就跑——吕擎就围着草垛子追,直追了三圈,终于追上了她,狠狠地揍了她一顿……当然,两人关系就此算完。事后吕擎后悔下手太重,但他说自己永远都不会爱一个中伤别人的人——'她中伤的是一位如此高贵的老人,所以我永远都不会原谅她……'就是这样,这完全是真的!你听到了吗?"

是的,我听到了。我相信这个故事绝不是阳子编造的。同时我也确信：如果自己身上真的发生了某种事情，比如背叛，比如中伤，吕擎也一定会围着草垛子追我三圈的。

三

对我来说，吕擎可以算做一面镜子、一个谜语。他像我一样的是，都有一个充满屈辱的童年。不同的是他一家生活在一座大城市里，而我们家被人从城市里一路驱逐，最后住进了一片丛林之中，安顿在一座小茅屋里。我在极度的绝望中还可以在林子里游荡，他却只能在阴暗的小屋中、在曲折的街巷上徘徊。由于夹在狭窄的城区大墙之间，他长得更细更高，也更苍白。他对自己的身形与肤色极为不满，再加上一副眼镜，看上去太像一介书生。于是他就热衷于高强度锻炼，什么野外奔突、室内折腾，十几年二十几年下来，整个人终于有了发达的肌肉，脸色也不像从前。他喜欢扮一个粗人，有时故意说几句无伤大雅的粗话，做一点粗活，脸上好像从来没有搽过护肤霜之类。他极力追求一些血脉中没有的东西，尽管这极其困难。因为直到现在，我一眼还能看出他的纤弱文静——不是从外表，而是从神色眉宇间窥到的内心。

没有谁会像他一样时不时地沉入思索。这不是一种矫情和时尚，更不是某种现代病。如果简单说成是一种血脉、一种家族嗜好，似乎也不确切。他在这座城市里的朋友很少，但每一个都独特而又执着，用阳子的话说就是：他们一个是一个。当年社会上有一股出城奔走的风气——有人走黄河，有人走长江，有人到更远的地方折腾去了，最后却不了了之。据说这都是为了寻找一种更深刻的感受，为了体验，为了底层，为了更长远的人生贮备。他们当中的许多人有着令人感动的初衷，有着无可怀疑的良好愿望，问题是，他们采用的办法太相似也太表面化了。

吕擎回忆自己当年，半是自省的悟想，半是难掩的羞愧。

他那时也没有什么更好的选择。不过他比另一些人做得更彻底一些:要和朋友一起到最艰难之地真正地待下去,做工谋生,至少半生或一生都不再回到这座城市。他们先是选择了南部山区,而后准备由那里前往西北高原,最后在高原上生活,做一个不折不扣的高原人。比起当时的其他一些人,吕擎一伙没有那么多的形式意味,真诚得令人感动。在那种追求磨练和探究的时代风气中,他和他的朋友们显得更为质朴。那时候真的是一个特殊时期,人们为理想为人生真谛的辩论可以通宵达旦,可以点灯熬油不知困倦,一连一个星期或更长的时间聚在一起争得面红耳赤。开始是在室内,再后来就到了野外、郊区。可能是越来越阔大的思想已经难以被斗室相容吧,一群热血青年竟然在城南的那座小山下边、在树林和山顶上辩论起来,从黄昏直辩到黎明……

吕擎是这场辩论的主要人物之一,我也亲自参加过那一场场辩论。这也是我们结识的开始。我和梅子甚至是后来那一次远行的参与者——我们没有随上走开,但为他们准备东西,为他们送行,被感动得热泪潸潸。这是真挚的泪水,我们除了为远途上不可预知的无数艰辛而担心,更为一种选择的勇气和豪情所激荡。我们在心里为他们祝福,并在考虑未来的某一天也会追随而去。

吕擎一伙朋友走了。一如计划那样,先是南部大山,而后再一路向西……但只不到两年,他们就陆陆续续地返回了这座城市。他们是一个一个被打败的,最后回来的才是吕擎几个。与其他人不同的是,这当中一个直到最后还没有服输的人就是吕擎。

对于这场苦行,总结的时间是缓慢而悠长的,它在吕擎那里持续的时间特别漫长。我们在一起的时候常常谈论,使我永远感激的是,这种交谈让我有了一个完整的亲历——从开始到结束。因为出走和连夜无休无止的辩论如果算是开始,那么许久以后的以后,甚至到了今天,这场跋涉还远远没有结束呢!是的,我的朋友,一切都在进行中,当年那一场苦行没有结束,它大概要纠缠我们一生……

今天,吕擎对一切嘲弄那场跋涉的人都嗤之以鼻。那么简单而轻率地否认自己的昨天,那会是一个什么人呢?他这样问我也问自己。因为同行者当中后来就有不止一个人自嘲起来,吕擎于是不再理他们。许多人,包括梅子,都认为这些人返回的最主要原因,无非是受不了那份苦——远行、高原这些字眼,今天听上去都是浪漫的大词,当时谁要稍稍靠近它们却需要勇气;而真要实践起来则需要付出成吨的汗水,甚至生命。一旦真的踏上旅程,那就是实打实的日子、生活。对此吕擎说:"这只不过说出了不太重要的一小部分原因——对最早回来的几个也许是这样,对我们最后还在坚持的人,可能就不是这样。"

"那到底为什么?"我也不解了。

"是啊,我也问了多次。因为开始我作为当事人也不明白。日子久了我才渐渐想到,受苦是自然而然的,我们不就是受苦来了吗?咬牙坚持的准备一开始就有,再坚持一段也能。让我们溃退下来的主要原因其实是别的,它从一开始就存在,那就是——对这种行为的不自信。"

我对他这番话不仅不理解,而且还不能同意。

"有些问题从一开头就隐藏在其中,我们想不明白就没有回答,比如,为什么'意义'之类一定是在远方,特别是在高原呢?还有,为什么这么多人都选择了同一种方式?"

我思索着,却未有好的结论。

"我在路上想起了城里的那些辩论——那些热血沸腾的日子我这辈子都不会忘。我们几个口才不错,辩论起来总是赢的时候多。你有时还辩不过我哩!"

我笑了。是的,吕擎是最好的辩家,这不光是因为他口才好,而主要是,他读的东西比我们多得多。他直接可以读外国原著,而且强闻博记。他涉猎的东西除了当时最走红的哲学,还有人类学、自然科学——当然更包括一大堆文学名著。这样一个家伙谁能辩得过呀。当时我们刚刚读过弗洛伊德的一点皮毛,他却翻过了两大本弗的原著。对于罗素尼采康德等人的言论,引用起来可以随手拈来;什么弗罗姆、图尔闵、蒂利希、克尔凯戈尔……黄老学派阴阳五行纵横家,直到田骈王阳明,一串串名字脱口而出,再伴以小幅度的、果断有力的手势,可以说所向披靡。有一次一个研究"自由-心理学问题"的知名学者专门赶到辩论现场,因为他也是口若悬河的才子。他是直冲吕擎而来,一来就抖起了书袋子,从马克思到实用主义哲学,一个一个名字叫得山响。特别是说到克尔凯戈尔时,那五个字的发音简直像咬住了艮萝卜,狠力而且决意,含有极大的爆发力,一一抛出,仿佛直接砸在了地上。旁边的人都为吕擎捏了一把汗,以为天外有天,辩论到了如今,真正的高人终于出现了。吕擎一开始只是平静地听着,不动声色,脸上甚至浮现出一种谦卑的表情。可是那人一副得理不让人的样子,最后不仅口沫横飞,而且由于嘴巴咧得太大,连镶银的臼齿也露了出来。可能就是这最后一幕惹得吕擎不高兴,他终于开始反击了。对方谈到性格与社会进程关系时引用错误、逻辑悖谬,还有显而易见的学术暴力倾向,如论述中频频使用一个大词即"阶级",却对人性及细节给予了极大的忽略和藐视……他一一予以驳辩,并能直接地、一字不易地以弗罗姆的话做结:"社会过程的基本单位是个人,是个人的欲求和恐惧、个人的激情与理性、个人的乐善好施和心毒手辣。""一些阶级曾经也为自由而战,一旦赢得了胜利,也需要维护新的特权,就摇身一变成了自由的敌人。"旁边的人鼓掌。

那些场景至今如在眼前。我想说的是:我何止"有时候"辩不过你,而直接就不是对手,简直没有招架之功。但不知为什么,我的内心里总觉得他还没有看上去的那么强大,似乎仍然可以被我打败——只是不知道从何下手而已。我明白自己处于明显弱势的部分原因,当时如果说是因为论据和理性逻辑的缺陷,还不如说是苦于找不到相应的词汇/语言。

而今呢,风流倜傥的吕擎没有了,代之以一个更为内向的、沉稳以至于冷漠的面孔。但我却深深知道,他比以前更为有力了,就像他变得更为阴郁了一样。一种稳准狠的劲儿开始在他身上悄悄出现。他与朋友之间交流的欲望在减弱,而一旦开口就会弹无虚发。偶尔像是怀有恶意,实际上却并非如此。总之随着年龄的增长,他变得多少有点令人畏惧了。谈到那些辩论和那场出走,他或许会给人一种前后矛盾的感觉——从一个极端跳到另一个极端。但只有我能够明白,并知道这其中隐含了更为深刻的一致性。

"那时候我们的辩论吸引了多少人!或者这就是我们越来越愿意到室外去大声交谈的原因吧。或多或少的表演性——它对我们这一代人而言,已经没法避免,这也是这个年龄段的人的一个痼疾。总是有意无意地想着有没有人在看、在听,心里老有一个虚幻的舞台。这到最后是会变成毒药的,一味虚荣的毒药。从辩论到出走,它们多少都有点表演的意味……"

他作出了这样冷酷的鉴定,让我倒吸了一口凉气。

吕擎低下头,摇动着:"没有办法,当时是一腔热血,是冲动,是真诚,对隐在内里的其他什么却毫无察觉。这是从父辈到现在这一段独特的历史教给我们的,是类似于胎记的东西。你发现没有?比起另一代人来,我们这一茬人的长处绝不是自我反省。我们擅长豪举,表演,率领,在自我批判自我追究这些方面却不占多少优势。这就削弱了我们的力量……"

"可是,我们现在已经是太多的投机,太多的实用主义,太多的鬼头鬼脑,恰恰就缺少当年的那种热情和冲动!我必须说,我从心里憎恶一切对这种热情和冲动的嘲讽!"我忍不住了。

"我也一样,我也一样!可我说的是另一个问题——我们的问题。而不是别人的问题……"

我无话可说了。是的,他在说"自己/我们"的问题,一个内部问题。这个问题当代的小混混们还没有资格拾起来呢!我吐了一口长气。

这种谈话不是轻松的,而是有着隐而不彰的紧张度。这可不是闲谈。这时候我不由得想起了吕擎的妻子——那个钢琴黑姑娘给我看过的一封信,这是吕擎即将结束出走时寄回来的,除了谈旅途计划,最让人难忘的就是其中的一段自我批判:"我们说到底不过是在概念中生活的一群子弟,最终是没有力量的。我们的高原之行不会成功,其他大事也很难……既是这样的一群人,发力何能深长?意志何能恒大?韧性何能殊强?"

记得我后来在他面前重复过这段话,他没有反应,好像已经忘记了。

四

阳子的小画室给收拾了一下,这个从来紊乱的地方于是很像那么回事:画案上铺了一块干净的麻布,上面还有一瓶水生野花,是小山菊;一个大搪瓷盘,一套不错的茶具,热水壶冒着微微白气;两三样水果洗得亮晶晶的。他约我和吕擎喝茶看画,看来真的郑重地准备了一番。我先来了一步,用赞赏的目光看看阳子。几幅画上蒙了白布,我揭起来。尺幅不大,仍旧画了风景和小人儿。这一段他画人体少了。可能受万磊影响,一年多来偏爱直接在画布上使用刮刀,油彩厚得吓人。这得多少颜料啊。

吕擎到了。他比上次见面时黑了一点,也显得消瘦,进门对我发出一声"啊",算是打了个招呼。他根本不看房间里的画,一坐下就抓起两个苹果,咔啦咔啦咬光了一个,又接上吃第二个。阳子高兴地看着他的吃相,小声对我解释说:"吕擎有胃火。"

我们喝茶。喝了一会儿,吕擎突然对阳子说:"你叫我们来干什么啦?"

"我请你们来喝茶、看画……"

"还有什么事?"

"再就是一块儿聊聊。他忙,咱哥仨好久没在一块儿谈谈了。"

"行。不过你该请我们吃饭了。卖画了没有?手头如果宽绰就请吧。"

"卖了,宽绰。"

我发现吕擎脸上一直不笑,阳子也不再笑。好像突然就严肃了,我觉得这很好玩。

可是刚刚还在谈吃饭的事情,阳子就把脸转向我说:"那个姑娘的事情我已经了解啦,现在全知道了——你也不用再瞒我们了。"

我一下愣了。

"至今单身,小学教师,传言不少,以前到过一些文学艺术讲习班——反正这么说吧,整个就是我们熟悉的那种文学青年。危险指数很高……"

他故意使用一种板板的、汇报一样的腔调。可我觉得一点都没有幽默感,更不好笑。向谁汇报?当然是吕擎,虽然他的脸冲向了我。我马上严厉地打断他:

"谁让你去了解了?你又有什么资格去调查别人?你从哪儿染上的这种恶习?"

阳子的脸一下红了,然后发白,看看吕擎又回过头:"也不是什么故意的,刚才是开、开个玩笑!我爱人与他们学校的人太熟悉了,她无意中与他们谈到了这个人,人家就说:啊,是她呀……你看,不过是这样。老宁啊,你一点都不好玩了,还用得着发这么大火啊,啧啧!"

我不再说什么,气都变粗了。

一时静了场。只有抿水的声音。

最后还是阳子打破了沉寂,自我解嘲说:"我不过是瞎操心。因为中年人出事的太多了。像万磊……再说我们还有许多大计划没做呢,本来就耽搁不起。万磊那种事再也不能出了,我的年龄比你们俩都小,我还得盯着你们一点呢……"

吕擎微笑。他第一次露出笑容。

我再次打断阳子的话:"你不觉得到处打听别人的隐私是一种恶习吗?"

吕擎朝我摆摆手:"你先让人家说完嘛!"

"如果这是一个审判会,那我就不参加。"说着我站起来,往门那儿挪动。

可是吕擎因为坐得离门最近,所以只一侧身子就堵在了门口。他看了看我气呼呼的样子,用手指朝下捅捅,半是玩笑半是认真地说了两个字:

"诤友!"

我叹了一口气,往原座走去——还没有坐下来,我心里已经有点后悔了。真没风度。紧张。显而易见,关于她的话题对我来说太敏感了。可这一来,也无形中暴露了内心的波澜和极端的脆弱,还有不自信、欲盖弥彰的慌乱,等等。我心里有鬼有愧吗?这可能也正是他们两人在私下发问的。奇怪,我这会儿竟然不能理直气壮地回答自己了。我只恨恨地盯了阳子两眼,然后去看旁边的画。比起他这个人,他的画要可爱多了。瞧那小篱笆和茅屋画得多好——这有点像我在平原,那个海边葡萄园里的茅屋。

吕擎小口喝着茶,慢吞吞地说:"这些事其实没有必要讨论。

通常来说,即便是最好的朋友,相互间的关心也该有个限度。"

我不吱声。因为我在想:眼前这一场是不是老奸巨猾的吕擎一手导演的?我不敢肯定。我要再观察一会儿。

阳子听了他的话立刻像打了一针强心剂:"就是呀,刚才不过是玩笑嘛,他当真了!再说他已经在前些天跟我说了很多,说两人之间什么都没有,一切再正常不过——既然如此就不是什么隐私了——可是刚才你听到他说什么了吗?他说我打听的是他的'隐私'!"

我笑笑:"我是说,你想打听出一点'隐私'来,可惜没有。"

"没有就更好了啊。你可得知道,梅子这些年待我们多么好——老大姐万一给伤害了,你的麻烦可就大了!"阳子夸张地看看吕擎,做了个恶狠狠的鬼脸。

吕擎看着阳子,目光里好像有鼓励的意味,我看得清清楚楚。我听阳子说下去。

"你们那么亲密,年龄相差一倍,要是有点事儿倒也正常,倒也好理解;一点事儿都没有,你想想这多别扭!你想当个意淫高手吗?"阳子自以为说到了要害处,得意地看看旁边的吕擎,咕咕哝哝:"手挽着一个小娘儿们走来走去,如果这事儿发生在二十多年前,我还要佩服你的勇气呢,而今这样的混蛋满街都是,你混到这把年纪再学他们,也就成了笑柄、成了懦夫……"

我压制着心里的火气,装出一副大度的样子,微笑着看他。我想这家伙胡说起来也蛮有杀伤力的。

"我们上次去平原上,在你那儿待了些日子,也多少看出了一点门道。旁边那个园艺场里的花男绿女真不少,你跟他们打成了一片。你那么愿意往东部跑,这里面大概有什么蹊跷吧。"

我想这可不得不辩,这事儿太大了!我站起来喊:"胡说!"

阳子装模作样,两手作揖:"求求了,你千万不要变成一个色鬼啊！那样会耽搁好多正事儿的，也让我们对你失望……"

我脸上的肌肉一抽一抽的。但我还是笑着对吕擎说："让这家伙扯吧！看他能扯到哪儿去……"

吕擎终于笑了。他问了我一句："不过，你跟她——那个女孩子认识多久了？"

我在想：这同样是在打听别人的隐私啊！你也不比阳子好到了哪里去啊！但我就是没法拒绝他。我说："一年多了。"

"瞧，一年多了，你听他露过半句口风吗？"阳子拍打着膝盖。

吕擎像是咽回了一声叹息，声音低低的："我倒不完全像阳子那么想。不过我一直琢磨，这一类事情总是最复杂最棘手的……重要的是要有一颗真心……这个世界太冷酷了！还有，伪善是我们的敌人——这不光是你要记住，这对我们谁都一样！"

屋里很静。一点声音都没有。

在吕擎低低的、自语般的叙说之后，我和阳子都不想说什么了。吕擎像是陷入了回忆，目光久久地望向了别处。

第 二 章

那 个 夏 天

一

我不知道是否真的后悔了。这事发生在一年以前,是从东城区的一个培训班开始的。这座城市有各种各样的培训班、学习班,它们都赶在暑假期间搞得轰轰烈烈——那儿总是聚集了各种各样的人物,让人有看不完的新奇。当然,那儿也有一些上进心极强的青年。想想看,都什么时候了,他们却没有利用这段时间去海滨好好玩玩,没有去那些在大多数人看来极有意思的地方,却要一块儿闷在屋子里。这是一些多么值得钦佩的人。他们主要是年轻人,不那么时髦的年轻人。这从穿戴上也看得出来,瞧听课的男男女女,他们衣着朴素,打扮中规中矩,其中很少有过分暴露自己的。这在当年夏天已经很难了,要知道现在只要是一个年轻人聚集的地方,没有几个穿露脐衫的姑娘是不可能的。有一次我参加一个朋友家的晚会,那儿的人简直让我吃了一惊:男的染头发佩耳环,而且有几个人的头顶染成了紫蓝色;女的更疯,穿的衣服除了露出整个脊背的,还有袒露着半截屁股的;一个五十岁左右的女子甚至穿了若有若无的衣服……所以对比之下,这个培训班上的年轻人真是特殊的一帮——或者也可以说,是背时背运的一帮。反正他们大致还算老实,坐在那儿认真记着笔记,除了老师谁也不看——尽管如此,一股浓浓的脂粉气还是直呛我的鼻子。作为一个授课的人,我还不能说自己十分厌恶这种气味。

一切都是从这个夏天开始的,一切都是因为这个倒霉的讲座。

那天晚上我就看见她坐在最前排。她大概刚刚二十多岁,眼睛特别亮,看人的时候湿乎乎的。她低头写几笔,偶尔抬抬头。我注意到她那头乌黑的头发有些乱,显得怪模怪样的。她穿了一件白底上有黑点的宽宽大大的衣服,腰部那儿绣着一溜英文字母,下身是一条裤脚离踝骨足有半尺高的那种瘦腿短裤,黑底上也带着白点。这副打扮挺出眼。她的嘴巴有点大,所以从这儿看去,整个人显得有点傻乎乎的。她的外眼角稍微往上吊,眉毛舒缓地扬起,两道眉毛之间相隔很远。

中间休息时大家都站起来了,她还坐在那儿急着把什么记完,然后才起来伸一个懒腰。嗬,她的个子可真高。

那时我还不知道她的名字:淳于黎丽。

再后来我们就熟悉了。她叫我"老师"的时候,我先是觉得多少有点别扭,不久以后就觉得这是一个挺要命的称呼。本来是平平常常的一个叫法,从她嘴里吐出来,仿佛就有了点嘲讽的意味——当然在她的本意中是绝非如此的,而是一种十分认真的称谓。关键是我的感觉,我感觉这两个字从她有些大的嘴巴里吐出来就极其特别,甚至有点虚假。可我还是喜欢听她这样叫。

淳于黎丽在整个培训班上怎样漂亮出眼,这从同班男子的眼神上就能明白。他们远远离开她一段距离,故意不看她,却又能让人感到一些特异:这些人都把一条隐形的视线搭在了她的身上。他们似乎不曾注意她,可是她却能时时刻刻牵动他们。男子用愤怒难忍的目光射向我,因为她在和我说话。我心里想:我是老师嘛,老师也是你们能够攀比的吗?

这个班上所有的男子都很矜持,这就很好。谁都不动,只是观察着。这就好。这样就会保持一个班的正常秩序,一种均衡的态势。这种情形如果能够保持到整个培训班结束,那就好极了。等到这个班解散了,再发生什么都无所谓了。从一般的经验上来说,一些拘谨的家伙一旦散开之后,那是不得了的,他们出了门就会疯癫得可怕,就像换了一个人似的,可以在大街上嗷嗷叫! 现在就不一样了,现在是微妙的时刻,互相盯着,暗中较劲儿,谁都不敢轻举妄动,这很好。我作为老师与他人还是有区别的,她请教我、与我不停地说话,这都很正常。

　　她是一所小学的老师,业务水平大概一般,因为我觉得她的谈话显得幼稚,字也写得歪歪扭扭。让我感兴趣的是她的籍贯:家在东部平原,与我是真正的老乡。她只一个人在这座城市里生活,刚从一所学校分配到这儿。今年,她竟然在酷暑天里没有赶回海边老家,就挤在这个数一数二的热城里听课。不知为什么,我觉得她今年夏天非常孤单。照理说一个漂亮姑娘要孤单是很难的,甚至是不可能的。她刚刚二十多岁:在这片拥挤的水泥丛林里,这个小家伙该有多少人追、追,就像猎人追赶一只小兔子似的。

　　可她的确是孤单的,而且事出有因——我很快发现她并不具有一般女孩的那份温柔,动不动就顶撞人。她收拾别人的技巧真是不错,一句话就能把人噎住。很多人讨好地一声连一声叫"黎丽",她不过是翻翻那双大眼而已,又大又倔的嘴巴紧紧闭着。她很厉害,我想。她大概就这样失去了很多朋友。她那个白亮的、在灯光下有点耀人眼目的镀铬腰带虽然使她显得帅气,但也让人觉得极其不合时宜。金属制品,不对劲儿。

　　那个火热的夏天,令人难忘……

　　在阴暗的、破破烂烂的小礼堂里,我结识了那么多有些怪癖的年轻人。他们据说各个热爱艺术,其实更热爱其他。等我明白他们当中的一大部分人是为了结识新的朋友才来这个培训班的时候,整个过程已经过去了一多半。这些人根本不打谱搞明白这个培训班所努力让其了解的东西,而是尽一切机会四下睃着。男女都在睃个不停。可怜巴巴的热恋,懵懵懂懂的热恋,一些胆大的家伙赶在培训班结束前夕毅然下手……淳于黎丽冷漠难挨,当最后有人不再斯文地凑到她那里去时,吃到的苦头可真不少。惟有对我她一直是腼腆的,老师嘛。她一改那种火辣辣的性格,垂着睫毛与我交谈。

下课时我蹬着自行车,拉低了帽檐儿:我有一顶帽檐很长的蓝色软帽,那是一个火车司机送给我的,我很喜欢走远路时戴上它。我低头一阵猛蹬,可到后来总觉得有一辆自行车怎么也甩不掉。拐弯时借着路灯的光亮,我才看出是淳于黎丽。我不由得把车速放慢。

"老师是自行车运动员吧?"

"不。你是?"

我只是一句玩笑,想不到恰恰给我说中了:她在高中读书时真的是一个自行车运动员。

"怪不得,所有的人都被我甩下那么远……"

后来的日子淳于黎丽不再热心去那个培训班了——她直截了当地告诉:她之所以去报名,就是因为听说我在这个夏天里要去授课。我说:开班以后他们才请的我,你怎么知道?淳于黎丽说:"不,他们贴出的启事上就有你的名字。"为了证明自己所言不虚,两天后她真的从街上撕下一张被雨水淋皱了的启事。

那是我刚刚从东部回城的时候,夏天还没到呢,主持培训班的人碰巧遇到我,就说要请我届时去那儿搞几天讲座,这也算帮了他的忙。我只说如果夏天不回东部就可以,其实根本就没有打过谱,只是搪塞他。想不到朋友后来就把我印到了启事上。在关于我的介绍上,那个人已经把我描绘成一个远行的怪杰、一个博古通今的人物、一个行吟诗人。当然,他是为了吸引更多的人报名而已,却全然不管我的感受。这份介绍真是让我脸红。淳于黎丽当然是被他给骗了。不过有一点倒是确定无疑的,那就是我真的来自平原又回到了平原,而且是她真正的老乡。

她给我谈了很多东部平原上的事情、小时候的事情,我觉得那么亲切。我就是在那里长大的。这是家乡的故事、童年的故事。她告诉我,她从来到这座城市到现在,总有一种不安的感觉,"到处都是生人,一出门就是生人……"

远离了故乡,走在大街上,当然满眼尽是生人、生人……陌生的口音、性格、眼神,还有那些笑容。"总之,"她说,"他们都有一股'生人味儿'。"

渐渐,我理解了她的"生人味儿"到底包含了什么意思。她其实是真的想家了,她在这个城市里十分孤单,一听到有一个老乡授课,立刻就想去听一听……我注视着她的面容,慢慢琢磨出这个名字有一点熟悉——淳于黎丽——我一个字一个字念了一遍——它们在哪儿让我觉得熟悉?我极力思索、回忆,压抑着内心深处泛起的惊异之情……

每天从夜校出来,我都飞快地蹬着自行车,一会儿就热汗涔涔的了。我想我应该像一个"自行车运动员",既然有人这样讲过我。同时我也发觉了自己的急躁心情——为何这样急切呢?就像要迅速地逃离什么……我同时也会注意后面的声息,有意无意地捕捉那个熟悉的喘息声。她脱离了那些蜂拥的人流,最后只有我们两个人在疏疏的路灯下一块儿骑车,直走向很远。

路口上有一个铜雕,那是一个很拙劣的作品。我们俩总在那儿分手。铜雕在灯光下闪着清冷的光色。我两腿叉到路面上停住,等待着她。她突然把速度放慢了。这个自行车运动员那么缓

慢、那么沉着地驱车来到雕塑下面。她离开只有几米远,就那么看着我,眼神里充满了迷惘。大约停了有五六分钟,她才说一句:

"老师再见。"

我点点头,扬手告别。

她转过身去搬动自行车。我在那一刻发现,她的背影可真美。原来她那散乱的长发是故意留起来的。我以前却忽略了这一点。

空气中好像有一点淡淡的茉莉花香味儿。我低了低头,看到了我那一双磨毛了的羊皮鞋。我突然想起忘了问她一点什么。

二

记得那天下着蒙蒙小雨,她到我们家里来了。梅子热情地接待了客人,倒茶、削水果。这种热情那么熟悉。对了,一些好看的女孩到我们家来的时候,梅子都是这样热情。她欢快的眼睛后面隐隐藏了那么多内容。当淳于黎丽离去的时候,梅子说:

"多么好的一个姑娘,你这小老乡真没说的。"

"嗯。她是那个夜校里最好的女学生。"

从那天起,吃过晚饭后,梅子总忘不了催促一声:"快去吧,不要耽误了上课。"我尽量从容地整整衣服,把备课笔记的皮夹子认真地检查一遍……梅子给我拍打着衣服,有时还帮我把衣襟揪一揪。一切都很好……有一天她给我拍过衣服,又弹去了衣领那儿的一点灰屑;当她给我揪着皱巴巴的衣袖时,碰到了我的手,就用力地握住了。她抬起眼睛看着我,什么也没说。

这个夜晚躺在一起时,她一直握着我的一只手,使我久久不能睡去。梅子发出了均匀的呼吸,胸部平稳地起伏。可是后来当我翻身时,突然发现她的眼睛那儿动了一下。我明白她也没有睡。

我找了个特殊的理由,草草结束了培训班上的授课。

第三天上她打来了电话。她只说了几个字,明白我不再为那个班工作了,就把电话放了。她本来应该在电话中把一切都痛痛快快讲完,该问我为什么没去上课等等。可她偏偏什么也没问、没说。

我开始想何时回到东部平原,回到我的葡萄园去。我常常在屋子里徘徊,看着窗外,什么也做不下去。有一次我正在窗前伫立,肩膀上放了一只手。回过头,见梅子抱着小宁站在那里。小宁已经很大了,她很少抱他,这使她显得很用力,气喘吁吁。她一只手抱着小宁,另一只手就搭在我的肩上。

"不要老待在家里,你应该出去走走。你出去走走吧。"

"好的。"我像获得了什么恩准似的,走出了房间……我在门厅里晃动一下,又犹豫起来。但只是一瞬,我还是决定走出去。

我出了门,推上自行车。到处都懒洋洋的,连阳光也一样。我上了大街,好像什么都没看见。我就在这下午明亮的光色里、在人流里骑着自行车穿行。我蹬得很慢。后来,当我觉得有什么东西在脸上晃了一下时,一抬头,才发现来到了那个拙劣的铜雕跟前。有的地方长了一层铜锈,斑斑驳驳,在阳光下拒绝闪烁。

我下了自行车,站在那儿。我看见了她……她穿了一条粉红色的裤子,上身是一件黑色的衣服。大概因为这种打扮的缘故,我觉得她的两腿丰腴甚至粗壮。

我们在铜雕下面,扶着自行车谈话。

很多人走到这儿都要瞥上一眼。我们大概都被这目光刺得有些不舒服。后来我推上自行车,沿着雕塑东边的那条小路往前走。我们一边走一边谈话。谈了些什么,后来都没有记住。反正就这样缓缓地走着,把自行车拐进了一条阴湿的胡同里。那里真是僻静。我觉得这个地方再适合谈话也没有了。路旁是一溜矮小的红瓦平房。走了一会儿,她突然在一个有着竹帘的门口站住了。她瞥了我一眼:"这就是我的宿舍。"

这是一间很小的单身宿舍。她告诉我,这一排红砖红瓦的小房子就是他们学校的。屋里的陈设简单得不能再简单了,一个棕色小柜子,上面搭了块绿色塑料布;一个小煤气炉,一张小小的桌子,桌子上有立着的一排书籍;一个小书架,上边放了些杂七杂八的东西,并没有多少书。这个小屋子太静了。这儿该适合读书,也适合一个人沉思。一个人在这个小屋子里,心灵可以周游得很远。

我两手按在那个小小的桌子上。淳于黎丽看着我:"喜欢这个地方吗?"

这简直是这个城市里少有的一个安静角落。淳于黎丽告诉:我们拐进的是一条小巷子,它远离喧闹的街道,小房子两边那些雪白的楼房多高,于是就可以把噪音远远地隔开……

我问:"经常回老家,回东部小城吗?"她摇头。

"为什么?"

"那里没有亲人了。"

她说母亲现在已经走了——我知道那是病逝的意思。

我从她的口气中明白,她很不喜欢父亲。她说现在那边小城里只剩下了一间很小的黑屋,剩下了她母亲的几本书和一点遗物——"母亲是一个教师,看我现在也做起了她的职业。父亲是机关的,后来就跟上了一位酒店副经理,女副经理……"

她从一本书里取出了一张黑白照片。

我觉得她父亲并不漂亮,尽管这张照片上的人还很年轻。细长的眼睛,尖尖的下巴,真的并不出色。我觉得他的神情里有一种很拗气的东西,大概这一点像她。

"我的母亲很漂亮。"

我点点头。我想她一定长得像母亲。

"我们一家原来不在小城,原籍在小平原西部的藏徐镇……"

这名字很熟。我想起来了,立刻问:"就是离海边不远的那个藏徐镇吗?"

她点点头。

是啊,姓"淳于"的在我们这座城市里不多见,我在这儿生活了这么久,只遇到两个,而且他们都来自东部平原,祖居地也都在藏徐镇一带。

我问:"你知道藏徐镇的过去——它是什么地方吗?"

淳于黎丽摇头。

"你们姓淳于的可能是一个了不起的家族。"

她愣愣地看我。

"藏徐镇的前身就是有名的'思琳城'。我有一次跟一个考古的人、一个学者到那里去过,是徒步旅行。他一路上给我讲了很多。那以后我再也没有忘记这个地方。思琳城在过去是一个很有名的海港城市,那是在古代,几千年以前。直到战国时期,那里一直汇聚了一帮有名的人物。像齐国的稷下学派代表人物韩非、荀子、淳于髡,都在思琳城讲过学。淳于髡就是思琳城的人。再到后来你们这一族还出了另一些有名的人物,比如说在秦始皇身边的那个博士淳于越——后来被秦始皇杀掉了……"

淳于黎丽眨着那双大眼睛看我。这让我记起了一位有名的学者,她也是一位女子,也有这样一双眼睛,也姓淳于——这人在很多年以前曾被投入劳改农场,忍受了常人没法忍受的屈辱,死得很惨……她们都属淳于一族,没有错。

我面前这个美丽的女孩正是来自藏徐镇。

我告诉她:从那次思琳城之行以后,我就着手收集那里的材料了,想写一点东西。但我自知缺乏根柢,又没有做学问的耐性。我的工作进展缓慢……眼前这个女孩似乎让我燃起了新的热情,我想告诉她:你们淳于一族简直是一个谜,出博学善辩的人,也出一些执拗的人。你们的血脉里有一种很奇怪的东西,就是这种东西,使你们家族里的人有着另一种命运……我只是这样想,没有讲出来。

"所有姓淳于的人都是我们一族吗?"

"当然不能这样讲,我只是说来自思琳城的那一族——特别是从稷下学派到思琳城去的人,淳于髡、淳于越……"

我这样说时,不知为什么突然在想:站在我面前的是一个孤儿,像我一样……在这个世界上,与我有着血缘关系的人早就离开了,许久许久了,只有我一个人到处行走——没有根,没有依托,这成为人生的一场无边的游荡……

三

我后来又来过这个安静的角落,目的是想向她道别。她要我给她讲一讲淳于家族的事,我苦笑着摇头。我懂得太少了。我最后不得不告诉她:"这不过是从那个学者朋友口中听来的,我还讲不来。"

"他们的故事太悲惨了?"

"我总有一天会把这些故事全搞明白的。那一天我会从头至尾讲给你。"

"我只想知道自己的来历。你不是说我们这一族人的命都很惨吗?我们的性格都很倔犟、很拗气——从古到今都是?"

"那是研究者说的,他们说淳于是一个特殊的家族,从很远的地方迁到了海边,后来在思琳城定居下来,于是那里就成了一座'百花齐放之城'。不止一本史书上记载了这个事件。城里的人博学多才,极其善辩,畅所欲言。那是一座蓬勃向上的城。那座城市的兴盛就是因为有淳于这个家族。他们招来了很多远方客人,这些客人都是当时天下最博学的人,有的远涉重洋来到这儿,就为了你们这个家族……在一千多年前,这个家族开始衰落。淳于们散落到四面八方,今天即便遇到也很少是从那片平原上来的——有一次我在外省遇到一个姓淳于的人,他们家里还藏有自己的宗谱。人们发现:一千多年前思琳城就不存在了,从那时起淳于们开始掩名埋姓、远逃他乡。如今留在当地的人就更少了……"

我讲不下去了,看着一旁。一丝羞愧掠过我的心头。这个时刻,我对自己的夸夸其谈感到不好意思。多么无知,胡子拉碴,四十多岁……这一天我离开得很早。

我正下决心回东部平原去,我不能在城里再耽搁了。可能是走前最后一次来这个光线暗淡的小屋吧,但我没说是来告别的。她仍然专注于上次的交谈:

"再说说那个思琳城好吗?"

她那么渴望倾听自己家族的故事。可是我真的讲不出什么。关于它的那些考古资料、一些典籍,我连初入门道都谈不上。如果拿它们用来蒙一蒙不谙世事的少女倒还马马虎虎,但这不是那么回事。我对于那个思琳城的历史兴衰倾心日久,而且事出有因。就像我的外祖父晚年开始浸淫其中一样,我的这种兴趣极有可能来自家族的渊源。眼前的这个女孩就是思琳城的后裔,而且她与另一个著名的女学者显然同姓同族。这里当然丝毫没有什么巧合可言,一切都活生生地摆在面前——关于那位女学者的遭遇许多人耳熟能详,如果说"性格即命运"的话,那么她就是思琳城里淳于一族的性格。想到这里我就倒抽了一口凉气,我不由得在心里揣摸起眼前的这个年轻人:她显而易见的倔犟,还有稍稍的怪异……这是一座喧闹之城里一个罕见的角落,它处于安静的边缘,而且装满了故地幽思。

这一天离开时正好是太阳沉落,熙攘的人群、狭窄的马路都被染成了血色。我浑身没有一点力气,每个骨节都在酸痛。我往前蹬着自行车,两腿沉重如铁。

回家时梅子和小宁都不在,屋子里显得空空荡荡。我转到屋角那儿,长时间端量着那个隆起的棕黑色的东西——那是我远行的背囊,它已经落满了尘埃。

追　梦

一

几年前我到遥远的东部经营一片葡萄园时,梅子认为这只是一时的痴迷:凭一阵冲动就扔了窝,告别了这座热腾腾的城市,一头扎进了那片绿阴。她一直在等待我后悔的一天,等待我心回意转的归来。其实一切远没有那么简单,中年人的选择往往植根深长。我回到的是自己的出生地,而不是其他任何地方,这才是问题的关键。她大概从来没有想过:只有那里才埋藏了我们整个家族的隐秘。我时而吐露,时而欲言又止的那些往事、那些冤屈和悲伤、沾血带泪的故事,无不与那块土地紧紧地系在一起。它今生都会是我心头的一个硬结,硌我磨我,对我构成了不可解脱的致命的吸引。而这座城市对东部海角而言才是真正的异地远乡,它既陌生又遥远。我想对她说的是,这许多年来,无论是白天还是黑夜,只要安静下来,我都能感到有一种力量在摇动自己,它就来自海角,是那种绵绵不绝的吸引力。

许多年过去,我终于被吸附过去,紧紧地匍匐在那片土地上。

很早以前有个"命相大师"好好地研究过我的命运,他使用了一种"揣骨法"——细细地捏过了我的脚趾骨,然后断言:你长了一双流离失所的脚。我当时不屑,现在却深以为然。是啊,看来我的前半生一直在不停地走,因为有什么滚烫的东西在烧灼我,使我不能在一个地方安心停留,最终还是要走,要找一个真正的归宿……我肩上的背囊越来越大,它从那所地质学院开始装入锤子罗盘仪之类,而后又是03所之后的简易帐篷以及野外勘察的全部家当。从此它就一直伴随了我,成为自己最亲近最不可分离的东西,好比蜗牛身上的那个螺壳。与少年时代的奔走不同的是,现在我已经成为一个长途旅行的专门家,一个集专业兴趣与特别癖好于一身的怪物。一个从十几岁就因为家庭磨难而不得不逃入大山里的人,后来成为这样的一个人也许是自然而然的。习性不改,双脚难收,这就是我对自己最恰切的解释。所以,当我在出生地那儿发现了一块稍稍能够安定下来的角落,那种巨大的惊喜也就不是别人所能理解的了。

　　与梅子稍有不同的是,我的朋友往往把那个葡萄园当成了一块飞地,他们大概以为那是一处盛满了闲情逸致的什么世外桃源,压根儿没有想过那里也会有艰难的劳作,没有想过每一寸绿阴都是汗水浇灌出来的。在那里,我和朋友拐子四哥夫妇,还有一大帮朋友到底经历了怎样的煎熬,他们既不去想,也没有倾听的兴趣。这是一种无法医治的城市病,是它的反射和投影:自己在一个地方饱受煎熬之后,就对另一块土地作了概念化的想象,并且愿意待在那样的幻觉里,进而将幻觉当成依据。再后来,他们内心里的嬉戏和颓唐还会化为辛辣的讥讽,抛向辛苦劳作的朋友。我有时候与他们在一起,内心里会泛起一种苦涩,一种愤愤不平。我真想让他们亲自去经受那些磨砺之后再来与我对话。他们有时不停地抱怨自己的处境,恨不得把它说成地狱,而别处一定就是天堂,那里天上会掉馅饼,葡萄自动变成了美酒,海边、茅屋,再加上一片绿蓬蓬的植物,这一切即组合为无忧无虑的诗意田园。作出这种苍白可笑的想象的原因,就因为刺骨的海风下面他们没有干过翻土挖沟的苦活,炙人的大太阳底下也没有脱过几层皮,没有挨过也没有忧过,只是待在拥挤的城市空间里埋怨和想象。他们急于去另一个地方换一口空气,却忘记了天下之大,真的难寻免费的午餐。一切都是有代价的,有时这代价远比他们的想象还要沉重。所以有时一听到阳子的女朋友小涓冲着我高喊"什么时候去你那儿摘葡萄啊",心里就有一种奇特的沮丧和悲伤。她该多听听自己男人伙同吕擎对我的嘲弄和讥讽,然后再好好体味一下我的心情。我被所谓的朋友误解、被不留情面甚至被残酷地出卖之后,再拿出小茅屋里仅有的一点私酿酒招待他们,不觉得心亏吗?他们自己时下如何倒不愿反省,枪口对外的那一会儿倒自以为机智聪灵、反应极快且心满意足。廉价的沾沾自喜。

我承认,当我投入那片园林的时候,心灵上也会落下它的一道阴影。阳光下的什么事物没有阴影?人的视野再宽阔也会有自己的盲角!我在这样的时刻,当然渴望身边有几位诤友,他们能够直言不讳。而过多的冷嘲甚至阴郁的揣摸,有时让人无法承受。在我眼里,吕擎是难得的诤友,却常常失于过分的偏激;而阳子则还幼稚,他实在需要阅历,需要更多的判断力。一个再正直的人缺少阅历,有时也难免会歪曲和伤害朋友。

他们两人在对待周边的一些人特别是一些朋友时,那种有失公允就常常让我吃惊。比如上一次回城——那时我正因为葡萄园的前途不停地筹划,它至关重要,可以说直接影响到园里园外许多人的命运。实话说这一切都因为吕擎和阳子的参与而变得急切了,他们两人最先得知了我的一些打算,就拿出了十二分的热情给予了支持,这样、那样,一时满腹经纶。我从心里感谢他们,毫不犹豫地为此奔波起来,并一直认为从今以后这就是我们大家的事业。我认为自己为此所作出的任何付出都是值得的,不仅毫无怨言,而且在内心里有一种今生以来少有的充实与快乐。长期以来,我们一直有一个宏远的计划或设想,那就是办一份杂志——它要真正地脱离庸俗和不同凡响,有内在的硬度和心灵的自由,让一种强大的恒念从头至尾地贯穿下来——以目前的现实条件而言,能做到这一点当然是至为困难的。但困难却不等于一定要沉默或停息,我们的价值就在于勇敢地尝试和坚持,这就是人的有幸和不幸。

"这份杂志就办在葡萄园里。"最早不知是谁、是他们当中的哪一个或直接就由我自己,说出了这样的一句大话。大家兴奋起来。我们热血沸腾了好长一段时间。我知道这是一个梦想,美丽的梦想。为了让它变成现实,我愿意付出一切。最先讨论的当然是经济保障,是物质的支持。就眼下葡萄园的收益来看,我们似乎还不足以办成这件大事。于是几个人就商量:我们何必将辛辛苦苦种出来的葡萄卖给那个酒厂啊?如果我们自己能够造酒,有自己的一个酒厂,哪怕很小的一个厂子,那又是怎样的情形?这种未免狂妄的想法在旁人看来太不着边际,但对我们来说却未必如此。为什么?就因为我们的园子里有一张王牌:武早。这个人是我们葡萄园的挚友,是赫赫有名的东部葡萄酒城的酿造总工程师,这家伙差不多能点石成金。而且即便在当时,东部平原上的一些小型酒厂已经雨后春笋般发展起来了,比如我们所在的镇子上,那个头儿叫大胡子精,这个人就搞过酒厂——难道我们就不可以试一试吗?

一份杂志,一个酒厂,二者与葡萄园并存,这简直像一个神话。

我们开始具体设想如何让这个神话变成现实。关于杂志,我们大家非常熟悉,但真的要干了,才发现有关创办的一些细节和途径却未必清楚。为了弄清它的可行性到底有多大、从哪里入手,我们自然还要找一些人。其中一个叫雨子的是行当中人,他对我们十分重要,吕擎却极力阻止我们与这个人接触。起因仍然与万磊有关,开头还是因为他的一个画展。这个画展最后连梅子和吕擎的妻子吴敏都去了——她们通常与这种事是不搭界的。这显然是因为阳子强力推荐的结果。小涓后来告诉我由此引出的一段故

事,让我觉得又可笑又吃惊:

"吴敏看了画展很不平静,回来时手放在胸口那儿,像胃疼似的,说:'我真的很感动……'吕擎开始没在意。后来那个领头搞画展的万磊就到吕擎家里来了。他是来找吴敏的。有时他还直接到吴敏的店里去。吕擎以前对阳子强调过:'万磊这样的人绝对不能交往。'现在他又一次这样对老婆讲了,吴敏立刻说:'谁跟他交往了?我不过是喜欢他的画。'我刚开始听了有些糊涂,后来才一点点明白:原来吕擎盯上的不是万磊,而是另一个:帮万磊操办画展的一家杂志的编辑,叫雨子。"

就我所知,雨子这人口碑很好,而且阳子和吕擎也都认识他。不过我从来没见过他,只听说这个人在杂志和出版方面很有本事。阳子曾一个劲地赞扬雨子,说这个人多么和蔼,多么内向,而且有着过人的才华。吕擎说:"去他妈的,还不就是因为他给你印过几幅画吗?你这个人没有原则。"

雨子大概受万磊的影响,也会画一点。就因为他们之间的友情或者因为绘画艺术本身的魅力,他竟然心甘情愿费尽周折,帮万磊一伙搞了这么个画展。画展的第二天就有人在报上攻击,把这个画家说得一无是处。

事后很久吕擎才知道了一点内情:可能是万磊告诉了他,也可能是通过别的什么途径,反正吕擎知道了雨子对吴敏有点意思。画展那天,雨子跟在吴敏身后一幅一幅讲解,殷勤得很。后来雨子往吴敏店里打电话、写信,还捎过一两幅素描。吴敏刚开始没有告诉吕擎,是吕擎不经意中看到了:一幅幅小画下边签了雨子的名字。吕擎说:"这些狗屁画。"吴敏说:"我看它们画得蛮有才气。"吕擎说:"一股牛粪味儿。"

我也很讨厌万磊那一伙,与他们没有多少来往。我觉得他们这些人奇怪念头太多,荒唐颓丧、装神弄鬼,有点莫名其妙。万磊的风声在这座城市的文化界闹得很大,不断传来一些滑稽可笑、花花绿绿的事儿。有一次我听人讲:在一次晚宴上万磊喝醉了,抽下裤带挥动着讲演起来,裤子当即就滑脱了;他走在人行道上,如果有一个漂亮姑娘擦身而过,他就会抹抹嘴巴大喊一句——那个姑娘被这突如其来的喊声吓了一跳,回头瞥他,他却没事人一样地继续往前走。我对吕擎说:"这个家伙很危险。"可吕擎不以为然:"这样疯疯张张的人反倒没有什么,最危险的还不是他这样的。"我问谁更危险?吕擎说:

"雨子。"

我看着他。

"那家伙不哼不哈,才是最危险的家伙。"

我对他阴郁的脸色、如临大敌的样子感到吃惊和好笑。他接上又说:

"万磊这样的人我也不感兴趣。可雨子就不同了,那是绝对不能交往的家伙,是另一种人。你想一想,这样的人笑模笑样,讷于言敏于行,鬼心眼都装在肚子里,谁敢和这样的人交往!"

我想对方的厌恶显然是因为吴敏造成的。不过这个人又恰恰对我们十分重要。

接下去我们就很少议论雨子……

二

吕擎不坐班,每个星期的大半时间都待在他的小四合院里。阳子在我耳边咕咕哝哝:"吕擎啊,这一段不得了啊……""怎么了?""你不知道西边那栋厢房,那儿被他改了用场。"

我记得那间厢房里有很多动植物标本——这家伙本来应该接他父亲的班做个好学者好翻译家,可他什么都干,就是不正经搞学问。他爱好广泛,常常看着别人做事眼热,曾一度对我放弃了地质所进一家杂志社痛心疾首。"你是个傻瓜。"他这样说。我想不出吕擎又有什么新招数。

"他在里边吊了一个很大的沙袋,脱了上衣练武呢,每天狠揍那个沙袋好几百拳,好玩。"

我那会儿惊讶地看着阳子。

"吕擎说'有文事必有武备',他要练一身武功,说这样的年头,总有一天会用得着。"

我去找吕擎,进门时他真的在练拳,赤着上身,汗淋淋地迎接了我。

"嗬,正加紧操练呢。你练好了要揍谁呀?"

"揍谁?这个年头欠揍的人可不少。我总有一天把这一拳打在那小子的脑壳上。"

我想"那小子"可能就指雨子,却故意问:"要揍万磊吗?"

吕擎搓搓眼睛:"揍他也行,那也不是个好东西。不过我有好多天没见他了。"

"听人讲他要往澳大利亚跑……"

吕擎毫不吃惊:"那也可能。这小子除了没有劫持飞机,什么坏事都干过。我可不能跟这样的人来往。"

我知道自从万磊把雨子引进了他们家之后,吕擎对万磊一句好话也没有了。他顿了顿又说:"不割断男根,他就没有老实的时候。"

我告诉吕擎,我很快就要回东部平原去了。我的意思是,走前,有些事情需要好好落实一下了。他半晌没有做声,后来才说:"走吧老兄,我也会走的。"

"我还是放不下那片园子。本来以为梅子会跟我一起的——看来这需要一个过程;不过最后她还是会跟我走……真没想到她会这么拗。我这些年的计划差不多让她给搅了一半。"

吕擎很认真地看着我,听我讲。

"我多么希望在葡萄园里安个家。可现在,从这儿到那里有几百公里,我跑来跑去实在太累了……"

吕擎仰起脸,环顾着这个小院。厢房左边有一株老槐树,虽然长得矮小,可是我们都知道它是一株很老的树。这株槐树在他父亲健在时就是这副模样,简直没有一点变化。我知道这棵老槐树连带着非常凄惨的旧事——那个老翻译家就曾经被绑在上面,一群人把他打得鲜血淋漓……吕擎的目光一直盯住它说:

"你能听我一句话吗?你千万不要放弃葡萄园,不要回来。我是指你可不要回来定居啊。"

当然,感谢这种宝贵的叮嘱。可你知道吗?我一个人在那个海边茅屋里,大风天听着海浪声,噗噗的就像砸在枕头边上,一夜一夜不能合眼——我想城里的朋友,想这里的一切……

"我们要快些办起一份杂志。这样我们大家在一起,就可以过上一种脑力劳动和体力劳动相结合的好日子了。你现在就缺一份杂志。我们以前议论得太多了,可就是不能付诸行动。"

我一声不吭。我又想起了雨子。

"有了那份杂志,再有酒厂,咱们就有忙不完的事儿了。到那时候也许谁都不想乱跑了,你也不会动不动就背上那副背囊往回颠。总之那时候你就离不开园子了,梅子和小宁也会跟上你,一家人全围在一起。老婆跟上心里踏实……"

"到时候你们真的能跟我去,能撇家舍业?"

吕擎点头:"阳子也会去的。我会动员吴敏一块儿走。有了她,我相信梅子也会跟上去。那时候我们的小日子就完整了。老伙计,真的会是这样,真的值得拼一家伙了。"

我陷入了沉默。我知道这个盘算已经很久了。办一份杂志的念头绝不是一种冲动和心血来潮,它对我来说也许像葡萄园一样重要。很久以前一想起它就使我激动,我想葡萄园已经有了,那么而后就是这份杂志。没有料到的是侍弄一个葡萄园尚且这样难,它简直把我拖得精疲力竭……就这样,那份杂志差不多也就落空了。疲惫中,我一次次回到这座滚烫的、蜂巢似的城市。可是一脚踏入这里的街区,各种各样的嘈杂又会一齐拥来,最终还是化为另一种催促——我不得不再一次离开……我一次次想着那个遥远而又切近的计划、那份心爱的杂志。是的,它的名字早就取好了,尽管它还没有出生。它可爱的模样我已经想过了无数遍,它芬芳的气息也嗅到了。

吕擎说:"你想,让我们自己来设计一本杂志的风格,从装帧到内容,都由我们这些人说了算——那会是多棒的一件事啊!"他沉醉其中,眯着双眼。

我咂咂嘴,承认那是值得一做的事业。要知道在企划中,那是诗与史的双璧,是一份图画和文字生成的美丽田园,是我们的另一块土地。我一时无语。

吕擎在屋里徘徊,这时细细地看那些野鸡和山雀、秃鹫等各种各样的动植物标本,又在沙袋上击了两拳。就在他击打沙袋的同时有人敲门。吕擎去开门。进来的人使我多少有点吃惊:淳于黎丽!

她与吕擎打了招呼,眼睛就停留在我的身上,小声说:"我找了你几次,他们说你可能在这里……"

我点点头,但没说什么。

吕擎皱着眉头,似乎还沉浸在刚才的事情里。他想继续与我讨论下去,可发现我早已心不在焉。他就对淳于黎丽说:"我们正讨论要紧的事情。"

淳于黎丽知趣地告别。我送她出门,她在门口耽搁了一会儿,说:"我担心你很快就走了,连声招呼都不打。"我说不会的,不过我们的确在操办一件很大的事情。我嘴上这样说,心里却在想怎样与她道别……她说了一声"再见"走开了。

继续讨论杂志和酒厂。吕擎说:"我们需要各种各样的朋友。你那里男男女女也有一些,不过那些人办杂志可不行。我会早些赶过去。"

我看着这个身材顾长、有些消瘦的眼镜朋友,看着他异常严肃的面庞,突然明白我们正在谈论的是一件近在眼前的、无论如何都要实施的计划。他总是能够说到做到,与阳子不同,这个人义无反顾。我的心里又热起来。我在想,如果像吕擎和阳子、吴敏这一拨人一块儿掺和到葡萄园里去,那么一切大概又另当别论了。梅子之所以离不开这座城市,一个重要的原因就是舍弃不了城里的朋友。当然了,她没有谈过这些,也没有提到是否可以离开父母和弟弟。她只说到那片小平原上去会受不了:那里太寂寞了。

吕擎又分析了阳子的情况,他目前的家庭以及事业,最后认为阳子肯定没问题的——吕擎是个急性子,这会儿一遍遍用电话找阳子。

三

在等阳子的这段时间里,吕擎极力向我推荐一个人物:李大睿。我甚至想他在用这样一个人去替代雨子,就说:"这个人我知道,就是那个发了大财的个体书商吧?""就是他,这家伙跟你差不多,你们在许多地方都很相像啊。"我不高兴了,我觉得眼前的吕擎实在怪异,你即便对我有再大的成见,也不能用这样不伦不类的比喻来刺激我吧。这个人是城里有名的富翁,就因为上边有人撑腰,靠不正当的手段在短时间内完成了巨额财富积累——在一个范围里是英雄,在另一个范围里则臭名昭著。吕擎说这个人正好可以帮上我们;还有,就是对方拥有极其丰富的文化经营方面的经

验……我说等一等,我最想听的,是他怎么和我差不多了?吕擎笑了:

"他上层有人,你也一样,有个了不起的岳父;他发了大财,你有一片园子,要知道园子可属于不动产啊,前景未可限量;还有,都是文化人,都有很深入的思考、有开阔的文化视野……"

我实在忍不住,也不管这番话里有多少调侃多少认真,打断他说:"先不说我们两人财富的比较多么荒唐,就说'文化人'这三个字吧,你给我解释一下这家伙有多少'文化'!"

吕擎脸上一丝笑容都没有,很严肃的样子:"他以前是个教师,与你辞职的时间是同一年——你看就连这个也一样。关键是他并非浅薄之徒,挣大钱是一回事,心里想些什么又是一回事。这点上他可以和我们那个好朋友林蕖有得一比……"

林蕖也是一个亿万富翁,是吕擎的上一届同学,但这个人的宏志绝不在财富方面——近来听说生意上有了较大的跌宕……越来越离谱的比喻简直让人生气,我问:"你不觉得自己的标准太混乱了吗?你不怕林蕖听到了会跟你急吗?"

"真正急的是你。你不愿将这样一个人跟自己拉近,觉得是个侮辱。伙计,我一开始和你一样,压根儿就瞧不起这个人。因为我们心里都有一套现成的模子来套他们,把他们一琢磨一归类就给打发了。其实这够莽撞的,有时还会犯大错哩。直到最近读了一个打印的手抄本——他的公司准备正式发行呢,这才对他有了许多改变。"

"什么手抄本?他写的?"

"还不敢肯定吧。手抄本嘛,往往是找不到正头香主的。不过那个炮制的家伙是个夜猫子,晚上不怎么睡觉,全都用来胡思乱想……"

我想这和你吕擎差不多嘛。

吕擎说着去一边翻找，拿出了一本打印的小书，书名为《驳夤夜书》。我翻了一下，作者显然都是化名。全是一些片断，而且涉及的内容十分芜杂。书的主体是一个人的杂议，然后由不同的观点批驳。"这个手抄本被李大睿盯上了，他想用它狂赚一笔，可惜内容过于尖利。结果这小子忽发奇想，就打印出来开了座谈会专门批驳，然后准备将手抄本与批驳一起印出来……"

我把这本小书先装进兜里。我以前只知道这家伙靠印制畅销书——其中有许多是准黄色的读物——这样一个人会有什么真货色，倒也让人好奇。我说："该不是更黄的故事吧？""你看看就知道了。你如果也参与批驳，那李大睿就更高兴了！""你也参与了？""我连这个人的面都没见呢，只是流到手里的一本。"

吕擎接着描述这个人：他平时只花很少时间打理生意，像个地老鼠一样窝在郊外的别墅群里，白天睡觉，一到深夜就在无数曲折隐秘的房间里乱窜。平时没有几个人能找到他，这些年里只闻其声不见其人……我最挂念的还是杂志的事情，就直接问这个李大睿到底能帮什么忙。

"他舅舅是牟澜！"

原来如此。牟澜的权力之大人人皆知，这人上边还有更重要的人物，可以呼风唤雨，人送外号"百足虫"。以前只知道李大睿上边有人，但不知道是这家伙。

"李这个人善打擦边球。如果太不沾边，再大的权势都保不了他。还有公司里一大摊子，他手下有几个顶级写手，其中最棒的一个是他的小姨子……他晚上从来不睡，又抽又喝，是个大书虫子。那手抄本就是他发现的，里面的内容可能与他的一些古怪念头比较合辙。"

"该不是小姨子替他写的吧？"

"怎么可能呢。两回事。你自己去看好了，蛮有趣。"

"你想让他将来为我们的杂志撰稿吗?"

"哦,那倒不合适,他也未必肯干。我不过是让你对这个人了解一下,或许有兴趣与他合作,比如发行。"

我倒真希望李大睿对于我们的杂志,在未来的一天就像武早对我们的葡萄园那么重要。如果真的是这样,那么命运就太眷顾我们了。概括起来这个人对杂志有三个方面的作用:上层关系;经济支持;运作经验。其实仅仅是其中的一项,已经是对我们极大的帮助了。不过还是不要想那么多,要紧的是先接触一下,然后才能加以判断。我心里想,不管吕擎怎么说,这家伙十有八九不是我们期待中的那种材料。

四

由李大睿谈到武早,吕擎又有了另一种担心。因为我们的酒厂太依赖这个人了,而这个人又处于一生当中最特殊的一个阶段。由于受妻子离异的刺激,他一度精神出现过问题,但经过了短期治疗已经好转,一直维持正常上班。只是前不久与妻子的一次剧烈摩擦又让其痛苦不堪,为了不出大的意外,酿酒公司的领导又建议他休假疗养。这个疗养区实际上也是林泉精神病院的一部分,是专门接收轻度患者的地方,如果病情进一步发展,可以立即转入重症区。几年来林泉精神病院已经超额接收病人,这是几十年来未曾有过的情况,所以病院已经着手扩建,新建病院和规模将是原来的两倍。我认为武早只是极度的抑郁,他一旦从情感上解脱出来,一切也就无有大碍。爱情疾患对于一个中年人来说,一般都是比较短暂的。吕擎听了我的分析立刻挑起眉梢,紧盯着我问:

"是吗?你敢肯定?"

我知道他脑子里这会儿转动的是另一件事。他与阳子一直在淳于黎丽的问题上想得很偏。我还没有回答,吕擎又转脸去看一旁,说:"武早真该早点康复。为那样一个女人得病不值。没有办法,这种事有时真是不可理喻,在旁边的人看来一切再简单没有,可当事人就是要死要活的——有一年我们大学里一个中年副教授——注意,他就是你说的'中年'——就为了一个女学生上了吊,脖子勒得够呛。好不容易才被救下来。那个女学生实在不怎么样,口吃,还有轻微的斗鸡眼……"

"如果轻微,也可能别有魅力吧。"

吕擎点上一支烟,瞥瞥我:"哦,你可能有些这方面的经验。不说他了,只说武早吧,他如果再病下去,我们就指望不上他了……唉,那是多么棒的一个家伙!我敢说他是你在那个平原上所有朋友当中,最有深度最有内容的一个人。竟然成了这样。女人,搞破坏的好手。想想看,如果我老婆来搞我的破坏,那我一点办法都没有……"

这家伙倒说了一句真话。这就是吕擎的可爱之处:老谋深算,有时又天真得像个儿童。吴敏在他心中重若千斤。这也就是他对雨子无比厌恶的原因了。我于是说到了雨子:"有些事情可能我们想得严重了一点,事实上可能也就是很简单的一些……来来往往。"

吕擎警觉地盯住我:"你在说什么?"

"我是说,这样的年代把我们都搞得疑虑重重了。现在太乱,真真假假搅在一块儿,不由人不得神经病。这个年代人要活得好好的,得有多么健康的神经啊!再不干脆就大大咧咧的,由他们去折腾吧……"

"你能做得到吗?"

"我不能……"

吕擎恶狠狠地扔了烟蒂:"那你就不用说!"

我长时间不再说话。为了缓和气氛,我又一次提到了武早:

"我相信他没有什么大碍。如果暂时不能胜任，请他手下的一般技术员也会帮我们干得挺好——不过是一个小酒厂，杀鸡焉用牛刀。"

"那就到时候看吧。我啊，老宁，我有时半夜里一想起葡萄园、杂志和酒厂这'三位一体'，就再也睡不着了。不是发愁，是高兴。在这个乱军踩死马的年头，可能有不少人在半夜里做过这样的大梦——这是真正的一场美梦啊！老宁，我们为此奋斗了多久，直到今天才算摸到了一点门道……"

正说着有人敲门。进来的是阳子。

他一进门我就觉得神情有点不对：低着头，眼圈有点红。他抬头看着我和吕擎，一声不吭。就这样待了一会儿，他突然声音低低地说了一句：

"万磊被人杀了。"

"什么？"吕擎喊起来。

我也惊呆了："怎么回事阳子？前几天还……"

"真的，昨天，不，前天发生的事儿。有人去找他，发现他死在屋里。警察拍了照，正在破案……万磊死了。"

真是个惊人的消息。前不久万磊还到这个小屋里来过，吕擎也万磊长万磊短的，刚才一会儿还骂过他呢，一转眼人就没了。我有点紧张。吕擎默不作声。阳子说：

"刚开始有人认为那些家伙是冲着东西来的，你们知道，万磊这些年手里有几幅古画。他有专门的保险柜子藏它们。也许风声传出去，引来了狠心贼。谁知后来警察侦查过了，发现那些古画一幅也不少，钱也一分不短，照相机、摄像机，所有值钱的东西人家都没动……"

吕擎哼一声："那恐怕就是下边招来的麻烦。"

阳子不解地看看他。我没有做声，但心里同意吕擎的分析。

我又想起了他关于"男根"的议论。阳子这时抽泣着：

"一个多么有才华的人，就这样给杀了。你们不知道，最近从南方来了一拨人，他们专杀青年画家……"

"这怎么可能？"

"真的。这是破案的人说的。"

阳子带着哭腔向我们解释："从南方来了一帮家伙，他们专杀青年画家……"

酿 酒 师

一

我也许还算一个幸运的人。命运这个东西需要慢慢悟想。时下这个葡萄园真的成为我和朋友人生之途上的一片绿洲。那儿有童年挚友拐子四哥和他的大胖老婆万蕙，有一些年轻的朋友，有护园狗斑虎和一支猎枪……这一切都让我忍不住一阵阵地思念。在这个世界上，留恋和思念才意味着真正的幸福。

无论怎样，我们总算从最苦的山顶翻了过来，可同时也发现时间已到中年……多少次走入绝望，最终还是咬着牙关挺了过来。渐渐的，园子里有了拐子四哥哩哩啦啦的歌声。谁也没法弄懂他到底唱了些什么。他在原野上来来去去，跟海边那些打鱼人全是好友，在鱼铺子里开怀畅饮，归来时总要提回一条鲜亮的大鱼。他掮着一杆又破又沉的土枪，长长的筒子上总是堵了一朵棉花。他告诉我："你别看这枪的样子难看，可实在是一杆好枪，威力大哩，能打死老虎。"其实他后来什么也没有打过，一只流血挣扎的野物会让他泪水涟涟。

酿酒师武早成了我们葡萄园的常客,后来又与吕擎阳子几位结识,而且十分投缘。园子里的每一个人都盼望听到他响亮的笑声,他的到来简直成了我们的节日。拐子四哥总是停了手里的活儿与他交谈,两个人有说不完的话。作为一个酿酒师,他对葡萄种植是十分熟悉的,不光帮我们试种新品种,还鼓励我们自己酿酒:"那时候我可就帮上大忙了。"

拐子四哥对"酒"字十分敏感,武早的话让他高兴起来。他咂着嘴看着我,不小心口水都出来了。大概他最渴望早一天喝到自己的酒。对我们来说,葡萄销售一直是一个问题,不要说自己酿酒了,就是拥有一套榨汁和贮存设备,我们的事情也好办多了——如果再搞起一个葡萄酒厂,那就是梦想了。到时候我们甚至可以把近邻那个园艺场的葡萄也买进来。我问搞一个小规模的厂子要投资多少?武早吐出一个数字,我们吓了一跳。

"那就酿一点自己喝吧!"武早这样说。

从此,酿酒的念头就在我和拐子四哥的心里生了根。

虽然一时没有酿酒,武早仍然给我们帮了大忙。由于他的原因,我们跟酒厂的关系逐渐密切起来,葡萄销路从此不成问题。他是我们在小平原上所能找到的最好的朋友。我发现他虽然长得人高马大,性格豪爽,心底却有一份相当细腻的情感。他极其爱诗,一张口就可以背出一些中外名句。因为有许多年国外求学的经历,掌握了"两门半外语":法语和英语,剩下的"半门"是俄语,说不好,但可以直接阅读。

他老婆象兰的到来是一个重要事件。她比他小几岁,快四十的人了,可是长得特别年轻,看上去顶多三十左右。她的脸庞泛着金李子的光泽,一双眼睛类似于"色目人",眼窝很深,闪闪灼人。我第一次见她时略微有些吃惊:包了白头巾,穿着黄色风衣一路走来,朗朗的笑声把园子里的喜鹊都逼哑了。我想这该是多么和谐的一对,他们在一起会十分幸福。武早挽着她的手,亲昵地拍着她的肩膀:"这就是象兰!"他向我们介绍她时声音很高,像在引见一位国家元首。

后来我才知道当时对他们的关系误解得多么深。其实她第一次出现在葡萄园之前,已经就在酝酿着与武早分手了……用武早后来的话说,"这是一个无所不爱的女人,看山则情满青山!"他们终于难以共处。问题是直到了最后的时刻,武早还是不能放弃:他简直是恳求她不要离开。可事情显然已无可挽回。他们这之前大约有一年多的时间时吵时好,分分合合,武早已经被折腾得死去活来,满头卷发都给抓乱了。他一个人痴痴呆呆地跑到园子里来,有时只长时间盯住一个地方出神。如此一个男人竟能像个孩子那样单纯执着,只剩下了一门心思。她成了他的一切。一个疯浪女人,在他的眼中却差不多成了一尊女神。

打眼一看,象兰在许多人眼里都是一个美人,光芒四射。也就是这样一个魅力魔女,一点一点毁掉了武早。她把那个酒城里无数的年轻男子带回家里,大大方方地介绍给武早,让其嫉妒、恐惧、央求,但就是无法放弃。

我曾到过他们家,一进那个小窝就闻到了一股说不出的怪味儿,好像这里的每一件家具都发散着一种癫狂的气息。象兰对武早的朋友十分热情,但她这会儿的笑容,在我眼中已流露出一种邪恶的任性。她当着我的面说武早:"就像我的孩子!"我瞧着她柔弱的身体,想你这个孩子也太大了一点。她说着,"武早在你们那儿是个风风火火的汉子,在家里是个孩子。武啊,武啊……"她叫起来。武早马上从一边跑回来,脑门上汗津津的,问:"干什么干什么?"她笑着:"以后过来要说'到'!"武早马上点头说:"到。"他的样子毫无做作,我觉得惊讶又有趣。我以为这是他们之间一种特别的幽默吧,但总觉得怪异和别扭。

象兰只叫他"武啊",与客人谈话时就让他坐在一旁,一只手时不时地搭在他的一头卷毛上,抚摸着,拍打着。她从侧面看着他,一时忘记了说话,闪闪的大眼对我示意什么——我不解其意,她就拍拍手说:"你看他刚才走神了啊,这个样子多可爱!我告诉你吧宁先生,我这辈子只看到这一个人会这样走神,他说走神就走神,然后,就是这副模样!他脑子里想了什么我可知道,那都是些乱七八糟的东西——酒、葡萄、外国娘儿们、声色犬马,什么都有……"武早咕哝一句:"没有声色犬马。"她拍拍他:"逗你呢!老孩儿——"她伸手夹夹他的鼻子对我说:"他是我的'老孩儿',怎么样?"

我实在觉得不怎么样。我在想着他们结婚的年龄,觉得两人之间这样的嬉戏顽皮,既让人惊讶又让人讨厌。

象兰会在这时候突然就安静下来,然后回身取来一枝粗粗的雪茄,为他仔细地用切刀割去顶子,然后又点上,直看着他快活地吐出一口,这才高兴起来,说:"你们不知道,他这时候喜欢吸上一口。他喜欢吸这样的粗家伙。是吧'老孩儿'?"

武早点点头。他两指夹烟,头歪向一边,把一口浓烟吐出来。她这时候突然泪水潸潸,怕我看见,只把头转向男人一边。

武早一个人来葡萄园时,越来越多地面对着架子上疯长的葡萄藤蔓,一个人喃喃自语。我常常被他这副样子吓上一跳,却不敢走近。看看那双大手吧,满是壮汉的力量。只可惜他对一个纤弱的女子毫无办法。

武早终于离婚了。他一开始好像很轻松的样子,但我知道这是装出来的。他心里压了一份可怕的沉重,正忍受煎磨呢。我估计得不错——不久之后他就再也没法硬挺下去了,人迅速蔫下来,来到园子里就长时间沉默不语。拐子四哥跟他讲话,他木讷讷的,好像一时认不出面前的人是谁:左右转动脸庞寻找着对话者……

"坏哩！坏哩！……"拐子四哥说。

理所当然,他的工作被停止了。公司领导来过我们葡萄园,对我痛惜地拍着手掌:"完了,一个人就这样毁了。我们公司损失大了。"

公司领导那时正琢磨把他送到林泉精神病院。我害怕极了。那是一座有名的精神病院,东部地区的人都知道那是一个什么地方。

一个月之后,武早真的给送到了林泉。

我在那儿见到他时完全出乎预料:如果不知道真相,谁也不会相信面对着的这个人会是精神病人。他神态自然,目光里含有一丝微笑。我们交谈了一个多小时之后,他的语气终于变得急促了。我难过到了极点。他的确给毁了,整个人一会儿清晰一会儿糊涂;有时话锋犀利,机智过人,有时又语无伦次,说出来的话让人莫名其妙。

二

葡萄园再也没有了武早的身影。他好像带走了我们的一半希望。我就像丢了魂魄,坐卧不宁。拐子四哥和大老婆万蕙,还有常来园子里的那些年轻朋友,都有点怅然若失……我伏在了那个泥做的写字台前。

万蕙不知什么时候走过来。她站了一会儿,说:"你该回城看看家口了,你该回去看他们哩。大妹子想你……"正说着四哥也进来了,他打断老婆的话:"园子有我照应,你放心走哩！索性在城里多住些日子,大妹子不易哩,一个人拉扯孩子。"

回到了城里,既没有兴奋,也没有归来的落定感,却很快泛起了另一种思念。我还是牵挂着平原上的一切,园子、朋友、狗,特别是——武早。我在城里格外想念这个人,似乎因为环境和距离的原因,这种牵挂反而变得更为确切:武早像一个害了热病的"大孩子",长了一头乌黑的、略带卷曲的头发,他天天手扳窗上的铁榥望着外边——他在遥望什么?除了象兰,他大概最想念的就是葡萄园里的朋友吧。

我有说不出的担心,想象着他在林泉精神病院里如何忍受,心上发疼。不必讳言,这是一种囚禁。在我眼里那些资质平平的大夫正日夜不停地折磨他。他即便患病也仍然是一个聪明绝顶的家伙。他懂得太多了,他心中那些酿制美酒的绝招用在生活中,也应该是百发百中啊。可惜事实并非如此。这个可怕的夏天哪,我想象着他出现在这座城市里,我手扯这个身材魁梧的酿酒师走上街头,我们两人摇摇晃晃的身影……

阳子和吕擎多次谈起身在林泉的武早,情绪沮丧。他们问了许多武早进入精神病院以后的情形,一声不吭。我告诉他们,林泉那儿什么职业的人都有,有教师、机关人员,有少女也有老头子。这些人眼神或呆滞或尖利,或语无伦次或出言流畅。他们得病的原因非常复杂,难以尽言,但其中的确有一部分是因为爱情的缘故。爱情这个火辣辣的玩意儿摧毁了不少人的神经,爱情的确是最令人恐惧的东西之一。

在林泉,有的病人沉默不语,整天低头端坐,被称做"文痴"。有的大吵大叫,甚至动手打人,这样的即被称做"武痴"。"武痴"就要格外受些折磨,接受电击疗法时不得不把他们捆起来。可是我想大夫们宁可接受"武痴"——这些人能把心里的烦恼吵出来,痊愈出院的可能性也许更大一些。我问武早属于"文痴"还是"武痴",大夫说大致还算"武痴"吧,因为他虽然没有动手打人,可是常常显得十分粗暴,总要找人攀谈,要不停地讲话,有时还动手飞快地写些东西,总之他能够把心里的郁积发泄出来……

那天我极想看看武早入院后都写下了什么,大夫摇头,说只要有人一走近,他就把那些纸片掖到口袋里,谁也不给。"我们在他睡着了时取来看了,大多看不懂。像是给谁写信,可又没头没尾——不过是一些自言自语,其中有许多都是关于造酒方面的。他随手在纸边、在文字空隙里画了什么酒罐橡木桶。他把造酒和感情问题全都搅在了一块儿……"我在一边难过。是的,一切都在一个酿酒师的脑子里发酵了。

就在那次探视不久,我听说武早可以出院了。我当时那个高兴,立即给酿酒公司拨了电话。询问的结果却令我失望:他并没有真正出院,只是因为他的病情与别人不同,经过一段时间的治疗大有好转,或者还因为其他,可以被应允时常回到公司了。实际上在那个精神病院里,很少有一个病人能像武早那样受人尊敬。他的生活暂时能够自理,但时好时坏的情绪还是令人担心。

这期间我和拐子四哥把他接到了园子里来了一次,我们想让他在这里忘掉一些忧烦。可是我很快发现,他整个人比过去变得呆滞了。正如象兰所说,世上只有一个人会像他这样"出神":久久地望向天边的流云,不吱一声。万蕙想让他高兴一些,做了他过去最爱吃的一些家常菜肴,还为他添了一些烈性瓜干酒——惟有对这一点四哥不敢肯定——但武早一看到这杯酒就立刻兴奋起来。他吃菜喝酒,一连饮了几杯,两眼放出光来。

在饮酒之夜,他终于不再像过去那样出神和沉默,又像往常一样地与我谈话了,听上去没有丝毫的不正常。回忆学生时代,回忆国外生活,特别是说到了最初结识象兰的日子。"我上学的时候,曾经特别喜欢同寝室的一个男同学,有时真想亲亲他。我为这个私下里还痛苦过,以为自己有同性恋这样的倾向呢。后来我遇到了象兰,这才知道什么才是爱情。我不仅不会有学生时期那样的想法,就是其他女人这辈子也不会再爱一个了。"这种信任的交谈让我感动,也令我深深地忧虑。

怎样才能让他离开那个魔女呢？我们园子旁边的园艺场有一位漂亮的女园艺师，她就是罗玲。罗玲性格外向，喜欢新奇，一见武早就谈个不休，而且对方也乐于攀谈。我想这样真好，这可能是转移武早情绪的最好办法了。我甚至想：可爱的罗玲啊，你如果能够作出一点牺牲，让他稍稍地爱上一点点，那也算功德无量的事情啊。这样想可能有点离谱，不过我实在是病急乱投医了。反正罗玲是武早喜欢的姑娘，这是十分明显的。问题在于他会不会爱上她，而她又会不会对其倾心——哪怕只有一点点？

有一次武早在她走后沮丧地对我说："罗玲不太懂事。"我问怎么了？他说："她不叫我'老孩儿'。"我差一点说出："那只是某一个人的专用称呼啊！"我安慰他，心里却明白这个人的思维仍然不够正常。但我同时也知道，对这样一个人绝不能用平常的标准来判断，因为他脑海里总是旋转着一些离奇的念头。也许这就是一个极具创造才能的人具备的某种特质吧，它一旦茂长起来，也就走到了疯狂的边缘。他时常豪饮，这时候与拐子四哥最为契合——两人的一些谈话让我不仅难以插嘴，有时理解尚且困难。我感到奇怪的是，他们两人的生活经历差异巨大，却能一丝不差地对上话语的卯榫。那不能不说是一种自说自话，是半醉半醒的谈吐；可是在一个旁人听来却是如此地舒服、如此地深奥和浅显。他们的声声应答之中有一种天籁般的浑然，只要循声而去，就会走向一个极为遥远之地。我事后没有向他也没有向拐子四哥询问谈了些什么。我那时只是一个倾听者和享受者。

武早喝得脸色通红时就要抽一枝雪茄。他说这是一种浅薄的习气——可是一旦染上又没有办法。四哥试着吸了一口，品了品即还给了他。"怎么比得上关东烟呢？"武早点头："夜间啊。""夜间。""顺着捋下去，嗯。""闭着眼。"武早的鼻子蹙起来："倚在墙上。""那是得倚在墙上啊。""你以为找到了百灵窝哩。""可不是嘛,百灵窝!"四哥的手按在对方肩上,又很快拿开,"一晃就过去了,死死记住吧。""记住。狠人哪!""狠人!""咱们都是狠人。""可不是怎么!"四哥为了表达自己是个"狠人",双唇努成一条直线,盯住他。武早叹道:"啊!"四哥同样接上:"啊!"然后把裤子上的一点泥巴弹去,对方就两手对着搓搓衣襟。四哥抬头倾听,可四周分明什么声音都没有。武早的手指一丝丝伸出,在空中画了一条弧线。四哥低下头:"一只老鸟。"

　　武早从葡萄园离开后,仅仅是两三个月的时间,他享有的那种特殊待遇就被取消了——再次被送回医院。因为这期间他曾发疯似的寻找象兰,好几次把人吓得高声尖叫……他再次住到了那间有铁棂的房间里,再也不能自由进出了。

三

　　阳子借去东部写生的机会看望了武早。

　　他回来后马上找到我,一见面就说:"嗬,那个家伙神了。""怎么?""气色好,精神好,只是不愿意理发……他真的在不停地写啊写啊。"阳子擦着一脸的汗水,"他一见面就认出我来了,喊着'一个老朋友',把正在写的让我看,说除非是最好的朋友才能看呢!"

　　"他当然会认出你。什么内容?"

　　"全是随手写的一些信、一些纸片,大多晦涩……"

　　"都是写给象兰的?"

　　"不,什么都有,有造酒的一些事儿……他跟我谈话时还要时不时地从衣服里掏出本子记上几笔,我刚开始还以为他在记我们的话,后来才知道没关系。我说我想画一画海边的渔船、打鱼的人,画一画在阳光下通身闪亮的那些拉网人。那些在海滩上排成一溜的人从来不穿衣服,脊背晒得油亮油亮。我说着,他就飞快地写,上面是一行行诗句,我看不懂……"

我仔细听着,屏住了呼吸。

"他紧紧捏着铅笔,太急躁了,手抖得厉害。他写得那么快,只有几句勉强可以搞得明白。'……西西里岛的马尔洒拉葡萄酒。里面加了树脂……为了里面的芳香,为了那种焦臭气味……'最后是一句骂人的粗话。"

我在想,难道这个酿酒师的下半辈子就在精神病院里度过吗?有谁、用什么办法,才能使他结束这种状况?靠他自己,还是靠朋友、靠那个冷血心肠的神灵?我忧心如焚。

"如果把他领到这儿怎么样?我们一块儿,他或许可以松弛一点……"

阳子愣怔怔看着我,未置可否。一会儿他从挎包里抽出了一张纸。

原来那是武早的肖像画。画上的武早穿着条杠病号服。一幅草草的肖像让我激动起来。我差不多是在逼近了看他那张黑红色的脸膛,宽宽的嘴巴,虎虎有生气的眼睛,甚至还有画面上没有的两只大手……我要了,并把它收起来。

阳子说:"是的,我有个感觉,像武早这样的病人也不是单纯靠药物就能治好的……"

我在想他怎样度过一天又一天——我问他是不是还要接受电击疗法?我最害怕的就是这个。我觉得那种疗法就像受刑。

"听大夫说好像有几次……"

我长叹一声。我在想怎样让武早到葡萄园里去,我们和他一块儿到河边去、一块儿种葡萄,甚至可以让他指导我们酿酒——那样的话他也许真的会慢慢康复……

阳子突然说:"他如果能爱上别的什么姑娘就好了!你知道,一个人不可能一辈子只爱一个人,他不可能只爱这一个——他在这种事上毁了,最后还要靠这种事儿来救……"

"武早和所有人不一样的地方,就是他只爱这一个人。"

"他如果获得新的爱情……我是说'如果'……那样就会好得多了……有人说爱情能治百病呢!"

阳子意味深长地看着我。

这我不知道。但不管怎么说,他如果能到我们的葡萄园里去,在芦青河边、在杂树林子里徜徉,也许真的会大有好处……是啊,我得设法把他从那儿弄出来——我一定得这样干了。

阳子离开后,整个的一天我都无心做任何事情。我在想武早,想一种挽救之方,想我们的葡萄园、园子里的朋友,被一种希望和一种计划烧灼得不能自持……

这个夜晚,我梦境中出现了一个逼真而怪异的情景:三个人,我、拐子四哥和武早,领上斑虎,一块儿踏过柳木桥,到河西的杂树林子里去了;斑虎在前边引路,它愉快地吠叫、追逐,一会儿藏在林木深处,一会儿蹿跳出来。武早看见了地上的蹄印,激动不已。他握双筒猎枪的手不断地颤抖,双手都变了颜色。他的枪筒仰起来、仰起来。"还没个影子哩!"拐子四哥小声说。双筒猎枪仰起来到处寻找。斑虎从林中蹿出,武早立刻向它瞄准。我大喊了一声,他全身一抖醒过神来,赶忙把枪收起……四哥满脸汗珠,责备地看着我。是的,是我让他背了这枪。我不想把他当成一个病人……可是,"天哩!天哩!冒烟的家伙交给他,天哩!"他在小声喊叫。

梦中我们一块儿说笑,一块儿寻找,谈些酿酒的事情。可是我们走了一会儿,武早就惊慌失措,东张西望。他嘴里咕噜作响,有时把双筒猎枪端起又放下。他从衣兜里掏出一个小本急急地写起来……我要来看了,上面写的是:"地上有兔蹄印、有刺猬痕……一些小沙鼠……中午太阳很热,布谷在一边叫。这是些讨厌的小家伙——我讨厌小家伙,所有的……"我叹了一口气,真想把他的双筒猎枪摘下来。

我们继续往前。斑虎小心地用鼻子嗅着地面。我知道要出现什么猎物了。拐子四哥放松了脚步,向一边的一条小径绕去。脚下满是酸枣棵,荆棘把我们的裤脚都扯破了。武早没有像过去那样打起裹腿。我听到了什么在呼呼喘息——有大兽在树隙潜伏。我正想做出一个手势,这时候突然觉得脑门上有灼热的什么冲腾而起,转身一看,原来武早迎着我端起了双筒猎枪!那一瞬间我全身的血都凝住了,还没有来得及呼喊,他的扳机就扣响了……

驳夤夜书

我开始翻弄这个打印本了。我相信那个"驳"字是后来李大睿出于商家技巧加上去的,所以这就成了"驳夤夜书"。而它的原来只是一个长夜无眠的家伙随手划下的痕迹,是零碎思绪,是一些夜声。能发出这夜声的人,首先要是一个夜猫子,其次当然还有个手眼问题、脾性问题。我翻来翻去,觉得它真正的杜撰者,最大可能仍然还是吕擎自己。尽管内文里无数次改换口吻,角度偏颇,足够诡谲,我似乎还是能从中嗅到某种熟悉的气息,窥到一点吕家胎记。不知这是不是先入为主的想法在作怪。反正这样想着读下来,难免要尝试着与这个时而阴冷时而热烈的人物有一场潜对话,结果还是有些别扭。从思路和观念倾向上看,有时像是吕擎,有时又非常生僻,因为它偏到了另一个极端,走得太过遥远。

我掩上纸页的时候也想过:如果真是他的手笔、是他的午夜絮语,有必要对我扎紧口风吗?这种故弄玄虚既无明显的必要,好像也没有其他益处。不过谁知道呢,我这些年与他分开的时间太长了,他究竟做些什么我已经无从知道;至于这台思想的机器怎样运转、其内部齿轮的咬合状态,我就更是一无所知了。

吕擎在给我这份东西的时候,随便扔出一个判断,即"十有八九"是那个李大睿一手炮制出来的。这是不是一种转移视线的障眼之法,倒需要我自己来鉴别了。不错,那个富翁也是一个大夜猫子,还是一个嗜书成癖的家伙,这些外部条件看起来好像也榫卯契合。可是读下去又会产生诸多疑问,即这个人的思想乃至精神状态,与现实的对应关系会有那么紧张吗?这让我难免犹豫,虽然还不想最后排除。因为我对那个人更内在的东西、他的生活及其细节还一无所知。

但有一点可以肯定,就是从这个手抄本目前的样子来看,即便除却了驳斥的部分,也并非出自一人之手。它矛盾重重且颇为芜杂,思绪繁复多处相抵,极有可能是私下流传的过程中窜入了其他文字。再加上有进行商业运作的公司插手,情形也就更加复杂。可以推断,原来的手抄本是十分单纯犀利的,后来由于不同的人介入,这才呈现出时下的面貌。总之它现在已经成了一本怪模怪样的东西,让人忍俊不禁又爱恨交加,不愿随便扔弃也不想推到一边。对我来说,它无论是出于吕擎或李大睿之手,还是更多的隐性枪手,都已经没有太大的妨碍了。我只不过是一个闲览之人。

真正的炮制者仍然坐在夜色里。但有一天我也许会结识他的。

[论勤劳]

当我们谈到一区一省的性格特征时,都忘不了自我鉴定一句:勤劳。以至于看得多了,觉得咱们才是天底下最能干的一伙,由这样的人合成的一个民族乃至一个国家,必是全世界无所匹敌之辈。世界上哪里的人闹穷都是可以理解的,惟有我们要富得流油才算正常,一般的富裕都不解渴,那简直不能作数。我们关于勤劳的例子说也说不完,什么节衣缩食啊,没白没黑啊,勒紧裤带挑灯夜战啊,忙时吃干闲时吃稀啊,诸如此类。令人费解的是,就这样要死要活地干了好几辈子,直到最后,直到今天,还是没能摘掉"第三世界"这顶老棉帽子。虽然戴着也不错,下雹子打不坏头,许多时候还会让人同情,起码不会招来吃大户的,可以躲在一旁韬光养晦——但话是这样讲,总觉得有什么地方不对劲儿。因为我们勤劳,我们多勤劳啊,我们日积月累该创造出多少财富啊!

我们的勤劳真是没说的。谁如果说我们懒,走到天边也没人信。我们干起活来从来不管不顾,受的苦多了去了,无论是数九寒冬还是酷暑难熬,都一样干下来。世界上的每个角落几乎都留下了我们含辛茹苦的印记。我们当然勤劳,我们不勤劳行吗?吃什么穿什么?可是话又说回来,被逼无奈的勤劳也许不算本事,我们现在要证明的是,勤劳是我们的天性,是血脉里的东西。君不见有人富可敌国,也还是不屈不挠,千方百计继续致富;君不见在一些域外地区,我们和当地人比较,可算处于更为恶劣的生存条件,可是没有几年过去,还是我们先富起来:商埠最为发达,衣食俱为丰足。这一切靠了什么?还是那两个字:勤劳。

勤劳说白了,就是撒了泼地干,一股心思地干,处心积虑地干,不死不活地干,富了还要富,赚了还要赚。穷则思变,不穷也要思变,永远没有满足的时候。人如果嫌弃钱财,那大半是有精神病。所以咱要把经济搞上去,不遗余力发展经济,以至于像那句有名的口号所言:宁可少活二十年,也要提前翻两番!它的意思就是:累死不算什么,穷了可不行,穷了还不如去死。

人人都称颂勤劳,人人都认为这才是人世间最伟大、最崇高的品质。谁如果胆大包天,敢对勤劳说出半个不字,那他就活该倒霉,全民共诛之。

可是我这里要问一句:勤劳有没有让人讨厌的时候?

还要问一句:许多时候,勤劳与物质贪欲怎样区分?

说到讨厌,我们会找到许多例子,比如那些妄图灭我族类的可恶家伙,他们一见了我们的勤劳就气不打一处来,自己懒得什么都不想干,还不让我们干,我们富了,他们就骂、就恨、就打、就破坏、就捣毁,那真是无所不用其极!一句话,他们讨厌我们,主要是讨厌我们的勤劳!

世上有人竟然公开地讨厌勤劳!难道劳动不是人世间最光荣的吗?然而这种大逆不道的事情竟然就发生在光天化日之下,并且一直发生着。

而更加令我们吃惊的是,对方居然还有理由!他们的理由是:本来大家过得好好的,突然拥来了一帮纯粹的经济动物,这些人一入社区就没白没黑地干,吵吵嚷嚷不得消停。而且这帮人不是以生活所需为满足,只想无休无止地一直赚下去。这些人没有信仰,把发财当成了信仰;这帮家伙为了钱可以不知疲劳,永无厌倦,千方百计投机钻营,不辞辛劳。他们没有节假日,不读书,不上教堂,顶多有一些低俗的娱乐。一句话,这些人没有正常的作息时间,没有精神生活,一心只想着赚钱。结果整个社区都给他们搅乱了套,延续了几百年上千年的安宁生活被悉数打破,以往的闲适不复存在。更为可怕的是,当地人为了生存就不得不和他们竞争,结果是弄得苦不堪言,人也变坏了。

这就是另一边对勤劳的看法。这让我们瞠目结舌。我们生来第一次听说,勤劳还有罪!

原来从另一个角度来看,坚持一种精神生活不仅需要过人的毅力,而且还需要时间和意志,需要更为高尚的持守,这同样也是勤劳,而且是需要更多的力量才能贯彻下来的人的勤劳。

原来只将赚钱的劳碌当成了勤劳,不仅认识上有失片面,而且还遮盖了没有止境的物质贪欲。这样的勤劳,原来也可以不当成美德去歌颂的。

那么，接踵而来的就是对这种所谓的"勤劳"的惩罚：贫病交加，灾难频仍，人祸滔天，民不聊生。用万千生命挣得的一点物质财富，由于没有公平和正义的看护，结果这些粗鄙的财富要失去只在朝夕之间——一眨眼又成了穷光蛋。我们最勤劳，可是试问哪里有我们这里饿死的人多？这真应了民间的那句俗话：吃不穷，穿不穷，打算错了一辈子穷。

看来我们只有所谓的"勤劳"还不行，还要打算得对，要有眼光和气度，要有更强大的精神力量，更高尚更无私，这样才行。

[批驳]

第一感觉，就是担心那些排斥我们的人士正好找到攻击的借口！可见这是为敌张目，为排华分子制造口实！鉴于此，应火速查封其口，不得乱传并以外松内紧之法加以处置。

该文貌似一种人类主义国际主义，以提倡文明生活为掩护，实则是活脱脱一副列强买办心态。众所周知：子不嫌母丑，狗不嫌家贫。该文作者一不如黄口小儿，二不如一只饿狗。真是吃里扒外的白眼狼，站着说话不嫌腰疼的假斯文。试问：天底下还有不喜欢吃饱了没事瞎溜着玩的？还有不喜欢跳舞遛狗挎女人的？小文明棍一拄倒是恣了，可下顿饭谁来管呢？说什么富了还要富，不知满足，其实你才见过几个富人？你见过亿万富翁，和他同桌喝过酒吗？无非是小家子气，小富则安，狗肚子里盛不下二两酥油！

*　　　*

该文几次让我愤而忘言。试问中华之伟大复兴谁会嫉恨？谁会夜不能寐？答问之间即可知其立场。不需与之计较，只将其当成笑柄即可。我辈自励，有幸逢时，责任在身，当不需扬鞭自奋蹄！

昔有亚洲四小龙，今有崛起大中华。两弹一星成往事，探月飞船蓄势发。更有强军冠九州,气掉魑魅魍魉牙。我辈有幸生盛世,电视前头看欢歌。爱我中华一响起,一字一抖泪哗哗。美女如云台上舞,盛况何比西洋差?就有穷酸二两半,载文载武打翻耙。独有东方傲立骨,哪有英雄遭人踏?今朝敢追超级国,明日定开宇宙花!

为表心志,赋小诗如上耳,不成敬意。

* *

该文虽有以偏概全之疵,但细读之,似可聊以备考。

五毒有功,功在医疾。刺耳之言如今大可不怕,盖因国势强悍,人言不再可畏。广开言路一说,并非口号,而要重在实践。故建议印此文于小范围分发,可掌握副处以上为度。

* *

类似狂谬并不鲜见。月亮也是外国的圆,这在我辈早已见怪不怪。依他所讲,不是越勤劳越光荣,反倒成了闲散懒惰光荣,看闲书光荣,岂不太过荒唐以至于此?

我国盛唐之期,大清鼎盛之年,无不是国富民强,老有所养,一个个膘肥体壮,哪有什么东亚病夫之讥?后来可好,列强入侵,鸦片竟成了福寿之膏。体育不行,美育不行,建设不行,军事不行,商贸不行,总之无一能行。试问依你之见,吾辈只有两手空闲,坐以待毙,让强大之洋人赶过来把我们两腿一挣劈巴了才好?才称心如意?

你之勤劳观本不是新鲜见解。且看村村都有懒汉,他们一个个好吃懒做,却夜夜美梦,以为天上会掉馅饼,大炕自爬娘们儿,烟锅不点自燃!其实呢,水壶短缺一把柴草不开,火镰少敲一下火绒不燃,什么都得实打实地干出来。你瞧不起钱?可你穷得一根老杆摇铃铛,想吃顿有肉的包子就难上难了!

*　　　*

对一些反动言论,今天实在是过于宽大了。要在昨天,早就没这么多臭毛病了。一顿砸巴归了局子算完,少跟这样的贱物五啊六的,啰嗦起来没完!

当然,还有一个办法,就是先饿他五天五夜,其余另论。

*　　　*

此人想让咱老百姓也学洋人上教堂,人人都改信洋教。听口气好一个思想解放的先生,这里却又忘记了宗教自由!劳动人民忙上一天,累得再好的事儿都不愿去干,又怎想起去做礼拜?耶稣穆罕默德自然不敢怠慢,咱这厢有礼了;但平头百姓忙于温饱,自小无闻,这总不能强逼驱赶吧?

再则,工薪阶层或一般村民,素来喜欢烧香磕头,高明一些的还会咕哝念经,这才是他们的本分。另有个别笃信狐仙者,恐怕也难以说成是愚昧迷信。这皆可视为信仰。别以为只有尔等才有信仰,其余都是白痴。总之堂堂宗教不可轻言,正如书上所言:兹事体大!故吾劝尔等还是谨言慎行为妙,少不得惹出官司,悔则晚矣!

*　　　*

此文所言也算小合情理。只是我们东方人民实在是穷怕了,食不果腹的年代刚刚过去没有几年,你还能让他们怎么办?想一想饥肠辘辘之时,人民着实可怜,所以什么时候都不要对他们指手画脚。屈子所说"哀民生之多艰",是为至言!有闲者少不得谈些精神,穷汉子只好先忙活肚子。至于文中所说那些贪得无厌者,现实中也委实有的,但此等人物不能算做勤劳之民吧。

为了以后不至于让人对"勤劳"一词产生误解,所以我在此大胆提出一个修正,即今后凡是涉及此说的,一律改成"擅长体力劳动"为宜,因为我们原要表达的,也是这个意思。我们之"勤劳"并没有包含勤奋学习这一层,因为那些意思还有另说,即"耕读传家"和"知书达理"。不过这二者大半又是说的士大夫阶层,与劳动人民还是隔了一层。

说到这里我也多少有些为难。总之事物非常复杂,不可笼统论之,也不可一棍子打死。还是以平常心对待吧,由他说去,咱该怎么干还怎么干,多赚些钱总不是坏事吧。不过因为钱多惹人嫉恨,这也在情理之中。咱们乡里乡亲的说句实在话,咱们的人到了哪里,实在是太能吵闹了。小声说话的习惯,咱们没有。这不要说别人讨厌,就连我都有些烦了呢。

第 三 章

雨　梁

一

　　我憋足了一股劲儿要见雨子。先去了他的杂志社,人不在;我想也幸亏他不在——连日来我一直在琢磨他的事儿,竟然匆忙得连胡子都没顾得上刮,下巴乱糟糟黑乎乎,整个人大概气汹汹的,这小子看一眼也会害怕。当然我很少与人动粗,不像吕擎,到了一些节骨眼上粗暴得可怕。我担心那天见了雨子,话不投机也会做点出格的事……这是完全可能的,因为这事与吴敏有关。

　　我在心里想象着雨子的模样。因为吴敏,更因为吕擎的恼愤,我对这个人厌恶多于憎恨。我想这个年头各种各样的丑陋动物都开始出动了,它们弄得大地一片狼藉,绿色植物急剧衰败。植物硬是让一些残忍狂躁的动物给践踏挤兑的,每年里都有大批植物品种走向灭绝。好动物则像植物一样,只得忍看另一些坏动物飞速繁衍,不停地发生变异。雨子以前口碑不错,想不到今天也有了这样的劣行。

　　梅子近来愈加频繁地回娘家去,临走总是讲一句:"我和孩子回姥姥家了。"她嘴里的"姥姥"两个字会让我心里一阵滚烫,因为它让我想起的是自己的外祖母、与老人连在一起的那座小茅屋……我一想起这两个字,脑海里就会闪过这样一幅图画:外祖母正在那棵巨大的李子树下洗衣服,我则攀在她身后的大树上。我正想偷偷滑下,想猝不及防地伏到她的背上……

梅子和孩子去享受一顿不错的伙食,留下我一个人随便吃一点。我没滋没味地咀嚼,除了想一想杂志的事,再就是想吴敏遇到的麻烦。我和阳子一样,对帮助吴敏有一种义不容辞的劲头。我们不想让任何不干不净的东西沾上她。她那张微黑的脸庞上,一双眼睛像湖水,是人人都想爱护的宝物。她温柔体贴,举世无双。在她没结婚之前,阳子总是一次次去找她,往死里嫉妒吕擎——可是阳子毕竟算我们当中的一个小弟,雨子算个什么?

这天下午我再次去找雨子。有人告诉说雨子并不按时上班,他常常在家里工作——黑狗街四十六号。古怪的街名,以前闻所未闻。

结果我不得不到处打听"黑狗"。这个街蛮不错,十分幽静,到处都是青藤,街两旁大多是陈旧结实的青砖房。很明显,这在过去可能是城市的富人区——今天也仍有可能住了不少富人,藏下了一些骄奢淫逸的家伙。我担心雨子身上的毛病就是跟黑狗街的恶棍们学来的。

雨子四十多岁,比我还大两岁。这种年龄上的优势多少是个问题。人与人之间,年龄从来都是一个问题。但我见到他无论怎样还是要居高临下地与之谈一谈。朋友之妻不可欺之类,他大概总会懂吧。我可能还会提到万磊,他不是被万磊引到吕擎那儿去的吗?我提提这个人,他也会明白是什么意思——人的一生还是要本分一些、少一些毛病更好,这样才能平安无事。

二

我敲响了黑狗街四十六号。一个黑漆的暧昧的小门。进门后是一个小院,院子里青砖铺地,一个小花园,里面有许多植物。我故意不把目光转到开门的人身上,细细看过小院之后才把脸转向他:大名鼎鼎的雨子。

我觉得有点儿不对劲,"你是雨子吗?"

对方微笑着点头。面前的这个人中等个子偏高,胡子比我淡,脸比我胖;他的两个腮帮子往外鼓着,脸相极像儿童。他长了一对大眼睛,一头梳理得特别光洁的头发似乎还擦了发油。结了领带,衣冠楚楚……一个人在自己家里还这样讲究,真是少见。但这副模样并没有特别激怒我——我看到的是一个温文尔雅的、诚实的面孔。

当自我介绍之后,他很客气地与我握手。进门时我在心里琢磨:怎么开始这场谈话,怎么把话题挑破呢?

进屋了。室内让我两眼一亮:屋子虽小,可是书很多,各种各样的精美画册、烫金点银的名著,一排排耀人眼目。我特别喜欢书,不由得在书架前徘徊起来。

他给我倒了一杯咖啡、一杯绿茶。我选择了一杯绿茶。

他把咖啡取到手里,暖着手,自己喝起来。他说话慢慢腾腾,那和蔼的语气让人无法厌烦。我说:"你的书很多。"

他摇摇头:"不足万本,不多。"

"你这些书都是严格挑选的,瞧,这么多好书。"

"好多书是通过黄先生推荐才买来的。"

我想那可能是大学里的一位老先生吧。

"黄先生是专门搞藏书的。他给我很多指点……"

不难想象,这个雨子身边有一些特别的朋友,这可能有助于养成一种温温吞吞、不急不躁的脾性。我来这儿是对的,吕擎根本对付不了这副慢性子。我想到了此行的目的,转过脸来,尽量用冷淡的目光注视他。

他仍然那么微笑,给我让茶。这家伙真沉得住气。

茶有点苦。我问:"这是什么茶?"

"噢,'挪园'。"

没听说。呷着茶,一边想着怎样切入那个令人尴尬的话题。停了一会儿,我的眼睛瞥到了一边的几张照片——绘画照片,是用来制版的。我问:"你认识万磊?"

"当然,很好的朋友。"

"那你认识吕擎吗?"

他又点头。

"我是吕擎和吴敏、阳子他们的朋友,"我的语气重起来,"我们经常在一起讨论问题。我就是听了吕擎和阳子的介绍才来拜访你……"

"阳子,啊,那是极有才华的人哪!"

他的眼睛里有什么明亮的东西闪了一下。我马上说:"主要是他的人品好。我想,从某种意义上讲,才华也许并不是最重要的,主要是人品、人的质地——这才是最终决定的力量……"

雨子摇头:"不不,才华与你刚才讲的,其实是一个东西。"

"那么万磊呢?他有才华,可他差不多是个混蛋!"我说这话时带出一股闷气,但话一出口又马上有点后悔——我这样谈论一个刚刚遭遇不幸的人,未免有失阴德。

雨子看看我,低下头:"是的,有很多人像你一样议论他。可我了解他,我了解他。我觉得这个人不过是坏在一张嘴上:说得太多。实际上他做的并没有那么离格。他是个真正的艺术家——我可以理解……"

最后一句话刺伤了我。我说:"是的,我们对这样的人——所谓的艺术家太宽容了吧!他们自以为拥有豁免权,能够为所欲为。有时候,"说到这儿我冷冷地瞥他一眼,"有时候连好朋友的妻子都打起了主意……"

雨子坐在藤椅上,两手夹在双膝之间。他待我停下来,然后说:"是的,我也不赞成。不过后来与他接触多了,才觉得自己曾经那么严重地误解了他。我们是朋友,可是我以前实在还够不上理解他。不知你有没有这样的感觉,我们深入一个随和的人、一个所谓谦虚的人的内心世界也许容易一些;但我们会本能地排斥那些看上去很狂气的人——而那些艺术家中,有很多人就是这样的。他们故意穿奇装异服,留长发,还有古怪的装饰——他们在用这些浅薄夸张的外在符号,拒别人于千里之外。实际上他们很孤独……"

"怎么说呢?"

"只要是一个真正的艺术家,只要杰出,就会是一个孤独的人。他们知道很多人最终还是喜欢质朴的——而他们,不愿被人喜欢。"

"故意让人讨厌吗?"

"是的,这样他们会活得更自在。他们非常孤独。你不觉得这个世界对人的打扰太多了吗?有人不得不用许多方法将自己与别人隔离开来,以获得一份宝贵的孤独。"

我一时不知该怎样说才好。这种替人辩驳的方式是不是太深奥了一点?

"大家都讨厌他们,他们也就可以待在一个僻静的角落里了。"

我仍没有做声。我在琢磨其中那一丝丝道理。我不太相信。因为那个万磊生前太喧哗了。

他继续说:"我后来才知道他就是这样的人……你看过他的画了吗?"雨子的动作慢慢腾腾,站起来,在写字台下边一个小柜子里翻动着。他取出了一个宽大的相册,这相册精制极了。他伸出长长的手指翻开封面,我立刻被一些斑斓的色彩吸引了:它们像桌上

那些照片一样,不过每一张都有编码。都是万磊的作品,它们真的让人惊讶,真的一片灿烂……雨子说:

"可惜这不是原作……我们准备给万磊出一个画册。多么优秀的一位艺术家,死得太惨了。他生前连一本好画册都没有出来。他给杂志画了很多插图,而这些真正的杰作……"

三

我的目光一直凝在相册上。有什么东西开始打动我——我感受了,但难以清晰地表达。我相信自己的鉴赏力,这里边有一些该是了不起的艺术品。有一种东西在燃烧,它有时宁静阴郁、孤独,有时狂放、一泻千里……我到底该怎样理解"质朴"这个概念呢?质朴就是真实、自由和纯洁……雨子一页一页翻动相册,动作平稳和缓,一如他的性格。我这会儿才意识到:万磊和雨子虽然是一对好朋友,可他们的差异竟然如此之大。这多少有点让我感到奇怪:他们怎么能走到一块儿呢?

看完了这些绘画照片,雨子把它仔细地放好,重新坐到藤椅上,仍然那么微笑着。直到这时我才发现一个问题:主导了这场谈话的不是我,而是雨子,尽管他那么温和,不急不躁,声调平缓。同时我还发现,我一点也没有谈到吴敏,而且忘记了切入这个话题。我觉得自己并不讨厌眼前这个人。事情也许真的像他说万磊那样——一切都在可以理解的范畴之内——但可以理解就可以原谅吗?我的心头蹦出一个大大的问号。我摇摇头,开始试着给自己重新鼓劲儿。

我仍然要寻找机会把问题摊开,因为我来的目的就是想阻止他再去吴敏那儿,打消他的某种念头。当他伸手去整理桌子上散着的几幅照片时,我问:"这些照片就发在你们杂志上吗?"

"是的。它们发在封二。我们刊物每期都要发两幅美术作品。"

　　这时我突然想起了另一件大事，忍不住问："你们杂志每期印刷要多少？全由国家补贴吗？"

　　雨子皱皱眉头："我们这份杂志快办不下去了。主编川流也耐不住性子了……"

　　"大诗人川流？"

　　"是。他挂个名，实际上并不管具体事情。"

　　他告诉这份杂志只享受补贴到年底，从明年开始就要自负盈亏了，"那样大家就辛苦了，不得不为生存操心……"我却不由得在心里盘算：这样一来，与我们葡萄园要办的杂志有什么区别呢？它同样要自己谋生啊。一谈起刊物的事情我就有点冲动。我说："这份杂志的历史很长，曾经非常有名。其实它花的钱并不多，再说这是一笔必要的文化投资……"

　　雨子笑笑，没有说话。

　　我读过川流的诗，那些写黄河的诗曾让我激动。就是从他的诗里，我记住了一个自然地理概念："黄河是典型的游荡型河流"。一个诗人竟可以把这样的句子直接搬进一首诗里。雨子说这个人如今爱酒甚于爱诗。我想这样的人大概有一个人会喜欢，那就是酿酒师武早。

　　我站起来随便看着。屋角挂着一张古画，雨子在背后轻声介绍："这是一张宋画。"我知道在这座城市里做假画的人越来越多——我问是否是真的？他点头，说已经请梁先生鉴定过了。"谁是梁先生？""就是梁先生呀，你没听说过？"

　　我一点都没听说过。

　　雨子介绍："梁先生是八十多岁的老人了，是这座城市里最有名的一位老先生。"

　　"他是搞什么研究的？"

"也谈不上搞什么的,博学,有名,连他的同学都是一些很有名的人物。"

雨子随便说出了几位,有的知道,有的从没听说过。我问老先生属于哪个单位的?雨子说:"梁先生很早以前就没有职业了。解放以后政府曾邀请他担任博物馆的馆长,他拒绝了。"

"为什么?"

"这些老先生都是一些很有性格的人,不愿干的事儿怎么也没法让他接受下来。那时工资很可观……他拒绝的理由是——他觉得与之打交道的那些人没有文化。他不愿和这些人为伍。"

"他这样讲过吗?"

"或者他讲过,或者是后来一些人的估计……反正他几十年都不怎么出门,很少与人交往。但从其他城市来的老先生,特别是海外来的一些文化人,常常提出要见他。因为他太有学问了。"

接上雨子讲了一个事例:四五年前,这里发现了一位老学人的遗著,就是后来古籍出版社出版的那本书,是谈论东部沿海古城的书……

我的神经开始绷紧了:"就是谈两个古莱子国的异同——是那本古籍吗?"

"就是那本。当时发现的是一部手稿,很乱,外地一个更大的古籍出版社要拿走,可我们这儿不想放手。对方说:'我们不是不舍得你们出版,是因为你们这里找不到能整理这部遗著的人。'出版社有些犯难——这儿真的没有一个人可以干这活儿。这部手稿上那些古文字,一些符号、字迹,没有几个人认得出。怎么办?出版社的人不甘心交出去,因为这部手稿太珍贵了。他们到大学去,大学里的一些老先生也没有办法。他们还试着到外地找过人。谁知踏破铁鞋无觅处,得来全不费功夫——原来眼皮底下就藏了个'梁先生'!正这会儿一个很有名的海外学者为一个问题千里迢迢来请教梁先生,被古籍出版社的人知道了。领导一拍板,说快把那部手稿送给老先生看看。梁先生接到手里,翻了两下说:'这不是我同学的一部书稿吗?可惜还不全。你们从哪儿弄的?'就这样,梁先生接受了整理这部残著的任务。他觉得为死去的老友做这件事情很值得也很重要。就这样,只用了半年时间不到,他就把手稿整理出来了,出版后就是你见到的那本古籍。当时出版社给了他两千元的'润笔费',老先生还是接受了。"

他在讲整个事情的始末,我一直没有做声,心里琢磨:那部残著的后半部呢?我想的是手里的秘籍……那本出版物太深奥了,时而"语焉不详"——它特别提到了"思琳城"的变迁,那些地方最令我神往……如果能见到梁先生本人该是多么荣幸啊!

"你能给我引见一下梁先生吗?"这句话在口中一旋,但没有说出来。

天色有些晚了,我站起来告辞。雨子说:"滨要回来了,留下吃饭吧,你正好也见见她。"

"谁是滨?"

"我爱人。她工作的地方离这儿比较远,所以回来得总是晚一点,我做饭太蹩脚,她总要自己做。"

他一边讲话一边把脸转到一边的书架上:夹层玻璃上有他们的订婚照,我刚才竟没有注意。照片上的雨子很年轻,他旁边那个姑娘极为出眼——我不得不说,她比雨子要漂亮许多。这就是"滨"。从照片上看,我觉得她有点像年画上画出来的那些女人,真的很像。

可惜我今天不能冒昧地留下。我告辞时,终于说出来:请他引见一下梁先生……

回去的路上我想:这座城市啊,毕竟还有一些我们完全陌生的角落。我从未听说过梁先生——还有雨子无意中提到的那个藏书家黄先生!这些人我该一一拜访,因为他们显然成为这个时代的稀有元素,我们见到他们的机会将越来越少。我又一次知道:大鱼都是沉在水底的。

回到家里时,吕擎和阳子正在等我。吕擎一见面就小声问一句:"谈得好吗?"

我点头又摇头。

"什么意思?"

"正在谈。"

"有这么复杂吗?"

阳子在一边哧哧笑。他明白我们在说什么事儿。不过我心里想的是杂志,是梁先生。

四

我和雨子沿着那条青砖铺地的小巷往前走,心里有一种隐隐的冲动。雨子告诉,从这里到梁先生那儿不用乘车,一直走下去就成——大约四百多米之外就可以看到一个广场,广场那儿有个雕塑。"对,有个铜雕。"我小声重复了一遍。雨子说:从铜雕那儿再往右拐,可以见到一些很旧的平房。就在那个地方,梁先生过去有五十多间房子,后来都被政府没收了。前几年落实政策还给他十五间,可是这十五间房子差不多都被住户占着,梁先生总不能把他们都赶走啊,而且一家老少挤得紧。我问梁先生家里还有什么人?雨子说只有一个女儿在身边,以前还有一个儿子,但很多年都不来往了,也有的说是死在了外地。"梁先生现在自己住着五间平房,本来是个挺好的四合院,可惜很早以前被什么人搞掉了两个耳房。现在只是一个普通的小院了。"

这样说着就到了广场。又见铜雕……向右拐,进了一条曲折的巷子:又是不起眼的逼仄的小门,又是那些青砖铺地的残破巷子。雨子伸手敲门,敲了几下用手一推,门就开了。

他告诉我:只要晚上八点钟以前,这个门总是开着的。

进了门立刻让我有一种惊喜,我第一次看到这么好的小院:长满了竹子,油旺旺的。与整个城市无所不在的喧嚣相比,这个院落那么幽静。竹林下边有一条鹅卵石铺成的窄径,十分精致。看上去这个地方似可隐居。我们踏着竹子掩映的卵石小道走过,脚步放得很轻很慢。小院虽不大,但也足有一百五十多个平米,这在一座拥挤的城市里已经是难能可贵了。我发现竹子绕过了陈旧的五间瓦房两边的院墙,并没有连在山墙上,因为房子两边还有宽宽的通道,其间也长满了竹子,而且绕到屋后的竹子更旺。房子不高,进门时险些跌了一跤:原来屋里比外边要低上很多,进门有两个往下的台阶。室内乌黑乌黑,光线特别暗。老式房子本来窗户就小,加上挂了厚厚的布帘,差不多就像黑夜一样了。后窗是个一尺见方的小洞,而且开得很高。屋内什么也看不见,静寂非常,没有一点活气。

雨子轻轻咳了一声,说一句:"梁先生。"

话音刚落,那边有人叭地开了灯。我马上看到一个落地台灯下显出的圆圆光晕,那儿映出一个很大的沙发,沙发里蜷曲着一个瘦瘦的老人,头上戴了一顶黑色毛线织帽。他的年纪真的很大了。老人手边是一个拐杖,他用力地拄着拐杖,但并不想站起,只是把身子从沙发里挺直。一边走过来一个女人,头发花白,五十多岁,见了雨子点点头。雨子小声告诉:这就是他的女儿。我向她问好。

我们走到沙发旁。雨子作了介绍。我伸出去握老人的手时,老人却把手往回一收,抱拳,轻轻地在雪白的胡子下动了动。我被礼让在他身边的一个破旧藤椅上坐了。

我发现老人穿着很不讲究,灰布衣服上满是灰迹和干结的饭粒之类。老人不说话,浑浊的眼睛看着雨子,好像旁边再也没有别人。雨子怕我尴尬,就几次把我介绍给他。老人点点头,可眼睛总是固执地去看雨子。这时我就趁机打量起房间来了。我觉得这间屋子可真是乱得可以,到处都是乱七八糟的东西。不过如果仔细些看就会发现:这里确实有点与众不同。屋里有两把古琴,一把古筝,古筝就放在旁边的一个躺柜上。我想起了一个话题,问梁先生经常弹琴吗?老人摇头:"没。"雨子说:"梁先生琴弹得好。我曾经听先生弹古琴。"梁先生像没有听到似的,浑浊发灰的眼睛一直看着雨子。我明白了,老人非常喜欢这个年轻的朋友。

灰暗的灯光照着一本很旧的线装书。我把脸贴上去也看不明白是一本什么书。再旁边,整整一面墙上是一套古版书,看了看,是半部二十四史,木刻本。老人刚翻过的那本书下,铺了一块很旧的蜡染花布。看得出老人特别喜欢这本书。

雨子这时又一次对梁先生介绍我:"他是一位读书人,学地质的,也喜欢古籍。"

梁先生"噢"了一声,点点头。我发现他闭上了眼睛。雨子又说,"他很崇拜您,几次想来看望您。"

梁先生一声不吭,把身子贴到沙发上,仰着,闭着眼。他好像特别疲倦的样子。

雨子小声对我说:"我们随便看看吧,我们自己看看。"

我们在屋里走着,眼睛渐渐适应了这儿的光线。屋里摆的器具都非常古老,而且都蒙着一层淡淡的灰尘。我走近了那架古琴和古筝,发现它们乌黑乌黑,上面好像还有一层荧光。这时我又看见了墙上挂的几幅古画:它们倒是特别洁净。同样干净的,就是老人那一尘不染的书籍了。雨子贴近我耳边告诉:"我把万磊的画拿给他看过。这是万磊求我做的,他说梁先生说好才算好呢……我拿了几幅原作和几幅照片。梁先生看了,说:'这个人学八大,有灵气,你呀,让他读读宋史。'我就把这个话告诉万磊了。万磊听了半哼不做声,后来只说:'了得。'接上万磊一个劲地研读宋史。不过他从来没敢提出见梁先生,他知道老人不喜欢跟生人见面……"

我想与老人交谈几句,特别想谈谈那本经他整理的残著,但我不敢。如果再次来到这儿,说不定我会把那本秘籍的原件携来的。我内心里非常矛盾。眼前的情景使我难以张口。

他的女儿就在旁边,一会儿给我们添一点水。我觉得老人可能是太疲倦了……她告诉:梁先生现在精神很好,头脑清晰,心脏、血压都没问题,只不过膝盖不太好了,走路费力却坚持不坐轮椅,所以大部分时间都是坐着。有时她想扶他出来晒晒太阳,到院子里活动一下,都很难。

我们又待了一小会儿,雨子提醒我们该告辞了。走出屋子,好像还不甘心似的,我们在小院里徘徊了好一会儿。我想看老人的竹子。雨子说:原来这五十多间房子每一栋都特别好,都是祖上留下的。老人刚搬到这里时他来过,记得当时议论起过去的建筑,梁先生讲过这样一句话——他用拐杖指着四合院说:"中国的建筑是养人的……"

我想,跟梁先生接触多了,雨子也深奥起来。他就建筑又说了不少,指出城里好多古建筑都被破坏了,这一点让梁先生特别气愤。他说那些说了算的人什么都不懂。梁先生说他从来没有遇到这么蛮横、粗野的人,"粗俗,粗俗",梁先生总是用拐杖捣着地讲。他不出来做事情,很重要的原因就是那些找他做事的人没有文化,"梁先生从来不屑于跟没文化的人打交道,说那样'没有好结果','不会有好结果'的……"

就这样我们离开了。出门时他女儿来送客,在明亮的光线下我终于看清了:她的头发差不多全白了,脸上有很多皱纹,神色却那么平静。她客气地跟我们道别……雨子说她是梁先生惟一的女儿,没有结婚:先是跟梁先生的一个学生谈过,后来那个学生病死了,她就没有出嫁,一辈子伺候梁先生了。梁先生的老伴死得也早……这样谈着、走着,天色渐渐暗下来。因为正好要路过雨子的家,他就请我进去坐一会儿。我有点渴,这才记起在梁先生家里滴水未进。

刚踏入院门,屋里就有个响亮的声音在喊什么,进到里间,我一眼就认出她是雨子的爱人滨。她比照片上要胖、要成熟,用一句现成的词儿形容:雍容华贵。这一瞬间,仿佛整个屋子都被她照亮了。她大大方方地伸出手,笑着:"我早听雨子讲过了,可惜那一天我回来晚了,没能见上您。"接上她又说,她前几天和雨子曾一块儿到阳子那儿去,还到吴敏开的那个店里去——他们原以为顺便会碰上我呢,真是的,这么久了才见到……"他们总是说你,真的。我们老听人谈论你,今天才算认识……"

我不由得问:"你们常常看到吴敏吗?"

"嗯,雨子去得勤。"她微笑着看雨子。

我觉得她话里并没有包含特别的意思,而且目光甜甜的,只那么看了一眼自己的丈夫。她接着又说:

"吴敏多可爱呀,我和雨子都喜欢她。我们几次邀她到这儿玩。她还是来了,我们真高兴!她是我和雨子最好的朋友。我们喜欢她,应该说比'喜欢'还进一步,我们有点爱她了。吴敏长得真好,她比吕擎漂亮多了,清清爽爽的一个姑娘——你们喜欢吴敏吗?"

滨询问的目光看着我。我点点头。我在心里想:"喜欢"、"爱",在他们那儿是个什么概念?它们有多少不同呢?我有点后悔也有点庆幸:我想总算没有对雨子提到吴敏的事情——面对这样的一对夫妇,我心里多少有些释然了。天哪,谢天谢地,我这之前没有对雨子谈一些莽撞无礼的话。

我想早一点离开这儿,就尽快告别了他们。

藏徐镇

一

那个讲习班结束后,淳于黎丽就把写成的东西交给了我。他人看来这会是一些相当单调的文字:描述对象永远是藏徐镇周边二十多公里的那么一小块地方。然而我却认真地看了这份"作业"。它稍稍出乎我的预料:精当、简约,有一种潜隐的激情。作者已经长大了,可她的心灵仍像孩童一样纯洁甚至稚气。这有点像她这个人,端庄中透出纯稚和清丽;她那双多少有点肃穆的、冷冷的目光,会使大多数人感到费解——可在我眼里,它的含意是清晰的。

我在那一段时间或者说更长的日子里,总想回避那条青砖铺成的巷子。我甚至不愿看到那个铜雕——从铜雕那儿往右一拐就是……我仍然记得的那个小宿舍,光线暗淡、幽静,有一股难以言喻的人生的温馨。

她说我是来自老家的兄长。我在心里叮嘱自己:听到了吗?你可千万不要莽莽撞撞的、千万不要让她失望啊!你身上满是瑕疵,而你在漂亮女人面前会本能地伪装得那么好——索性就这样伪装下去吧,尽管这有点虚荣和说不出的别扭!如果这个时候心弦松弛,游离出不和谐的音符,那就可笑了。日积月累的经验以及自我苛刻自我约束,还有一种关于两性关系方面的模模糊糊的信念,一旦顷刻瓦解,就会长久地折磨我……吕擎和阳子像期待一个现代神话那样注视我,究竟希望我成功还是失败?吕擎所深恶痛绝的"冷酷"和"伪善",我此刻又离开了多远?

"我想家了,想回家去了。"她说。

我们全都一样！在心的深处,一直有一个声音在呼唤:回啊……我不能在这座陌生的城市里若无其事地待下去……我没法漠视那声声呼唤,无法抵御。那是一种神秘的力量,它让我们焦灼不安。我曾因此想把自己身边的亲人一个一个全都领走,领到我记忆中的那棵大李子树下,领到那座茅屋旁边。

有过吕擎和阳子关于她的那次深谈之后,我不由自主地就要陷入回忆,回忆自己与淳于黎丽相识的整个过程,从头至尾地想一遍。我们也有过不愉快,可我们谁都没有抱怨对方。不管怎样,我们之间并非一种暧昧的关系,兄长和同乡,老师和学生,中年男子和敬慕者,伪君子和颇有心计的孩子,一对被新潮与传统淹个半死的人……特别是后来,当我知道了她是一个孤儿,只身走入了茫茫人海,即产生了说不出的怜惜和慌恐。该怎样对待一个孤儿？我在想自己肩负着多么巨大的责任——既无法拒绝自己走近,"伪善"也就乘机登场了,无论开多么窄的门,它还是要挤进来……我一遍遍提醒自己:她把一切信任都交给了你,她是一个真正的孤儿。还有,她这么脆弱,嫩生生的,而你却是个老苍苍的男人,被世俗的污泥涂抹得肮脏不堪……

如果面对的是重若千斤的信任,每个人都会望而却步的,只有我在迎头赶上。这就是一个现代人的愚蠢,其深层原因可能十分费解……总之,究竟怎样做才能对得起一个美丽纤弱的孤儿,这成了一块沉重的磐石,让我背了在身上。她像一枚绚丽的石榴,令人注目地结在一棵孤独的枝条上。她渴望再生,已经成熟。她让人既望而生畏又垂涎欲滴。

我在黑暗中往前摸索。有一天我强烈地记起了她。那时已经是深夜,我从朋友那儿归来,走到半路,一抬头看到了那座铜雕。我久久看着它伸出的手臂——它这会儿正像路标一样指引了一个方向,于是我就拐到了那条巷子里。一片夜色里,我觉得有一些粉红色的苹果花瓣像雪花一样缓缓坠落,把我埋起来、埋起来,像温柔的手掌一样抚遍了全身。我睁开眼睛,用力地辨认着眼前的路径,又清清楚楚看到了脚下的青砖,砖缝里生出的绿草……我轻轻往前,像害怕自己的脚步声。但我没有敲门,就那样伫立良久,沉浸在夜色里。我想告诉她:我是来告别的。

淳于黎丽继续交来"作业"。文字的河流泅湿了我。我终于决定把她介绍给身边的朋友,这会让人有一种阳光下的坦然。吕擎和吴敏,阳子小涓他们都先后结识了她。梅子觉得她真是漂亮,对她有一种过分的客气。我说这是那个培训班上最聪慧的一个学生。阳子伏在我耳朵上说:"真是一个第三者胚子啊。"我严厉制止:"不许你这样说她。"

在夜晚,我想的是怎样离开这座城市,回到北方。夜晚,这种感受再清晰没有了。这座城市里的一切都纠结起来,纷纭沓至,一会儿涌来一会儿消失……我在此地生活了这么久,到这个夜晚为止,我和这座城市已经结成了奇怪的关系:依存的、敌对的、共谋的、暧昧的……我们之间有什么正在滋生和死亡,我不知道,没法回答。谜一样的、幸福的过去和未来;谜一样的诱惑和无以言表的厌恶以及恐惧……那种难以解脱甚至可以和死亡匹敌的幸福、拒绝、向往和悲伤!我不愿回忆那么多的白天和夜晚,因为我不知道该怎样回答。我正远离那些指责和挑剔,小心翼翼地对待自己经历过的一切。它们像网一样,把我整个儿罩住。

我舒展着她的文字,却因此而更加思念那片原野。我知道自己永远都不会对那片土地厌倦,即使有一天会变得满头白发、满脸皱纹……在我的田园面前,我永远都是自卑的,那么肮脏、那么浑浊……

这个来自藏徐镇的姑娘,她如同那片原野的使者,又如同它的化身。

二

她刚刚二十多岁,可是她把淳于家族的宽容和执拗以及不可理解的深邃,都多多少少地继承下来了。很快,她对我的离开变得敏感。因为我的远行常常没有目的也没有归期,一走就是很久,有时又会突然回到城里,让她大吃一惊。她那时就用奇怪的眼神盯住我,像逗我,又像对我的突如其来隐含着严厉的指责。

整个旅程变得更加急促,来去匆匆,有时脸也顾不得洗一把就启程上路。我想象中自己的未来可能是这样一个形象:大步奔跑,慌不择路,荆棘划破了衣衫,头发又脏又长……好像总有一个声音在前面隐隐地呼唤:"快跑、快跑,我们已经等你很久了……"旅途上常常梦见梅子:她手扯小宁走在拥挤的街道上,热汗涔涔,前额上粘着湿漉漉的头发……这时候我常常惊坐起来,一颗心怦怦狂跳,剩下的时间怎么也无法入睡了。迷蒙中,一些呼喊与梦境交替出现,似幻似真,让我黎明时分长时间站立在十字路口。可是当我踏上遥遥归途,又会充满了疑惑,返身探询,久久地盯住另一个方向……我的脸上深皱纵横,胡茬越来越硬,头发开始有了一缕缕银丝。

归来时,我会与这座城市紧紧相拥,一声不吭。此时此刻,我心底会泛起一个新的惊喜:原来这里也是另一片野地。野地的心跳动不息,呼应着我心中的每一句话,像我一样热烈和急切。没有任何语言,已经不需要了。我们只紧紧地相依。这种巨大的冲动和拥有像海潮一样,要等待它慢慢退去。

我又见到了淳于黎丽。她仰脸看着我,像看一个陌生人,一只手仿佛要抚摸我有了银丝的鬓角,抬到我的耳侧那儿又赶紧放下了。

我注意打量起来,发现她有点瘦了,眼窝凹下去。可是这反而使她有了一种特异的神情,更加楚楚动人。我一句话也说不下去,因为不知说什么才好。分手时我走了一条无灯的小巷。这是一个伸手不见五指的夜晚,我在黑色里往前摸索,走得慢极了。我的腿真像拴了沉重的铁锚一样,每一步都走得那么艰难。人为什么需要爱、需要致命的友谊、亲情,以及诸如此类的东西呢?为什么要在他的不幸之上再加一重或多重的不幸?人为什么要注定忍受这种没法忍受的折磨?为什么自愿成为一个踏进陷阱的人?每个人都可怜而又不幸,每个人都一样……我伤害的人不该原谅我,如果我伤害最深的人恰恰都是最爱的人,那么这种伤害究竟是多大的罪孽?我有勇气在未来接受一种报应吗?真的会有那么一天吗?如果那一天到来时,我能够承受吗?

我回到了自己的小窝。

一天、两天,一个星期、两个星期。差不多过了一个月,没有她的任何消息。我再没见到听到她的一字一声。我沉默着。一种怅然若失的满足,一种奇怪的放松感。但有时也难免长长地叹气。深夜里我极少失眠,睡得很香。可惜这样的日子没有多久,一种深深的甚至是比先前强烈几倍的渴望,又从心底泛起。我想看看她,哪怕是听到她的一点声音——梅子发觉我在喃喃自语,问:"你夜里喊什么?你哪里不舒服吗?"

深夜醒来,我会走到院子里,坐在冰凉的石头上吸烟。最初的那种轻松感只偶尔出现,后来则完全丧失,代之而来的是真实的担心。我接不到她的一字、一声、一句,听不到她的一丝呼唤。

一天又一天过去了。一个个平平常常的日子,我在家里翻弄一本老先生的书——这正是那本关于东夷族的著作。关于东部沿海那个古老小城的故事看得我头脑昏沉。我在这些谜一样的古旧词语堆成的丘陵间来复奔走,钻着几千年前陌生而又熟悉的古城街巷,寻觅、探究,两眼迷茫……我注意到自己对考古学日益增长的兴趣,还有对人种学、对那些拗口的古文字的嗜好;这悄悄发生的一场变化一度使我沉下心来,并驱逐了烦腻。它像磁石一样吸引着我,我好像从未像现在这样专心致志。我在寻找一个家族。我感到奇怪的是一次精神的知遇竟给我带来了这么大的改变,让我一时丢掉了浪漫的涂抹,只着迷于拼接和收拾陈旧的纸页。我发现这个家族有奇怪的特征、谜一样的秉性;他们多么执拗!他们突然之间就可以作出一种残酷的、义无反顾的决定……这一天我从深夜看到黎明,最后看得头痛,两眼昏花,正试着站起来,一阵眩晕使我差一点跌倒——就在这时有人敲门。我扶着墙壁,镇静了片刻,蹒跚着去开门。

淳于黎丽!

我一下倚在了门框上。她握住了我扶门的手,"你的脸这么黄,怎么了?你病了吗?"

我微笑着。我想我的脸色一定是蜡黄的。

我又闻到了熟悉的喘息声和丁香花的气味。

"我已经尽到了最大的努力,差不多把全身的力气都使尽了……我甚至想去找一个平庸的、牢靠的人过日子了……可是我失败了。我失败了,就什么都完了。我天天夜里睡不着,想你和你的话。这次我承认你说得对:我们淳于这一族都拗极了。所以我们常常不会有更好的命运。我甚至想……"

我定定地望着她,害怕她说出什么话。

"我真想永远离开这儿。人在这座城市太苦了,我终于明白你为什么要一次次离开……"

我没有说话。我不想问她遇到了什么坎坷:工作上的?生活上的?这似乎多余。我又一次感到了一种不能承担的沉重——这并非一个人的力量和强度所能迎接的沉重。不过它这会儿真的压在了我的肩头。我本能地缩了一下肩膀,像害冷一样,打了个颤抖。

做一个兄长可真难,我既没有拒绝也没有首肯。可我心里明白要挣脱什么,我已经忍到了一个极限。

几天之后,阳子急匆匆地找到我说:"你看,事情要糟了。"

"怎么了?你慢慢讲。"

"你看,我说她是天生的第三者胚子,你还不信。有一天我亲眼见她和一个大男人在一起散步……"

"散步!这不说明什么……"

"不,他们坐在石凳上,坐得很近。我对这点可有绝对把握——我要为你负责。一般关系是不会这样的。他们……后来我就离开了。"

我摇着头,心里却想到了那个紧紧关闭的小门。心上有一种异样的感觉,有点发冷。阳子看着我。他又说了一句什么,我没有听到。他走开了。

一种沉重从肩头一点点卸去,覆盖全身的却是更大的悲凉和绝望。这一次,我想她会获得"成功"。这好像已经没有任何疑问了。

最后一点希望安慰着我。我在屋子里踱来踱去。我想到菜市场买买菜,做些琐碎的事情;后来我又去找吕擎。我学他那样在沙袋上狠劲儿击拳,直打得满身汗水,脱了上衣……

我在挂念着一个弱小的、淳于家族遗留下来的生命,她美丽而孤单,那么忧郁,也许是这个家族最后一个娇弱而执拗的生命了,她就在这座城市里,与我相距咫尺……但我还是忍住:一定不去,一定不要去敲那个窄窄的小门。

秋叶飘落下来。可怕的冰凉的秋天恰恰在这个时刻来到了。一天黄昏,阳子突然找到我,递上一封糊得严严实实的信。

我急急地撕开,像是预感到了什么。

阳子在一边问:"怎么样?她的?"

我只瞥了一眼,就抬腿往外跑去。阳子也跟在了身后。

我们一直跑向了医院——她信上说在医院里等我……天哪,她竟然在那个地方等我!

一个护士,像淳于黎丽差不多年纪的姑娘,坐在那儿。她握着床上蜷曲的病人的手,正用询问的目光看着。淳于黎丽见了我,立刻点点头,说话有点困难了。护士站起离开。阳子也跟上她出去了。

她示意我离近点。她看着我的胡茬,我的脸。她很平静。这样过了半晌,她说:"对不起……"

她是突然晕倒的,而后被人送到了这里……我不敢说什么。"我本来不想告诉你,可是忍不住,因为在这座城市里我还有一位兄长呢。他们把我弄醒了,我的第一个念头就是:糟了,我又失败了。那一天,我眼前一黑就跌倒了……他们把我抱到医院。"

"你到底怎么了?你该告诉我。"

"算了。我告诉你的就是两个字:失败。"

这天她不愿我很快离开,一直让我坐在床边。她谈那本秘籍,谈莱子古国,寻问我东行的事情。

三

藏徐镇成为我命中的一个滞留地,有关它的谜语也许足够我花上一生才能破解。它大概会一生一世都吸引着我,让我一次次放弃手边的事情走向了它。

这期间我特意与科学院一个研究古航海史的朋友同行,一直在那儿住了很长时间。我们发现镇子上最多的姓氏就是徐和淳于。而且后来我还惊喜地发现:那个著名美学家淳于云嘉也是由藏徐镇迁出去的,她的家上溯三代还是这儿的一个望族。其余的姓氏就是贾、赵等,有些大姓氏在镇子上反而成了少数。据老人讲,藏徐镇西北那片荒凉的高地叫"殷山",而今的殷山遗址属于国家重点文物保护地。殷山脚下原来有一座古老的小城,叫做"思琳城"。它就是古代各种文人学士汇聚之城,在当年被称为"百花齐放之城"。大约在汉代,该城的王炔起兵反王莽,才招致了毁城之祸。毁城时人们四散逃亡,一批人向西,一批人向南。其中的淳于和徐姓也就逃到了现在的藏徐镇。当时它只是一片橡林,荒无人烟。逃离思琳城的这批人在这儿搭起了茅屋,繁衍后代。开始他们隐名埋姓,几代之后才恢复原来的姓氏:淳于和徐。从古籍上看,最多的一拨人不在藏徐镇,而是远涉大洋到了东北,其中的一些人在关东扎下了根,后又穿过东北大平原,渡过黑龙江,远达外兴安岭,流落到了今天的斯塔诺夫山脉那一带……当然,这些已经是十分遥远的往事了。

  我不止一次长途跋涉到殷山遗址,首先映入眼帘的竟是一片旺盛的花生田、高粱玉米,好一片沃土!看不见城的影子,而且也没有文物保护的标记。离思琳城遗址东南三十多公里远,有一座高高的土堆,那就是东莱古国残留的一段城墙。当年思琳城与东莱古国是一种什么关系?整个东部沿海的东夷族又从哪儿迁来?他们如果是沿海的土著,那么又经历了怎样的兴衰消亡?

  我的好奇心被一次又一次撩拨起来,思绪从东部沿海、从夷族,再从齐国都城临淄到大兴安岭、贝加尔湖、斯塔诺夫山脉……最后又落在老铁海峡——使我大惑不解的是,思琳城被毁之初,这一族人为什么翻过老铁山一直向北,穿过如此辽远的土地和高山峻岭,历尽艰辛,到达蒙古的喀喇沁左翼,然后又一直向西向北,直踏上了贝加尔湖的南岸?这到底是为什么?或者他们走的是另一条路线:绕过了大半个渤海湾,经大沽、秦皇岛北移……他们难道是寻找一条故道、寻找着一条旧路？从他们这次大迁徙的路线上，可否探寻一个种族的来路？

在任何一位古航海研究者那里都不难弄懂：很久以前并没有"老铁海峡"，因为那儿当时还没有发生陆沉，整个大陆连成了一个板块。一些古代游牧民族从遥远的北方南迁，就可以穿越一整片的大陆。那一片大陆断裂并形成海峡，大约应该在夏商之际，或者更晚一点。也可以推断，东夷各部族的形成当在夏商之前，一支游牧民族在很早的时候就从斯塔诺夫山脉、贝加尔湖一带向南迁徙……当年的莱子古国可能属于莱夷族中最强大的部族。夷族的组成，应该是由若干胞族聚组而成的整体，它当年聚居的区域相当辽阔。它的势力在相当于夏代的时期大约已经蔓延到渤海海岸；某一个时期其势力的扩张，似乎向南延伸到了龙山文化的中心地带。至于在青铜文化高度发展的阶段，它究竟具有怎样的地位还难以明确，但可以断言，它和龙山文化确有着某种血缘关系。

我的目光一直注视着莱夷族，因为我觉得思琳城只是当年东莱古国的一个小城，而我的出生地又离这个"百花齐放之城"不远。我和淳于黎丽同属于莱夷后裔，这大概是没有问题的。于是寻找先人的来历和血脉———一种急切而奇特的欲望就一直支配了我。我想我们必须寻找过去的一个基本脉络，必须如此。我想象着最初这支英武慓悍的民族直达贝加尔湖南岸，穿过蒙古大平原一直向南，最终到达海角的情景。这是何等的气派。他们英勇善战，长于骑射、养蚕、植桑，最早发明了炼铁术。今天"老铁海峡"之称谓就与莱夷族当年的冶炼有关。至今，在思琳城遗址西北十几公里处还有一处战国时期的炼铁基地。当年的人就是从老铁山寻找铁矿石的。

强大的东莱古国，强大的部族之谜紧紧地缠住了我。我搞来了无数的古籍，还找来了俄国人马克的书。我对一处又一处古遗址发生了兴趣,不得不留连徘徊在东部平原上一座又一座城市的博物馆里。当我从东部城市回来的时候,满脑子都是那个擅长骑射的游牧民族的传奇,他们的征服与被征服的历史。秦始皇三次东巡都来到东夷族的莱子古国,并在那里攀登莱山,祭月主祠。他为什么要连连东巡?答案非常简单,就是寻找"长生不老药"。果真如此吗?是的,这只是部分原因。但寻找长生不老药的主要人物,竟是当年思琳城的一位方士,这个人的名字叫徐巿(福)。统一中国的嬴政王秦始皇把了不起的希望寄托在方士徐巿身上……

从这历史的迷雾中,我倾听着马蹄和号角。我终于明白,秦王频频东巡的一个重要目的还在于炫耀武力。他第二次东巡不是在琅琊台下杀掉了四百多个儒生吗?其实杀掉的又何止于儒生。强大的、永不屈服的氏族在秦王暴力之下英勇反抗,用各种办法维护民族的尊严。他们因此而遭到了屠杀。这从那个"百花齐放之城"的演变史上就可以看出端倪。随着秦国东进,各国风声渐紧,远在秦始皇统一中国之前,齐国的稷下学派就已开始转移。他们其中的主要人物如荀况、韩非子,都相继到达思琳城。先是讲学,后来有的还长期居住。淳于一族的淳于髡则是在更早的时候接触稷下学派的。

秦始皇能够统一中国,可是直到临死的那一天,还是对永不屈服的东部沿海的夷族耿耿于怀——我相信是这样。当我西去长安,站在发掘出的秦始皇陵墓外围的陶俑方阵面前,还是不由得大吃一惊。那时我揉了揉眼睛,发现所有的陶俑都全部面向着东方……

在秦始皇的心目中,东方夷族有多么可怕。那些陶俑茫然东望。一种等待、一种恐惧,还是一种仇视呢?我站在陶俑方阵面前久久地沉思。我那时更多地想到了淳于家族,想到了东莱古国,想到了强悍的游牧民族,以及他们最初也是最后的落脚点:海角。

旅途中，无法安睡的一个个长夜里，我就靠翻阅搜寻到的各种资料打发时光。我在破译一个接一个的谜语……我惊异地发现，即便是残暴的秦王，即便他对那个"百花齐放之城"恨之入骨，一度也无可奈何。东巡之前他曾将咸阳城内几百个儒生全部杀掉，还将全国的博学之士集中到咸阳的一条山谷里活埋、砍杀，可是仍然有一大批学人东迁，经齐地进入了思琳城。他们，还有在思琳城早已定居的方士学者们，秦王一根毫毛也未伤及。我不知道冥冥中有什么在震慑秦王。那是一座怎样的城，一块怎样的土地？它凭借了什么力量抵抗着亘古罕见的残忍与暴力？我今天已无从知晓了。直到后来，秦始皇第二次东巡，在琅琊台下杀掉的几百个儒生中，仍不包括思琳城的那些方士学人；他们更有可能是秦王一路上捕捉的敌对势力，是亡齐的贵族。当年的那场屠杀将琅琊台下的一大片泥土都染红了。我曾在琅琊台下久久徘徊。这里如今稼禾茂长，灌木密不过人，有的乔木极其高大，足有三四十米高，直径可达半米多。这是鲜血滋润出的一片土地。我在那里沉默良久，用脚丈量着这片深褐色的土壤……那一次我沿曲折的东海岸北上，过芝罘，绕蓬莱，直达海角最西部的屺䂬山头。

远在秦始皇统一中国、灭掉齐国之前，在齐与东夷的无数次激烈冲突中，有很多东莱人就是被逼迫到大海边缘，再也没有退路，就从这屺䂬山头的悬崖上跳海身亡了。血水染红了屺䂬山下大片的礁石。就是这样一个刚勇耿直的民族，自从贝加尔湖南迁，再到思琳城，一直经历着与炎帝和黄帝部落的残酷激烈的争夺。狄族从西部入侵，他们就不断地后退，退到莱山、莱芜、临淄，最后又越过了胶莱河。他们只剩下了东部沿海这一片平原，只剩下了海角，终于再也无处可退——身后就是大海。在一场场血腥的围剿下，他们用血肉之躯夯向了敌军，固守着自己的最后家园。

莱夷人当年骑着瘦马来到海角时，这里还是一片蛮荒之地，而狄族远在青藏高原。这里是他们开拓的疆土,是他们的血汗浇灌的家园。狄族瞄上的是这里的渔盐之利,他们扬言要把东夷人赶到大海里去喂鱼。狄族人没有做到。后来,秦始皇统一了中国,再一直到秦二世、到汉代,也仍然没能把夷族人赶到大海里去。这期间他们尽管向北方举行了一次回归故土的大迁徙,但一大部分最终还是留了下来。留下来的一支人就组成了今天的藏徐镇。

而思琳城中的另一批人,即以徐市为首的那些方士学人却焕发出灿烂的想象,提出为秦王寻找"长生不老药"。他们遥指"三仙山",骗走了辎重,乘大船远涉重洋,最后到达了瀛洲……

我需要搞清的是思琳城毁城之前,更早的那段史实,而不仅仅是思琳城毁灭的原因。我想知道在莱夷古国最兴盛的时期,他们与狄族那一次次最严酷、最激烈的争夺;我还想探知思琳城毁城后返回贝加尔湖南岸的那一支人马——这一英勇慓悍的游牧民族是怎样从遥远的北方迁徙到东部沿海,他们在遥远的北方居住的情况,究竟有多少人,而后又散落在世界的何方?他们最初为什么要开始这场遥远的跋涉?

一切似乎都是淳于黎丽引起的,一切又似乎有着更深的动因。我想这最终也还是血脉的召唤。不过淳于黎丽的确连接着整个淳于家族,连接着我们的神奇的历史;我终于明白了如今的思琳城既通向藏徐镇,又通向昨天的游牧民族。长长的源流,长长的历史。我一次次被先人的业绩所感动,被淳于云嘉和淳于黎丽的先人淳于髡、淳于越的壮举所震撼;还有远涉重洋的徐市——他那杳无音信的三千童男童女……说不尽的悲惨故事,一场场争斗、耸人听闻的跋涉、在历次战争中所付出的鲜血。这一切都由不能更改的命运所决定,由一个家族、一个部落的血脉所决定。

在古代,氏族内部是绝对禁止通婚的,所以每个部落都必须包括两个胞族以上;而随着部落的增加,每个胞族又可以割裂成两个或者两个以上。这样,几个胞族又会组成一个新的部落。部落的名称多半是偶然发生的,而不可能全是有意选择的。亲属部落间的联盟,常常因为短时间的需要而结成;出于种种复杂的关系,各种各样的姓氏也就产生了……

　　总之对东部莱夷民族的探寻,对这一个又一个谜的破解,已经构成了我个人生活的一部分,也成为我长途跋涉的一个组成部分。我的先人在近代史上占有光辉的一页,我知道后来也正是莱夷族的后裔开发了整个大东北。他们具有开拓和迁徙的秉性,不断地寻找。他们坚强不屈,在强暴之下也永不屈服。

　　我渴望的就是这种家族神采。但愿我的不安和寻找,那种难以遏制的奔走的渴念,正是由这个遥远的、与我有着血缘关系的部族所赐予的。我将在这场追赶中确立自己的修行。

热　城

一

　　入夜后,仍然是喧闹和燥热围拢着我们。而在那片平原上的这个时刻,任何一片绿草都会是湿漉漉的。仰脸看看星空,星星模模糊糊,疏淡而遥远,好像随时都会彻底隐去。这就是这个城市特有的夜色:月亮也总是挂着很大的晕影,像躲在一层毛玻璃后面;空气中永远有一股烧焦的胶皮味……满城灯火会让人联想到一座熊熊燃烧的高炉,好像每一座楼房都在燃烧,从窗户里冒出暗淡的火苗,火苗上方又是滚动的烟雾……是的,整个城区的确笼罩在一股浓浓的烟气里。

　　这样的长夜我一次次打开那本秘籍。梅子叫它"天书"。她伏在桌前,神色专注,"你从来没说这上面写了什么。""这得有些耐心才行,也许有一天会豁然洞开。""你就等着这一天?""我会想想办法。也许我能把它搞个明白,因为这是我们祖先的历史。从血脉上讲,我和你可能是源于不同的种族……"

"我们都是汉族!"

"是啊,可是汉族经过了漫长的演化期,这里边也有征服和被征服的故事,有十分顽强和激烈的反抗……很复杂呢。你知道吗?我的祖先是一支游牧民族,他们的源头在哪?从哪里来到哪里去?他们有多少分支?有多少氏族和胞族?多少兄弟姊妹?他们如今流落到了哪里?这本秘籍就是记录这些的……"

梅子一脸好奇的神色。她还没有从万磊的事情上解脱出来,有时会盯着挂过画的那个位置出神。白天阳子来过,他们没有几句话就仍然要扯到那件事情上。时间过了这么久,大家仍然被万磊的事情牵着神经。好像少了他,一座城市的文化生态已经失衡、文化圈的生物链遭到了严重破坏,正呈现出呆滞和凌乱状态,要恢复还需要一段时间。实际上一个异常活跃的怪物、一个天才的流氓,说没就没了,无论如何都会留下一个空洞。阳子说:"无论怎样讲、无论这家伙怎样别扭,总还算是一个天才吧。"他瞥瞥我和梅子:"公安局一直在加紧侦破万磊的案子。看来是没希望了。他们找了很多万磊的生前好友,也找过我。"

"你怎么说?"

"我不同意那些人的意见。吕擎说在我们周边,'大约一百年也出不来这样一个色鬼'。我对那些人讲:'万磊是有这方面的恶习,但肯定不是情杀'……我早就听说了,从南边来了一拨人,他们专杀青年画家。"

"去你的吧,这毫无道理。人家为什么要杀北方的青年画家?为什么就不杀青年诗人?青年模特儿?青年干部?"

"那是一种变态心理,在今天什么事情不会发生?发生什么你都不要吃惊。比如说刚刚杀死万磊的这拨人,既是一伙杀人狂,也是一拨艺术家——就因为自己的艺术失败了,然后就北上杀人,杀那些名手,把他们一个一个除掉——满足自己邪恶的欲望。"说到这儿阳子把声音压低,"你不知道,如今最可怕的就是'后后后现代派'……"

"怎么呢?"

"怎么?那些前边加了三个'后'的,你就得小心了,再可爱也得小心……你听说了吧,有人在展厅里,站到自己的作品前边端量一会儿,然后就麻利地解了裤子撒上一泡尿;还有人好不容易画了一幅画,在众目睽睽之下挂起来,然后回手就是一刀——豁成了两半儿……据说从他作画那一刻起,再到最后豁成两半这会儿,整个的过程才算一件作品——按这个推论,万磊的死也很可能是'后后后'们刚完成的一个'作品'……"

我无言以对。天哪,如果真的这样也太可怕了,我还能说什么?不过我平静了一下还是说:"收拾起你那套高论吧,这样只会把水搅浑。他大概不会是'后后后'的'作品',你放心好啦!"

阳子有些恼:"可你又怎么解释呢?他的那些……"

梅子大惊失色地听我们讨论,一句话都插不上。

二

杂志的事情终于让吕擎关切起来,他问我:"这事儿既然要找'百足虫',那为什么不早一点求你岳父呢?"

非得如此吗?也许这是绕不过去的。可是我已经很久没到那个有橡树的院落中去了。在这座热城里,那棵大橡树会有多大的一片阴凉。想想看,什么人家才能拥有这样的一棵大橡树!它多么可爱,但这院里的男主人让我敬而远之……

岳父离休后的大部分时间就待在这个院落里。他现在正专心做一个"书法家",每天都要习字,闲下来就在那个会客室的藤椅上沉思默想。面对下一代,他会讲到过去的战斗、战友——"那是个什么年代啊!英雄辈出的年代啊!""是的,那是伟大的年代,也是灾难深重的年代……在东部山区和平原就有八个土匪司令,几支队伍像拉网一样打来打去,老百姓水深火热……"我斗胆打断他的话。

岳父发灰的眼睛锐利地看我一下,起来踱步:"那是浴血奋战。我还有个战友,刚要张嘴讲话,一颗子弹从嘴里打进去,从脖子后面穿出来……"

我一声不吭,等待下文。

"他倒在那儿,当时都以为死了,谁知后来还爬回了驻地,竟然活下来了。解放后他成了一位大学问家。"

接下去的一段时间他伏案疾书。岳母就站在一旁。岳父穿了一件浅黄色的上衣,一条松松软软的裤子,手里是一枝很大的笔,运笔时手腕上的筋都暴起来了。他的笔刚刚揉过的那个地方,就像一个人受了伤的腿关节似的,有点浮肿——他揉动一下,然后用力拖笔,一个大字完成了。他把笔扔到一边去,深深地吐了一口气。

这可能是一个寿字或福字,我不认识。我心里盘算的是怎样让岳父去找一下牟澜。我终于说:

"'百足虫',跟爸爸是老朋友了……"

"什么虫?"他大声问道。

我慌慌更正:"我是说——牟澜……"

"哦!他……嗯。"

岳母说:"那个人啊,没有多少文化,不过人蛮正派。他非常尊重你爸,跟你爸在一块儿下棋,他输了。我们刚认识他的时候……"

后面的话我没听进去,只把创办一份杂志的事从头说了一遍。

岳父没有回答我,等于一次婉拒。可是岳母私下对我说:你就自己去看看那个"百足虫",他又不吃人!

我于是就打着岳母的旗号接通了他的秘书,然后直奔而去。奇怪的是没费什么周折——据说许多像模像样的人约了很长时间,最后还是见不到这人。这家伙办公的地方占据了一幢漂亮的三层楼,这楼是当年德国人盖的,在这座城市里十分出眼……

我在一个有些阴暗的然而是特别讲究的大套间里见到了他。这是一个五十多岁的人,秃顶,干瘦干瘦,泪囊很大。我还从来没见过有这么大泪囊的人。耳朵也大,耳垂特别大。他的样子乍一看极严厉,嘴紧紧地闭着,主要是两个嘴角往里扣住。在我眼里,那些握有重权的人才有这么一副神气。

"牟老……"

"你是谁?"

我作了自我介绍。他还是一副拒人于千里之外的样子。但我赶在他下逐客令之前说出了岳父和岳母的名字——他立刻就亲切起来:"噢,知道了知道了……坐坐,你啊,有什么事啊?"

我说没什么大事儿,我在外地工作,顺路来看望牟老——老一辈说得多了,我们下一代人就仰慕起来了……

牟澜高兴了。他拍拍我的肩膀,让我在一个大沙发上坐,又在对面坐下来。他用手指敲了敲茶几,一个深棕色的小旁门开了。出来一个十八九岁的姑娘,笑着点点头,把一杯茶放在跟前,接着又拿来一个绿色茶缸,放在牟澜的面前。姑娘走路的姿势像舞蹈演员似的。一会儿,里屋传来噼噼啪啪的打字声。

那种噼噼啪啪的声音老要干扰我们的谈话。

牟澜说:"噢,你在哪里工作?噢,那里!原来在那个地方。我很熟悉那个地方的。我以前去过那里。不过也很久没去了⋯⋯"

"希望牟老到我们那里做客。"

"很好嘛,那个地方很好嘛。"

我一直在暗暗打量这个人,心里希望能找到一个答案,即他为什么会有那样一个外号。我知道所有的外号往往都是有迹可循的。看不出。一般来说外号大半都可以从生理特征上找到依据,再不就是根据其他原因取的,比如性格之类,那就难说了。我接上他的话茬说:

"那里什么都好,就是缺一份杂志,那个海滨小城连一份刊物都没有!"

"小地方嘛,嗯,文化生活原本就⋯⋯"

我不失时机地说道:"如果他们着手创办一份呢?"

"噢,这不可能的。不太可能的。"

"为什么⋯⋯"

牟澜只顾自己讲下去:"那是一个好地方,我很久没有去过了。很好嘛,那个地方的水果和海产品在全国都极有名喔⋯⋯"

接下去无论我说什么,他都不往心里去了。这就是我鼓起勇气去见牟澜的全过程。那一天多热啊,记得下楼时身上的衬衣大半都湿透了,除此而外毫无收获。

三

从牟澜那儿回来,我开始想到退而求其次,即打一下雨子的主意。我与雨子接触多了,对这个人的尊敬有增无减。我觉得他很像一位老大哥,温厚而成熟。还有他的滨,也像他一样宽厚热情。他们夫妇对我就像一位老朋友。

有一天我正在雨子家里谈着,院门敞着,没有敲门就进来一位颤巍巍的老人。雨子忙起而迎接。原来是个老画家,跟雨子一家熟得很,是这里的常客。老人有七八十岁,身体不太好,胡子很长,多么热的天啊,他竟然戴了一顶像梁先生那样的绠线帽。老人一进门就直瞪瞪地问:"滨在不?"雨子说:"她一会儿就回来。""噢,那我等一等吧。"

　　老者拄着拐杖坐在桌旁,不太搭理我们。雨子转脸和他谈话,老人热情不高,说得很少。不过他说出每一句话,雨子都深深地点一下头。我却听不出有多少奥妙——老者说"懒有懒的好处",再不就说"那个人个子高啊……",还有"手太重"、"这人粗心大意"、"老来狂"等等。它们好像与绘画艺术没什么直接的关系。不过他们的话题的确是围绕了绘画。老人坐了一会儿站起来,在那张宋画跟前看了很久,伸出又小又黄的手指,说着什么,不停地咳嗽。他捂着胸口,腰使劲弓着。雨子把里屋一把藤椅搬出让他坐了。一会儿门响了,老者的神情立刻一振:

　　"滨回了?"

　　雨子抬头从窗户往外望着:"不,是风。"

　　老者又坐在藤椅上,抄着手。

　　大约半个小时之后,滨真的回来了。她手提一个竹篮,竹篮里是一些鸡蛋、西红柿等。老者立刻站起来,微笑的两眼闪着光泽。滨把东西放下,连连喊着"聂老"。聂老笑着,呵气似的说:"快过来坐,快过来坐,让我看看你、看看你。"

　　滨听话得很,搬一个高马扎,乖乖地坐到他一旁。聂老扭过身子,手捋胡须,一动不动地迎着看她。老头子很高兴,看了一会儿又扯过滨的手,抚摸着:"孩子,这几天过得可好?""很好。聂老身体好吗?""好啊,孩子……"聂老又抚摸滨的头发,手颤颤抖抖。我看见晶莹的泪花在他眼眶里旋转。我还发现老人的嘴巴颤抖着,想说什么又没说出。后来他转过脸对我说:"你看,滨长得多么好啊!她多么美,多么美,太美了……"

老人把拐杖往怀里揽了揽,另一只手还紧紧握着滨的手。滨一直微笑着看聂老。这样大约半个小时过去了,老人总算松了她的手。他在屋里走了一圈,又转过脸来,离开几步端量着滨。他重新去看那张宋画,在宋画旁又一次转过脸打量滨,说:"孩子,有时间到我那儿玩。我得走了。"

"您老走好。"滨和雨子并不挽留。

他们搀扶着他,一直把他送到门外很远的地方。滨和老人站在远处又说了一会儿,雨子先一步回来了。

我问:"这个聂老是很有名的画家吗?"

"他现在不怎么画了,在解放前可是个大名鼎鼎的人物啊,现在隐居起来了,很少几个人还知道他。"

"怪不得呢,我从来没听说过这个聂老。"

"老人喜欢滨,住得不远,每隔半月二十天就要过来看一看,看过了就走。他没有别的事儿,就为了看滨。"

我也想赞扬几句滨,因为经过刚才那个老人的提醒,我也觉得滨身上有一种极其特别的什么,那种美是颇难形容的,那种美之中似乎掺杂了一份特殊的端庄和温驯——反正那是极不平常的一种感觉。我觉得这个聂老真有意思。在一座炽热之城里,一位早过了古稀之年的老人跳动着一颗滚烫烫的心。

雨子说:"滨很喜欢聂老,像我一样。我们知道老人就是这样,他只是看一会儿。我以为滨也是美的。"

他说到这里睁大眼睛看着我:"我想既然是美——我指任何一种美,包括自己的爱人——既然这种美是一种真实和客观,就允许别人去赞赏,更允许别人在心灵上拥有。因为这种美是属于这个世界的:她不是为了任何一个人的独自拥有才生出来的!你说对不对?"

我觉得雨子很书呆子气,也很真诚,而且主要是——很特别。

我不但没有笑,而且在一定程度上被他打动了。我没有做声,却又想起了吴敏。我想大概雨子对吴敏也是这样一种态度、一种情感吧?我说不出话来。那可能仅仅是一种"心灵上的拥有",可是……不过我还是想问一句,后来就终于问了:

"如果这种拥有某一天变成一种攫取,比如说突破了'心灵'的界限呢?你知道有时候这种界限是很容易混淆的,也很容易被突破——如果那样,又将怎么办呢?"

"人应该是自由的。我是说,这就要看对方的心灵了,如果他(她)从心上喜欢这个人而不是那个人,真的因为拥有这一个而排斥了另一个,那么作为一个现代人,我们应该接受这一切……"

我想自己还远远没有那么现代,我甚至觉得这很可怕。可是雨子似乎又在说一种很真切的道理,让我没法反驳。我想如果承认对方是自由的,那么我们因此而引起的不可遏制的嫉妒,我们对于婚姻关系的强烈维护,有时就成了一种准暴力行为——它可以引发暴力,它本身就很粗暴。

四

正在这样想的时候,滨从外面进来了。她迈进门的那一瞬,我的目光正巧落在她的手上,我发觉她的手比常人略微胖了一点。这时我又记起刚才那个老人不停地抚摸这双手的情景。她对我微微一笑,点点头,动手把篮子里的鸡蛋和蔬菜取出。如果不是因为一种特定的气氛中,不是熟悉了对方的某种性格,她的举止,如她的微笑,或者还会让客人误解呢。

雨子小声向我赞扬起滨来,"你看她多么好,多么好。在我眼里她永远都这么美。从我认识她的那天到现在都这样看,我永远——我认为自己永远不会改变看法,永远不会……你相信我吗?我这样认识了她:有一天早晨我去打水,那时条件很差,许多人合用一个室外热水管的;我看见有一个姑娘在用砖块把水管附近冻得很结实的冰砸掉,她见有人来就抬起头来——天哪,还有这么好看的姑娘!她的手冻得通红,自己瓶里的水已经灌满了,这会儿是为了别人,怕别人走到水管跟前滑倒——你看她不仅有这么好的容貌,还有这么好的内心!我那时定定地站住了,其他什么都看不见了,也忘了自己来干什么;我就提着水瓶站在那儿。她告诉我:左边是热水管。我这才醒过神来。我向她点点头,说'谢谢'。从那以后我再也没有忘记她。我不顾一切地去追求她,生下来第一次疯狂成这样,功课差不多都荒疏了……"

雨子小声谈着这些,滨终于发觉了。她觉得有点不好意思,反正提着篮子走到院里去了。她在那个很简陋的小厨房里忙着。

雨子仍然沉浸在往事里,我觉得他太幸福了。接下去他还在谈滨。他说他啊,也许这一生做什么都不再畏惧,都会很勤奋的,但有个条件,那就是滨必须在自己身边。他说难以想象一个人能离开自己的爱人到远方去——说到这儿他大概想起了我有妻子和孩子,"我听阳子和吕擎讲你,就想:这该是怎样奇怪的一个人哪,我一定要认识他!我要看一看这个人长得什么样子,特别要看他长了一双什么样的脚……"

我笑了,忍不住看看自己的脚。

"你终于让我见到了,让我看到了是怎样一个人。我不明白:你怎么能离开自己的家,一个人到远处去呢?我和滨讨论过这个。我们都试图理解你,可还是想不通。你知道我是绝对离不开滨的。想一想吧,如果有一天我失去了滨,我一定会死的。"

我打断他的话:"你不是说,如果有一天,如果一个人在心灵上排斥另一个人的时候,你会给予对方这种自由吗?"

"是的。可是当她有了这种自由时,我也就不存在了,我可以死了。死也同样是我的自由。"

我茫然了。我觉得身上颤抖了一下……

正这会儿,滨好像在外面喊了一声,雨子就不顾一切地往门外跑去。接着他在厨房里也大呼小叫起来。我到厨房看了看,原来滨在切东西时,一不小心把小拇指那儿碰破了一点皮。

他们俩在那儿上药,用纱布包扎。我说:"这不要紧,有'创可贴'吗?贴上就没事了。"雨子说菜刀是很不干净的,说不定要感染。我一再地安慰他们。

滨把手包扎了一下,重新切菜了。可雨子再也不愿离开厨房,就站在那儿看她干活。我几次请他进屋,好不容易才把他唤进来。可是雨子从此就心神不定,不断往窗外瞟。

我们接着谈杂志的事情,雨子并没有多少兴致。他不断捏弄自己的小拇指,好像他的小拇指也被碰过一样。

我要起身告辞了,雨子说:"你不能走。"

他一定要留我在这里吃饭,说滨就是忙着为我准备饭菜,才把手碰伤的。

我只好留下来。我开始谈杂志的事情:"你们杂志明年肯定要停刊吗?取消了一个刊号,多么可惜……"

"谁说不是呢,不过这要看有关方面高兴不高兴。他们高兴了就给我们保留,等我们有一天经济状况好转时再续上。如果他们不高兴,那就得取消,或者直接把刊号转给别人……有人说这事儿该找牟澜。他跟我们主编川流很早以前就认识,算是朋友,就因为现在官做大了,对川流也爱答不理的。川流也瞧不起他。有一次川流和我去见梁先生,在那儿把牟澜臭骂了一顿,说那个人是个粗俗的野蛮人……"

"梁先生怎么讲?"

"梁先生一声不吭。川流走了之后,梁先生仍然没有提到牟澜。我故意问老先生对川流的印象如何?梁先生说,'谈谈古画吧。'"

我觉得那个梁先生,还有川流,都是一些极有意思的人物。

午饭时,滨在高脚玻璃杯里添了一点红葡萄酒,那酒的颜色红得像玫瑰。我抿了一口,是干葡萄酒。雨子说,"开始我和滨都不愿喝这种酒,是梁先生给我们的。他不喝洋酒,有人从海外带给他,他就给我们了。他说,'你们是新派,拿走吧。'"

我笑了。

雨子说:"梁先生总说,西方文化失于粗疏,而东方文化又太细腻。他说东方文化由于'太深奥反而不合用了',等等。"

我琢磨着老先生的话,呷着干酒。这酒我不知不觉就喝下了半杯。滨又给我添,并按开了音响。一个外国女歌手慵懒的声音。窗帘被滨拉上了,屋子里很暗。在这多少有点沙哑的歌唱里,呷着酒,让我想起几年前欧洲的一个小酒馆——在那里我遇到了一个鼻梁尖尖、长得十分小巧的英国女人,她是小酒馆的老板兼酒吧歌手,为顾客演唱,打着响指,悠然洒脱,那声音也是这样的沙哑。朋友把我拉到这个小酒馆里,并告诉她我们是从遥远的东方来的,她立刻发出了欢快的叫声,接着特意为东方客人唱了一首歌。

实际上那次我们到那个酒馆去,是要会著名的布洛西——很可爱的一个人,很早以前就听朋友讲过,说他如何如何棒,简直是个"中国通",无所不知,无所不晓,你跟他坐在一起,常常忘记他是一个欧洲人;总之他对中国的艺术才真正叫懂,比许多国内专家懂多了,起码没有偏见吧;他来华工作很久了……不过尽管如此我仍然怀疑,一个大鼻子能那么精通中国艺术?

记得那次我们就喝一种干葡萄酒。他单刀直入,马上就谈中国艺术。果然懂得很多,谈话时还不断夹杂一些方言土语,特别是粗话——他如此喜欢说粗话,如"他妈的"、"狗娘养的"、"屁话"、"什么玩意儿"等等。后来我才明白,他在用这种办法显示自己的汉语水平。我被他的努力给打动了,着迷地望着他那双蓝眼睛、他栗黄色的头发。这人刚刚四十多岁,却过早地生出了深皱,这会儿喝完一杯酒竟然哭起来,泪水顺着鼻子两侧流下来。

他在哭着咕哝:"可怕呀,可怕呀。你们中国浴血奋战,赶走了外国人,现在却忍受着另一种侵略——文化侵略!这种侵略更为冷酷,简直是惨不忍睹啊……"

那一晚我首先被他的真诚、被他的"感同身受"所打动。我的眼睛也有点湿润,到后来他伸手搂住了我的肩膀,"现在欧洲文化还是中心。没有办法,这里还是中心。所以说,我们这些人对于中国才是至关重要的。"

我的感动消失了。

接上他一一数道中国的艺术。我不敢苟同,却不好意思反驳——一个欧洲人好不容易搞通了我们艰难晦涩的语言,还进而学会了那么多粗话,多不容易啊!我怎么忍心反驳呢?他越说越多,越说越快,到后来把所有的粗话都用上了。他可真不容易。

布洛西在中国是个有位置的人。不久他路过我们这座城市,我们又在挺好的一家饭店见面了。他再一次用粗话迎接了我,扳着我的肩膀,谈红卫兵,谈警察。他告诉:中国轰轰烈烈搞文化大革命的时候他在上海,还设法搞了一顶黄帽子,戴上了红袖章。那时他什么也不懂,只觉得好玩儿,跟着喊口号也是热血沸腾。说到这里他哈哈大笑,又蹦出了几句粗话。他有一种不分青红皂白的热情。

滨告诉我,她喜欢这种干葡萄酒。"太棒了,简直太棒了。"她说从来没喝到这么好的葡萄酒。"你同意吗?""同意。不过这玩意儿酸巴巴的,实在没有什么好。"我可能喝多了,就说了句实话,擦擦嘴。

滨砰一下把酒杯放了,惊讶地看一眼雨子。雨子看一眼滨。

我知道他们在心里嘲笑我,或者同情我。我告诉他们:我还没有习惯起来。

"欧洲人最喜欢这种酒了。"滨说。

美丽的滨,就是你这样的人把大鼻子给宠坏了。"我还是喜欢喝甜酒。我也喜欢美丽的姑娘——甜酒和美丽的姑娘才是一家。滨,你眼睛大大的,怎么就愿喝这种酸巴巴的东西呢?"

滨嘴角瘪了瘪,我担心再说下去她就会哭起来吧。我结束语般地说:"干酒这玩意儿可以喜欢,也可以不喜欢。不能急于喜欢。"

雨子意味深长地看了我一眼。滨抬起头,嘴里还含着半口酒,样子更为可爱。她大概在琢磨我的话是什么意思。我又想起了梁先生,想那个衣襟上挂满了饭渣的老家伙——一个多么倔犟的老人……可爱的布洛西应该跟梁先生认识一下才好,想想那个邋里邋遢的梁先生扯上布洛西的手,摇摇晃晃走在街头上,该是多么有趣啊!梁先生会把他拉到一家街头小酒馆里——那里可没有鼻梁尖尖的英国女人和懒洋洋的音乐,可是那里会有另一种东西,比如说有一个戴绿线帽的小老头,正握着自己的二两小酒,弄一点花生豆和猪耳朵嗞嗞有声呢。那个布洛西像梁先生一样,伸手从碟子里捏起一粒花生米,再吱一声喝一口小酒……他将因此而成熟起来。

雨子家里既有聂老这样懂得欣赏和汲取的遗老,又有梁先生这样的古旧学人,同时还能如此喜欢干葡萄酒。这就是本城文化界的顶尖人物。我端起杯子碰一下滨的杯子,雨子也赶忙把杯子凑过来。我的眼睛长时间盯在滨的脸上,在心里承认:这双眼睛无比迷人。很多人看来并没有错,聂老也没有错。可是我觉得脸上被什么刺了一下,这才明白是雨子的目光。噢,我懂了,我不是聂老,我毕竟还是一个刚刚四十岁左右的人。我赶紧低下头,将这杯涩巴巴的东西一饮而尽。

五

在一个周末,趁着上午的凉爽,我又一次去找雨子。

雨子夫妇非常高兴。玩到半上午时分,突然有人敲门。打开门,进来的又是那个衰老不堪的聂老。

雨子过去搀他,他的拐杖还是一下一下捣着地。我发现他的白胡子很好看,飘飘洒洒,有点像春天晾在架子上的龙口粉丝。他一进门就用眼睛急急寻找滨。

"聂老!聂老好……"滨迎上一步。

聂老的精神立刻振作起来。滨去搀扶他,聂老说:"噢哟孩子呀,我想你呀,来看看你。"

滨说:"我也想聂老。"

聂老来不及坐下,就那么直盯盯地看着滨,看了一会儿,才心满意足地坐在全家惟一的那把藤椅上。

滨和我说了一句话,聂老就有点不高兴:"噢,孩子,来,过来坐,过来坐。"

滨走近些。聂老让她坐在旁边的凳子上,让她把手放在桌上,然后按住了它。一会儿,他又把滨的手捧起来,抚摸着:"孩子啊,我有十几天没见你了吧?"

滨说:"聂老,你前天不是来过吗?"

"你记错了孩子,那是上个周的前天吧。"

这种奇怪的记忆方式我觉得也很有趣。雨子和我一样,这时也在看聂老。聂老却旁若无人,只顾跟滨讲话。他的耳朵还算可以,不过有时也听不太清,不时把耳朵侧过去说:"孩子,大点声,大点声。"

滨就大声说话,嘴巴差不多碰到他的耳朵了。老人高兴地点头,一下下捋着银须。他更多的时候是不做声,只微笑着看滨,看着看着目光就凝住了。这样看了半天,他站起来,拄着拐说:"噢,孩子们忙吧,我不打扰了,行了。我走了。"

我们大家都高兴地去送他。雨子说:"聂老走好。"

他把雨子推开,因为滨在另一边搀扶他。

滨把他送出门去,又送了很远,在小巷尽头说了五六分钟话,才跑回来。

雨子告诉:"今天你来得太好了,我们特意约了老诗人、主编川流先生来我们家做客呢。"

这真是太好了!滨对我至今不认识这位大名人甚以为怪,打趣说:"该认识的不认识,只知道乱跑。"她有点认真地看着我说:"我就是崇拜那些艺术家,如果有人在我跟前诽谤艺术家,那我就会跟他讲:'对,你可千万不要搞艺术,艺术这颗葡萄最酸了。'"她笑了好久。

接近中午了,老诗人还没有来。屋子里越来越热,没有制冷设备,电风扇吹出的风都是热的。雨子额头渗出了汗,他要去打一个电话,可是刚起身就有人敲门:一个瘦瘦高高的人进来了。

进来的人大约有六十多岁,头发花白稀疏,像一个做粗活的码头工人。我们都迎上去,雨子马上给我们作了介绍。我紧紧地握住了老人的手。这时我才仔细地看了一眼,发现老人的嘴巴两旁有着深深的竖纹,这使他的脸相看上去十分果决。脸上的皱纹很细碎,显示了他的饱经风霜。我记得起他那些吟唱黄河的诗句,真像做梦一样,诗人就在面前。我握住了他硬硬的苍老的手。他微笑着,一个多么祥和的老人。他原来不像看上去那么严厉。他说:"噢,我知道你,知道你。我听雨子说过你……"

老诗人不停地吸烟。两根手指烤得焦黄。我搜索着记忆,好像很长时间了,只见过他很少几首短诗,而且我不得不说,有点平庸。我们很快就把话题引到杂志上。老诗人说：

"没办法，现在是又要马儿跑，又要马儿不吃草。"

我看上去像他一样愤愤不平，但实际上却在幸灾乐祸："就是啊……"接上去我就把葡萄园接手这份杂志的设想提出来，但没有涉及合作的细节。老诗人使劲吸了口烟，说了句："找牟澜！"

吃饭时，刚喝了几口酒，老诗人的话就多起来。我发现他的酒量不大，脸很快就红了，昂奋起来。他开始不停地离开桌子，在屋里踱步，高声谈笑。他非常兴奋。

雨子小声告诉："听吧，就要朗诵了，快了。"

他的话刚停，川流就伸长了左手，挥动着："大海啊，汇集了我浑浊的眼泪……"刚刚朗诵了一句，眼角的泪水就哗哗流下来。晶亮的泪水在脸颊上涂抹，皱纹像一道道小溪。我被深深地打动了。

驳贪夜书

[不得入内]

吾等想起黑暗时世，即租界大门口，洋人那块惹咱生了大气的牌子："华人与狗，不得入内。"如此这般，当下时节，即便我这个文明人士也要骂上一句：我日他姥姥的！骂过之后心中空荡荡了无一物，这才明白是自己生气之缘故，那真真是有一些儿受辱不浅的感觉。看官你道怎的，想想看咱拿自己当狗可以，别人拿我们当狗事情何其严重也哉。所以我这里不依不饶，急他一千年都有些儿道理。

狗这种动物差不多人人喜欢，有人将自己最爱之人，如亲子恋人统统比作这四蹄动物。这时被喻为狗者非但不恼，还喜乐颠颠幸福有余。咄！此乃两码事也，实为两种不同品种之狗。吾等这边厢说的是另一类令人讨厌,甚至是恨得牙根发痒的狗:走狗。人胡能喜欢走狗也哉。

国难深重之年常听老人讲谈,那些给洋人当下走狗诸人——一般都是男人——可算获得好处若干,本人自觉高人一等,目无下尘。瞧他们打扮就和常人有异,如同期待下葬之死尸:头戴黑箍白呢礼帽,夏天则换成漂白草帽;对襟白绸子衣褂外加青丝裤,还扎上了黑色宽幅腿带子;一支大盒子枪从肩上斜楞着挎下来;怀表眼镜扇子一色齐全;行路要骑锃光瓦亮的自行车;抽烟要抽二炮台……每到一村必踞于大槐树下,专门盯看织花边的姑娘呢,瞅个没人的工夫就上手摸人,直到闺女搽眼抹泪走人。当时人人喊其为走狗,也有人直接呼其为汉奸。那时节诸事皆反,洋人住处都有大兵扛枪把岗,华人不得入内,狗可入内——狼狗以及杂种狗,更有如上所说之两腿"走狗",都可堂皇入内。他们一旦入内,也就分外得意,看门外那些不得入内之乡党,恣得要死。

他们入内后晋见洋人,行洋礼迈洋步,说洋话吃洋饭。其余时间即陪洋人说话磨牙,琢磨洋人爱听什么拉杂。时间日久他们最懂洋人心思,所以开口必要大骂本地人士,骂起来一些儿情面都不留——把他们说得一钱不值,如同粪土——最后连洋人也要大吃一惊,连连发问:"你国原是如此低贱的族类?""就是呀!要不说他们得灭亡嘛,要不说他们活该嘛,要不说我不和他们为伍嘛!"洋人心满意足,倒上一杯黄澄澄的美酒与之共饮。他试喝一口,再喝一口,连连感叹:"贵国美酒就是高级,从嗓子这儿直香到最下边。"洋人不解,问:"嗯?香到肛门?""不,不不,还要往下,香到了俺的脚后跟哩!"他焦急之中忘却洋文,比比画画,说了一遍又一遍。借着酒力,他再次检举当地人氏,特别是一起长大的数位同乡:"大人有所不知,他们经常在大人路过之处埋下地雷;还有碎玻璃碴;匪衙明令当地为他们无偿盖起三间大屋,以示鼓励!"洋人咬牙点头,在

本子上记下"三间大屋"几个字,然后连连拍打其后脑:

"年内或不出三年之期,我要请求上方授予尔三级勋章!"

"三级?那是多少级呀?"他脸如红布,颈部发紫,鼻尖上全是汗珠。

"三级就是三级。"

他愈发糊涂,却不敢再问。这时节只好连连摇尾——无尾之狗,只得用一把折扇放在后边代替,时急时缓扇动不已,并连鞠数躬。

他从那不得入内之门出来,步子越发急促,脸色因兴奋而变得发紫,眉毛扬得比平时高出一倍,骑上自行车急匆匆赶往二十里外的古镇——那是他的老家。蹬到镇子累得浑身是汗,哈哒哈哒,刚进街头即遇本家二爷。二爷不愿正眼观瞧,他即往前紧凑,二爷这才高叫一声乳名"二狗"。二狗递上一枝洋烟,老人愣用旱烟挡开。二狗自己叼烟,擦汗搔裆,啪一声打着自来火儿,吸一口摇摇火机,对准老人耳朵说道:"我就要得三级勋章……"二爷从嘴中拔出烟锅:"你说什么也呔?三级混账?""是勋章。""听明白也呔,就是'混账'!"二狗沮丧之极:"委实没法,谁叫咱遇上一位'真聋(龙)天子'。"

他在镇中转悠半天,前后与十余人小声诉说秘密,即不久将得一枚"三级勋章",并一一叮嘱:"如此大密切记只可听而不可传,而——不——可——传!"说完转悠半天,以特别之眼光看一遍小时玩过诸处:巷子、出生之草屋,徒增悲伤——伤感起来竟一时不可遏止。令他自己大吃一惊者,是走狗竟也学会了伤感,实在是时过境迁,文雅得丢份儿,非驴非马。还有,待他倒背双手沿一道土墙走上一遍,看着上面生出的瓦松和青苔,即发出"俱往矣"之浩叹。他抬头远观流云,觉得自己的呼吸与空中那一道道条形云彩相接相连——"大概这就叫'气贯长虹'吧?"他咕哝一句,跨上车子缓缓离去。

原本镇上有人早就伏地寻机,想找茬儿泼揍一顿,最后只得眼睁睁看他蹁腿上车,无可奈何。他们面面相觑,不约而同说出深藏之语:"在弄懂'勋章'那劳什子到底是何物件之前,咱们还是先忍为上,别急着动粗为好。""正是如此,那兴许是个灵物也说不定。""二狗若得,能见皇上也哉?""呔,皇上早就废了……"

如上是说了黑暗时期之一例。近者如前年夏天,本市即来一名叫"布洛西"之洋人,能说一口粗脏汉语,正经吓倒一批土生土长人士。一位名唤"小九"者中年画家一天到晚缠见布洛西,并奉上画集和土特产一宗,在其入住宾馆门前苦等数日,搭起地铺。谁知布洛西有许多留连之地,在这座城市熟人可谓多矣,夜里喝个烂醉,索性宿在朋友家中。小九苦等三日,食不果腹,萎衰模样终于打动归来之布洛西。小九不顾自身饥困,逮住机会为布洛西好好按摩一番,以至于对方视为神奇:"咕噜马扎我日!你这一套又是如何学来?"小九笑答:"关键不是这个,而是我之艺术——"随即展开大画三卷。对方自来本市眼里全是这物,几天所瞧皆相差无几——他刚要说"简直一个鸟样",又担心小九过于伤心。小九接谈人品决定艺品之原理,历数本市所有画家之致命缺陷:偷盗、依附、狐臭、造假、虚伪、乱搞妇女……布洛西不得不打断其语:"且慢,乱搞在我看来不算毛病。"小九大喘,高喊:"我反抗——反抗了一切!还有,我要检举!"布洛西大惊失色,旋即看到对方流出两道长泪,绵绵不绝,滑下两颊,又流入鸡胸……他大动恻隐之心,咕哝一句:

"年内或不出三年之期,我要请求上方授予尔三级勋章!"

小九双眼迷离,一阵口吃:"三级,那是多少级呀?"

"三级就是三级。"

布洛西离开一年之后,小九变疯。这是人所共知之事,它即发生于本市西南豆市口一带。

[批驳]

本文何其荒唐之至！如此写来岂不授人以柄，在改革开放年代让异邦误以为我方又将重蹈排外之覆辙？在其看来，走出国门的正常要求即与走狗无异，而敝帚自珍闭关锁国反倒视为正途，真是岂有此理！国势欲要强大，必然有软实力之强大。该文所谤之人，依我看不仅无过，而且有功，其功就在于能够不遗余力、不惜委屈自己糟践自己而求得自身价值的承认！这奖赏看起来给一人，实际上也属于大家，标志了软实力的增强。我们如果不能以创新的思维来对待这一切，所谓跳跃式发展就是一句空话。

*　　　　*

成功才是一切，这是现代竞争游戏中不容争执的一个规则。你可以鄙视其行为，但你不得不承认其成功。你如果被人说成酸葡萄心理，又该如何自辩呢？你如果能迈进布洛西的门，你大概早就进去了——人家不会这样说你吗？还有，一分辛劳一分收获，你怎么不在那里苦苦等上三天布洛西呢？因为你吃不来那苦！这就是问题的关键！你干的既是艺术，就要用尽一切艺术的方法求得成功，千万别立那个贞节牌坊，这样的牌坊依俺看早就妈的过时了。现在再也没人买那个牌坊的账，你若不信就去看看，那些个在牌坊边转悠的游客，他们哪个脸上不挂着嘲笑？

我们反对封建主义的现代版。要有海洋心理，而不要有盆地意识。与农耕时代相匹配的道德观，也就是饿死不食周粟那一套，鲁迅先生早就讽刺过了。还有什么"饿死事小，失节事大"，什么"朝闻道，夕死可也"，都整个是一块毒药，它的毒性之大，怎么估计都不过分。五四过去了这么多年，有人怎么就是没有一点进步呢？

我们的历史观以及我们的生活哲学,怎么硬是没有一丝儿改变呢?

要奋斗就会有牺牲,要成功就会有煎熬。我们相信无论是过去的二狗还是今天的小九,他们在争取域外承认、走出国门的道路上都历尽艰辛,而内心里的痛苦又有谁知?说到这里不由得产生一阵感动和敬佩,并在心里为其喊一句:走你的路,让别人说去吧!

* *

过去的事我不清楚,小九我还是认识的。这个人对布洛西说他"反抗一切",至少是不真实的。因为我在机关工作,算是知道一点实情:他为了得到某领导的赏识做了多少说不出口的事儿。他甚至为使自己老婆当上一个副科长而费尽心机——对此他又怎么解释呢?这样的"反抗",可以休矣!这种小技,只能骗过布洛西这样的洋痞子而已。

另外,我也必须指出,堂堂男儿大可不必为了一点物利当起了跟屁虫!即便要当,也要好好思量一番才对——须知西洋人是食肉动物,他们的屁倒有可能更臭!经有关科学分析,食肉动物比起食草动物,排泄气体的甲烷及诸种硫化物含量增加许多倍!这要臭死人不偿命的啊!

* *

以史为鉴,可少走弯路。万万不可固步自封。试问:将黑暗时代之走狗行为,等同于全盛时期文化上的奋力开拓,这是什么道理?当年国难当头,我们才要全力御外;而今太平盛世,艺术繁荣,堂堂中华理当在世界文化之林占有一席之地,这种种努力又有什么难为情的呢?难道老死不相往来就好?难道掩耳盗铃就好?现在我想直言相告:既盗铃就不必掩耳!再说这铃本是咱们的,它失去了几千年,如今早该挂在咱脖子上了!让我们每个人都为中华的伟大复兴,尽上自己一份微薄的力量吧!道路是曲折的,然而前途是光明的,同胞们,努力奋斗——奋斗吧!

黄 先 生

一

我对一些老先生开始着迷了。有一天我对雨子提出:"有时间也介绍我认识一下黄先生吧。"雨子说:"找机会吧。他最近情绪不好。"

"怎么?"

"黄先生受了点牵连……他太爱书了,什么事情太过了就容易走到反面——他听说博物馆里有一个孤本,就让好朋友小济去搞。那孤本藏在一个铁盒子里,绝对不往外借的。结果小济试了试没成,前几天又去,就被逮住了。小济正被关在一个地方,很可能还要判刑……最麻烦的事儿是小济有可能把黄先生供出来,那样黄先生恐怕也要吃官司。"

"什么书这么宝贵?"

"我也不知道。问黄先生他不讲。现在还没人来找黄先生的麻烦,可能小济还没把他供出去。"他顿了顿,"也可能没问题,小济是特别忠于黄先生的,一般情况他不会那样——除非动刑……黄先生正在想办法。他也有办法,弄得好小济会放出来。待一段我们再去见黄先生吧。"

我只得同意。

仅仅是一个星期之后雨子就来电话了:"你不是要见黄先生吗?他那儿又要举办沙龙了。"他的声音喜滋滋的。

我不由得惊喜:"他也举办沙龙?黄先生?"

"当然。就是今天晚上,你如果有兴趣我们就一起去吧。"

"沙龙"作为一个舶来物,其魅力一时无可抵挡。在这座城市里,一些有身份的人时不时就要搞上一次,成为必不可少的一道时髦大菜——沙龙上请了谁、没有请谁,都成了圈子里谈论的事情……可是连黄先生这样的人也要亲自组织沙龙,这还是让我感到新奇。我马上说"一定去",又问他是否可以带上梅子一起?因为我觉得这种事两人一起似乎更为得体。谁知雨子立刻说:

"还是算了吧,黄先生不太喜欢见女人。"

多么有趣啊,这些老派人物硬是性情迥异,有的极端喜欢和女人在一起,有的又排斥她们。我想大概偷书的小济放出来了,不然大热的天,黄先生哪有什么心思搞沙龙。我想这个黄先生可能是一个非常矜持的老人。不过这些老先生连同他们的怪癖都让人喜欢。自从认识了梁先生以后,我就知道这座拥挤的城市里仍然有着另一些角落。这也许是一座城市最后的魅力了。黄先生是一个大藏书家,他让我想到了自己手里的那份秘籍。就像一个暴发户要去见一位世代富翁一样,我心里有一种特异的兴奋。

晚上,由雨子一路指引,我们来到了一座老式楼房跟前。这座楼房已经很旧了,红砖墙发着铁锈色。它有那种红瓦大屋顶,在一条窄街上,阴阴的。我说:"黄先生住这儿?"雨子点头:"这种老式楼房的楼板都是浇铸的,门窗的木头也很厚、很讲究。这比七八十年代盖那批楼房不知要好多少。"

我们向上走去。从东边数第二单元,三楼左门,雨子敲起门来。门开了,一个五十多岁的老太太,穿戴齐整,头发梳得特别光滑,朝雨子点点头:"请吧。"

她把我们引到一个开阔的客厅里。一阵舒心的凉气,这里有制冷设备。我们置身的客厅至少有六十平方米,脚下踩的是厚厚的手工纯毛地毯,泛着一层油汪汪的蓝。四周是一溜儿肥胖的大沙发,中间是几个式样朴素的楸木茶几,上面有烟缸和果盘。我们两个来早了,这里还没有一个客人。客厅旁边的一扇黄色小门响了一下,走出一个人,竟然是滨。雨子转脸对我笑了一下。令我不解的是,雨子不让我带梅子,却把滨提前派来了……

"我先来帮着准备一下。黄先生正在里边看材料,他很快就出来。"滨解释说。

雨子让我吃水果。我发觉他们在这里很随便,俨然一副主人的样子。一会儿那个老妇人端来几杯浓浓的咖啡。她也是从那个黄色的小门进出的,再次出来后面跟了一位十七八岁的少年:脸色苍白,尖尖的下巴,眼神很是奇特。少年的头发庄重地向上梳理——这么小的年纪就留起了背头,让我忍不住地惊讶。老妇人笑吟吟地往前走,领着那个少年穿过了大半个客厅才站住。少年两手插在裤兜里。这时我才看清:他的神色之所以有点奇特,完全是因为过人的庄重,简直是一脸肃穆……正在我端量他的时候,雨子和滨都微笑着站起来。我以为他们在向那个妇人客气呢,这会儿才发现在向这个少年点头。随后雨子向我介绍——原来那位大名鼎鼎的"黄先生"不是别人,就是面前的这位少年!

我不知该怎样才好,因为完全没有准备,给弄得手足无措。黄先生的右手从裤兜里抽出来,从容而缓慢地握住了我的手。

我觉得这像一只女人的手:小小的,柔若无骨。

"黄先生……"我想说什么,他却摆摆手:"请坐。"

他仍然站着,脸上依旧是肃穆的神色,声音平直而且低沉:"早听雨子和滨介绍过你,很高兴认识你,欢迎参加我们的沙龙。"

说完他并不想啰嗦什么,转身穿过客厅向前走去了。客厅的小门没有关,我看见他的身影在走廊里拐了一下,消失在另一间屋里。一会儿传来拨电话的声音,接着是黄先生低沉的、平直的声音。我听不清他在说什么。就这样,好长时间我和雨子都被留在客厅里,只有老妇人和滨一会儿过来一次。老妇人拿来了酒杯,还有四五种饮料和葡萄酒。雨子和滨这时都不太讲话,老妇人更是缄口不语。客厅里的气氛有点沉闷。黄先生打完电话出来时,雨子好像不失时机地说了一句:

"宁先生很想看一下您的书房。"

黄先生略有不快地看一眼雨子,雨子不做声了。黄先生垂下眼睑,好像在看自己的一双脚。

这样停了一两分钟,他抬起头来:"那好吧,请,宁先生。"

他的左手仍然插在裤兜里,右手做出了礼让的姿势。

二

走出客厅,黄先生把我引到左边。绕过一道绿色的屏风,是一个小厅,里面摆了两张沙发。穿过小厅再往前,就是一个雕花的棕色木门,黄先生轻轻推了一下,门缩到墙内去了。他又伸手在墙上一按,亮起了浅绿色的灯光:原来这是两间相连的大书房,面积相加起来不小于七十多个平米,书架摆得比较密集:它们不是贴墙而放,而是每隔两米远就放上一排,清一色深黄,是柞木或楸木做成,闪闪发光。书架上的书大都是整齐的套书,一排又一排,有画册,有翻译作品,有外版书籍,还有很多线装书。

我心里有说不出的惊喜,不由得急急走到书架前。架上的书一尘不染,看得出这儿的主人多么珍爱它们。这些书由于特别整齐以至于豪华,就不难使人想到主人是很有钱的。同时我也明白,这些书很少被人翻过,因为它们差不多都是簇新的——一些精装套书真是诱人。黄先生陪伴在旁边,一声不吭。雨子给我作着介绍,说这是一套什么版本、那又是黄先生从何处搞来的,等等。

看了一圈之后,雨子突然小声说:"黄先生,你是不是打开一下那个柜子?"

　　黄先生又一次不快地斜了雨子一眼,但最后还是从腰带上刷拉刷拉拨了几下,取出一个金闪闪的小钥匙。我们走到了旁边——这间书房拐角的地方有一块浅绿色的木板,下方有个小孔,黄先生把钥匙插进去……绿板无声无息地缩到墙里去了。原来这是一个隐蔽起来的、打扮得特别讲究的壁橱,实际上也是一个内嵌式书架:不大,只有两层。不过搁板上衬了绿呢,上面摆放的是几个木头盒子、铁盒子,还有几套线装书。他打开了一个铁盒,里面除了书,就是一把竹签:要用竹签拨动盒里的残页。那是一些陈旧的纸张,其中有的已经烂掉了半截。另一个木头盒子里装了一些竹简,连接这些竹简的皮条有一部分断掉了……我的嘴巴张开了,一时惊讶得合不拢。"秘籍……"我在心里说道。

　　雨子在一边说:"可以了,可以了。"

　　黄先生应声而动,把它们麻利地放好,然后按了一下某个地方,壁橱门吱悠悠地合上了。

　　黄先生走在前边,伸出右手礼让。我只好恋恋不舍地出门。我们在书房看得太仓促了。这显然是一座书籍的宝藏,是我迄今为止见到的最了不起的私人藏书。我当然知道那个隐藏的壁橱意味着什么,毫不夸张地说,那里面的东西价值连城。

　　回到客厅时,这儿已经坐了四五个人,大家相互点头致意。我又回到原来的位子上。刚坐下又进来三个人:他们进门之后就把手按在胸口那儿,向大家深深地鞠了一躬。我觉得他们的举止有点怪异。接上是一个留了小胡子的人走进来,他急急地向客厅内扫了一眼,像一个人也没有看见似的,只转身问老妇人:"黄先生呢?"妇人说了句什么,他才怏怏地坐了。

　　大家小声说着什么。一会儿门又开了,一个长着大胡子、特别高大的黑脸膛跨进来,身边还有一个胖胖的小姑娘搀着他。她像吊在一棵粗壮的老榆树干上。我想这个黑脸家伙的体重至少有一百二十公斤吧?

黄先生进来了,大家都拍起了手。客厅里一阵喧闹。黄先生笑了。原来他笑起来这么顽皮。但也只是一笑,随即恢复了原来的肃穆。他坐在了最中间的一张大沙发上,跷起了二郎腿。

大家交头接耳,叽叽喳喳地说着什么,尽量把声音放得很低。我小声问雨子:"沙龙什么时候开始呢?""早就开始了,这不已经开始了嘛!"

我真的看不出来。滨在边上,她用力地看了我一眼。老妇人又一次把客厅的门打开,一个穿着旧军衣、脸庞有点浮肿的人走进来。他一进门就有几个人向其点头致意,而他视而不见,只面向黄先生走去,脚跟一磕打了个敬礼。黄先生把手举了举算是还礼。这人又走向雨子这边,同样打了个敬礼。雨子来不及还礼,就忙着在我和来人之间作着介绍。军人不讲话,双目炯炯盯住我打了个敬礼。我慌慌地鞠了个躬。滨笑了。

黄先生拍了一下手,大家的注意力都转向了他。他轻拍旁边的沙发,示意刚进来的那个军人坐在身边。军人坐在那儿,腰板挺得笔直。

"大家互相之间也不见得全认识吧?"我问雨子。

"以前的大部分熟悉,今天……"

黄先生一直笑眯眯的,他看着一个个站起来自报家门。轮到我这儿,我说:"我是来自东部的,从事……哦,算是'果农'吧。"我面对他们一脸的迷惘,不知该怎样解释……我发现那个黑脸汉子和那个小姑娘缩在一块儿,一边瞟着我一边咕咕哝哝。黑脸汉子拍了一下腿:

"妙啊,这才真是……盖帽儿了!"

小姑娘笑起来,胸脯一耸一耸。

我发现有个青年在旁边一声不吭,阴着脸,颤着乌青的嘴唇。这时他的嘴巴颤得更加厉害,眼睛死死盯住我,让我吸了一口冷气。我在想:在哪里结下了这样一个年轻的仇人呢?正这样想着,他突然站起来,径直向我走来。我的心脏加快了跳动。他一直走到我的面前,仍然那么死死地看着我。

客厅里鸦雀无声。

我求救似的瞥了瞥雨子,在脑海里极力搜索,想着什么时候见过这个人?正这时候嘴唇乌青的年轻人忽然转身,面向着大家喊道:

"女士们、先生们,在这个重要的、不同寻常的时刻,我要郑重地宣布:昨天正在死亡!昨天已经死亡!"

他的话一开始让满室沉寂,接着是一阵热烈的掌声。

掌声刚停就有一个人在角落里举手——这时我才发现原来他没有坐在沙发上,而是蹁腿坐在地毯上。大家不吱声了。他身上穿的是一件中式布扣衣服,这会儿一边系着衣襟,一边趿拉着布鞋走过来,仰脸看着嘴唇乌青的年轻人,伸出手重重地握了一下。

他没有说一句话,一声不吭地回过头,回到原来的角落坐了。

那个小姑娘呆呆地望着他们,又看大家。她的呼吸越来越急促。这时旁边的黑脸汉子也许被这喘息刺激了,突然站起,一步蹿过来,扳住那个比他矮了整整一半的年轻人不停地拍打起来,"兄弟,兄弟……"

下边就是掌声、插话,还有断断续续的交谈……这期间有人从怀里掏出一张纸片,大声念了起来:"难道我们还需要什么?什么?我们要大声宣告……"他的话很快被一阵嘈杂淹没——原来老妇人开始为客人斟酒和饮料。一会儿她又端来盘子,用竹夹将一块块粗粗的糕点分给客人。大家站起来游动,相互碰杯,伴着一声声"认识您很高兴"之类的话。其实他们大半早就相熟了,但这句话还是要说的,因为这可能是沙龙的一个专用语或关键词吧。

当人们吃过喝过,分别回到自己的座位时,有人走到黄先生跟前小声说着什么。角落里的小姑娘大声说:"黄先生,该你了黄先生!"

黄先生站起,在客厅中央踱步。客厅里很静,但他还是将两手伸平了往下压着,示意大家安静。他咳了一声,清清嗓子,声音低低地说:

"一位大师教导:'书籍是人类进步的阶梯。'——我的话完啦。"

大家立刻报以热烈的掌声。

三

所有的客人都走了。只有我和雨子夫妇留下来。滨和老妇人一起打扫着客厅,雨子和我退到一旁的小屋里。黄先生去他的小客厅打电话了。我问雨子:"这就是'沙龙'吗?""是啊。你可能第一次参加这样的活动吧。"雨子可能担心我有些扫兴,就解释说:"其实这不过是提供个场所而已,让大家交谈,相互认识并交流一下思想什么的。这在西方,在有些时期,甚至引领和影响到整个社会的精神潮流……"我说:"不过,我觉得今天这样的,恐怕很难引领。""那是当然了,时代不同了嘛。""我觉得什么时代,它都很难引领。"雨子不以为然,说:"那可不一定。十九世纪的贵妇人们……"我实在不想再纠缠这个话题了,但还是说:"可能关键是咱们还没有贵妇人。今晚上我打量了一下,发现她们没来这儿。看来这种事儿还是不能太急。"雨子极不赞同地看我一眼,但还没等他说什么,滨就进来了,放下两杯茶又出去了。我看了一眼离去的姣好背影,对刚才的话有些后悔了。

趁黄先生还没有回来,我急于把心里的一些谜团解开,就问:

"他年纪轻轻的平时都干些什么？倒弄来这么多书，这得耗费多少……"

雨子摇摇头："他仍然在一个厅里上班，不过办了病休。当然没什么病。前些年黄先生也是全城几大'名少'之一了，不过走了正路。另一些纨绔子弟和他就完全不一样——吸毒，玩女人，走私，倒弄外币和邮票证券……什么都干，被老子宠坏了。黄先生也跟他们走了一段，后来厌倦了，深恶痛绝！他偏要和他们反着来，偏要玩高雅的！这一来他父亲就高兴了，老爷子一高兴，其他的都好说……"

"他今年到底多大了？"

"二十三了。"

这倒比看上去要大了一点。但仍然年轻得很。不管怎么说这样的年纪能够摈弃恶习和各种引诱，实在是难能可贵。我想这也该有雨子的功劳吧，对方会通过他结识许多文化人，特别是梁先生这样的遗老——传统文化具有难以低估的感染力。当我这样说时，雨子马上摆手说："错了错了，他在认识我之前就已经这样了。要说影响，李大睿还差不多——那个人是全市第一号读书种子，如今发展成了一个大书商……"

"你说的是那个大富翁？"

"就是啊。那个人和黄先生是最好的朋友，他们好得简直不分彼此。"

我脱口而出："那么说'百足虫'——就是牟澜，他们也是朋友了？"

"这我不敢说，不过黄先生熟悉并有交往，这一点问题都没有；起码父辈之间是有交情的……这些人都连在了一块儿，他们怎样都好说的。"雨子说到这儿看看我，"你还是在想自己的杂志啊！"

我没有回答他的话。我当然在想杂志。我还想手中的秘籍，以及正在赏读的那个打印本——它如果是从李大睿手中流出来的,那么黄先生肯定会知道。

雨子看着面前轻掩的门,脸上流露出一丝笑意,看看我说:"人和人真是不一样啊,像黄先生吧,竟然不交女朋友。"

"那也不一定,那也需要提防着点儿——万一他又改了爱好呢?"

雨子一个劲儿摇头:"不不,不会的!你不知道,有一次滨瞎操心,她这人就是这样,给黄先生介绍了一个女朋友呢。人家黄先生连看都不看。滨说你不谈女朋友怎么可以?还是谈谈吧,这姑娘太漂亮了,一个舞蹈演员。人家黄先生摆摆手说:滨哪,谢谢你的好意了,不过这对我来说只有两句老话才能回答你——'曾经沧海难为水';'色就是空'——听明白了吗?滨听是听明白了,可就是不懂,回家告诉了我。我想他大半是指有了高雅爱好之前的那些事吧。不过这一直让我心里硌着了一样,觉得蛮怪的。这样直到后来,他们原来那一拨当中的一个人告诉了我一件事,这才让我彻底明白过来!我吓了一跳,可又不得不信……"

雨子说到这里缄口不言。我再三催促,他就站起来看看门外,然后又把门关了,用极低的声音说:"我告诉你,你可千万不要说给别人。这事只有滨知道……"他几乎是贴在我的耳朵上说出了一个秘密——

原来黄先生在十八九岁的时候是一个无所不为的狂少,什么都干,最能铤而走险,在女人的事情上更是肆无忌惮。他甚至敢于染指一个势力巨大的"老大"的妻子。接下来的惩戒严厉而残酷:"老大"让人为黄先生施行了摘除手术,当然一切都是秘密进行的。

我差点喊出来:"这,这是真的?"

"十有八九是的……"

我不再说话。我相信,如此美丽的滨,在黄先生这里频繁进出,肯定需要雨子一百个放心才行。

"这两年,黄先生对足球有了兴趣,他的朋友中就有足球俱乐部经理。有时输赢几个球,他都要参与决定。反正他要插手这些事儿……"

我大惑不解:"这要在场上踢着看嘛!他插手有什么用?"

"我也不知道。只听他电话上吵这个。可能也涉及到策略问题吧。这个我一窍不通。"

正说着门开了,黄先生叼着一杆漂亮的烟嘴出现了。他摘下烟嘴:"对不起,多有不周。"

我说感谢,感谢今天的沙龙。我从黄先生高傲的目光中看出了一丝深藏的悲哀。一阵怜悯从心头飘过。我后来又说到了那个打印本,说到了李大睿,黄先生笑了:

"啊,这个手抄本由我打印数份,分发给沙龙里的人——那一次参加的人除了这些,还有机关人士……严厉批驳之后,再次打印出来——还要继续批驳!阁下以为如何呢?"

黄先生一动不动地盯住我,像是送来了一道重大的考题,静等一个测试答案。

我郑重地说道:"还要更严厉地、彻底地——予以批驳!"

黄先生释然了。他微笑着眯上眼睛,梳理了一下背头,深深地吸了一口烟。

你在高原 人的杂志

卷二

第 四 章

家 园

一

　　终于归来了。踏入园子的那一刻,我能感到葡萄树一齐抬起眼睛:它们看着这个身负背囊、脚步匆促的人,满目惊异。一只乌鸦站在搭满了葡萄蔓的石头桩柱上,不停地感叹:"啊！啊！"画眉和百灵在不远处欢唱,比起乌鸦,我更容易听懂它们的歌声;蜥蜴在地上飞跑,它们被几个陌生的脚印吓得四处乱窜;一只野兔从葡萄架下探出头颅,飞快地活动了一下三瓣小嘴,倏一下逃到架子的另一边去了;甲壳虫在地上徘徊,伸出小得不能再小的鼻子嗅来嗅去,像是寻找一段失却的记忆。

　　那棵最老的葡萄树注视着我,一脸的仁慈。这位田园的长者微笑着,像以往一样宽宥这个浪荡子、落魄者和失败的旅人。老人一生踞守在这个穷乡僻壤,扎下了深根。它对外面的那个世界视而不见。我终于回来了,再次活动在老人的视野里。

　　我把背囊放到了屋角。一场久别重逢的幸福,一场温暖的欢聚。鼓额和肖明子似乎晒黑了一些,四哥夫妇微笑如旧。我想起什么,把背囊解开——里边马上散落出一些花花绿绿的纸片,它们肯定是孩子在我不注意的时候塞进去的,这些看不出什么用场的东西,却被他当成最好的礼物赠予了远行的爸爸。我的心头一阵发烫,把这些闪亮的彩色纸片看了一会儿,又分赠给了鼓额和肖明子他们,甚至还给了万蕙几张——她把这些纸片放在手心上,像得到了什么珍宝,翻来覆去地看。

离开时天还很冷,而今已是热烈的夏日。那时葡萄的苞芽还紧缩着抵挡严寒,像我一样熬过了一个严冬,这会儿油亮碧绿的叶片简直要滴下什么来,崭新的枝条正猛力往上蹿去,无数攀援的长须充满了野性和力量。在下午明亮的光线里看去,那旺长的长蔓简直像在风中狂舞——是的,在刷刷的风声里,在这长年不息的海潮的呼啸中,它们正忘情地舞蹈。在我离去的这段时间里,大家肯定经历了一个格外忙碌的春天:土埂被细细修过并结实地拍打过;田垄显然已经施过肥浇过水;葡萄枝蔓整得一丝不苟又被马兰草扎过,一束束归顺在架子上。在漫长的冬天里,几乎没有一株葡萄树被冻死。拐子四哥的脸被晒得黝黑黝黑,只有鱼尾纹绽放处才能显露出原来的皮肤颜色。再有半个多月,早熟的葡萄颗粒就要开始变红变紫,上面再挂一层银霜,就像姑娘的脸庞擦上了淡淡的白粉。这会儿葡萄鼓胀着,在碧绿的叶子间闪烁,让人想象接下去的那个丰饶的秋天。

夏天是这片平原上各种植物茂长的季节,也是动物们欢快跳跃的时刻。这对于它们是一个黄金时段。葡萄园的四周遍生着紫菜、风轮菜、鸡矢藤、泽兰、旋复花和画眉草;鸢尾草开出了粉红色花朵,它们长在高高的风旋沙丘上,美极了。我第一次见到鸢尾花曾经忍不住惊喜,把它小心地移到了盆里,后来才知道这种花到处都是。一只四声杜鹃在远处的杂树林子里欢叫,婉转的歌声让人屏息静气。它很少从林子深处飞出,可人们在整个春天和夏天都能听到它的歌声。园子里有夜莺、针尾雨燕;一只蓝翡翠鸟就在不远的一棵葡萄树上跳来跳去,它对人毫不害怕。后来它停止了跳动,嘴里叼了一只很大的绿虫。这只蓝翡翠鸟个头很大,头顶和头侧有着均匀的黑绒,眼睛下部长了一块小斑,喉部、颔部和上胸、后颈,都有一道白色的领圈,而背部和尾巴全是光彩闪耀的紫蓝;整个下体是棕栗色,长长的嘴巴和踏在葡萄梗上的两脚却是诱人的珊瑚红……接着飞来一只戴胜——它的头顶有一顶神气的羽冠,羽冠是棕栗色,顶端发黑。它总是傻气地瞪着一双大眼,长长的弧形尖嘴扬起来,好像随时都准备与人交谈。这儿可以看到各种各样的啄木鸟,它们几乎包括了北方啄木鸟的所有品类。我曾经留意过,飞到四周杨树上的有棕腹啄木鸟、星头啄木鸟、大斑啄木鸟,甚至还有绿啄木鸟和白背啄木鸟;最多的还是黑啄木鸟,那些由红色和白色交织而成的雄啄木鸟简直令人着迷……夏天的候鸟都飞来了,几乎用不着寻找,随时都可以听到杜鹃的鸣唱、燕子的呢喃,可以看到轻灵的夜莺、黄鹂,矫健的红眼隼……

斑虎对我的迎接真是特别。在含蓄方面,它甚至比不上一只鸟,很少把自己的激动悄藏起来。它刚见到我时一边轻轻吠叫一边往前猛蹿,差不多一连跳过了好几个葡萄架,扑到了我的身上。到后来我不得不抓住它长长的嘴巴,又握紧它肉乎乎的巴掌……它终于一动不动,开始安静下来。它在默默感受什么。四哥慢慢吞吞地走过来:"你知道吗?你走了以后,它可做了一件了不起的事哩!"原来有一段时间每晚都要丢一只鸡,万蕙就对斑虎说:你也不要只管葡萄的事,还要管一下咱们养的鸡呀猪呀。斑虎走到鸡舍那儿嗅了嗅,就走开了。第二天晚上,四哥他们听到外边有尖叫声,就拿着手电筒跑出去:斑虎正逮住了一只大白猫,白猫把它的脸都抓破了。"你看,眼角这儿,还有鼻子上……"拐子四哥揪过斑虎指点着,我果然发现有小小的瘢痂。它用鼻子在我的嘴那儿撅了一下,突然高高地扬起了头颅,一动不动歪向左侧。

我和拐子四哥正不知怎么回事,突然它一个扑展跃到左侧三米多远的地方,两爪飞快地按动地上的什么。接着是尖叫、蹦跳。原来有一条红点锦蛇被它扑到了。那条蛇绞拧着,几次想用嘴巴咬住斑虎肉乎乎的鼻子,可斑虎每次都躲过了。我们好不容易才劝住了斑虎,总算让这条红点锦蛇走开了。

二

入夜后,四哥与我单独待在一起。他没像往常那样携来一个酒壶,与我边饮边谈,也没问城里的事情,而是忧心忡忡地告诉:"老宁,地要塌哩!""什么?"我吓了一跳。"这是真的!南边挖矿的一直往北,挖到哪儿塌到哪儿哩,说不定哪天就挖到了咱的园子。工厂的脏水也淌过来,流过的地方连草都不生了……我害怕啊。"我有些蒙,看着他。也许我以前没有注意,印象中矿区还在几十华里之外呢。"越挖越近了。还有,听说一个糟蹋人的大厂子要建了,到了那一天,咱们喘气都得费劲。""这是怎么回事?"四哥牙齿磕打着:"这厂子到处迁,听说它旁边的人家夜里晾了衣裳,早晨一拍打就成了布绺……咱这儿的市长要招那个厂子来哩!"

夜真静。一股冷气从乌黑的夜色里掠过。一只孤鸟飞过茅屋上方,发出沙哑的一声。我喉头发干,想煮一点茶,四哥就点上了炉灶。喝这种黑茶的习惯是我们跟一位邻居——园艺场西边一位老太太学来的。可惜老人已经不在了。好苦的茶。眼前的夏夜有些陌生:以前我们会到园子里点上一根艾草火绳,在它令人惬意的烟气中仰躺着,没头没尾地神聊。大家全在一起,有时连园艺场的那两位姑娘也赶来凑热闹,她们主要是来听四哥讲故事的。园艺师罗玲和园艺场子弟小学的教师肖潇,这两个人已经成为我们葡萄园里最重要的客人——而且她们都认识了来过这里的吕擎和阳子……四哥黑影里的声音闷闷的:"挖矿,还有那个工厂,说到底都是灾星,不知什么时候会落到咱这儿。""旁边那个国营园艺场怎么办?""谁也挡不住。你白天去看看西边那些水汊子吧,早变了色,水边苇子都死了。它一直流到海里,打鱼的说用不了多久,这些鱼铺就得挪挪窝儿了……"

这一夜噩梦不断。有几次竟梦到了那个老太太:她戴着一顶黑呢帽,端着一杯酱油色的茶,就坐在旁边。她一口被烟熏黑了的牙齿短短的,活动不已,我想努力听清她在说什么。"我去了那边,像你一样哩,想自己的园子,也就时不时回来看看……"我在梦中问她:"那边就是阴间吧?那边怎么样?""都差不多,我到了那边还是喝这样的黑茶……"天亮了,我觉得那么疲惫。还没吃饭就去了园子南端,想看到一点迹象,暂时还看不出。四哥掮着枪走过来,引我往西边走去。穿过园艺场即看到了前边那处孤零零的海草小屋,它就是以前那位老太太的居所。想起昨夜的梦境,心里一阵难过。我们继续往前,接近那排槐树才发现:它们真的枯死了。记得去年这些树木还那么茂盛!我们加快脚步来到了树边的沟渠跟前,马上闻到了一股硫黄味儿:里面的水竟是深棕色的,两旁的芦苇真的死了。这原来是一股死亡之水,它一直流向了大海。我们随着它往前走了很远,最后沮丧地停步。

"这些脏水是从南边流过来的,有的是从山根下——那里淘金的人排出来的毒水!渠边的工厂都往这里排水,再不就排到芦青河里……"

最后一句让我心里发疼。那条河多美啊!那条童年的河,它像小湖一样的入海口,每一只跳鱼我都熟悉,每一株红梢河柳我都抚摸过。我问:"它现在怎样了?"四哥叹息:"这会儿还看不出什么。不过也快了。年前山后发了大案子:几个村跟工厂打起来了,村里人把工厂砸了一半就跑了,到现在还没回家……"

未来的一天,我们会舍下自己的田园吗?

回返的路上我一直在想一个现实问题:这里是最著名的国际

葡萄酒城种植区啊,一旦完蛋了,酒城怎么办?我于是这样问了一句——想不到四哥没有回答,而是由此想到了武早:"老伙计,你见着他了吗?我是说武早……"我点点头:"我和阳子都先后去过林泉了。"四哥长叹一声:"咱还是得把他接到园子里来啊,说到底这里比林泉好。我担心那些家伙用电打他。"他把电击疗法说成"用电打"——真的是一条灼烫的鞭子在抽打武早,是一种可怕的惩罚。我记起了上次在园子里武早的快活模样,特别想起了他与罗玲的友谊:

"如果他能来就好了。我们现在特别需要他早点好起来——在我们的大计划中,他还是一个关键人物呢!"

"什么大计划?"

"我们以前谈过造酒和杂志的事嘛,那会儿还是乱想,而今真的要干起来了——咱们的酒厂到时候全靠他了……"

四哥一谈到"造酒"两个字就兴奋起来,咂着嘴,仿佛已经品尝了酒的滋味,"咱要有了自己的酒厂,那是什么成色啊!这事要办就得上紧,武早的病?一点都不碍事的!"

"怎么会不碍事呢?"

"上次他来我们谈过了嘛,不碍事的。"

"那会儿我一直在场,你们没有谈这事儿啊。"

四哥哼一声:"你不知道哩,我们一有工夫就拉酒。除了造酒,我们什么都拉不成了——他病了,只能拉拉造酒;这活儿他太熟了,别说生了一点小病——就是睡着了都能造出一壶好酒!你信我吧,这种事儿我再清楚不过……"

三

葡萄园最繁忙的季节即将到来。离收获还有一段时间,在这之前我们不仅要备好筐笼,还要赶在收获前喷洒最后一次药水,特别是要赶走那些飞到园里的灰喜鹊。这时谁都松懈不得,一天到晚要不时地放开喉咙呼喊。那些灰喜鹊待在园子附近的杂树林子里,一有工夫就打个旋儿飞下来,把长长的嘴巴插进快要成熟的葡萄颗粒中。它并不是把一颗葡萄的甜汁全部吸光,而是要挨个尝上一遍。这是非常顽皮也是非常讨厌的一种鸟,它们的恣意妄为,留给我们的是灾难性的后果。在这些日子里,只要太阳还没有落山,拐子四哥、万蕙,我们所有人,甚至还有斑虎,都要在园子里来往奔忙、不停地喊叫,有时把嗓子都喊哑了——灰喜鹊还是一群群往园子里飞,而它们又是一些受保护动物,我们不能与之动枪……这就让人处于一种尴尬的境地。

斑虎对此有说不出的愤怒,它迎着那些飞来飞去的灰喜鹊吠叫,露出了威胁的牙齿,灰喜鹊却大笑着落在架子上。在这方面只有鼓额做得最好,她的嗓子响亮而纯正,那呼叫简直像唱歌一样。万蕙和拐子四哥最喜欢听鼓额在园子里拍着手掌喊叫。这个小姑娘昂着沉沉的、大大的额头,在园子里往复奔走,灰喜鹊也就远远地立在杨树上看。它们大概想等她的嗓子哑了再飞回来……在炎热的夏天,一场大雨之后,葡萄冒杈就要疯长,我们必须将其按时扳掉。打冒杈的工作常常把我们累得精疲力竭:我们每天都要盯住葡萄树,沿着长长的架子来复奔走,就像纺织厂里的巡线女工。大家戴着一顶草帽,只有拐子四哥和肖明子除外,他们两个早已晒成了黑人。汗水和葡萄杈沾上的绿汁掺合在一起,把我们涂抹得周身绿蒙蒙的。还有那些硬撅撅的葡萄干枝、藏在绿叶中的铁丝接头,不定什么时候就会把胳膊划上一道道血口。葡萄的冒杈被折下来,然后堆成一堆一堆。它们像是一夜之间长出来的,水汪汪油亮亮,使人想到脚下的这片泥土蕴含着多么巨大的能量。

堆在地上的冒杈归拢一起,然后再打成方方的一捆扛出园子。它们沉极了,简直压得人直不起腰来。我觉得全身上下都被汗水浸透,喘不过气,脸被葡萄蔓拥着,因看不清路径一次次被绊倒。一捆捆葡萄藤蔓扛到园子外面,由万蕙用铡刀切成一节一节,培上水土沤制绿肥。

万蕙一个人做活可以抵得上好几个人。她使用一把很大的铁锹,一下下把结实的土块掘出。她挥动铁锹的时候,胳膊上的肌肉一棱棱凸起,长长的头发粘在脸上,汗水顺着黑红的脸庞淌到下颔,又顺着脖子流到前胸。她见了我就喊叫一声:"大兄弟到树阴下歇歇吧!"即便这样喊的时候还是用力挥动铁锹,或伸开长长的胳膊,把铡碎的葡萄藤蔓抱在胸前,奋力一扬,撒出一个扇形。她有时要放下手里的铁锹跑过来,不由分说抢下我肩上的沉重,大步流星抱到铡刀旁边,扑哧一声扔下……

给葡萄喷药要两人合扳一台压气机,两人担水,一人手持喷雾杆喷药。通常是我和万蕙扳压气机,四哥持喷雾杆。万蕙为了让我省些力气,总是用力地推着拉杆。这种单调的一推一拉的工作是很消耗体力的,特别是在炎炎烈日之下。汗水一滴滴落到压气机的踏板上,一会儿就把它打得湿漉漉的。我赤裸着上身,阳光已经把后背晒脱了几层皮。万蕙只穿了一件薄薄的衬衫,因为汗水老要将衬衫贴在身上,她就揪一些葡萄叶塞在衣怀里,看上去怪异而又有趣。

我的两只手先是通红,后来就打起了水泡。拐子四哥给我找来一副线织的手套,这样虽然舒服一些,可一会儿手套就摘不下来了——挤破的水泡把它粘在了手上。万蕙揪下一些葡萄叶子塞到手套里,再让我把手插进去。难以忍受的还有腰、两个臂膀,它们都疼得钻心。每一次推动压气机都要俯仰一下,两天之后我的腰痛极了。但我咬着牙关一声不吭,因为这时松开了压力杆就再也不能工作了。

肖明子和鼓额负责担药水。他们从园子一角的砖井那儿把搅拌好的药水担来,因为有葡萄架的阻碍,每次都要绕上很远。斑虎跟在他们两人身边跑来跑去,尾巴上、脸上,到处都沾上了蓝色的药水。

　　休息时大家躺在葡萄树下,鼓额和肖明子与斑虎卧在一起,我和拐子四哥万蕙他们挨近着。满身的衣服粘在一块儿,湿漉漉的身子又沾满了沙子。尽管疲累,却是非常愉快。劳动使我摆脱了莫名的颓丧,我发现没有任何办法可以让沮丧离开,只有劳动。劳动让我疲惫不堪,连说话的力气都没有了,可是我远离了沮丧,这是极其真实的一种感受⋯⋯每次休息时间只有十几分钟,一晃就过去了。拐子四哥说一句"起了",大家就要哎哎哟哟地站起来。四哥先一拐一拐走开,手持喷雾杆在那儿等待,我却怎么也爬不起来。万蕙就过来拉我一把。

　　万蕙不想让我再扳压气机,可我无论如何还是要和她一块儿抓住那个手柄。万蕙尽管气喘吁吁,还试图给我讲点故事什么的。我知道她想让我忘掉疲惫。她的故事很简单,没有太大的曲折,也没有出人意料的结局。这些故事只有她来讲才合适。我一点也不腻烦。她说芦青河里有一条黑鱼,黑鱼又怎样变成了一个人,那个人又怎样迷上河边的姑娘,让她生了一个半鱼半人的孩子——这孩子钻到河里,游泳的技术比谁都好⋯⋯还说:大年三十晚上,他们庄里的人迎接了一位大姑娘,大姑娘和他们一起包水饺,可是一边包水饺,就趁人不注意的时候抓起一块生肉吃,发出了咯吱咯吱的声音。后来他们知道,那个大姑娘是一个狐狸变成的⋯⋯

驳脔夜书

[傻子算账]

　　我这里想记下与某市长大人的谈话。那是一场争论——本来正喝着酒,他夸耀起自己的成绩来就不停地吹牛,我们于是就争起来了,最后弄得越来越不愉快。因为酒喝多了,终于相互骂了起来。这全是因为他太能吹牛。谁不想吹牛啊,可是他吹翻了一桌酒席——我们俩不知是谁先火了,一脚蹬倒了桌子,酒菜杯碟什么的全摊在了地上。可惜,砸了一瓶价值万元的洋酒。

他说自己管辖的这个地方不得了,几年来生产总值连续翻番,已经富得遍地流油,连外国人都不停地竖大拇指,然后就说了几句狗才能听懂的洋文。他吹别的地方我没话可说,吹这里可不行,因为这是我的老家,我对这里熟得不能再熟,我早就窝了一肚子火呢!我后来不得不打断他的话:"你的意思是说,这几年你赚大了?"

他点头,两眼血红,嚷着:"从一穷二白到现在,你看看拔地而起的高楼吧!看看满街跑的小汽车吧!看看大马路吧!你看看……"

我一拍桌子打断他:

"看看满城烟雾吧,看看犯罪案件吧,看看楼上的防盗网吧,看看砍光的大树吧,看看发黑的河流吧,看看老百姓多么恨你吧……"

"什么?啊?你敢这么说?你疯了还是……傻了?"

"是你傻了。你做生意连赔和赚都不知道,一直使用傻子算账法。你挣那点钱连还本都不够,还在口口声声'连续翻番'。我来问你:你毁掉的三条河、两个湖,还有污染了的海湾渔场,要翻多少番才能重新治好?你弄脏了空气和水,医院里的病员,特别是得重症绝症的人多了几十倍,你赔得起他们的性命吗?你的高档低档酒店、街角旮旯,有那么多明娼暗妓,她们从哪来?还不是走投无路的穷人家的孩子,就这么被糟蹋了!你又该赔她们多少伤天害理的钱?除了脏水和脏气,更脏的是人心,你天天鼓动教唆他们,让他们从小就挖空心思去弄钱,一本书都不读,最后一个个野起来,为了钱什么坏事都敢干,一颗颗心就这么弄脏了,你要洗干净他们的心又要花多少钱?以前,人和人之间还讲点信义,讲点起码的信誉,现在全长了一对乌鸡眼、势利眼,除了权和钱什么都不认,什么都不信,你又用多少钱才能买来一个'信'字?家家窗上要安防盗网,一直安到五楼六楼,人关在铁网里就像住了监牢,你花多少钱才能把满城的人从'监牢'里救出来?除了我说的这些,需要花大钱的地方一天两夜也讲不完,你就是把吹嘘的汽车高楼马路全都卖了,再把你银行里的钱都取出来,能填上这些大窟窿吗?原来你刚才说的'连续翻番',你的那些钱,都是借来抢来挪来的,根本就不是什么好钱!再说了,你就是有钱填上窟窿,干这活儿还得时间哩!让水变清天变蓝,让人变得有情有义、知书达理,这又得花上多少时间?按你说的'时间就是金钱'的话,那么这几代人的时间又值多少钱?你如果不是使用了傻子算账法,不是使用了瞒天过海法,那么现在,就是现在,你给我一笔一笔算清!你要算清到底是赔了还是赚了,必须说实话,必须用事实讲话!你如果闭着眼睛瞎说,糊弄老百姓,捂着别人的嘴不让揭破,那就是流氓骗子的行径!来,你现在就算,我们这就找个电子计算器来?"

市长的眼睛快瞪出来了,嘴巴鼓得老大,就是说不出话。他最后将鼓着的嘴巴猛地放开,嘣出了一个响亮的脏字,然后一脚蹬倒了餐桌——是的,是他发火时抬脚把桌子踢翻了,我记起来了,不是我!多么好的一桌酒菜啊,真可惜……

[批驳]

这是一篇反动的、蛊惑人心的言论。此文企图从根本上否定改革开放以来的大好形势、否定我们所取得的伟大成就,是阴暗角落里吹出来的一股歪风,不可不严阵以待,提高警惕。这是极易被左的思潮利用的一种思维,其危害怎么估计都不过分。改革开放是中华民族的惟一出路,这绝对不容置疑。前进道路上会存在一些问题,会有挫折和困难,但是我们已经取得的伟大成就,是前无古人的!对待该文作者,建议让他再回到粮油定量凭票供应的时代,或者剥夺其一切享受改革开放成果的权利!他是这样一类人:既要享受改革开放所带来的全部物质优越性,又要大骂社会现状。他们是目前最不安定的因素,对所有正面的东西视而不见,却要鸡蛋里挑骨头,惟恐天下不乱!

*　　*

试问你说的环境等等问题,任何国家和地区要发展经济,能够超越这个过程吗?而你为什么一定要省略这个过程呢?换一句话说,你如果承认这个过程是发展的前提,那为什么一定要抽掉这个前提呢?无论东南亚还是西方各国,无不经历了漫长的痛苦的发展道路,而我们只用了二十几年的一段时间,就跨越了他们半个世纪甚至更长的道路,这是不争的事实。如果说"时间就是金钱",那么飞速发展赢得的时间和空间,是金钱能够买来的吗?这里的每一分每一秒,真正价抵千金!我们一定要赶在前边,争取分分秒秒,因为时间就意味着生存!为了那个胜利的大目标,不付出一定的甚至是沉重的代价,是绝无可能的!

*　　*

那个市长无论如何也是一位公仆吧,该公仆受了如此尖刻无理的攻击,真是岂有此理!而且他还宴请了发难者——请诸位一定注意这个情况。可见有人根本上就是不可理喻的白眼狼,吃香的喝辣的嘴还没有抹净,就对有惠于他的主人放出毒言,真是人之无义,夫复何言!

有道是:纵有美肴桂花酒,难填凶狠虎狼心。那些存心要诽谤我们事业的人,你就是天天用燕窝鱼翅招待他,他要反叛起来也还是照旧。所以在此我有一小言谏上:官方招待费无非是纳税人贡献,使用时尤其要慎之又慎;对那些需要招待的人,无论是远宾近客、旧友新朋,都要一律考察其政治态度,特别是对一地一市改革成果之臧否。可先由秘书从旁试探,比如事前先放松地拉一些家常,然后渐渐转入正题,请其评价当地市政及其他诸项事业,这时也就不难察觉其立场。主席在世时曾有言:想要他们(右派)不表现不表演是不可能的,所以要先让他们尽情表演,他们暴露了,咱这边也就可以一网打尽了。当然,我这里并不是说要抓起他来,而是说一旦有了准备,至少可以不必破费这么多了,也不当这个冤大头了,顶多给他个四菜一汤,让秘书象征性地陪一下也就可以了。对这样的人,一市的最高首长完全不必接见,这样既可省下不少精力抓大事管大事,也可免去坏人攻击我们的机会。要知道人的特点是眼不见心不烦,一旦听了谤言,以后每每想起就会不舒服——一般人不高兴倒也罢了,一市之长心中厌厌,那就势必在一定程度上影响全市工作。总之,得不偿失。

*　　　*

注意保护环境、两手都要硬,这个我们是一直讲的。他以这些问题向我们发难,岂不知我市领导恰恰就为解决这些问题而辛苦工作着。有些事项见效很慢,绝不是一蹴而就的事。饭要一口一口吃,仗要一个一个打,所有的难题、积累了一个世纪甚至更长时间的历史疑难,要我们在一个早晨全部解决,不现实嘛!事物都有两面性,我们不可能只要好的方面,不要坏的方面,而是要对事物有个辩证的认识。这才是唯物主义的观点。

＊　　　＊

　　说到时间问题,我这里还要提请诸位注意:世界上的资源是有限的而不是无限的,也就是说,富国强民有个时机问题,并不是随意随时想富就富。试问本文作者,如果依你所言,环境倒是保护了,人也知书达理了,可就是资源被发达国家抢完了,你再想发展什么都没有了,它们花钱也买不来了,你又怎么办?你对市长一口一个"你回答",那么我在这里也让你回答——你给我回答!

　　好了,道理至此不辩自明。我这里最后想提请大家注意的,即只要认准一个道路,就要坚定地走下去。对有些人的清议高论,尽可以充耳不闻。我们历来有一个经验,就是"不争论"——为什么?就是跟你说不着!跟你说不明白,不如不说!再则你也说了不算,你手里没有枪杆子,瞎鸡巴吵吵什么?

　　这么一讲事情也就简单了。世上凡是那些高头讲章的,十有九个是中看不中吃的东西。查一查看,该文作者是不是知识分子?大概不外乎又是他们。狗改不了吃屎。

好　搭　档

一

　　我不知拐子四哥能否听得懂:杂志社拟定的条件是,这份杂志必须与当地小城文化界合办,而不是与葡萄园,即听上去要名正言顺;牌子必须挂在城里,主编也要由老诗人川流挂名;至于说刊物的终审权,基本上可以放到将来的"执行副主编"身上,必要时川流还要"把一下关"。他费了好大劲才听明白川流是个爱酒的老头儿,就笑了。我说:"从这些方面看,咱们与川流他们还是一对'好搭档',余下的关键问题就要看我们的经济实力、看葡萄园的经营情况了;再就是与那个小城文化界的合作——这对他们来说当然是求之不得的,不过我们真正想要的还是一份葡萄园自己的杂志——也就是说不让小城那帮人染指。"

最后一条是我们合作的前提,它几乎不容讨论。

这个夜晚我失眠了。大概是午夜时分了,还一点睡意都没有。我在葡萄园要比在城里睡得好,只有一段时间我整夜整夜不能安睡:这次害怕那个时刻又要来到了。我真的害怕。睡不着就走出屋子。这个夏天的夜晚,海边平原上远远不像那座城市,那儿总是热浪烤人,这儿的露水却是这么盛,夜气里透出一丝令人愉快的凉意。我脚下的草、我碰到的葡萄枝蔓,都湿漉漉的。而在那座城市,一天连一天的焦灼之火充斥在每一个角落,从人心到街巷,一切水汽都被蒸发掉。人要不断往喉咙里灌水,然后再不断地被吸走。每个人都等于是一株焦渴的、发蔫的树。我看着明亮的星斗,它们询问的眼睛睁得那么大。它们的目光此刻既安慰了我又盯痛了我。我知道内心里真正恐惧什么,我在担心四哥告诉我的那一切,害怕从南部蔓延而来的那股毁灭的力量——它会将我们含辛茹苦建立的一切统统消灭……

四哥和万蕙正在园子深处值夜,他们喜欢卧在一块蒲草荐上,披着那件蓑衣,身边一只暖瓶一壶酒。我迎着一明一灭的烟头走去……在我离去的这段时间里,周围总算没有给我们的园子制造多少麻烦。这全凭四哥按过去的老规矩办事:备一些礼品去村头和各色人物那儿转上一圈。不然,葡萄园的车子只要经过村边路口,不是有人出来拦截,就是莫名其妙地陷在坑里。我现在最想知道的是另一个人,他是镇头儿。我问:

"最近没去找大胡子精吗?"

万蕙坐起来:"不用找,他自己就常往园里来哩!"

"来干什么?"

"来玩呀,来抽烟,逗鼓额玩儿,动不动就伸手捏鼓额的鼻子哩……"

"这个混蛋。"

"没办法,人家是镇长,得罪不起哩。他一来,俺就让鼓额躲开……"

我的印象里的这个大胡子精还算本分,怎么一段时间不见就添了这样的毛病?四哥吸着烟,翻了一下身,把头朝向我:"大胡子精这个人还算不错,爱贪点小便宜。他不会伤了鼓额。你想和他合办那本大书?"

"不,我想和他一块儿搞那个酒厂。"四哥也坐起来:"我琢磨这还差不多,一个粗人嘛,倒是爱喝酒——听说他们镇上以前也造过酒,搞砸了。"

我在心里想着整个事情的可能性。四哥呃着烟锅,突然问了一句:"为什么园子里非要弄一本大书不可呢?"

"因为……"

"我看你操心忒大!"

不好解释。我想了想,问:"你为什么要喝酒呢?"

"那是因为海边上寒气太大,喝了酒身上热乎哩。再就是,喝酒有瘾哪!"

"那么你这样想就得了,要书和喝酒的理由一模一样。"

四哥两眼斜楞着:"它也能抵挡寒气,活血,有瘾?"

"是的。这三样功能一点不缺。"

"嗬咦。那我得好好琢磨一下了。"

今夜,我心里从未有过地豁朗——是的,我们是多么渴念、多么需要一杯时代的酎醪啊! 就为了这一杯,我付出再大的艰辛都不必悔疚……四哥将它叫成一本"大书"也未尝不可：书写，记录，连续不断的、执着痴迷的，一本又一本……

关于它的实质内容和游戏规则，一切都需要细细谋划。事情再明白不过的是：也许一份杂志实际上只有几个人在办，但他们必须代表一个团体、一个组织。如果它与海滨小城合办，那么小城文化界就必须有我们的人；而朋友们这会儿不仅不在那儿，就是从小城找个熟人都难。我决定明天，不，现在已经过了午夜——就是今天，开始我的行动。先要好好盘算一下具体步骤，第一步先找那个大胡子精镇长：他们镇上那个废弃的酒厂可不可以恢复酿酒？葡萄园可以提供原料和技术——武早正是这方面的顶尖人物……

如果我们能和镇子在联办的道路上走下去，就会逐渐形成一个印刷、酿酒、种植和出版的循环系统。这个计划也许过分完美了，它让我神往兴奋中又一阵阵胆怯……我已经四十多岁了，真不知这个世界能否给我这样一个机会？手心汗津津的。机遇会像灵感一样稍纵即逝，有时宽广的道路一瞬间就会化为一片荆棘——那时你也只得转回身去，任冰凉的泪水在面颊上倏然划过……

我曾发誓要远远地避开当地所谓的"知识界"，现在却要冒着沾一脸污垢的危险，去那里挤一挤了。

这一夜剩下的一点时间，总算回茅屋睡了一会儿。如果不是斑虎用它昂昂的声音将我唤醒，我可能还要一直睡下去。它在我窗前转来转去，后来又带着一身露水挤进来。

我觉得这是归来后所见到的最好的一个早晨。太阳还没有升起，往东望去，黑乎乎的丛林的影子后面，是闪烁玛瑙红的天空。云雀一大早就开始欢叫，它们在荒原上空抛出了一串串歌声，压过了一切嘈杂。可能这是个极好的兆头。嗯，那就开始吧。

二

我先到镇政府找了大胡子精。这家伙一见面就嚷："哎呀我的伙计,我还以为你把园子扔了呢!"

"怎么会呢。我们有老少好几口子人呢。"

"你如果扔了,我就把它拾起来。园子和人,还有狗,我们镇上照单全收!"

我想他这可不仅仅是一句玩笑。这个家伙早就在窥伺我们的园子。我打量着他的办公室,觉得非常奇怪:两大间屋子,外面一间摆了几个沙发、茶几和一个破烂不堪的书架,而里屋才是真正的办公室,那里有一个又大又破的写字台,上面满是灰尘;写字台旁是一张床,床上有花被子、军大衣,还有几本野心家的传记。

大胡子精见我在瞥那几本书,就说:"我就爱看书。"

刚坐下屋里就进来几个人。一个四十多岁的姑娘,我以前见过,她是镇上的副书记刘宝,一直未婚。大胡子精背后曾对我议论她:"全世界最正派的女人了,不过……""不过"后面是什么他没有说。女书记见屋里有人,就要告辞,对我笑着点一下头。稍待了一会儿的是一个穿短裤的五十多岁的男人,这时对大胡子精点点头,然后又耳语几句才走开。大胡子精告诉我,这是他们镇子上最有本事的一个村头:"你别看这家伙装模作样,真他妈的五毒俱全,我正准备撤了他!"

他取了一支烟点上,眯上一只眼:"这个家伙,搞企业有一套,搞妇女也有一套,你别看他穿得破破烂烂,猜猜他有多少钱吧?"

我没有答话。他说:"你别看他这模样,二百个你这样的也斗不过他。他有他的一套,别看一个大字不识。"

接着大胡子精告诉,这个人把整个村子搞得红红火火,有一半的人口住上了两层小楼,这在整个海边上也不多见。"他主要是动手抓企业抓得早,村上有一个塑料厂、橡胶厂,还有一个织网厂,最近又开始准备和外国人搞一个合资项目,搞手表……"

"这样的人物你也舍得撤?"

"这家伙肥得太快了,开始学着挤对我了,不趁这工夫把他收拾收拾,以后再没机会下手了。'客大欺店'啊……"

"再怎么说他也是你的下属。"

"这样的人财大气粗,又不是国家的人,咱没法管他。他什么办法都有,有时不跟我镇长打交道,直接到城里去找一个姓闵的副市长,然后小鸟儿就翘起来了……"

大胡子精背后只叫那人"闵小鬼",是主管建筑和文教的。大胡子精对他不太买账,提到他气就不打一处来,说:"这个家伙,至少睡过四五十个妇女。"

"谁？闵小鬼？"

"那个村头。好了,不谈他了。伙计,你这次回城里闹腾得痛快吗?"没等我回答又说,"收葡萄的日子让弟妹来吧,让她吃一肚子葡萄,尝尝海边上的鱼虾。我可一次没见过大妹子。"

大胡子精这个人毛病很多,但为人豪爽,能喝酒。他如今总是到我们那里去逗鼓额玩,我倒是有点吃惊。我想他该不是被那个村头给传染了吧……我这会儿最焦急的是另一件事,就问:"你们的那个酒厂还办不办了?"

"酒厂？这是哪辈子的事了……"

"和我们葡萄园联办不是挺好吗?"

"重新捣鼓一个企业？那当然好了,不过哪有那么简单。我们当初也费了不少力气,投资几百万,酿酒那一套可不是闹着玩的。坏就坏在我们请的酿酒师身上,这家伙什么都不是,酒造得不怎么样,倒卖摩托倒是把好手。你想一想,一个酿酒师一年里倒了二百多辆摩托,挣了少说也有这个数!"他右手握紧了拳头,"把我们的酒搞得一塌糊涂,比尿还臊,然后一拍屁股跑了。那些设备还堆在那儿,差不多都烂透了。"

"把这些设备修修,再添置点新的;我会给你请来最棒的酿酒师……"

大胡子精气鼓鼓的,大眼瞪着,不知听没听我的话。

"我有一个好朋友,他酿的酒在国际博览会上得过好几个金奖,你愿不愿要?"

大胡子精缓缓转过脸来:"这样的人物你能弄来?话又说回来,眼下我们正上两个新企业,真要搞,你得出钱。"

大胡子精蹙着鼻子笑了。

我尽快把话题扯到办杂志上,谁知他一听就恼了:"杂志啊、书啊,呸!前些年有一份杂志说要来写我,还要配照片,让我拿着电话,他们给咔嚓一声照下来。你猜要多少钱?两万。我有点犹豫,还是我们女书记,就是那个大姑娘干脆,说两万算什么?照片印那么大,像国家领导人似的。我就同意了。妈的,到后来才知道,他们在这几个镇子里都闹过这么一手。看到刚才那个破烂村头了吧?他也交了两万,也登了幅大照片,手里也拿了电话。跟那个狗东西平起平坐不等于骂我?还有南边那个镇的凌春利——他现在调到市里酒厂当厂长去了——算个什么东西,系上领带,桌上摆了三部电话……"大胡子精越说越气:"我们办酒厂第一个就要提防凌春利,他现在也弄酒了。"

我接着说办杂志的事,说到时候还要聘请他做杂志的顾问,"这个杂志要办起来,就必须和市文化界取得联系,让他们与我们联办。就是说,让他们挂个名……"

大胡子精翻翻白眼,说那儿主持工作的人是"宽脸":"这人原来在内蒙干,是咱找人把他调回来的……注意:凌春利和闵小鬼是同学。"

三

我见到"宽脸"的第一眼,就觉得这个地方的人真是绝,外号取得再贴切不过了:面前这个人给人最突出的感觉就是一张脸特别宽大,而且看上去仍然有一种横长的趋势。宽宽的脸庞上一对眼睛水汪汪的,戴着一副近视镜;所有的皱纹都是竖的,好像要把那张过分宽大的脸分成几部分。他的小腿很细,一扭一扭凑过来,听过了大胡子精的介绍,马上握住我的手:"如雷贯耳,幸会幸会!"说着从衣兜里掏出几张名片。

我们很快谈起了那份杂志。

"这是我市人民政治文化生活中的一件大事呀。"宽脸说,"不过先要汇报领导,找闵市长汇报;也许再上边还要研究。"

大胡子精说:"你算了吧,这点鸟事儿还要'上边'吗?你就定了吧!"

宽脸严肃起来:"不那么简单。'上层建筑'……"

大胡子精说:"要弄快弄,别你妈的拖拖拉拉!"

中午大胡子精让宽脸请客,宽脸高兴地答应了,又让人去请领导,说本来要请闵市长的,可惜他工作太忙了,有外宾……大胡子精吐了个脏字。

宽脸到桌子后面的屏风那儿看了一下,又回来坐下,气喘吁吁,东睒西睒,长时间没有安定下来。菜上来了,一个穿红衣黑裙的小姐几次到宽脸旁边问:"可以了吧?"宽脸摇头。大胡子精火了,说:"日……"说着端起酒杯。宽脸把他的手按住。停了一会儿那个小姐又进来,凑在宽脸旁边咕哝了什么,宽脸有点尴尬:"你看,很抱歉,白等了这么长时间。领导太忙了……我们开始!"

宽脸腰部的传呼机一声连一声响起来。大胡子精骂:"'唤狗机'。"

"领导特意让我代他敬一杯呢。来,第一杯酒是他的!"宽脸一饮而尽,然后把那个屏风推开。那儿有一套电视音响之类。这家伙好像立刻放松了。大胡子精也高兴得很,相互劝酒,最后两人喝起来,一会儿都有点醉了。宽脸连连拍手,女服务员走过来。宽脸指着那些电器说:"弄一弄,弄一弄。"

那个小姐在电视机那儿捣弄着。一会儿屏幕上有了图像。小姐抓起了话筒,微笑着点点头,一扭一扭唱起来……宽脸鼓掌,又让大胡子精唱。大胡子精竟毫不犹豫地抓起话筒,一开口吓人一跳:嗓门像小姐一样,很抒情,还有点扭扭捏捏的……唱了一会儿,他突然攥住了那个小服务员的手,用力攥定,眼神让人害怕,这样唱道:"小妹妹走西口哎……"

接下去又是宽脸唱。宽脸唱起来就走调,刚唱了一会儿就把麦克风往姑娘手里一塞说"我要撒尿",然后提着裤子跑开了。

大胡子精忘情地舞动起来。我敢说这是最奇怪的舞姿了:随着两脚一蹦一蹦,两手还要参着在空中乱抓,屁股有节奏地撅动——一转身竟把那个小姑娘抱在怀里,举在了空中,抢了一个花又放在地上。他不停地跳和嗥。

宽脸回来了。他一走进这个屋子我就觉得别扭,原来他的裤子没有系好——小姐回头瞥了一眼,立刻尖叫一声转过脸去……

第二天大胡子精开着面包车到葡萄园里来了,精神十足,根本不像前一天醉过酒的人。鼓额见了这辆车就远远地躲开。

他直接进到我的办公室,坐到那张宽大的泥巴写字台上,吸着烟,随手把墙上挂的一个织锦翻过来看着:"这玩竟儿还挂在墙上?"他不解地看看,"这东西要在我家,早当了脚垫子了。"他又问是从哪儿弄来的?我不会说谎,就告诉是罗玲送给的。大胡子精立刻说一句:"大腚闺女。"

他开始说正事:"宽脸对我交代的事从来不敢含糊。他已经回话了——说办杂志可以,条件是他要挂个副头儿……"

我松了口气。

"还有,他们不承担任何经济风险……"

这也在我的预料之内。

"你看这条件行不行？"大胡子精斜着眼看我，尽量装出一副阴险的样子。

"宽脸任副头儿，这我得考虑一下……"

大胡子精听了，立刻从写字台上跳下："这个条件你可千万不要答应，这家伙孬得很哎！"

他的态度让我吃惊。他使劲咬着下唇："这家伙掺和什么坏什么。忘恩负义。你知道吗？是我找了闵小鬼才把他调到这个城市来的，可他现在成了内奸……"说着四下看看，用力点一下头："他挂这个名儿，分明是来当暗探……"

我听了虽然有点害怕，但还是觉得他夸张了一点。我说："我要和宽脸谈一下，他如果非坚持这个条件不可，那么我们还会有其他条件。"

四

宽脸后来果然重申了那两个条件。我则一直坚持：对方不得干涉业务；我们得找一个人来，人事关系就放到小城。宽脸嗓子突然变尖了："调人来行，不过那就不是我说了算的事儿了。"

"你不是主持工作吗？"

他转动着那双女人般的大眼："可现在我们的人员编制已经满了，要批一个新名额就得找闵市长。"

"那你就找吧。"

一个星期之后宽脸回话了：上边说专门为你们增加一个编制是不可能的。我知道这意味着什么：如果吕擎来不成，那就糟了。我又找了几次宽脸，最后他给出了一个折衷的办法："这样吧，如果我们不承担这个人的工资，那就可以借调或聘任，这一来既不占编制，他还可以把临时关系放到我们机关上。"

我最后也只得同意。这次两人谈得似乎投机,宽脸高兴了,搂住我的肩膀说:"这种合作多好啊,我敢说你找到我,就算找到了最好的搭档!"

大胡子精最挂念的还是酒厂,说为了能免一部分税款,正跟镇上学校联系,让他们挂个校办工厂的牌子。接着又骂起宽脸,说自己真不该调来这么个内奸!"这混账一个劲儿讲我的坏话……他什么谣都敢造,说我……摸了刘宝。"

我愣愣地看着他。

"我们是一对多好的搭档!再说她是闵小鬼的远房亲戚,我敢摸她?刘宝可以作证,她有时还埋怨我'大男子主义'呢……"他越说越气,"要讲宽脸的事情才多呢,别看这家伙在外面装得好人似的,其实他虐待父母!"他瞪着牛样的大眼:"他母亲大老远的从内蒙哥哥那儿来,他不给母亲东西吃……"

"这不可能吧?"

"你看,讲起来谁也不信。他让老妈饿着。老人七十多岁了,给关在门外吃萝卜,就拿着一根生萝卜在那里啃,啃,啃,眼泪汪汪地啃……"

孤竹和纪

一

从归来后我一直拼着力气做活。从早到晚在园子里弯腰曲背,每一个骨节都疼。我还是不愿停下来,泥汗糊上我的头发、眼睛,擦都不擦一下,且不吭一声……但愿让汗水洗掉我心中那块沉甸甸的东西,但愿记忆像两手一样磨粗磨糙。可就是忘不掉淳于黎丽,差不多一抬眼就能望得见一片白色之中簇拥着那个娇小的身影,嗅得见医院里那股浓浓的来苏味儿。她在那里颤抖着,刚刚从死亡的边缘上挣扎回来,如此孱弱。她像逮住了生命中最后的一根细线……她的目光从葡萄树的枝叶间隙、从午夜的星空渗出,我不知该迎接还是躲避,只想一个人独自痛惜。一次次想着这个执拗的女子——淳于家族的人真的是如此倔犟……

在孤单的时刻,我一遍又一遍翻着携来的那份秘籍和一沓子古城资料,寻觅着模模糊糊的历史,以抵御阵阵灼疼和愧疚。那些不同的传说,那些前后矛盾的故事,都让我神往。令我越来越坚信不疑的是,我和淳于黎丽同属于莱子国,属于居住在海角的那个莱夷族。单说淳于,有案可稽的就有淳于髡、淳于越,还有那个在不太遥远的历史中闪闪发光的"百花齐放之城"。关于他们,似乎已不再遥远……能言善辩的淳于髡,敢于直谏的淳于越……

莱夷族到底来自何地又走向何方?他们消失在这个世界上的哪个角落?深长的午夜,面对一天星辰,让人忍不住深深地缅怀。辽阔的东北疆土就是莱夷人开拓的,他们在那片土地上与异族人展开了殊死的搏斗;继续追溯,还可以发现莱夷与狄族在中原的激战,在齐国故都临淄一带的浴血。最后一支莱夷人跨过了陆沉以前的老铁海峡继续北上,回到了贝加尔湖南岸……

我沉湎于如诗如画的传说。在这支关于游牧民族的无数传奇中,在这征服与被征服的铁与血的故事中,我因神游而惊惧颤栗。海的潮声涌过来,它一次次包围了我。在这漫漫海潮中,我似乎正与一个人默默相视,交换着不安的眼神。我们都沉醉和幻想于自己族先的历史之中。

漫漫潮声中,我将这份古籍与俄国学者马克关于贝加尔湖南岸、拿勒河流域的探寻记录两相对照,从中寻觅它们隐隐的共鸣。传说中有两个不同性别的孩子,他们紧紧拥抱,在浪涛之中永不沉没……

那是一个古老的故事。

故事讲述了两个不同的结局,不同的来龙去脉。其中一个故事讲:莱夷族的最初故乡是贝加尔湖地区——有一天两个孩子突然从天上降落到贝加尔湖,他们是一男一女。一开始他们害怕沉没,就紧紧地抱在一块儿。就这样拥抱着在水中苦苦熬过了三年。再后来又从上天降落了一位老太婆,她梳着长长的发辫,说是来自遥远的故乡——老铁山一带。她把这两个孩子招到岸上,要把他们抚养成人。她细细地讲着事情的原委:她是他们两个的老奶奶,有一天正在门前草地上放牧牛羊,一边照看着他们,突然涌起一阵黑云,瞬间又变成一阵龙卷风,把这两个孩子卷走了。那天她那个哭啊,发誓死也要把他们找回来……

老太婆告诉这两个孩子:你们一个是孤竹族,一个是纪族的后代,是她收养了他们,把他们看做亲生的孙儿孙女。你们一定要好生过,好生过……

两个孩子慢慢长大了。有一天老奶奶做梦,梦见居住在老铁山南面的先人在对她讲话,说:你眼看就要归天了,在归天之前要把事情做完,因为我们莱夷人的一个使命就是让树木结出果子。

老太婆梦醒以后,想来想去总算想明白了。她看到这两个孩子都长大了,女的十六,男的十八,就把他们拥在怀里,说:"奶奶要回故地了。"两个孩子说:"我们也跟奶奶走。""不,上天把你们降生在贝加尔湖,就是让你们在这里过日子,这也是先人的心愿。等你们有了后代的时候,他们自己会顺着来路回到故地的……"

老太婆说完就闭上了眼睛。他们用力地摇动老人,老人再未转醒。他们从头回忆老人的话,记住她最后的嘱托是让两人成婚:"你们一个名字叫'孤竹',一个名字叫'纪'。你们听见了吗?"孤竹和纪点着头。

就这样,孤竹和纪成婚了。

刚刚成婚的两个年轻人常常去老人的坟前。老人埋在贝加尔湖南岸。

孤竹和纪两个人过着和睦的生活。他们在湖边搭起了更大的茅屋,垦出了一片又一片土地,放牧着牛羊,驯了一群又一群野马。他们都是挽弓的好手,整天在草原上驰骋。

孤竹和纪尽管一个是女性,一个是男子汉,可他们骑马和挽弓的姿势都一模一样。接下去他们生了八个孩子。这八个孩子仍然继承父母的姓氏:孤竹和纪。八个孩子后来又构成了不同的群落,繁衍壮大,开始居住在贝加尔湖一带,再后来又南迁到了勒拿河畔、巴尔古津一带,在那里过着自由民的生活。

当年降生在贝加尔湖中的两个孩子,这会儿已经是衰老不堪了。他们在最后把自己的来路告诉了八个孩子——八个孩子又分别告诉了部落里的人。他们一代又一代,都到贝加尔湖南岸去看那个老奶奶的墓。他们都知道自己是老铁山那儿的后人——那里才是他们的故地。

最初降生到贝加尔湖中的那一男一女终于辞别了人世。他们死前留下了一个遗言,就是让后人回到故地。

二

孤竹和纪的后代发誓要返回老铁山南面。这之间相距千万里,可他们发誓一定要返回故地,并开始准备。他们计算了行程:要翻过无数山脉,踏过雪地,穿过原始森林,跨过大河,走过蒙古大草原和东北大平原——这只是在神话传说中才出现过的那种艰难困苦、遥遥行程和各种无法预计的危难险阻。他们挑选了一群最好的良马,集中了最好的工匠,将最慓悍的骑手集合起来;带足了种子、丝织品,准备在第二年春天冰雪消融的时候开始南迁。而剩下的一部分人就留下来,看守自己的家园。

春天到了,冰雪消融得很慢。孤竹和纪的后代眼巴巴地等到五月才开始这场艰难遥远的行程。

他们不知受了多少磨难,几次面临险境,但总是咬紧牙关继续行进。一年过去了,两年过去了,第三年上,孤竹和纪的强悍后代仍然在遥遥的旅途上跋涉……一批又一批的人死去了,他们死于伤寒、疟疾、虎豹狼虫。还有不少人在穿过雪地时冻死,在翻滚咆哮的河水里被冲走……第四个春天来临时,他们的队伍差不多减少了一半,无数的马也倒下了,这支队伍简直不成样子。领头的人面黄肌瘦,眼看也要倒下了。他们把快死的马原地宰掉,只把马肉带走。有时他们简直陷入了绝境:打不到猎物,吃不到任何食物,只有冰雪和冰雪下的野草——他们不得不用双手去掘开冰层,吃掉那些植物根茎。即便是这样,他们也没有吃一口带来的各种作物种子。

又一年跋涉,他们终于到达了老铁山:这时候仅仅剩下了两千人。而开始出发时他们的队伍多达万人。

存留下来的都是最强悍最有力气的人,也把最好的武器最好的马带到了老铁山。

而在老铁山南部,原来和他们属于同种同族的孤竹族和纪族的莱夷部落,正陷入了可悲的境地。狄族开始由西部高原大举进犯。孤竹与纪在当地的土著正由祖祖辈辈开拓的、东到海角、天尽头、庙岛群岛,西到临淄,南到莱芜、泰山一带,退缩到了东部沿海不到一百平方公里的土地上。强悍的狄族并未罢休,又联合其他氏族部落向当时这个文明程度最高的部族发起了疯狂的进攻。他们想获得渔盐之利、肥沃的土地。对于野蛮的狄族来讲,莱夷族发达的农牧和纺织简直不可思议。在古代,往往是比较落后的民族取代了先进的民族。他们先是把莱夷人从黄河下游赶开,而这时在中原聚居的一些部落也先后背叛了与东莱的盟约,纷纷倒向强悍的狄族。这样,莱夷族只得不断退缩,最后固守在海角和琅琊一带。

从贝加尔湖沿岸地区和勒拿河上游,经过长途跋涉归来的孤竹和纪的后代,一进入老铁山地区就让莱夷族惊慌不已:他们以为又一次遇到了异族入侵。二者分离的时间太长了,他们之间的区别越来越大……正在剑拔弩张的时刻,他们彼此却察觉到了一点什么,于是拿出了一些铜器——就是这些青铜器——让他们彼此获得了谅解;还有,他们都发现双方的皮肤都为浅黄色,面部都一样宽,鼻子也不像异族人那么大,眼睛同为黑色,口大须密,头上长着黑色的和深褐色的头发;中等身材,骨骼粗壮,身体结实;从穿戴上看,他们的上衣都着皮袄,袄袖相当紧严地裹着手掌,有的镶边还使用了贵重毛皮;他们的皮袍和长袍上,拦腰都扎着皮带和布带,上边挂了刀和火镰、火石、盛火绒的小皮口袋——这是引火用的……女人的头发留得很长,头发稀少的人还常常夹着一些用马尾做的假发;已婚的妇女和未婚的打扮也不尽相同:姑娘将头发梳成许多辫子,最多的达到二十余条,披在背后,长及臀部,辫梢还装饰珊瑚、铜币和石片,丝绸和坠子等;头部缠着一条带子,上边装饰着一些金属薄片。已婚妇女将头发梳成两条粗辫,垂在头的两侧,由金属小环将两辫连在一块儿。她们的发辫有时盘在发罩里,上面装饰着孔雀石、珊瑚、珠母、钱币、贝壳等等——这些贝壳是莱夷人最典型的一种饰品……

他们很快握手言和了。莱夷族人用最隆重的仪式欢迎了远方归来的兄弟儿女。一连多少天在载歌载舞,篝火长明。在海角,帐篷搭了十几里,欢歌汇成了海洋。

这时候西北部的狄族和西部的犬戎族正继续向中原和黄河下游推进。尽管犬戎和狄族之间也不断展开残酷争夺,黄河中游的土著跟狄族和犬戎族发生过械斗,但他们在侵吞肥得流油的莱夷土地方面却是完全一致的。

　　孤竹和纪的后代一来到老铁山南部海角,就立刻投入了保卫家园的战斗。他们几乎没有来得及休整,就开拔到黄河下游以南的地区去了,在那里展开了殊死搏斗。在他们的逼迫下,那些背叛了联盟的黄河中下游土著纷纷后退,但紧接着又是狄族的反扑——在这场反扑中,黄河中下游的土著竟然充当了先锋。土著的伤亡最为惨重。狄族开始后退。他们退过了黄河,退出了莱芜和泰山一带。

　　海角的农业又开始飞速发展,养蚕业、纺织业,荒废了的作坊,又开始恢复。特别是炼铁业,得到了迅猛的发展。从勒拿河畔归来的孤竹和纪的后代,带来的高超的骑射技术在莱夷部落里发扬光大。

　　这就是整个莱夷部落由分而合的一小段历史。关于这一段历史,当然还有不同的讲述。

三

　　另一个传说中同样是一位男性一位女性,同样是两个孩子,从天上降落下来——但不是在贝加尔湖,而是在湖东的外兴安岭。在那里,他们靠一只母野猪的奶水长大。他们成婚后,繁衍后代,成为分布于整个外兴安岭南部的、人数众多的氏族的始祖。这个民族擅长骑射、养蚕和农业。这个强悍的民族不仅是人丁兴旺,而且慢慢演化出很多不同的氏族。

　　其中最强悍的有两支:一支叫蒙古,一支叫布里亚特。刚开始是两位男孩,他们各自分离出一个部族,不幸的是这两兄弟发生了争吵。于是布里亚特就率领自己的追随者返回了北方,到了贝加尔湖一带,而他所有的追随者也按他的名字叫"布里亚特人"。也有人讲,布里亚特只是当地土著对他们的称呼,而他们仍然叫自己"孤竹"或"纪"。

还有的传说讲,孤竹和纪也是兄弟两人,他们本来在勒拿河畔和贝加尔湖边过着一种安定的狩猎生活。部落里的强悍男性都狩猎,而部落里的女性和身体衰弱一点的就负责养蚕和耕作。这两兄弟本来亲密无间,后来是因为一匹老马发生了争吵。结果弟弟纪和哥哥孤竹的一部分后人被迫南迁。他们一直向南、向南,最后到达了今天的蒙古境内,到了东北大平原,最后来到了老铁山;仍然南迁,又到达了今天的海角、芝罘、琅琊、成山头一带。

总之各种传说有一点是相同的,即他们都是孤竹和纪的后代。而这两个氏族都属于莱夷人,他们的祖先都是莱夷族。其中的一部分,在远古时候曾经因为各种各样的原因北迁了,在紧靠贝加尔湖地区过着一种游牧生活;而这个游牧民族的一个分支,却在很多年之后再次大举南迁,离开了贝加尔湖,离开了勒拿河,穿过了老铁山,到达东部沿海,与当地的土著合而为一⋯⋯

接下去,莱夷族后代的故事并没有完结。从远古到今天,这故事长得没有尽头⋯⋯他们与狄族犬戎族、与黄河中下游土著的频繁战争;强悍的犬戎族狄族与后来居住在中原的土著演为一体,形成了所谓的炎帝和黄帝——一块儿围剿莱夷族时,他们就不得不放弃黄河两岸大片土地,撤至东部海角——在那里建立了东莱古国。再后来,当齐国古城建于临淄,他们又不得不抛弃了最后的一个聚居地,化整为零,重新在失去家园的世界上流浪——其中的绝大部分又顺着来路回到了孤竹和纪的祖先生活的贝加尔湖地区、勒拿河畔,在外兴安岭至斯塔洛夫山脉那儿,开始了另一场为生存而展开的搏斗和角逐——于是我们的另一个故事又开始了,就是孤竹和纪的后代怎样迎接归来了的东莱兄弟⋯⋯整个故事雄壮悲凉,都在陈述一个有关生存权利、捍卫家园、与侵略者永不妥协的长长的无望的故事。

当年能够逃脱狄族和犬戎族的屠杀,在广大的东部平原和海角,在黄河两岸隐伏下来的莱夷后代,只有隐名埋姓。他们当中就有我们所熟悉的淳于家族。他们慢慢汇聚到海角——孤竹与纪的故地,在那里繁荣和昌盛了一座"百花齐放之城"——思琳城。

少 一 人

一

刘宝在我归来后第一次光顾葡萄园。她比我上次在镇政府见到时好像显得秀气:中等个子,比较胖也比较结实,可能是由于职务的关系吧,看上去比一般的姑娘稳重得多。她不讲话时,眼睛总是肃穆地盯着对方,使你不由得也像她一样把脸绷紧。

原来联办葡萄酒厂的事由她负责。商谈中,她最挂念的就是酿酒师,问:"这个人在哪儿?"

我不敢讲他在林泉,只说:"就是那个有名的酒厂……"

"人家能答应他出来做吗?"

"他是我的好朋友,像我们这样小规模的企业,他只在业余时间帮我们一下也就足够了。我们不可能让他到这样一个小厂里来正式任职吧?"

她嘴唇紧闭,厚厚的。看来她在思考我的话。我发现她那双眼睛还是相当好看的,睫毛很长,扑闪闪的。我想起她的远房亲戚是闵小鬼,于是明白由她出面来谈联办的事情,也许正是那个大胡子精的主意——这样我们葡萄园在未来的合作中就得小心许多,起码不敢跟他们过多地讨价还价;同时,那个凌春利对我们的酒厂也得有所忌惮。看来大胡子精的那个"精"字,可不是随意加上去的。

刘宝在谈话时不断地往本子上记什么,这使我有点不太舒服。我不愿有人记录我的话。她看着我,我说一句,她就点一下头,在本子上记一下。我说:"刘书记,你看我们这样好不好呢……"

我开始讲我的计划——详细计划还要等那位朋友来了再定,因为在这方面我们都是外行。无论是设备状况、资金投入,以及联办的一些具体环节,都要他来了以后才能商定……

她在本子上记了半个多小时。我想她记那么多,大概连一些感想——包括对我和葡萄园的一些印象,也一起记下了?

我抬起头,觉得她的眼睛在我脸上停留了一瞬。我突然预感到她将是一个非常好合作的姑娘。我不知怎么又想起了大胡子精的抱怨,他抱怨那个宽脸的诬陷等等。有点好笑。眼前的刘宝有着一种特别的神气:她不讲话的时候,那双眼睛专注地盯着你,而讲话的时候,反而要把脖子扭到一边,看着自己的脚尖或是地上的一片树叶什么的。她常常显得煞有介事……她的这个动作像谁呢?我觉得眼熟,一时想不起来。

刘宝走了。她离开葡萄园时,顽皮的肖明子打了个响亮的口哨。刘宝在这口哨声里没有任何反应。

我走过去,肖明子向我做了个鬼脸。我没有理睬。这个小伙子与罗玲有了密切的交往之后,就变得顽皮了。我想这都是那个奇怪的异性导师精心栽培的结果。我可不希望他沿着这个方向继续下去……现在我顾不得他了,最牵挂的是另一个人:武早。他又一次与我们葡萄园的命运息息相关。

我曾经答应过他的请求,要把他"营救"出来。事情很明显,他继续在那个林泉精神病院待下去只会更糟,而把一个酿酒工程师放到一片葡萄园里,总不会是个荒唐的想法吧?我想我没有错。

与刘宝谈过之后,我对武早的事情更加着急起来,认为一切都该提到议事议程上来。我真想马上就去林泉。我想的最多的,就是用什么办法把那个精神病院的头儿给"攻"下来。这个年头做任何事情都得"攻",比如要办杂志就要"攻"下牟澜和小城文化界;要救出武早,就要"攻"下林泉等等;而要使我们的葡萄园有个太平日子,就要"攻"下大胡子精、村头儿,还有公安税务等部门。小城里一个一个所谓的要人,都是当地的"星宿",他们是万万得罪不起的……当年就有一个鬼精的家伙告诉我某个诀窍:如果要送礼,什么东西都不如那种"黑梆梆的刺家伙"!原来就是海参。后来我才了解到,这种海产品的壮阳效果显著。他讲得不错,在送了一些海参之后,周边果然都不来找葡萄园的麻烦了……壮阳,还是壮阳,看来这是一个时代的普遍需求。

那么林泉的院长之类呢?我常常在想一种奇怪的现象,想人的一些共同特性。每个人都在给自己出一个价钱,然后再将每一种行为分割换算,零卖出去。给你一个笑脸、说一句话、帮一个忙、答应一件事情——它们都有固定的价钱;而且每个地方在某一时期的价格都大同小异。比如说在这个海滨平原上是一个价,在那座城市里又会有不同的价格表。但必须掌握这二者是如何换算的。在这方面,我承认那个出主意的家伙是个高手。他对这一套精通得很。

二

"这闺女,噫,疯哩!"四哥抿一口酒,看着罗玲和肖明子跳舞,"好好的孩子就这么勒搭着,跳啊跳啊,这不中……"他说着看看我,是询问的眼神。我小声应一句:"不中!"这是一句真话。内心深处我不仅仅是担心,或许还有嫉妒。我确实感到了他们的亲密接触让人有点不舒服……我坐得离肖潇很近,闻得见她身上那种淡淡的脂粉香气。一根快乐的弦被悄悄地拨动,今夜啊,它的回响使人留恋和难忘。

拐子四哥总是在晚饭时拿出他的酒,结果几个人很快都红了脸。大家非常兴奋。就连斑虎喝的汤里也掺进了一点,它刚开始用舌头舔了舔,觉得有点奇怪,抬起头来看看,抿了抿锃亮的鼻头;拐子四哥鼓励了它,它就大口地喝起来。四哥小声说一句:"该想法叫回武早了!"

这两个字让人沉重。在这个欢乐的夜晚,他如果能和我们在一块儿该有多好啊。这个夜晚,我们的葡萄园,我们的小茅屋,惟独缺少一人……余下的时间里四哥望着天上的星星,好像还说了什么,我都没有听清。我在心里默默作了个决定:明天就到林泉去。今夜我心里憋了一股劲儿,无论如何,我都将征服那个院长以及所有的阻碍,一定要把武早领回来!我可以为他作出担保、可以和对方签约……我这样想着,后来对四哥说:

"我要到林泉去,就是抢也要把他抢出来!"

他的目光凝住了一般,还在望天上的星星。

我对着他的耳朵大声说:"你听见了吗四哥,我在说武早……他在那里太孤单了,简直像坐牢差不多。一个男子汉,见了我就流泪……让我把他领到葡萄园里来吧,我敢保证,四哥!"

四哥的脸膛红得发紫,慢慢地转向我:"我就在这儿等你,你得把他给我领回来……"

驳 篹 夜 书

[论崩溃]

有形的崩溃总是突如其来,令人心惊。其实它早就开始了。崩溃绝非一朝一夕突然发生的,而是走完了漫漫来路。任何崩溃都要埋葬许多奇珍异宝,就连千年城堡和装满金玉的宫殿也眨眼化为灰烬,这没什么好客气的。害怕崩溃,恐惧惊慌是自然而然的,但毫无用处。崩溃一旦从某个地方开始,一般来说就要进行下去,直到最后。崩溃需要能量,这能量需要一丝一丝积累起来,最后——轰隆!你看到火山爆发了?那时天摇地动,火山灰铺天盖地,眨眼埋了一座城市,上百万人口紧急疏散,红色岩浆呼呼流淌。类似的情形还有地震:暴发于一时,积累于漫长。

毁灭的力量在积累,破坏的力量在积累。这又好比医学上谈的那种"自由基"——一种攻击细胞膜、加快人体老化的妖孽。它们一天到晚在人体内游荡,专干坏事。当这种破坏的力量积累到一定程度,人体也就崩溃了。生命中对付这种妖孽的武器叫做"抗氧化剂",它们可以在细胞膜四周筑起一道围墙。

社会肌体毁坏的原理相同,当那种力量积累到一个极限,崩溃即会发生。那时真够我们喝一壶的了。千万不要出事,一旦出事,倒大霉的还是老百姓,他们拖家带口逃生躲乱的画面,电影上演了不少。倒是那些有大钱大能的人办法多一些,他们消息灵通,一看大事不妙,也就脚底抹油。再说他们一般都有个绿卡之类,平时让孩子散在几大洲,房子盖得比牛厩还大,专等未来倒霉的那一天。对他们来说,东方不亮西方亮,剩下一口水也渴不着。这些人当中好人不多,狗娘养的居多。

社会肌体的细胞膜由道德组成。抗氧化剂由伦理组成。这两种东西都差不多,平时最招自由基痛恨,骂了它一百年,还准备攻击它六百年。他们决心要把它整个底儿掉,使上万箭穿心法、敌杀死法、密封沉海法、发射到天外做太空垃圾法,不一而足。经过一代代人的不懈奋斗,道德伦理到了今天,终于给搞得声名狼藉,成了人人喊打之物。它们连过街老鼠都不如——我的孩子买了一对小鼠,连精致的笼子在内花掉了好几百元,那里面有专供老鼠住的小别墅、游戏车,甚至还有游泳池!道德伦理远不如老鼠,已成为这两个世纪里最毒的毒药,这已经是不争的事实。

社会肌体中的自由基大功告成的日子,已经为时不远。

如果抽出几个指标验看一下,我们就会同意。比如我有一些朋友从外地给我寄印刷品,即那些杂志,一年里检查下来,竟然没有一份是完整的。因为它们没有挂号,所以丢失是自然的。为了试验,我曾将三份挂号和三份不挂号的邮品同时寄出,结果不挂号的全部丢失!这里之所以列举邮品,是因为中华邮路从大清朝至今已经畅通了几百年,它是一条最基本的社会动脉,它的阻塞和切断,不能不让我直冒冷汗。

再比如上个星期西靠街有一人被撞成重伤,鲜血直流,不仅撞人者驾车逃逸,且伤者呻吟长达三个小时,没有一人伸出援手,最后竟由一个半傻的流浪汉抱起,喊破了嗓子才呼来一辆巡车,拉到医院。如果此事不是报纸报道,我可不敢提及,因为一不小心就成了造谣。类似消息多得数不胜数。如一个儿童落水挣扎,几十位看客没有一个援救,好不容易有人跳下救人,事后竟有一群人把他嘲弄了一番。如此冷血与残忍,使人想到我们究竟还配不配活下去?

另有人人熟悉的例子,就是众所周知的一些人渣总是会顺利晋升,而且绝对不在少数;有些部门派进来的头儿,竟常常是对该专业最厌恶最痛恨的一类。为小偷叫好、给盗贼加油、痛击弱者、媚富笑贫、逼良为娼,诸如此类早已是见怪不怪。试作对联:腰缠万贯的痞子必是地方英雄;巧取豪夺的豪士肯定亦官亦商。再联:手术师麻醉师收取病人红包,本是趁火打劫;假药毒食琳琅满目蔚为壮观,阎王爷叹为观止。

凡此种种不一而足,有目共睹,本人不再饶舌。我这样举例不是直言胆大,而是战战兢兢:惟恐一朝醒来大难临头,崩溃隆隆,逃逸不迭。我害怕,因为我从根上就是个胆小鬼。

[批驳]

如果说我们以前评价事物还要三七开,那么他这是倒三七!究竟戴了多厚的有色眼镜,才能把我们的社会看成这样一片漆黑?完全是信口雌黄,满嘴喷粪,不可容忍!如果说他自以为得意地找了个比喻叫"自由基",那么他本人就是社会肌体上最大的一个自由基!对这样的自由基,也只有剪除一法,别无他途!

我们更要注意的是他胆大包天,污蔑组织,说什么人渣升迁的问题!试问我们的干部队伍中百分之七十至九十总算好的吧?坏人,哪个专业哪个行当没有,为什么做领导的就一定要个个优良?试问究竟有什么还会比组织更伟大?他竟敢攻击组织,仅此一条,也要判个无期!没有组织即没有一切,他妈的巴子算老几?

*　　　*

社会风气恶化不值得大惊小怪。从某种意义上说,这正说明一个社会处于激活状态,是一个时期充满创造力和可能性的一种标志。这样的时期也许某些人生活起来会相对痛苦一点,但就经济的发展、综合国力的增强来说,仍然还是利大于弊的。在这里我们作为个体,要学会眼光放得长远一些、宽容一些、以大局为重一些。我们需要具备更大的牺牲精神。

前些年即极左时期,我们的社会治安状况远远好于现在,这是事实。但也恰恰是那个时期,我们的经济走到了崩溃的边缘。你讲崩溃,那么你总该注意到那个时期的崩溃了吧?至于一些犯罪现象,也完全不必大惊小怪,我们有专政铁拳;对内部的腐败现象,道理也是一样,要相信我们治理腐败的决心!

同时我这里还想指出的是,对本文作者也大可宽容一些。虽然他说了些极为偏激和不妥的话,但有则改之,无则加勉,让人说话天塌不下来。不过你本人也该仔细想想,为什么会在认识上走入这么大的错误和偏差?恐怕追究到最后,也还是个世界观问题、立场问题。

*　　*

依我看,只要是满嘴仁义道德者,往往都是一肚子男盗女娼。该文作者何许人也、平时为人及品质作风,需要了解一下。就我所熟悉的文学界思想界之近况来说,批判和揭露"道德理想主义"的深刻危害,已经蔚然成风。以至于那些力倡道德者全都体无完肤,平时不敢出门,夜里暗自垂泣,总之人人避之惟恐不及。就此而言,此文作者必然不会是文学界思想界人士,不然绝不会冒此等风险。

就我所研究的苏俄文学而言,整天作道德论者最多的要数托尔斯泰,结果一查,是个大地主;再有一个,就是陀思妥耶夫斯基,他则是有名的癫痫病人,即民间俗称的"羊角风"。可见该文作者即便谈道德的本事再大,即便是将他两个人相加起来那么大,也顶多是一个犯了羊角风的地主而已。

*　　*

他除了指责组织这一部分,其他基本上全是鸡毛蒜皮,不足挂齿!真是:蚍蜉撼树,不自量力。不自量力、不自量力、不自量力!

第 五 章

殷　山

一

　　傍晚,鼓额突然慌慌地从园子深处跑回来,一时找不到我就去了厨房。当时万蕙正忙着晚饭,四哥领着斑虎到海边去了。万蕙一边窜着屋子找人一边低声喊我……原来园子里来了一些陌生人,他们不知什么时候跨过篱笆进来了,此刻就伏在葡萄树下。鼓额说他们有的穿了制服,手里还有武器……我觉得事情极其怪异,想不出发生了什么。

　　天就要黑了,暮色中的葡萄树静静的。我向园子当心走去,一会儿听到了干咳声。有人站起来,接着又有三个人从葡萄树下钻出。我发现这四个人有的手里提着绳子,有的拿了高压电棒。我大声问:"你们要干什么?"

　　四人当中有一个穿了灰色制服,他向其余几个摆摆手,然后凑近我一步小声问:"武早来这里了吗?"

　　原来这些人是冲武早来的!我的第一个反应是他已经从林泉逃脱了,不知高兴还是沮丧,一颗心加快跳动了几下。我不回答,只问他们是干什么的?对方解释是酿酒公司保卫部的,接到林泉的通知就撒开找人,这里是第一站……

"你们这样也太过分了,带了警棍绳子!武早好歹还是你们的总工程师,你们倒像对付强盗一样!"

领头的哭丧着脸:"你不知道,他是砸了东西跑出来的,这当口上两三个壮汉根本就按不住……他要来这儿千万告诉我们一声,不然要出大事的……"

几个人不顾我的阻止,一齐拥向了茅屋。园子四周的杂树林子也蹿出人来,原来他们早就埋伏在那儿了。这些人屋内屋外瞄着,钻进钻出……最后领头的出来,擦着满头大汗冲我说:"实在对不起,我们一点办法都没有,你还是多担待吧!见了他一定告诉我们……"

他们不再理人,掉头向着园艺场的方向急急赶去……

四哥回来后听说了,一下下拍着大腿:"武早来了才好呢,只要我这杆枪在,他们就抢不走人!"

这天夜里再也无法入睡。因为总觉得园子里有人跑动。我和四哥几次起来披着蓑衣察看,什么都没有。大约凌晨三四点钟,我和四哥刚睡了一会儿就被斑虎的叫声惊醒了。当我们出来时,斑虎已经发出了一连声的"呜吠呜吠"——这是表示亲昵的一种声音。我心里一怔,脑子里马上闪过一个人……真的是他,武早!我回头看四哥,他已经把手里的枪收了起来。

一个粗壮高大的身影一边往这儿移动,一边不断推开过分亲热的斑虎……"老武,是你吗?"四哥压低了声音。我先一步迎上去,刚要开口,嘴巴就被对方捂住了。四哥也凑近了,因为激动和焦急,嘴里发出"哈哈"的喘息声。武早惊魂未定的样子,向我们做着手势。我告诉了傍晚发生的事,说没事的,那拨人只要接近这里,斑虎就会发出预警。

武早进屋后我们才发现,他的眼睛是红色的,卷曲的头发沾了草屑,显然是长途跋涉而来。他坐立不安,大口喘着……斑虎紧紧贴着他。万蕙拿来吃的东西，几个人都围过来。我向他们暗暗打个手势：不要用这种眼神盯看。

我想让他睡一会儿，可他躺下又站起，到窗前趴了一刻，才斜倚到被子上。他合上了眼睛，当我们试着悄悄离开时，他马上又睁开大眼。我们只好陪在一旁。就这样睡睡醒醒，直挨到天快亮的时候，他干脆从炕上跳下来。

"好不容易甩开了那帮家伙……他们的人可真多……"武早长长吐出一口。

我问就是公司那些人吗？他摇头："不，是林泉的，穿白衣服的，一群法西斯……"

他走到拐子四哥面前，伸开那双粗粗的巴掌，一直伸着。四哥点头，抹一下嘴巴，往上翻翻眼睛，做了个大雁飞翔的动作。武早的嘴绷成了一条线，做了个鬼脸。四哥和他一起坐下来。这样只一会儿，武早突然想起了什么，起身就蹿到了隔壁。四哥拍拍脑瓜叫了一声，赶紧跟了过去。可还是晚了，武早已经找到了一瓶瓜干酒——这是烈性酒，我和四哥赶紧上前劝阻，他却大嚷：

"为什么不能？"

武早的眼睛瞪得像牛眼。我知道医生做过极其严格的规定，决不能喝酒，尤其不能喝烈性酒……武早根本不理会我的劝阻，一边嚷一边用手推我，差点要把我推倒在地。拐子四哥和万蕙都慌了，他们彼此递着眼色。后来四哥趁他酒瓶脱手的瞬间，快速地把一个盛了凉水的瓶子倒换过来——武早一把抓过，咕咕喝了几口，扔在地上。

他倚在被子上，眼睛里的火焰正在<u>一丝丝消退</u>。这样待了一会儿，终于歪在炕角睡着了。我给他搭了一件毛毯，坐在一边，一会儿也迷糊过去。这样不知过了多长时间，直到醒来，第一眼看到的是霞光透过窗棂染在他的身上。他仍然在呼呼大睡。我心里想:好兄弟,你可千万不能再出岔子了。我内心深处泛起了多么大的渴望,希望他能重新投入自己喜欢的劳动:酿造美酒;这时我真的没有多少功利心,尽管我们未来的酒厂是那么需要他。我只盼这种劳动会让他健康起来。

斑虎在外面一阵呼叫,武早一个翻身跃起。我们一块儿伏在窗前看着,见四哥正和斑虎往园门那儿跑去……武早无比机警地朝我做个噤声的手势。一会儿四哥回来了,告诉说是一帮打鱼的人从海边往回走,没事没事。我们都让武早多睡会儿,可他再也无法安静。

二

武早在这里待了两天,除了斑虎吠叫时总要引起他的慌慌张望,基本上没有受到大的惊扰。公司找人的那帮家伙再没出现,这使我放心了许多。万蕙千方百计做好的给他吃,我和四哥则轮换着陪伴他。白天里的一半时间他都在迷糊,大致是浅睡,睁开眼时就想读东西。夜晚是艰难时刻,到了午夜时分他就要在屋内奔走——走进我的屋子,在泥巴写字台上的纸张间翻动着。有一次他找出了一个小本子,那是我记下的葡萄园的收支情况,看了几眼扔掉,又继续翻找。我听到他嘴里咕哝着"象兰",翻过了所有的纸片,"我给她写了多少信啊……"一大沓资料中有许多是关于那个游牧民族的——那些陈旧粗黑的纸片被我小心地叠在一起,上面有我做的各种各样的符号;笔记写得很乱,一个正常人尚且看不懂,这时他却对在眼上,翻来覆去地看,津津有味。

他到隔壁去时,我也跟在后边。我想他大概仍旧要找酒喝,因为我看到他重新抓到那个酒瓶摇了摇,扔到了一边。拐子四哥和万蕙的花被子也被他掀开了,接着又到柜子里、水缸旁边去找。谢天谢地,瓜干烈酒总算没有了。可是他找到了一个小瓶子,闻一闻,饮了一口,马上说:"嘿,好。"我知道那是拐子四哥自酿的酸葡萄酒。这些酒倒没什么劲道。他几口就把它饮光了,抹着嘴巴:"好酒,好酒,自酿酒,我知道这是你们自己捣弄的……"

武早喝过酒踱到了四哥跟前,伸出拇指。四哥索性起来陪他。武早坐在大炕上,嘟嘟囔囔:"……不要以为喝酒是什么大毛病,其实谁不喝酒?醉酒的人才是高尚的人……"他利落地把左手举起,在耳侧那儿猛地往下一挥。我发现这时他吐词清晰,思维也敏捷起来:"我们东方人能喝酒,也是酿酒的好手,只是到后来才失去了这个本事,让西方人占了便宜。我们有些古怪的人,比如大诗人李白和杜甫,都是饮酒的好手,他们喝了酒就唱起来,就像你这老头儿……"

四哥盯着他手里的酒瓶,大概正在琢磨怎么给他拿掉。武早仍然亢奋:"那一天我们乘一辆面包车在高速公路上狂奔,足有一百八十迈……越快越舒服。身边是个卷毛小翻译,头发有点像我,可惜是用电热风吹出来的。那趟是德国,先到乌珀塔尔,又到巴门,找一些人的老祖宗,都说这儿出了个伟人……在乌珀塔尔,卷毛小翻译急得像尿了裤子似的,一路上咕咕哝哝,说快呀快呀。我懂行情,知道他们弄不出什么好货色。那个品酒会专门捉弄东方酿酒师。他们搬出各种各样的酒,我又不是品酒师,我是酿酒师。好在咱也有一手。拿出波尔多……又是白葡萄酒索当、格拉沃,又是圣米隆。我眼里这是小菜一碟……不过你得承认他们能耐住性子,花几十年上百年,端出一瓶让你打个愣怔……车子再往前开,到了一座礼堂模样的地方。麻烦了,这可不是品酒会。出来两个西装革履的家伙——平常这些家伙不好好打扮,就趿拉着一双破鞋——这会儿肯定要有大事了。走进礼堂,里边有个小乐队,下边坐着一帮神色肃穆的人。这是怎么回事?宣誓吗?怎么不唱国际歌?我直挺挺站了,不敢转神儿。后来想撒尿——找个厕所可真难……"

　　武早说到这儿四下张望,然后真的到屋外方便了一下……他回来接着歪在炕上,说:"我跟一群小孩子坐到了一块儿,有个大胡子爬到台子上,一摆手乐队停了。我好不容易才看明白:他们在搞什么入会仪式,一个小得不能再小的男孩、一个老头子,是他俩入会。这叫'自由思想者协会',我就问:'爱怎么想就怎么想吗?'那人说:对。我闭上眼胡乱想了一会儿,不行。我重新睁开了眼,说试了试,咱不习惯。再说胡思乱想,那还不把酒酿成了醋啊!"

　　四哥听到这儿哈哈大笑……

　　"那个卷毛小子逗能,这样翻又那样翻,翻穿皮袄。我真想给这小子一个嘴巴。离开乌珀塔尔再往南,快到了伟人墓地,他们说:献一束吧,东方来的哪能不献?我们就献了一束。"

　　我惊讶地听着,终于听明白了:这是在恩格斯故乡。

　　"之后我们又去参观那个大胡子老头的家,他爷爷的家。你猜我看到了什么?大酒窖!原来人家从老辈儿就愿喝酒,窖子里到处挂满了大杯子。湿漉漉的酒窖,橡木桶,盛满了酒。老头儿一到了夜晚——天短夜长啊,怎么熬?就把好朋友全召到这儿,老哥儿几个就喝起来。你看看,人离了酒还行?人离了酒办不出好事儿。你看人家从老辈起就愿喝酒,结果怎么样?指导全世界……"

　　武早手舞足蹈,愉快极了,"……有个妖怪身穿铁甲,手持长矛向我走来。他长了两撇胡子,脸上有红斑,指着我说:哪来的?我说东方。'东方是哪儿?香港台湾新加坡?'我说还有哪?他说还有日本、菲律宾、韩国……我告诉这个铁甲狗:还有中国大陆哩。他装模作样,跟咱玩兵马俑这一套哩,他差多啦……这个年头喝酒打猎是没指望了。小酒馆里野猪獠牙翘翘着……四哥咱打猎去吧——你这杆土枪闷了几年了,该让它发发火气……"

　　他说着伸手向四哥要枪,四哥连连摆手。

武早很容易就从屋门后边找到了。他提在手里,又把枪紧紧搂在怀中,接下去就枪不离身了。

天亮了,太阳升到树梢那么高,斑虎再次大叫。武早把枪架在了窗上,紧张地瞄着外面。四哥怕极了,一直不离开左右,一只手攥着枪杆,而武早也攥着……

走进园子里的人我全都认识,他们还是酿酒公司那几个人,看样子已经十分疲倦,进来的时候懒洋洋的,四下端量着,迎着从园里出来的肖明子和鼓额吆喝:

"那个家伙来了没有?"

鼓额和肖明子都一齐摇头。

我赶紧走过去应付。他们见了我就围上来,递烟,七嘴八舌说着:"老天,找了个底儿掉,哪里找去,老板只会动嘴,他哪知道大海边林子岗子的,这地盘大了去了!""这事儿恐怕也不是一时半刻就能行,得沉住气……""依我看你这园子只是一个点儿,咱留下几个守住,其余的还得赶紧回城,他老婆那里才是最要紧的地方!"我听到这里受到了启发,灵机一动说:

"这样说就对了!你们几个尽管放心,这儿有我——我比你们还怕呢!你们快些去城里找人吧,要出事肯定是那边,这里保险没有问题!"

领头的点点头,不再抽烟,翻了翻发红的眼球说:"我们已经在河东河西转了一圈,可能是聋子听戏白搭了工。我们回城了,这边先撂着,猛不丁再转回来看看就是了……"

几个人又转悠了一会儿,就离开了。

我回到屋里时武早的眼睛瞪得吓人。显然刚才的话他都听见了。我让他不要担心——他们就是转回来,我们也决不会让他们进来乱搜的。武早一声不吭,只把枪从四哥手里夺回,挂着踞在了窗下。

就这样一直蹲在那儿,有一个多钟头,一直沉默。后来他站起,又像自语又像说给我们听:"我可不是兔子,在这儿等着他们来逮。就是兔子还会跑呢!我得走了……"说着就往门口移动。四哥慌了,上去紧紧拥住,武早却一下把他抱起来,一直抱到炕上,像放一个易碎品那样轻轻放下……

武早大步跨到门前,停了一瞬,像在作最后的决定。他瞥了几眼四哥,又回头向我做个告别的手势,夺门而去。

四哥追出两步,又返身喊我:"快点,快随上他啊……"

我跑出几步,想起什么,回头拎起了东西……万蕙急急从厨房跑出,把一大包吃的塞给我……拐子四哥赶上来,最后嘱咐说:"你路上得想法把他的枪骗下来,武器不能交给他;再不,枪里就别装子弹……"

三

路上的武早渐渐放松了一些,甚至有些高兴的样子。我跟紧了他,伴他一直往北,然后往西……

穿过大片的柞木林。高大的柞木被人砍伐了,柢部生成了茂密的灌木,叶子油黑油黑,简直要渗出油来。小兔子不断地从柞树丛里蹿出,老野鸡的叫声此起彼伏。我们走到芦青河岸时,天已经黑了。我建议先找一户人家宿下来,他同意了。

这天晚上武早倒也安静,可能因为累了一天的缘故,他睡得好沉。我却睡不好。从我们所处的位置上看,已经离藏徐镇不远了,我终于想起这是淳于黎丽的出生地——它在芦青河东岸,从这里往东北方望去,树木黑乌乌处就是那个镇子了。那儿人烟稠密,很像一座小城的规模……我以前曾在那儿访问过好多人,镇上人都自认为自己是徐市(福)的后代,特别是徐姓。其他姓氏,有人说是当年徐市逃跑之后为避秦祸而改,比如"曲""王""淳于"。有人认为"徐"就是"淳于"的一部分。从藏徐镇往西南走三四华里,就是有名的"殷山遗址";殷山遗址再往南,又是"思琳城遗址"。这一带是我最熟悉的地方了。

睡不着,思绪一直沉浸在悠远的往昔。夜色里不断闪过淳于黎丽那双美丽而拗气的眼睛……

一大早就开始赶路。踏上河的西岸,武早茫然无定地看着我,好像突然没了方位感。他犹豫了一下,继续沿着河岸往前……在这个季节,那些草獾就在干涸的河堤上挖洞,它们在那儿探头探脑的,引得武早一次次用手做出射击状。河道的芦苇长得真旺,各种各样的鸟雀在苇荡里喧闹。河堤上的柳树招了很多柳莺,它们在欢快跳跃。河边最常见的有黄腰柳莺、画眉柳莺和大苇莺。大苇莺的身体比较长,上体是棕橄榄色,两个翅膀是暗褐色,还长了淡棕色的羽缘,尾巴淡淡的,喉咙、下颌和胸部都是白中杂有灰褐色的皱纹,腹部中央是一片洁白;下巴是肉红色,两只脚是浅蓝色。大苇莺是芦青河道里最常见的候鸟,不仅吃蚁类,还吃其他昆虫,啄食一点植物。画眉柳莺的身体极为小巧,简直像花纹精美的一粒粒石子,在柳枝间蹦跳着,敏捷得不可思议,不断弄出阵阵奇怪的细碎的声音。

武早像一个老练的猎人那样细心观察着四周景物,一直背着那杆沉甸甸的老枪。我仍记着四哥的嘱咐,几次想替他背枪,他总是狐疑地盯我一眼。这样只好由他持枪了。我们沿着河堤一直往前,最后又折向东——武早咕哝起来:他在讲这里的一种野果,讲那种美妙的滋味。

离开很远就能望见那个树木茂密的藏徐镇了。武早绕开镇子,直接往殷山遗址走去——那儿长了高高的蒿草和灌木。到了近前,好大一片地方被篱笆拦起来,原来这儿正在发掘,上边盖了白色塑料布。我知道考古人员常来这里。发掘工作已经断断续续进行了不少年，看得出他们小心翼翼，态度极为谨慎。不远处有个帐篷，还有一幢小砖房。很久以前我曾在这里看到刚刚掘出的一个古墓，墓群很大，随葬品很多——那是第一次挖出了一件彝器——直到现在这件精美的文物还是唯一的一件，放在上边的博物馆里。

我站在高处望着，看下边正在发掘的墓群、前面更远处的思琳城遗址……这个季节，花生棵、玉米、高粱和大豆，都长得油汪汪的，在我们脚下绵延几十里。这儿就是一片由孤竹和纪的后代开发的疆土，他们当年在这里种桑养蚕、放牧耕种，开拓出如此肥沃的一片土地。当年的莱子古国依山傍水，有渔盐之利，何等富裕强盛。自此向东南几十公里之外就有古国的一截夯土城墙，如今也是重要的文物保护地。梁先生那位朋友的遗著，就是从那截城墙、从那里的考古发掘开始写起——我更相信自己手中握有的那本秘籍，即是这部著作的下半部。

脚下的大片田野属于潮棕壤，这种土地很适宜耕作。靠近河岸还有一部分河潮土，也是一片沃土。尽管这儿离海很近，但海水的侵蚀并不严重，盐渍土在这里是很少见的。我们站立的这片平原正处于考古学家常常谈论的"海角"——

当孤竹和纪的后代翻越老铁山抵达此地时，他们的先人正在抵御狄族和犬戎族的入侵。在他们的强盛时期，边界南至泰山，西越黄河，对中原土著的进步起到了至关重要的作用，教他们养蚕、耕作和放牧，传授制造和纺织技术，甚至教会了他们炼铁。中原土著的炼铁技术从那时起有了飞跃发展。西北的狄族、青海高原的犬戎族顺着黄河和长江往中原挺进，在黄河上游展开了残酷争夺，血流成河。只是后来，当他们的目光转向了东方，发现了东夷这块富饶之地之后，才打起了另一种主意。他们先在莱芜、泰山和龙山一带挑起战争——那是东夷族的西部边疆——中原土著原来与东夷族结成联盟,武器装备、粮草辎重都由东夷提供,他们协同作战,到最危险的黄河下游去迎击狄戎。泰山和莱芜一带有险可拥,很多地方是一夫把关万夫莫入,而且进犯之敌是势力较弱的犬戎与狄的结合部。可是战争并不顺利,仅仅十几天的时间,中原土著的队伍就全线崩溃。狄戎的一个分支很快在他们左侧形成了包围,接着大部莱夷军队被困于黄河滩上。三万多人的队伍被围了七天七夜,正面有狄戎的大队人马,左侧又拥来狄戎的一个分支,截断了退路。生死攸关的时刻总是伴随着背叛:中原土著背信弃义的时候到了,他们可耻地做了狄族和犬戎族的前锋……

很久之后世人才明白这是一场多么卑鄙的交易:中原土著与戎狄族以如下的条件讲和:夷族败退之后,狄戎将把临淄以东四十里沃土交给他们。当然这只是一个圈套。最后中原土著并没有得到这片土地,倒是狄戎族从南部迁来了几万人——一方面威胁着莱夷人,另一方面也监视着中原土著。

这是一场包含了背叛的、血腥残酷的战争,莱夷人遭到了毁灭性的打击,他们损失了几万人马,写下了古代战争史上悲惨的一页。整个黄河下游的大平原都被鲜血浸泡……莱夷人退到了胶莱河、潍河,又过了内外夹河,最后过了界河,退到了鼋山山脉以东、以北。他们凭借半岛的"屋脊之险",作最后的坚守,只拥有海角一座古城。狭窄的土地养活不了这么多人口,他们开始考虑北迁或东进。那时他们的航海技术已经有了长足发展,有了自己的天文学和航海学。凭借高超的航海术,莱夷族曾派出过相当规模的船队到达庙岛群岛、舟山群岛和朝鲜海峡一带。他们一方面争取时间,积蓄力量,一方面寻找机会突破狄族和犬戎族的封锁,回击中原土著的蚕食。

也就在这个时候,孤竹和纪的后代翻过了老铁山,回到了海角。于是一场恢复家园的悲壮战争开始了。这批远涉重洋、走了几年、身心衰竭的铁军,稍事休整之后立即投入战斗。他们先是击退了中原土著,后来又摧毁了东进的狄戎居地,再继续向西推进。狄戎节节败退,又一次被赶到了莱芜以南和泰山以西,过了黄河。夷族人开始重整河山。但这样的辉煌大约只有几年时间——戎族和狄族又纠集了大规模的队伍,从长江一线收缩;他们野蛮强悍,加上蛮人和中原土著的联合,形成了一种钳制夹击,把刚刚站稳脚跟的莱夷族重新击溃,并把莱芜和泰山黄河岸边的军队分割成几个部分。围困持续了一段时间。莱夷人在弹尽粮绝的情况下仍然抵抗,至死不屈。他们在最后时刻不甘受辱,纷纷投进黄河。一些老弱病残、没有来得及自尽的人,被狄族和犬戎族的队伍给活活砍死。这是一次空前残酷的战争。

这次失败的后果,是狄族和犬戎族把故城从蒲姑东迁临淄,从而建立了一个威慑莱夷的强有力的据点。至此,他们终于着手摧毁莱夷族在海角的最后一块聚居地了……

今天,那一截孤零零的城墙正在向我们讲述一段血腥的历史。

就从那时起,莱夷族开始被迫投向海外,化整为零,开始翻越老铁山,向北穿过内蒙古草原、东北大平原,再到外兴安岭……那是一场旷日持久的大迁徙,差不多耗尽了这个民族的最后一点生机。向北,向北,孤竹和纪的后代又一次沿着来路和去路,在漫长的旅途上跋涉。他们被异族人逐出了自己的故地和家园。那些实在没有力量跟上队伍北迁的人,或者是特别执拗的一部分人,就留了下来。他们掩名埋姓,在东部辽阔的原野上设法生存下来,混到土著当中,扮成渔人、土人,再不就西渡黄河——直到风声松下来时再潜回家园……悄悄的、无声无息聚拢的结果,就是平原上出现的藏徐镇……

河汉奇遇

一

我们走了两天。武早似乎已经把逃逸的事情扔到了脑后,把时下当成了一场松弛悠闲的旅行。我发现自己那种奔走的欲望又渐渐变得强烈了,我们都不约而同地将目光投向远方:久久地望着河西岸那一片苍茫。跨过芦青河之后,武早执拗地沿着近海河汉和一道道的沙丘链往前。这儿凉爽,又没有伤人的大兽,我们完全可以放心地在野外过夜。

芦青河西岸离海五六公里处,是长满了芦苇、河草和两栖蓼的水汉。很早以前这里是一片潟湖,现在只有涨水的时候,水汉的溢水才可以蒙过苇棵。由于下游被沙丘链阻塞,所以河水常常要滞留在这儿,形成大片沼泽。一些水鸟一年四季都待在这儿。这里最常见的植物就是蒲苇和水柳。两栖蓼大部分长在了水里,枝茎横生,与其他蓼科植物中的箭叶蓼、刺蓼和蓼兰不同,可以活很多年。再往北开始看到毛白杨:在潮褐土或河潮土地带,常常可以见到枝叶油亮、挺拔美丽的白杨;而在那些土质差一些的地方却更多地看到毛白杨,这说明后者的生命力更强。河岸上,偶尔能看到一两株夜合欢,像小蜡烛一样向上燃放的花瓣简直美得不可思议。武早的目光落在夜合欢上,嘴角漾出了甜甜的微笑——他在任何时候都可以准确无误地识别美,这让人想到仍然是一个很棒的酿酒师。

这片交织着水汉的沼泽,由灌木芦苇和杂草笼罩着的近海开阔地上,常常栖息着一些水鸭。有一年拐子四哥在这里打到了一种不善于飞行的蜕化了的飞禽。我直到现在没搞明白那是一只什么鸟：它差不多一直沿着灌木空隙飞跑，脚步快得惊人，跑路的姿势让人想起了鸵鸟——拐子四哥为这事常常后悔：为什么要打那些活得挺好的生命呢？所以后来打猎只成了某种仪式、某种旅行的借口而已……现在已经不知走出了多远，只是在水汊间隙里匆忙奔走。武早坦然的神色使我也平静下来。

这里是典型的河口地带，河谷与海洋相互沟通，其内陆界限是以潮汐影响的上线为界的；河口化学家认为：河口只是一个与海洋有联系的半封闭的"海岸水体"。由于潮汐在不断变化，所以河口的内陆界线总是发生季节性的迁移；有的入海口常年被沿岸漂沙堵塞，与海洋分割开来，于是失去了盐水和淡水混合的条件……入海口地形起伏较小，所以产生了很多分汊，每个水汊入海时都呈现出一种喇叭形。芦青河从鼋山和砧山山脉发育，流经分水岭以北的大片丘陵和海滩平原，把上游切割下来的沙砾一直冲刷到这儿，形成了一座座新月形沙坝。

记得在小时候，我和拐子四哥总在枯水季节下到浅水里——他能在一些馒头大的砾石下摸到一些圆鱼，还能在近岸的芦苇根下逮到黑鱼。我们就在河岸上的玉米秸丛里过夜，在那里点火烤鱼。我们吃得嘴唇乌黑，只有牙齿是白的，互相看着发笑。拐子四哥随身带了个小小的酒壶，自己饮一口，也让我饮一口，直呛得我眼泪直流……

这里简直是芦苇的海洋：阔大的一片密不过人，偶尔才有一道间隙夹杂着灌木带。这里最多的灌木就是紫穗槐、加拿大杨和柞树丛，其间常常有野物出没——有一年听说一个勘察石油的地质队在这里用矿灯和猎枪捕猎野兔——强烈的光柱下它们都蜷伏了，大概从生下来从未见过如此强烈的光柱，吓得一动不动……从黄昏打到半夜，打猎的只几个小时就可以携走一百多只野兔。这是一场多么残酷的屠杀……我们费力地在苇丛中穿越,有时不得不停下来。背囊贴在后背的那块地方早被汗水溻湿,领口灌进无数芦苇碎片,刺得人难受。武早后来干脆把枪背在身上,弓着腰,拨着缝隙往前钻,手上胳膊上都划了血口,好像一点都不在乎。他的头发已经挂满了屑末和草籽,看上去像个野人。

当苇丛稀疏下来时,我终于松了一口气。这儿真是美极了:地上开着各种各样的花,蓝色的、紫色的;有一种花漂亮得很,原来是石竹。我在这儿还是第一次看到石竹花,它似乎比其他地方浓烈和鲜艳许多……前面出现了稀稀拉拉的柞树,从那儿传来了动听的蝈蝈声。它此起彼伏的歌唱让人觉得一阵舒畅,好像一切都在预示某种吉兆。红色的牵牛花在紫穗槐杈子上缠绕,蝈蝈就待在它们中间。我和武早几次迎着它走去,可总也见不到它的模样:往往是离开五六步远时它就屏息静气了。可见它的听觉异常敏锐。

前面有一丛密密的紫穗槐灌木,它的深处好像有一个较大的野物:我们这会儿都听到了沙啦沙啦的声音。我用手势阻止了武早继续往前,可他比我更为敏捷地猫下了腰。他在瞄准。前面是一片茅草,茅草后面仍有蝈蝈的叫声,有各种各样纠缠在一块儿的花朵和藤蔓,还有几枝浆果从树棵里探出,红得耀眼。紫穗槐丛摇动了一下,这说明那个野物又开始移动:从摇动的情况看,它的体积很大,而且肯定不是禽类。蝈蝈很快停止了歌唱。武早的枪响了。巨大的轰鸣让我的耳朵一时适应不了,可我还是听到了灌木丛中发出了一声连一声的尖叫——天哪,这是一只什么动物?我想武早肯定打中了。武早飞快地摸出一枚纸壳霰弹装到了枪膛里——当他又一次去扳动扳机时,我猛地把他的枪杆往上抬了一下——不知是什么让我一瞬间做出了那个反应。

子弹射向了天空……我拉着武早赶紧跑过去。

到了跟前拨开树丛,我们惊呆了:那是一个四五岁的男孩,几乎没有穿衣服,全身上下都被泥土草屑、花瓣和浆果汁这些乱七八糟的东西给涂抹着,像裹了一层硬壳。谢天谢地,他并没有伤着,那尖声大叫是来自巨大的恐惧。这时他看着我们,仍然张大了嘴巴喊叫。我抚摸他的脊背,拍打他安慰他……

他还是大叫,一边叫一边往草丛深处挣扎。武早不得不揪住了他,把赤裸的小身体一下托起来,紧紧地抱在怀里。

孩子刚开始还拼命扭动,后来就安静下来。他睁着那双又圆又大的眼睛,看着这个头发卷曲的人。我发现这孩子的眼睛极其漂亮。这双眼睛乌黑乌黑,非同一般的清澈。我问:

"你怎么一个人在这片野地里?你的家在哪?离这儿远吧?"

他好像听不懂我的话,任怎么问都不吭一声。

武早一下下摇晃着怀里的孩子。

孩子瞪着我和武早,好不容易才开始讲话:多么奇怪的一种声音!我怎么也没法听懂他讲了些什么,只在心里断定:这是荒原自己生出的野孩子,是一个与我们熟悉的那个世界没有任何联系的生命……不过我镇定着,还是想做一下最后的努力。我把话说得很慢,询问着他的来路。孩子仍然吐出一串奇奇怪怪的话语。

我让武早把他放到地上,结果他一落地就往草丛里扎;他爬出了草丛,又沿着紫穗槐下很小的空隙,像一条鱼一样钻挤穿越,快得令人吃惊。他只一眨眼的工夫就跑出了十几米远。

我们全力跟上去,艰难地在芦苇和灌木丛中相跟了大约二百多米。后来他大概也看出摆脱不了我们,就躺下了。不过这会儿他脸上已经没有了慌乱的神气,闭着眼睛,一会儿睁一下。我发现在他的脑袋上方,正好有一株探出来的野花,好像是一棵千层菊,有着浓烈的、多少带点邪味的香气。这时孩子把鼻子对上去,用力地嗅;后来他又从旁边找到了一棵没有成熟的枣子,不是用手摘,而是用嘴巴直接咬住了,嚼一嚼咽下去……

武早嘻嘻笑："你看,他像野物一样吃东西。"

我想起了什么,从背囊里取出一瓶饮料和几块饼干递给他。小家伙看到这些并无反应,好像并不认识这些东西。我替他打开瓶塞,塞到他嘴边……他抿了抿嘴,嘿嘿笑了,把它们揽在了怀里。

吃完东西之后他再也不跑了,站起来,伸手往北指着。他开始信任我们了。

"走,武早,我们跟上去。"

二

一种巨大的好奇吸引了我。我预感到这孩子将把我们领到一个奇怪的地方去。我们往前走,走得好费力。因为这孩子好像故意要挑选那些最难行走的路一样。这样走了一华里,我们被前面的景物给惊呆了。

谁也记不起曾到过这个地方,因为这儿是密不过人的一片槐林,连插脚的地方都没有。站在这儿,听得见里边有各种野物的嘈杂;老野鸡沙哑的呼叫震人耳目——这里该有多少野鸡啊?不过要走进去确实要费点力气。我们紧随着小男孩,用了半个多钟头才算穿过了密密的槐林带——原来这只是一条林带,林带后面是一片无边的荼草,荼草花儿开得正盛,这会儿在风中摆动,如涛似涌。孩子跳到了荼花中间,抔着腰,迎着我们嘿嘿笑。

我们跟上他,在这片荼花中间不知走了多远;后来又往南拐——我们这才觉得孩子在跟我们捉迷藏,逗我们玩。"我们就这样跟他走下去吗?"我这样问,武早没有做声,好像这是无须犹豫的事。孩子领着我们七拐八拐,把我们领到了一条干河汊旁。顺着河汊再往前,又走了大约几百米,武早吼了一声:很久以前的水旺季节把左岸旋了一个大洞,就在那个大洞四周,架起了一排木栅栏;洞口往外突出着一些茅草……

那是利用地势巧妙搭成的窝棚,那就是孩子的家。

我们大步跑过去。可那孩子在离窝棚很远的地方就开始猫下腰,顺着河汊中的芦苇和蒲子间踩下的窄窄通道飞跑而去,把我们甩在了后面。我们这时并不慌乱,因为我们已经看到了那个窝棚。

我打量着这个地方,觉得住在这儿是相当危险的。因为在多雨季节,这条河汊里仍然有可能涌起混浊的水流,那时它就要被卷走。正这样想时,我又看到了密密的芦苇后面有一道黑乎乎的土坝,坝前有一条小小的水汊——它只在草地里延伸了十几米就被掩去了。我突然明白,居住在窝棚里的这户人家巧妙地利用这个水汊,做成了一道防水坝,这样涌来的河水就会顺着那条水汊先自流走,除非是极特殊的大洪灾才能危及窝棚。

武早撇下我,提着枪,沿着那条窄路往前走了。我跟上去,给他把枪挂到肩上。

一点声音都没有。我们走近了窝棚,询问一声,仍然没有回应。柴门边上有什么东西在活动,定神看了看,原来是一团茅草:小家伙就站在茅草中间,只露出半个脸。他正迎着我们做鬼脸呢,接着用那种奇怪的、谁也听不懂的声音呼喊起来。喊了一会儿,柴门推开了。

里面出现了一男一女两个人。他们都黑瘦黑瘦,简直有点像非洲黑人,嘴唇是黑的,面庞是黑的,头发好像都被阳光烤焦了。他们穿着粗糙、缝得很低劣的衣服,呆呆地站在柴门后边看我们。

孩子站在他俩中间,搂抱着他们每人一条腿。这就是一家三口了。

我向他们问好,对方像没有听见。再后来他们往一旁退了退,算是发出了邀请。我们走了进去。里面像挖出的一个窑洞,有一铺大炕,铺了厚厚的草,上边只有很少的被褥;一切都像我们看到的一些贫穷的山村人家一样,几乎所有的家具都是泥土垒成的。

不过应该说,这还是一个温暖洁净的地方——主人已经尽量把屋子打扫过了。奇怪的是这穴洞一侧还有一个掏出的小方格,上面什么也没放。当我们注视它的时候,那个脏脏的小男孩突然滚到了一边去——原来这个炕下还有一个奇妙的储藏室,一个大洞,而洞口却被草毡子遮住了——孩子从洞里往外拖东西,被那两个大人呵斥了一声。我觉得那四四方方的一捆东西有点像书籍,用塑料纸一层层包裹了。不过也可能是别的东西。

我对这一家人产生了浓烈的好奇心。我跟他们谈话,他们微笑、点头或摇头,只不做声。那个女的大约有四十多岁的样子,或者更年轻一点儿——因为她这副打扮很难让人判断年龄;这会儿她说了一句话,那声音响亮圆润,而且是绝对标准的普通话。

我愣了一下。

男的斜了女人一眼,也开始讲话。他的话我怎么也听不懂,就像小男孩的话一样。

我明白他们在说一种奇怪的方言,这口音差不多是一种准外语——他们既然会说普通话,却又故意遮掩着——到底为什么?我告诉他们是来这荒野上打猎的,尽管一再解释,他们还是不愿跟我们接近。我们渴了,想讨水喝,他们就拿出了全家惟一的一个杯子。他们盛水时要到洞穴旁边去,原来洞穴左侧又挖进去一点,就在那里打了一个浅浅的土井——土井只有几尺深,可是里边的水清澈甘甜。

我们到洞穴外面看了看,原来在右侧,他们还沿着河埂开了一个小小的院落,架起了一道篱笆墙。这样他们就有了一个内院,内院里长满了各种各样的豆角;篱笆墙上还悬满了大大小小的干鱼。我问他们这些鱼是从哪里捕的?男人随口搭言,一不小心说出了一句普通话:"从东边的水潭里。"我想那是在水旺季节积下的一些淡水,洪汛一过,就生了很多鱼。接上再谈,他又说起了方言。我们没法对话。不过这时我发现他和那个女人都变得热情多了。

我初步判断,这既不是土著,也不是附近的城里人。他们的身份有点特别,来路奇异。

已经到了吃午饭的时候,我和武早走出屋子,要在离他们远一点的地方动手野炊。我从背囊里掏出一个小钢锅,盛一点水开始烧。可刚烧了一会儿,那个女人就走过来。她手里提着一串东西,那是腌制的干鱼和肉。她屋子里还有很多好吃的东西,有蜜枣、腌肉、咸鱼等等。咸鱼是被水长期浸泡过的,盐分已经褪光了,变得松软鲜美。显然他们在这里已经很久了,学会了腌鱼、采野枣做蜜饯、捕获野物等本领。他们家里没有枪,大概使用了捕网之类。

我尝了尝煮熟的腌肉,对武早说:"这可能是兔肉。"武早尝了尝,大眼乜斜着,只不说话。女主人就坐在旁边看着我们。看得出来,这一家人对我们的到来还是很高兴,只是有点不放心。我觉得柴门后边肯定还有另一双眼睛。

吃了饭,我们就躺在蒲苇的阴凉下休息,枕着背囊和一些蒲杆。睡醒之后,我们就要离去了。实际上我一点也没有睡着。一方面我离生人这么近,有点不放心;另一方面心中被什么撩拨着,不能安睡。

三

我们跟这户野地人家告别时,他们竟然一声不吭。我再三谢过他们,然后就走开了。

刚走了两三步,突然那个女人吆喝了一声;接着男人也快步走出来。

他终于使用了流利的普通话:请我们歇息一会儿再走,让我们到他的屋子里喝茶!我看见武早的眼睛亮了一下。如果这个时候能喝上一杯浓茶,那该是多么惬意啊。武早已经往回挪动了,我也随上回返。

女人用一个陶罐烧了水,又在杯子里沏上了茶。真的是茶,而且是一种很好的伏茶。看得出这茶他们已经藏了很久,有一股厚味儿。我和武早使用了一个杯子。武早品了一口,不断地点头……这时我又一次问他们从哪里来?男人看了看女人。她立刻说:

"我们是从外地逃避计划生育来的,住了四五年……"

她的话一下露出了马脚,因为她的男孩子只有三四岁,而且又只有一个男孩,怎么会是这样?我不愿戳穿,只问:"你们这个孩子就是在这儿出生的吗?"

女人点点头。

我觉得这一对夫妇的眼睛里有着非同一般的东西。我觉得他们绝对不是一般的人。

小男孩不知什么时候跑到了外边,在那儿尖声地叫着。女人跑出去了,一会儿男人也跑出去了。武早跟到了外边——趁这会儿我飞快地从炕下那个洞子里拖出了那捆东西:啊,是一包书,各种各样的书,有很多艰辛的学术著作,还有一些外文书籍……外面响起了脚步声,我赶紧把它推回原处。

武早跑进来喊我,我知道发生了什么,赶紧跑了出去:原来有一只大雕正在俯冲,下面的人无论怎么拍手、喊叫,它都视而不见充耳不闻,一直扑向四散奔逃的一群鸡鸭……

那个大雕好大,翅膀伸开来很长——武早那一会儿把枪倚在篱笆墙上,瞄准大雕,可是大雕已经俯冲到了地面,如果开枪,霰弹就会把鸭子和鸡一块儿打伤。我让武早不要惊慌,让他等待时机。大雕飞快抓住了一只鸡,开始扑动翅膀飞开。

就在它飞离地面十几米高的时候,武早开枪了。我看见那个大雕猛烈一抖,显然有霰弹把它击中了。几根羽毛在散落,可是大雕仍然往上飞升,而且爪子里的猎获物并没有松脱!武早又往枪里填霰弹,尽管动作很快,大雕还是升高了上百米,再一次射击已经没有效果了。

大雕翅膀一仄,很快融入了蓝天。

武早气得大骂,用手去揪卷曲的头发。那些鸡鸭都蜷在杂树棵和茅草里,一点声音没有;这样停了很久它们才发出哼哼声,摇摇晃晃地走出来,用力地摇头。

男人指着飞走的大雕说:"这个地方,这种东西很多。说起来你们不信,孩子小的时候,它还扑下来抓我的孩子呢,到现在屁股上还有它的抓伤。"说着招呼一声,把小脏孩按在地上。我们都看到了孩子屁股那儿有一些奇怪的疤痕。武早哈哈大笑。

武早去拍打孩子的屁股时,那个男人静静地注视着武早的手。武早抬起头,两个男人的目光撞了一下。我发现武早的眼睛有什么东西一闪,接着紧紧地攥住了那个男人的手。我知道武早的神经仍然不够正常——这举止也太突然了。他有点过分激动,嘴角开始颤抖。我想这个陌生的男人不知是哪儿打动了武早。

男人也被这突如其来的亲近和激动弄得不知所措,一开始就往外挣脱着自己的手,可是武早却愈加用力地握着,口里喃喃自语:

"兄弟,好兄弟!我的好兄弟呀,我的好兄弟!我终于见到了你,我的好兄弟……咱一起走吧!"

武早的另一只手往西边那片蔚蓝的天空摆动了一下。那个陌生男人不知武早刚刚从林泉走出来,此时被这种奇怪的热情一下子给撩拨起来,两眼闪亮盯住武早……这样停了大约有好几分钟,男人才默默地垂下了头。

我们终于告别了。

走出了一百多米,我又一次回头,仍看见那个男人在那儿注视着我们,身旁就是那个女人,女人手里领着那个又脏又黑的小孩儿……

这片荒原啊,究竟藏下了多少等待破解的谜语?这一切大概永远也没法知道了……还好,他们最终没有用那些谁也听不懂的古怪方言把我们打发掉……我身边的武早,这个所谓的精神病人,能够那么迅速地与这个神秘而陌生的汉子沟通起来,不能不说是我亲眼目睹的一个奇迹。

沙 岛 上

一

我们绕着芦青河西岸的水汊,在茂密的丛林中艰难行走。由于要时不时地横穿一道道水网,所以前行的速度就慢下来。我们尽量选择那些有高大乔木的地段,因为这里的灌木总要稀疏一些。地上长满了粟米草,中间是美丽的锦带花,还有结缕草和香附子、白苋、芒萁、铁线蕨等。从植物生长的情况看,这里的土质不错,是很适宜耕种的褐化潮土。在这里,那些喜欢盐化土质的植物很少见到,这证明土壤中的氯化物含量很低。我观察了一下,这里虽然有很多积水,但地势较高,离海岸线大约还有四五华里,所以海水在涨潮时也很难顺着淤塞的河汊流过来。

我们一路上看到了很多涉禽类,像外号叫"老等"的苍鹭,就在离我们不远的水洼里呆立。武早每逢这时就定定地站在那儿,似乎只与它比试定力,而没有猎取的欲望。前边的一只苍鹭头是乳白色,头侧和枕部的羽毛是黑色,前颈上有着几道黑色的纵纹,背部和尾巴上是一片苍灰,只有胸前是雪白的……它伫立水中,静静地等待游鱼。它的耐性引起了我们的好奇,到后来就绕过它往前走去。经常看到的还有草鹭:这个单腿独立的涉禽比苍鹭还要美丽,也比苍鹭精明,见了我们先是奔跑几步,然后就飞走了。接着我们还看到了异常珍贵的飞禽,如短尾信天翁和白头鹞等。它们都是很容易打到,可是武早似乎连想也没想过,枪一直挂在肩上。

接近中午我们来到了生着很多桤柳的灌木带。柳丛中偶尔有一株加拿大杨挺立着,留下一片浓浓的树阴。我们都有点饿了,武早疲惫地坐在一棵树下,我也解下了背囊。歇息一会儿开始做饭。沙质土上有很多酸菜,我采了一点,还顺手揪了一些柳芽。它们放在稀饭里,再加一点盐,就能做成很好的野菜咸饭。武早也帮我动手揪柳芽——眼前的这位大汉终于变得安静,恢复了往日的样子,这使我特别高兴。大自然是最好不过的治疗,在这里可以把烦恼全部忘掉。他徜徉于河滨和滩涂的这片空旷之间,眼神里再没有那种咄咄逼人或战战栗栗的神色了。他望着我,有时微笑,有时沉思。我在等待他的幽默——当他重新变得多趣起来,那就变成了原来的武早。

水开了,米的香味钻到了鼻孔里。这种气味给人多大的安慰。这真是一种难以求索的、近在眼前的幸福。武早把宽宽的脊背倚在树干上,和我一块儿等待野外的一餐。我谈起未来的事情:"我们真的要办酒厂了,你看怎么样?"

武早的后背并没有离开树干,只是点头。

"我们想和一个学校合办,请你来做我们的酿酒师——"

"如果象兰,她和我一起……"

他的语气蔫蔫的。我心里一沉。不过他终于没有像在林泉那样,一提到她就大嚷大叫……这会儿他只是沮丧,但没有歇斯底里。我说:"她其实还是爱你的……"

武早苦笑:"她和我可不一样:她把自己的心当成一座小房子

那样,然后隔开好多间,每一间里都放上一点什么……我不能,我心里只装了她一个……"

"从来没有其他女人打动过你吗?"

"象兰以后就没有过。"

我无话可说。面对这样的一个人我还能说什么呢?每个时代里都会有一些爱情传奇。我深知被诱惑的欣悦和痛苦,深知什么才是不可抵御的力量,我不愿相信坐怀不乱的正人君子,正像我难以相信自己一样。吕擎曾经委婉而严厉地提到了"伪善"两个字,可是我的惴惴之心仍然不能阻止自己,我也没法忘记和忽视园艺场里的异性朋友——尽管我们至今还保持了纯洁的交往……我有时想,自己要么做一个诚实的坏蛋,要么当一个伪善的君子,二者必居其一。我一往情深的时间太长了,这是我难以改掉的毛病。当有一天我勇气倍增的时候,我就会敞开自己的生活,告诉他人:看看吧,这就是我,一个真实的人,你们愿意怎么说就怎么说吧!我想我爱我渴我念,这就是我……而武早,他的爱纯正而又古老,就像那些葡萄汁一样,可以在地窖里一口气放上四百年。

"为了象兰,我差不多耗尽了全身的力气。我只是想她,我讲的所有话、我的沉默,都与她有关。这像酿酒一样日日夜夜发酵。我想那个聪明伶俐、个子高高爽爽的女人。她的趣味特别。我心里老有这样一种声音,象兰的声音、我们俩交谈的声音。我们说了很多,这些话缠在一块儿,听起来就像一个精神病人——全心的热情、力量、念头、勇气,全都集中在一个点上……我每天都在等她心回意转——这一天一定会的,一定会的。如果这一天真的没有了,谁能告诉我肯定是这样,那我就会离得远远的,一个人躲到荒无人烟的地方,就像我们前天遇到的那对洞穴怪人一样,像鼹鼠一样过完这一辈子……"

我默默无声地听,抚摸着他的一双大手……这手布满了老茧,硬得吓人。我有点奇怪:他在林泉那么久,回到我们的葡萄园也没干任何重活,这老茧是从哪儿来的?后来我突然记起:林泉那些屋子的窗上都镶了钢条,武早一定是长时间伏在窗户上,两手握紧钢条拽动、遥望……

二

随着往西,地形地貌越来越陌生了。我们从来没有走到这么远。因为常常遇到一些水湾,然后不得不折回——可是走了一会儿又会发现不过是来到了水湾的另一边。我终于明白了,我们正走到了一些沙岛上。我蹲下来用手指沾了水舔试,发觉都是淡水。沙岛大小不一,密生着河柳、芦苇和一些杂树灌木。过去在海岸上也看到过露出在高潮位以上的狭长沙堆,它的延伸方向往往与海岸线平行,它们通常就被称做"沙岛"。由于分割了海岸水域,所以它的外侧往往濒临开敞海域,而内侧水域则成为封闭或者半封闭的水体。我们看到的这些水湾,就是通常被称为"潟湖"的地方。这些沙岛和潟湖体系组成的岸段,主要就分布在半岛地区。在这十几年里,芦青河、界河、还有滦河以及内外夹河都有屡次改道,它们影响的范围很大,输出了巨量泥沙,于是不断形成一些堆积:一些沿岸潟湖渐渐淤填成沼泽洼地,一些河岸沙体又被泥沙覆盖,在海滩平原上留下了岗状起伏的地形。一些巨大沙岛的成因是颇为复杂的,除了河流上游携来的泥沙之外,再就是海退的过程中,波浪和水流把大陆架上的沉积物席卷到岸边,造成了大量堆积。

在这片大荒面前,我只想早点回返。可武早仍然一股劲地往前。没有办法,看来只好伴这个汉子闯一闯了。这里没有人烟,大概也没有一个猎人和渔人来过。这儿实际上是一个没有人迹的三角洲。

我们在水湾之间绕着,奋力跋涉,有好几次淤泥把人陷进去,一直陷到膝盖那儿,好不容易拔出脚来,可鞋子又丢掉了,不得不费上好大劲儿把鞋子找回来。

大约半下午时分,我们登上了一座很大的沙岛,以至于往里深入时错以为这是一片开阔的平原。岛上树木茂密,蒲苇生得比任何一个地方都旺,乌黑油亮,蒲棒长成一片,像高粱穗那么整齐,让人联想起富饶之地。当我们从那些茂密的蒲林之间穿过时,听到了呼呼的喘息声、沙啦沙啦的声音。后来变得一片沉寂。我们小心地往前移动,武早手里紧紧攥着枪。这样终于接近了它——武早猛地用枪筒把跟前的蒲苇扫了一下,让我们差一点惊叫出来……

那儿趴着一个破衣烂衫的男人。他戴了一顶奇怪的黑帽,满脸胡须,大约有四五十岁,尖尖的嗓子立刻叫了起来——这有点像前几天见到的野孩子。这样叫了一会儿,远处就传来了噼里啪啦的脚步声,接着就跑过来两个壮年汉子。他们也都是破衣烂衫,满脸横肉,眼神非常粗野。被我们吓得尖叫的汉子指着武早和我:"快,两个野人……"

那两个汉子不由分说,一下把武早的枪给夺下来,转眼就把我们两个给拧住了。我有点害怕,同时心里觉得有点可笑:他们说我们是"野人"。

"走!"他们催促时在我的腿弯那儿踢了一下,差点把我踢倒。那个满脸胡须的汉子又上前把我的背囊夺走了。

没有办法,我们只好被他们押解着向前。一直绕了很远很远,差不多一直走在没有通路的蒲苇林里。这样磕磕绊绊走了半个多钟头,脚下突然出现了一条通畅的小路。再往前,可以远远瞥见一行行的柳树。那些柳树长得很旺,我差不多听到了柳莺的呢喃,心想这儿大概是个吉祥之地。

果然,最后的一片蒲苇闪过,眼前出现难以置信的景象:侍弄得很整齐的菜畦,里面长着碧绿的蔬菜,如韭菜和萝卜;菜田旁边是生着杂草、没有开垦出来的野地,还有一些灌木,灌木后边堆着乱七八糟的杂物,草垛子,劈开的木柴,一些破破烂烂的窝棚。

我觉得这不像一个村庄,因为这里的窝棚都是临时性的,尽管有的已经非常陈旧。

三

几个汉子推推搡搡,把我们带到了一个窝棚那儿,旁边的狗死命地朝我们吠叫,伸着通红的舌头。

武早的眼睛又变得尖利利的了。我拍打他的后背,试图使他安定下来。一会儿武早大声呼叫起来,那些狗就拼命地向他狂吠,链子扯得哗哗响。

一个汉子咕咕哝哝,盯着武早:"你这家伙,想杀人,手持凶器……"说着啪地给了武早一个耳光。武早狠狠地踢到他的膝盖上,另一个人就过来,照着武早扬起了一根棍子——我不顾一切地扑上去,攮住了那人的腕子。那人说:"嗯,你还怪犟,我阉了你。"说着真从怀里摸出了一把刀子,在我的下体那儿比画着。他比画了一会儿自己笑起来,把刀子收了。

一个人说:"快去告诉'大婶'。"

一会儿过来一个三十多岁的女人,她穿的衣服稍微整齐一点,但总让人觉得有点怪模怪样:耳朵上方插着一枝鲜花。她的眼眉描了,身上有一股腥味,我想这大概是经常接触鱼类的缘故吧。她离我很近,端量着,又去看武早。

武早朝她吐了一口。

女人笑了,说不要用手按着,放开他们就是。我们给放开了。"大婶"又说:

"是你用枪比画我手下人?"

我尽力解释:"是这样,我们当时以为遇到了一只野物……"

"大婶"哈哈笑了,指着那个汉子说:"有这样的野物吗?"接着再不听我们分辩,摆摆手说:"给他们备下吃的,远道来的是客。"

但他们并没有把东西还给我们。

直待了好长一段时间,那个"大婶"才转回来,身边的几个人拿着枪,还提着我的背囊。他们把背囊扔在我的脚下。一个人打开背囊说:背囊还你,不过武器收了。说着从背囊里掏出了一个收音机,摆弄着,哇哇响起来。那个人惊喜异常:"是个宝物,咱留下吧?""大婶"说:"那是个收音机,还他。"

那个汉子又从里边摸出了一个指南针,说:"你看,一个手表。""大婶"说:"那是指南针,也放回去。"

我觉得这个"大婶"很不一般。我说:"非常感谢您。"

她朝我斜了一眼,做了个鬼脸。她做鬼脸时显得有点妩媚。

他们送来了饭。不出所料,全是一些腥荤,鱼、蟹子,还有海蜇汤。

吃完饭之后"大婶"又来了,说:"不用害怕,咱都是穷人,天下穷人是一家嘛!你们在这里住上七年八载也没事儿。我是常住这里的,还有几个也常住,剩下这些人都是外地来捕海蜇的。到了夏天秋天,他们都来这里捕海蜇、制海蜇皮。来的时候空着手,走的时候背上一袋子海蜇皮。就是这样。"

我问:"你们都是从哪儿来的?"

"我们这些人啊,南来北往,你听听说话的腔儿就知道了。反正只要是穷人,走到这里俺都给碗饭吃。天下穷人是一家,还是那句老话。"

我想这都是一些流浪汉。这个女人让我觉得有些怪异,但不便多问。

好在他们把背囊还给了我。背囊里的东西没有丢失就是万幸。可是武早坚持向她要枪。她说:"武器啊……"只没有说给不给的事。

天黑了,睡觉以前,我看见这个临时居住地上到处都点起了火把。稍远一点火把很亮,他们好像在一片水湾里忙忙碌碌——水湾的一侧有一条弯弯的通路,原来它跟大海相通。这里与海已经离得很近了,可能这个沙岛过去与海隔绝,这些人为了捕获海蜇方便,就把一段窄窄的水面用沙土或其他东西垫起来了。

晚饭很好,他们甚至给我们提来了瓜干烈酒。在这种潮湿地方,酒是一种必需品。武早喝了一口酒,我劝止他的时候,他就放弃了。看来他的情绪好多了。

我们俩待在一个窝棚里。可是正准备睡去的时候,突然有人把武早拉走了。那个人说:"你要到另一个地方去睡。"武早不同意,咕哝着,后来尖叫起来。我一再劝止,可那个人根本不听。

四

我自己待在了一个窝棚里。这里不像别处那么闷热,到了半夜甚至有点冷飕飕的。地铺上有一床油腻腻的小被子,我太累了,顾不了那么多就扯来盖上。有一些团团转的小虫子,怎么也睡不着。正这时有人敲门……我以为是武早跑回来了,开门一看,进来的好像是个女人。

"别怕,我是'大婶'。"黑影里的人说。

我不做声了。

"大婶"回身就把门插上了。她动作麻利,有些喘息,只放低了声音跟我讲话——我听出这声音比白天亲切多了。

我一直没有吱声。她还是说着一些亲热的话,往前凑了凑。这太出乎意料了。我试图退远一点,说困极了累极了,请让我一个人待一会儿。

"大婶"嗓子哑了一下,说:"你是不知道我们岛上规矩……"

"这是什么规矩!"

"大婶"一声不吭。有好长时间她就这样沉默着。后来她突然抽泣起来。

我不知该怎么办,但不想理她。

"大婶"抹抹眼睛不哭了,说:"我有个娃儿,后来死了。岛上男人多哩,咱怕生下的娃儿跟他们一样乱跑——你就给俺留个娃儿吧,一个安稳娃儿。"

我觉得这真是天大的怪事。我索性不再说话。

"天大黑哩,怎么就不成呢?这又费不了多少工夫……"她埋怨不止。

我有些绝望地等待着黎明。她坐开了一点,在黑暗的角落里喘息,一声不吭。这样待了一会儿,我想起了什么,麻利地摸到火柴把灯点亮了——转过脸去,马上看到的是白天忽略的一双闪闪发亮的眼睛:很大很美,湿漉漉的。

她好像厌恶这灯光,使劲低下了头。这样一会儿,又高高昂起了脖子,说:"我从来没遇到你这样的人。在这里我说了算,我呵斥一声,再凶的汉子都要听哩。"

"你是一位女酋长。"

"我从来不打球,这里哪有什么球哩……来岛上的生人我从来不招惹,我不知底细呀。"

"你也不知我的底细啊。"

"不想知嘛。只想讨个娃儿……"

就这样谈着,一直迎来黎明。交谈中得知:她高中毕业时家里遭灾,随上父母流浪到这个沙岛;后来父母双亡,她一个人住下来了……

离开沙岛时,"大婶"亲自把我们送出来,并归还了武器。为了报答他们的盛情款待,我把收音机送给了"大婶"。

归　途

一

　　武早频频回头遥望。他还在想着那个沙岛,我也一样。那是一种奇特的生活,虽非世外桃源,却也奔放酣畅。我记起那个"大婶"曾告诉过我,他们甚至有自己的医生——医生的名称仍然沿袭很早以前的叫法,"赤脚医生"。她说岛上的赤脚医生会扎针、会熬中药——"你要不舒服,赤脚医生来给扎上一针就好了。扎上一针吧!"她就这样莫名其妙地劝着我……我甚至想,如果一个人真的到沙岛上来过一辈子,也并非是件坏事。

　　为了不迷失方向,我们顺着海岸线一直向东,这样就可以走到芦青河入海口,尽管路途远一些,但再也不必穿越那些灌木丛和密密的芦苇棵了。海岸上的沙子一片洁白,反射出很强的热力,我们尽管戴着斗笠,还是被烤得浑身通红。

　　在一段弯曲的海岸那儿,我们看到了一种奇怪的现象:海滩的沙子被涌上来的水浪突开了一个半月形——走上几十米远又是同样的半月形,排列得非常对称……这样直走了几华里,竟然没有变化。武早止住了脚步,盯着它们:"你看见了吧?这是怎么回事?"他满脸诧异,看看我又看看天上。他大概感到了什么神迹,紧张害怕,大惑不解。

　　我以前也见过这种现象,这在海洋地质学上被称为"韵律地形"——在一些小潮差沙质海滩的滨线和滨外,会形成两种对峙形态——每一个对峙体之间的水平距离都很均匀,于是就成为了大自然的一次杰作。它的确有一种神奇的美,任何人在这种鬼斧神工面前都要发出心底的惊叹。

武早脸上漾起了少见的喜悦。我们在半月形的流沙间跨越,尽量不破坏它们完美的曲线。这样一直留连了很久,捡了一些圆贝,有的圆贝还是活的。

再往前,入海的水汊渐渐多起来。有的地方水很深,很难通过,于是我们就不得不离开海岸——这里已经快到芦青河入海口了,所以才有很多水汊。再往上游绕一点,寻找着水汊的间隙,这样大约用一天的时间就可以抵达那座河桥。

这一带尽管非常熟悉,可我们还是走得十分费力,已经没有来时那么高的兴致了。在树隙里行走,常常要扯上一些牵拉衣襟的藤蔓,一不小心荆棘就要把手脚划破。武早嘟嘟哝哝,有些厌烦。好不容易到达了一个淡水湾,我们就停下来。这儿显然是个过夜的好去处,不仅有水湾,还有我们喜欢的那种柳树和一片艾草。艾草的香气很让人喜欢,它的旁边还有一些千层菊。武早伸手抚摸着地上说:"多好的艾子,可以用来做苦艾酒。"他揪了一片艾叶嚼了嚼,吐掉。

像别的地方一样,只要有水就有很多小虫——奇奇怪怪的蠓虫。它们搅成一团,在黄昏的时刻里围着我们两人旋转。这不是亲近,而是在打我们的主意。后来武早就找了很多干艾叶和一些杂草,点上驱赶飞虫。艾草烟不怎么呛人,而且还有一种迷人的香味。这气味总是让人想到田野和童年。武早说:"带一顶帐篷多好啊,走远路带一顶帐篷最好了。天还不冷,等天凉时我们再到这里走一趟怎么样?"他悉心照料着一堆火。这样小虫远离我们,一些伤人的野物也不敢走近。他又找来很多艾草,把一些湿叶子放在火旁烘烤。夜间烧了茶来喝,因为反正不能安睡。风向时不时要转,艾草的烟气一偏,小虫就立刻围上来叮咬。

我们喝过茶就仰躺着,一会儿起来添一点燃料。海滩平原的水汽很重,而且这里的夜晚一点也不像这个季节,它有点像晚秋的深凉。半夜之后星星越发亮了,露水也更加浓重。一堆火苗在我们旁边慢慢燃烧,有一种特别的惬意。我们俩大概都难以入睡。到了下半夜,我对武早说:"我们必须睡一觉了,这样明天才有力气穿过沼泽。"武早"嗯"一声,开始均匀地喘气。可是我知道他并没有睡去,我也一样。我们都在用这种香甜的睡眠声来安慰自己。这样又停了半个多钟头,武早烦躁地翻了一下身,嘴里咕哝了一句什么。他终于没有耐性掩饰自己的失眠,干脆坐起来。他到篝火旁找了一点干树叶卷了一枝喇叭烟,深深地吸了一口,呛得大咳起来。我知道这个夜晚他仍然有着很重的心事。

我想自己下一段最为艰巨也是最为紧迫的任务,就是说服林泉和那个公司,让武早安静地待在葡萄园里。这是个早就拟订的计划,可惜我的动作如此之慢,以至于让武早先一步逃开……无论费多少周折都要成功。我会从各种角度阐述让他出院的理由,说服院方,特别是说服酿酒公司的头儿:只有在这儿才会大大缓解,他必须和大自然、和最亲近的朋友在一起。我准备签署一个契约式的文件,并为此承担一切后果和责任……

这会儿又想起那个沙岛。耳边好像又响起那个"大婶"的热切呼唤。我直到这会儿还能感到她那双手的急切……秋虫和夜色让人想到了很早以前,我考入那所地质学院之前所经历的流浪生活。那时我在大山里奔走,没有一顶帐篷,入夜后随便睡在打工的农家,睡在山腰上那些开石头的人没有拆掉的小窝棚里,或者睡在看山人遗弃了的半塌山屋,反正是野地茅窝,随处安卧——半夜总有野物凑近,一听见它们的蹄声,我就一声不吭地蜷起……那时取暖的方法就是钻进草窝里,既躲开了寒气又躲开了不祥的野物和人。当时山里有各种各样的野物,有吃人的狼,有半夜偷摸东西的汉子。那时候我已经长成了大小伙子,唇上生出了胡须;随着年龄的增长,再也赶不走心中的渴念——有时极想在这曲曲折折的沟壑里遇到什么奇怪和有趣的事情……后来终于有了自己的奇遇,有了一生难忘的异性交往——完全由于少不更事或神秘的恐惧,我总是在最后的时刻逃离了。这种恐惧直到很晚才被打破,然而问题变得更加复杂起来,无处不在的、或显或隐的渴望,变为了永生的追逐,它就像一种不知餍足的野物一样,我没法将其驯服。这是一段远远没有结束的日子,漫无目的地游逛、寻找,都伴随着这只野物……不知多久了,我总在梦中看见一个伫立的身影。她深情地望着我,嘴角是顽皮的、神秘的微笑。她是谁?她是梦中的一个幻影,还是一次真实的遭遇?这个梦境如此顽固,时常光顾,不能消失。她是谁?她对我意味着什么?

二

我这一生当中将有多少这样的不眠之夜,它们在黑暗而温暖的巷口等待我。我在想那个热烘烘的蜂巢似的城市,想自己的小窝,梅子和小宁——一个因为我而来到茫茫人间的小男孩,一个美丽的男孩,我究竟欠了你多少?你因我而抵达这个世界,我们却不能永生相伴。还有淳于黎丽,这个淳于家族中执拗的女子,你打量这个世界的火热而深情的目光已经冷却。我曾经无数次地想到吕擎阳子他们的质询,扪心自问:我是一个可怕的欺骗者吗?我究竟做过了什么?我在谁的身上犯下了深不可测的罪过,经历了轻如鸿毛的俗情?伪善与牺牲、妥协与背离,它们之间究竟是怎样一种关系?难道这真是一场不可告人的个人欢悦、是欺骗、是污浊——还是我生命的吟味?我该把它直告梅子还是让其永沉心底?谁来分清爱与欲、灵与肉?谁来寻找一个界限?

性爱是残酷的,就像生命本身是残酷的一样。性爱像生命一样,每一次都有诞生和死亡,有绚丽辉煌的生长,呻吟和挣扎,而后沉入永远的灰暗之中。它消失了。生命循环往复……生命的隐秘不可化解。能够化解的都算不得隐秘。

在这个小虫绞成一团的荒原午夜,我一次又一次地回忆你的目光。每一次清晰的回忆都伴随了冒险般的快乐、兴奋和懊悔。我在心里发誓:我永远不会背叛——我将为我们的一切行为、我们的这种重复,寻找一个坚实的证明。我就是这样安慰自己。是的,我在远方,我离你这样远、这样远。我还是独自一人,我在思想,我在滞留,我在沉郁和沮丧。有时候,随着露滴的一声嘀嗒,那种心灵的交融一下就中止了。原来我们真的相距遥远,我们所有的一切只是一次记忆而已。多么可怕呀。我们的血脉汇流一起,却又相距遥远——它们好像被几十年或是更长久的一段时光给阻隔,成为毫无关联的两个躯体——就这样彼此独立,挣扎,挨下去,挺下去,偷偷把一切痛苦咀嚼干净,然后各自走完自己的旅途……有时我们也在彼此观望,可这只是遥遥相视而已。那种不断重复的时刻与我们这两个生命已经失去了深层的联系,它们各自独立,自成体系,本身就很完整。离开了那个时刻,我们就变成了另一种人,滚烫的生命分成了两半,两个冰凉的世界——我们独立了,解脱了,我们又是我们了。

我还将面临无数次诱惑,每一次诱惑都是崭新的,又是陈旧的;每一次内容相似,结局相似。没有这些诱惑,就是一个死寂的星球。一块冰凉的铁对于原来的炽热就是一次背叛。时过境迁,一次燃烧完结了,又在准备下一次的燃料。一次燃烧即有一次衰竭。生命在预先设定的轨道上滑行,直到最后。

我记起了在山区生活时认识的那个老房东,她待我恩重如山、如同母亲。后来我曾深深地误解了她,并且很久都没有见到她。当许多年过去,我在城里有了自己的一份生活时,却不断地想起她。一个偶然的机会,误解消除了,从此即开始阵阵追悔。她的丈夫已经死去,她无儿无女,人也老了,老得像一捆干柴,没有汁水,没有光泽,满脸皱纹,眼睛也瞎了。出于怜悯也为了报答,我和梅子商量怎样将她接到城里,别再孤零零守着一座破败的小屋……可是当我们鼓足勇气找到她时,她却毫不犹豫地拒绝了。因为这些年里,她已经与本村另一个孤单的老头有了往来——在大冷天里,他们要搂抱着过夜……这是老房东拒绝进城的惟一理由。

那个篝火旁陷入沉思和痛苦的武早,他与象兰有着怎样惊险离奇的爱情生活,曾是人人羡慕的一对。可是一个比另一个更相信关于灵与肉的古典训诫——他们两人差不多一个是灵,一个是肉。天哪,为了我的这个兄弟,这个可爱的挚友,让"灵"与"肉"重新合到一起吧,让它们重新组合成一个完整的生机勃勃的生命吧。如果只有爱而没有生命,一切都无从谈起。灵与肉的结合这时对于我的朋友来讲是多么遥远,它们真的成为昨天……生命的巨大奥秘啊,像夜色一样笼罩了四野,那些辉煌的业绩、悲惨的故事,都被笼罩起来。它是美的,残酷的,也是绚丽逼人的……

夜空里传来一声雁鸣,好孤单的雁鸣。

驳斧夜书

[爱情研究]

爱情这东西说来就来,它真的要来,你躲都躲不掉。它不分季节不分昼夜,甚至也不管是何等年景,就连大饥荒大战乱大瘟疫之年也照来不误,你说烦不烦人?人世间再也没有比爱情这东西更不长眼色的了,它由心使性,来去突兀,从不审时度势,所以总要惹火一些人,耽搁一些事,造成一些不必要的损失。但话又说回来,大饥馑饿得人上气不接下气,爱情一般来说还是会相对少一些。俗话说温饱思淫欲,吃饱喝足,又赶上暖融融的小阳春,事情也就格外麻烦,吱哇乱叫的事情就会频频发生。人猫同理,春天里跳墙捉对儿的故事极多。所以说人逢盛世——据说现在就是盛世——随处都得格外小心才是,以免爱发成灾。前面说了,它来时防不胜防,常常是正吃饭说话、刮胡子、打牌、开会、吵嘴——更有甚至者,医生正给病人做手术打麻药呢——嘭嚓一声,爱情就发生了!它不在乎别人怎么看,不管不顾地闹腾一阵,也够人受的。

以我自身的经历来看,如上说法没有半点夸张。有一次我正在医院里拔牙,打针动钳子疼得要死要活龇牙咧嘴,女大夫同情地拍拍我——一瞬间,老天,它来了!从这会儿起疼痛简直就不算什么了,她的气味铺天盖地。我咬着止血棉球,大汗淋漓转脸找人,看到了她隔离服下扁扁的胸脯、一张黄黄的歪脸,心上一烫一栗。她被我命中注定的一瞥吓了一跳,赶紧去隔壁洗手。我紧跟其后。就这样,我们一家伙好了起来。这事一直持续许久——直到现在也还是难得的异性朋友呢,有个头疼脑热的她都是首席顾问。还有一次登山,在山腰那儿遇到了一个悬枝倒挂的中年妇女,她像蝙蝠一样的模样马上就把我迷住了。二人交好过程颇为曲折,皆因她太保守——在我之前她基本上与处女无异,之后则是另一回事了。她说:"真想不到你这么好!"我告诉她:"爱情嘛,哪有不好的。"

发生在他人身上者或许更玄。如有个烈女受雇于人,要刺杀仇人,结果黑影里举刀落地!为什么?就因为她瞬间看清了对方那双大眼,好似突遭雷击——爱情发生了。另有一个例子说,一位女理发师正给一人理发,正刮着秃瓢——剃了一半,即刚刮成个阴阳头时,手刀齐抖:没有办法,爱情来了。男的紧咬牙关:请把剩下的半边刮完。结果刀子抖抖割伤头皮多处。男人头脸淌血,拥吻时更是抹得到处都是,像个杀人犯。血染的爱啊。

爱情是胆量、是美酒、是醋、是酱、是宝剑、是快马、是黄金白银、是星星和月亮、是太阳、是火、是海洋、是河……这么多的比喻皆难以概括,怎么能叫成"第三者插足"呢？只要成婚就不能再爱,这不是天大的玩笑？这不是急死活人？当然我们也不排除一生只爱一个、一爱到底者,但那家伙或那娘儿们一准是狠心狠性儿,差不多能杀人——如果他们有一天变成杀人犯,我绝不吃惊。如果不是狠人,那就是精神病人、圣人、亚圣、大统帅、哲人,或是被老天爷阉了的人。神灵要给人动刀儿从来无声无响：在睡着了的时候干,一丝血珠儿都不流,更不要说疼了。所以有人要干大事,害怕爱情反复发作误事,就会祈求神灵来阉。这样阉过没有刀口,男人不变嗓,女人不焦皮,该怎样还怎样,小脸儿穆穆,一看就是"天将降大任于斯人"的模样。这样的人如果被擅爱之人遇上,也算他倒了血霉,不仅难任何好处,而且到死都不会明白。

有人会说：你把欲和爱弄混了吧？你把真爱假爱弄混了吧？嗐,这怎么会呢。世上再也没有比这二者更好区分的了。至于说辨别之方,原是有许多的,古人在书上说了不少；近代科技发达,要弄个清楚简直易如反掌。一般说来当事人不必借助书本和科学仪器,两个人一搭手就明白了。大爱来临时,嘴里会有一股苦杏仁味儿；一般之爱,喉头发干。一过性的爱情尾骨会疼；萍水相逢者肚子要绞乱几天。至于说假爱,那真是太好辨别了：腹泻、眼胀,或者还要伴随一条腿抽筋；用不了多久,脚气病还会找上门来——这最后一条十有八九逃不掉。

知无不言,言无不尽,一切皆来自实践和宝贵阅历。在现代进程中,关于爱情之研究可谓方兴未艾,此起彼伏。这方面不讲老当益壮,而需更多年轻一代参与。当然有时也要适可而止。一般而言官商界空闲较多,似更适合从事本业,但实际上他们假爱居多,故不具备标本价值。

[批驳]
如果不知何为淫棍、教唆,不知何为流氓自白,即看该文。可见时代魔瓶已经打开,各色妖魔悉数出世。此公居然鼓吹乱搞,且振振有词!兹嘱各位同仁,从今以后亟须看紧家小,严防滋扰;也可着强大警员,宣示政策,以明严惩。古训万恶淫为首,如今看并非妄言。"五四"以来痛批封建男女,盖因祸首未至。那时节国人旗袍马褂,男人梳长辫手持纸扇,泱泱古风,男女大防井然而立。待时过境迁,满街露乳,四巷翘臀,又怎可不防也哉?谦谦君子不见,花痴色狼共舞。吾国良民痛心疾首,苦于无奈;时代淫方层出不穷,好不嚣嚣。几欲修书上达,尽表忧国之情;慨叹手无寸铁,难能奋起擒贼。呜呼,朗朗晴空之下,岂由宵小横行?咄!

　　　　　　＊　　　　＊

在本文作者看来,只有他这个花花公子才配有真正爱情可言,而堂堂国家栋梁如商人官吏却尽是一番假爱!这到底是幸灾乐祸还是诅咒他人呢,还得另加分析。其实生活中恰恰相反,英雄自拥美人,强者更娶娇妻。古时候那些有名的婵娟,难道不全都跟上了旷世英才?你一个爱上了拔牙的女人者流,也敢大肆吹嘘!真是好生笑人。

我们都知道日久才能生情,文中专事奇谈,说什么正开刀呢,爱情也就发生了,这不是痴人说梦又是什么?试问各位朋友,有谁遇上这等怪事?至于一边把头割得血糊淋拉一边又搂又抱,更是荒唐之至!还胡说什么一生只爱一人者不是圣人就是傻子——照他这样说全国主要人民都是圣人和傻子了?他说圣人是假,他骂傻子是真。我们就爱一个,就不爱别人,就一爱到底,就光爱老婆,就不乱搞,气死你!气死你!

*　　　*

　　这篇自供状不仅要当反面教材,而且要从中寻找线索。建议呈报有关部门。前些年发生在医院的案子,还有风景区的那个案子,与该文作者有无关系?要查一下。
　　另外,本文不宜在大范围印出。

第 六 章

儒 林 穿 梭

一

我认为与林泉和酒城的成功交涉,是我长时期以来最为自豪的一个成就。武早终于待在了我们的园子中。这其中经历的麻烦简直一言难尽……我终于可以长舒一口了,开始了在那座城市与东部平原之间的穿梭。我的频繁归来使梅子感到高兴,她认为我的生活也许从此开始,将发生某些重要转折。她期待着。她说从不记得这些年里我这么多地返回城里……

小宁开始上学了,他背着红色的双背带书包站在面前,让我心中一阵激动。虽然岳父岳母他们与梅子分住两处,算是不同的家庭——他们是以那棵了不起的大树为标志的"橡树之家",而小宁就站在我和这个家庭之间……我很早就发现,自己最初是有意无意地后来却是刻意地将梅子和小宁挣脱那个家庭。也许我的这种努力过于急切了,一度起到的作用正好相反——梅子正不动声色却又异常坚定地反抗着……我紧紧拥抱着身负红色背囊的小小读书郎,感受着他稚弱而柔软的躯体。有无背囊是大不一样的,一个小男子汉从此就开始了远行。

梅子大概忽视了这样一个事实:我的这种频繁穿梭恰是为了

最后能够摆脱这座城市。我和朋友们都在为一次长久的迁徙作着精心准备。如果成功了，那么我们的人生就将翻开新的一页，梅子就将面临极其重要的选择了。不过我坚信她在那一天只会走向我们，我们都会成功。

我与吕擎一起找雨子和主编川流会谈。很多非常实际的问题需要探讨，我们深知：只有在各个方面掌握一个准确的"度"，才不至于把事情弄糟。过分的贪图和奢求只会导致失败，这里的确需要忍耐和承受。我把与小城文化界以及葡萄园即将展开的合作与吕擎和阳子详细讨论了，他们都认为把合作敲定的时机已经成熟。

但这期间川流一直坚持所谓的基本条件，且非常苛刻。吕擎却不认为这是川流的主意，说一定来自雨子。"雨子是老头子的精神支柱，这家伙心眼多得很……"我又想起了他与对方那些难以尽言的疙瘩，却没法解释和规劝。我相信他对于雨子的成见大多来自误解。我后来不得不说：凭我的印象，雨子是个十分单纯的人，是一个很温和的"儒雅之士"，身上并没有那么多的市侩气。我甚至认为在这座城市里，他是极少见的一个优秀分子。吕擎说你算了吧。阳子也批驳吕擎，而吴敏则站在我和阳子一边。这就使吕擎愈加反感。最后他竟然不愿和我一块儿去找雨子。

我独自与雨子和川流会面。结果没什么进展，看来也只好暂时接受他们的条件——只是暂时而已。我想把另一些东西放在未来的合作中去解决。我尝试着对雨子谈了自己的想法，因为我内心里真的信任他。

我没有错，雨子是可以信赖的。他最后进一步交底说：当杂志转让给你们时，他本人将彻底脱离具体工作；即使成立一个范围很大的编委会，他也不会参加。他要转向出版社的另一项工作。"至于说川流，我相信他也是很要面子的那种人，你知道这一茬知识分子不同于后来——很对不起，我这样说有些不恭，不过的确是事实。"

我心里同意雨子的分析，也很感激他。我一再邀请他和爱人滨有时间到我们的葡萄园去做客。我觉得雨子从情感上真的站在我们一边。谈起这份杂志最终的前途，雨子提了很多建议，他让我们更多地与黄先生接触——"那人有深刻的背景，他父亲是政界的一个元老，虽然现在没有多少权力了，但影响仍然很大。除此之外黄先生本身的交往也异常广泛，别看他那么年轻，却认识很多奇奇怪怪的人，从政界到文体界。总之，他肯定能帮上你。"

雨子的话让我又想起那次奇怪的聚会。那一次留给我的除了好笑，就是荒诞不经和难以化解的疑惑。不过后来想想，一个少年如此气派地调动起很多浅薄的和不那么浅薄的人物，也该有几分道理、几分奥妙在吧。而且对于黄先生，雨子肯定知道更多的事情，他不会随便说说而已……

从雨子那儿回去后，我一直想与吕擎一块儿去找黄先生。可是当他详细听了我对这个少年的介绍之后，鼻子一哼说："我才不与那些小混子打交道。"我强调说这只是一种了解、一种探求，是为了我们的杂志，再说也不可能对我们构成什么损害。可他还是坚持说："他只能是个骗子。他那一伙也是。"

吕擎有时过于武断，也太苛刻了。

最后费了不少口舌，甚至说了那个打印本就是黄先生找人批驳的——吕擎终于勉强同意去见黄先生。不过他还是说："这个年头骗子太多了，你会发现这座城市里到处都是骗子——本来满怀希望地信赖了一个朋友，不久就会发现这个朋友也是个骗子。有的乍一看还蛮像个书呆子、事业狂呢，全身心投在自己的事业里，可日子久了，大不了还是个骗子。骗子太多了，老让人失望、害怕，弄到最后连我们自己也怀疑起自己来了——我们是不是骗子啊？你说这个世界可怎么得了？这真是太可怕、太可怕了……"

他正这样咕哝时,吴敏来了。我发现她比先前消瘦了一点,大概在那个店里做老板娘也不容易——不过她显得更有风韵了,开敞的额头下一对黑眼睛更加迷人。这使我想到了雨子对她那个店的频频光顾,以及他关于美的一些独特理论……当杂志办起来时,吕擎绝不会把她一个人放在城里的,因为他不放心雨子:吕擎对那个沉着的、总是微笑的人最为厌恶;吴敏对他所有公允的评价,在吕擎听来都难以容忍。吴敏这会儿很详细地询问了葡萄园的情况,对它的一切特别在意。她是个非常精明的人,问这一切,无非在为自己和丈夫的未来做一些权衡和打算。我想这是一个合格的妻子必要做的。我曾让梅子在我离开的日子多与她接触,一方面是化解寂寞,另一方面也为了让这样一种性格和世界观对其产生或多或少的影响。吴敏诞生在一个小城的知识分子家庭,父亲是在严酷的年代里回去的,我想正是她父亲宁静、深深的孤寂,给了她气质上许多特别的东西。她的温文和柔肠是任何女人都难以匹敌的,它们配合了那副微黑的面容,简直有一种无坚不摧的力量。

二

我和吕擎找了黄先生。半年不见,这个人好像又成熟了许多,背头梳理得更为齐整,头发留得也更长了一点。奇怪的是他穿上了一双中式棉靴,这与他结起的领带和身上的高档西装很不协调。刚进门时我们在客厅里等了许久他才出来,脸色很不好看。老妇人小声告诉:黄先生正生着气。原来,黄先生刚才还在里屋用电话训斥一个人呢,这人正是那个偷书的小济。他气冲冲地嚷着,砰一声扣上话筒,出来了。

他抑制着心中的愤怒与我们握手,把我们让到对面的沙发上。老妇人端来两杯绿茶。

我和吕擎喝着茶。黄先生也呷了一口,两手抚着自己的膝盖。

但一会儿他还是忍不住站起来,在蓝色的地毯上踱了几步,然后又坐下。

老妇人回到客厅里,俯在黄先生耳旁咕哝了几句,他立刻大着声音说:"让他来!"老妇人小声说:"客人们?""不要紧,让他来!"

老妇人出去了。一会儿,外边响起了咚咚的敲门声。黄先生大仰在沙发上,拖着声音说:"进来——"

一个人探头探脑出现了。这人马上引起了我的好奇:大约有四五十岁,长得矮小,干瘦干瘦,胡须发黄,稀疏的头发,有点贼眉鼠目的样子。他两手用力地往下垂着,见了黄先生,碎步往前移动一下,然后低头哈腰站着,像一条饿坏了的狗。

吕擎脸上泛着笑意。

黄先生好像只面对这一个人似的,冷冷地问:"出来了?"

"出来了!"

"你干得不错呀。"

"黄先生,你知道,智者千虑必有一失啊……我一切都是按您的盼咐做的,开始的时候……可是到了第二天才……"

黄先生轻轻地嘘气。对方的唠叨停止了。黄先生好像这才记起有他人在场,看了看我和吕擎,喝了一口茶。

我示意吕擎站起来,说到外边门厅里去一会儿,请他们先谈事情。谁知道黄先生很大方地把胳膊挥动一下:"你们请坐,"然后又指一下面前的人说:"你继续讲,简要些。"

那人吞吞吐吐。黄先生来了气:"说嘛!这都是我的朋友,说说不妨。无非就是偷一本书嘛,这有什么了不起!"

我明白了:这个人就是"小济",是那个因偷书入狱的人。

"……第二天停电,这倒是个机会,我想屋里安的那些警报装置也不会响了。我从前一天敲掉玻璃的那个地方爬进去,可没想到他们养了狗——过去是没有狗的……"

"你为什么不搞清楚？"黄先生厉声问。

小济慌慌点头："是啦是啦，都是我的疏忽大意。"

"说得轻巧。你险些坏了我的大事。"

小济差不多声泪俱下了："我辜负了您的栽培，知道坏事了……可我进了局子，无论受怎样威吓折磨，也闭口不提您呢，千辛万苦我都能忍，就是不能连累黄先生。黄先生待我恩重如山……"

黄先生烦躁地用手拍拍桌子说："滚去。"

小济往后退着，点着头，退出了客厅。我听见他在那边与老妇人小声说着什么。

黄先生指着合上的门说："这家伙办事就是不利落，我让他去取一本书……"

我听了心里发笑：这个"取"字用得多么巧妙。

"他却把自己给搞到了看守所，笨手笨脚，就为了一本书！判了三年！我托了很多人，找上李大睿，结果还是搞了个监外执行。这些王八蛋，我总有一天给他们一点颜色瞧。李大睿毕竟出面了呀，他们应该高抬贵手了是吧，结果还是监外执行……"

黄先生骂着，鼻子开始抽动。我脑子里再次闪过了那本《驳贪夜书》——最近虽不能说读得如醉如痴，但总算颇受吸引……我们接着扯起了别的，待他情绪好一点就谈起了刊物的事。他吸了一支烟，那支闪亮的烟嘴吸引了我的注意：碧绿色，中间有一个圆圆的东西，他每吸一口，它都要飞速旋转一下。他这时把烟嘴取下来，朝前伸了伸比画说："办份杂志有何难？不就是印一本书吗？"我解释它跟印书不一样，它必须有刊号……黄先生笑笑："印书也必须有书号啊。"

我再次跟他解释：一本书与一份杂志管理上的区别，如定期出版、有关部门的批准，等等。

黄先生嘻嘻笑了。这时我才觉得他像一个孩子。他站起来：

"你们知道吗？我刚才讲的李大睿，就是城里最有名的个体书商，他一个人包揽了南北几座城市的出版和发行。"

我知道有很多个体书商具有翻江倒海的本事，他们与出版社合作，搞来大把的书号，然后出些畅销书之类。我们都知道这个体书商，他势力极大，听说如今除了做书，还经营起地下赌场和纺织业之类，已经是个亿万富翁。我看看吕擎，说对这个人已经是久闻大名了。黄先生拍拍沙发扶手说："李大睿是我的好朋友，如果不是他，换了别人，十个八个也进去了……"

我看看吕擎。

黄先生接着说："因为什么？他舅舅就是牟澜，你们知道牟澜吧？"

我们不语，只听下去。

"本来牟澜就能把小济这点事罩起来，坏就坏在另一些人也插手，事情就夹生了。有一次连李大睿也差点给抓起来。那一阵风紧，结果还是逼得他花了这个数——"

黄先生竖起五个手指。

"五万元？"

"五万？五十万！"

黄先生说五十万在李大睿那里是九牛一毛。他进一步证实：李大睿如今已经有了上亿元的资产，一排豪华轿车，几处大房产，其中有一处最棒的别墅群盖在市郊。

"我姓黄的比他就不算什么了。不过我的老爸也帮过他的大忙，我的话他还是多少听一点的。你们要办杂志，如果信得过，我可以找一下李大睿，让他找找牟老。"

三

我明白，如果李大睿肯帮忙做点什么，事情当然好办多了。不过这样一来我们就得跟这个人建立联系——这究竟算是怎么一回事呢？我看看吕擎，他正皱着眉头，发出满意的哼哼声。那人是神通广大的，据说手下还有一帮十分能干的人，他们与各色人物都有关系：官场、黑社会，更不用说所谓的文化界了，几年来已经织成了一张网。以前听说过一些蛮有意思的故事，如这人最早起家的时候，一些写黄书的枪手都是他的座上客，特别传说他有一个天才的小姨子，叫"小煤"，就是这样的好手，刚刚十八九不到二十岁，却能写出非常老辣的黄书，让人人读了都难以忘怀，比戒毒瘾还难——开始只有很少几个人知道李大睿的这个秘密武器，后来却越传越神。小煤在文化出版界渐渐成为一个传奇：什么黄瘦纤细，弱不禁风的仙女；什么出语惊人，才华横溢，立马可待，等等。这种传说曾让阳子入迷，他说："有一天我非要看看这个人物不可。"又说："我真想画画这样的姑娘……"他说过这话不久又沮丧地告诉："不必看了，人家万磊早就下手了，那叫先睹为快……"李大睿自从发财以后就变得五毒俱全，但常说的一句话从来没有变过："要对得起舅舅。"他搞女人、搞不法生意，都说"要对得起舅舅"……这个人一度非常张扬：有人看见他夹着一麻袋钱等红绿灯，说要去银行存款……传说归传说，我一直读的那些文字如果真的来自他，那么这个人会远比想象中的还要复杂许多。

到底找不找这个人呢？我与吕擎交换着目光，在黄先生的客厅里沉默。吕擎的目光告诉我：当然！黄先生吸着烟，笑眯眯的。我发现这人情绪变化很快，刚才还怒不可遏，这会儿已经悠然自得了。我突然记起另一件事，很想问问他的职业——此人就坐在这套宽敞的房子里，与书为伴，而且家里还有一个上年纪的女仆……这真是奇怪，算是一个稀罕之物，一个从少年时期就走入了神秘的异人。但想了想，还是作罢，因为这会显得非常唐突。他吸着烟说：

"你如果同意走这门子,我现在就可以打个电话,约了时间就能见他了。一般人他是绝对不见的。"

我正迟疑,吕擎却抬起头,直截了当地问:

"黄先生,您自己认识牟澜吗?"

"牟澜?我怎么会不认识!这个牟老头有时还亲自上门来看看我的书呢,有时留下吃饭,让我陪他喝一小杯葡萄酒。"

我一听到"葡萄酒"几个字,马上想到了武早。

"你喜欢喝葡萄酒吗?"我问。

"我喝的都是一些很好的葡萄酒。"

"什么葡萄酒?"

黄先生好像不屑于讲。他笑了笑,那种冷冷的笑大概是担心别人听不懂吧。他不知道我有一个酿酒师朋友。

"我喝干葡萄酒。马尔酒拉……"

"它是西西里岛产的一种干白,劲道很大,有一种树脂焦油味儿。"

黄先生站起来,望着我。后来他有点突兀地坐下,咕哝:"我认为马尔吴瓦西更好一点……"

"那是希腊东海岸出产的,很香,但不甜,劲儿也很大。"

我尽量把声音压得很低。黄先生显然兴奋了,他在蓝色地毯上踱起步来,又走到我的身边,拍拍我的肩膀,想说什么又止住了。我想这个黄先生好比放在瓶子里老熟的葡萄酒——他到了我们这种年纪会变成什么味道呢?武早说有一种高级葡萄酒,为了取得那种黄颜色而又不愿放在橡木桶里老熟——那样就会损失掉一些酒,只得装在玻璃瓶里,在瓶中扔上几块橡木片……我想这会儿该和吕擎给这个小家伙扔上几块橡木片了。

接上去我又谈起了很多世界名酒,把这小子震了一下。吕擎又谈起了牟澜的事,坚持让对方亲自为我们介绍,这样就可以免去那个中间环节。黄先生说:"为你们两个做事情我可以亲自出面,不过实话实说,如果难度太大,恐怕就得李大睿帮忙了。""为什么?""牟澜是李大睿的舅舅啊,再说他还要依靠这个外甥。"

我惊讶地与吕擎对视。

黄先生说:"看起来牟澜是李大睿的靠山,实际上牟老真正依靠的是这个外甥,要每年提供给他几十万元零花钱……如果李大睿一定要为你们办成这件事,那就一定能办成。"

看来他把一切都讲给了我们。现在我对这个黄先生多少有点好印象了。我们最后决定,还是先找一下李大睿。黄先生立刻进屋拨电话,未通,只得再等一会儿。黄先生对我们东部平原上那片葡萄园很感兴趣,说如果有时间的话,也要去那儿"旅行一下"——这时我终于有机会问黄先生做什么工作了。他梳理了一下头,重新续上一支烟,语调慢吞吞的:

"我原来在建委资料室工作,喜欢搞搞资料。图书工作是后来呢,我身体欠佳,就在家里养病了,还兼了一个足球俱乐部的顾问……"

吕擎发出了奇怪的屏气声。我回头一看,知道吕擎在努力忍住笑,这才发出了那种声音。我问黄先生:"什么病?"

"哦,严重的咽炎,"他左手食指顶一下张大的嘴巴,"我每天都往里喷一种药粉。这些年下来好一些了——过去我跟你们谈这么长时间话根本不行。"

我让黄先生多保重,主要是保重嗓子。黄先生摇了摇左手,说:"习惯了,什么事情都有个习惯的过程。"

吕擎故意凑趣说:"那你不停地吸烟可不好。"

黄先生的脸庞转向他:"你错了。我讲过,什么都是一种习惯的过程。"

吕擎站起来。黄先生不安地瞥了瞥他。我发现黄先生实际上是很喜欢客人的,他这个年龄根本耐不住寂寞,喜欢热闹。他大概担心吕擎突然离开吧。原来吕擎要参观一下黄先生的书——对方听到这个请求两眼飞快地、愉快地闪动了一下:他也是很喜欢炫耀的。"可以的,对你们这样的朋友,还有什么不可以的!"

他用食指叩了叩桌面,老妇人出现了。

"你打开书房,请两位客人参观一下。"

老妇人取出了一个石榴红小木盒,从木盒里提出了一把钥匙。我们一前一后走进去。

我见过这间书房,已经没有了先前的惊讶。吕擎倒是一进门就吃喝了一声:他是个喜欢书的人,父亲是一位大翻译家,藏书也算多的了,可那书房比起这儿就显得寒酸了。他家最多的是古书和外文书,而这里却是一排排套书,都是漆布精装,在灯下闪烁着高贵的华彩。吕擎贪婪地看着:没办法,喜欢书,这同样是一种血脉里的东西。他不知不觉地陷入了一种沉醉的状态。他看得很慢、很细。

一会儿黄先生在门口说:"接通了。"

我们一时没有反应过来:"什么接通了?""李大睿接通了,我跟他讲了,说有两位同道要去打扰一下。"

我们这才醒过神来。黄先生说:"我跟他讲了杂志的事情,我说需要找一下你舅舅了,只许成功不许失败!这家伙在电话上哼哼着,我说冗言务去,一定要给我应下这个事情……还好,他最后在电话上下了个保证。你们可以在适当时候给他回个电话,号码是……"

他好不容易啰嗦完。我们急于知道的结果终于有了,这多少让人高兴。我们继续看书。

四

我想和吕擎去见李大睿,他却犹豫起来,后来又说先让阳子去打听一下。"怎么打听?""就是远距离了解一下。""你该不是让阳子代我们去接触他吧?奇怪,你最先推荐的人,这会儿又拿捏起来。你知道他不会和阳子谈什么的。""我明白。不过还是先让他去吧。"吕擎有点懒洋洋的。我知道他这个人有洁癖——他一直像害怕病菌一样躲闪着一些人,见黄先生已经是勉为其难了。我叹了一声。

阳子倒乐于接受这个任务。他一口答应下来。隔了几天他回来了,见了我兴冲冲地说:"那个家伙现在已经发了大财了。""这我们知道。""有些事情恐怕你们想不到。他如今在南方北方都是有名的一个大发行商,在全国建立了一个了不起的发行网,南到海南岛的三亚,北到黑龙江的漠河……国营几个大的图书集散地,比起李大睿也是小巫见大巫。一般人的胆子可不行。他别的生意也做得蛮好,鸡蛋已经不装在一个篮子里了;他现在运转的书已经让人眼花缭乱了,比如说手头的这三本,就可以净赚几百万……"

阳子从挎包里掏出了三本。一看封面就知道是什么货色,这种书在海滨小城、在各地的书摊上比比皆是。不过眼下这三本书的名字好像很陌生:《艳女志》《呻吟记》《吻剑》。封面都很花哨,画了女人,女人眼睛上都描了一点绿色,头发是黄黑绿三种,多少像妖怪。

阳子笑着问:"知道这三本书的作者吗?"他看看我和吕擎:"告诉你们吧,都是小煤的大作。"

我们笑不出。

"小煤是他的秘密武器呢!她从一开始就是公司的台柱子,如今更是。没有她,公司现在会差很多……这可不是夸张。南南北北,只要一听'小煤'两个字,书商头上的卷毛都竖起来了,二话不说就大批订货!这是真的,市场有铁律,小煤是多少年畅销不衰的公司法宝……"

吕擎的样子简直要哭了。我则用心听着。

"李大睿与所有书商不同的地方就是这个秘密武器。别看这个小姑娘年纪不大,文笔奇峭,想象也特别……像这三本书,五十多万字呢,我小半天就看完了,痛快啊,一看上去就挪不开眼。她怎么懂得那么多?太多了呀,怪不得万磊老讲她是一个'小天才'、'绝代小佳人'。他以前设法领我去看过,没什么特别的呀,长得黄黄瘦瘦,说起话来像蚊子一样,整个人风都能吹倒,胸脯平平的,一点魅力也没有,走起路来摇摇摆摆,摇摇摆摆。腰倒是细,只一拃——一个小病人儿,怪可怜的,老天,就是这样!"

我在阳子的兴奋絮叨中随便翻了翻书,净是一些恶俗的字眼。我把书推到吕擎面前。书的名字很歪,颇合一些人的胃口。我心里疑惑的是,在几年前她就在炮制这一类东西了,那时她还是多小的孩子啊,她究竟是怎么写出类似的东西并制造了南北大畅销呢?还有,我们的大地上真的有如此庞大的恶俗之胃、饥渴之腹,它们一齐张大了等待,等待着消化这一摊污浊?既可怕也可疑,但巨大的销量却是最好的证明。天哪,无以疗救,没有办法,这是一个现实……我看看吕擎,他绝无翻动的兴趣,只是吸着烟冷眼相看。

"在他们那一行里,谁都得佩服李大睿的这个小姨子。她就是他最好的搭档。他们才是真正的一对儿,谁也离不开谁。这其实是书界里都知道的……"阳子还在唠叨。

"是啊,你听,"吕擎看看我,嘲弄地说,"这才是'书界'呢!"

我在想:是的,李大睿和小煤在一起,就可以更多地体验无耻之境。小煤只有不到二十岁,李大睿可以从容地传授。我觉得世界真是有趣,在这个拥挤的城市里,既有梁先生、黄先生和聂老,还有李大睿和小煤这样的人物。

阳子又想起了万磊活着的时候,说:"万磊那时曾有个'雄心壮志',那就是'打下小煤'。万磊谈到女人从不用'征服'两个字,也不用其他字眼,只用'打下'。他动不动就说'打下'这个'打下'那个。万磊看上去是个放浪形骸的人,其实还算比较严肃的。他的死也绝不仅是因为情杀。真的……"阳子说到这里无限感慨:"这个世界啊,这个世界啊!时代发展到了今天,什么奇怪的事情都会发生——看来毫无瓜葛,毫无必要——有时却真的能发生点什么……看吧,一个绘画天才谁也没有招惹,可是……嗯!咔嚓!"

我和吕擎一声不吭。阳子又推论:"万磊之死说明,在人性的深层、生命的深层,他的存在已经大大地激怒了一些旁观者——有时可能与这个旁观者相隔千里万里、隔着重洋、隔着一个宇宙呢,可是天才的光芒还是辐射到对方眼里,让他夜不能寐,牙齿咬得乱响,最后就来干涉你了——这干涉会是各种各样的,当然最厉害的一手就是把人连根除了……"

我发现阳子最近有点憔悴,这会是因为忧伤吗?万磊以前总是从一个固定的方向寻找原因,他一看到阳子发蔫就说:"阳子被小涓给搞垮了,你们看吧,他被她给整惨了——她用了什么手段呢……"我这会儿在想,他眼前的憔悴肯定与万磊的死有关。阳子说过:天一黑他就要把门闩上,"那帮家伙说不定什么时候就下手了,他们专杀青年画家……"

吕擎吐一口烟:"一个人整天担惊受怕,即便是个天才也很可耻。"

阳子愕然地看着吕擎。我把话题引开,问阳子:"你到底认为这三本书写得怎样?"

"你自己看吧,你得承认她有些高招——一个'黄色天才'吧。"

吕擎说:"什么狗杂碎。不是这个把那个干了,就是那个把这个杀了……无耻的人只会冲着暴力和性使劲儿。"

我想不仅是黄色书籍如此,那些所谓的名作、把评论家搞得半死不活的东西往往也是这样的货色。

吕擎叹着气,说我们最不该打交道的,就是这样一伙。

阳子说这个世界就是这样,到了鲜花和粪便交融的时候了,不要嫌脏,人一旦染上洁癖就得饿死。"再说人本来就是复杂的动物,两重性、矛盾。就像万磊说的,一个女高音歌唱家才华横溢,可能还是一个破鞋哩;一个道德家同时又是大贪污犯;有人是举世闻名的大慈善家,可能同时又虐待自己的父母;最勇敢的士兵,说不定还起劲地搞同性恋呢……"

万磊这话说得倒是透彻,我马上想到了正在看的那本小书,它始终让我怀疑:至少有一部分出自吕擎的不眠之夜……可惜万磊不让人喜欢,又死得太早。想到万磊,无论如何我的心里还是有些惋惜,在我眼里,这个家伙并非一无是处,不仅有才华,而且也有拼劲儿。有一次他为了画一套画,关在屋里一个多月,几乎不洗脸不洗澡,饿了只随便啃点东西,那幅画作完了,出来时差不多人也要半死了……在其他方面也常常让人吃惊,比如说他到底为什么极想接触小煤,就是一个秘密。阳子说万磊想通过小煤接触李大睿,让这个腰缠万贯的家伙给自己出资搞一次大型画展。万磊与阳子不同,很热衷于画展。再说他别的方面也很需要钱,很嫉羡李大睿的花钱如流水,带着小煤或是其他女人出入这个城市最高级的场所,还常常约一些朋友找好玩的地方,玩腻了拔腿就走。有一次李大睿听说城南郊的大水库边上建了一个水上宾馆,就约上几个人到那里去——那一次小煤也把万磊叫上了,他回来告诉阳子,说那个李大睿阔得啊,简直就没有办不成的事:他们住在水上宾馆,要用宾馆的游艇玩,可不巧这游艇正用来接待一个外国旅游团。李大睿火了,说非租这条游艇不可,就直接提了一个挎包找了经理——事情于是成了。他那一下就扔了十来万。李大睿出差,如果不是自己带车,都是把整整几间软席全包下来,两边都要住上自己的弟兄。他喜欢开飞车,无论城里城外都是一样,没有什么关卡对他不是畅通无阻。这一切都靠钱……但是万磊接触小煤的真正原因,阳子说绝非是钱的问题——那到底又是什么呢?

我们分手时,我带回了这几本书,想看看弱不禁风的小人儿写出了什么。

小宁非常喜欢这几本书的封面,他还不怎么识字,只喜欢花花绿绿的东西。梅子瞥了一眼,马上从小宁手里把书夺下来,"你怎么能带回这些?你昏了吗?""不要紧,他反正看不懂文字。你看,画了这么多美女,让他看看也不会有太大坏处的……"

梅子真正恼怒了。她把那几本书扔出了房间。我笑着又从外边捡回来。

晚上,我真的开始研究这本书了。我看得很粗。有些片段写得蛮有趣味,蛮生动。我不得不承认,这本书的作者长了一个非常古怪的小脑袋,这个小脑袋的沟回曲折特别多,应该说极有才华,可惜只配挨一顿臭揍。如果有某位道德家被书中的什么撩拨起来,用拳头照准她的小鼻梁来一下,那也是完全可以理解的。我想这些东西任何人看了都不能无动于衷。神奇的艳女,性格虽迥然不同,但个个长于调弄男性,而且嗜好怪异……这个年纪不大的小人儿,究竟是怎么拥有了这么多稀奇古怪的念头?还有,她记录的那些痛苦而焦灼的呻吟,那些长久不息的苦念,又是怎么回事?人世间这些诠释不尽的隐秘,她又是怎样捕捉和记录下来的?这不能不说是一个谜。我想如果是一个对人性葆有好奇心的人,真的应该见一见这个奇怪的作者。

我仍然约吕擎去找李大睿。他沉着脸不说话,抬头看窗外那棵老槐树。那棵树上曾经绑过那个老翻译家。儿子大概在想当年的情景,耳边又听到了噼啪作响的皮带声……那是一个读书人,一个真正的大学者,在国外生活了好多年——本来一切都挺好的,四十年代末心里一热就兴冲冲地回来了,回来搞"建设"。一个手无寸铁的白面书生能搞什么建设？不过是用那支笔介绍了许多名著，呕心沥血做个不停。后来人就因为这个不愿饶恕他……在受尽了各种各样的污辱之后，又把他从这个小院里驱赶出去。老人最后是冻饿而死的——我又想到了小煤的书，它如今居然可以印出，可以堂而皇之地摆放在书店以及大街上，简直不可思议。时代真的不同了，前一个冷酷得令人恐惧，后一个腐臭到让人掩鼻。但不同的形式显示了相同的内容，这就是丑陋和野蛮的力量、残忍的力量，它们无所不能……院子里的老槐树开始脱落叶片，准备迎接严厉的天气了。它看上去与大街上的那些老树没什么两样，所不同的是它的躯体曾经与另一个不幸的躯体紧紧相挨，亲眼目睹了小院里的惨剧……

吕擎说昨天晚上母亲又跟他谈了很久。话题一如过去——为了让你留校妈妈费了多少心啊，你却一年年晃悠下来。"妈妈的下半辈子一直在整理爸爸的遗著，健康都给损害了。她只能从这种工作中得到愉快和安慰。可我一想爸爸这辈子，还有他的那些朋友，心里就害怕。这棵老槐树绑一个爸爸就足够了……他的眼睛还在望着我呢，这目光其实是拒绝我，不让我走近。他真的在让我离远些……妈妈说一切都过去了，我说没那么容易，永远都不会过去，或许一切才刚刚开始呢。我相信父亲的灵魂升到高空的时候，会清清楚楚地看到自己那个遍体鳞伤的躯体……他的灵魂一定是带着一点残酷的幽默感离开的。我才不会做一个戴着眼镜、面孔苍白、心地善良、永远敏感却又永远无可奈何的人哩。我得想法让自己变得粗蛮有力……谁能让我轻信？这已经很难了。"

是的，我们这一代都不再轻信，可又心有不甘，问题就在这里。我想说：你父亲那一代太严肃太天真，一生都想举着火炬，可那些在火光下走路的人却要解下腰上的皮带狠狠地抽他，直把他打得皮开肉绽……世上的事情就是这样怪诞，你看那几本黄书，你能相信一个小女孩会写出这样放荡曲折的小书吗？你父亲在整个学界都享有威望，他的智慧和才华，还有他的善良却不被容忍；反过来一个下流邪恶的小女孩在这个世界上却能够纵横驰骋……我说：

"我们去吧。"

"去吧，可能我们天生就是要与这伙人打交道。我想咱们混得可真不简单，跟这样的人走到了一块儿，不错，挺有出息——是的，我们活得不能太拘谨，不能缺乏幽默感。再说他要变着法儿出那个打印本，干得不错。我们去吧。"

他笑着看我。我觉得他笑得很诡秘。

五

李大睿电话上的声音很随和，不知怎么却使我们有点扫兴。见面时间是第二天上午。听黄先生讲，他在接待那些外地书商、指挥旗下的实业时，都使用了边边角角的时间——他总是把每天里最好的一段时间用来游玩和娱乐。而他这次与我们见面的时间正是上午十时，这该是"最好的一段时间"吧？那么对方是想和我们娱乐一番？

李大睿电话上说要用车子接我们。一会儿真的开来了一辆蓝色轿车。车上没有任何人，只有司机自己。车子走到半路响起了呼叫的声音，司机随便咕哝了几句什么。我在想李大睿这种人：不停地跟生活开玩笑，生活也就对他露出了笑容。而另一些总是对生活板着面孔的人，就会挨一个结结实实的耳光。话筒又响起来，那个司机呜里哇啦讲着什么——好像是几句外语，对，他讲的是英语。能讲一口流利的外语，这才配给暴发户开车？汽车开得飞快，一会儿驶进了一座有雪松的庭院，在一幢小楼跟前停住了。这可能是李大睿城区的一个住处，而更复杂更高级的一处别墅群还在郊外。

原来这儿只是他用来办公的地方。有个黑黑的胖子站在台阶上,司机朝他点点头。黑胖子走上前来说:

"很高兴认识你们,黄先生给我讲过多次了……"

我愣了一下:"您就是李大睿先生吗?"

他从衬衣口袋里掏出一张名片。真的是他。这个人并没有像我们想象的那样西装革履,而是穿了一件宽松的衣服。不知为什么我一眼注意到了他的鞋子——那是几万元的进口名牌,上面沾了一点泥巴,没有好好擦过。他跟我们紧紧握手,动作有力,只利落地一握,然后朝大门一摆:"请!"

屋里有些阴。铺了厚厚的地毯,门厅走廊都是。穿过走廊,来到了一个客厅。这个客厅比黄先生的客厅要阔气一些,可也比那个客厅脏一点。吕擎扶了扶眼镜,刚坐下不久就赞扬起那几本黄色书来了,让人忍俊不禁。但吕擎故意闭口不提另一个小册子——那部打印稿。赞扬声中,李大睿竟然毫不隐讳地说:

"这是我小姨子写的!"

他神闲气定,不像是幽默。正说着,一个脸色苍白、个子不高,一阵风就能吹倒的女子从一个角门里走了进来。她怀里抱着一只猫,有点惊慌失措的样子——一开始真的很容易被误解,以为她见了生人发慌;但后来才会明白:这只是一种特殊的意态姿容以及目光,是那种特殊的女子常有的某种慌促神色。不过她的眼睛在这张极为苍白的脸庞上显得实在突出:特别清澈、特别黑又特别大,像闪电一样明亮。

我们的目光全被她吸引了,不由得一齐去看——她大概就是那个小煤了,不过这么快就见到了她,这有点太出乎预料了。让我们马上失去悬念的是李大睿接下去的一句话:

"小煤,过来啊,刚才这两位先生还提到你呢。"

小煤朝我们友好地点头,娇弱非常的身子颤颤地走来。李大睿给我们一一作了介绍。她一只手揽着猫,另一只手伸出来。这只手小得像猫爪,柔若无骨,五指收缩时让人想到一枚小小的白色橡皮球:我们面对的仿佛是一个精灵,或古代传说中被精灵缠身吸附的少女,一个被生活中某种隐秘的折磨害得不堪忍受的生命。

她在一边坐了一下,从口袋里掏出一个笔记本,旁若无人、急匆匆地记了几句什么,然后就抱着猫站起来,点点头走掉了。

"她很忙。"李大睿说。

接着我们开始谈实际问题——对方进入很快。对他来说就像平常谈生意一样,放松得很:"本来嘛,我是不愿接这种活儿的,你们知道我很忙。我没有心思为这个跟舅舅打交道。可是黄先生讲了,说你们都是有学问的人。我非常崇拜有学问的人。"说到这儿他很真诚地向我们点点头。我注意到,他脸上那种嘻嘻哈哈的样子果然没有了,变得很严肃:"我原来是做教育工作的,后来就转了行。可我就是尊重你们搞学问的人。"

吕擎说:"对不起,更正一下,我们都不是搞学问的。"说着指一指我:"他现在是个体户,种葡萄;我前一段也辞职搞过家用电器店。"

李大睿笑了起来,说但愿我们能合作得挺好。我们详细地谈起杂志的情况。李大睿说:"如果把杂志转让给你们,那个老川流不会甘心。他提的条件很苛刻吧?"

我把川流的条件讲了一下。他拍拍腿:"我估计嘛,有些老家伙临死是要咬一口的。实际上他们的杂志早就该死了,什么乌七八糟的东西。"

我说:"川流老师还是很有威望的,他挂一下主编,可能对杂志也有好处,他不会过多干涉的。"

李大睿笑了:"你太天真了,那要看什么时候,气候一转,他还是要把杂志抓在手里,那时候他又该强调'主编负责制'了。杂志是你们救活的,反过来受气就太不值得了。"

吕擎说:"你说的有道理。不过我们也留了一手。"

李大睿用奇怪的眼神看着吕擎。

吕擎说:"我们要跟他订一个合同,合同上写清楚,终审权在执行副主编那里,而且这个杂志的名字也要改。也就是说,杂志过去的历史就此结束。"

李大睿嗯嗯着,说不过得请舅舅帮一手才行——"他如果认了这事儿,他就会为你们操办。"

我很快接上他的话:"那当然,所以我们才来找您帮忙。"

"我是一个生意人,实话说吧,我答应给你们做这件事是看在黄先生的面子上,我以前欠他的——这样讲吧,做生意是不能搞赔本买卖的,是不是?"他哈哈大笑起来。

我心里暗暗纳闷:这个家伙已经是亿万富翁了,有这么多资产,还要从我们身上榨点什么?

"我不过是想借杂志社的牌子,在那个海滨小城搞一个发行部,让它辐射整个半岛地区——我们会派人去经营,或者你们杂志社再出一个人,但管账的要是我们公司的人。"

我松了一口气,心想这个家伙真是滴水不漏。还好,要求不高。他说:"如果你们同意这样,牟老这边由我去做。"我心里一阵高兴。我在想,发行部只要宽脸答应了就成,这不是问题。我担心的是另一方面。我说:

"只要发行部不惹麻烦就行,比如说,像《艳女志》什么的,我怕它会影响我们的杂志……"

李大睿站起来:"那当然了,有毛病的书都是走另一渠道,公开的发行部是不会搞这些的,这个你尽管放心。"

我舒了一口气。

菊花广场

一

　　为了杂志的事情,我不得不在这座城市久久滞留。这段时间我尽可能地帮助梅子,真想把家里的杂事一口气做完,以填补心中的亏欠。我把小窝内外的卫生好好打扫了一遍,买柴贮米,忙得汗津津的。剩下的事情就是每天辅导小宁的作业了。

　　这使我感到了无法言喻的幸福。我在忙做父亲应尽的一点责任。这之前我曾多次同梅子商量,建议把小宁接到葡萄园里,那里也有很好的小学:园艺场子弟小学,肖潇就是一个最优秀的小学教师,她完全可以把小宁带好……梅子一口回绝。

　　事后我才想过,如果把她一个人留下来,那就太孤独了。不过他们母子俩厮守一起,仍旧也是一种孤独。在这座城市之外,每至半夜想起这一切,会觉得这个世界格外寒冷,一家三口理应围在一块儿。可是我又无法停息……转眼鬓角生出了白发,已经没有时间等候和观望,而是要举步快走。

　　在城里停留的日子里,我该是一个最好的丈夫和父亲。除此而外,我当然是为了那份杂志奔波。那些长时间没有接触过的朋友都被我找到了。"到底为什么要办它?赚钱?"一些朋友这样问。面对这个被一再提到的问题,我真的没法回答。我只能说:赚钱不太可能。我是一个不安分的人,一个让人头疼的糊涂蛋,一个大傻子——这样解释总可以了吧?我内心里的真实渴望,向谁诉说?

　　我的心无法闲置,否则它会滋生出一片空白——它将越来越大,形成一个难以充填的空洞。无论是在这座城市,还是踏出这座城市的边界,心的闲置对我来说都有一种恐惧感,它让我害怕。漆黑的夜晚,每当我发怔时,梅子总要深深地看我一眼。当我用目光去寻找她时,她却把脸庞躲开。深夜,我们睡不着时,常常会有这样的时刻。

有时她睡着了,而我一个人躺在那儿实在难受,就披上衣服走出去。我像在葡萄园里一样,想感受一下湿漉漉的夜气,看一看满天的星辰。可是走出屋子才明白,这个城市的空气永远是焦干的。远近的嘈杂像浮满了脏沫的潮水一样围拢过来。自行车和汽车拥在一起,还有进站火车的鸣叫、铿锵的车轮声和巨人叹息似的喷气声。整个城市都不堪重负,都在呼号和呻吟。如果那个小脸焦黄的女子能写出这座城市的呻吟,那该有多么深刻多么丰富,可惜没有。

在这样焦灼难忍的夜晚,在朦胧的星斗下,我最难以回避的就是那一对目光、那一声追询……此刻我好像又面对着它,听到了轻轻的呼唤——那一天我正一个人漫无目的地往前走,手里提着一个帆布拎包,穿过一条曲折拥挤的小巷子;眼前开阔起来,人流也疏了。我停住了脚步,倚在了一堵墙上,定了定神,这才发觉自己靠在那个小广场的铜雕基座上!我打了个愣怔,抬起眼睛——从这儿向右一拐就是那条巷子……可我真的没有想过要到她那儿去,我只是随便地、不知不觉地走到了这里。

我怕被什么灼伤似的,赶紧离开了它。我匆匆地向另一个方向走去,那里有一个小花园,那里,满园的菊花正在盛开。是的,我今天只想看一看这满园的菊花。

菊花发出了浓烈的药香味,我蹲下来,伸手抚摸它们。我在小花园里待了很久,然后离开。还像来时那样茫无目的地走着、走着,可转了一圈,不知怎么又回到了铜雕前。

就在当天夜晚,我又去寻找那片盛开的菊花——它们似乎不像白天开得那么旺盛了,只隔开了这么短的时间,它已经开始衰败……多久没有见到她了?我扳着手指,算不出。好像一眨眼的工夫她就这样大了。我想不出她的样子,也不愿看到她。一个孤单的人,一个孤儿。是的,由此我很容易理解:她为什么急着要回家。我害怕自己伤害了这样一个孤儿。

我在极度痛苦时,曾在阳子和吕擎面前发出了呻吟和自语。他们一声不吭。有一次阳子忍不住了,告诉我:"你不知道,你在葡萄园的这些年里,她开始与一个大龄男子来往了。那人我了解过,是机关上的一个副处长,他为她离了婚,正苦苦追她呢。他们现在很密切了。有人照顾她了,你可以解脱了。"

这个焦干的夜晚,我在街头踟蹰,望着满天星星,倾听着自己的心音……

二

小涓经常来找梅子。我注意到,小家伙不像过去那么活泼,好像突然就学会了沉默。但她比过去更注意打扮了,再匆忙也不忘把脚指甲染一下。天有点冷了,她还穿着凉鞋,修剪得很好的、染得金光闪闪的脚趾显露着。梅子对她一直喜欢,两人在屋里很亲热地讨论着什么。我听梅子有一次问她:

"阳子忙些什么?好多天没见了。"

小涓立刻说:"别提那个家伙了。他是个伪君子,假豪放。他太坏了。"

"嗯?他欺负你了吗?"

"这个家伙像土匪一样。他太坏了。"

我走进去时小涓正伏在了梅子肩上,抬起头时已经满眼泪花。

我一直没有吭声。她转过脸来看着我:"你是怎么成熟的?怎么成长起来,怎么……"

"我并没有成熟,也没有怎么——在这方面我们都一样。"

小涓背转身子:"我不相信,我不相信你的话。我觉得你把我当成了小孩子。这一次我可经历了一些你想不到的——残酷事情。"

"是吗?也许它并不算什么……"

"梅子姐你看他,他说我经历的一切算不了什么。"

"他也许没弄懂你的话。"

"就是,他根本不能懂得我,这就是人们常说的'代沟'。不过梅子姐,我与你怎么就没有'代沟'呢?"

梅子这会儿表现得那么善解人意,用胳膊揽住了这个胖胖的、稚气的小姑娘,在她滑润的头缝那儿抚摸着,说:"是的,我们永远也不会有代沟。"

小涓咕咕哝哝:"……那个家伙太气人了,他有时恨不得把我一枪打死……"

我说:"他那是逗你,所有的人都愿这样吓唬小孩子。"

小涓呆呆地望着我……

我及时地把与李大睿的接触跟雨子通报了。雨子这一阵清闲得很,因为杂志没事可做,就常常一个人在家读书画画。我注意到,雨子很喜欢交往一些有色彩的人物,在他这儿特别容易找到那些遗老遗少,比如说梁先生、聂老,还有那个留着背头的少年黄先生。

滨在我们面前一声又一声地叫着"雨子",走来走去,一会儿倒杯茶,一会儿又问需不需要吃一个水果?实际上水果就放在我和雨子跟前。滨除了关照雨子,在书架旁边随便翻动几本书,没有别的事情可做。她是我所看到的眼睛最大的一个姑娘了,大,却不显得空洞,因为这眼睛里总是溢满了微笑、盛满了温情,像和煦的阳光那样扫来扫去。有时这眼睛湿漉漉的。

雨子和滨曾是同班同学。他比滨大得多,那时雨子教滨朗诵诗,一个字一个字地教,就这样,滨在无限钦佩中和他走到了一块儿。雨子简单地告诉过他们的恋爱经过,摇着头,把鼓鼓的腮帮绷紧了,吐出满腹感慨:"我一辈子也没法忘记那些日子。一个人有了这些经历之后,觉得怎样都值得的。"

我很想同意他的话,琢磨着。

滨在一旁听着,雨子每说出一句有趣的话她就走近了,两手按在他的肩头,对着他的耳朵哈气:"是这样,是吧?啊?"后来又是嘟嘟哝哝。尽管她很美丽,对雨子很好,还是免不了琐细,有点唠叨,有时故意当着我的面指责一下雨子:"他呀就是这样的人。啧啧。"她嘴里能发出一连串这样的声音。要不就夸张地说:"你应该管管雨子啦,你看雨子老这样——你怎么不管管他呢?该管管他了。"有点好笑。很明显,他们太幸福了,幸福得开始发腻。

雨子小声对我说:滨正用两年多的时间写一首很长的诗。"写好了吗?"雨子摇摇头,"她从来没给我看过。""为什么?""滨很自尊,怕我笑话她。"滨听到了,用拳头捣了雨子后背一下,"什么呀,我是没有写好,这首长诗是关于他的,"她伸手指着雨子,"我实际上就是献给他的,改好了我要用正楷抄下来,抄到一个漂漂亮亮的硬壳笔记本上,像一本精装书,然后再送给他——怎么样?怎么样呀雨子?你听见了吗?"她拍打着雨子的头。雨子连连说:"听见了,听见了。"

雨子想集中精力跟我谈话,谈杂志的事情。我告诉他:现在的要害是做好川流的工作,我怕这个老诗人一时性起又改变了主意——很多人讲他是最容易变卦的。雨子点头:"是的,很容易。有时他一天就变一两次主意。"

瞧这老人多么可爱,但最好不要与他共事。

雨子又说:"不过那都是他能左右的事情。像我们的杂志他自己左右不了,因为没钱,办不下去了⋯⋯"

雨子对于杂志改名字、改开本等事项能否成功,有点吃不准。他说如果牟澜帮忙,问题不是太大;倒是川流这个人很倔犟,有时可能顽强地坚持,给我们惹一些不大不小的麻烦。如果为了保留一份杂志的老牌子,他很可能坚持使用原来的名字,至于说改开本,他更不会轻易答应——他的态度在一定程度上也会影响到牟澜,尽管他们之间的关系并不好。要知道川流只要干一天挂名主编,就有一天的发言权。

我以前也想过这个,觉得对方考虑问题非常周到。我问他是否就这些试探过川流?雨子说:"草草谈过,不细,因为事情还没推到眼前,所以川流的态度也不认真——这个人做什么都是草草的,除非逼到了眼前。"

"那他谈到这些是什么态度?"

"他好像对一切都没有思想准备。认为这份杂志反正是要垮的,你们说办,那不过是一阵冲动,不太可能把这个大包袱背起来。他说你们也没这个能力。改名字他不同意,至于说最后会坚定到什么程度,我暂时还问不出来。"

"川流这个人的固执是有名的,可他冲动起来,高兴了,什么事都做得到,是不是这样?"

"是啊,就是这样。"

"那就想法让他冲动起来——"

雨子点头。

正谈话,外边一阵敲门声。雨子说:"大概又是聂老。"

滨去开门,真的又是那个颤巍巍的老人。他拄着拐杖,由滨搀扶着。他一进来我们立刻站起来。我把藤椅让给了他。

雨子向他介绍我,老人只应付着点头,"好好,坐坐。"实际上眼睛并不看我。他刚刚坐下来就手捋胡须去看滨了,让滨坐在对面桌旁。他哼哼呀呀跟雨子讲话时,眼睛也不离开滨。滨给聂老倒茶,聂老说:"孩子,别忙,别忙,我坐一会儿就走。"滨递茶时,老人抓住她的手:"孩子,我们又是多久没见了?"

"刚刚几天嘛,我和雨子去看过您。那天到美术馆看画,我们先到您那儿坐了一会儿嘛……""噢,我到底老了,记不起了。我在家想,滨这孩子怎么不来了?"滨微笑着,聂老抚摸着她的手。停了一会儿,滨笑眯眯地说:

"聂老,您不是答应为我作幅画吗?都说了好几年了。"

"会的、会的,孩子,我心里在打腹稿了,琢磨怎么把这个好孩子画到纸上去,画得鲜灵灵的,会笑会说,然后挂到墙上,就不用天天来看你了。"

"您该送给我呀,您不是为我画的吗?"滨说。

"是呀,那么你就拿走吧,你拿走了,我再来看你。我这一辈子剩下的事儿,就是为你作这一幅画了。好孩子,别东睃西看的,转过脸来,让我好好端量你……我呀,老想你这孩子。"

滨神情专注地看着聂老。聂老一只手握着滨的手,一只手捋着胡须,深深地看着;他有时还使劲把眼睛揉一揉,把头往前探一截,看着她,左右端详。

如果我被人这样端详会不好意思的,看来滨已经完全适应了,竟然可以神情坦然地让一个老人长时间地欣赏。

老人揉揉眼睛,又看了一会儿,站起来。他的茶一口也没喝,一站起来就提着拐杖,头也不回,径直往院里走去。我们挽留他、送他,他都不怎么在意,只顾让滨扶着往前……

三

秋天来了,树叶开始飘落。一种难言的沉郁又一次逼近了这座城市。

我一次次走到那个小广场,走到铜雕跟前。我的手按在铜雕上。我发现它在这个秋天里变得那么冷、那么冷。菊花园中,旧的菊花被搬走,新搬来的几盆墨菊开得正旺。它们黑乌乌的,上面有一层很难察觉的细绒。这真是神灵的一次杰作,它的美令人心颤。这种极致的美简直包容了一切、概括了一切;如果说世界上还有真正完美的事物,那么就是眼前的墨菊……我在这儿留连不去,有时直到天黑才走回去。

不知过了多久,不知是否为了那两盆墨菊,一天黄昏我又来到了小广场。我去寻找那两盆墨菊——它们被搬掉了,接替它们的是两盆长着毛刺的绣球菊。它们引不起我的兴趣,而且我觉得多少有点俗气。我若有所失地站起来。我觉得面前的铜雕好像也在这个严肃的季节里向内收缩,好像比以前瘦削了许多……正准备离去时,一个穿黑衣服的女人从远处走来——她步履匆匆,一直走来……我的目光落在她身上——她好像一直迎着这个铜雕走着。

她走来了,我的心噗噗跳动。我像被钉在了原地,一动不动。

她走近时才抬起头,像是突然发现了我。

"淳于黎丽!"

她没有回答。

这时我才看清她穿了一件黑呢子长衣,脖子上草草地围了一个有红色斑点的纱巾。苍白、秀美,还像原来一样。但她比过去更瘦了,年龄也稍稍显大了一点。看得出,她的眼睛有点疲惫,两手插在黑呢子外套的衣兜里。她脸上没有一丝笑容,只睁大了一双询问的眼睛。这双眼睛冷漠而含蓄——我无数次回味的这对眸子,这时就盯在我的脸上。

我也像她一样,两手插在衣兜里。

我终于艰涩地吐出了几个字:"你好吗?"

"……你呢?"

"一直在葡萄园。为了杂志的事儿回来……"
"什么时候离开?"
"还没定,大概很快。"
她两手抄得更紧了,像害冷似的动了一下。
"这之前回来过吗?"
我点点头。
"知道我的事儿吗?"
"是的,听说是一位处长……"
她点头:"我正在努力,我想这一次会成功。我正在努力……他现在是一个人了。我们可能组成一个家了。他很急切,我正在努力……"
"黎丽!"
"我可能在这个秋天就有家了,我常到铜雕这儿走一走……"
我往前跨了一步,离她只有几公分远。
她伸出了手,一只苍白的手被我握住了。它轻轻地动了一下,然后抽开了。
"希望再一次回城时,我能看到你。"

旋　转

一

由于季节的关系,我不得不匆促地离开这座城市了。忙得头晕,四周打转。我越来越惦念那片田园,那儿的一切。我们的筹划到了最后阶段,如果没有大的意外,城里的事情将告一段落。在等待李大睿那边的消息时,我有许多时间都和雨子在一起。可是随着时间的推移,吕擎对雨子的偏见好像愈加严重了。他说:"我才不会信任这个人,哪怕你一辈子都赞扬他。"我说:"我们不能意气用事,你具体接触一下就会明白,他和滨都是非常好的人……""我不需要认识他们。他老婆也只会像雨子一样,不然他们就不会生活在一起。"

他突然变得如此苛刻,像个孩子那样赌气……看来一个男人常常会因为女人而变得偏激和不可理喻。吕擎本来是一个深沉稳妥的人,在朋友中总是令人信任,虽然年龄比我小一点,却过早地有了一种兄长的可靠感。如今他倒有点令人费解了。

吴敏有一次一大早就来找我,刚一推门进来我就发现她眼圈发红。她说:"吕擎有一天到店里去了,是去盘账的,他找出了一笔钱,非说这笔钱瞒了他不可。我告诉他这笔钱是派什么用场的,之所以没有告诉他,是因为他一有多余的钱马上就会花掉——这笔钱是我费劲儿攒起来的,还要用它进货……可是他一见那笔钱就嘲笑,说好啊,你终于有了第一笔'爱情基金'。你看他这样讲……"

"不要理他,他就这样,冲动起来什么都讲,讲完也就忘掉了。"

"不是这样,过去曾经是这样,这一回不是——过了两天他还在重复那句话,说我现在有了第一笔'爱情基金',还把这句话告诉了阳子。阳子的嘴多碎,肯定会告诉小涓……真气死我了!"

我尽力安慰着。她说:"你好好劝劝他吧,他还是听你的。别让他胡思乱想,人家雨子每一次到店里都是规规矩矩的。"

我笑了,告诉她:"吕擎这种咄咄逼人的劲儿,也恰恰说明了他多么爱你!是这样而已。"

"我几次下决心想告诉雨子,让他最好不要再到店里来,可我说不出口,因为这一点也不怪人家,他没有任何过错,而且常常和滨一起来,人家两人手挽手。结婚这么多年了,他们一直这样挽着。"

我想这也太夸张了吧,但没有说出口。

吴敏叹息:"我们快点去办那份杂志吧。离开了这座城市,那些烦心的事儿才会过去……吕擎一个人闷在家里,就是到了学校也关在教研室里不出门,他的生活太单调,太缺乏色彩,接触的人也太少。这样的人有时就愿胡思乱想,这叫'心猿意马'。"

"'心猿意马'这个词儿用在吕擎身上不合适。他不过是太爱你了,真的是这样。"

吴敏努着嘴,但显然对我的解释十分满意。

后来一有机会我就对吕擎做起了诤友,就像他和阳子对我那样——吕擎却不听我说,虎起眼睛说:"我知道她不会做出什么坏事儿,不过我还是不喜欢女人背着男人藏起一笔钱来。我们办杂志、搞各种事业都需要花钱,她怎么可以瞒着我们藏钱?男人有了钱才可以办出更有意义的事情,女人不应该把钱藏起来。"

"想不到你还是这样的大男子主义,亏了还是一个知识分子。"

"我早说过,我不是知识分子。"

"无论怎样你还是脱不掉这张皮,你会几门外语,学问搞得不错。很不幸,你已经没法改变了。"

"那在我看来也不见得一定要有知识,而是要有特殊的气味——是那样的一帮人。"

"你讨厌他们吗?"

"我尊敬他们。不过我现在还不愿领取那份尊敬,就像领取补贴金似的。等我老了再说吧,真的。"

尽管他仍然板着脸,气氛已经缓和下来。我接上谈雨子:"你真的对雨子的误解越来越重,他在杂志上给了我们很大帮助,今后打交道的日子多着呢,这怎么行!你应该容忍他——宽容他,和他合作。我可以向你保证:在那个事儿上他不会有任何问题的。"

"我早说不要替雨子辩护了,你就是不听。那个家伙我第一次见了就烦:走起路来一副怀才不遇的模样,撒起谎来感情充沛。别看总是笑微微的,实际上心里还不知藏着多少坏念头哩。就为了少见一些这样的人,我也要赶紧逃离——这儿就像一个脏窝,什么贼都能藏,什么窝囊废都能在这儿混。他们这一伙既然赖在这儿,那我就该走了。"

很明显,吕擎故意在用偏激的话刺激我。但我知道他的确急于改变眼下的生活,已经忙着作撤离的准备了,自觉不自觉地放松了大学里的工作,而且正在把书籍归拢到箱子里。吴敏当然愿意跟吕擎走,走到哪里都行;她只是不明白:丈夫为什么要如此急躁,有点慌不择路?一切还不至于啊……可她不敢劝说丈夫,因为那样对方会再次提到雨子。真有趣也真烦人,当雨子有一天知道了这对夫妻因他而起的全部故事,一定会惊得合不拢嘴巴。

二

阳子在东移的事情上却陷入了另一种矛盾和焦虑,他说:"谁不急啊,我也急,不过事情总得一件件办吧。小涓急着到葡萄园去,又急着结婚生小孩,说一定要赶在明年春天生一个小孩……"

"后年春天不行吗?"

"不行,她非坚持现在怀一个小孩儿不可。她说有一天邻居家抱着一个大胖孩子,她馋得要命,说那孩子在她怀里拱啊拱啊,闻过孩子身上的奶腥味儿,一夜没睡……"

我想就是怀个孩子也不影响他们到葡萄园里去,我让他放心。阳子说:"不,刚开始有很多工作要做,谁还来得及照顾孩子。小涓这副急性子非把我逼疯了不可……"

"人家吕擎结婚多年也没有孩子,他们在忙事业……"

"吕擎的事儿又当别论了。他不是不要孩子,是生不出。"

"胡扯。"

"真的,吴敏跟小涓谈过。吕擎老穿一条牛仔裤,报上说老穿牛仔裤的人要有孩子也难。"他快意地大笑。我发现他近来精神了一些——自从万磊被害以后,他就没有这样高兴过。他接上告诉我:昨天他和小涓看了一场大型义演,是这个城市和北京的一些名演员联合搞的,所得全部都要捐给灾区的孩子……"晚会不怎么样,不过小涓倒是满意,她喜欢这个,有时还想加入演唱队……在这方面她跟学校那些女孩一个水平。"

我说你可不要惹小涓不高兴,对她不要太过。

"那是她自找麻烦,她不高兴是肯定的了。"

"怎么?"

"你知道过去我有个女朋友,在夜大里认识的。而且我们无所不谈,她为我做过模特儿,为这个我很感激她。不过我们之间没有其他的什么。小涓老要追问我这样那样,我告诉她她也不信,撅着嘴,说那个孩子很随便的,你们接过吻没有?我说没有,她就说是谎话。连小涓都不信任我,这个世界真够呛……"

我听着,觉得有趣。

"我夜大里的女朋友最近跟一个大胡子在一块儿,我劝她离远一点,你猜怎么样?"

"怎么样?"

"她第二天就把我的话出卖给了对方。大胡子说我挑拨他们的关系,有一天在街上拦住了我,问:'你叫阳子吗?'我说是啊;他说:'你这小子嘴巴是不是有些痒?'我说:'你这小子胡子留那么长,下巴是不是有些痒?'他的手装在衣兜里,这会儿动了动。我提防着,我想我没你的力气大,可比你灵巧,等你的拳头伸出来时,我早就照准你两腿中间踹上一脚,然后抬腿就跑……"阳子哈哈大笑,"那叫'劈蛋一脚'!反正我不能眼看着小姑娘让这个猪狗不如的家伙给糟踏了！"

"这有点言重了吧？"

"这个大胡子是有名的流氓，在体工队射击不怎么样，收拾小女孩儿倒是很有准头。他早晚要给抓起来，你等着看。"

"这个年头很多流氓活得蛮自在……"

"那倒也是，不过这个流氓很特别，他太上眼了……我接上找了小姑娘，可她不识好歹，我说这回告别你的处女时代去吧！她骂起来——原来她会不少脏话。我们对骂了一阵……"阳子拧起了眉头，"她骂不过我就诽谤我，有一次故意当着小淯的面诽谤，说什么：'你找这个对象啊，有很多毛病，但我就是不告诉你……'小淯就回来问我：你有什么毛病？那小家伙故意留个悬念，让小淯回来折磨我，你说她多损。"

我笑了。我在想对方的调皮。

"小淯想起来就盘问，说毛病究竟是哪方面的？我说没毛病，她不信。她说你和那个夜大生是老相识了，这还有假？你一定把什么事情瞒了我。我说我有艾滋病，她气得哭起来。我大笑了一场，笑得好痛快。我告诉小淯，你是个蠢家伙，是个笨蛋……"

三

大型义演在这座城市引起了轰动。大家议论纷纷，说从来没有见过这样大规模的演出，这么大的声势，省长都去，市长都去等等。我不到这种场合去，不愿让那些轰鸣把脑子弄乱。可这次梅子却非要拉我不可，说："你好长时间也不回来一次，人家那些上年纪的人都手扯手去看义演，我们这么年轻倒一直待在家里。再说还有孩子……"

她说的也有道理。我发现岳父岳母约上梅子一块儿去，被她拒绝了；她是为了三个一块儿。我有些感动，只好硬着头皮去了。

我好久没有在这个大型体育场看演出了。演出之前就被那种热烈发烧的气氛弄得无所适从。这个地方差不多能容纳一两万人，顶灯、各种各样的彩灯、转动不停的灯，还有舞台一角冒出的白气、烟雾，尖厉的口哨声，嗡嗡的议论；身背照相机、穿了小背心在场地上穿来穿去的真假记者；架起的电视摄像机架子，一旁站的头戴大耳罩的怪模怪样的人……这些让我一看就有点头痛。我想这里的一切对我来讲已经有点陌生了。没有办法，这儿是咸水，而我是一条淡水鱼。小宁伸着小手指点画着，问这问那，灯是做什么的、烟雾是怎么回事儿，我都答不上来。有时我胡编一个理由，连他都不信。梅子说："你问他，他什么也不懂，该问妈妈。"小宁偏要问我，在他眼里爸爸懂的事情总比妈妈多。

演出开始了。一对奇怪的、差不多只穿了上衣没穿下衣的人跑上来；随之又上来一对差不多只穿了下衣没穿上衣的人，他们在台上拥挤、高喊和怪叫，让人觉得非常突兀，这些人基本上激动得没有来由。他们中的一个跑到高架麦克风前唱着、唱着，后来一使劲儿把架子扛到了肩上，在一大群伴舞的人中舞动。我为他们捏了把汗，害怕那个铸铁支架打到那些少男少女身上，那样非出人命不可。我屏住呼吸。我想那本来是几个多么好的女孩子，多么利索的小伙子，可千万不要出事。我的担心是多余的，他的铁架子一放到地上，就响起了震人耳膜的掌声。

今晚上所有的人都愿意鼓掌。台上又蹿出一个人，一上来就疯狂擂鼓，鼓声如雷，震得人的心脏都快跳出来了。一个四十多岁的女人像娃娃一样蹦蹦跳跳，从台上跳到台下，还不断做出飞吻的动作。她的飞吻面对的是所有人，包括长着胡须的老人、掉了牙的老太太和那些漂亮的小伙子姑娘，当然也包括我……我拒绝此人吻我。梅子说："这小姑娘多可爱。"我说："不，她至少有四十大多了。"这时旁边有人把望远镜递给梅子。梅子叫了一声，又递给我。

真是一个四五十岁的女人,拉近了看受不了,嘴角血红,面相凶恶。她天真地舞着,开始唱一首歌儿了:"我爱北京天安门,天安门上太阳升……"

义演将要结束时,从后台跑出一个奇怪的演员,原来他就是这个演出队最受尊重的老者。他在台上一颠一颠地跑动,还故意装出拐腿的样子,剃了秃头,留着奇怪的翘翘胡须,长得极丑。他一出现观众更为疯狂。后来我见他拐到了观众席那儿,一双贪婪的眼睛在寻找——终于找到了一个姑娘。他开始拉住她的手,单腿跪地,唱起了一首绵绵情歌。小姑娘不好意思,站起又坐下。他竟然伸手去抚摸姑娘的脸蛋儿……观众狂呼着,打着口哨,他们简直被老头的这一手给弄得疯癫了。"妙啊,太棒了!"我身边有人连连呼叫。音乐声一阵比一阵猛烈,体育馆的屋顶都快给震飞了。我只求快一点结束。这时又是一阵喧哗,原来那个拐腿老头突然在那个少女面前双腿跪了,双手合十,闭着眼睛,像在祈祷,麦克风揸在了手里。这个让人恶心的家伙……彩灯疯狂旋转,嘶鸣的音乐,如狼似虎的大吼……

当那些红红绿绿的、闪亮的灯火从我脸上划过时,我恨不得把这一切都砸了。我又一次体验着暴力与绝望。我骂了一声,梅子反感地看我一眼。我每一次说粗话她都用这样的眼神看我。可我有什么办法,梅子……

四

李大睿让人通知:事情总算有了眉目,不过具体的事项还需要我亲自跟牟老汇报一次。我当即给李大睿打了电话,除了感谢,又问是否现在就去见牟老?李说:"这样重要的事情到他办公室谈不太合适。""那……该怎么办?""这你还不明白吗?不要太小气。"我愣了一下,只好请他多多"指点"。对方嘻嘻哈哈了一会儿,说应该在一个地方摆上一桌,大家坐一坐,一边吃饭一边谈事情不是更方便吗?最好再带一点礼物……"我舅舅是一个又清贫又廉洁的人哪!"

这时他要挂上电话了,我突然想到什么,"请等一下,我是说,那一天在饭桌上把礼物给他恐怕不妥,是不是把礼物给您,请您转送给他?"

"你这家伙鬼精。好吧。"他把电话挂了。

实际上我想,在正式交谈之前把礼物给"百足虫",会利于成事的。在这个年代,我们葡萄园的人已经相当精明了。我忍不住苦笑,一边盘算着:我对回城要做的事已经早有准备,带回了不少干制海珍,它在这座城市里是极受欢迎的东西,特别是海参——它作为一种礼品是再合适不过的,一方面体积小,另一方面确实是壮阳之物。一般而言,这座城市的人是亟须壮阳的。在忙这些事情时,我常常要忍住头晕——自从回城后就有些晕,那个演唱会之后更厉害了,四周的东西不一定什么时候就要旋转起来……

我按计划,准备了五斤海参和其他一些杂七杂八的东西,把它们好好包裹,包成一个方包、装在一个大纸盒里,纸盒上面又用毛笔写了"精装书一套"。四周又在旋转。当天它们就送到了李大睿的公司里去了。

驳黉夜书

[论娱乐]

极度的无聊和末日感一旦浸透或侵蚀了我们的生活,我们就会不择手段地寻找娱乐,并将这种选择当成天经地义的事情,当成一种常态。这种娱乐很快就会转化为巨大的商机,二者相互需要相互促进,最终形成一股不可阻止的浊流,冲毁一切淹没一切,其结果将是十分难料的,非常严重。

我们常常把十分粗俗的嬉闹也容忍下来,并渐渐见怪不怪,到后来不粗俗反而觉得没有意思,于是就要千方百计地制造粗俗、挖掘粗俗。整个社会精神就这样日趋下落,走入下流,与无坚不摧的实用主义相谐配,与强横无知和残酷的霸道相结合,让我们的生活变得越来越昏暗、越来越绝望。这样的世界将只有少数无心人、一些寄生虫才活得愉快,大多数民众既没有现在,也没有明天。如果一些人用"明天"来引诱民众,那么这个"明天"只能是他们行骗的一部分罢了。

小报,特别是卫星电视——那种借助强大的固态或液态燃料推进到太空的传播装置,已成为残害生命的可怖武器。卫星电视的发明其实远比核的发明更为重大,它的摧毁力不知要比后者大上多少倍。它轰击人心并进而改变它,而之后人心又可以支配一切工具,包括核能。现在全世界对于人类能否控制核能的担心是空前的,而对于更为可怕、威力更大的卫星电视,却没有引起足够的警惕。现在互联网正在开始大规模研发——从局域网到未来的全球网络,其传播方式和传播速度将发生翻天覆地的变化。这场改变是以卫星电话和电视为基础,以更为海量的文字与图像信息、更为自由无羁的方式开始的。这种立体的无所不在无所不用其极的方式与手段,会使人类在长达几千年形成的精神岛屿彻底淹没。这差不多等于我们一直担忧的海平面上升,将大片陆地淹没的恐惧,只是有过之而无不及。

人类追求物质利益和追求娱乐的欲望结合得如此紧密,天衣无缝,且高度统一。至此,最强大的现代武器终于给了人类致命的也许是最后的一击。那些在人类历史上费了九牛二虎之力才得以积累的所谓"精英文化""仁义礼智信",将失去最后的一缕尾音。

过去它一直作为生存理性,作为对物质和欲望的世界的最后一点平衡力,将在这场全面娱乐化全面商业化的滔滔大潮中丧失殆尽。这也许是关于这个现代世界的所有消息中最为不幸的一条消息。因为我们的世界一旦失去了这种平衡的力量,倾斜和颠覆的时刻也就来临了。这是没有任何办法可以挽回、可以逆转的。

我们只要稍稍注意一下哪些人在从事传媒也就明白了。大批的孩子、没有阅历的人胸前挂牌,在电视台和报社大门出出进进。这部分人玩耍心忒重,对生活的艰辛与苦难一无所知,更不愿操心。未来如何,他们无暇也无兴趣去考虑。追逐刺激、看点、热闹、商机,出一点风头使一点性子,或者被浅表的"责任"激动一下,是他们的基本特征。最重要的是,他们还极易被某种更老到的力量利用和玩弄,因为他们没有阅历,没有判断力辨别力。对于时尚的浮浅跟从,成为他们的兴奋点,并一再得到商业人士的赞扬和鼓励。收视率和发行量就像一只牛鼻子,一旦拴上鼻钉以后就会残忍无情地被牵一辈子。这个世界的兴趣就是这样被引导、被强化,进而无限高速地旋转起来,一直转到所有人都头昏眼花,再也没有了方位感。

一个没有方位感的世界要多可怕有多可怕。在这样的世界上生活,那些粗暴而愚蠢的家伙就会乱指南北。他们的手成了指南针,等待我们的会是什么,一切也就可想而知了。

无限的悲观攫住了我。我无法等待这个黎明。我没有眼泪,只有浊酒。这一杯给了你,你也就长醉不醒了。共醉的一天终于来到了,来,让我们一醉到死吧。

(长眠之前,我有个必会引起众怒然而却不得不提的重大建议。该建议不尽合理,却有相当的可操作性,所以掷出备考,留待将来。一、所有从事传媒职业者,必须是年满四十五岁以上者;二、对电视以及未来之因特网作出硬性规定,除用以新闻、通信、科学普及、教学、高雅艺术等,一概不得用做其他。)

[批驳]

这又是来自阴暗角落的狂妄呻吟,从来如此。什么末日、粗俗,老百姓喜欢,你算老几啊?那些朝思暮想独霸话语权的人,一旦其权利被剥夺,就会寝食不安,以至恨得咬牙切齿。然而事物变化有其自身规律,传媒的发达也不是某个人异想天开或一意孤行所致,而是科学发展和现代化的必然结果。象牙之塔的艺术、趣味,不为人民所喜,怎会繁荣?人民需要娱乐,需要自己的文化生活,而且这种要求日益强烈。要满足他们,就需要越来越多的人献身于这个事业,并且一再地改造和提高我们的技术手段。

对于他最后的建议,我看不仅荒唐,而且怪癖。试问年轻人不是未来和希望,又是谁呢?传媒不反映年轻人的要求,还有什么生命力?再说了,人人皆知的一个事实是:年轻人最有好奇心、最有激情、最能跑能颠,哪里有了新人新事,总是他们最先听说,然后就跑去采访了。如果全换上了四五十岁以上的人,遇事慢慢吞吞,黄花菜都凉了,哪还会有什么新闻!放眼全球,所有的报业电视业,哪个不是以年轻记者为主?要知道,谁能掌握青年,谁也就掌握了未来,这是不必怀疑的一个铁律。

另一个建议更是可怕和怪异。试想如果堂堂卫星电视和未来将要出现的因特网络,不开发自身拥有的强大功能,而局限于小小的范围,报报新闻播播京剧搞搞教学发发信件,谁还会搭理它呢?再说发射卫星及建立电视转播网是多么费钱的一件事,你就忍心让这些从太空到地面的复杂设备闲置一多半功能?

我们的商业要搞活,经济要振兴,怎么能离开强大传媒的支持?我们丰富的娱乐生活,多姿多彩的群众性文化活动,为什么不受赞扬,反受到无端指责呢?

* *

把新科技当成洪水猛兽,这在历史上曾一再发生。所以清代才有人把一些科技发明叫做"奇技淫巧",如数捣毁。想开历史倒车,结果就是国毁人亡。大清帝国想禁绝外面的花花世界,结果不但没有禁成,反而把自己装到一个缺氧的瓮里给憋死了。这就是前车之鉴。

天下本无事,庸人自扰之。历史在进步,螳臂挡车难。蚍蜉莫撼树,杞人少忧天。

* *

该文作者有一个明显的特征,就是其极端的保守性。这是社会上硕果仅存的封建疙瘩。其仅有的一点正面思想,即怕乱、怕变,担心一味娱乐会伤害人生理想。但这里我想回答你的是,水至清则无鱼,偌大一个国家哪能没有一点混浊?没有一些有机物,鱼要长大,它吃什么?我们一再说思想解放,即反对只有一种声音一种方式,而要百花齐放,不妨在一个时期泥沙俱下一点!我们伟大民族有信心也有能力,来解决一些最难的文化难题。比如满清时代,外来文化入侵吓得人人自危,有人还为中华文化的丧失难过得自杀身亡了呢。死了也是白死。最后大家都可以看出,外来文化不仅被同化,而且中华文化由此而更加强大!文化就像人体要吸收的各种营养一样,不怕杂,不怕多,微量元素尽可多些,没吃过的要吃一吃,没尝过的要尝一尝。

一个有大包容的民族,文化上再乱也不必怕。军队不要乱,政府不要乱,这才是主要的。什么叫泱泱大国?就是文化沸腾、声音沸腾,几至泱泱。如果人人弄成了秋天的知了,偶尔哼几声,没一点热闹,那就会一片死寂,等着完吧。不是别人让我们完,而是我们自己吓个半死,吓得不做声了。事实上我们的国家从来没有像今天一样充满朝气,从来没有像今天一样开放,也从来没有像今天一样自信。我们调动了所有可以调动的力量,让他们发挥一己之长,投身到伟大的时代里来。还是那句话:前途是光明的,道路是曲折的,我们对未来充满了乐观主义的精神。

会治水者并不围堵,而是疏导。

希望你能从疏导的角度来考虑一下问题。切切不另。

老 铁 海 峡

一

剩下的就是等待。在返回东部平原之前这一段焦灼难耐的日子里,除了那本小册子偶尔给我一些消遣,更多的时间都花在那部秘籍上了。我继续追溯一个家族的踪迹。我知道一开始做这种事儿半是消磨,半是好奇,还多少有点奇怪的执拗掺在里边;而现在则有所不同……

伴随这个消耗想象力和极端需要韧性的工作,就是时隐时现的一副苍白的面容。淳于黎丽那对深深的目光像一直盯视着我,使我不安。淳于家族遗落在这个城市的孤儿,与我同属莱夷人的后代,我们的血脉里都有一种浓浓的漂泊无定感和孤单气。

我回味着她道别时说过的话,不知其中到底包含了什么。

我的思绪又回到了那个氏族诞生的故事,看到了落在贝加尔湖中的那对兄妹,他们是被一阵飓风自海角卷裹而至的,一直紧紧相抱……我此刻感到了她的手臂的温热,她的一颗心的跳动……所有的故事都是从这儿开始的。

我不知莱夷族的人如今都生活在什么地方？他们的命运？他们的行踪？像很早以前的淳于云嘉，只像闪电一样在这座城市里划出一道光亮，随即消失了……我相信更多的人隐没在平凡的故事中。在上一个世纪或更早以前，在那段漫漫历史当中，莱夷人跨过尚未发生陆沉的老铁海峡，长途跋涉，一次又一次的迁徙，已经耗掉了所有的精锐。他们死伤大半，人渴马饥，仍然要为生存展开一场场浴血奋战。在与强悍的狄族和戎族的争夺中，他们先后失去了西至泰山、南至莱芜以及黄河以东的大片土地，最终放弃了故城。就这样，一场无边的迁徙开始了……

　　仍然散留在故地上的莱夷人今在何方？他们过着怎样的日子？岁月赠给他们的又是什么？我不得不在漫漫无边的平原和茫茫的山林里，去仔细地辨认昨日踪迹。我仿佛看到了浩浩荡荡的北迁——队伍已经疲惫，骏马的鼻孔在霜尘满地的早晨喷出的两道白气；还有他们手中的弓与刀，紧随身旁的两眼悲哀的狗……

　　老铁海峡后来发生了陆沉，于是莱夷族从此相隔着一片大海，分别处在了世界的两端。海角是他们的故地，而寒冷的北方大陆却到处播散着他们的种子。尽管他们的命运发生了巨大的差异，可是血脉里共同的东西却在执着地指引。

　　我似乎明白了淳于黎丽，大概她再也无力奔波了——我们不能永远漂泊，一代又一代，这种没有尽头的跋涉应该结束了。

　　当齐都在临淄建立之后，莱夷人连最后一片故地也没法固守时，孤竹和纪的后代开始瞄上了北方。他们不得不沿着来路回返，在漫无尽头的迁徙之路上纷纷倒下。在严寒和酷暑中剩下的只是最强悍的一小部分。他们到达了勒拿河，然后再到达贝加尔湖南岸、到达了外兴安岭——这时才发现，这里也已经面目全非了！他们的先人，当年那一男一女留下来的后代——那八个儿子形成的部落分化流失，几经摧折，分散在从黑龙江流域到勒拿河上游一个广大无边的地区。原地除了一部分孤竹和纪的后代,杂居和演化的人种还有蒙古人、埃廖特人和布里亚特人,这一点俄国学者马克也是认可的……一部分留下来的孤竹和纪的后代差不多成了贝加尔湖的土著。他们有时也自称为布里亚特人,但有着自己的谱系,自己的传统,自己的关于祖先的故事。他们难能可贵的是藏下了自己遗传的冕器——这是他们留下来的最后的印证,是血脉和故地的象征。而正式的蒙古人和埃廖特人则分别保持着索尔帖赤那和苍狼的儿子——两兄弟的谱系。所有的蒙古人也都认为苍狼是成吉思汗的始族。蒙古人留居在自己祖先的故地东亚,只见于中国北部和西伯利亚之间;一部分埃廖特人则离开那里,迁移到更遥远的西部。

很早以前留居在贝加尔湖畔的古莱夷人大约也活动在这个范围里。这期间发生过激烈的部族冲突,但后来更多的是部族之间的联盟。他们有的开始通婚,有了近亲和血缘关系。他们更多的是与异族人的争斗。当时在勒拿河附近的埃廖特人与莱夷人的关系,多少有点像海角故地与黄河下游土著早期的关系,甚或更为密切。而埃廖特人的势力也远比黄河下游的土著大。当莱夷人被狄族和戎族战败之后,顺着来路北迁贝加尔湖畔时,很长一段时间难以被当地的莱夷部族接受。由于他们分离的时间太久了,语言不通,习俗迥异。直到很久以后这种冲突才渐渐消失。迁居来的莱夷人过着自由民的生活,他们开始居住在勒拿河畔,然后又迁居到巴尔古津一带,并逐步与自己有着血缘关系的孤竹和纪的后代相处融洽。是他们传统血脉中共同的东西起了至关重要的作用,特别是他们带来的冕器……是这一切使他们相亲相爱起来。这时他们才开始从古老的谱系中查找部落与部落间的血缘线索。后来,年轻的部落就给更老的部落送去一只雄鹰,作为承认他们权力的标志。

从那时候一直到十七世纪初,莱夷族与蒙古人、埃廖特人和布里亚特人大致相处得很好。这期间尽管冲突时有发生,但他们已经懂得共同携手建设自己的家园了。他们也从这种团结中获利,同时发展为非常强大的几个部族。

　　据俄国学者马克的研究,到了十七世纪初,西部一个更为强大的异族终于获得了他们的最初消息,叶尼塞斯克一带的首领已经开始考虑征服这些民族,后来果然派出了远征军。经过几次激战,他们的远征遭到了完全失败。事后,1627年,他们又派出了更大的远征部队。当时他们的部队阵地位置大约在伊利姆河河口以上一百多公里处,尔后又从那里取旱路继续上行。这一次他们把那里的莱夷人劫掠一空,不仅如此,还将莱夷人和埃廖特人、布里亚特人的妇女带走,把他们当中强壮的中青年杀光。

　　1628年,异族的远征军又沿河继续向上游进发,向居住在这一地区的广大土著征收贡赋,并在这里安营扎寨。

　　可是在他们统治的这几年里,当地土著不断地起义,无数次的冲突使双方伤亡很大。面对这个东侵的强大异族,孤竹和纪的后代,还有当地其他土著都进行了艰苦卓绝的斗争。每一次起义被扑灭的时候,都留下了极其惨烈的场景,常常是一个完整的村落被烧光和杀光,尸体被悬挂在树木上、推进了河里、被野物吃掉;那些年轻的妇女就被如数掠走……尽管一次次地血洗,这种起义在几年时间里竟然发生了二十多次。那个异族已经相当疲惫,他们的军队源源开过来,但仍不足以在这片广大的地区站住脚跟。再后来,他们不得不采用怀柔手段,让这些人归附自己。他们放回了孤竹和纪的俘虏,但护送俘虏的人回返时却在河口那儿被当地人全部杀死,于是怀柔手段也宣告失败。

二

　　1631年,强大的东侵异族开始在河口地区建立了堡寨。接着又有大批的部队前来增援。这些堡寨的四周都居住着孤竹和纪的后代,还有蒙古人、布里亚特人和埃廖特人,他们对这座堡寨绝不理睬,而且仍然拒绝交纳毛皮税。1635 年,他们甚至把堡寨里的头目和他们的同伙全部击毙。一直到两年之后,又一支更为强悍、装备更为精良的异族人的队伍开进,他们才暂时潜伏下来。入侵者作为报复,想血洗一个村落,可是这些村落的人早已四散奔逃——这有点像海角的那一次溃散和潜伏。

1637 年,入侵者开始从扩建的堡寨那里溯安加拉河而上,向居住在更广大的地区里的孤竹和纪人,还有布里亚特人,征收贡赋。但是敌人只要稍稍离开,他们就拒绝纳贡。这之后入侵者不断地施用怀柔手段,但他们的统治在这个地区始终没有确立起来。尽管堡寨势力不断壮大,周围地区不断地被整肃,可是沿安加拉河绵亘五六百里,一直到五大河河口,他们几乎没有使这个广大的地区在半年里得到安宁。

1645 年,一位督军又派出一支大部队去征服当地土著,这一措施仍然没有收到任何效果。他们被迫再一次放弃暴力,采用怀柔手段,这样做的结果除了零星地得到一点贡赋而外,别无他获;第二年布里亚特人和孤竹、纪人联合起来,又一次击毙了收缴贡赋者。强大的入侵者没法使他们驯服,虽然当时已从叶尼塞斯克深入到勒拿河和加尔金河的上游一带,不断地建立城堡和堡寨,统治的地区一天天扩大,当地土著和孤竹、纪人活动的范围越来越小,最后异族人已经深入到了他们居住的草原,但尖锐的冲突仍旧不断发生。入侵者一次次受挫,最后不得不开始撤退。这之前大举征讨当地土著的行动遭到了最勇敢的反抗,当地一位酋长宁愿自焚也不愿落入敌人之手。那一次敌人进行了最残酷的镇压,一连烧光了十二个村落,杀了不知多少人,血水把整个草原都染红了。就在这种强大的镇压之下,孤竹人、纪人、埃廖特人和布里亚特人才暂时逃到了更远的地方。

直到很久以后,入侵者才在勒拿河畔建立了更大的、超过以往任何时候的堡寨。但这样做的结果却是当地土著的空前广泛的联合,在这座堡寨建起不久即发动了强大的进攻。他们一次又一次围困堡寨,敌人不得不一次次派出更强大的部队,一次次把安加拉河对岸的土著劫掠一空,而且把另一岸的布里亚特人也劫掠一空。他们花费了比过去多十几倍的兵力才算在这一地区初步站住了脚跟。就这样,大部分土著,包括布里亚特人和孤竹、纪人才决心放弃他们在1655年曾一度考虑过的迁徙往外贝加尔地区的念头。

尽管居住在安加拉河畔的土著被击败了,但对于接受强大异族的统治却不甘心。他们纷纷地东迁,只要敌人在一个地方建起了堡寨,他们很快就会迁走,无论敌人用什么办法,哪怕暂时的和平手段招回一部分逃民,也不会有一段长时间的安宁。1648年,敌人曾派遣一支强大的队伍护送那些抢掠来的贡赋和财物西迁,当这支队伍经过贝加尔湖南岸时却遇到了起义的土著,结果入侵者被全部杀死。很久以后,入侵者就在这个流血之地修建了一座很大的修道院,接着又建起了一座堡寨,从这里不断派出远征军,去征服贝加尔湖东南一带的广大地区。从1662年到1666年,这块广大的地区发生了一次次激烈战斗,在这些战斗中,孤竹和纪人,还有基本上和他们融合一起的布里亚特人,充分表现了自己的英勇不屈。他们的强悍和卓越的军事才能,使敌人付出了前所未有的代价。

当地土著分别向南方和东南方开始了迁徙,他们宁可再一次忍受迁徙的痛苦,也不愿接受异族人的统治。他们在寻找新的土地。在安加拉河的下游,在安加拉河和勒拿河之间,他们与当地的入侵者划了一条边界。

在贝加尔湖东北部的地域,其中只有很少的布里亚特人和孤竹人、纪人,这时也不得不向南、向东迁徙,逐渐放弃了分水岭的北麓,然后向东,一直到鄂嫩河的支流,在那里开垦出一小片土地,勉强生活下来。

从那一段漫长的血流成河的历史来看,我们可以得出一个结论:居住在贝加尔以西的土著和那个强大异族的关系多少密切一点,他们过着半定居的生活,经常从事农业;而与此相反,居住在贝加尔湖以东的土著却对异族人从未妥协过,他们想尽办法竭力保护自己的民族特性。这些土著住在乌达河和色楞格河、鄂嫩河一带,人口稠密,一度信奉喇嘛教,而该教的中心就在西藏。他们以这种宗教和信仰当做抵制东侵异族影响的精神支柱。

在漫长的历史中,尽管孤竹和纪人又分为许许多多小的氏族,但无论年代怎样久远,这些氏族的源流仍可以查考,他们有着良好的组织。一些氏族已经有了很好的联盟,每个联盟接受一位氏族长的领导,这与贝加尔湖以西的那些土著是完全不同的。孤竹和纪的后代仍然独自处理一切涉及自身的事情,每遇到重大事件必须招集族人大会。他们有着很好的民主传统,这与他们在海角的习俗和特征完全一致。他们不仅从东莱故国那里带回了众多的冀器、乐器、弓箭和铁器,带回了炼铁技术,更重要的是带来了自己的政治和文化传统。他们不像遗留在贝加尔湖边的土著那样放弃了农业,而像在东部平原上那样,仍然保有很好的耕作习惯,充分利用了过去从事农业生产的经验。

孤竹和纪的后代都是第一流的骑手。他们当时和蒙古人一样,节日活动中经常举行赛马和角力,他们当中妇女的活计是擀毡制革,用马尾搓绳子,给自己和男人剪裁缝制各种各样的衣服等等。她们和当地的蒙古妇女一样,能够在衣服、靴子和席子上绣出精细的花纹,真是心灵手巧。男人则负责放牧牲畜、架帐篷、制造各种工具;每一个人都是熟练的铁匠,能用小手炉锻造金属。

这些孤竹和纪的后代已经可以讲一口纯正的海角语,但迁徙较晚的一批人只会说蒙古语。

在漫长的历史当中,莱夷人总在不断迁徙。这是为什么?面对着比他们更强大的部落和民族的攻击,如果不懂得屈服和妥协,那就只有迁徙……像贝加尔湖以西的土著,还有当年在狄族和戎族强大进攻下的黄河中下游土著,与莱夷人最大的区别,就是血液中天生缺少一种强悍的桀骜不驯,结果很快被同化、消失……

血脉激动着莱夷人,使他们不能够停歇,不停地走、走,寻找最后的一点希望,寻找立足点,寻找自己可以作为家园的那一块陌土……面对强暴,他们永远只是一个拒绝,于是就只有迁徙,只有溃散和流浪。如今的莱夷人在这个世界上广为分布,像天上的星斗一样撒遍了夜空。他们已经被密集的人流所裹挟,所淹没,人们只有从这之间的某一双眼睛中去捕捉那一丝忧郁,那种永久的漂泊不定、永久的孤单……无论是男性还是女性,一旦染上了这种血脉,就会走个不停,就会寻找正义并永不屈服。他们有着更为苛刻的操守和内心的戒律,已经越来越悖于现代精神。可是这个消亡的过程却是极为漫长的,他们也许与整个地球的消亡同步,但愿他们的步履放得再缓慢一些、再缓慢一些。他们不必那么匆促,也许他们注定要消亡,等待他们的仍然是以往一样的悲壮结局——这之前他们仍在急切地寻找,在龟裂的土地上寻找青苗,在干枯的树桠上寻找果实,在没有希望的地方寻找惊喜,在沉沉的午夜里寻找阳光……

三

深夜里我与古纸残片为伴,与几个世纪以前的身影相依……我一人坐在黑影里,关灯长坐。小宁睡了,梅子也睡了。不知什么时候有人翻身,也许是我惊动了他们——是梅子,她走过来把台灯按亮。她看着我疲倦的面容,从我的眼睛里看到了什么?她怜悯地伸出了手,后来靠着我坐下。这夜晚有点冷,并因为这寒冷而变得漫长。"睡不着吗?""睡不着……"

她翻翻秘籍复制件,又拾起一些陈旧的纸片,她一直感到怪异的是我为什么迷上了它们。她所知甚少,甚至怀疑它们会与我有什么曲折的关联,而我也没法给她讲得更清。我只能告诉她:我在寻找我们整个家族的来龙去脉。我说:"你们这个家族不是莱夷人。"——在我的粗略考查中,你们大概属于"鱼族"——尽管这也使人很容易想到濒临东部沿海的莱夷族,可是鱼族和纪族、孤竹族却实在没有什么血缘关系。我不知是高兴还是失望地向她指出这一点——她笑了,说我多么喜欢幻想……

"鱼族多好啊,我就愿意吃鱼,这与我的那个氏族有关吧?"

我答不上来。我说:"鱼族肯定与鱼有着密切的关系。你们鱼族的后人都很漂亮,就像你一样。你们大概是鱼变的……"

"去你的。"她把我推开了。

在这个夜晚里,我拥抱着鱼族的女儿,看着她若有所思地望着黑沉沉的窗外,嘈杂的声音一次又一次从窗户涌入。在这样的夜晚,我不由自主地想起了很久以前与她热恋的情景。那时她还是一个二十多一点的娇小姑娘,长得很瘦,看上去简直是不堪一击。我想做她的保护人是很好的。因为我足有一米七八的个子,胸肌发达,只用一只胳膊就能把她托起。她曾经为自己长得这么弱小而不好意思,我说不必这样,这样就挺好。我说以后我要牵着你的手一块儿走。

是的,在所有的假日里,我们都一块儿走,走个不停——我们爬山,到河边去,甚至乘郊外汽车到很远的寺庙遗迹,去寻找一点奇观。我们俩发现了一株很大的白果树,手扯着手仍不能把它的躯干围过来。我们还做过了很多有趣的事情,比如说到郊区的乡间集市上买一些乱七八糟的手工艺品,还一块儿偷偷请病假去爬泰山、逛寺庙……我们拍了不少照片——后来就是这些照片为她惹了不大不小的祸患——她把这些照片散放在自己的床头柜上,被未来的岳母发现了。那时候他们并不同意她跟我在一起。岳父恶狠狠地呵斥她。鱼族的女儿说:"我们只是一块儿玩玩,这也不可以吗?""不可以。"岳父在极其愤怒的时候说话总是更为简约,可这样愈发让人感到严厉和蛮横。

我们热恋的那几年里,岳父深深地刺伤了我。后来很久我都没法和他谈上几句话。那时面前这个娇小玲珑、长了一对杏眼的姑娘给了我很多安慰,也给了我勇气和力量,与她那个家庭斗争。她把最好吃的东西从家里偷出,补充着一个单身汉马马虎虎的生活。我给喂胖了。那时她还在做打字员的工作,我业余时间涂抹了很多,她都给我偷偷地打出来,一式两份,给我一份,自己留一份。她真的喜欢这些乱七八糟的文字。那个时候我迷恋着地质学,同时还和她一起迷恋着艺术,这也说明我们都年轻——青春真是个好东西啊……尽管她不写什么,可是她甚至比我还热爱这一切……如果一直这样下去该有多好啊。后来结婚了,一年一年过下来,人就离那些美好的想象越来越远了……

现在看,一个单身姑娘本身就是一次幻想,她怎么能不喜欢幻想?

人的一路向前,必要丢尽了幻想——这会是我们所有人的不幸吗?

我却没法放弃,尽管有时我也那么厌恶——可这不是幻想的过错,是我没有那样的能力;幻想本身具有永恒之美。

这个寒夜我想,我不厌其烦地探索的莱夷族长长的、永无尽头的迁徙,鲜血写下的反抗的历史,就是一首永恒的歌。我终有一天要把这首歌谱写下来,唱给我的所有朋友听,唱给这座城里的人听,唱给东部平原上的人听,特别要唱给梅子听……

梅子啊,你应该回到歌的时代,你应该重新回到那个时代……

梅子的眼光突然从窗户上收回,看着我,她突然问了一句:

"那个淳于黎丽好久没见了,她怎么不来了?"

我没有回答。她摇动了我一下。我只说:"她迁徙到很远的地方去了。"这句话让我自己也惊讶起来。可梅子竟然信以为真,再不做声。

停了一会儿她又问:"那你什么时候回葡萄园啊?"

"很快,很快就回那儿。"

"你愿意走吗?"

"我要去那里等你。"

她看着黑漆漆的窗户:"可是我会在这座城市里等你。"

我叹了一口气:"那就让我们互相等候吧……"

你在高原 人的杂志

卷三

第 七 章

诗 与 酒

一

人生的春天会像水一样流走。但总有几个春天会留下来,它不会淹没也不会消逝。我们的第一本杂志、封面火红的《葡萄园纪事》终于摆到了案几上。严格来讲它是杏红色的,可总让我觉得金色闪闪彤光耀目。一切都尽善尽美,加长大三十二开,二百五十多个页码,三个彩色插页;刊物的最末一页还记载着我们这个葡萄园里的一些耕作、收获以及其他一些琐屑。这是诗与史,雅致,朴素,沉潜,发力深长且热情洋溢。我们这些两脚泥巴的人有着怎样也无法遮掩的漂泊气,可是我们的杂志让人瞥一眼就会明白它的严整、执拗和矜持。这也是吕擎和阳子来到以后,合力玉成的第一件美事。

葡萄园刚开始的日子也是一个春天,不过那是怎样的春天啊,风沙大作,荒野枯寒;茅屋破了好几个大洞——我和拐子四哥修补着茅屋,也修补着遗落在荒原上的一颗残破的心。拐子四哥那时被风沙打得满脸泪水,斑虎天天跟在主人身后,夹着尾巴奔跑。大老婆万蕙帮我们抬着那个老大的泥罐,肩膀都压肿了。大家的手都被磨出了血,可是谁都不吭一声。就这样,我们迎来了夏天,接着是一个让人喜悦和安慰的秋天。

葡萄园的大门如今添了一块四四方方、刷了桐油的木牌:棕黄色底子,暗绿色的字,上面几个大字是杂志的名字,底边是它的拼音。洋文字母总是需要的。一些人路过时都要站在它跟前看一会儿,有时还要伸手抚摸一下。

我们必须首先把发行部的事情落到实处。可能天下有钱人的逻辑和习气全都一样:谁能想象一个亿万富翁为了几个小钱还会如此顽强刁钻,可恶到了让人佩服?他平时一掷千金的劲儿哪里去了?我不能想象李大睿其人,无法将那个打印小册子中的洞察与强辩、荒诞与冷漠,和这家伙稍稍连上一点点关系。它在他手里只会备受摧残。当我与吕擎说到这一点时,对方却少见地含糊其辞。如果吕擎是借某些见钱眼开的家伙推行自己的夜猫子呓语,那当然又作别论。李大睿以及他手下的人简直都有一股不可理喻的固执。最终总算把发行部落实下来,李大睿如前所言,马上派来了公司里的一个人,并由这人亲自管账。

我和武早由大胡子精领着,到镇上去看那些废掉的酒厂设备。一进入具体的工作武早就严肃得多了,沉着脸指点起来,一边有人不断地记下来。"这些设备勉强整一下,再添置几样新设备就可以了,反正是生产低档酒……那些橡木桶扔掉吧,它们不能用了;破碎机要换;水泥台的树脂衬里要重做……"刚刚干净利落地发过指示又小声咕哝起来,"你来这儿的时候可能一切都变了,嗯,咱们也要从头开始呢……昨天梦里……"

大胡子精凑在我耳边说:"他咕哝什么……"

"自言自语。他们酿酒的人都愿这样。"我手心里捏了一把汗:一旦武早旧病复发,那可就糟了。但愿他不至于走得太远——其实他闲下来还是不停地在纸上画着,表达的无非还是那些乱七八糟的内容,大部分是关于象兰的梦呓……有时我看见他屋里长夜灯火通明,忍不住就走进去——很想给他几片从林泉带回的药物,但犹豫了一下,还是作罢。

一个多月之后,酒厂开张并很快出产了一种浅红色的葡萄酒。拐子四哥饮了一口,咂咂嘴说:"味道不错。"吕擎和阳子也认为差强人意。我喝了一点,问武早:"这种酒的后劲儿大不大?"武早说:"这是稀释的一种酒精饮料。真正的好酒不是这样。你等着吧,很快——很快,就像马蹄叩着你的心……"

最后一句我不能明白。像诗。

二

拐子四哥和大老婆万蕙一直沉浸在节日的气氛里。他们看着城里来的吕擎和阳子,满面欢欣。四哥掮着那枝沉重的老枪,一拐一拐地在园子里来往,在刚刚搭成的那栋茅屋前端详,身后跟着他的斑虎。万蕙几乎没有一点空闲时间,除了每天在园子里做活,还要为我们大家准备饭菜。她永远不会抱怨,永远都在心满意足地忙碌。她大概一辈子都在做一件事:给男人安一个家。她的那种温厚和宽容能够安慰所有的人,有时候我甚至想:葡萄园里真正的主心骨不是任何人,而是大老婆万蕙。

由于葡萄园里一下子增添了几口,还时不时地有人往来,万蕙做饭就紧张得很,常常在中午时分沾着一手面粉从屋里跑出来,招呼园里的鼓额帮她生火。我想今后她们两个的主要工作就是搞好一个食堂了。原来我们只在茅屋的右边搭了几间简陋的棚子做伙房,现在就把它扩大了一倍,重新换了茅顶,又用土坯垒墙,用泥浆抹过并刷了石粉,在里面摆了两张大桌子,使其成为一大间餐厅:即便有外地的朋友来葡萄园就餐、开个热热闹闹的宴会也足够用了。我们这几个人,再加上园艺场的朋友,平时就可以坐满这两张大圆桌了。

武早常常和那个大胡子精、和厂里的人来往了。刚开始的时候我一定要陪他一起去,后来才知道这是完全不可能的,我总不能一直盯在他的身边啊。我担心的是他那种莫名其妙的、随时而至的咕哝声把人吓着。好在这完全不是大胡子精他们所能领会的。他们或许真的会把这种情形当成天才人物的一种神游、一种奇异的行为举止。谢天谢地,武早并没有像一般的精神病人那样手足无措、满嘴狂言,而仅仅是一种低沉的自语——有时只是一种呢喃而已。

他与我一块儿居住的这些夜晚,常常让我感到不知如何是好,让我处于一种十分愧疚和矛盾的心情——我有时候甚至也像其他人那样,怀疑他的能力、他的精神状态。因为每到深夜,他的思维完全失去了起码的逻辑,混乱、急切而又癫狂。好在这种癫狂劲儿一到了白天,到了太阳出来时就会烟消云散……他指挥起工人井然有序,以至于顺利地搞成了那种低档葡萄酒,没出任何纰漏。天哪,他终于初步胜任了酿酒师的工作。接下去就是按原计划加快步伐添加设备,增加规模。他说:"酿原汁酒就要开始了,到时候可以消耗掉我们园子里的所有葡萄,而且还要收购园艺场的那一部分。"

梦寐以求的日子终于到了。这个夜晚我有些激动,又一次失眠了。我不得不像过去那样用书籍打发时间:轮番看李大睿将要印出的小册子和那本秘籍,或看点别的。武早睡在外间,后来我又听到了咕咕哝哝的声音,看到了一会儿点亮一会儿吹熄的灯火。这个壮汉再也睡不着了,他香甜的鼾声只有在黎明时分才响上一阵,而那时外边各种鸟雀的喧哗,还有鼓额和拐子四哥他们驱赶灰喜鹊的吆喝声又要把他吵醒。他甜甜的睡眠偶尔才有一次——眼瞅着这个壮汉的头发越发脏乱、面色越发灰暗,心里又疼又急……这天晚上我刚刚打开一本书,武早就来敲我的门,我不得不把他放进来。

他一进门就用火辣辣的目光盯着我,然后默默地坐在我身边。他把我炕上的书翻起来,头压得很低看着。这样一会儿,他的手指点着上边的一段话,一直指着看我。

"……他们打算在这里起义,而且届时要访问我,我绝不后退;虽然我认为他们的力量和勇气都不足以成大事。但是,前进吧!这是行动的时刻,个人又算得什么呢?只要那代表了过去的光荣的星星之火能够传给后代,而且永不熄灭就行了。这不是什么某个个人,甚至千万人扬名的问题,而是自由的精神必须传播的问题。撞在岸上的波浪一个一个地溃散了,但是海洋总之获得了胜利……不管个人的牺牲如何,伟大的事业将聚积力量,扫荡一切粗粝,肥沃一切可种植的地方(因为海草就是肥料)……"

这是关于拜伦的一本书,那上面引用的是诗人的一段话。

他的手指在颤抖,抬起头来看着我,目光里泛起询问的光亮。我不止一次地看过这段话,问他:"怎么呢?"

武早害怕光亮一样闭了闭眼睛:"'不管个人的牺牲如何'?不管……"

我琢磨他的意思。

"林泉总有一天会发现我的……他们会重新把我拉到水边……'你必须喝',那个穿白大褂的人命令我。这种水让人变得昏昏沉沉。我攥住他,把他的头按进了水中。他没命地挣扎。另一些人跑过来,后襟给风扬起来——白大褂里边是一色的黑衣,黑衣上的铁钉闪闪发光……我害怕了。他们一下扑过来,往狠里揪我。我的牙都给磕掉了。他们逼我承认:你是一个精神病人……"

武早的泪水从鼻子两边流下来。

"我的好兄弟,他们硬是把咱俩分开。他们见了你就握手,客客气气,这是在哄骗——你刚一离开他们就往死里折磨我,你看我身上脸上,这些伤疤……"武早说着脱下了外衣。令我惊奇的是他真的浑身布满伤疤——如果这些伤疤不是他发病时自己撞伤抓伤的,那就只能是他人折磨过——这是可能的吗?我正忍住惊讶,充满疑虑地看着,他把头一下抵在我的胸口:"他们不会罢休,到处找我,你出去时千万要看看后边有没有跟踪的人……"

我安慰他,设法将一点药粉掺在水中让他喝下了。他那双燃烧着火焰的眼睛渐渐合上。我悄悄地把屋门锁了,退出来。这时候我多想去阳子和吕擎的屋子里坐一会儿,因为睡不着。可是我站在门口听着他们发出的鼾声,只好忍住了。

三

白天,我不得不花更多的时间去照顾他、安抚他。我设法汇集起他过去曾经喜欢过的一切,让乡间音乐,让拐子四哥的狩猎故事,让万蕙那些家长里短,让鼓额那种深沉温柔的目光……这一切去簇拥他安慰他。我期待所有这一切能够化解他心中的烦恼、焦躁和不安。

这些稍有作用。可后来我惊奇地发现,大胡子精却能让武早真正地镇定下来。

这个粗鲁的镇长一见了他就直截了当地谈生意,谈酒厂的生产。而每逢这时候武早就发出了果决而坚定的声音。有一次他对大胡子精说:"你必须在这个秋天之前把那个设备搞到,搞不到就甭打算在春天酿出第一批酒来——还有我说的橡木桶,对,就是橡木桶,别的不行——你找的那些制桶匠根本就不能用。那不是一般人可以随便弄弄的,不是做柜子箱子。我要亲自指导。你先按我说的去搞吧。"

"搞一套新设备,财政上负担不起,他们园子里又没有那么多钱……"大胡子精在武早干脆利落的指挥下倒是有些蔫,说话像呻吟似的。

"那就去那些倒闭的酒厂看看。他们的设备闲在那儿,卖不出去就是废铁。不过我得亲自鉴定才行。"

大胡子精讨好地竖起了拇指。我在一边看了真是高兴。

冰凉的月光下,肖明子吹响了笛子。那种笛音是万蕙和拐子四哥最喜欢的。月色下,在闪亮的葡萄叶的露珠上凝聚了多少故事。多么好的夜晚哪,在这笛声里,我看到罗玲来了,她是悄悄地走进来的,默默地在他身边坐了。笛声在安静的夜色里可以传向很远。野鸡的叫声被压过了,大海滩上只有这冰凉的笛声,像一曲温暖的、在夜空和树隙里流动的爱情故事。这笛声里,我惊奇地发现武早一动不动,静静地听着,目光望着黑黢黢的葡萄藤蔓……我走近了武早,他握住了我的手,鼻音很重地说:"我一抬头就看到了!瞧她就在月亮下边……"他大概把罗玲错看成了象兰。

远处的芦青河汩汩流淌,这条河今夜离我们多么近啊。"你听,听到了河水声吗武早?"他抬起头来。远处的确是河水奔流的声音。北面大海的潮声也可以听得清晰。那哗哗的水浪啊……我突然想起那个夜晚我们一起读过的句子,吟道:"……撞在岸上的波浪一个一个溃散了,但是海洋总之获得了胜利……"

武早点点头。月光下,他整个人就像一尊雕像。

这个夜晚我也在想:那个女人也许真的该来一趟,来看看武早……

两天之后,就像是神灵指点似的,那个人真的来了——万蕙远远地就看到了,她最先出门迎接,接着是满眼新奇的鼓额和肖明子,所有人都汇聚到葡萄园门口那儿。是的,真的是她!吕擎和阳子像端量一个怪物那样看着来人:她骑着一辆小小的紫红色摩托,像上次见过的一样,穿了米黄色的风衣,围了雪白的头巾。与过去不同的是,她的车上好像驮了一个大包裹。这时我在心里咕哝了一句：

"你可来了！……"

摩托猛一下停在了园门那儿。她终于没有直接闯到园子深处。她老远就微笑着，扬起手向我们打招呼。万蕙和拐子四哥他们高声应答着。

许久不见了，她仍像过去一样年轻，体态轻盈，匀称修长，脸庞紧绷绷的，整个人显得神采奕奕。她的两眼很亮，看上去温驯而热情，走近了，大大方方地与所有人打着招呼。她握着我的手说："我们又见面了。我是来看武早的。"

我想武早还在他的屋子里呢，他如果知道你来了还不知怎样呢。这时我把她引向吕擎和阳子，她伸出手去。我在一旁看着。我发现她稍稍显得大一些的嘴巴张着，露出晶莹白亮的牙齿。一个迷人的、火热的少妇。这两个人对她不会失望的，因为她的确是可爱的——如果她能和武早在我们葡萄园里安一个家该是多么好啊！这无论对于我、对于整个的葡萄园，都是一个不小的福音。可惜这只是幻想，大半不会成为现实。

我伸手指了指东边一间屋子，象兰点点头。那里就躺着一个为她死去活来的男人。

迎　送

一

象兰给武早带来了很多东西，吃的、用的，一应俱全；武早过去穿的衣服，象兰都一件件洗得干干净净，这次也捎来了。原来他们仍然保留着过去那个家——小小的屋子里有很多他们共同生活时使用的器皿和衣物,而且两人都有钥匙,只是从不相约一块儿回到那里。武早入院前,象兰仍按时回去打扫卫生,洗衣服,有时还给他做一顿可口的饭菜——可她再也不在那儿过夜了。武早后来住进了精神病院,小屋就差不多成了象兰一个人的居所了。她现在还没有结婚,但已下决心不和武早在一起了。她说:以前试过多次,终于发现那是不可能的——武早疯迷一样追赶着她,那种种猜忌和恶毒的攻击已经让她伤透了心。就这样,她既不放心武早一个人的生活,又没法和他走到一起……现在我们都明白,她已经真的在计划组成新的家庭了,尽管未来的这个家庭同样会是奇奇怪怪的。

我不相信象兰这样的女人会在这个时代里拥有一份和顺的生活、一个甜甜蜜蜜的家。她也许降生得早了一点,即便在今天也仍旧是一个过于激进的人,一个异数,这个世界还没有留给她足够的空间。她在当今的舞台上只适合演出悲剧。也许我过于悲观了,也许我是对的。这个判断对于象兰来说有点过于残酷了,可是没有办法,生活本来就有自己既定的轨道,每个人都将走向自己不可改变的那个结局。这对于我、我们所有人,都是一样。

夜晚,我很想把她安排到武早那个房间里,我自己回客房里去住。当我这样说了之后,象兰笑一笑:"很感谢园长同志,感谢您的美意——这已经不能了。您大概不是用这个办法对我发出逐客令吧?"

她使用了一种客客气气的书面语。我能说什么?只好作罢了。我觉得有点可笑的是,她把我叫做"园长"。在她眼里这个葡萄园里的负责人就应该这样称呼吧,而从未想过这个发明在我听起来有多么怪异和别扭。这样,象兰就给安排在客房里,成了我们扩建茅屋之后迎接的第一位客人。

象兰在葡萄园逗留的几天,吕擎曾经找她单独谈过话。我不知道他们谈了些什么，反正他们关在小屋里一口气谈了一个多小时。我记得后来吕擎出来了，面庞多少有点红，但仍然十分严肃。我没有问他。

象兰走了之后，吕擎忍不住，终于还是把那天他们谈话的情形告诉了我："我想了解一下这个让武早长期入迷的女人。我觉得她多少有点奇怪。当然，我抱有一种探奇的心理。我不过想凑近了看一看：她是不是个狗东西。"

吕擎的骂人话让我吃了一惊。

"我试了一下，发现她还不是狗东西；就是说，她还是一个值得尊敬的女人。"

我不知吕擎到底是什么意思。待了一会儿，吕擎又说："……关于她的事情我听得太多，心里很厌恶。她把一个五尺多高的男子汉搞成了这样还仍然振振有词——这样的女人大半都是坏东西。不过我想她既然敢于闯到这里来，倒有几分勇气，那么我就要听一听她到底凭了什么。我发现她不像原来以为的那么浅薄，起码还不是那种随随便便的女人。她是一个有点想法的人——奇奇怪怪的想法。我们可以不同意她这一套，但却足以让我们对她有点同情和谅解。我发现自己对这样的一个女人宽容一点，并不是很难。"

我忍住惊讶听着。这些年里吕擎越来越烦躁，动不动就骂人——最近由于远离了吴敏，好像整个人变得更加烦躁。我觉得他有时候很想找一个什么对象吵一架才舒服。比如与象兰谈话的那个夜晚吧，我相信他一开始是抱了干一架的想法才去的。令人称奇的是这个女人最终还是征服了吕擎，让他明白了她可不是吵架的对象。是的，她是我们的客人，吕擎不应该跟她吵架。

阳子告诉我："象兰在这儿时，让我给她画过一张画呢。"

"你以前不是给她画过吗？"

"不记得了,"阳子撇撇嘴,"这个女人说话总是让人受不了,这方面你得慢慢习惯才行。后来我才明白过来:她的那份热情只属于自己,别人最好放明白一点,不要去沾。她太热情了,这就容易让别人误解。谁要误解了那是他自己的事儿,其实也没什么。说到底她还是挺能容忍。大概她在酒厂就是这样吧,最后她总会让对方冷静下来……"

我笑了。我想起了第一次见象兰时,她那么真诚而热烈地注视着我,竟然毫无吝啬地赞美起来,样子还那么真诚!那一次我也像吕擎一样心怀使命——武早让我去劝导她。当然,后来这种劝导不但没有成功,而且最终是她让我恭敬而又自卑地离开了——我承认不是她的对手,不仅没能劝阻她,倒是给打消了一切规劝的念头,并从心里赞同了她的选择。我甚至反过来去劝武早:放弃她吧!

结果是武早陷入了更大的痛苦……

这一次她到葡萄园里来,我们很少深谈。我只问了一些酿酒公司的事情,不想过多涉及她和武早的关系。她告诉我:公司自从武早走了之后,就平平常常地运转下来——总是那么几个老品种,质量一般。总之没什么生气,虽然这只是暂时的现象……我问:"为什么是暂时的?"

"总会有新的酿酒师出现。这是一座著名的葡萄酒城呢,人才还是有的;这里什么奇迹都会出现,你就等着看吧。现在要紧的是先稳住局面,等等再说。"

她的结论既让人欣喜又让人觉得残酷。我问:"你认为武早不会重新振作起来、不会康复了吗?"

"大概不会了。"

"可是我们已经开始让他酿酒了,而且已经在出第一批酒——您品尝一下就会……"

她夸张地摆手:"我可不敢。"

二

在那个泥做的书架上,已经摆了好几瓶酒。我告诉象兰这就是与那个镇子联办的葡萄酒厂搞出来的。她眯着一只眼看了看——"不用品尝我就知道是什么货色,用酒精勾兑出来的。"

"嗯,你说对了。不过这至少也说明武早仍然可以工作……"

象兰不再做声,在屋里摇摇摆摆走了两圈,两手抄在衣兜里:"不管怎么讲,他不可能再像过去那样了,这让人难过……"

我注视着她,后来忍不住问:"你愿意听一句不太客气的话吗?"

"说吧。"

"他,说到底完全是因为你……如果你能稍稍通融一点,比如给他一些温存、一些照应……他就不会毁掉了……"

她微笑着看我,说:"园长先生,你干脆直着说吧,让我怎样?"

我干咳着,担心自己表达不好,我说:"我是说,你每隔一段时间来看看他,陪陪他;我会为你们准备挺好的一间屋子……"

她点头:"明白了。你直说就得了嘛。你的意思是我要按时送给他干,让他获得性满足——这样他就不狂不闹了,就能为你的酒厂创造剩余价值了!你无非就是这样的意思,你这样要求我不觉得自己太过分了吗?"

我觉得自己这会儿满脸红涨,手足无措。我说:"您,您可别这样看,千万别误解……"

她哼一声,笑了笑,安慰地拍了拍我的肩膀。接下去她并没有发火,甚至连提高一下声音都没有,只垂了垂眼睫毛:"我们老总也这样讲过,看来是这样吧。不过我又能怎么办呢?你们都错了,随便脱裤子是不可能的。就为了成全一个酿酒师,我要把自己全毁了吗?毁了自己的……"

我知道她想说出的两个字大概是"爱情"。我不敢对这两个字也报以嘲笑,所以一时不知该怎么说。

象兰最后还是激动起来,走到我面前,挥动着右手:一只白皙的小手,一只拨动壮汉心弦的小手,在我面前摆来摆去,像一只刚刚孵出的小鸟:"我很矛盾,有时我一夜一夜睡不着。我知道这样连续的失眠会加速自己的衰老,你知道我特别害怕衰老,只想漂亮,想年轻,不惜使用各种办法——想保持青春,最重要的是心理上要有那种感觉……我害怕失眠,可最后还是让武早弄得彻底失眠了。你看看我付出的代价够大够惨的了。我能为了照顾他人的一点面子,扔下最重要的东西吗?不行,绝对不行。我在认识武早以前活得快快乐乐,当然了,我最渴望得到一个人,这从十几岁就开始了。我有过不少机会,我不是一个平常说的那种好姑娘。我找过了,我遇到了,我以为最后一个遇到的才是最好的……可惜不是。他后来就像掉了毛的芦花大公鸡一样,抖瑟得让人烦了。他死盯着我,嫉妒心大得吓人!他给了我那么多折磨,把我弄得死去活来。他简直就是我痛苦的根源……就算他是百里挑一的男人吧——这种人就像地上的植物一样,会一茬一茬重新长出来。我的命只有一条,我不会为他搭上的。这个尽管放心好了,园长先生,难道这个还有什么不好理解的吗?"

她歪着头,像看一只小鸟似的,看着我的眼睛。

我脸红耳热,简直待不下去!我必须败退了,必须赶紧离开这间屋子。我同时承认她这会儿的真诚。是的,她说这些很好理解……我在心里固执地争辩着:问题是按照我们所能接受的道德准则,一个人有时候、许多时候,是必须忍受某种牺牲的——在我们的视野里,多少人正在忍辱负重,做出了何等巨大的牺牲啊!他们都是自觉自愿的,在山区,在平原,在我生活过的那些地方,多少人在做着各种各样的牺牲。可面前这个人就是不愿意,她真的不愿意!我没有办法,且无言以对……

她这时候却放松了,笑了。她笑得那么甜美。

"你笑什么?"

"我笑你皱眉思索的样子,看你这严肃的样子多么有趣……"

真要命。她竟然略带嘲弄地欣赏起我来了。我镇静了一下,问:"你以为我可笑吗?"

她仍然笑着。

我问:"你刚才不也在思索吗?"

"那用不着思索,那都是现成的道理,就摆在那儿,是实实在在明明白白的。"她说着一仰脸一皱眉,"看看你那一脸黑胡茬子吧,真可笑……还是算了,你这样的人不会理解我的,你和你的朋友也都会误解我。在公司里,我那些年轻朋友却从来不会。我有时动手弹弹他们的脑壳、捏捏他们的鼻子,他们都很听话;他们也这样动我。只有少数几个邪恶的家伙忘不了自己那根腰带……"

最后的话让我觉得好笑又尴尬。美少妇嘴里有三把刀。

她接上说:"人有各种各样的欲望,那些好欲望我是很能接受的。我有一份特殊的才能:很容易就能区别出人的欲望是好还是坏。算了,我不跟你谈这个了,这些问题太深奥,不是你这个单纯的头脑所能明白的……"

她说着就转过身去,走开了。

我看着她的背影。这个奇怪的、主观而理性的、有时又是无法理喻的女人!通过这一番话,我进一步料定她不会有自己完整而幸福的生活。再见了,我想——你这个子高高的、像狐狸一般狡猾又像狐狸一般美丽的女人,聪明极了,可你还是不会幸福!遗憾!

我恼恨地盯着她走去,心里又一次可怜起武早来了。

就这样,我们的葡萄园又一次迎来并送走了象兰。

驳贪夜书

[论浪货]

所谓的"浪货",即性行为不那么检点的女人。自古至今,她们从来让男人喜欢,只不过男人有一些儿腼腆罢了,说不出口而已。别看男人黑胡参撒着,其实是世间最腼腆的一种动物,遇到什么事儿就像动物园的狗熊接饼干一样,两个前掌举着,生生挡住了长脸。好汉不吃眼前亏,好汉不弃多情女。我认为人世间最优秀的女子才称得上"浪货"哩,她们是人民当中的宝贝儿,千万得珍惜起来才好。我今生凡遇到"浪货",相处时从来都是仔细观瞧,惟恐虚度了这番大好光阴。看她们眉眼里全是慈祥,手足间净是温情,一句话,和她们在一起你才觉这世界本也不错,值得留恋,也算是没有白来一遭则个!看一个个话语款款,走起路来不声不响,全是偷情的好手。试想想这世界上什么好东西没有啊?金银财宝,夜明珠紫金钗,可要她们来挑呢,偏偏就捡一个情字。这东西无形无状,却也有色有味,找个没人处吃起来就像困了一冬的大地瓜,又香又甜大口儿吞了则个,撑得肚儿溜圆也不知饥饱。她们胸脯鼓鼓囊囊的,那里面装的全是情啊。仔细观瞧,或丑或俊,只没有一个儿不是菩萨心肠呢。也正因为她们太善良了,一生中净是奉献而少有索取,所以才让人从心里喜欢。只有伪君子才怨声载道,他们恨不得将天下大罪一锅儿端给她们,活活恨死人了!

善良人儿眉目多情,看他人净是可爱可亲之处,只是少了些儿提防和阴险,有求必应,无恩也报,以身相许时,只做少许推挡便可。她们不知世道之艰难凶暴,名权利禄交攀着,就没给好人留下一丝活路。那班恶少,常常是刚刚摘得芳心一片,扭过头却要骂她。好女子本是多情,痴心又何曾改过,只以为大男儿身高五尺,堂堂须眉喘气哈嗒哈嗒,恨不能如数交付则个。哪知道对方其实是斤斤计较之徒,到头来没有一个不是抠门儿。她身为"浪货",也就不仅多情,而且多才,自古以来这样的才女真是数不胜数,她们心眼细发又活络,读了书能诗能文,不识字的也能做一手好刺绣。我见过一个乡间女子,她大字不识一个却能绣出成双成对的鸳鸯,一只只全都水灵灵的。她们见了男人笑脸相迎,没一个盛气凌人的。城郊有个才女男友无数,南村北泊都有异性知己,他们无话不谈,最爱去村边草垛那里。如今看来,凡是世上有了大苦楚大艰难,总是这样的女子流泪最多,她们如果手里有些银两,为了救急也常常是如数抛撒出去,哪顾得明日花销用度。这些人不懂算计,乐于助人,就是看不得人间苦情,见不得流血流泪。大骗子一哭,她们的心立马就软了。

一市一区一地,一个真正的"浪货"就好比一道锦绣山川,是五彩斑斓的一道风景。她们好比是五月的鲜花,披挂了满墙满泊,要多么慷慨就多么慷慨。咱们大老爷们儿说句真心话,这一辈子就没遇到过一个狠心狠性的"浪货",倒是那些不苟言笑一脸正经的女人每每害人。她们全都无情无义,心硬似铁,为了一点世俗好处哗一下就冲上去了。如果遇到真正可以决定命运的上司,上司说你脱一次就提拔一级,那么她们索性就不再穿裤子了。偏是这些女人,她们个个都瞧不起"浪货",还想搞点"严打"什么的关一批抓一批呢,那才是心存嫉恨,怕她们有一天会夺了自己的饭碗。她自己端的饭碗里盛的就是最脏的东西,还捧着到处炫耀呢。而在"浪货"们那双有情有义的眼睛看过来,这世界是多么美好啊,她们身边发生的任何不平和苦楚,都让其大吃一惊。她们无功利,只多情,令人好生爱惜。咱在这里要不客气地直白一声:我从来都把所谓的"浪货"看成这个世界上最后的一点希望。她们的杰出和超凡脱俗,身上所存留的人类最后的一点美德,让那些老世故臭帮子一辈子都吓得干瞪眼。她们对一些人来说,不过是冬天穷老汉的太阳,凑近了才能取来的人间温暖。看这一个个全都大咧咧的,心肠软得就像棉花,再不像样的男子,在她们眼里都能看出不少的优点。这里想叮嘱一句:还是要好好挑拣哪,要找到心情作风与自己相似的人才好,因为不管怎么说那也是一件大事。这样说有人必会误解,以为又来了卫道士,又来了非礼勿视非礼勿听那一套。其实水至清则无鱼,再说人本来就花花色色难以辨别,你有情我有意,就难免扑棱棱搂到了一起,到时候再难以分个青红皂白。她们那一刻只觉得这人可怜,泪莹莹的,一片真心,哪管怀里哆嗦的是什么糟物。反正是说了万千,惟一一句可直言相告的就是:男不如女;而女子中,又以俗称"浪货"的为上品。

有人曰:既然如此尔等为何不专觅"浪货"为妻?为何还要见了内人红杏出墙就凶龇龇的?善哉斯言!我有一句话不知当讲不当讲,就是说,咱也觉得为人应该言行一致,不可说一套做一套,丢下些笑柄着人捡拾了去。在我看来心地纯正的"浪货",乃世间最难觅的宝物,为妻更是上上之选,但这非得是有大心志者而不可为!我这里有民国的一个好例子,咱不说你就去猜猜看吧。在她那里,拳拳美意多得是,简直是立等可取,你说人活一世这是何乐而不为?又有人在说了:你这样岂不是乱了阴阳,毁了大伦,将人间推入了万劫不复?老天,这才是狗咬耗子瞎操心,你我又是何方神圣?再说下了,咱哪有这样的大韬略大福分,今生去哪里找来这样的可人儿啊?说白了咱不过是泥里打滚汤里搓澡的俗人,有眼不识金镶玉,怎么说也是梦里吃枣白想了一场!再说她们在人群里为数本也不多,你当是随地都有的破烂?这等人物乍一看腰带松松,其实呢个个都有一副菩萨心肠,哪里是平常人能够入眼入心!据我观察要分辨她们也有一二法门,这里不妨试试。凡脑门宽大、头发从中间分缝、两条眼眉横楞着、两眼贼亮吓人的女子,无论美丑,你都得小心着点儿了！说不定她就有些独家本事在身哩,说不定就是那等好人儿,别到时候扭捏起来你给吓得一旭蹄子跑开。实际上擦肩而过的事也是经常发生的,咱就遇上不止一两回了,至今想起来还嗟叹不已。

话说到这等分寸我想也差不多了,大伙儿想必也能明白些个中滋味吧。咄。

[批驳]

这是什么狗嘴里吐出的象牙？试问天下之大无奇不有,何时何地出了这样的反叛贼子、颠倒五常？难道花柳病艾滋病还嫌太少不成？该让这个家伙得上一两次,瘦得皮包骨头隔离起来天天打针,死前问问他还要"浪货"不要？如要,咱们民族从来都不缺货,一定满足需要,保障供给。

* *

据有关部门统计,男女花事已经呈现攀升势头,因此而导致之刑事恶性案件也有大幅上升趋势,且屡禁不止,有令不行,有关部门个别人官官相护,有法不依,明禁暗倡,越做越大。有的地方甚至以拉动经济为名,怂恿黄色场所兴隆营业,夜夜通宵,搞得人马俱疲,纪律松弛。什么按摩所修脚房歌舞厅,不法者巧立名目胆大包天,甚至有厅局级官衔为其保驾护航。我们要根据两手都要硬、双管齐下的标本兼治的原则,从内到外从上到下地解决思想认识问题,开展严打等专项群众活动,大力扼制色情蔓延的不良局面。

* *

该文竟然公开对严打专项活动横加指责,并将进步较快的女同志视为不如"浪货"的下流坯子,实在可恶可恨。我们如果提倡滥交,文明法制国家一日都不能生存,民族复兴的现代化进程即告停止,宏伟目标永远都不能实现。同时卫生防疫任务也将占去全民工作的大半,再次沦为东亚病夫!据专家预测,二十世纪将是艰难与机遇并存、进步与倒退俱在、瘟疫频仍发生、人心惶惶、物极必反的时代,人类正处在一个大动荡大变革的十字路口,所以万万不可麻痹大意。我们要居安思危,在国民生产总值确保再上两到三个百分点的同时,狠抓意识形态领域,对不健康的资产阶级糟粕大力扫除,争取年内端掉一批贩毒倒卖儿童造假及黄色窝点,以确保和创造一个经济加速发展的稳定良好环境。

味 美 思

一

　　酒厂开始扩建,看上去一派兴旺。这终于引起小城葡萄酒厂凌春利的警觉,他竟然几次以自己的方式发出了警告。大胡子精愤愤不平,吼着:"凭什么?难道在这个地盘上只允许喝他一家的酒?"

　　话虽然这样讲,大胡子精还是多少有点担心,因为他明白凌春利与那个副市长有一种特殊的关系——"究竟是什么关系我可不告诉你。"他诡谲地朝我一笑,"凌春利现在是酒厂厂长,还兼那个开发区的区长,一家伙闹了个副处级,我工作时间比他长,在基层的时间也比他长,到现在才是科级。这小子把最宝贵的东西都能拿出去买官。"大胡子精有点怅怅的,"不过咱不管他那一套,厂子还得干,必要的时候我要去找市里的正头。"他有点雄心勃勃,还说凌春利那个酒厂如今成了这个样子,还不是偷了人家葡萄酒城的技术?"今后我们也要这样干……"

他说已经开始琢磨那些停产酒厂的老设备了,兴许能捞到一点便宜——武早说过,在南部山区有一些厂子早就倒闭了,山区太穷,他们不愿让设备压在手里,急于变成现钱,所以会很便宜。大胡子精决定先派人到南边转一圈,等有了比较具体的目标再让武早进山。

他的话我非常赞同,也极想趁这个机会到外边走走。我在葡萄园里待的时间够长了,那种出走的念头又在心里泛起……杂志有吕擎阳子他们,而且下一期杂志出版前的这段空余时间完全可以派上更好的用场——哪怕只有半月二十天也好……我对大胡子精说:"等你们有了具体目标时,还是我陪酿酒师外出吧,再说他也需要我来照顾。""他的身体不比你棒吗?不过你能陪也好。"

大胡子精对自己的酒厂满怀信心,这倒令人高兴。酒厂的计划如果砸了,那我们的杂志也就困难了。我们大约占了这个酒厂三分之一的份额。如果酒厂能够达到设计标准,而且能如期投产的话,那么它的前程够辉煌的;再连带榨汁厂的收入,会是非常可观的。我们的榨汁厂不仅可以耗掉园子里的全部收获,而且还要外出采购,必要时葡萄汁不仅要供给我们自己的酒厂,还可以对外销售……

作为联系人和主管工业的刘宝副书记,越来越频繁地到葡萄园里来了。大胡子精有一次对着我的耳朵说:"她是真正的宝贵财富啊,我们镇上的宝贵财富。我们可以拿出这样一员干将来,你看我们对酒厂的工作多么负责、多么重视!"

我发现大胡子精在刘宝面前总是特别殷勤,简直是嘘寒问暖。"刘宝不要走那么急,来,吃串葡萄再走……可不要感冒啊,披上这件衣服。"刘宝说:"你操的心太多了。"尽管这样,大胡子精还是把自己的衣服脱下来——那是一件挺好的风衣——披在刘宝身上。刘宝瞥他一眼,穿着走了。

大胡子精离开时对我说:"你们要好好照顾她呀,她还是个单身汉哪。""是个单身女子。""对,单身女子啊。"

阳子与刘宝熟了,经常跟她开玩笑。有的玩笑稍微过火一点,我就阻止阳子。阳子说:"她是一个很开通的女同志,你们不要那么小心谨慎的,我们俩在一块儿谈得可好啦,她可不是别人想象的那种人。在基层工作惯了,接触的都是些很粗鲁的人,太文气了不行,有时她还主动说句粗话什么的。"

我说:"胡闹。"

"真的,只有粗话才能让一些基层的同志服气,如果老是文绉绉的,他们才不听你的。她负责的是一些很重要的工作,必须学会说粗话。不然工作局面打不开。"

"你这是什么鬼理论!"

"真的,她是极力克制着才在我们面前不说粗话,有时候忍不住就要蹦出一两句来,你会慢慢习惯的。"

也许阳子的话是对的,因为我发现这个长得很秀气的胖姑娘,果然在关键时刻颇有几分帅气。有一次镇上的一个干部来这里商谈购买一套榨汁机的事,刘宝好像有点不同意,竟然发起火来,伸手指着那个五十多岁的人说:"你他妈的搞了些什么?你妈的!你自己定得了吗?我以前怎么讲过?跟你说了多少遍……不能如期完成我就撤了你!"

阳子在一边对我伸伸舌头,一会儿又凑过来说:"你看她什么都敢讲是吧?大闺女特别棒,所以才负责这么重要的工作……"阳子做了个鬼脸。

我想这个姑娘尽管粗鲁,但仍不失其可爱,她把温柔藏在了那副严肃的面孔下。有时我看她见到阳子就流露出一丝丝母性的温

柔,凑到一旁,甜津津地看着阳子作画。阳子说:

"小刘,我给你画上一幅吧?"

我更正阳子:"你应该叫大姐、刘书记,怎么叫小刘呢?"

刘宝腼腆地一笑:"就这样叫好了,他喜欢怎样就怎样吧,这个小家伙。"

阳子不做声,笑了笑,开始作画。

事后阳子对我说:"你知道什么?她是很大的姑娘了,就喜欢在前面加个'小'字。"

"你这个鬼精的家伙。你要矜持一点,要知道这是与我们联合工作的地方领导。"

"晓得。你放心,我会照顾好她的。"

吕擎有一次半开玩笑半认真地对我说:"你还是应该多嘱咐阳子几句,最好不要让他过多地跟刘宝接触。你知道他过去跟万磊是好朋友,说不定多少染上了他的一些毛病,可千万不要闹出别的事情。"

我看刘宝倒是乐于和阳子在一起,大概很喜欢他的画吧。阳子给她作了好几张素描,显然把她美化了一点,比如不露声色地把她画得稍微瘦一点、更多地保留和突出了她眉宇间的那股英气……在阳子的这些素描面前,谁都必须承认刘宝的端庄、温柔和清秀——不过它们没有了她本人那么多的野气和严厉,仿佛缺了很多似的。刘宝骂起人来很凶,她火气大时,骂那些基层干部差不多要跳起来。天哪,幸亏她现在还是个独身,如果谁娶了她,后果不堪设想。

我有一次对大胡子精说出了这个担心,大胡子精哈哈笑了:"老伙计算你说对了。有一个教师,是研究生毕业,很漂亮,个子高高的,是学中国语言文学的,经人介绍和刘宝熟悉了。两人搞了半年,后来就吹了。你知道为什么吹了?"

我听着。

"那个人跟刘宝谈了半年,想亲她一下,她就火了,一个耳光打过去……'臭毛病,还想来这一套'!"

我觉得大胡子精一定省略了一些细节。

"那个教师报告了介绍人,介绍人说:你是不是有什么不轨的行为?男教师说:'也没有什么,不过是想接个吻。'介绍人说:'这就是你的不对了,你怎么能动不动就和人家亲嘴儿呢?人家还是个大闺女,又是这个地面上的领导,对她可得格外尊重啊,我再去说说看吧,看还有没有修复的可能。'就这样介绍人又去劝刘宝,刘宝说:'这人是个流氓。'介绍人说:'姑娘书记,你可不能这样讲啊,事情有开头就有结尾,再正派的女人早晚还不是要和男人亲嘴儿?你也不能这么刻板,再说他在单位里不错,谁都夸是个老实孩子,又有学问,你们结合到一块儿不是挺好吗?'刘宝说:'臭美,跟他结合?他应该先跟工农结合。他有知识,他那点知识还不够我们这些基层工作的同志一口吃的……'"

大胡子精讲得手舞足蹈:"那个男同志没有经验噢,对付刘宝这样的同志,你来那一手还行?弄出那一套软绵绵的资产阶级情调,那还行?跟刘宝这样的同志你必须板起面孔,先训她,立足点要高,三两句就把她训服了。"

我心里想大胡子精不愧是她的领导,极有经验。我说:"人家跟你不同,你是她的领导,当然可以居高临下了。"

大胡子精一拍腿:"你算说对了,刘宝很尊重领导同志,我只比她大半级,可也就是这半级,起了关键作用。我的话她很听,我说一不二,让她把这份文件好好看看,她就会连着看上两遍;我让她快点到市里去解决个什么问题,她转头就走,没有汽车也一样去。这个同志啊哪里都好,就是太那个了……"

大胡子精叹息起来。我问怎么了?

"嗨,太拘谨了,不开窍啊,要不能养这么大?"

我想起了大胡子精以前所说的宽脸的"谣言"——可见那也不一定就是谣言吧。总而言之他们这时在我眼里都很有趣。无论刘宝怎样粗鲁,她始终还是一位柔和的女性。我想她在另一种环境里生活,也许会形成完全不同的性格。

有一天一个小学生到葡萄园里来,那是一个胖胖的小男孩,可爱得很,穿着一件制服短裤,露着两条粗腿,膝盖那儿的肉显得很多。给他一串葡萄,他就吃起来。这时正好刘宝也来了,在孩子旁边,她一下就把那个小男孩抱在怀里。小男孩叫一声阿姨,她就甜甜地应答,使劲抱着他,吻他。小男孩也许被这种温柔给打动了,像对待母亲一样,紧紧地伏在她的胸前,嘴巴不由自主地一下下亲吻着她的衣服……刘宝被打动了,她的手在孩子身上抚摸着、拍打着,自语说:"多好的孩子,多好的孩子……"孩子毕竟有点大了,半个多小时过去,刘宝给压得气喘吁吁,脸上渗出了汗珠。那一会儿我想,她如果有个孩子,会成为一个多么温柔的母亲啊……

二

武早渐渐进入了酿酒师的角色。他现在满脑子都是酒厂的问题。夜间睡不着时,他就敲我里间的门,笑眯眯地提来一瓶酒,"这是味美思,来一点吧。夜真长,不喝点酒怎么行呢?来一点。"

他抚摸那个酒瓶,"这种酒你以前肯定没喝过。"

"我喝过。"

"你能品出那种美妙滋味吗?这是我的得意之作。"

他告诉我,他曾经携着他的酒走遍了大半个欧洲……我一直觉得这种酒的名字很美,这时就请教他。

"这是两个古代德文合并起来的,wermuth,直译过来就是'保护勇敢的精神'。"

"它能够保护吗？"

"那当然，喝了以后就有了这种精神。古代的一些勇士，他们为了保持英勇无敌的那么一股劲头，就喝这种酒——果然管事儿。"他小心地一旋顶部，瓶盖的粘连点啪啪挣脱。他的大手、粗粗的手指关节，显得很有力气。印制精美的酒标在他手里转了两下，倒了一下手，然后又回身拿来两个高脚酒杯，"它要倒在这种酒杯里——信不信？"

他给我添了半杯，又给自己添了半杯，整个动作连贯、洒脱，简直是一个艺术家在表演。

我以前喝过这种酒，记得有一种特殊的药香味。这一次我故意喝得很慢。甜味，香味，奇特的香味——它在舌尖上停留了一瞬，接着在满口里荡漾开来。那确实是一种特异的香气。他喝了一口，说：

"你知道吗？我的味美思才是最棒的，它的配方有几次调整。我这儿第一次使用了中药大黄……"

我愣了一下。

"外国人可不敢使用大黄，那是一种有劲的泻药，他们怎么敢用？大黄在我手里才玩出了花样……"

"这种酒的配方都是大致相似的吗？"

"开始是，后来就有很多差异了。比如说我手里出来的味美思，要选用最上等的白葡萄酒，每 100 升里掺用 75 升，麝香葡萄酒 15 升，再来中性白兰地 10 升，然后再加上各种药料浸泡——那药料啊，可就是个秘方了。"

"你都加了些什么药料？"

他眯眯眼睛看我，像终于下了一个决心："开始的时候我加大茴香、苦橘皮、菊花、豆蔻、白术，还有那东西——肉桂……你觉得怎么样？"

"我不懂。当然好吧。"

"还有藏红花,不过这得是真正的藏红花,从西藏运来的才可以。"

"我们喝的这瓶酒里有吗?"

"绝对有。你能喝到藏红花的香味;苦味你喝不到,你没长那样的舌头……外加一点花椒根、迷叠香,加上鸢尾——鸢尾你知道是什么吗?"

"就是我们平常在芦青河入海口看到的鸢尾花吗?"

他点点头,"再加上白菊、芦荟、覆盆子、威灵仙,加上香草。它们的比例我不告诉你——告诉你也听不明白。"

"听起来蛮诗意的。用这些东西来造酒当然是很棒的了。"

"可不是你想象的那么容易,让你来搞,只会弄出一种邪里八道的怪味儿,谁都不敢喝你的酒……有时候我还加上苦艾、紫苏叶、丁香,加上小茴香、龙胆草、公丁香、紫扣,最后加上酒花。你不知道,有一次我还加上了苦黄栋木……"

我有点吃惊:"这么好的酒里也有苦艾吗?"

"那当然,你别瞧不起苦艾,它在造酒史上可是一味了不起的宝贝啊。你知道苦艾酒吗?"

"你说过嘛,怎么会不知道。"

"美国佬喝什么苦艾酒——那就是加了这种苦艾。"

"苦艾酒就是加了苦艾吗?"

"那当然,有时间的话我造一点给你喝——晚上就我们两个人喝……"

武早一谈起酒就兴致勃勃,没有一点不正常的地方了。我们呷着味美思,最后不知不觉竟喝去了半瓶。我的脸开始火辣辣发烫。他把剩下的半瓶装到自己口袋里,我以为他要回去睡觉了,可他并没有走。他拍拍口袋说:

"多棒的酒,你忘得了它吗……有一天晚上,她,就是象兰,突然敲我的门。我开了门,她就揣着这么一瓶味美思来了。那时我们分手已经很久了,她不理我,也不到这儿来。平时我打开宿舍的门,真想在屋子里堵住她——你知道我们都有屋子的钥匙——一次也没成功。这天半夜她揣了一瓶酒自己送上门来了。我知道她过得也不容易,可爱的'小人儿'。我说让我们增加一点'勇敢的精神'吧,拿出了酒杯。我们俩就那么对饮。我把小炉子拨旺了,好像是秋末天气,有点冷。我们俩在小炉子旁边喝酒,老长时间不说一句话。一直喝了半瓶,这话才多起来。我说我的'小人儿',你一个人在这么冷的天里揣着一瓶酒跑来跑去,多么可怜!让丈夫搂着你好好地睡上一觉多么棒。那时候我忍住了自己心里的什么,说话很沉着。我说'小人儿',你不想我吗?你这个小家伙,你看你一个人半夜里揣着一瓶酒,怪寒酸的。你该让丈夫用棉大衣包裹起来,来吧!这小家伙听了,真的跑到我的膝盖上。我的大衣很大,那是打猎时穿的一件。我敞开衣襟把她包裹在怀里,嘿,这小家伙啊,立刻让我全身颤抖。她说多舒服啊武早,你让我回来吧!我说我天天让你回来。她说不,我是说你要像我们刚刚开始的时候那样大大咧咧的,再也不要责怪我,不要阻止我跟好朋友在一起——我听了把酒杯差一点捏碎了。她竟然让我答应和那些臭流氓在一块儿闹腾……她啊,那么好的一双眼睛让泪水弄得红红的。我说象兰你别哭,你一哭我心里难受,我把你当成了心肝宝贝,从来就是……喝酒吧,别哭,喝它一夜,喝到天亮。我一杯她一杯,后来把屋里剩下的酒全喝光了。她倒在我怀里睡着了,我怕弄醒她。后来我想把她抱到炕上,解了衣服,搂着她睡几个小时。我很久没有抚摸她赤裸的身体了。可是我没有,我生怕把她弄醒,就这么抱着她,我想她真像我的孩子。'小人儿'你好好睡吧。就这样我一口气抱着她待到天亮。天亮了,我仍然没有动,就这么抱着她。后来太阳升得老高了,透过窗户照在她脸上——那时我只想好好看看她,我想这个'小人儿'离我这么久了,看看她变没变。阳光下边,她脸上抹了一点红色,不知是酒色还是霞光。她还是那么年轻,她不会老,你看我多老了,额角蜕了不少头发,白发也有了。这小家伙倒越活越年轻,我实在忍不住,亲了她一下……她给弄醒了,一醒了就笑,说哎呀好舒服呀,在你怀里好舒服。我说那你尽管来家。你要知道这才是你的家,再也不要到处乱跑了好不好?她点头,盯住我。她是醉了。她还没有醒酒……再到后来她的酒醒了,一醒了就离去了——再也没有回来。老伙计,就这样,我的'小人儿'离去了,我嘛,大概也要离去了……"

他说着站起来,摇摇晃晃地揣着那半瓶酒,走出门去……

三

酒厂发展顺利,不仅是扩大了生产能力,而且正瞄准了高档酒。武早终于施展出他过人的才能,这让我大大松了一口气。我想一切都会好的,他总算没让那条紊乱的神经把一切都毁掉。

可就在这个节骨眼上,大胡子精带来了不好的消息——这家伙喝醉了,跟跟跄跄闯到我的屋子里,一进门就嚷:"坏了,这家伙向我们下毒手了。"

"谁?"

"谁?还有谁,就是凌春利。这个家伙仗着有后台,先是威胁我们,不让我们扩建酒厂,再到后来你猜怎么?那些搞质检的、管商标的、管计量的,都跑到我们这里来挑刺了,还说我们的'校办工厂'是假的,是一张假牌子。怎么讲也没用,送礼也没用,关节硬是打不通了。"

我有点吃惊:"凭你和刘宝都不行吗?"

"刘宝?谁也不行。刘宝还是闵小鬼的远房亲戚呢,那也没用。你想想,那个闵小鬼在关键时候还不保护凌春利呀?这家伙在小城一手遮天,这里的工作长期开展不起来,主要是因为这个混账挡路。"

他大骂起来,这一发火就抖搂出了好多事情,说什么凌春利的妹妹跟那个闵小鬼不太正常——"有这种关系还不向着凌春利?谁不知道他的把戏,装模作样,满口好词儿,实际上心狠手辣。我敢说我手里就捏着他的一本账,他的经济问题总有一天要抖搂出来。这家伙是一个小鬼,自己会开车,瞒着司机给一些要人送礼,他送礼可不是十斤八斤海参,都是用大苹果筐子装啊!"

大胡子精快气哭了,哼哼着,"本来他也是穷苦人家出身,我跟你讲过,他爹是个焊洋铁壶的,他兄弟四个数他鬼,也数他的官做得快。其余三个有的上马蹄掌,有的修钟表,有的在外面烧锅炉,后来都被他捣弄出来了,还一个一个做了小官。他爸原先看他聪明,本来要把手艺传给他,结果他焊了几年洋铁壶,到后来把家什一扔,拍拍屁股进了工厂,不几年又进了什么委员会,溜须拍马噌噌往上升,一转眼又当了副市长。他爸可比他好多了,是个老好人,除了焊壶之外还捎带给人割鸡眼。俺爸早年闯关东走了不少路,脚上有一个鸡眼,像杏子那么大,连路也走不了,就是他爸给割好的……"

我让他坐下,他还是嚷:"他爸的好名声就让这个不争气的儿子给毁了。这家伙总有一天要遭报应,现在是五毒俱全。他这回注定要给我下绊子了……"

我劝他不必太忧虑,慢慢想想办法……

大胡子精只是吼叫:"他以为我是好惹的吗?我是知道他底细的人,他轻易也不敢碰我,如果把我惹急了,我把他的老底一翻,还不够他受的?我到时候就敢指着凌春利的鼻子骂:你他妈的这官儿用什么换来的?咱从头揭揭才好……我只要豁出去了什么都不管。这会儿照干不误,过几天暖和一点,我准备打发武早到南山去看设备……"

接着又谈起了宽脸,骂道:"那也不是个好东西,老打刘宝的主意,还往我身上抹些不干不净的东西。刘宝告诉我,她最瞧不起的就是宽脸,那家伙走起路来像鸭子一样,刘宝该一脚踢到他两腿中间,让他老实几天。哼。"

驳 贪 夜 书

[论腐败]

我希望不要将如下言论视为一种反讽,而应看成立足于现实与历史研究的一个理性文本。更不应看成是一时的激愤之言,而应该以学术的、平等的和冷静的心态对待之。如果能够如此,笔者也就欣慰了。

我认为一个时期一个国家乃至于一个社会,腐败不仅是不可避免的,而且是必需的、有益的。也就是说,一个飞速发展和充满活力的社会,不可以也不可能没有腐败。现在,我们至少在一小部分人中、在私下里赞扬一下腐败是完全必要的。但这要有个方式和范围,不能将这种理论操之过急地普及到群众之中,以防止引起不必要的骚动和惊慌。就像任何不够通俗或过于高深的理论难以让民众理解一样,关于腐败的好处也不是人人都能看得到的。

人性是腐败的温床。一个充分人性化的社会,腐败才会盛行起来。如果连起码的人性都不具备,又去哪儿找那么多的腐败呢?人的欲望要求是强大而合理的,欲望当中难免就要包含一些掠夺性、投机性和攫取心。这是推动物质社会甚至是精神社会向前发展的巨大的、不可替代的动力。如果运用得好,并且对这种力量适当地加以转化,我们的生活将变得更有活力也更有张力。这就好比经过发酵的某些高蛋白制品——其实大多数高蛋白都可以这样处理——如腐乳咸鱼豆豉等,一旦腐化技术运用得好,它们也就变成了人人皆知的美味。说白了,一个高速发展且不可限量的、巨大能量涌动的时期,就相当于施上了神奇的腐化技术的臭豆腐坛子——一旦开了盖子的一天,大家也就等着享受那种美味吧!

我对于攻击腐败且不遗余力者有相当的话要说。不管其用意如何,他都是不甚理解社会发展原理、不懂客观规律的人。当然我们不能公开提倡腐败,而是要装做积极批判的样子才行。具体怎样操作,那就要看我们的水平、我们工作中的高超艺术了。有些腐败可以反,有些则要明反实保;还有些则要睁一只眼闭一只眼。为什么?就因为一切都要以经济发展的需要、以社会实践来检验和考量才行。你们看看世界上哪个清廉的典型会是高速的经济发展体?而哪个飞速发展的经济区域又不是大腐败成堆的地方?没有腐败,也就断了做某些好事儿的路子,因为一旦正路走不通,再大的事业都不能搞了。只有腐败才能给一部分人操作的空间,才有可能让他成功。死板教条倒也杜绝了腐败,可又能办成什么大事?那些心眼多的人、不那么老实的人、相对勇敢一些的人,让他们多得一些好处,这既是必然的又是合理的。试想任何事情都是有代价的,不付出就不能收获。有人生性胆小懒惰,不敢冒险,又对冒险的人、对第一个吃螃蟹的人心中不服,大喊大叫,实在是可耻的行为。

腐败可以造成巨大的贫富差异,可以让人愤愤不平,甚至严重者还可能闹出一些乱子。但这仍然是利大于弊。人的奋斗精神往往来自相互攀比,人的超常的进取心也来自这种攀比。愤怒出诗人,愤怒也出大财主,出大企业家和大富豪。所以把整个社会抹得平平的,也很快就变得一穷二白了。什么叫社会的活力?活力就是不安于现状的力,就是急躁蹦跳要拼要抢、要冲上去干一家伙的那种力。说白了就是人的各种欲望全部调动起来——那样的一种状态。这一天的到来,也就是飞速发展的开始,所以说这一天好不容易才盼来,可见它是多少人流血流汗、为之一代代顽强奋斗不怕牺牲的结果。因此,我们可千万不要叶公好龙。

大家都不腐败,都做个老实的好孩子,也就等着自取其辱吧。旁边的人,其他民族的人可不像你这么老实。老实就要挨打,打得你疼了,你也就知道该怎么干了。穷则思变,要干要革命,就是这样简单的原理。一条大河总是泥沙俱下,它能把那么多土石搬运到大海里去,能创造移山造地的奇迹;一条小河清清的挺讨人喜欢,可是它有那样大的力量吗?你要创造世界,你就不能害怕混浊的大河。有时候一个大的腐败分子抓进去了,大家立刻拍手称快,其实也不妨换一个脑筋想一想:他也是为我们社会的发展做出了牺牲。他失去了自由,可是他搞活了、激怒了、搅动了多么大一块地方啊。他曾经让多少人在愤愤不平中立起直追,又激发出多少大胆的想象!如今他作为一个坏的标本放在了那儿,完成了自己阶段性的、不光荣的使命。

在一定的范围内,有的腐败分子不光不招人恨,还十分受当地群众的喜爱。有人对这种现象惘然不解,不知是怎么回事儿;其实原理不说自明,即他们做小恶而积大善:让一个地区迅速富了起来。你们可想而知,当一个地方的人吃上了美酒佳肴,住上了高楼大厦,玩上了梦中神奇,一个个从心里感激还来不及呢。再说其不法所得说到底也就是那么多,而他们为一个地区注入的活力,他们作为一个致富的榜样的力量,却是很难用金钱来衡量的。一个腐败分子即等于一部高效运转的欲望的机器,他轰轰烈烈地过完了自己的一生,辉煌过了,也就可以了。

说到法律和有关的一般性规定,大多是针对广大群众而言的。

有些道德约束与具体解释也只能如此。它们对于具有更大才能更大能量的人来说,是并不实用的。但我们又不能为这一小部分人制定出一部特殊的法律,那样不仅麻烦,而且还会引起诸多非议。我们不光不能这样做,相反还要无时无刻地提醒人们:法律面前人人平等。这样大家才会高兴,才能放心地睡觉。至于说实践中怎样去掌握法律,那就是另外一回事了,那就要摸着石头过河了,一句话,要在实践中行得通才行。实践是检验真理的惟一标准,这个千万不能忘记。谁忘记了这个,谁就要跌大跟头。打个简单的比方:那些杀了一个人或几个人的家伙,肯定是杀人犯;那些杀了上万人甚至是千百万人的家伙,很可能成了大英雄呢。可见法律在对待杀人这个问题上,要人人平等都是很难的。杀人之大恶尚且不能平等,其他事项又怎么平等?

但我们仍然不能公开提倡腐败。因为实际上也不需提倡。只要能够保持人性解放的那样一种社会机制,有一个人性的温床,腐败自然而然就会滋生出来。生存有欢乐也有痛苦,这是没有办法的。我们最后只好学学那个外国人高喊一句:让暴风雨来得更猛烈些吧!

当然,他这样喊,是因为当年有些保护他的人。他当时既博了个口彩,又没有任何人身危险。现在也是一样,现在我们也可以那样喊,也一定会有人出来保护我们的。

[批驳]

需要警惕的是,他开头一再让我们不要当成反话,那即是心里有鬼!其实这就是反讽,就是攻击我们的社会黑暗!哪有公然提倡腐败的?他是真疯还是假疯?假疯该罚,真疯则要送到精神病院里去!

我们改革开放以来,制定了一系列行之有效的、深得广大群众拥护的反腐措施。据不完全统计,仅今年上半年,我市已经结案的大小腐败案件,已达三百四十二起,难道说我们反腐的决心还不够大吗?

※　　　※

将社会最大毒瘤说得天花乱坠,说得居功至伟,不禁让人怒从心起。试问我们至今所取得的伟大成就,全是因为腐败不成?不,而是我们痛击腐败的结果。让那些腐败分子逍遥法外,是他这一类腐败分子乐观其成的,同时也是白日做梦。我们开放搞活的目的,是让人民大力发展经济,而不是非法获得。君子爱财,取之有道,这是古训。什么是"道"?即法律和社会公德。一旦违背了起码的社会良知,拥有再大的财富都不是什么光荣,都将不被人所尊重。

作者巧舌如簧,将最大的功劳都归于几个宵小,岂不知这种颠倒黑白不仅不能说服我们,反而让我们看清了腐败屡禁不止的真正根源所在。其中或者有一部分人在为不法分子制造理论借口。这种理论一旦形成,哪怕在极小的一个范围内传播,都会造成难以想象的破坏。我们的精神文明建设绝不允许散布这种言论,也不允许任何人将这种思想渗透到社会上。他其实是夸大了发达国家的不法现象,将局部的而不是整体的状况加以渲染。事实上那些发达地区一旦有了腐败出现,就会用各种办法揭露出来——如果不揭露他又怎么知道呢?这种揭露就是反腐!可见反腐在全球任何地方都是光明正大的、获得法律保护的、群众大力拥护的!

※　　　※

我们宁可要平均主义的清苦,宁可过得不太富裕,也要社会的清廉!不清廉,毋宁死!像现在一样的贫富差距,富者富死,穷者穷死,就是人间地狱!而人民的地狱,就是少数人的天堂!

该文作者,一定是这样的少数人。我们要把你剃了毛,再扔进粪坑里!

* *

文章从人性深层分析了腐败不可避免的现实原因,我认为有一定的参考价值。他的另一个可贵之处就是直率的性格:不隐瞒自己的观点。这种观点有人憋在心里不说,而他一下就直通通地说出来了,让人觉得惊喜。当然他可能也发了点财,但不会太大,因为我发现他仍然是比较焦急的样子。如果是一个大财东写的,就会更平稳一些更含蓄一些吧。他想让全社会为腐败开一点绿灯,或多一些理解,以便他这一类人可以有更多的机会。其心情可以理解,但这样讲未免也太直接了一点。他应该多举一些富了以后反哺社会的例子,那样的话就会博得更多的同情。如果只是一心想要发财,那么就会让多数人听了不舒服:可想而知最终能发财的只是少数,多数人等待的还是他们能更多地贡献即反哺一点才好。看看发达国家的例子就知道,那些发了大财的人,其中有一些可善良了!这些人办了许多慈善事业,盖学校又捐孤儿院;还有的本来是巨富之人,就为了搞慈善,结果搞上了瘾,搞得忘了自己有多少钱,结果最后也变成了穷人!这样的例子再多一些大家就高兴了,因为谁不想让富豪再变回穷光蛋啊。

总而言之,想法让一些人拼命富起来是对的,但要有一个总体的规划;也就是说,要有一个让富人把财产拿出来的办法。以前,我是说解放前后的办法太猛了太急了一些,那就是打了分了的快速了断法。这个方法的优点是比较快,有的地方一夜就能解决问题;缺点是有违法律程序,积冤也太深,他们骂起人来也够狠的,有的后代总要愤愤不平。另有一个办法就是启发他们自觉自愿拿出一些,并树立一些正面的榜样。实在不愿拿出来的,再找找他们的茬儿也不迟,比如查一下,看看有无偷税漏税或其他不法经营的问题——要找总能找出什么来,一旦找出来,就要狠狠罚他,让他倾家荡产!这也可以达到预期的效果。这个办法的缺点是麻烦,要知道查一次并且做到证据充分,以理服人,也要花去相当多的工夫,成本还是比较高的。

我的个人意见是,此文可以在一定范围内讨论,适当吸收其有益的部分,剔除糟粕。关于对付腐败的方法,除了查处,再就是疏导。这篇文章有利于我们从疏导的角度看问题。总是狠巴巴地对待腐败,时间长了,可能也会阻碍社会的发展。如上观点仅供参考,并欢迎批评指正。

* *

打着学术研究之名,行贩卖谬论之实,是早已有之的一种伎俩。为腐败唱赞歌者,必为腐败者。着人在税务、项目承包、工程招标、集资、走私以及黄赌毒诸项严加追查。无论涉及到什么层级的人,都不要顾忌,而要一办到底,决不手软。

第 八 章

山 地 行

一

　　我想在葡萄收获之后再与武早到南部山区,可大胡子精有点急不可待。我准备先乘汽车和火车,直抵南部,让剩下的路程简单一些。武早对即将开始的远行兴高采烈,以为顺便还可以打猎呢,嚷着要带枪,结果我费了好大劲儿才把他这个念头给压下去……上路了,火车铿锵的车轮、昂昂的鸣笛,都让我心里有说不出的快活。谁能体味我此刻的兴奋和愉悦呢?武早坐在那儿,卷曲的头发闪着光亮,目光烁烁,快乐地拍了一下我的手。我知道他这个动作里包含了什么,那是极为兴奋的表示……他一会儿起身在行李架上摸索,摸出了一瓶酒。这是一瓶黑格尔麝香葡萄酒,显然是他故意藏下的。他让我先饮一口:那么甜,原来这是一种甜酒。

　　"棒不棒?"

　　"嗯,从没喝过这么甜的酒,后劲儿很大吧?"

　　"不算大……"

　　他开始细细介绍这种酒的酿造方法:必须等葡萄在枝蔓上熟透,要耐住性子等,等它在枝蔓上开始萎缩,那时候再把它采下来……"为什么?""就为了让它增加糖度。采的时候要等太阳升起,露水全部晒干时才行。采下以后还要摊在席子上晒,这一来它就更甜。"我想那葡萄必须成色极好,稍微差一点的,这一折腾就完了。武早说那必须在架子上精选,可不能是一般的葡萄。

"你知道吗?真正的好酒不能像我们这样,用破碎机喊里喀嚓榨汁。它这样榨汁可不行。"

"那要怎样?"

"直接用脚去踩。"

我笑了,"那多脏。"

"脏?脚洗干净了比手好。用脚踩出来的葡萄汁才叫棒呢。名酒就得这样!古人造酒谁用过破碎机?全靠脚来踩,你看他们捣弄出多少美酒!"

火车喘着粗气停下来。这个地区首府简直像平原上的小县城。我们就要从这儿转乘汽车,向着大山深处进发了。在汽车上,我掏出地图描画着,商量此行的路线,"我们要沿着山脉往西走,把大胡子精交代的那两个乡镇酒厂找到,定下设备就可以去大山里溜达了……"我这样说时,心里盘算着去看看南部山区那条有名的大断裂——那是我们的地质教科书上都要写到的。

下车了,我们终于捎起背囊。武早的步伐迈得很大,我说这样可不行,要悠着点儿。我告诉他长途跋涉的一个窍门:徒步行走时,要让上体主动向前,这样可以带动下半身,让两腿省些力气。我们开始深入山地。这里,海拔一千米以上的高山随处可见,远处的黛青色的大山轮廓看上去异常雄伟,阳光永远也照不到山阴,让人想象在一层层叠嶂的后面,正隐藏了无数秘密,就是它在引诱我们——我第一次看到这高大山脉的时候曾在心里惊叹:究竟是些什么人在山里生活,这里每天又该发生多少奇特的故事啊!这片大山如果匆匆来去,是难以真正接近和理解的。它需要用更多的时间,更从容地感觉和亲近……

我们顺着一条窄窄的小路上坡。这条路由很久以前山洪切割下来的碎石和沙砾铺成，顺着它往上，就是地图上所标画的荆山了：顾名思义，山上会有很多荆棘。山的坡度一开始较缓，但很快就陡起来，山坡上棘棵不多，却长着稀疏的针叶混交林。在林中很少能够看到颜色碧绿的树木，它们都不太旺盛，叶子的颜色也不正常——山坡远远看去是一片棕黑色。林子主要由黑松和柳树、加拿大杨等组成，偶尔能见到一株白杨和柞树。脚下混生的草本植物中有蹄盖蕨、银粉背蕨和结萎草。

山路右侧出现了一株粉紫色的花，我们不由得停住了脚步。原来这是一株瞿草，孤零零地生在草中。这儿有一道细小的岩缝，岩缝里汇集了一点黑土，于是它就强旺地生长和开放。离开这株瞿草一百多米远处，岩石的缝隙在加大，由于局部地势低洼，所以那里的草、各种各样的植物颜色明显地加深；而且各种植物都不失时机地汇聚到了那儿：尚未开花的鸢尾草、山茱萸和刚刚形成的红色浆果……

脚下踏的这条沙土路越往上越窄，后来终于在荆山的半腰屈服了——沿着山半腰再折向西，傍着一条曲曲折折的沟汊往前延伸，然后消逝在山阴北部——那里将有一个村庄。

二

从这里看去，荆山山脉向西大约绵延十几华里又折向西北，在拐角处耸立着它的最高峰：地图上的标高是一千五百多米。整个荆山差不多都是光秃秃的，只在慢坡下边有一点稀疏的树木，越往上植被越稀，到了山顶连一根荆条都没有，甚至连棘棵也不生一丛。从荆山山脉发源的两条河流一条叫林河，一条叫白河，都注入了黄海。由于植被很差，这儿水土流失严重，我曾经观察过林河和白河流经的地区，因为它们频繁改道，涤荡冲刷出一片片小平原，正把荆山拐弯处的一大片沟壑填平。如今那里差不多成为整个山区最肥沃的土地。

爬上山脊向南遥望,荆山下面、林河和白河两岸的村庄渐渐密集起来——哪里有村庄,哪里就有一丛黑乎乎的树木。不过我们今天不能登上更高的山脊,因为那要付出很大的体力。我们必须沿着这条曲折的小路穿过一个山谷,先在山谷下边的那个村庄里歇息一下,以便第二天顺着两个山峰之间的那个低凹处翻山,到达林河和白河两岸的那些村庄。

林河和白河流经的地方是人口最稠密的地区,形成了一个很大的村落群。而我们此行的目的之一,就是要到这里找到废弃的乡镇酒厂。脚下的路越来越窄,再走下去即发现:它是顺着山坡开凿而成的。可能原来它只适合于一只羊,因为那个村里的人向北只能走这条路,所以就有人来开凿它。山坡主要由砂岩和玄武土构成;山坡下边,离开这条窄路十几公里远,可以看到一条干涸的溪流,那里有发白的卵石在阳光下闪亮……

荆山山脉向北折去的地段有一条"官道",所谓的"官道"就是一条公路,实际上只不过是窄窄的一条山路,多年来由一些商人踏出来的,马车勉强可以通过。我们当然不会绕那么远,所以别无选择地要翻过荆山。攀登这样的山路对我来说算不了什么,我担心的只是武早。这个伙伴看上去身体结实得很,稍显脆弱的只有那根神经了;可是他没有山地跋涉的经历。整个的北坡没有一点阳光,阴森森的。我们处在了山阴,实际上太阳早出来了,仰脸望去可以看到太阳给山脉的边缘镶出了一道美丽的金边。这儿由于长年阳光罕至,所以还不算干旱,脚下的土不像我们一路看到的那样,而一律深棕色,属于薄层粗骨棕壤性土质。土中含有太多的砾石,虽不适于耕作,但尚可以用来栽种果林,也可以收获一些耐旱的泼辣作物,像红薯之类。这里没有好好开垦过,到处都生着荆棘,有的地方连一丛像样的灌木都很难长大。这里没有灌溉的条件,但土层比较厚,所以各种绿色植物很多。我在这里发现了藜芦、白苋和石韦;脚下是大雨季节冲刷出来的浅沟,沟底潮湿处竟然长出了蓼科植物。在沟壑两旁,我看到了长得油旺旺的苎草,就提醒武早绕开它,因为这种桑科植物遍体都生着毛刺,被它碰到就会痒得难受。灌木随着海拔的增高而变得稀疏,刚开始的时候是小叶杨和柳棵,还有山地最常见的柞树;很多刺榆不知为什么被人过早地砍伐了,于是根柢处生出了很多枝杈,形成了一丛丛灌木。在它们中间,我还看到了糙叶树和毛榛。在山坡上刺榆很难长得高大,但它们在温湿的山阴却可以长得十分旺盛。大山里的每一株树木都显得如此珍贵,所以砍伐树木的人是不能饶恕的。偶尔还能看见长到一人多高的槐树,它在山的背阴,如果不被砍伐一定可以长成大材——我在北部山区的丘陵就看到长成几十米高的粗壮槐树。

往前的坡度越来越陡,不得不攀住路旁的灌木枝条才行。有的地方被雨水切割得厉害,从岩石的露头上可以看出,那是被褐铁矿的氧化物染过的页岩。我们脚踏的小路就一直伴着这个裸露着岩石的沟谷,它正变得越来越宽……

沟畔的小路大概很久没走人了,上边有许多小兽踏下的蹄印,这些蹄印样子很怪,不像狗,也不像兔子。我觉得它们很可能是草獾,有的分明是刺猬,还有的像是游蛇留下的痕迹。

太阳升得越来越高了,山阴终于变得明晃晃的。在这明亮的光线里,心情一下愉快起来。我们坐在一块凸起的岩石上休息,武早指点着旁边:离开不远的那棵槐树上落了一只美丽的鸟,它蹲在枝头上,头很机警地四下摆动,好像已经发现了我们。这是一只山斑鸠,额头和头顶都是蓝灰色,后颈是一片葡萄红色,颈的两边各有一块蓝灰色斑;上背是淡褐色,下背和腰部还有尾巴和翅膀的边缘,都是蓝灰色,而且有着鲜明的棕红色羽缘;整个下体都是棕色,而一双脚却是紫红色的。这只鸟漂亮极了。它在我们的注视下停留了大约有三四分钟,然后扑动一下翅膀往山顶飞去。我们这才注意到,各种鸟的叫声已经很稠密了。树隙里不断有鸟雀飞来飞去。接上我们还发现了后脖颈上有着半圈黑领的灰斑鸠;一只胖胖的岩鸽:岩鸽在这一带是不多见的,它们很容易成为山民的猎物——它比我们常见的家鸽要小一点,体形也紧凑一些,像所有的鸽子一样,最引人注目的还是那双珊瑚红色的脚,这双脚在树枝和地上挪动,令人神往。有人曾经把岩鸽与野鸽混为一谈,其实它们的模样虽然相似,实际上却并非一种:岩鸽的胸部是紫绿色,像金属的颜色;而野鸽的胸部却是一种灰色,嘴巴乌黑。

我们继续向前,大约走了二百多米,左侧出现了一片茂密的灌木。灌木丛下是密密的茅草,茅草棵里好像有着星星点点的花儿——一只尾巴长长的鸟儿在其间闪动了一下。它并没有发现我们,在草丛中飞快地活动,好像在捕食昆虫;这是一只环颈雉,黑黑的前额,下巴和后颈都呈绿色,闪着紫蓝和绿色的闪光;颈的下方还有一圈白领,肩和上背都是淡黄间黑的条纹;腰是浅银灰色,尾羽变黄,缀着红紫色的斑点;脑部是熠熠生辉的栗子色;特别是那两条长尾巴,看上去漂亮极了;与所有鸟不同的是,它的头部竟然长着两片小耳状羽毛,就像猫的一对耳朵,看上去极神气;它的眼睛四周光亮亮的,像长了一张细细揩过的光洁面庞……武早忍不住发出了一声惊叹,于是它的头颅猛地一拧,翅膀扑扑拍动,飞走了。

这儿离山顶只有几百米远,可是山坡越来越陡,我们走不多久就要歇息一会儿。奇怪的是越往上树木越稀,却要比下边的粗壮。后来才明白:原来靠近山顶的地方很少有人来攀折,所以能够得以保全。

三

在乡政府所在地,我们向负责人递上了介绍信。负责人看了看说:"早就该来了。"

天黑以前他领我和武早去看了那些废弃不用的酿酒设备。可怜这些翻山越岭运进来的设备,打浆机、酒罐,还有其他一些器皿,破的破,碎的碎,锈迹斑斑。我发现武早看着它们,一会儿点头一会儿摇头。最后我们把决定要买的东西用粉笔做了记号。议价时,武早开价很低,我都有点不好意思。可我发现对方几乎没有争执就同意了。

从那个破败的酒厂走出,我问乡负责人:"你们厂子为什么停了?"他说:"别提了,前些年我们顺着河套子种了些葡萄。上级派了技术员来,说这里最适合种葡萄,搞个酿酒厂行不?那以后就有酒喝了。我们想也是,不要说酿酒赚钱,就是让山里人喝个脸儿红也算件好事,就贷了上百万的款,盖厂房、买酿酒设备;好家伙,一阵忙活,从东边城里请来一个酿酒师。结果呢?造出的酒开头还卖出一些,再后来浑得像泥汤子。酿酒师怨厂长,厂长怨他。就这样不死不活地办了两年,第三年上出了人命……"

武早瞪大了眼睛。

"那回酿出的酒突然浑了,沉了底子,底子发蓝,又发白;有时挺好的酒褪了色,一喝恶心人。酿酒师就搞了些药,说起来不信,都是些胶粒,还有血粉什么的,一下子放进去。弄来弄去,酒又好了。有一次他回城里,酒又犯了毛病,我们就仿着他的样子弄,一弄,那酒也好了。厂长和他爹先搬了一坛子回家喝了,结果一下子都毒死了。你说说,这个酿酒师带来的东西毒性大不?!"

武早痛惜地拍起了膝盖:"那怎么可以随便动呢?!那里边有一种叫'黄血盐',弄不好会产生剧毒,五十毫克人就会死。那可不怨酿酒师。你们的酒得了'破败病',知道吗?是'破败病'!"

"不管什么病,反正出了人命,就把那个酿酒师抓了起来。"

"那他多冤枉。"

"冤枉不冤枉先抓起来再说啊。"

像武早一样,我也为那个酿酒师抱不平。我问他现在怎样了?

"怎样?还不是官向官、民向民,上边有人替他出来说话,最后不得不把他放了。妈的,厂长和他爹算是白死了……"

我松了一口气。接上我们在乡里人陪伴下,又到另一个村子里去看了——那里购进的酿酒设备比我们刚看过的好多了。乡里人说:"这个村子的人还算乖巧,他们没有傻到像我们一样,不问青红皂白干起来,结果赔了钱还死了人;人家没等干就住了手,这就是聪明啊。你知道,山里人不能搞工业,只能弄弄石头什么的。"

这些酿酒设备让武早很兴奋,他仔细地看过,然后差不多逐件做了记号。我们将价钱议好、将取货日期定好,然后就离开了。

乡里人陪我们走了很远,路上说:"你不知道,这里的人穷得都不愿富了。本来嘛,他们都是经历过战争的人——过去这里是老区。他们打仗武勇敢,为革命做了大贡献,这回致富也该像闹土改一样有劲头才是。可他们都穷惯了。自然条件恶劣是不用讲了,上边,还有外边,那些扶贫的人千方百计想让他们富,可就是富不起来,植树造林、造酒养殖,什么都白搭。让他们养安哥拉兔,毛儿蜷蜷着,一户发一对,可待些日子来检查,一看,他们都把兔子杀了吃了,皮贴在墙上。问他们为什么,人家说馋得慌。也难怪,他们一年里吃不到一块肉,常年不见荤腥……"

四

我们与他分了手,沿着村里的街巷往前走,心里酸酸的。这个小村像我们见过的山里村子一样贫穷,只不过树木多一点,垒房子的石头比那里齐整一点,但石头屋子同样矮小,而且门窗都小得不可理解。问了问才知道,原来这里的冬天太冷了,大风可以把山上的石头吹落,它们和呼啸的风声搅在一起,简直像打雷一样,那声音哪,可怕极了。白天看不到多少动物,可是到了风声大作的夜晚,各种各样可怕的动物都从山隙里钻出来了,它们嗥叫着——特别是山里野猫的叫声,可怕极了。这风声从山口吹过,再吹到小山村里,那"雷声"就在屋顶上滚动。所以这里的窗户都做得很小,有些人家干脆就不做窗户。他们都说冬天不好,夏天好,夏天穿不穿衣服都行哩,实在热得受不住往林河里一钻……说起外村来,这些人一个劲儿地撇嘴:在他们眼里外村都是穷人,而他们这里才算"富庶之地"。

我们在村头遇到了一个垒得四四方方的大石屋,奇怪的是这个石屋没有窗子;那门做成了弓形,像一个大洞。我们一开始不知道这也是一户人家,问了问才知道是"四兄弟"的房子。我们觉得好奇,就从那个大洞钻进去。屋子里黑极了,以至于好长时间眼睛才能适应:屋里有一领破席子,席子上放了一堆焦干发霉的地瓜干,靠屋子的一端垒了一个很大的土炕,炕上放了四个油亮的枕头。仔细看了看才知道,那枕头是用秫秸捆成的,上面甚至没有一层布。四兄弟当中只有老大在家里看门,他年近六十,脸色蜡黄蜡黄,颧骨很高,看上去像古稀之人。他两眼发僵,眼神已经有些浑浊,盯着我们,满脸狐疑。墙上贴了很多画,都是一些印在塑料薄膜上的女明星,是挂历拆页。老大见我们注意到那些漂亮的图画,就站起来,伸出弯弯的手指点画着:"这么俊的大闺女,是真人哩还是假人哩?"我告诉他:这都是真人的照片。"天哩,"老大拍着屁股,"天底下真有这么俊的闺女?啊哟……"说到这里把脸转向了射进光亮的门洞,咕哝:"这么俊的闺女,到底都叫谁得了?"

他一口连一口吸烟,仍然自言自语:"二十八张狗皮换来这些闺女,值哩。老二那回抱着跑进家来,我还以为得了什么宝物。他把她们在炕上摊开,又一张一张上墙。天哩,真是宝物啊,俺天天看哩。嘿,天底下还真有这么俊的闺女……"

我这时才听明白,这些拆开的挂历原来是他们兄弟几个用二十八张狗皮换来的,这让人不信。我问老大,他说:

"狗皮?山里多哩。杀狗呗,到了春天就有来收狗皮的,俺就卖给他。"

山里人养了很多狗,狗是村子里最多的动物,所以每到了一个村子,就有一群狗迎着人汪汪叫。它们很可怜,都很瘦,因为没有任何一户人家舍得用粮食喂狗,这些狗就在山隙里、街巷上随便寻点东西吃。这里的狗几乎都有一套捉拿耗子的本领:它们跑到山上去捉那些野耗子充饥……山里人养狗不是为了看山,也不是为了守家,而是为了入冬的时候宰了吃。当狗肉锅子烧起来的时候,一伙又一伙人凑过去,抄着衣袖在那里盯住滚动的锅子,有的还提来了瓜干烈酒。这就是一个山村真正的节日,比春节、中秋节,比任何一个节日都盛大。我问村子里有多少光棍?老大说:

"多着哩,三成男娃没妻哩。"

武早一声不吭,他的嘴噏着。

我问:"村里的女娃都嫁给当村吧?"

他摇头:"听说这世道活络了,有些人就进村来贩牲口、收狗皮,那些收狗皮的还捎带着收闺女哩。"他抹抹鼻涕,"他们收着狗皮,最后把闺女也领跑了,自己睡过,然后再卖给山外,哄她们说有好日子,她们就信了。净骗人哩。"

"有没有把闺女领到你们村来的?"

"有,咋个没有?俺家老二就让一个收狗皮的给捎来一个。嗨,这闺女用绳绑着,戴了眼镜……"

我看了武早一眼,我想这个闺女来路可能有点奇特。

老大抱怨说:"俺也不知道啊,这事怨不到老二,也怨不着俺。到后来事情破了,公安局把老二叫了去,好一顿揍!怨老二吗?老二也花了钱,送上了五十多张狗皮。最后才闹明白,那是外地城里一个读大学的闺女,老二消受不起哩。尽管挨了一顿揍,最后还是放回来。就是嘛,这要找收狗皮的。老二这辈子死也值了。你想想看,咱老二睡过戴眼镜的大闺女哩!"

我心里一阵难过,不知为那个女大学生还是为这四兄弟。我抬头看看老大,发现他那张苍老的脸上出奇的平静。他真的认为自家老二死也值了。

我问:"兄弟们哪儿去了?"

"进山抓鳖去了。"

我们都听不明白,他接上说:"跟水库相连的那些汊子里有鳖,有人就进来收鳖,一个鳖能卖五块钱。好多人去抓,轮到俺兄弟又有多少……"

他搓着手开始吸烟了。

这天晚上武早怎么也不同意在村里过夜。后来我们就在林河旁搭起了帐篷。听着哗哗的河水,我们久久没有睡去。武早一声不吭。那个极度贫穷的山村让这个善良的汉子一次又一次地叹气。

驳贪夜书

[社会公平之我见]

我们有八亿农民和大量城市贫民,这是一个绕不过去的、相当显豁的客观现实。这个现实对于我们这个时代——我是说放在全球一体化这个大背景和大坐标下来看,不但不是坏事,而且还是一个巨大的好事、一个优势。印度比不了我们,他们在人口数量上比我们略逊一筹;但关键问题不在这里。他们比起我们,最大的差异是没有经历漫长的公社制度,更没有经历文化大革命。后者是更为极端化的理想主义灾难,是一道深长的记忆烙伤。一个社会一个民族,是否经历过这两个阶段将会大不一样,有一些经验和情感,仅仅是度过贫困的岁月是不会产生、不会获取的。一个封闭的社会在突然而至的开放形态之下——哪怕是小小的一点商业主义和资本市场的萌动,都会引起巨大的、难以预料的激动和波动。而印度并非是一个封闭社会,或者说它的封闭性还远远不够。市场和资本对于它来说也绝不是什么新东西。也就是说,开放的市场和外来资本的注入,对它并没有产生多少刺激性。本来它是一个贫困人口很多、贫富差距很大的社会,发生更激烈的竞争才是常态。但一切远非我们想象的那样。核心问题是那里与这里有很多不同,起码是那里的人民不同,他们没有中国这样巨大的心理张力。

张力是一个创造过程中最可怕、最无测的决定性力量。从一个极端到另一个极端,或试图走入另一个极端的人群,最后的一点能量都会激发出来。他们从遥远的彼岸走来,既有跋涉的痛苦和疲惫,又有一生从未经历的狂喜。一种改天换地的雄心野魄、一种突然唤醒的底层心智,这时候都变成了不可阻挡的力量。这类似于又发生了一次农民起义、一次在当年曾被严重贬斥过的"痞子运动"——对于一部分清醒的知识分子和执牛耳者来说,却是"好得很",而绝不是"糟得很"。

纵观其他民族的经济神话,其实都或多或少地经历了这样的野性时期。这个时期比较痛苦,没有多少正义可言,法律苦苦挣扎着以避免变为瞎扯淡,公平会被一小部分人小心翼翼地谈论,以免惹火了新兴的富裕阶层。公平和正义只是一个满足了社会发展过渡期之后的讨论标题，等于服装上的标签，而不是服装本身，更不是胴体。有人天真地认为它本来是，或从根本上来说就应该是社会健康肌体的一部分，那未免太书呆子气了。再就是，公平和正义是确认了一种游戏规则之后，在这样的文明前提之下才能谈论的，而那个游戏规则的建立，又在所谓的公平与正义之先。这样一来也就可以清楚地看到：我们理想中的那一切要求是十分渺茫或极其微小的。我们即便追求到手的一点公平和正义，也是自己浑然不觉中变了质的东西，它只不过是我们屈从的一部分而已。

更早以前进口的西洋部件已经锈蚀废掉了，在这二十多年里，我们开始重新将一些资产阶级的破破烂烂的小零件儿，如一个齿轮、一截油管、一段弹簧之类的搬运到大陆上来，再让那些培训过的熟练或不熟练的装配工——这些年出国留学归来的各等人士——把它们好歹组装成一台机器。这台噪音很大的怪物于是就轰轰隆隆地转动了，吞噬和粉碎着我们宝贵的资源，制造出一些廉价的商品，再卖回西方去。

当然我们也会承认，现代资本主义的游戏规则中包含了极具说服力的内容。可是它一旦形成，就不允许其他规则同台相较和竞逐高下了。穷人和贫民的规则如果得以成立，那也会是同样的意义，同样的坚硬，只不过会被对方斥之为野蛮，或用一句"暴力主义"给打发掉。而资本游戏规则中的暴力倾向却被十分巧妙地掩盖了，通俗一点讲，化妆之后的恶魔吃人更凶。狠批一种暴力而堂而皇之地歌颂另一种暴力，这是什么道理呢？我的一个朋友动不动就展现其揭批"体制"的勇气，但仔细听听，所有的依据、气势如牛的劲头，全都来自于另一种"体制"。他没有任何自己的见解和思想，只有对另一种"体制"的依附和驯服。那些同样没有思想能力的人，同时也是好吃懒做的主儿，只为了省心省脑和时髦起见，竟然也同声附和起来，认为这就是在反"体制"。事实上哪有那么省劲和容易呢。独立的思想能力不是一朝一夕就可以拥有的,它需要长期的艰苦探索,不客气地说,还需要天赋。

话题再拉近一些吧,让我们从头说说八亿农民和大量城市贫民的现实。现在看,有了这个现实,想要经济不腾飞也是不可能的。除非是用了秦代铁血宰相商鞅那样冷酷的办法才能遏制。他的办法其实十分简单,就是用尽一切手段——不惜砍掉大批脑袋,来将农民捆绑到土地上,使其方寸不可挪动。这种国策只要稍有松动,一切就将发生变化。巨大的贫富差距一旦形成,张力也就形成了,社会经济向前发展的轮子也就启动了。贫民睁开了眼睛,愤怒和焦虑交织的社会心态也就形成了。这是一种巨大莫测的力量,是能量。只有傻子才会无视这种能量而不加以利用。但这种力量在冷兵器时代是极为危险的,这就是商鞅不让贫民睁大眼睛,不让他们向外看世界的缘故。现在则不然,现代世界早已脱离了冷兵器时代,所以一般而言不存在古时候那种大失控的危险。于是剩下的问题只有一个,即怎样将这种能量尽可能持久地、有效和有序地保持下来。

在一个拥有大批生活无着、置于绝地而后生的劳动力,一大批根本不讲任何工作条件的生力资源的国度,工业生产规模和速度特别是劳动成本是从来不成问题的。带着这样一种竞争优势进入世界商品市场,全球的资产阶级绅士们都要目瞪口呆,吓个屁滚尿流。他们对这里的生产情形和生产方式以及规模都无从想象。因为他们做绅士的时间已经太长了,早就忘记了爷爷辈的尴尬和痛苦,往事已经如烟。而在东方,在这边,一切却都是自然而然和流畅自如的,没有什么好顾忌的,也没有什么不安的。农民吗?解放了。贫民吗?解放了。有什么比解放更为重要?从哪里解放出来?从万恶的极左时代,从不让我们致富的时代,从一切虚假的叫嚣和欺骗中解放出来。所以大家——不信去问问——是十分高兴的。高兴得要唱歌呢,要用打工的钱买一架钢琴奏乐跳洋舞呢。

所以在这里,发展的奥秘只有一个,那就是不仅一定要保持源源不断的廉价劳动力,而且还要保持那种解放的欢欣和张力。贫富差距越大越好,贫民的比数既适度又相当宏大,这就是我们最大最不可战胜的神话之源,是百战百胜的武器。我们的这些武器贮备在无边的广阔之中,也就是茫茫大山和平原,是像豆粒一样撒在大山皱褶里的那些小小村庄。这就叫撒豆成兵。他们好比是季节河里的水,枯水季节蜷伏了、萎缩了,一旦到了山洪暴发期,它们就可以汇到一起,呈现排山倒海之势,摧枯拉朽,一泻千里,锐不可当。老牌资产者,让你们陷入人民战争的汪洋大海之中吧,让你们在人民的力量面前发抖吧!今天我一看到西方绅士们的样子,马上就想到了一部抗日战争的黑白电影:民兵队长一手抓紧了被俘的鬼子军官后衣领,一手挥向号叫奔涌的民众,开始了演说。我至今清楚地记得他说的那番话。真过瘾。不过,电影的前半截,即他们打仗时妻儿老小死的死残的残,也够可怜的……好在后来是胜利了,可着劲儿欢呼吧。

欢呼之后呢?电影没有演下去。大概该干什么还得干什么。总得下地干活,总得吃饭。总得有一大批人苦作,一小部分人享福。如果颠倒了这个常态,世界也就乱了套了。

无论就历史还是现实来看,我们都来到了千载难逢的一个机会。这不是我学文件得来的,而是我对现实的一个观感。我们必须珍惜机遇,把我们的国民经济搞上去。珍惜的方法很多,明大理顾大局才是最大的珍惜。我们要极其重视经济规律,极其遵循商品和市场规则,要将生产成本维持在最低限度,并且要永远相信群众和依靠群众,相信只有群众,才是创造历史奇迹的伟大力量。只要一刻没有了群众的观念,一刻背离了群众的观念,我们的事业就会遭受损失,这是从实践中屡屡得出的经验,是颠扑不破的真理。

在战争年代,我们的一条不变的原则就是"寓兵于民"。其实建设时期也是一样,我们只要有机会,仍然要打一场人民战争的。

[批驳]

　　这是一篇逻辑相当混乱、文辞相当别扭、前后矛盾且破绽百出的小文。该文究竟要说些什么,其目的又是怎样,还要仔细研究才行。是为了自曝家底、自揭伤疤,还是为了曲线通敌,暴露机密,这些都可以经过系统分析以后再说。他竟然说我们越穷越好、贫富差距拉得越大越好,真是此地无银三百两!我们国家为了缩小贫富差距做了多少不懈努力,他却像一个睁眼瞎,或故意做无视状。人人皆知,社会不安定的主要根源,即贫富差距问题没有得到妥善解决,这从来都是现代社会的一个大忌。凭他的聪明——可能也很愚蠢,谁知道呢——不可能不知道这一点吧。既然知道,那就是故意将我们的社会往火坑里推,是一种不怀好意。我们辛辛苦苦得来的改革成果,也将在不安定的社会环境中毁于一旦。在一切条件中,我们事业发展的首要条件即安定的局面。破坏和影响安定的一切因素,都要大力警惕和全力克服。如果收入两极分化严重,不仅不能影响到安定,而且还真如该文所说,是有利于社会的飞速发展,我们当然不会去管那些闲事。问题在于绝不是这样:一旦贫富差距过大,民怨沸腾,我们是受不了的。当然,这不是冷兵器时代,他们那些锄头镰刀什么的也成不了大事;但是他们天天围在政府门口闹,一遍遍上访,不也够受的吗?如果再上街游行呢?你总不能天天让警察去围堵吧?堵是堵得住的,问题是这样影响好不好?国际上看笑话,我们自己也上火牙疼。总的来看,两极分化问题还是要提到议事日程上来,遇到事情要清醒,要算大账,而不能只盯住几个小钱。平时所说的"花钱买安定",也包括主动放弃一些挣大钱的机会,将更多的注意力放到防患于未然上来。

＊　　＊

　　集小智于劣文,面目可憎;放狂言于斗室,阴心可怖。吾不曾见此等愚氓,纠扯无聊之屑语,妄作警世之幻想。咄!天下之大,何容尔等稍稍置喙;地域之阔,岂由痴者搬弄是非。吾国吾民,本为繁衍之福地;锦绣中华,俱是安居之乐土。说什么商业资本,皇皇如虎狼之患;岂不知国体乃立于千年文明,固力甚壮,又何必仰洋人鼻息?且看那改革开放,只小试牛刀,即有宏巨之获;若再有一奋,必掳得中原大鹿。最惜者小富则安,或危言耸听。大丈夫不怒则已,一怒冲冠;不鸣则已,一鸣惊人!君不见长江之浪一日千里,后浪颇雄,吾等岂敢稍有一夕懈怠也乎?咄!

＊　　＊

　　有小道理。有大谬误。不敢苟同。也不全反。总之芜杂。广开言路。上下求索。走自己路。众声喧哗。难得机遇。发展为上。记硬道理。两手都硬。

＊　　＊

　　在该文作者看来,我们以前经历了那么多灾难反而成为好事。这是什么逻辑?否!我们再也不会回到极左时代了,这个他尽可放心吧。我们宁可一辈子都不要这样的"张力",也不会跟他去受那样的"封闭"、那样的二遍苦。人民要求致富的心情是可以理解的,也是十分合理的,更是一种历史的必然。常言道天气可以刮南风,有时也会转向北;又说了,谁过年不吃顿饺子?中国人民穷了几千年,这回总该轮到一点机会了吧?谁想到,刚刚只富了一点点,就让你这王八羔子好一顿败坏奚落,真是天理不容,活活气煞我也!

我们的人民是勤劳勇敢的人民,这是致富的根本原因,也是发展的不二法门。这种大好形势被你一说变成了什么？成了穷急生疯,成了憋尿猴急,成了红眼狼,成了撒开蹄子的踢栏野马——这究竟是什么理论什么观点呢？我内心里有一点不明白的是,为什么这样反动的言论竟没人来管束一下？难道真的已经解放宽松成这般田地？要知道,我们的宽容从来都是针对人民大众而言的,对于那些成心要把水搅浑的人,需要的还是专政铁拳,而不是木拳棉花拳。铁拳,最好是生铁拳,一拳打上去,他就什么都明白了,他就该知道土地佬的鸡巴是石头的了。

"文革"的坏处当然很多,但其中的一些方法还是行之有效的——当然,对人民内部矛盾也许并不适用——当年的错误就在于把两类矛盾弄混了,结果惹出那么多的冤案,真是得不偿失！现在我要说的是,那时群众辩论的方法还是很好的:把写这文章的家伙揪到电灯底下,看看他再说什么！他纵有天大本事,一番辩论,人民群众也会把他整个底儿掉！一些躲在阴暗角落里玩这一套的人,最怕的就是人民大众,群众的眼睛是雪亮的。这是我的一个观察、一个意见。

荆山口

一

早晨醒来时太阳已经很高了。简单地吃了一点饭就动身,准备顺着林河一直走下去,跨过白河向西,在山脉南坡找路——尽可能避开那些高大的山峰,以顺利抵达丘陵地区。我们行程中剩下的最重要的一件事,就是去观察那条有名的大断裂,然后即可踏上归途了。

　　林河全长六十余公里，一直向南，差不多笔直地流入了黄海。它的流向在开始的十公里内几乎与白河平行。林河实际上是由两条河流汇成的：它左上方发源的那条无名的水流，当地人叫小汊子，实际上是单独的一条小河，只是到了中游才与林河相汇。

　　林河右岸有一条不错的小路，可以行驶马车。一大早路上就有了稀稀疏疏的行人，有的推着车子，有的挑着担子，偶尔还能看到一辆摩托车和一辆拖拉机，它们的轰鸣声震醒了四周的山谷。不断有鸟在山间大声鸣叫，似乎以此和各种嘈杂对应。一只鹰仿佛在我们头顶盘旋，我想那是一只游隼。这里虽然是贫瘠的山地，但因为山高壑深的缘故吧，活动着很多肉食动物，有狼、狐、豺，像黄鼬、狗獾、猪獾之类，更是常见。山里人在冬天特别恐惧的那种野猫，实际上就是花面狸。还有一种更可怕的猫科动物，叫豹猫，身上有豹子似的斑点。大型飞禽中属于鹰科的，就有苍鹰和大雕，有兀鹫和鸢……小路两旁有稀稀拉拉的刺槐、一些针叶乔木，更矮小的灌林则紧挨着高大的河阶地。

　　河水常年切割着荆山山脉，上游不断冲来一些沉积物，它们一层层堆起，在两岸形成了土层很厚的河谷。这里的树木可以把根扎得很深，尽管土质粗劣，但仍然可以长得旺盛。比起其他地方的树木，它们萌叶早，落叶晚，而且总是长得很高。只要有水滋润的地方就有旺旺的草木生出；在灌木和碧绿的杂草棵中，不断能看到非常美丽的山地之花——石竹，闪烁着醒目的粉红色花瓣。

　　我们一直沿着林河右侧的小路往前，这样大约走了两个多小时，就要跨过与它平行的白河了。白河比林河要窄，同样源于荆山山脉，由于山脉拐弯处凸起的山岭阻隔，才形成了不同的水流：山脉东北那一面的山落水汇成了白河。跨过白河，一直沿着山脉的走向往前攀行。这儿的小路远不像头半天那么好走，虽然说不上人迹罕至,但要看到一个人影也是很难的,因为这个季节打猎和采药的人很少。天气正渐渐炎热起来,我们一会儿就浑身冒汗,而如果在山阴就好多了。野枣刚刚长成豆子那么大,武早伸手揪了一个嚼了嚼,又赶紧吐掉,他说简直酸得像生葡萄。我问他这些枣子也可以造酒吧?他说从没试过,不过在东北有个地方就用野葡萄造酒。"那也是一种很好的酒。"他说。

我们不断地眺望山脉,想找一个凹口攀过去。后来我们发现在山脉拐弯处有一个山口。估摸了一下,从脚下到山口大约有十几公里,路不算远。可那毕竟是一个长长的慢坡,需要付出很多体力。后来果真如此,就在距离山顶五六公里远的地方,我们再也走不动了。汗水把衣服甚至是背囊的底层都湿透了,最后不得不找个地方歇息。我们准备在这里午休,吃饭喝水,然后再打起精神登山。这会儿帐篷终于有了用处,它不仅可以为我们遮去太阳,而且还可以阻拦在树隙里滚成一团的各种小虫——它们一路扑在满是汗水的身上,叮得人又痒又疼。

荆山的阳坡漫长而又平缓,但是山的北坡却极为陡峭。荆山很高,即便是我们选择的那个山口,它的海拔高度也不会少于六七百米。我们歇息的地方树木很多,大半是些乔木,有矮赤杨、柳树,还有枫杨和麻栎树。在别处经常见到的那种黑松,在这里倒不多见,这儿差不多是清一色的油松。这是一种深根型树种,必须在很厚的土层上才能生长,说明这个山坡的土好。从经济价值上讲,油松也比黑松好得多。

午休之后开始攀登那个山口。由于前进的速度很快,我们只用了半个小时就接近了山口顶部。

又一次站在了山脉的分水岭上。四面眺望,眼前出现的景象让人振作。武早一路上沉默的时间越来越多,这会儿也不由自主地半张着嘴巴,把目光射向了远方。从这里望去,山的北部、东部、西部,到处都是起伏的山峦,它们在灰色的薄雾里闪动。群山的顶部和云雾连在了一块儿,使人分不清它们到底有多高。山脉的拐弯处就在前边,那是它的最高峰,它在那里打了个弯,然后折向东北;荆山东部和西部是一些挺立险峻的高峰,而正北方却是连绵的山岭。这让我想起了大海里的浪涌——它们奔腾不止,突然在一声喝令之下凝固了,化成了荆山北部几十里的丘陵。从这儿可以清楚地看到那些蜿蜒的河流走向:林河和白河像两条很亮的带子,一直飘落到我们视线消失的地方;荆山以南的丘陵林木葱茏,已经在向宽阔的南部平原过渡了。林河比白河气势大得多,它笔直地向前,几乎没有多少弯曲,那些土崖、小的丘陵和沟壑对它都构不成大的阻碍,一路冲刷涤荡着向前。而白河却懂得妥协,它离发源地四十多公里处遇到一座不大的丘陵,就缓慢地极有耐性地绕过它,继续向前。荆山南部除了这两条比较大的河流之外,还有几条细小的水流,从这里看去像不起眼的白色丝线,流程短而曲折。更北面是蛛网一样的密密麻麻的水流——从这儿可以隐约看到东西走向的大汶河,以及更远处注入渤海的黄河——它的末端即冲积平原上的一段,正在阳光下闪亮……武早问我们葡萄园的方位,我想它应该是在丘陵地区以北的雾幔后面——实际上从这里看去它略微偏东。

武早四下看着,最后咕哝了一句什么,低下头去。我没法听清,拍了拍武早宽宽的肩膀:"老伙计,你在说什么?"

他惘然地转过脸来,闭上了嘴巴。

我们开始下山。由于坡度很陡,每一步都必须小心。有一次我踏在了一个滚石上,一下子跌倒了,腿给摔破了一点。因为下坡路很短,所以也就更加艰难。我们一定要在太阳落山之前到达那片丘陵。

二

太阳变红了。我们站在了一片小小的坡地上,惊讶四顾,突然发现了不远处有各种各样的石碑和一个大拱门、一座雕塑——这立刻吸引了我们的注意力。武早开始往那儿走去。这时我完全看清了:这是一个烈士陵园。

我马上记起了某本书上的记载——就在这片险峻的大山里,曾发生过一场有名的战斗……是的,这场战斗很多教科书里都写到了。一种肃穆的心情泛起来,越是走近它,越是觉得心头沉沉的。

进了拱门,里面冷冷清清,好像偌大的园子里只有我们两个人。守园的是一个老人,白发苍苍,满脸深皱,这时见了我们似乎有点高兴。他迎上来,陪着我们走了一圈,一边走一边告诉:这并不是最大的陵园,最大的还在东边哩,在荆山北面二十里的地方。他说这里的陵园只埋下了当年在这个山口死去的人。

我告诉他我们两个就是刚刚从山口翻过来的,老人像发现了什么奇迹似的,退开一步端量我们。他大概原以为我们是去山口的凭吊者吧,当弄明白我们是到林河和白河两岸的那些村庄里去的,就不做声了。他停了一会儿说:"当年就为了守住这个山口,我们死了上千人哪。"

他看了看我们惊讶的神色,无奈地长叹一声。

看得出,他一个人在这儿很寂寥,而且有一种久久压抑着的情绪,有些愤愤不平。不出所料,他没有留给我们更多一点的思考时间,就尽起了自己的职分,以一个目击者和守陵人的双重身份,不停地向访客讲叙起来。

"当年能不能守住这个山口,那事才大哩。你们看到的荆山南南北北河套子里的那些村庄,还有山北那些村庄,就是那里的老百姓推的推、扛的扛,为部队送粮草、送子弹,连十几岁的孩子都出伕了。战斗一打响的时候,上级说:往这个山口过的敌人只有两个团,收拾两个团,我们的队伍再加上民兵,足够用的啦;再说我们是守,敌人是攻。可后来你猜怎么着?我们这里出了个败类,就是当地的大财东,叫青爷。青爷不光在这里有山峦,在大城里也有买卖,有钱庄和工厂。你们看到的这一片山林过去有一半是他的。他在战争一开始就拉起了一支队伍,跟我们做对头。守山的在那儿打了两天两夜,敌人没有攻上来。第三天,青爷的队伍神不知鬼不觉顺着荆山西边那个山坳冲上来了。这是我们没有提防的。这个败类比蛇蝎还毒,他知道,要是我们的队伍得了天下,他青爷的地盘就没了,这片山峦也保不住。要不他就红了眼跟上干?这一来咱的队伍苦了。打到最后,那个山口的每一块石头上都躺了人,血水把山土都泡透了半尺深。你们看见山坡上的树木长多么旺了吧?那是人血泡的……"

武早低下头。我一声不吭。

"死的都是什么人?都是十几岁二十岁的孩子,顶多也不过三十来岁。他们参加这场战斗前还是些庄稼小伙子哩,从小吃地瓜干、吃树皮菜叶、吃观音土长大。不过他们登山登惯了,筋骨硬,腿也灵便。就仗着年纪好啊。当年我在村里是一个出伕队队长,记得俺村里有一个小伙子叫连城,二十岁上娶了个媳妇,因为要跟上队伍走,就趁着走前这段工夫娶下了家口。原先说好了住上半月二十天队伍才开拔,可他刚娶了媳妇第二天就来了命令:走。媳妇搂着他哭,他也搂着媳妇哭。村长劝连城说:'走吧走吧,打仗要紧。保家园保江山哩,媳妇这东西搂一宿也就中了。'就这样催逼着两个人生生分开。队伍直开到荆山口上,在那里垒了石头、挖了坑等着敌人,准备来了就揍。那一回连城就死在山口上,最后连个尸首也没找见。你看看,他的媳妇如今成了老太婆了,拉扯着一个孩子,不知是连城还是别人的——她一辈子再也没找男人,如今就住在北边那个小村里,逢年过节就到陵园里来喊啊叫啊,说给连城送吃的来了。哪里找连城去?"

老人说着叹起了气。我和武早看着这石碑上刻的一行行名字……老人问接上还往哪里走?我们说要顺着那条断裂带一直往东往北,最后改乘汽车。老人说:"你们到了城里不要忘了去看一个好地方啊。"

他铁青着脸,见我们不明白,又说:"我刚才讲的青爷你们听见了吗?"

我点点头。

"那家伙当年腊月和儿子坐船跑了,到了海外。在海外,人家还是青爷,发了大财,前些年又回来了,他还真敢回来!他身上净是咱庄里人的血,我想拿刀把他捅了。那一天我一宿睡不着,天亮就准备刀。我忘不了这儿躺着的十几岁二十几岁上千个庄稼孩子。可是不知谁报告了上级,上级立马来找我。他们想捆我。到后来我就骂起来,他们把我关在一个黑屋里。因为那一天青爷父子俩由上级陪着,正好要到这大山里转悠。哼,他们都坐着小轿车,小轿车开不进来,就坐一种嘭嗒嘭嗒响的小帆布罩子车。就这么一直到了山腰底下。他看什么?他在看过去自家的山林。那些当官的点头哈腰,为什么?还不就为了人家腰里那几个臭钱?人家捐了钱,在城里建起了一座疗养院、一座学校,都是红顶小楼。好多外地人来了,到那里参观——你们可不要忘了去看看,那儿的红屋顶是用咱上千庄稼娃儿的血染成的。听说青爷和他儿子回来那一天,好多人还在街上迎接呢。小楼盖起来,专门让青爷回来一趟,用剪子剪绸布、放了鞭炮。我气病了一场,这刀子没有捅在青爷身上,到后来就把这刀子一折两半,埋在松树底下,就是那棵!"

老人指指石碑旁边的松树。

武早又咕哝起来,低着头,谁也听不明白他咕哝了些什么。他的拳头握起来,在胸口那儿颤抖。他的一双眼睛有些茫然,转过身去,像在寻找东西……

　　我们离开了烈士陵园。天黑前我们就能见到那条赫赫有名的大断裂了——它是纵贯我国东部的规模最大、活动时间最长、活动强度和切割深度最大的一条巨型断裂,走向为北北东。我想所有到南部山区来的人,如果不亲眼看一看这条断裂带,那可是太亏了。

　　武早的背有点弓,他一直走在我的前面,一声不吭。他那弓起的厚厚的背部,好像驮着什么可怕的沉重。我喊武早,喊了两声他都没有听见。他仍然自言自语,一会儿抬起头,茫然无定的目光搜索着浓浓的雾霭以及雾霭里的群山……

驳 贪 夜 书

[论明天]

　　如果"明天"是一个不必兑现的承诺,那么"明天"就是一个诱饵,一块抹了蜜糖的毒药。这时候"明天"只是属于个别人的,而惟独不属于为"明天"而牺牲的人,也不属于他们的血缘亲属。即便这个"明天"可以兑现,那么谁又是评判者和监督者呢?宏大的目标作为一个借口是从来颇有诱惑力的,但它却从来可疑。为了这样一个目标必然要有不计其数的人去牺牲,但牺牲者从来不是目标的提出者——除非有了更大的意外。到了需要兑现的一天,他们或者根本不再旧话重提,或者又换上了新的目标——制造出一个新的"明天"。这样,原来的承诺也就可以舍弃不用,并且不受追究。不但不受追究,而且还会因为新的目标的频繁提出而受到更多的称赞。

解放者对奴隶说：为了未来的自由，你们必须现在就死。奴隶们大多是没有异议的。但也有一两个奴隶稍稍疑惑，问道：自由就是自由，将自由牺牲于未来，这不是搞活人祭吗？

解放者最恨最怕的就是敢于这样询问的奴隶。他们终于明白，在解放之路上最大的危险，不是来自敌对的外部，而是内部。他们要无数次地宣讲未来：那是一个光辉灿烂且坚不可摧的美妙生活。所以推导下去，为这样的生活付出怎样巨大的代价都是值得的、划算的。问题是人都牺牲了，没有了，化为轻烟了，没有知觉了，也就没有换算的前提了——谁更划算？谁更值得？如果这里指的是牺牲者的后一代，那就是活下来的人，那么就应该问一句：人只有活着才能产生下一代，而他们已经牺牲了，那么是谁的后一代呢？

可见自由并非是未来的自由，而就是现在，就是活着时的自由。他们自由地追求个人认为神圣的、值得舍生以赴的目标，那只是他们个人的事。

战争年代与和平年代并没有什么两样。许诺和牺牲的方式都是一样的。将多达亿万民众投入最残酷最激烈最危险的拼争中，因为他们要解决自己的温饱——这样一个最基本的生存问题；更因为理由是国家的强大——这样一个至为宏大的目标。田园荒废，令人发指的污染，大批国外污毒项目的内迁，一切万劫不复的牺牲，都要忍受——据说这是必须忍受的，是必然经历的过程、必然要走的道路。工业化的道路上有难以绕开的致命之物，有可怕的官僚淫威或其他，从精神到物质，牺牲都是在所难免的。比起伟大的目标和我们已经取得的胜利，这些简直就算不了什么。

可是，我们现在又想起了那个令人惧怕的讨厌的奴隶了，想起了他的那一句致命的询问。

整整一代人的幸福被埋葬了,这样的代价这样的付出,多大的"未来"才能够让我们甘心?还有,这个"未来"又是谁的?这个"未来"与已经不存于世的牺牲者有什么关系?

原来我们没有任何堂皇的口实,可以作为让当代人牺牲的理由。幸福就是幸福,自由就是自由,现在就是现在,未来就是未来。这些要分得清清楚楚,要讲个明白。那个"明天"既然无比美好,它就不该妨害我们的现在。如果那个"明天"使我们的现在民不聊生或者生不如死,那么那个"明天"肯定是人世间最肮脏最糟糕的东西。我们唾弃那样的"明天"。

[批驳]

你唾弃,那你就不必拥有明天。你若不信,就试试看吧。为了伟大事业献身的精神是我们的传统,你既破坏不了这个传统,也绕不开这个传统。事情的奇怪就在这里,你无论愿意不愿意,都得跟上走。你不想牺牲?那就逼着你牺牲。理解的要执行,不理解的也要执行,这就是你的命运。你想独立于世界,想提着自己的头发离开地球?这只是白日做梦而已。世界上做这个梦的人很多,都太过乐观了吧。

人类是不可以没有理想的,没有理想的灯火照耀,人类就得永远在黑暗中摸索。人活得没有劲,没有精神,主要原因就是没有理想。理想是多方面的,比如致富、奔向新世纪、自立于世界强国之林,都是理想,都是目标。某一个人或某几个人对于理想的诅咒是完全可以理解的,但这不仅无害于我们的事业,反而会让我们在批判揭露中变得更加自觉。有病毒袭来时,最有效的手段就是赶快制造出疫苗;而疫苗的制造,我们知道,它是离不开对病毒本身的分析的,也就是说离不开这样的标本。那些攻击我们理想的人,那些自以为高明的个人主义者自由主义者,就是这样的病毒标本。

* *

如果都是该文作者这样的人，我们就没有第一次第二次国内革命战争的胜利。谁不想活着？可是反动派要杀我们。谁不想留一口气看看胜利的一天？可是子弹没有长眼。不错，首长活下来的机会多一些，那是因为他们负有更大的责任，他们要指挥战斗，要留在军部师部团部，不能在前线，不能直接扔手榴弹拼刺刀，难道这有什么不可理解的吗？你如果有这样的全局指挥大才，那么你也可以留在司令部里。问题是你不行，你没有那两下子，你还得去前线！

再说了，看看电影就会知道，当时为了上前线，一些后勤人员都是找到首长又哭又闹的，非要去那里亲手杀敌不可。难道他们就不怕死？就不知道活着搞个对象什么的？但他们有更远大的理想，宁可自己死，而让别人生！他们觉得为人民的利益而死，重于山东的那座泰山！他们觉得死得其所。

只有最自私的人、最怕死的胆小鬼，才能发出这样蛊惑人心的言论。好像我们前无古人的改革事业不需要流血流汗就能成功一样，好像我们为了民族的伟大复兴做出任何牺牲都有点冤似的。说到这里我们可以看出，作者实际上已经走到了反动和危险的边缘了。这哪里还是什么学术之争，而是立场之争。他既然站到了改革的对立面、发展的对立面，那么我们也只能遗憾地说：你是另一个阵营里的人。你是民族复兴之敌！

* *

"沉舟侧畔千帆过，病树前头万木春。"历史的发展是无情的、无情的！"尔曹身与名俱灭，不废长江万古流。""鹰击长空，鱼翔浅底……""小小寰球，有几只苍蝇碰壁，几声凄厉，几声抽泣……"

"正西风落叶下长安,飞鸣镝!""不须放屁,试看天地翻覆!"

* *

阴暗角落,小小伎俩。人间无情,大浪淘沙。且看英雄辈出,新长征之路一往无前。更有这机关算尽,反误了卿卿性命。子系中山狼,得志便猖狂。只想唱卫星上天红旗落地之歌,哪料想再奋发好儿女壮志凌云。血沃中华人未老,战地黄花扑鼻香。关心下一代风流辈出,缅怀老一辈热泪盈眶。电子时代,即将来临;最新科技,日新月异。唐诗万卷随波去,时代新歌震云霄。纵有李杜屈苏才,也需酬时唱新歌。南山菊香已不再,北溟有鱼核潜艇。冰山融化假时日,双子塔毁于一旦。反恐还须身手辣,北约东扩非远谋。中华古老推背图,一章一节皆是金。说到这里算一段,留给阿小做枕读。

醇 酒

一

我们比预定的时间早一些回到了东部平原。两人背囊空空如也。"找到了什么?带回了什么?两位老哥?"拐子四哥学山里人的口气问着。

武早肃穆的神情却一直没有缓解——他在整个后半截的旅途上都常常是这副模样。听了四哥的询问,他突然想起了什么,在我的背囊和衣兜里到处寻找,又拍拍脑瓜——他在说那瓶葡萄酒。我说那瓶酒不是在荆山口喝掉了吗?他若有所失地搓搓手,这才作罢。

葡萄马上要收获了,吕擎、阳子、拐子四哥,所有的人都全力以赴地投入到收获前的准备工作中去了。我陪武早到镇上酒厂,与刘宝和大胡子精详细地讨论了刚刚敲定的那套酿酒设备。剩下的事情该由他们去做了。

从镇上回来正好是个傍晚,一步踏入晒了一天的葡萄园,浓浓的葡萄香气简直要使人沉醉。今年的葡萄比任何一年长势都好,我知道这不仅是因为增添人手、用心管理的缘故,还有天气和年景,是一个吉兆。我亲眼看到葡萄园是怎样训练两个生手的——吕擎和阳子天资聪颖,又肯吃苦,他们如今在园子里做起来一点也不比我差,手快眼尖,一切都干脆利落……有趣的是阳子,他除了绘画、做好杂志美编的工作之外,还尝试着写点什么。他尽管干得非常起劲,却总也没能获得成功——这儿的最后鉴定者是吕擎,过不了他那一关也就完了。

"都是一些大而无当的东西。"这是吕擎的评价。

阳子焦虑急躁却并不甘心,恨不得一下就写出惊天地泣鬼神的东西——吕擎说你算了。

"那你到底要什么样的?"

吕擎说他也讲不来,但懂得鉴别,"好东西往我眼前一搁,我认得它。"

"妈的,那我用绘画的方法写怎样?"

"什么方法都可以,你还可以用老鹰逮小鸡的方法,海上老大对付大鱼的方法,土匪的方法,流氓的方法……什么方法都可以,你试试吧。"

阳子皱着的眉头再也没有舒展开来。

大约是我和武早回到葡萄园的第一周,来了一个信息,说林蕖要来了。吕擎很高兴,他一直对那个人有许多期待,各方面的期待。对方在学生时期是一个风云人物,是上一级同学。由于吕擎的关系,我们几个与他都成为好友;当这个人成了亿万富翁之后,大家的联系也就疏淡多了,中间还发生过一些严重的冲突……好在一切都过去了,这个人在生意上也大起大落。不过我们都盼着这家伙能参与我们的杂志,以各种方式。对此吕擎并没说什么,可见并没有想好。我们希望这个人起码要有文字留下来。都知道对方轻易不出手,行为散漫,可内心一直是绷紧的。我曾经给城里的雨子去信,希望他能催催那几个古怪的老人写点什么,比如梁先生,长短皆可。很快雨子来了信,说问过梁先生了,对方说他四十年没有发表过文章了。我让阳子跟聂老约一幅画,可结果只收到了一张有红竖条的竹纸,上面用一种奇怪的字体写了几个字,大致说:身体不好,画艺荒疏等等。阳子把他的信贴到墙上说:"你看,这本身就是一幅挺棒的作品。"我和吕擎看了那封信,觉得它贴在墙上真的很好看。阳子说:"这些古怪的老人我们搬不动,我们与他们隔着一个行星。"是的,他们是另一些人,我们这辈子弄不懂他们,但他们差不多个个都懂得我们——这真是奇怪的现象。

我告诉武早:我们就要来一位很棒的朋友了,他叫林蕖,这人是一个喝酒的好手,在他的住处我曾看到一些名酒。他不喝白酒,只喝带颜色的酒。武早听着,搓着一双大手。

武早让拐子四哥帮忙,到那个简陋的酒厂里挑选了几个勉强可以用的旧橡木桶,还搞了一些别的东西,采下一些早熟的好葡萄——小心地清洗好,在柳条筐里晾着,又摊在席子上翻晒。

我知道武早要用心做点什么了。

葡萄晒了很长时间,直到有些颗粒起皱了,这才作罢。他让鼓额把脚洗干净,然后在晒葡萄的席子下面放上什么,让她走上去踩。鼓额小心翼翼地踩着,葡萄汁顺着席子流下,流到一个地方去。一开始我想让肖明子他们都来踩,可武早摇头拒绝。在他看来,踩酒人是很重要的,肖明子不行。我总觉得这样做出的酒怪腻歪的，一再提议用别的方法，他只摇头。鼓额把脚洗了一次又一次，最后又把裤角用绳子扎好……那些葡萄在脚下泛出汁水，鼓额一边踩一边叫。她站不稳，像要倒下去。

武早在边上看着，很高兴。所有人都过来看。正踩着，园艺场里的肖潇和罗玲也来了。就在大家的注视下，鼓额把一大堆葡萄都踩成了汁水。

葡萄汁盛在一个木桶里，两边是空空的大橡木桶。我知道，踩出的葡萄汁最终还是要装到那些大桶里。接下去武早又搞来一些奇怪的粉末状的东西，在那儿捣鼓了一会儿，指着它告诉我："这是硅藻土。"

葡萄汁就在硅藻土做成的一个东西上过滤了一遍，然后又重新装在一个木桶里。鼓额不断地问：这做什么、那做什么？武早一开始向她解释，后来就不做声了。他忙忙活活，我们只有看的份儿。武早搞停当了一些东西，又让拐子四哥找来一些缝麻袋用的粗麻绳，剪成了一米长一段一段，又搞来一些我们给葡萄喷药用的硫黄粉，放在了一个盘子中，下边用炭火加热。一会儿硫黄粉溶化了，鼓起了一个个黄泡，武早就把那些麻绳用一个竹片压进了硫黄溶液中，再从一边慢慢地抽出来。麻绳很快就变硬了。接上他又搞来一个大玻璃瓶，将硫黄绳一根根点燃，再将一根管子接在瓶上。这样硫黄绳冒出的黄白色烟雾就从管中涌出——管子一端又插在了空空的橡木桶中。我明白了，他想把这些硫黄绳燃烧时产生的二氧化硫灌到橡木桶中——灌足之后，橡木桶就给堵紧塞子，然后再灌另一个桶。

灌过二氧化硫的橡木桶就用来装葡萄汁。我问他：这些橡木桶里的葡萄汁要变成酒需要多久？他用奇怪的目光盯着我：

"你希望喝什么酒？"

"当然是最好的酒。"

"我想把它们搞成那种白兰地,不过这就需要你等上十五年。"

我和拐子四哥吓了一跳。

"这不是开玩笑。必须把它们放入橡木桶,藏上十五年,那时候清香味儿才会强烈。也可以把它们装在瓶子里,不过要把橡木桶上的木片掰下来,扔进瓶里一些。十五年以后它们就老熟了,这时我才能把它调成像样一点的白兰地……"

拐子四哥嚷:"哦哟,那怎么来得及?要喝点好酒还要等上十五年,那时我还不知在不在了呢。"

我安慰他:"你怎么会不在。"

"我到那天就是在,也变糊涂了,好酒孬酒也品不出了。"

武早眯着眼:"还有一种方法,就是人工老熟:到零下八十度的密室中,用三十小时的时间就可以达到十年陈酿的风味。"

"零下八十度,这咱们可没办法。"

"另一个办法是往里面加氧气,臭氧,这个我们到镇子上就可以解决——不过那绝对出不来第一流的白兰地。"

"第一流的白兰地怎么办?"

"没有别的办法,非得在橡木桶中藏上十五年不可。"

"天哪,"拐子四哥搓着手、咂着嘴,"看来我是喝不到这种白兰地了。"

武早说:"我们的葡萄园出产的葡萄都是绝棒的,这些玫瑰葡萄有一种特殊的麝香香气,其他的葡萄品种就没有。我可以用它造出最好的干白,你们不要着急。等我想个办法在短时间内造出点好酒来——你那个什么鬼林蕖来的时候,我还要造一点苦艾酒给他喝喝。"

我和拐子四哥都高兴得很。

二

第二天武早就从镇上搞来了一些葡萄汁。他说它们经过冷热加工处理,现在已经可以配酒了——以前这些葡萄汁都要装在瓮里,储存在地下,最少要储存两年时间才能用来做酒,可现在改用水泥和钢铁容器,搬到了地上,经过冷热处理加工,只需要三十三天的时间就可以达到两年的效果。"当然那不会完全相同的……"他说一个好的葡萄酒厂工人的素质必须高,管理也必须好,一点都不能胡来。"原来镇上那个酒厂要不垮才怪呢,他们完全不按规矩来,酒从一个桶里倒进另一个桶里,就让两个人搬起来,哗啦一下倒进去。你想一想那酒还不完蛋!"

拐子四哥问:"那怎么就会完蛋?"

"葡萄酒与空气接触,氧气就会进入酒中。你想想,装了葡萄酒的敞口瓶子放在那儿一天一夜,你喝起来是什么味道?我们平常把这种味儿叫'过氧化味儿'。"

"'过氧化味儿'是什么味儿?"

武早把手里提的葡萄酒倒在了一个杯子里,让我喝了一口。我觉得味道不是太好,稍微有点苦涩,不过这跟我们常喝的那些葡萄酒也没有多大区别。武早木着脸:"怎么样?"

我说稍微有点苦涩吧。

"你再好好品一下。"

我觉得还有点邪味儿。

武早说这就是"过氧化味儿"——这种味儿在精明的品酒员那里,只需用舌尖舔一下就知道了。"酒中的芳香物质与零点几毫升的氧一结合,那香味就完全变了或者是完全给破坏掉了。于是就出现了你刚才感到的那种苦味和涩味儿,再进一步还会出现油腻味儿,挺好的葡萄酒弄出稀奇古怪的味儿并不需要很长时间,像天热的时候,几小时就成了,那酒就完蛋了。从一个酒罐注入另一个酒罐,那样哗啦一倒,也肯定完蛋!"

拐子四哥说:"那酒总要装桶啊,换桶怎么办?"

"必须用管子输送,那样就接触不到氧气了。"

拐子四哥吸着凉气:"妈哩,这么多规矩!"

武早还把另一种酒让我尝了,这一下我品出来了:它有着很重的硫黄味,或者还有别的什么怪味儿。我问这是不是刚才硫黄绳冒在橡木桶里的二氧化硫搞成的?武早摇摇头:"不会,这是一种好酒,不过被他们搞坏了。它是酒精度很高的一种白兰地,我想用它制成一种最上等的白兰地给那个家伙——他叫什么?噢,林蕖。"

尽管这样,我说还是很担心那种怪味儿。

武早说:"那不碍事,看看我怎么对付它。"他从大老婆万蕙那儿搞来一些油——锃亮亮的棉籽油,是万蕙用来炒菜的。就在我们眼皮底下,他把油倒在了葡萄酒里。我想这一下糟了,彻底糟了。武早只不做声,沉着脸,用力地摇动,他大概想让酒和油掺在一块儿。摇啊摇,摇了很久,然后放在那儿。停了大约几十分钟,酒慢慢地沉到了下边去,油慢慢地浮上来。接着武早用管子把浮油全部吸出,剩下的就全是酒液了。

他让拐子四哥和我尝了尝。奇怪,原来的那种邪味儿一点都没有了。武早笑了。接着他又让我们到他的住处去看:一些大大小小的玻璃器皿都密封着,里边泡着核桃、茶叶、苦杏仁,还泡了几味中药。问了问,它们是菩提花、大黄、儿茶,还有甘草、香草豆、白鸢尾花根、橘子皮等等。"我每天都摇它半个钟头,已经放了十几天了。"

拐子四哥问:"这都是造酒用的吗?"

他点点头,然后当着我们的面,把这些东西的浸汁过滤在一个器皿里,然后又从什么地方搞来了两瓶酒:一瓶是朗姆酒,一瓶是樱桃白兰地。他不用量器,就凭视觉加在刚刚去了邪味的白兰地中,摇晃一下,取一个小杯子倒了一点品一品,又重新加了一点小橘子皮浸液,最后笑眯眯地重新封好。他一口气封了十几瓶,说这就是最上等的白兰地。我和拐子四哥都想尝一尝,他摆摆手说:"这不行,必须等你们的古怪朋友——那个林蕖来的时候。"

这个家伙说着,两手举在眼前晃动一下,又恢复了满脸的肃穆。这个古怪的家伙一造酒,立刻就变得有条不紊,头脑清晰。

立秋之后,林蕖真的来了。奇怪的是他竟然要提前那么多天给我们来信,兴师动众的样子像个大人物。这可能是他有了钱以后添上的臭毛病。我和肖明子那天赶着运货的马车到海滨小城,从那个客运港上一艘白色的大船上将他接下。他一走下舷梯就看到了我,把那个蓝色的帽子摘下来,用力地向我们摇动,像一个了不起的凯旋将军。于是我们都同时看到了在下午热辣辣的阳光下,他那剃成的秃瓢在闪闪发光。

他到来的第一天晚上,武早沉默不语。他很少跟生人说话,生人跟他讲,也很少搭腔。他只是里里外外地奔忙。我知道他在为晚上欢迎林蕖的宴会制作一种高级酒。万蕙忙着菜肴,鼓额做帮手;肖明子也忙着,按万蕙的吩咐去采集一些野菜。屋里没有醋了,万蕙又到葡萄架上揪下一些没有成熟的葡萄,压汁代用。

当一切都摆在一个发白的柳木桌上时,武早才把他的几瓶上等白兰地拿出来。他默不作声,在每个人面前摆个高脚杯,然后逐一添上了半杯。

这酒是纯粹的金黄色,晶莹闪亮。

我们一块儿端起了杯子。我看着林蕖——这个家伙是非常懂酒的——他呷了一口,把杯子轻轻放下。停了一瞬,他又重新端起来。

"嗯。"他声音低低说道。

三

林蕖与武早之间简直着迷了。他们长时间地关在屋里高谈阔论,我隔着窗户看了看,发现武早举起那只大手在眼前舞动,口若悬河,脸色一会儿严肃、一会儿微笑;当他停止大声演讲时就专注地听着对方。林蕖的声音忽高忽低,叼着一枝喇叭烟,讲话时也烟不离嘴。我不知道他们讲了些什么,大概那内容已经深奥到不再适合别人倾听了,因为他们总是把门关紧。

我事后问林蕖:"不让我们听听你们的谈话?"

"你们听不懂。"他闭了闭眼。

我知道这句玩笑中多少也包含了几分认真。我问:"你们都谈些什么?"

"主要是谈酒。"

"你也懂酿酒吗?"

"你说呢?"

我只知道他有各式各样的名酒,善于品酒,在这方面是个会享受的角色;听说在他的影响下,他的妻子也成了饮酒的好手……

有一天武早和林蕖又凑到一块儿去了,但忘了把门插上,我就推门而入了。我想听一听这两个人在谈些什么。他们两个很专注,好像压根儿就没有发现我的到来。林蕖嘴角上仍然有一枝颤动的喇叭烟,说:

"……绝对完蛋,自从把橡木桶搞掉了,绝对完蛋。"

武早点头:"从瓮改到橡木桶,这已经是绝对的退步了,然后又改成什么水泥槽子、铁罐,完蛋。"

林蕖伸手到帽子下抓挠,后来干脆把帽子甩在炕上:"好酒最早是古埃及人捣鼓出来的,当时他们破碎葡萄一色用脚踩,现在有些很讲究的,像南欧国家仍然用脚踩。他们把葡萄放到高台上踩,让葡萄汁流到盛酒器里,然后再入瓮,直接入地。后来还是古埃及人,把葡萄装在袋子里用棍子夹,下边就放着一个大瓮接汁儿。你想,现在是他妈的狗屁破碎机,马达一开呼隆呼隆转,那还有个好?!"

　　武早像演讲似的,把手放到右边的耳朵旁边向下挥动,说:"从瓮到木桶,再到砖池子、水泥池子,再到铁容器、不锈钢罐——这些年还搞了什么玻璃纤维酒罐……以后还有好酒吗?他们骂我保守、传统,他们不知道美酒本身就是一种传统、一种保守的产物!"

　　林蕖把伸过来的那双大手使劲一拍:"今天仍然坚持使用木桶和大瓮的,才是天才。好酒绝不是个时髦的玩意儿。酿出什么酒要看他长了颗什么心,要害问题不在别的地方。好酒是从心里流出来的。"

　　武早一下连一下拍打对方的胳膊,还伸手在林蕖光光的头上拍了一下,嚷叫:"太对了,你说得太对了。我觉得酿酒师笨点儿不要紧,只要有一副犟脾气就行!"

　　林蕖把嘴里的喇叭烟拔出来让给武早吸。武早早已不吸烟了,这时竟然愉快地把烟接到手里,用力地吸了两口。他咳着,咳出了眼泪,还是满脸欢欣,甩动着满脸泪花说:

　　"好东西一去不复返了,不复返了。那一年我为了寻访马拉加葡萄酒,弄清它的妙处,亲自跑到西班牙那个海港去。那天就我一个人,正好是采葡萄的季节。我想他妈的古怪马拉加酒啊,名声远扬,是怎么捣鼓出来的?我去一看,一领领席子上都晒满了葡萄,简直是暴晒,有人用木杆子在葡萄穗中翻来弄去的,已经晒得半干。你猜后来怎样?就像你说的,啪嚓啪嚓用大脚去踩,那脚连洗也不洗!我想就是把脚臭踩上去也不要紧,大概美酒和脚臭互不排斥……"

　　林蕖点头:"绝对说准了,互不排斥。脚臭是抵挡现代臭毛病的最好良药……"

　　他们两个一脸认真。我想这两个古怪家伙在发一些多么奇怪的谬论。

武早又说："那天我用小木勺舀起葡萄汁来喝一口,像冰糖一样甜。你想这么甜的葡萄汁做出酒来,那劲道会有多大？比最好的白兰地劲道还要大！"

林蕖深深地点头。

"接着他们把葡萄汁放在大锅里,用一个木铲搅弄着,下边架起了松枝一阵猛熬。这样一锅葡萄汁熬下去就剩了大半锅。你再用木勺舀一勺尝尝,那就更甜了！想一想,木铲搅、锅熬、席子晾,然后再点上松柴……这些古老方法为什么至今还在用？就为了求一瓶好酒嘛。他们绝对不用机器。我不知道眼下马拉加葡萄酒是不是改变了自己的方法,如果改了,我打开瓶子一喝就知道,谁也别想把我骗了……"

他们俩赤着脚,坐在大土炕上,前面就是一个烟荷包、几张卷烟纸。他们连一杯水也不喝,就那么坐着。外边那么多人在做活,可是这两个家伙却谈兴大发,话题一直没有离开酒……

武早把话题拉近了："我们有个第一流的葡萄园。有人说我们东部小平原上找不到好葡萄园,那是鬼话。"

"鬼话。这样的葡萄酿不出好酒来,那么酿酒师一定是个庸才。"

武早又一次激动地拍打林蕖的手："说得太对了！一定是个庸才！葡萄园太重要了,没有一个好葡萄园就搞不出好酒来,像美国人的葡萄酒不如欧洲,至今还是二流,什么问题？就是没有自己最棒的葡萄园！"

林蕖骂着："狗娘养的,好酒差不多都在欧洲,剩下的就是老兄你捣鼓出来的了——我是说你的味美思,天下无敌。"

武早不做声了。我眼看着他的脸变成红色,一双眼睛放出了火焰。他在大炕上站起又坐下,两行泪水顺着鼻子两侧流下来："味美思,我的味美思……"

武早咕哝着握住了林蕖的双手。林蕖一声不吭地看着,倾听着。"味美思是我的灵,我的魂……游遍了欧洲……那些高鼻梁蓝眼睛的人被她迷住了,她从欧洲走到北美,到过非洲,北非的白人见了她都要脸红。喝一口味美思,鬼子 Wermuth,让我们一块儿保护'勇敢的精神'吧。我的朋友!我的好朋友!相见恨晚……"

林蕖也激动不已。他们两个很投机,也特别默契。林蕖把新卷的喇叭烟塞上嘴角,武早就把炕上的火柴摸起来;武早走下炕去穿鞋子,林蕖就先一步跳下去把鞋子取到手里……

他们一前一后走出门去。这时天快黑了,大家还在园里忙着。晚霞把葡萄园染成了金色。他们俩迎着西面的太阳走去。斑虎从园子里跳出来,它站在一棵最大的葡萄树下边,昂首挺胸,看着走出葡萄园的两个高大的男人。

四

吕擎多少有点不满足,他希望林蕖能谈谈我们的杂志、谈谈诗与史。这是我们迫不及待需要讨论的,大家的欢聚也应该是这样的一次盛会。可是林蕖从来不谈艺术和学术,我们一开口,林蕖总把话题扯到很远的地方。后来我终于说:"你该在这里给我们留下一篇东西……"

"我知道你们要赶我走。"

"怎么这样说?我们听说你来多高兴啊,你却姗姗来迟。你是我们的贵客。"

"你放心吧,我不会白吃白拿,会干活的。因为我刚来到这里就遇到了一个好朋友,我们有说不完的话。我从明天开始就到园里做活,但是你们最好不要跟我说什么杂志,我可不是为了这玩意儿才到你们葡萄园来的。"

林蕖说话算数,第二天一早就与拐子四哥同时起床,用冷水把身上冲了冲,然后挽起衣袖就到园子里做活去了。他把那些采下的葡萄装在筐笼里,然后一个人扛上两大笼往前走——肖明子用车子把它们拉到镇上,在那里榨汁装罐。我阻止林蕖都没有用,他说:"游手好闲的客人应该滚蛋。"

武早很少伸手做活,可林蕖去园里干活了,他也跟上干起来。不过他们做活时不太说话,只神情专注地采葡萄、扛葡萄筐笼。这使我想到,有的人干什么都会极度认真和专一;还有,他们劳动时总是愉快的。

武早有一天对我谈起了林蕖,说:"你的朋友当中,最棒的就是这个人。我们已经是最好的朋友;如果有可能的话,我将把酿酒的技艺传给他。"

我觉得这太可笑,不得不告诉他:他是个百事皆爱的怪人,不会真的跟你学酿酒的。

武早连连摇头:"你不懂,他真正明白酿酒。"

这一天宽脸突然来了。这之前由于杂志拒绝了他的某个要求,他一直愤愤不平,故意冷落我们,而且对那个发行部百般刁难,借口检查图书,不断地取消一些书目。他几次提出要终止合作,我们就指出二者之间的契约关系:如果单方面没有充足理由践踏约定,我们将诉诸法律;其次,我们还要找牟澜或更高层的领导,他们将出面干涉。宽脸后来又结结实实地威胁了我们很久,说了很多绝情的话。我把宽脸的行为告诉了大胡子精,大胡子精就说:"你不要理他,必要的时候,我让几个兄弟在路上揍他一顿,专踢下部。"我明白这可能不是一句玩笑话。我听刘宝讲过,大胡子精以前被一个朋友诬告了,根本不找公家,只纠集几个朋友喝了一场酒,然后在乡间小路上把对方截住,恶狠狠地揍了一顿。结果那家伙在地上昏睡了多半夜,差点没出人命。

宽脸这一次到来和蔼可亲,再也不提那些不愉快的话了,只说:听说这里来了一个著名人物叫林蕖,咱是特意来拜访的。他见了对方,离开很远就要伸手去握。林蕖还没等明白过来,就给宽脸一把握住了:"久闻大名,久闻大名,幸会,幸会!"

林蕖嘴角的喇叭烟颤抖着,没有吭声,审视的目光扫着宽脸。

"多么伟大的人哪,到我们这儿来了,真是三生有幸,三生有幸。"

林蕖仍然没有说话。

"我很久以前就听到了您的大名,原来还以为是位姑娘呢。我想这位女同志真了不起啊,我要去访一访……"

林蕖鼻子里哼了一声。

"那会儿我想,女学问家、企业家,总是超过男的,这是怎么回事?怪,事情多么奇怪呀!我当时想一定要搞通这个奥秘。您知道经济世界和艺术世界一样,奥秘无限哪,这真是一个奥秘。我要搞通这个奥秘,那会儿我的船票都打好了,想到您的城市去,想会一会这位了不起的女……"

林蕖嘴上的喇叭烟猛地吐了出来,炸雷一般喝道:"你他妈的是谁?滚!"

宽脸打了个愣怔,踉跄几步,差点栽倒。接着他的脸抽搐起来,像要泣哭。他的嘴角仇恨地收缩起来,站在五六米远的地方,紧紧地盯着林蕖,又看看我。

武早一脸冷笑。我怕事情搞得更糟,招呼着宽脸,让他到屋里坐,谁知我的话音刚落,武早就扳着林蕖的肩膀,先一步到屋里去了。

宽脸仍然站在那儿。他那双妩媚的女性一样的眼睛充满了仇恨,一直盯着那个人的背影,直到转向了我,才稍微变得温和一点,点了点头。

我等着他说话。

可是他又一次点了点头,就走了。他走起路来像个鸭子,摇摇摆摆。他的身子多么沉重啊——就是这样一个古怪的人,掌管着小城文化知识界。

五

太阳升起来了,一只翡翠鸟在离我不远的葡萄架上鸣叫,百灵又升到了空中。各种各样鸟雀的喧哗在园子四周响个不停。长尾巴喜鹊在霞光里一会儿飞起,一会儿落下,由于园里有忙活的人,它们怎么也不敢靠前,又不愿离园子太远,就在最近的那些白杨树上驻足观望。我想这是天下最为顽皮的一种鸟,拐子四哥恨它又爱它。大概是与之常年周旋的缘故吧,我们与长尾巴喜鹊之间结下了情感。正在我端量长尾喜鹊时,突然听到了一声奇怪的吆喝——吆喝了什么没听明白。我看到斑虎马上抬起头,侧着耳朵,像重听的老人一样——外面那个呼喊的声音又响了起来。这一次听明白了,他在喊:

"有买锡壶的吗?"

那声音尖厉凄惨。多么奇怪,我从来没有见到来这片荒原上卖什么锡壶的……锡壶做什么用?

我没有搭理这喊声,继续低头做活。

大家都在忙,没有一个人去理那个叫卖声。

他一声连一声在那儿呼喊。到后来我终于有点烦,就扔下手里的活计,往葡萄园大门那儿走去。我刚走了十几步,又响起了那个响亮尖厉的声音:"有买锡壶的吗?"

只有喊声,没有人。原来那个卖锡壶的人钻到了杂树林子里。多么奇怪。

我站在那儿。那个人久久不再露面,我想回去了。

就在这时,杂树林子里突然火急地蹦出一个人,这家伙像个疯子,肯定是个疯子:头发差不多把脸都遮住了,满脸灰青,胡子把嘴巴都盖住了;这么热的天,他竟然穿着厚厚的棉衣,脚上是一双棉靴子,上面绽开了棉花;他的腰上束着一个布条,就在脖子上,挂了一把很破的黑色锡壶,另一只手里提着一个小布袋……他迎着我走了几步,我立刻闻到了酸臭的汗味。他放低了声音喊:

"有买锡壶的吗?"

我没有吱声。刚想转脸,他就侧身伸出手拦住了我。他不让我走。我刚要说什么,他竟然小声地叫出了我的名字。

这声音那么熟悉。我抬起眼睛——与此同时他用更小的声音说:"我是……"

我只觉得全身都被一种东西强烈地撞击了一下。我的手滚烫烫的。我四下里瞥了瞥:"是你?"

他用眼角示意一下,我们走到了杂树林子里。

"来不及多谈了。我是费了好大劲儿才投到你这儿的——这里可不可以让我住下?"

我没有回答这个问题,只问:"到底是怎么回事?你说说。"

"来不及细谈了,我只想告诉你:我是冤枉的。你相信我吗?你如果相信我,就留我在这儿住下,如果不相信,我就马上离开……我不愿连累你。"

他讲完了。差不多停留了五六分钟,我一声不吭。我的脑子飞快地想过了几年前的那个秋天——这是我的一个朋友,他牵进了一个案子;就因为我们有过一段来往,他逃匿了许久还有治安人员来我这儿……我叹了一声。他尖利的眼睛盯在我的脸上。我知道他在寻找我的一些念头:从他这个老友的脸上寻找胆怯或勇敢……我仍然没有吭声。后来我说:

"我……并不怕受到连累,你会相信这一点。"

他终于点了点头。我说:"我的很多城里朋友都在这儿。很多人。"

"这么多朋友!"

"正是有这么多朋友,这里才不适于久留。"

"为什么?!"

"我担心——真的担心有人会跟过来。这之前,我已经领教过了……"

他好像撒了气一样,一下子垂了头。

这时我才明白他疲倦极了。他不知从多么遥远的地方躲躲闪闪跋涉而来,渴望能喝上一口水,吃上一口饭,哪怕是睡上一觉也好……那个残破的锡壶挂在他的脖子上,这让我想起了那些被游斗的人,那个标明他们身份和罪恶的纸牌……他抬起头,我看见了他的眼睛被焦虑烤灼得焦干。这焦干的眼睛盯着我说:

"我明白了,明白了,我理解你。那我走了。"

说着他就转过身去。他好像一点也不恐惧,连看也不看四周,就放开步子往前走了。他只走了大约十几米,我赶紧追上了。我说:"你千万不要误解我!"

他转过头:"怎么会呢?难道我们是一般的朋友吗?"

他又要往前。我伸手在内衣兜里掏着,把身上所有的零钱都掏出来了。他把我手里的钱推回去。他说自己需要的不是钱。再见了。

他说着猫下了腰,钻进了杂树林子。

我蹲下,试图从树隙里看着他怎样走掉。可是没有——整个人好像突然就消失了似的……

四周好像旋转了一下。我扶着一棵树,好不容易才定住了神。接着我听到了斑虎呼叫的声音。

我突然觉得全身的力气都失尽了,人累得无法形容,两条腿像木头似的。

第 九 章

蓝色破败病

一

经过一年多的折腾,第一批酒终于开始正式生产了。它像武早在那个东部酒厂里搞出来的所有名酒一样,有着漂亮的装潢。武早特别重视这一点,他为酒标等问题一度愁眉不展,设计者费了好大周折才算在他那儿勉强通过。因为以往的得意之作曾为他带来了长久的荣誉,他也许知道很难再超越自己了,只把所有的希望都抵押在这个新兴的酒厂上。结果他一次次陷入了深深的失望。可与他不同的是,我们所有人已经有点大喜过望了:我们压根儿就没有什么宏愿,办酒厂更多的是从经济上着眼。我们正因为没有酿酒专家的荣誉感,没有这方面的豪情壮志,结果也就造成了一场大错。

直到最后我们才明白:这一次错得有多么严重。武早已经陷入了深长的苦闷,甚至揪起了自己的头发——他把这个酒厂当成了自己特殊时期的作品,灵魂系在了上边;而且,也许他正在与自己角力,想借此作出至关重要的某种证明。

没有办法,这是他精心构思的一部分,甚至是全部,他在发起中年的冲刺,追逐一种完美。作为旁观者,其他人对这次成功只能抱有深刻的怀疑,注视的目光充满了悲悯。我和武早在一起时,发现他总要发火,没完没了地训斥跟在身后的那些人,技术员、厂长、几个车间主任、作业组长等等,都成了受气包。听着他们之间的对话,常常堕入云里雾中,我想自己这一辈子也没法搞明白造酒的奥妙了。我越来越替这个酒厂的其他人感到惋惜和不好意思——武早对他们太凶了。有一天,酒厂技术员把温度控制阀提高了0.5度,武早差一点把他的耳朵揪下来。技术员辩解说:

"你不是说温度高一点,酯化反应快吗?"

"你他妈的脑子里全是石头!"

他不好意思全骂出来,摊着手说给我也是说给那个技术员:温度越高酯化反应越快,这不错;不过温度到了临界点,再稍稍超过一点就会变质!

技术员在武早离开时对我讲:"在他手下没法干,一会儿让热,一会儿让冷,有时候温度很高了,他还让我们再提高两度;有时还让我们搞什么负二十八度以下。我们的条件根本达不到,是他自己在犯冷热病。酒搞坏了就推到我们头上,有了功劳全是他的。大胡子精也对我吹胡子瞪眼的,在他眼里武早不是人,是神。"

说到这里他觉得有点过了,可能意识到我就是武早最好的朋友吧,哭丧着脸闭了嘴巴。我想看一看从山区搞来的那些设备利用率是多少,问了问,他说连百分之五十都不到。我说那不是极大的浪费吗?技术员忍不住又扯到武早身上,说那家伙简直是个精神病,他能搞出什么好名堂来?"大胡子精太信任他了,厂长在他面前像孙子。就我一个人看出来了:这家伙是个神经病。"

我心里想你这小子可千万不要乱说,那样就糟了。我只问:"剩下的设备怎么办?"

"鬼知道……"

我们俩一边讲一边往前走,我极力向他表明:武早是一个特别的酿酒天才,而所有这样的人有时又都是那么一副奇奇怪怪的脾气、神经兮兮的。你应该多迁就他……技术员说:"本来也没什么,这个家伙动不动就对我瞪眼,总挑刺,有时候他咕哝半天我一句也听不明白。不开玩笑,这家伙可能真的是一个神经病。"

我不想把话题往这方面引,就问:"你们刚才讲的温度是怎么回事?"

"新酒经过冷冻滋味就会变得柔和。但是香味也会随着损失一些,因为香味在高温条件下生成得才快。这样冷热就要交互进行。最好是先热后冷,这样搞出来的酒就柔和醇厚,有一股老酒味儿。可是温度到底高到多少?低到多少?那全凭武早的兴趣了。一会儿高得受不了,一会儿又低得超出了常规。你让我们平时怎么掌握?"

我笑了,我想这大概武早是对的。我不明白,但我凭感觉那是一个非常微妙的过程,真的需要灵感。我拍了拍他的肩膀。

技术员又抱怨说:"现在哪里还使橡木桶啊?他非让我们用橡木桶不可。你看我们把水泥高台抹起来了,里面还涂了树脂——这跟大酒厂一样啊,人家都是这样,可他偏偏不让用。他说除非万不得已,绝对不能用水泥高台。这样我们就得来来回回搬动橡木桶。这个家伙亲自动手做硫黄绳熏橡木桶——这些活儿还用他来做吗?他非坚持那样做不可,我们也没有办法。他就是这样一个怪东西,本身就犯冷热病,所以弄不巧才能酿出好酒来呀……"

他说着嘲讽地笑了,我也笑起来。

二

有几天武早怎么也不到酒厂里去了,躺在他的屋子里,仰面朝天待着。我跟他说话,他也没有多少兴致,只在那儿咕哝着。我走到他身边,他也不睬,没完没了地咕哝,那些话让我全然不解。我长时间待在他身边,无望地看着他……

"……时间原来这样紧迫、这样紧迫。我误解了,我没有那样的能力。只好这样往下挨,一天一天……谁有钥匙打开这些门,一扇扇门……我找不到地方……就像一团丝,我会找到线头把它解开。乱成一团……什么都没有……你不要笑,你告诉我她在哪里——一位修士用玫瑰花瓣偷偷酿酒……那是很久以前的事情了。有谁把修士杀掉偷偷窃走了秘方,东方人?不……'你到红灯区干什么啦?''我只是转了转。''你们都是谁?'我说有洛斯、查理、埃德蒙。'你知道他们都是干什么的吗?'我知道,他们都是酿酒师。'屁话!''真的是酿酒师。''你到洛斯家里去过夜、吃过饭吗?''对,我实际上是冲着那种玫瑰花酿成的酒去的……''你们喝了?''没有喝。我们只喝了索当。''你要小心。''我很小心,从来就很小心。'……我受不了,我真的受不了。想不到归来会是这么一种情形。我简直要哭了。象兰,那天我像个孩子一样哭了。我想不到会这么惨。他们老要问:'你到洛斯家里吃过饭吗?'我一遍遍回答:'我去了。'象兰你相信我吗?老婆相信我……知道他们是嫉妒我,有了你,他们才对我这样苛刻……我多么爱你,只为你骄傲,也为你归来……那些谣言你从来没有信过吧?多么好的白兰地!它已经在橡木桶中待了十五年,现在的人急不可耐,所以就求助于密室。他们以为那样就有了陈年佳酿的风味。其实不是。永远不是。现在的酒永远只是一种'现在'的气味。洛斯,你知道我有个多么美丽的娘儿们吗?她这会儿正在那里干一点见不得人的勾当……一切都完了……象兰!难道你真的要永远背叛我吗?那样我就会沦落民间……"

武早总算沉默了。我想他一定是疲劳了。我站起来,刚要蹑手蹑脚走开,他就喊:"回来,回来!"我站住了。我把他的手从脸上移开——他的脸上、眼角的皱纹那儿,晶亮晶亮……他握紧我的手：

"你能让象兰来一次葡萄园吗？"

我没有回答。因为我明白她只是一剂止疼药，事后效果往往更加不妙。而且对我的朋友来说，他必须尽快适应失去象兰的生活，必须在葡萄园里过一种独身的、安定的日子。他应该离开她了，不要再中她的魔法了。可他一下下抖动我的手，那是一种催促。

我点点头。我知道在说谎。我不会去找象兰了。

三

拐子四哥连日跟我商量："咱要不要请个医生？"我问："那些精神病医生？"他望着我。他知道那些人对武早有害无益，而别的医生又无济于事……

我们眼瞅着这个朋友躺在茅屋里，没有一点办法。他很少吃东西，可是依然精力充沛，晚上不睡觉，在屋里走来走去，再不就拍我的门，到我屋里咕咕哝哝说上半天。我知道这可不是什么好兆头，事情会变得越来越糟。但我在心里已经暗下决心：绝不能重新把他送到林泉去。

我想从现在起，自己将承担一切后果——这个人没有父母，也没有兄弟姐妹，他在这个世界上像我一样，真的是一个孤儿——孤儿与孤儿之间当有最大的责任、最深的默契。我将凭自己的顽强，凭我对一个人生命底层的理解深度，来悉心管理和照料这位兄长。我将好好照料他。

我告诉拐子四哥：尽量少去打扰他吧，让他一个人在那儿休息。

如果他走出屋子，我们就领他到葡萄园里。我想我们的葡萄园对他该是一剂好药。

可是武早最终也没有安静下来,因为正像他在胡言乱语中所预言的那样:酒厂真的出事了。最坏的事情终于发生了——葡萄酒得了破败病。

酒开始浑浊、沉淀,有的已经开始发生褪色的现象——酒明显地变了味儿,那个消瘦的酒厂技术员最后惶惶地跑来了,后面紧跟着大胡子精。拐子四哥不敢阻拦他们,他们直接奔到了武早的屋子里。

武早仰着脸,像没有看到来人。

技术员说:"老武,真得了破败病了!你赶紧去救救咱们的酒吧!"

武早大眼瞪着,失神地望向天花板。

大胡子精连连呼喊:"老武,老武快走吧!"

我和拐子四哥站在旁边,不知怎样才好。武早仍然无声地瞪着。我们都感到了某种绝望。后来我把大胡子精叫到旁边屋里,让他们先回去,我说他现在病得很厉害,顾不得这些了。等他的病稍好一点,我会陪他一起去。大胡子精急得搓手,也只得同意了。

在这样的时刻里,我们真的需要那个鬼女人来葡萄园一次了。我犹豫得很,还没有下最后决心。正在这样的时刻,吕擎和阳子不无兴奋地告诉我:吴敏和小涓她们正在城里办理转移手续,各种各样的准备工作都做得十分顺利,她们也许很快就会来了。

我声音低低地说:"那太好了。"

吕擎说:"你知道吗?那个雨子要代表他们的大主编川流到这里看看杂志,和滨一起……"

最后一句让我听得清晰。我想雨子夫妇的到来也许会给我们的葡萄园注入一份清新。实际上这里一切还算顺利,酒厂能够赢利,葡萄园蓬勃兴旺,杂志的工作也在有条不紊地进行——我们本来不指望它会有多么大的影响,因为这需要一个漫长的过程;可出乎意料的是,它还是很快获得了喝彩声……所有的窘迫都与武早有关,他才是我们心底的痛。

一个风和日丽的下午,雨子鼓着他可爱的腮帮来了,后边跟着他更加可爱的滨。他们还是第一次来我们的葡萄园,微笑着,极其含蓄地表达了自己的愉快和惊讶。滨本来是一个性格外向的姑娘,可是大概长期生活在雨子身边的缘故,也变得非常含蓄。尽管如此,她的大眼睛还是闪烁着热烈的光彩。她在屋前空地上玩了一会儿,然后就到葡萄园深处去了。一会儿鼓额来报告:说那个美丽的姑娘正在偷吃葡萄……

后来滨看到了从宿舍走出的高高大大的武早,定定地望着,那神情好像很早以前就相识似的。武早看了滨一眼,没有吱声。我给他们作了介绍,滨伸出手,武早心不在焉地握了握。他那种怅然若失的眼神让雨子和滨非常吃惊。

我告诉这对夫妇:他的身体最近不太好。滨说他的精神有点恍惚,我点点头。

我发现吕擎和雨子差不多和解了。他们谈起杂志没有丝毫不愉快的地方,他们最终会真正和解的。在那个城市里,这是一对奇特的夫妇,这在当今已经是凤毛麟角了,不过吕擎在过去不愿正视这个事实罢了。

一会儿肖潇和罗玲来了,滨很快与她们相识了。我发现她们很快就像亲姊妹一样亲热,那么融洽。滨说:"我早就知道你们两个参与了葡萄园的工作,没想到这儿还有这么漂亮的两位姑娘啊!"

罗玲是很傲气的,但这时却换上了一片羡慕的目光,盯着滨,一直那么看着。她的眼神让我想起了聂老——那个老人现在不知怎样了?

我发现滨很注意武早。她可能觉得这是一个性格特异的人吧。在一种欢快的迎接客人的气氛里,连拐子四哥和肖明子都兴高采烈的,只有这位武早一声不吭,仍像过去那样,长时间把自己关在宿舍里。滨总试图与他接触,抓住每一个机会与他交谈。而武早的表情极为冷漠。后来滨对我说:"武早真是一个男人哪。"我觉得很有趣。她说:

"真正的男子汉。瞧头发有点卷,脸上很少几道皱纹,那么有力量……"

我说皱纹就是力量吗?

她点点头,但没有回答什么。

四

大胡子精和那个酒厂技术员又来了两次,刘宝也来了。刘宝是一个沉默的温厚的女人,尽管时不时要说一两句粗话。她与武早说话时声音放得很低,那是多么悦耳的声音啊。我发现武早在她身旁神色安静,还偶尔抬起头看对方一眼。刘宝说:"你好好养着吧,不要挂念酒厂的事情,等你觉得身体好一点时,再去看看。那几种酒的生产我们暂时停止就是了。"

她这样说着跟武早告别。刘宝宽厚的背影、略显粗壮一些的身材,在绿色丛中消失了。

武早又一次向我请求:去找象兰。我犹豫着,但最后还是妥协了。我只得去那个酒城一次……就这样,在我的恳请之下,象兰来了。

她的到来应该是我们葡萄园的一个特殊日子。大家对她的成见似乎早就消失了。而象兰眼里几乎没有一个生人,她很快与雨子和滨热乎起来。这一次,她的曼长脸上抹了一层淡淡的颜色,头发故意染成了赭石色,梳成了一个高耸的发型。她穿了一件棕色皮衣,衣服的颜色也是赭石色,在脖颈和肩头那儿留着一些奇怪的

穗头,上面还饰了彩色的玻璃珠,耳朵上戴了半月形的金色耳环。滨小声告诉我:

"这个人看上去简直像童话中的人物。"

我们这位客人真的生活在童话里呢。我寻个工夫把象兰叫到一边,嘱咐她安慰一下武早:"你不知道他多么需要你,他一连多少天躺在那里,不吃不喝,只一个人喃喃自语,总是说你。你和他多待一会儿吧。"

象兰点点头。她在大家的注视下,到武早宿舍里去了。

一连多少天,只要有时间,象兰就和武早在一起。他们在园子里一起散步,甚至往西走上很远,在渠畔,在哗哗的流水声里默默地走。我发现武早很快就像变了一个人似的,情绪高涨起来。这时候,大胡子精又不失时机地找上门来了,武早听了他和技术员的情况介绍,抬起右手摆一摆说:"很简单,很简单的事情。"他同时也说给象兰:"破败病,cacce。"

一同跟来的技术员说:"恐怕问题很严重,我们发现沉淀物变成了蓝色。"

武早说:"'蓝色破败病'。不要慌。明天我们解决它。"他对象兰摊摊手:"没有办法,现在葡萄汁接触铁太多了,破碎机、装汁的罐子,还有,接触铜器也是很平常的。过去就没有这种情况。水泥罐我本来是不同意使用的,可是要扩大产量就没有别的办法。水泥里面的元素很容易就释放到葡萄汁里去。所以现在葡萄酒得破败病成了家常便饭。"

象兰说:"现在店里卖的那些葡萄酒百分之百都有过氧化味儿。"

武早把脸转向我:"我们到过山里一个废弃的葡萄酒厂去,那里得了破败病就往里加血粉、干酪素和亚铁氰化钾等,在比例上出了问题,结果弄出了氢氰酸,一种剧毒!这个办法是解决破败病最理想的,可惜危险。我们准备改成抗坏血酸……"

我有点吃惊:"抗坏血酸——酒怎么和血扯在了一块儿?"

象兰笑了。武早说:"害怕了?血、酒、氰化物,你听听伙计!"

第二天我们一起去了葡萄酒厂,随行的有象兰,还有雨子和滨、吕擎、阳子等一大帮。大胡子精和女书记刘宝正站在酒厂门口。

追　寻

一

宽脸来了。他喝了酒,脸色通红,愤愤的样子并不让人觉得好气,更多的倒是好笑。他走起路来摇摇晃晃,两条短腿挪来挪去,说:"宁先生,我知道杂志实际上是由你说了算,所以只想跟你个人谈一次话。""你工作那么忙还来找我谈话,不胜感激。"我使用了他的语气。他说:"来,我们找个地方谈一下。"

我一直闻着浓浓的酒气。不错,所有胆小鬼都要借着酒气跟人干仗。不过我可不想跟他干。宽脸说:"我知道你们对我有成见,看不上我,但更重要的,恐怕还不是这些吧?"

"更重要的是什么?"我想说,更重要的是你的脸太宽,像个屁股。

"更重要的是,你们在耍我,耍我们小地方的文化人儿……"

"怎么讲?宽脸先生?"

"你们刚开始要利用我们,怎么商量怎么好,事情办成了,杂志也出版了,你们又拿起了架子。过河拆桥,这是小人才干的事儿!"

我点点头:"对,小人是从来不讲道理的!"

宽脸咽了口唾沫。他觉得跟我干架接不上茬,吭哧了一阵说:"不过你们的桥拆得早了点——你们还没有过河呢!"

"小卒没有过河就不能横着走,不过小卒即便过了河也和不过河一样,只能进不能退——是吧老宽?"

"你们知道吗?现在杂志从法律上讲,还是我们与你们合办的,我把脸一翻,你们的杂志就得落到空里去!"

"谢谢提醒,这样问题就大了。"

"我们可不承认吕擎是我们这里的人,他不拿我们的工资,行政关系又不在我们这儿……"

"是的,不过他是你们聘任的,你们不承认我们可以通过法律裁决,我们有文件。"

宽脸恼了:"我们可以打个报告让闵市长批一下,我们决定不要这份杂志了!"

"那就糟了,我们只好找别人联系合办。听说现在杂志和企业合办也成——想和哪个企业合办,就把吕擎的关系放到哪个企业,我们甚至想和一个村子合办。"

宽脸这一下子摸不着头脑,眼睛在屋子里扫来扫去。大概他瞅着泥做的写字台不顺眼,就啪啪踢了两脚。我发现他的眼睛平常那么妩媚,这时神情里却掺上了几丝仇恨,盯住我骂道:"混蛋,你不过是个堕落文人而已!你的事情很多,不要以为我不知道,不知道你搞了些什么名堂!"

"是生活作风问题还是经济问题?"

"你什么毛病都有,告诉你,惹火了我要让你吃不了兜着走!"

说完他猛一转身,因为气极而走得飞快,看上去真像一只大鸭子。

我知道,那种威胁已经不可避免地来到了。可是我明白已经没有退路了。后面是悬崖。我觉得闵小鬼、宽脸,还有更多看不见的力量,他们都在逼我们往后退、退。我在最关键的时刻要抓住什么,不要掉下去。多么危险。

又是一个失眠之夜,我在想宽脸骂我的话:堕落文人。我点点头。宽脸骂得多好,骂得太好了。只为这一句绝妙的恶骂我也要感激你。不过你宽阔的、像屁股一样的大脸上,该挨一记沉沉的拳头……我的眼前总也拂不去那个满脸憔悴、多少有点惊慌失措、有着一丝惊悸、脖子上挂着破烂锡壶的人——在这个夜晚,你在哪里蜷卧?你这次是真正的流浪了,独往独来。你为什么不与那些流浪汉在一起?你混同在他们中间不是更好吗?今夜你在何方?天明后又将走向哪里?我怎么才能忘掉那个黄昏,你离我远去时,拒绝了我手中可怜巴巴的那一点钱——大概是上帝送来了考验,让你来检验我的德行和心灵……我不愿告诉自己最好的朋友,并把至关重要的情节掩埋下来——这深深地触及了我的灵魂……我不得不承认,自己在那一刻真的陷入了恍惚和胆怯。我无从预料你的到来,我说到的危险也是实情——这千真万确!亲爱的朋友,当我再一次见到你,我仍然要这样坚持:我说的都是实情!我当时正被苦苦纠缠,不能自拔,这儿对于你我确是一个陷阱……可是啊,我的朋友!在那个时刻里,我的确感到了恐惧,这就是我至今不能原谅自己的方面。我觉得人的丑恶与恐惧紧紧地系在了一起。我为什么就不能与你同甘共苦,为什么就不能尝试着一块儿去接受一次冒险?比如说真的没有这种可能:让你在我们的葡萄园里吃上一顿热乎乎的饭菜、好好安息一夜,在天亮之前把你悄悄送到芦青河海口?在那片密林里,我们将顺着老路找到一片乐土——那儿有个叫"沙岛"的地方,在那里你一定会很好地生活下去,一个叫"大婶"的女人会收留你。那是一个女性决定一切的、陌生而神秘的、生气勃勃的世界……在这个时刻里,我又想到了淳于黎丽……天哪,我觉得自己背负的罪恶真是太多了。我想起了淳于黎丽那一次在医院里,她在绝望的时刻与我会面的情形,她苍白如纸的面容,她平静地望向我的眼神……我还想起了铜雕面前的最后一别……逃亡的朋友,还有淳于黎丽,你们知道吗?一个最不喜欢忏悔的人,在这个午夜里已经无路可投……北风吹得猛烈了,在这个夜晚,我听到树木在北风里吼叫。在这个时刻里可千万不要再起狂风啊,那时我的葡萄园就真的要毁掉了。

我又展开了那份秘籍。我分明觉得有一双滚烫的目光就在一旁……

二

就像被一种幻觉所牵引:在这个时分,我正埋头阅读,突然听到了一两声呼唤——我很久以后还会坚持说,当时真真切切听到了有人在喊,他喊的是"卖锡壶"!那一瞬间,我心上强烈地一抖,什么都没有想,只急急地奔出门去。

灰暗的天色,疏疏的星光。我出了大门四处张望,又迅速钻到杂树林子里。林子里没有人。可我怀疑他在林子更深处。我不敢呼喊,只是往前……最后我一直往海边追了过去。脚下是各种各样的杂草和花朵,碧绿的鬼针草挂着黄色的小花;蒺藜的尖刺还没有变硬;葎草在黑松下伸出短短的藤蔓;黑松散发出一种浓烈的树脂味。一只小鸟在枝丫上蹦蹦跳跳,是一只蓝点颏;啄木鸟在远处敲出响亮的梆子声;老野鸡在归巢的时刻照例要沙哑地呼叫,那声音在告诉这片荒野:归巢了,归巢了,又一个夜晚来临了!游蛇在跑动,刺猬发出沙啦沙啦的声音——不知什么时候停下来,在那儿一声连一声地咳嗽。北风愈来愈强,号子声逼近了。

因为太急,穿过杂树林子后,我发现衣衫被刺槐扯破了,手足也有了小血口……这个时刻心头一片灼热,已经不能停止,只一直迎向这噗噗的海浪声……前边,透过一片摇摇晃晃的灯火,我知道打鱼的人就要上网了,那些举在铁叉上的燃油火把一齐点亮了。

每个夜晚都有一些买鱼的人、一些流浪汉聚集在海边。买鱼的人渴望新鲜的鱼,而流浪汉就把希望寄托在打鱼人的疏漏上:沙滩上遗下一些小鱼小虾,他们就拾起来装进兜里,找个地方弄一堆火烧了吃。有的流浪汉干脆直接在海水里洗一下填进嘴里,有滋有味地咀嚼着。打鱼的人把网收起时,那些流浪汉就围上噗噗冒气的鱼锅,去讨一碗鱼汤。

我只想快些见到他们,我想他一定会在他们中间。

这个念头一旦出现就不能遏止,让我变得一刻也不能等待。我迎着火把,不顾一切地往前跑着。秋风吹乱了我的头发,我差一点呼喊出他的名字。

回答我的是那一声连一声的狐狸的嗥叫——狐狸在这个夜晚怎么发出如此凄惨的叫声?它的哀嗥真像某种不祥的预告……穿越了一片片枣棵,脚腕一阵疼痛,那儿被棘针又划破了一道道深口。

一枝枝火把排成一行,随着阵阵呼喊声蜿蜒、蹿动,像一条火龙,在乌黑的天色里飞舞,鲜艳逼人。火把下的人一溜溜排成两行,网还没有最后收上来;有一些人在队伍中间的空地上奔跑、呼叫,正为一场近在眼前的收获做好准备:把一领领席子摆好,当大网拖上岸来时,要用柳木斗把鱼舀到席子上。有人抬着很大的一杆秤,随即招来一群群的鱼贩子。一个人高声吆喝着,他就是海上老大,此人在这儿决定一切——我以前见过这个满脸横肉、额头上长了红斑的人。他在海边威严无比,权力无限,任何人在他面前都得收声敛气。他是这里的君王。

我站在喧闹的海边,极力辨认着另一些影子。我希望看到那些破衣烂衫的人在岸边摇晃。可是此刻他们与所有打鱼人都掺和在一块儿,我一个都分辨不出。

我终于跑到了跟前。号子声震人耳膜……

"用力拽呀么呼呀嗨——嗨哉！嗨哉！绷直绠呀么呼呀嗨——嗨哉！藏鬼力呀么呼呀嗨——嗨哉！尼姑的儿呀么呼呀嗨——嗨哉！老和尚呀么呼呀嗨——喘粗气呀么呼呀嗨——嗨哉！嗨哉！弓起腰呀么呼呀嗨——嗨哉！打个挺呀么呼呀嗨——嗨哉！嗨哉！肚脐翻呀么呼呀嗨！网里有呀么呼呀嗨——嗨哉！嗨哉！天一亮呀么呼呀嗨！到河口呀么呼呀嗨——嗨哉！嗨哉！"

这号子声粗粝吓人，第一句由人领喊，接上就是众人的齐声呐喊，随之在同一个强大的节奏下猛力拉绠。

我的目光在寻找那个领喊号子的人，可惜他掺杂在人群中看不清……他们大多都穿了一条短裤，有的甚至一丝不挂，赤身裸体，让火把将铜色的皮肤照得闪闪发亮。额上长红斑的海上老大手里握着一根棍子，出其不意地就在那些拉网人绷直的绠上敲一家伙——谁的绠被敲弯了，就说明他没有用力，紧接上打绠的棍子又会揍在这人的屁股上。红斑老大走到哪里，哪里的人就要拼上力气吼，全身凝起一道道青筋。一个身子粗壮的四十多岁的女人竟然和这些男人掺在一块儿拉网，她尽管穿着衣服，可身边的几个男人都是光身子。一会儿那些光溜溜的汉子竟然喊起了她的名字——女人哈哈笑，更起劲地拉着绠……

长长的一溜火把左边，有一些破衣烂衫的人，此刻那么热情地跟上呼喊号子，直接用两手握住湿漉漉的粗绠，随着号子一块儿用力。这些人很快就博得了红斑老大赞许的目光……他们一个比一个更用力，眼珠差不多都从眼眶里瞪出来了，呼喊声声震耳。

三

我在他们中间仔细辨认着。没有。一边，还有另一些流浪汉插不上手，只在海滩上随拉网的人活动，像跳一种奇怪的舞蹈似的,在海滩上欢蹦着。是的,在这强劲热烈的号子声中,一个人简直没法安静下来……

分开的两行拉网人渐渐地拢到了一块儿——当这分开的两拨人差不多合到一起时,也就该最后收网了。一些靠在网绠上的人跑开,纷纷跳到浅水里提网漂、踩网脚,以防密挤的鱼群急中逃脱。他们的身子一挨水就喊:"凉啊,凉啊!"一边喊一边弯下腰。有的扎了个猛子,去摸水下的网脚;更多的人用力地揪着网漂;还有人游到了浮漂后面,在那里双手拍水,把企图逃窜的鱼吓回去。离沙岸只有十几米远了,这时圈成半月形的浮漂内,水像被烧沸了一样,滚动着,溅起一米多高。银亮的大鱼刷地跳起,又扑地落下。有一条花斑鱼足有三尺多长,像人的大腿那么粗,在空中猛地晃动了一下,嘴巴空空咀嚼,发出一声长长的叹息,倒栽下来……这时流浪汉的喊声比打鱼人的喊声高出几倍:"嗷啊!嗷啊!……"他们的叫声就像浪尖上的海鸥,这会儿一齐伸长了脖子看。此刻所有的打鱼人只顾干活,反而没有多少声音了。剩下的只是海上老大的呼喊——这边吆喝一句,那边吆喝一句,发出的命令奇奇怪怪,外人谁也听不明白。踩网脚的几个人弓着腰,慢慢地随着网的移动往后退着,直退到没有水的沙岸,两手还在紧抵网脚——直到两边的人拼力一声大喊,渔网彻底地离了水。

所有的鱼全部包在网里了。我给眼前的一切惊呆了,两耳差不多全是这些鱼类在绝望时刻发出的嘶哑呼号——这呼号掩盖了一切,包括大海的浪涌……高高的火把晃动交错,挤在了一块儿。

这时,那个看鱼铺的老人叼着烟锅出现了。他在离开干活的人几步远的地方背手望着:沾满了鳞片的柳木斗从网里捞出鱼,哗啦啦倒在摊开的席子上。这些鱼在席子上蹿跳不停,发出了吱吱的叫声。一条带鱼咬穿了另一条鱼的肚腹;乌贼伸出长长的带吸盘的爪子,猛力攥住了身边弓起脊背的大虾……无数荧光在灯火照不到的地方闪动,像火星一样飞溅,那是带磷光的水族在死命挣扎。

不远处,一群呼啦啦的人还在往这边拥——他们都提着口袋和铁盒子、柳条筐,大批的鱼贩子来到了。他们很快围拢席子上的鱼堆,叽叽喳喳议论着。鱼贩子要赶夜路,为了对付海边的寒冷和水汽,全都穿了厚厚的棉衣。

戴了眼镜和一顶奇怪黑帽的渔业会计姗姗来迟,他的鼻尖冻得通红。"快些,抬大秤的近前!"两个人飞快抬着大秤跑向他,让人想起一门即将架起的大炮。接着又抬来一张小木桌,摆在鱼堆跟前,买卖就算开始了。没有讨价还价,这里的价钱都是被人喊熟了的。海上老大吐出一口长气。疲惫的网蜷在海岸的干沙上,在几丈远的地方睡着。

看鱼铺的老人在不远处吆喝起来,海上老大也随他喊了一声。几乎同时,一股扑鼻的鱼汤香气随风飘来。要开饭了!那些打鱼的人如释重负,捧起海水搓一把脸,又把脚上沾着的鱼鳞和沙子在海水里摆掉,往鱼铺子走去。所有的火把都收拢到铺子四周,插在了那儿。在明亮的火把下,人们各自从铺子里拿出了自己的茶缸、瓷碗,叮叮当当敲打着,围拢到铺子外面那个极大的铁锅四周。看鱼铺的老人用一把木铲在铁锅里搅弄,接着又从锅台上抓起一把半尺多长的大铁勺,喊着张三李四的名字,给他们每人舀一大勺浓浓的鱼汤。鱼肉在锅里煮得往上翻起,白得像雪、像棉絮。所有的鱼都被揪去了头和尾,只留下最肥的一段。大把的葱和姜只勉强切了几刀,简直是成棵成块地抛在里边。

打鱼人都端着一碗热气腾腾的鱼汤到一边去了。他们从布包里取出一块玉米饼,狼吞虎咽起来。所有的人都领走了自己的一份,连海上老大也不例外——他与那个看鱼铺的老人坐在一块青石板上,在那儿掏出了一个小酒壶,两人开始对饮。他们往往一口就喝干一盅,酒量大得吓人。这时,一直围在旁边的流浪汉都抄着手,可怜巴巴地凑到铁锅边上——里边还有小半锅鱼汤呢,鱼肉都被捞走了,剩下来的汤很稀了。那些流浪汉,有的手里拿着一个很大的螺壳,有的解下了腰带上的搪瓷缸,这时一齐向看火的老人伸过去。老人骂了一句,站起来,取起了那个长把大勺,没好气地咣当几声,一人给了一勺鱼汤。

流浪汉跳着、吹着热气,没等停下来就咕咚咚喝了一大口,烫得嗷嗷大叫。只一会儿他们就哈哈大笑了,笑着跑到了一边。

看鱼铺的老人和海上老大继续喝酒。有两个流浪汉大约来得晚了,这时伸出了手里的大螺壳:"大爷行行好,行行好……"我看到两个流浪汉都四五十岁,可怜巴巴,满脸灰尘,长得瘦骨嶙峋,头发差不多都秃光了;其中的一个流浪汉还戴着一副很破的眼镜,让人想起这是一个读书识字的倒霉汉……他们在那儿哆嗦着,手里的螺壳也颤抖不停。"大爷行行好,行行好,俺们两天没吃东西了……"看鱼铺的老头骂了一句,没有挪窝;海上老大说:"滚,都给我滚——你们刚才帮着拉网了吗?""俺来晚了大爷,俺是来帮着拉黄昏的。""拉黄昏"即拉天黑前的最后一网,这是打鱼人的专用语——由此可以推断他们是这里的常客。"看看你这两个贱骨头。"老大骂着,把酒盅一放,弓着腰站起来。可是他刚刚拿起那个长把铁勺,看鱼铺的老头就说:"这两个贱骨头什么时候才挪蹭来?丧门星……猫头鹰。"

老大的勺子碰了碰锅边,终于没有伸进去。两个流浪汉差不多要哭了,手里的螺壳抖得更厉害了。

老大扔了勺子。其中一个流浪汉待海上老大转身走开时,忍不住就往前跨了一步,飞快地抄起了长柄铁勺……

砰的一声,海上老大抛了什么东西,炸雷般喝了一声。

他们还没有走开,他就冲过来,啪啪几个耳光,把两个流浪汉手里的鱼汤打掉了……两个流浪汉竟然像孩子一样发出了"哇"的一声,哭了。

海上老大肉滚滚的食指就在他们脑门上点画:"你们算哪路的神仙?"

"俺们饿坏了……这么多的鱼汤……"

"这么多的鱼汤有你一滴吗?"

两人还没来得及说什么,他就把嘴巴凑在他们耳朵上,猛地喊出一句:"两头野猪!"

他喷了他们一脸唾沫,还在把满脸胡茬、长着红斑的额头往跟前靠。流浪汉想躲开,还没挪步,他的大手就一下捏在一个人的肩膀上:像钢铁一样硬,像一把老虎钳子,差不多捏进了那人的骨骼里面。那人一动也不能动了。

"哼,你妈的,你妈的!"他骂着,另一只手在流浪汉的嘴唇那儿打了两下。那人为了挣脱,猛地往上一挣,头顶砰地撞在他的嘴巴上,他完全没有准备,哇哇叫起来,大概嘴巴流血了。老大喊起来:"快来人啊,把这两头野猪给我扔到海里去……"

他喊着,有几个赤身裸体的人跑过来,有一个试图从后边抱住那两个流浪汉,他们就低头一拱,钻进了乱哄哄的人群中……这时我看到有人拿起了一根棍子,嚷着:"闪开,闪开!"却找不到准确的目标。后来这棍子一端落在硬硬的石头上,一下折成了两段。这家伙多么凶狠,他想一棍子打死别人。两个人挤到了人群深处。海上老大像一头豹子一样在一边跳,一边擦嘴巴一边说:"揍死他们,把他们扔到海里喂鱼……"

火把下的好多人都呆呆地朝老大那儿望着,有人在尖声吼叫,不知喊了些什么。所有流浪汉都痴呆呆地站着,没有一个吱声。

我没有看到那个熟悉的面孔,背向着这闪跳的火把、这一双双惊呆的眼睛,离开了海岸。天漆黑漆黑,身后是噗噗的海浪声,一个个浪涌正被大风送到岸上,接着又发出哗啦一声,碎裂了。我在心里呼叫着一个人的名字,茫然前行……漆黑的夜色中,我努力分辨脚下的路径,寻找着通向葡萄园的小路。什么也看不见。我这才发觉今夜迷路了——我在走向哪里?满天的星斗闪闪烁烁,我望望天空,又低下头颅……

四

我认定一个方向走了许久,简直累极了。最后我倚着一棵树坐下来。一股浓烈的香气涌入鼻孔,让我想到了夜合欢的香味。真的是夜合欢。倚着它坚实的躯体,我想歇息一下。估摸了一下四周,如果判断上没有发生太大的错误,那么这儿离葡萄园不会很远,大概处于它的东北方。可惜这一段路在黑影里无法分辨,而且荆棘丛生。这会儿我身上的划伤一阵阵刺疼。

我望了望北方的星斗,瞅准了那七颗明亮的星星,顺着它勺柄的方向走了下去。我想先往东,再折向南,不一会儿就会看到葡萄园的轮廓——小心地绕开一丛丛棘棵,不知走了多久,抬起头却一点影子、一点声息都没有……

这儿是一片寂静的夜空,一片真正的海滩荒原了。小飞虫、各种各样的小动物,都在四周活动。它们小心翼翼地发出声响,敛住了自己的气息……我在一条沙沟前停住了:这是一条南北走向的沙沟,可能是当年用来排涝的,年久失修,早已废弃,被荒沙淤塞了一半,变得浅浅的。沟底长了很多蒲草和上一年留下来的干茅棵,它们十分柔软。这时我才感到身上没有了一点力气,那么疲惫,只想静静地躺一会儿。

看了看星星,大概是深夜一点多钟的样子。我把身边硬一些的枝条小心地剔出,然后设法把那些青绿的蒲草压倒,收拢一些柔软的干茅草铺在上边。我趴在地上做这一切的时候,觉得自己真像一个幸福的大刺猬。这种劳碌有一种甜美的意味。我想起小时候与拐子四哥在海滩平原上奔跑,夜间就常常这样在茅草里做窝。那时我还年少,身上火力正旺,如今呢,只一转眼就四十多岁了……

我躺在茅窝里,两手插进了草团。一活动身子,伤口有些痛。心底正悄悄泛起什么。我在想那个不幸的朋友,想葡萄园对他的拒绝——我被一种亏心折磨了许久;是的,冥冥中总有一些规定、一些犒赏或惩罚。人哪,要勇于领受属于他自己的那一份,无论它是什么。

闭上眼睛,尽量使自己不再想任何事情。风声、树叶哗哗抖动的声音;有不少落叶飘到了脸上。我竟然睡去了。这样不知多久,我给冻醒了。我一点一点活动,像起卧的动物那样,慢慢地弓背,最后站了起来。小心地动一下脚趾、胳膊,再挪动脚步……我发觉自己饿得很,像有一只手在肠胃那儿往下用力地揪。我想起从昨晚到现在一口饭也没吃,而且跋涉了这么长的路。我想寻一点吃的东西,低头寻找——折断蒲叶嗅了嗅,这是一种香蒲。挖出了一块蒲根,擦掉沙土嚼一口,一种苦涩之后的甘甜立刻在口腔里弥漫开来。

疼　痛

一

我无望地面对着东方那一溜长长的山影、茫茫的原野。我相信那个逃亡的朋友已经永远消失在它们之中了……

…………

又是迟来的黎明。开始是斑虎的声音,接着它就跑过来,发疯地吠叫,激动地舔我的身体。一个人一拐一拐地跑来了,他捎着枪,吆喝了一声,紧紧地攥住了我……他身后是武早,他刚刚从外面回来,直接冲到我的屋里,那高喉大嗓立刻让我有点宽慰。可是当他走近来,当我一眼看到了乱蓬蓬的头发和一双血红的眼睛时,马上就害怕了……他抱住了我,摇动我,又把我推开,说:"这是栽赃,你知道吗?栽赃!"

"怎么回事?你慢慢说……"

"栽赃。这些王八蛋,鬼!我遇见了鬼!"他坐下来,呻吟似的说,"有人半夜坐着车到咱酒厂,把最好的几桶都给拉走了……闵小鬼有了批示,凌春利的人找上门来……"

事情发生得有些突然。听下来才明白,原来那个闵市长在一个什么材料上作了批示,工商、审计和公安,好几个部门联合组成了一个调查组,先把发行部给封了,接上酒厂也封了。"他们凭什么?"阳子这会儿也进来了,喊着。

"封发行部说要追查黄色书刊,根据上边的文件精神。现在小城流行的黄色书刊,他们说全都是从这个发行部出去的。封酒厂是因为造假酒。他们已经搞到了好几批假酒,说都是我们酒厂生产的。大胡子精和刘宝保证绝无此事,他们根本不听……有人想把所有罪过全推到我们葡萄园,说调查清楚之后,将追究我们这些人的法律责任……"吕擎已到市里开了两天会,刚刚从那儿返回,这时开始从头讲叙。

我静静地听着。简直难以置信。我觉得一股隐痛从左臂那儿泛起,直达牙齿……

二

下午时分,宽脸又来了。他现在以胜利者的姿态,迈着鸭子步

一摇一摇走过来,一进门就嚷:

"杂志怎么样啦?我这个副主编也要关心关心呀!"

没人理他。他又说:"你们的大园长哪儿去了呀?我来了两次都没见着,我怪想他,想看看他有什么高招儿——他人呢?该不会藏起来了吧?"

他这样说着走进来,一抬头见我倚着门框站在那儿,立刻收敛了笑容。他不吭声了。我向他招了一下手,他往前走了两步。我想他如果再上前一步,我就会迎着他的脸,实实在在地捣上一拳。可这家伙鬼聪明,就是不往前走。

"真的想我了?你过来,过来……"

他没有往前走一步,只在离我十几步远处嚷着:"这一回明白了吧?"说着一转身看到了拐子四哥,咕哝:"只要是拐子就没有多少好东西……"

一句话刚刚脱口,拐子四哥就从肩上把枪取了下来。

宽脸脸色煞白。

拐子四哥的手按在扳机上,万蕙吓得大叫起来。这时鼓额和肖明子都跑上来……

宽脸喊了一声,转身就跑……

拐子四哥的枪在一瞬间打响了——但枪口扬得很高,巨大的轰鸣震动了整个葡萄园……

宽脸无影无踪,大概钻到杂树林子里去了。我想这小子大概一辈子也不会到葡萄园里来了。

我回到了屋里。吕擎走进来。他被市里喊去开了两天会,人有些憔悴。"这是凌春利和宽脸一伙勾结起来干的,后面还有闵小鬼。凌春利早就想拔掉我们这个钉子,这涉及到他和大胡子精的矛盾……"我当然同意吕擎的分析。但我想这里边还应该有更深层的动因。这到底是一种什么矛盾,我现在还想不清楚。我只觉得深深地后悔:我在来这里之前曾发过誓,绝不与当地的"知识阶层"来往……我违背了誓言,所以招致了恶果。我当年的判断倒是非常准确,可惜的是后来的妥协——就是这种妥协让我们付出了惨重的代价。

武早仍在他的屋子里狂喊,吕擎就到他那儿去了。窗户上有个影子,我知道那是鼓额伏在那儿。这个胆怯的、心中充满友爱的小姑娘,她常常一个人躲躲闪闪地关注着我。我在心里说:好孩子,你虽然那么弱小,可是你拥有一颗不可战胜的心灵:纯洁质朴的精神所向无敌,它能战胜一切——任何邪恶都将在它的面前溃败和逃离……

我觉得这些天的事情像梦一样,它们飞快地在我眼前闪过。它们在我的肉体和心灵上烙下了一道深痕。我知道这一切都是长久以来积累下来的,它终于到了结算之期。左臂一直到牙齿又泛起了那种隐痛,胀胀的。

不久,大胡子精和刘宝,还有酒厂技术员一块儿来了。几天不见,我发现大胡子精的胡子长出了足有一寸,看上去像个豺狼一样。他面孔有点浮肿,瞪着一双仇恨的眼睛,看着我说:"凌春利,还有闵小鬼,这一帮狗东西。我这一次看来是丢官又现眼,没有退路了。你知道这是栽赃陷害,想把你们葡萄园,还有我镇上的这些乡镇企业,一勺烩了,然后当成一块大肉吞下去。就看他们怎么逼我吧,逼到数上,那就是鱼死网破了。这儿已经被他搞得乌烟瘴气了,谁对他都无可奈何。看看我这一脸大胡子,一根胡子一根刺,这回就要扎一扎闵小鬼了……"刘宝说:"操他妈,太欺负人了;我操他妈!"

刘宝在关键时刻毕竟要和大胡子精站在一起,他们的关系可见非同一般。可能是共同的利益,把他们紧紧捆在了一起。他们的态度非常有利于葡萄园——我心里感到一阵温暖,握住胡子的手说:"老兄,他们现在还高兴得太早,让我们看看谁笑到最后吧。"

大胡子精让这一句话给激励起来,笑了,说:"到最后,我还是这么笑。"

这个夜晚我想安静一下。当我一个人的时候,开始从头估计整个事件的后果。我明白,如果凌春利一伙阴谋得逞,那我们的发行部和酒厂不仅干不成,接下去杂志也会收摊。我们千辛万苦搞起来的这些酿酒设备如何发落?积压的资金如何偿还?还有我的这些朋友,他们将何去何从?最重要的是,我们长久计议的事业给毁掉了。也许我们真的不得不就此打住,重新捐起背囊……早晚这一天会来的,可我却不愿让它现在就来。我明白,我绝对不能在这个时候退缩。

睡不着,翻动着写字台上那一堆散乱的资料:我在找那份秘籍,找到了关于那个百花齐放之城——思琳城的一沓子材料,那些被红笔勾画的乱七八糟的关于莱夷族的陈旧纸页……我伫立窗前,一动不动地凝视着远方。我在想莱夷人于黄河两岸和东部沿海与狄族和戎族的搏斗,想那场历史性的大迁徙——怎样闯过老铁山,穿越东北平原、内蒙古草原,到达外兴安岭——他们一次又一次的迁徙,就因为不能妥协,他们失去了自己的家园。

从历史上看,最善于妥协的就是黄河中下游的土著了,他们面临着进攻、强大的不可抵御的残暴力量,总是乖巧得很。最后是同流合污,是充当了攻打莱夷人的先锋,是可耻的背叛……他们的结局又如何呢?他们的领地同样消匿在历史的烟尘之中,而不屈的莱夷族却在大江南北、黄河两岸,在老铁海峡留下了自己的血脉和声名——那种不屈的精神是永生不灭的。

今夜,淳于黎丽果决而清丽的脸庞在我眼前一次次闪动。

可爱的孩子,你知道吗?这个夜晚要逼我作出一个大胆的决定。"什么决定?""请回顾一下我们莱夷族,他们在逼迫中一次又一次后退,直退到海角——他们再也无路可退了……"

"于是……"

"于是就有了最后的一击。"

"那一次多惨啊……"

"那一次他们流了很多的血,那是他们在为生存而斗争。"

左边泛起的隐痛越来越重。我觉得这疼痛源自心的深处……

驳斧夜书

[论嫉恨]

应该公允点说,嫉恨是无所不在,并且是相当好的一种东西。没有嫉恨就没有世界,无论是人还是动物,都会嫉恨。因嫉妒而滋生仇恨,非常之恨——非要置人于死地,这是常常见到的事情。其实就没人知道,嫉妒别人的人,他自己更是悄藏起加倍的痛苦,因为无处诉说、无处相告,连半句都不行。所以我这一生最同情最理解的,就是那些善于嫉妒的人,对他们一天天积累和滋生的恨意,他们发狠之下做出的各种反常的举动,都给予最大的怜悯。这是真的,这不是一句假话和大话,因为你们至今找不到我对嫉妒者所进行的有力的、稍稍像样的反击。为什么?就因为咱太明白那是怎么一回事了,从心里可怜他。那种滋味不好受啊,那是虽死犹生的一种情感的煎熬。嫉恨者中最毒辣最麻利干脆的主儿,甚至会杀人。不过这个人在动手之前已经先一步将自己打发到了心狱,而且一生都在接受最不堪忍受的苦难,永生——也许直到下辈子都不能解脱。

嫉妒者在下手干那些为人所不齿的行径时,先会挖空心思制造一点借口——一般都是道德方面的——他会把对方说成是世界上最坏最坏的人,应该下地狱中的火狱。至于证据,那是根本不需要的。巨大的痛苦已经让其语无伦次,所以根本说不出一句像样的、经得住推敲的话了。他只是一遍遍强调着被嫉妒者的坏,坏到了不齿于人类。待他冷静下来,这才想起从头编排一点有说服力的例证,发现真是困难。于是他就不得不拾起自己一直标榜的最厌恶的伎俩——造谣。他会无所顾忌地编造一通,因为实在没有别的办法。不过这编造由于连他自己都没有一丝相信的勇气,所以重复几次也就算了,接下去要做的,也仍然是一遍遍强调对方的坏——无以复加的坏、最坏,按其坏的程度来说,可以杀一千次!至此,他平生最后悔的一件事,就是上帝没有让其变成一个握有生杀大权的人。他甚至在想象自己是那样的一个人了,想象那时候自己将会怎样充满想象力地处置对手:让其死得无比缓慢和痛苦。

那些天才天生是遭受嫉恨的好坯子。他们一再地承受这一切,就像一个交了好运的人常常一再地中奖一样。不过他们高兴不起来。我想起了俄国陀思妥耶夫斯基通过一个人物说出的妙语——那当然是论嫉妒的。个中情形说得透彻,主要是准确,所以有了这段话,我们也就不需饶舌了:"天才需要同情,需要有人了解。可是你会看到,当你稍微取得一点点成就时,聚集在你周围的都是一些什么人。他们会把你说得一钱不值,并带着鄙夷的神情看待你通过艰辛劳动、忍饥挨饿、无数个不眠之夜取得的一切……你孤单单一个人,而他们人多;他们会像刺那样折磨你。"

有人想天真地拔掉这根"刺"。其实这既不能也不必要。这刺是激扬奔马的那种马刺,这是千万种你自己所不会了解的奇奇怪怪的福气中的一种。你成功地获得了一根,最坚挺的一根,这个世界可以说已经待你不薄了。你应该记起古人常常发出的一句喟叹:"夫复何求!"

大话说到这里也就差不多了。不过嫉妒这种东西还真的不赖。它让人于午夜中独自喝茶的时候,泛起一种极大的满足感。因为说到底,那些被这种常有的、人人都不陌生的力量所毁掉的几率仍然不大。除非你是一个孱弱的人。而其所以被嫉妒,其中的一个主要原因还在于他应该是、也确实是一个强大而坚忍的人,远没有想象中那么好磨损。嫉妒者总是一度过分地相信自己的力量——特别是那张嘴巴的力量,以为它能说会道,而且具有极大的蛊惑性。他以为凭借这张嘴,是足够毁灭一个人的了。他对自己的嘴巴寄托了无限的希望。事实上他真的是过高地估计了自己的这个器官。没有那么容易,也没有那么简单。一个人被毁掉,主要还是因为他自己。这是事物的常态。嫉恨,说到底也是一种人生的常态。

我说过,嫉恨是一种不错的东西。它一般来说具有相当清凉的质地,类似于南方出产的那种优质清凉油,可以使人不打哈欠不瞌睡,而且一般的蚊虫小咬什么的也不再沾身。有气味,刺鼻,好客的团团围拢的小虫子也就躲开了你,它们开始厌恶你的气味。这时你自己也就落得个清静了。还有就是,嫉恨是极为消耗能量的,你从自由竞争这个角度理解问题,必然会产生出一种大快活。因为你凭一己之能招来了这么多额外的东西,也就极大地耗散了对方的创造力,他们是断然不会再有大的成功的。而同时对方的失败感也就愈加深刻,其反作用力也就愈加增大,循环往复以至于无穷,这个世界上的生长和衰败也就越来越明显了。

如上说到的嫉恨都是来自他人的,而惟独没有说到自己。这是不对的,这是自我感觉良好的一种表现。其实嫉妒人人都会,只是程度不同、发生的时间不同罢了。有人嫉妒起来更狠并且即刻化为恶毒的行为,而有人不会;还有人先是嫉妒,后来却被对方征服,于是又转化为推崇。而有的人是绝不会推崇他的嫉妒对象的,至死也不能。嫉妒说到底,也是极容易转化为一种自省力的,所以我们常常并不拒绝小小的、得体的嫉妒。这真的是一种好东西。一般来说,嫉妒容易发生在较近处,因为俗话说"眼不见心不烦",太近了,总有些烦人嘛。

[批驳]

将嫉妒说成是一种好东西,说成人人皆有的一种毛病,我反对!它是世界上最丑恶的一种心理!还有,他所说的常人都有的那种"小小的嫉妒",与他前面说的是同一种性质吗?这种性质上的混淆是故意的,是极其有害的。那种"小小的"是什么?是人们用以表达对一个人才能的最大钦佩!这是嫉妒吗?否!

*　　　*

该文作者究竟有什么好嫉妒的?这才是问题的实质。你是天下为公的伟人还是富可敌国的财主?或者具有他人不可企及的崇高德行?

如上三者你只要具备了其中一项,也就有了作这篇鸟文的资格了。如果没有,那么你的话也就说大了。

嫉妒,这可不是一般人可以唠叨的话题。有的人本来是让人同情的,却总觉得被人嫉妒。你说他这种感觉不是太过良好了吗?我们真的偶尔也会遇到一个可怜虫,他一直在说别人嫉妒他。

有一次我在立交桥下遇到一个捡破烂的人,他手里攥了一把小刀——我问他为什么要这样?他的回答让我大吃一惊:怕嫉妒他的人将其于半夜谋害。我一直不解。

不过后来还真的听说发生了一件奇特的案子:有一个捡纸箱的流浪汉被人杀了,而杀他的人不是别人,正是在一旁转悠的几个同行。审问他们为什么要这样干,他们答:这家伙占住了周围几个最好的垃圾箱,结果每天到手的废纸箱是大家的十倍,太招人恨了!

原来"同行是冤家"这句话,是一点儿都不错的。

该文作者,我想,十有八九是捡了许多纸箱子的那种人。你要小心了,你把破箱子分给周围一点吧,破财免灾。

*　　*

这个话题容细吟,人人都有一颗心。留得宽容慈悲在,普天之下常怜悯。刚闻东邻孤儿哭,又见送葬车辚辚。一生哪有几百岁,无病无灾到黄昏。好胜岂能增阳寿,知足方为不朽林。

*　　*

嫉恨又怎么了?难道他们所谓的成功就是天经地义,又全都是合法得来的了?我就不信。再说了,一个人的成功,客观上就是侵占了别人妨害了别人,因为机会也就那么多!可见,你可以用各种方法成功,别人也可以随便嫉妒。如果人生在世连嫉妒的权利都没有了,人这一辈子不是太可怜了吗?一个苦苦奋斗一生而不能成功的人,连嫉妒别人的权利都没有了,这真是太残酷了!请允许嫉妒,请放心迎接嫉妒。

我们就是要在嫉妒中前进。这说到底是一种不知足不满足的状态。只有这样才能奋发直追。至于说因嫉妒而加害于他人,那就看嫉妒的程度如何了。你如果惹火了别人,别人对你狠一点,也该理解才是。你总是得到的太多,又没有散财的习惯,那就别怪他人对你狠了!旧社会打土豪分田地的历史刚过去不久,吃大户的传统你也不是不知道,怎么就不能举一反三好好想想呢?难道你就至死不悟?

嫉妒,这是不以你的意志为转移的。你要活着,你要成功,那么我就要不客气地告诉你一句:你就等着人们往死里嫉妒你吧!

这没什么好说的,你等着就行了！你逃不掉了！嗯！你逃不掉！嗯嗯！逃不掉！

你在高原

人的杂志

卷四

第 十 章

铁 窗

一

像一场风暴般转瞬即逝,留下了一地残枝败叶。四周死一样沉寂。几天来最可怜的是武早,他在屋里一会儿沉吟,一会儿喃喃自语,说不定什么时候就过来砰砰砸门。我不忍心把他关在门外,一次次把门打开——如果是深夜,他手里会攥紧一瓶没有开启的好酒,闷闷地走进来,从那件满是油腻的大衣口袋里掏出两个酒杯。

夜饮曾经给我留下了多么美好的印象。可现在却令我有些害怕。他端杯的手哆嗦着,粗粗的手指好像有点变形,颜色发紫。我不能让他再喝下去,可内心里却有一个声音在督促我,让我一次又一次举起酒杯。他哗哗地把两个杯子斟满,而过去只是斟上半杯。这种习惯的改变不知意味着什么。我端起杯来,轻轻地呷一口……

他喝了两杯,开始了低低相诉:"我看见他们了……"

我想打断他的话,可是他喷吐火焰的双眼直盯着我的脸,呼吸急促,嘴角开始抽动。我只有听下去。

"还是没瞒过他们的眼。就在暗中,给盯紧了。我知道有这一天。酒得了破败病,那不过是个借口……没有办法,我的好兄弟,我今夜要告诉你的是,我们大概又要分手了……"

我心里一阵难过,忍不住拍打着安慰他:"无论什么时候,这个园子都是你的家,这里的人都是你最好的朋友!"

武早眼中的火焰熄灭了,他低下头咕哝:"可是,可是他们不会饶过我的,所有的酒都得了破败病,不能喝了……"

"那不是因为你的缘故啊。"

"不,我是酿酒师。"

武早的眼里慢慢渗出了泪水。他用力地按着拍着我的肩膀,把我都弄疼了。他的眼神有些迟疑,咕哝着:

"我知道那背后是怎么一回事,谁也不会饶恕我的……那一天我在园边林子里看见了他们。时候到了,又一轮审查开始了。谁也不会饶恕我的。我还得从头讲,从头再讲一遍——把那天晚上的一切、所有的经过都讲出来。是的,我在洛斯那儿吃了饭,然后不过是一般的闲谈。没有发生任何事情,我敢发誓,我做的每一件事都经得起推敲和追查。我不是叛国者,也没有堕落……我没有去找她们,也没找任何人……我从红灯下面走过,窗帘后面有人影晃动。那些人趴在纱窗后面。想不到一个洛斯、一个红灯,让我没完没了地接受拷问,他们逼我——从哪里来、经过哪里、再到哪里去?我发誓说每一句话都是真实的……因为我是一个男人,还有,我的忠诚……你再想想!他们吆喝。我再想想……我想起来了——那天拐过一个街角,在一个很大的木雕旁边,大约离它一百多米远的地方,有一个理发馆……理发师是一个土耳其女人,穿着很短的裙子。她给我理发,两手在我头上活动着,一边说话。手指上是白白的泡沫。一朵白沫掉在我的衣领里,我叫了一声。她给我用一个东西吸走了……'洛斯是个什么人?你知道他的底细吗?'他们越来越严厉。我说'知道',他们就拍桌子。那年春天洛斯像鬼一样缠住了我。洛斯有俄国人的血统,不过还是一个典型的西欧人,蓝色的眼睛,头发焦黄。他真的是一位老实本分的同行——不,我再也不这样说了——你们总该饶恕我了——你们能饶恕我吗?我等一句回答,我等着……可是我知道,谁也不会饶恕我。"

我字字清晰地告诉他:"你本来就没有任何罪过,你是一个好人,是整个葡萄酒城贡献最大的人……"我恨不得立刻驱除他心中的梦魇。

"……洛斯也这样讲。他说真该在那儿给我立一个雕像。是洛斯这样讲的,你看又是他……我日日夜夜想她,想我的象兰!我们一起这么多年。我们就像一个人,谁也不能把我们分开……那些阴险的家伙收走了我所有的东西,我眼看就被折磨死,因为他们嫉恨我,要毁掉我,夺走我心爱的东西,我的命根子。我为这个准备好了一切,等待决斗那一天……你到时候为我辩护吧。我心里积下的冤恨像海水那么多,它们如果酿造出来,就是世界上最苦的酒……我知道,谁也不会饶恕我。"

他把酒端起来,一饮而尽,接着把两只空杯一块儿收起,揣到了大衣口袋里。

二

一连几天都是这样,他揣着酒杯,摆动着一根手指,晃晃荡荡地走出去。我知道不能忘却的噩梦还在缠着他……记得象兰说过,那还是她和他相识之前,他从欧洲回来不久就被关起来了。在长达一年多的时间里,武早就在一间不到十平米的小屋里,受尽了折磨。他要写没完没了的供词。从小屋出来后,一米八五的大汉体重只剩下了一百一十多斤。也就在他出来半年左右,他在一片罂粟地里遇到了她。那一次象兰是为自己辩解,她说:"他到林泉精神病院可不是因为我,那是在小黑屋中落下的病根……"还说:"他的肋骨、后背那儿都有旧伤,问他怎么回事,他咬着牙不说……"

这样的夜晚我一遍遍想着她的话。我想起以前留意过的武早,真的发现他身上有暗紫色的疤痕……但我却没有因此而完全相信她的话,不会相信她是无辜的。

这个晚上武早走出来,没有待在外间屋里。我只好随他往前,一直走到葡萄园深处。冰凉的秋夜,他倚着一个石桩站了许久,一直望着远处,我离他如此之近,他却没有发现。后来他又从衣兜里摸出酒杯,添上酒,咕哝了一句什么,举了举杯子,一饮而尽。当他再次将杯子斟满时,我不得不上前去劝止。因为我突然出现,也因为恼怒,他伸出了拳头。我喊了一声,他把拳头迅疾地收在了胸口。

"……我知道,谁也不会饶恕我。"他双手攀住了我的肩头,乱蓬蓬的头颅一下抵在我的胸前……我费力地把他搡到屋里。

从武早那儿出来,我发现拐子四哥就站在门口。我们俩一声不吭地回到了房间。四哥掏出了烟锅吸着,吸光了一锅又续上。满屋都是辛辣的烟味。"到底怎么办?就这样耗着?干等?"他像自言自语。

此刻我多么需要这位善良的兄长,可是连他也陷入了无奈的焦灼。这在他来说是很少见的情形。这是一个特别坚忍的人,一个能够在绝望之地大声号唱的人。我好像一直跟着他走啊走啊,从少年走到了中年,从芦青河堤上走下来,一直走到这片葡萄园里来了——如今已经没有别的选择了,我惟一的希望就是跟上他继续往前。我的兄长啊,但愿你不要发出令人沮丧的叹息,它今夜使我难以忍受……

可他的叹息还是这样沉重:"人世间没有太便宜的日月啊,我这会儿算是知道了。日月都留给了不怕煎熬的人,差不多它对人人都是一样哩!原来我们打算太太平平过上几年,把这片园子侍弄起来,我和万蕙老了也有个依靠,有个去处。人这一辈子老要赶长路,还要忍住脚板上扎刺、要咬着牙把它拔下来——我还是一个记仇的人……"

我看着他。

"该做的事情多着哩,也许这辈子都做不完……"

我按着老人的肩膀:"四哥,你太累了,你该好好歇息,你为园子操劳得太多了,还有万蕙嫂子,我这辈子也报答不完。剩下的那些事情就让我们几个年轻人来了结吧,你尽管放心……"

他低头吸烟,自言自语:"我又怎么能放心呢……"

我无法入睡,就看起了大胡子精携来的一些资料。这是一个粗中有细的乡镇头目的诡计,是他许久以来为上司准备下的一包毒刺。我把它们摊开来,把灯移得更近。我想好好琢磨一下,想看看它们究竟是一些什么货色。可是这个夜晚我的心老要飞走。接下去该做点什么?也许只有重新返回那座城市?我和吕擎阳子曾反复筹划,考虑是否介入眼前这场复杂的、最终难免沾上污浊的两方角斗。结果我们最终发现这已经没有选择。我们决定帮助大胡子精,将他提供的这一沓子东西加以条理化,以便使它变得锐利而又有效。切不可满足于一般的道德诉求,我们明白,重要的还是事实和案例,是查有实据。这尤其需要忍耐和沉着,因为眼前的一切并不能凭一时的冲动和愤慨而得到稍许化解。实际上我们已经走投无路,我们的葡萄园,我们的杂志,都处在了这样的隘口……为了保住酒厂和杂志,我们不得不义无反顾,这里已经没有退路。我、吕擎和阳子三个人将孤注一掷——这无论从哪方面讲都是必需的,我们面对的是真正丑陋愚昧和野蛮的地方宗派恶斗……

第二天,一辆豪华轿车在葡萄园门口一个劲地按喇叭。吕擎出去看了看,说真是想不到,李大睿带着小煤来了!

　　由阳子引路,轿车直接开到茅屋前的空地上。斑虎一个劲地号叫。大黑胖子从车上下来,脸色苍白的小煤紧随其后。小煤一声不吭,神色仍像往常那么含蓄,手里抱着一只猫。李大睿放松得很,一下车就哈哈大笑,说秋天没事了,来东部平原、来这个小城旅游一下——"顺便也看看我们的老伙计。"

　　我在心里嘀咕:是的,你来得正好,你早该来料理一下这边的事情了。我让肖明子去摘来一些葡萄,招呼着,心里却被一股愤懑塞得满满的,脸上的微笑很不自然。面前的这个家伙,这个据说每到了深夜时分就变得神魔鬼道的人——你那会儿仅仅是从事一种智力游戏,还是藏起了一份忧心和悲怆?如果是后者,那么你又将以何种身份置身于眼前的事件?你的勇气你的睿智又在哪里?我早就想和他讨论一下那本打印小册子了,而今天显然没有这份心情。刚刚把他们让进屋里一会儿,我就直截了当问:在这里过夜还是在城里?李大睿从小煤手里接过那只猫,抚摸着说:"它叫'小耍',瞧是位小姐……本来啊,在你这儿住上一段,一块儿玩玩倒是不错,可惜条件太差呀……"

　　可惜他在这里停留不了多久,我也难以挽留。我将话题扯到了那本打印稿上,说:"正拜读你的杰作呢!"他听了一愣,慢慢才晓悟过来,摇摇头:"哪里啊,那个手抄本在大学和文化界传看,我老舅——就是牟澜得到一本,火冒三丈。我拿去研究了几天,找到老舅力保。我说这才是个好东西!你就交给我吧!其实我暗里喜欢着呢,恨不能蹭上几段过过瘾,一边动手,一边让黄先生找大学和文化界的高手尽情批驳……"我琢磨着他的话,说:"那就包括了你的高论啊!"李大睿一遍遍将腮部贴到"小耍"的头上,哼哼着:

　　"我嘛,不过是'小小不言'地插几笔,有趣罢了。我喜欢夜猫子……咱不谈这个了好吧……"

是的,我们今天需要议定的是更重要的大事!于是我把他叫到了另一个房间——只我们两人时,我马上开门见山,一开头就问起了黄色书刊的事。我想尽快让这个气定神闲的人明白,我们面临了怎样的险境,目前又到底是怎么一回事,形势有多么严峻。想不到李大睿听了这一切,哈哈一笑,说黄色嘛,那些东西从来就没有个严格的限定;再说那算什么,他们说我们黄,我还说他们更黄呢!说到这儿他噘起嘴巴,捋捋头发:"不过,严格讲真正的黄色书刊,我们公司是从来不经营的……"

这句模棱两可的话根本搪塞不过去——我要问的是:就说是真正的黄色书刊吧,小城发行部到底有没有像对方指控的那样,成为整个半岛地区的集散窝点——一个制黄贩黄的总指挥部?要知道这个罪名可是大得不得了啊!

李大睿终于板起了面孔,一个劲儿地摆手:"没有没有,开玩笑了,放心就是,我的律师可以把他们摆平……"

"这事儿不像你想的那么简单,要知道,这里面不光有文化界的人,还有姓闵的市长,是这个权势人物在插手!"

李大睿皱着眉头在听,好像刚刚听明白了,把右手的小拇指竖了竖:"姓闵的,噢,他呀,小菜一碟吧。他敢碰我的地盘,我就让他哭给你看。"

口气可真大。我不太相信,但无论如何还是有点暗自高兴,说:"你这话说得有点玄吧?关键是发行部要真的没有问题才行。一直是你的人在管,我什么都不知道。"

"我压根儿不想理睬。看看再说吧,他如果老在屁股上挠痒,挠得轻了是一回事,挠得烦了给他一脚就是。要知道我可保不准这一脚会有多重。"

他说这话时并不笑,只伸出拇指和食指去捏葡萄,还起身招呼小煤,让她过来吃葡萄。他抚摸"小耍",再不提发行部的事。小煤吃得很小心,一粒一粒很挑剔的样子。她的小牙又白又尖,细长的小舌头薄薄的,很像一旁的"小耍"。

接下的一段时间我让吕擎、阳子和他一块儿谈。我暗中留意吕擎和李大睿,想发现他们之间的某种默契,那种惺惺相惜。看不出。吕擎闭口不提打印本的事,对方也不提。

李大睿此次东部之行,在葡萄园里停留的这段时间里,真的像是不折不扣的旅游,竟然没有一点危机感,嘻嘻哈哈,玩心很重。他与我们几个人的心情反差之大,让我们深感惊讶并大惑不解。问题是如果发行部出了事,那么他肯定将是一个肇事者,整个公司必受牵连。可是他既无歉疚,也无忧虑,轻轻松松地来了,又说说笑笑地走了,与小煤交替抱着那只叫"小耍"的猫。

他留给我们的是一个不小的谜团。

我们不知道这究竟是一个亿万富翁的洒脱、笃定,还是他的骄横自大和没有心肝。反正他来这一趟丝毫都没有使我们安定和放松,反倒留下了更多的焦虑。

三

李大睿刚走了两天,就从小城来了几个穿制服的人。领头的掏出证件在我面前晃了一下,咳了两声说:

"唔,请跟我们走一趟吧。"

"去哪里?什么事?"我预感到事情有些不妙。我在心里小声嘀咕一句,那是武早的话:"我知道,谁也不会饶恕我……"

"因为嘛,发行部啦,黄色书刊啦!"

"发行部有市里文化单位管理,我们不是它的法人代表。"

一个满脸粉刺的家伙哼哼着:"是啦,你不是法人代表,你根本就不守法嘛。"

我盯着他们,心里想这个突兀的事件该怎样应付。这对我真的是头一回。

"你虽然不是法人代表,可我们还是要找你,因为你是'黄源'。"

"这不可能!你们仔细看看这里好了,你们看看吧……"

"不要激动嘛老朋友。"粉刺脸嘴角上挂了一朵笑,按了按我的肩膀。他很沉着很得意,尽力想有点幽默感。他的这副模样倒启发了我,让我想到这是他们事先设计好的一个圈套。我倒想看一看这个圈套是怎样结成的,这会儿有了一点好奇心。

我不再磨蹭,最后同意跟他们走一趟,离开时嘱咐吕擎和阳子:料理好园子的事情,照顾好武早,我去去就来……

吕擎叮嘱一句:"你要尽快回来。"

"也不一定,如果事情麻烦,可能要在城里耽搁一会儿。"我的声音低低的,只对吕擎一个人说。

粉刺脸对他们几个说:"放心吧,你们这位老伙计去去就来的,不然的话谁给他管饭?"

我跟他们走了。

我们去的地方不是别处,而是宽脸的办公室。他正笑嘻嘻地坐在那儿,迎着我嚷:"大园长来了?"

我指着宽脸对粉刺脸说:"'法人代表'在这儿,这就好办了。"

"什么'法人代表'?"宽脸立刻恼了。

几个穿制服的人对我的话无动于衷,只摆摆手说:"走吧,先看一下现场。"

我心里有点纳闷,不知道他们要干什么。

到了发行部,我马上看到了李大睿派来的那个挂名经理,这个瘦得像麻秆似的家伙令人一打眼就不快。他这会儿正满脸紧张,嘴唇颤抖,一下下向来人躬腰。我的第一个印象就是:他在这之前已经给人整惨了!宽脸伸手一指经理说:"让他自己讲吧。"穿制服

的扫了经理一眼,这目光可真够厉害,经理身上立刻一阵痉挛。我想他大概真的是吃足了苦头。经理哆嗦了一会儿,背书一样说:

"我愿意承担一切后果,长期以来,我们经营黄色书刊……"

"经营过多少种?"粉刺脸大声喝问。

"前后四五种、七八种吧。"

"它们在哪里?还有多少存货?"

"还有……"他迟迟疑疑,然后走到了一个地方,用脚碰了碰纸箱。

一溜溜大纸箱里果然全是黄色书刊,其中就包括我在城里见过的那些不堪入目的东西。

"问题多么严重。"宽脸说。

我问宽脸:"你是直接领导这个发行部的,你看怎么办?是不是该负起应有的责任?"

宽脸使劲扭着、嚅动着嘴巴,像在咀嚼一块很硬的牛筋,转脸看着穿制服的人。

粉刺脸说:"黄源其实早弄清了,它就来自你们那个地方。"

我问:"哪个地方?"

他尖厉地盯着我:"说过了嘛,你们那个地方。你们搞了一个很严密的发行网——这些书,看看,你得承认不是我们这儿印刷的吧?"

我这一刻怒不可遏,但还是尽力镇定自己:"它来自哪里我们不管,我只知道它与我们没有任何关系,与我们葡萄园里的任何人都没有关系!"

"是吗?"粉刺脸不笑了,声音突然严厉起来。

"是的!"

"那么我来问你:你们跟李大睿的公司是什么关系?"

"我们仅仅是认识而已,具体的合作者是这儿的文化界。"

宽脸指着我的鼻子对他喊:"这小子完全是撒谎啊。什么认识而已,就是他引狼入室,把坏人介绍过来,搞了这么个发行部——我们怎么知道他们城里人暗地怎样串通,皮里包着什么瓤啊!今天上级如果不是查得紧,我还要吃大亏哩,还要倒大霉哩!这事儿要从头来,一定不能算完⋯⋯"

我问那个经理:"你这些图书是从城里运来的吗?"

他慌忙点头。我心里这时多少有点明白了:那个李大睿偷偷摸摸在这儿发行黄色书籍,真的将此地当成了一个重要的集散地!一个亿万富翁居然还要如此财迷心窍,不择手段,真有点不可思议!这实在是毁人毁己,不会有什么好结果。这个家伙早该彻底完蛋才好。当然真正的圈套还是宽脸他们结成的——我就不信那个宽脸以前不知道这里在搞黄色书刊!这个发行部从一开始就与我们脱离了关系,直属他们文化界,他们怎么会不知道黄色书刊的事?但就是迟迟不愿动作,可着劲儿让它蔓延、让它做大,直到有一天时机到了,给我们一个措手不及——我们每天都疲于奔命,忙园子和杂志,为各种各样的问题操心,焦头烂额,他们却在处心积虑地算计我们,要把我们推入深渊。

粉刺脸说:"宁先生,对不起,请跟我们走一趟吧。"

我心里明白,问题无论如何还是牵涉不到我们葡萄园,主要责任除了李大睿和这个发行部的经理之外,再就是宽脸一伙。我将毫不退让,也没有什么可怕的。

四

我被领到了一个窄窄的屋子里。这个屋子很小,窗户也很小,上面还镶着几根铁条。"铁窗"两个字在我脑际一闪⋯⋯穿制服的人把我领到了一个小白木桌旁边。我这么快就处在了被审问的位置上,连自己都觉得新奇和费解,也过于突兀。

粉刺脸朝一旁打了个响指,接着从旁边走来一个拿塑料夹的人。他好像脚趾有毛病,走得很慢,坐到桌前,让我坐在离桌子五六米远的一张椅子上。这一段距离颇具污辱意味。我没有坐下,两手抄在衣兜里站着,只说:"有话请你快点谈吧。""唔,没那么快,你坐下。""我还有事,今天要赶回园子里去,有话就快些说吧。""你坐下。"

我从他的口气中听出了一丝命令的意味。我抬头瞥了一眼,发现他刮得铁青的脸上渗出了一层小小的汗粒。他只翻看那个夹子,咕哝:

"对不起了,事情搞清楚之前你是不能回去的。"

"会清楚的,因为这都是你们自己搞出来的,你们心里应该一清二楚。"

粉刺脸早不耐烦了,在一旁猛地一拍桌子:"胡鸡巴说什么?你再说一遍!"

我盯着他:"你们心里明白在干什么。"

他的手颤抖着,一直伸着手指,走到我跟前。我知道他想猛地在我脸上捅一下。但他只是气得哆嗦了一会儿,又把手揣到了衣兜里。他吸烟,又把烟揉掉:"好,好……这是你的话,我将如实向上汇报。你可要明白触犯了刑法哪一条……"

"哪一条?"

"关于制黄……"

"很好,如果我真的触犯了,会承担一切后果,可是你也该明白自己触犯了什么。"

这个家伙冷笑起来。他终于又恢复了一点幽默感,对旁边那个拿塑料夹的人说:"你把他的话、他的态度,全都记上。"接上又转脸问我:"年龄?"

我没有回答。

"年龄?"他提高了声音。

我在想有一天我和小宁在公园里看狗熊的一个场景:小宁手里拿着一块糖果对狗熊喊:"打敬礼,打敬礼,给你糖果。"狗熊就笨拙地打了个敬礼,小宁手一松,糖果落向熊池,那个狗熊笨拙又可爱地张开大嘴,咣当一声接住了。它咯嘣咯嘣咬着糖果,很满足的样子。小宁喊着:"再打敬礼。"手里仍然高悬着那个糖果。多么可爱的狗熊啊。狗熊是一种受保护的动物,因为它比很多人来得幽默。

"哼,这家伙还笑。籍贯、性别?"

"性别"两个字让我觉得尤其可爱。我说:"你们这两个女人……"

他俩愣着对视一眼。手持夹本的人瞪着我:"你连男女都分不清吗?"

"你们分得清吗? 你们刚才还在问我'性别'!"

拿塑料夹的人瞥瞥粉刺脸,这可能是他们的头儿。粉刺脸手里玩起一个打火机,对他说:"不要和他对嘴……你自己在那些栏里填上就是。"

这天晚上我被关在了小屋中。屋里什么都没有,我拍门,外边的人不止一次开门呵斥。我需要被子和床。他把门咣一声关上。我踢门。后来他们终于烦了,扔进一床破烂的被子、一块毡垫。

第二天照例来了几个人,问来问去,总是纠缠那几句话,没有任何新鲜货色。显而易见他们不过是想磨损我、伤害我的自尊。我提出要见他们的闵市长,他们当中的一个立刻反问:"你想不想见毛主席?"

四周的人被他的话给逗笑了。可是刚刚笑过就有几个满脸横肉的家伙走进来,每人手里都提着一根高压电棒——他们的到来使刚才向我问话的人严厉了几倍——他们仍然在问所谓的"黄源"。我请他们去找宽脸和李大睿:我们葡萄园与这个发行部没有任何关系,这是当地文化界和那个公司的合作……问话的那个家伙立刻说:"万事开头难嘛,你不给他们引见,他们会认识姓李的?既然这是你串通的,出了事,你现在就兜起来吧。"

"那么宽脸呢?"

"宽脸?也饶不了宽脸。"

我明白这是虚晃一枪,他们根本不会难为宽脸,因为他们是一伙的,要一块儿结这个圈套——参与此事的还会有凌春利,有道貌岸然的闵小鬼。这时候对方"嗯"一声,加重语气:

"抓紧时间吧——与本案无关的话不要再谈了。"

那我就不再吱声,因为我与本案实在无关……几个人恨得咬牙,但一时想不出别的办法。粉刺脸不停地瞥着高压电棒,好像在琢磨是否试一下这种器械……

中午和晚上都有人递给我一碗馊饭。这对我不算什么。"我知道,谁也不会饶恕我。"

夜晚我睡得出奇地香甜,竟然没有失眠。大概是鼾声让那个看守嫉妒了吧,他开始用力地踢门。有一次他火气更大了,开了门瞪着我。我说:"你敢进来吗?那你进来吧。"他大概害怕了,看看身后的夜色,咕哝了一句,把门关上。

第二天门仍然关着。我知道他们就是想折磨我、羞辱我。他们惟独没有想到的是,从那个园子走到这间黑乎乎的小屋,我已经十分疲惫了——几乎积累了十余年或更长时间的困顿,这会儿突然一齐泛上来。而这里又是一个多么奇妙的休息之地,许久了,没有过这样的清寂。在这样的日子里,我倒真的放松起来。这间屋子对于我来说还有个小小的悬念,要弄清它到底是怎么回事还需要等待;就在这等待中,先让我好好睡一觉吧,让我把常年的奔波和操劳,无数的纠缠和困苦都暂时抛到脑后吧。我困了,从城里到园子,失眠时不时地光顾我。而今,就像打开了一个睡眠开关似的,我真的在这间小黑屋子中大睡起来,一直睡了三天。

从第四天深夜起,我开始偶尔醒来。这时我会想到武早……我突然记起——就是那个林泉的白天和夜晚,我的朋友被捆在那儿的时候,一定就是这种浸入骨髓的悲凉与绝望!还有那种巨大的羞辱感,一切全掺和在了一块儿……

大约一个星期过去了,再没有一个人进来。他们仿佛把屋子里的人彻底遗忘了。于是我体验到了极其特别的寂寞和孤单。我想起了拐子四哥、大老婆万蕙、鼓额、罗玲、肖潇,还想到了吕擎和阳子、肖明子,特别是梅子和小宁……这的确是一种铁窗生活,让我猝不及防的是,这些年我在寻到了一个葡萄园的同时,还寻到了眼下的这个铁窗。

那个看守与我同处了几天,或许多少有了一点点"情分",竟然不再呵斥。他也深感寂寞,有时就伏在那儿,叼着烟,一只脚在墙上磕碰着。我好像被什么东西引诱了,后来才明白是那种烟味儿。有一次我走过去,还没等我开口,他就不假思索地从衣兜里掏出一支烟,隔着铁窗给我点上。我美美地吸了一口。"真不错。"我说。

"你们这些念书人就喜欢吸烟儿,是吧?"

"是啊,不过我现在没书可念了。"

"哎,你们那里来了一个拐腿的人,捎了些食物和书什么的,让我给你——要不我早就给了你,上边不让。"

我心里强烈一动,说:"那些好吃的东西你可以吃掉,那些书啊资料啊你得给我,如果上边不让,你就别告诉他们——以后问起来就说扔了。"

他琢磨着,说:"那我看看怎么办。"

第二天,我喜出望外地得到了那些东西。这些资料原来是堆在泥巴写字台上的,拐子四哥可能见我平时常常翻看,这会儿就一家伙包起来,连同吃的东西一起提上看我来了。它们都是关于那个莱夷族和思琳城的文字,特别是那本秘籍的复制件;当然,还有那本打印小册子。此刻我那么感激这位兄长。

行了,有了这一沓纸片和书,我可以在这里待得更长。

解读与诅咒

一

我发现人在铁窗之内,有时会呈现出极为特殊的专注和敏慧——这时连最晦涩的文字也能看得津津有味。这让我想起,自己已经很久没有真正经历过这样一个清寂的、孤独无援的时刻。

我现在很容易就能沉浸到那个久远的年代、那个早已化入迷茫的故事之中。也许是血缘的力量吧,我一有机会就会执拗地追溯。对我来说,今生以来除了曾经热迷的地质学、无边的山峦和原野,再就是关于莱夷古国的探究……这在梅子看来是不可思议的,我竟可以一连几个小时沉浸其间而不知倦怠。如今,这些陈旧的、大大小小的纸片在手里翻动得何等熟练。特别是那本使人长久沉默的秘籍,在这间昏暗的小屋中成为最大的慰藉。只有我自己知道,那些不可破译的密码长期以来是怎样吸引了我、缠绕了我。我担心永远也不能走入历史的帷幕背后——那里,正有一些又熟悉又陌生的面孔,他们或者穿过遥遥时空与我对话,或者是一直缄口不言。

我手里的很多纸片是直接抄印下来的青铜器铭文,再加上这本秘籍,在以前的多次研读中,很多字都注上了古音。这其中相当一部分我根本无法搞得明白,而且已经滋生出某种绝望感。也正因为如此,我几次准备求助于梁先生,渴望得到他的指点——可就像跟自己较劲和赌气一样,我总是在最后的关头压抑了这个念头。我想看看自己能否忍受这种青灯黄卷的煎熬,能否独自走穿这个漫无尽头的隧道。我知道,关于莱夷族的那些奥秘或许需要耗上一生,这丝毫不必存有什么侥幸心理,除了忍受和煎磨,没有任何捷径可寻……从白天到夜晚,我一直看下来,直看得头昏脑涨两眼发花。古代氏族的故事因为笼罩了时间的尘烟而变得倍加晦涩,而莱夷族又格外纠缠。出于对梅子的关心和好奇,在十分疲累的时候,我总要翻动一会儿有关鱼族的资料——我曾经认定梅子属于鱼族。

就像莱夷族一样,鱼族变化的踪迹已经非常模糊了,从象形文字演变的过程中,很难找到它的线索,于是在文字记载的历史中已被磨灭,可以说无迹可寻。这一氏族在远古时代的纷纭演化,几乎难以得到一种更为确实可信的考证了。那些稀奇古怪的古文字,这会儿看上去质朴而又纯洁,它们个个都像憨态可掬的娃娃,笑嘻嘻地向你走来;可是他们的笑容后面究竟掩藏了什么,你却不得而知。鱼族是一个历史淹远的极为古老的氏族,经过氏族兼并、一次次战争,还有长期的同化,使他们在传说和古史中残存的姿影更为辽远模糊。要说明它们变化的真情恐怕还要等待,等待土地的声音——那是一种无声之声。在这个孤独的时刻,我甚至觉得梅子也像她所从属的鱼族一样,多少变得有些晦涩了。

我的目光再次转到莱夷族上,这会儿发现那个争论不休的"纪"与"杞"的微妙区别;精美绝伦的、极其独特的"㠱器",可以看成纪人之器,而㠱器的"㠱"和孤竹纪人的"纪"应该是一个字。那些孤竹和纪的后代从贝加尔湖畔跋涉到海角时,念念不忘的还是携带一个表明他们渊源和历史的"㠱器"。我最难忘与一位搞古航海史的朋友一块儿到东莱故城去的情景:那一次我们亲眼见到了高大的夯土城墙——你只要闭上眼睛,就可以想象闪亮的甲胄,嗖嗖鸣叫的弓箭,奔跑的骏马,还有那些养蚕植桑的男女——他们身上叮当作响的衣饰……我渐渐确认:杞人忧天的"杞"与孤竹纪族的"纪"完全是两回事;不久,我又读到了一位作古的史学家的考证,他也坚持说,它们不是一个字。

奇怪的是,在这个令人沮丧的、极为艰难的时刻里,在铁窗之内暗淡的光线下,那些铭文拓片、那本秘籍,突然在我眼前变得簇新、变得那么容易接近。它们就像是由我亲手刻在青铜器上似的……我不停地抚摸它们,感受它们的质地。

这样一个环境或许什么都有了:八平米的小房间,一个小桌子,一块可以躺卧的毡垫,再加上一面四方小窗,还有那个伏在窗上的忠诚而无聊的白痴……这就构成了一幅如诗如画的童话般的图景,这真是一个中年人花钱也买不来的稀罕之所。一个人住进了真正的铁窗,可见有多么幸运。

我将在一段特别的时光里解读。它是我一生中所能遇到的最艰难曲折的诗章。我喝了一口水,鼻孔捕捉到了什么,抬起头,原来那个看守正在美滋滋地吸烟。这种特殊的香味再次引诱了我。他从我的眼神里明白了什么,于是从铁棂里递来一枝。我吸烟时他告诉:你的那些人在外边闹了,其实越闹越不成,上边不会放他们进来——你快给他们写个条子吧,让他们安静些……我听了他的话马上伏到窗上,可是外面什么声音都听不到,我看不见人。我呼喊起来,想让朋友们听到我的声音。看守立刻用手势威吓我。

大约过了半个多小时,我终于听到了有人在大声争吵,接着看到了他们——吕擎、阳子、拐子四哥,但他们很快又被几个人挡住。后来他们只被允许一个一个轮流着过来,在小窗口与我说话……仅仅是一个多星期的时间,却有一种长久分离的感觉。我让他们不要担心:且忍受和等待,因为这是一种预设的圈套,他们大概不会那么简单地收场;当然也很难得逞。在说这些的时候,武早的那句话又出现在心头:"我知道,谁也不会饶恕我……"我只让他们早些赶回葡萄园,因为我更放心不下的还是那里,是武早——他们说他这会儿正躺在自己的屋里,眼前摆了一溜酒瓶,人出奇地安静。我松了一口气。

吕擎离开了。我发现愤怒竟使他浑身微颤,紫着脸一声不吭。这让我担心他会做出什么……我在这儿常常想到的就是:我们面临的是这样的事实,即我们真的没有被饶恕过,从来没有;可是我们也不会饶恕另一些人,永远不会。我一次次想到了吕擎的四合院,想到了那个捆绑了他父亲的老槐树。我当然更多地想到了自己的母亲、父亲,想到他们的一生艰辛,他们最后的不幸和死亡……是的,我们不会饶恕,尽管我们许多时候无力惩罚。

接下去的两天里,我一直在翻看那本关于莱夷族的秘籍。没有人来管束我。这种单调而清寂的生活,这种将人引入深邃和冥思的时刻,倒是让人求之不得。第三天上,我的寂寞结束了,因为一大早我就听见一个人在外边走廊上吆吆喝喝——我一下就听出那是沙了嗓子的武早。他挣脱着什么,闯到了铁窗前大声吆喝。我一下跳起来,正看到他伸过铁棂的大手。他一声连一声地喊。我握住他的手,拍打他。我想使他安静下来,可就是不能。他跳着,后来不知从哪儿摸到了一块砖头,砰砰地砸起了铁门。看守过来奋力阻止,他就回身向那家伙砸过去……接下去发生了什么我无法看清,只听到有人发出了杀猪般的号叫,一些人跑过来,大约是一帮穿制服的人——高压电棒又一次伸出来,因为我听到了武早的一声尖叫,还有他跌倒的声音……

我不知自己喊了什么,双拳在铁棂上捶了一下,马上流出了血——那些丧尽天良的家伙压根儿不知道武早的病,那种高压电棒会让他死去的!我在喊,不知自己在喊些什么……没有声音,突然安静了。我想象中的武早已经昏厥,有人把他抬走了。

　　我坐在水泥地板上,脑子里一片空白。我真希望有什么把这一切揉碎——只有神灵才有这个力量。我的好兄弟,我的头发卷曲、两眼冒火的好兄弟,你究竟是怎么找到这里来的?我从来没有像现在这样为你难过,为你牵挂和绝望……

　　有人在外边狞笑,这些笑声倒让我渐渐安定下来。我在想怎样才能尽快出去,不然的话只会耽搁更重要的事情——只有这时候我才明白了以前那些身陷囹圄的人,为什么要绝食抗争——当他们手无寸铁时,不仅是极度的绝望和希望使他们选择了自戕的方式,更因为这成为惟一的武器。我还想到了枪不离手的拐子四哥……人在一种特定的境遇之下,并不寻求庸常的人生逻辑。此刻我需要把尖厉的呼号压在心底,警惕神经被愤怒和仇恨撕裂。是的,男人的鲜血在月圆之夜会加速旋动、冲撞,渴望喷射而出……许多时候他们只想倾其所有,把它直接地掷出去、夯出去,尽管它的打击之力是如此的微薄——而且是一次性的。

　　我理解,一个男人真的会渴望那样的一个机会,渴求那样的一个时刻。

　　上帝赐予了谁?又在何方、何时、何地?

　　如果真的存在那种神秘的机缘,就必定会有一次赐予,那将是一场无从言说的淋漓……我的忧郁的天真无邪的兄长,我真想让你亲眼看一看、亲耳听一听,那样的一种颜色和一种心声。你用生命的酿造祛除了全部的怯懦和犹豫,却要以卵击石般地牺牲。现在你且安静下来,只需一口接一口地畅饮你的味美思,以"保护勇敢的精神"——你会在那个生死攸关的决定性的时刻,挥舞你的酒瓶帮我一把。

　　就这样,男人用青春,用生命搅起了一场风暴。很久很久之后,当儿子问起父亲哪儿去了,母亲没有悲泣,只告诉儿子:他杀了别人,别人又把他杀了。儿子如果是一个穷追不舍的人,就会继续问下去。那就复杂了。那将是一个漫长无际的故事,牵涉到无数的人和事,等于叙说一部百年史。女人面对全部的复杂,一时难以回答。为什么又为什么?一个人是怎样舍弃这一切的?他到底是怎样的一个人?女人面对儿子的质询,会一时无言……

想到自己的孩子,心中一阵温柔。回忆他黑白分明的眼睛,有着浅浅肉窝的小手掌——它常常在深夜里抚摸我的脸、胡茬,让我感到痒痒的。这是一个人所能享受到的最大幸福。一个人没让这样的小巴掌抚摸过,就不会懂得深爱与怜悯,不会知道生命的不可抵挡的魅力。我需要的原来并不多,仅是这只抚摸过来的小手掌而已。一个人只要看着这细腻娇嫩、简直像一件艺术品的小手掌,就不再忍心。人不该有过多的奢望了,这就是一切啊,这就是对一切辛劳和不安的补偿啊。看吧,这小小的手掌中就凝结了一切善良的期待、全部的祝福和希望。它比得上完美无缺的玫瑰花瓣,美到了极致。它长在人生的枝丫上,刚刚绽放,芬芳扑鼻,有着丝绒一样的质地。

二

我不多不少熬过了十天。胡茬长得飞快,十天的时间就很像个样子了。络腮胡子生出来,衣衫出奇地脏烂,看上去蛮像样子。

这扇门打开的那天,宽脸上边的头儿进来了。他细细高高,头上还不合时宜地戴了一顶灰帽子,眼睛僵圆,让人过目不忘。我不知道他代表谁来跟我讲话。我正拎起东西要走,他握握我的手说:"很抱歉,当然了,他们做得太过分。这对别人可以,对你怎么可以呢?闵市长刚刚知道,他火了,立刻就让我赶来了——他说怎么可以这样呢?怎么可以这样粗暴野蛮呢!他要亲自过来看你,还狠狠骂了那些人——你不知道他骂得多么难听。因为他太忙了,要急着赶一个重要会议,就让我代他当面转达。很对不起,真的对不起!任何人的工作都会有失误,甚至犯很大的错误,但是同志之间不允许这样的,绝对不允许的……"

我看着他,笑了。我想说点什么,一直忍着。

"宁先生,请您多多包涵,很抱歉,闵市长……刚刚知道这事……"

"你代表他吗?"

"闵市长太忙,我代表他来向您致歉……"

"那么好吧,你就把我的话告诉闵市长。"

"什么话?我一定转达!一定!"他又握住了我的手。

"那么就告诉他吧,他真的是一个畜生。"

我说完这句话,没等他的嘴巴合拢,就拎起东西走了出去……

葡萄园里的人如果知道我今天回家,一定会赶一辆马车来接我的。我们葡萄园里有一辆宝贵的马车,这真是引以自豪的事情。可是今天我要一个人徒步走回,让旷野的风吹去这满身秽气。四哥他们这些天送来的那些东西,一只苹果一粒花生都被我装入一个袋子携回,没有遗下一丝一缕。

出了小城,沿着一条水渠往前。跨过芦青河桥不久即可踏上深秋的野地……这一路尽可放松畅快。天空真蓝,一朵朵白云像一群涌动的白羊。也许这会儿我的样子真像一个流浪汉,这让城边上那些顽皮的孩子觉得有趣,他们跟在我的身后大声问道:

"喂,大痴(乞)士,你从哪里来呀?"

在这里,"大痴士"就是"流浪汉"的同义语。我向他们摇着手:"要叫'老哥'!"

"'老哥'——'老哥'你从哪里来?"

"老哥俺从城里来!"

后边是他们的欢笑声。他们大笑大叫地送我远去……举目四望,渠两岸到处都是即将成熟的庄稼。一股香甜的气息掺在徐徐北风里,它是从大海里出发,一路抚摸过万千稼禾、草和花跋涉而来,所以才有这样的馥郁。慷慨的阳光照亮了每一片叶子,让我觉得这片原野上隐含了无数张笑脸……

这儿属于构造沉降区,大量接受了芦青河和界河冲刷而来的山地侵蚀物。它的海拔大多在五十米以下。西北部由于河流和海水堆积作用,形成了海滨低地,地下水时而露出地面,形成了盐沼地;东部是一片颗粒礁石的沉积物质,南部和西南部处于低山与平原的过渡带,属于丘陵区,是整个半岛的"屋脊"部分。除了鼋山和砧山山脉高达千米,其他山岭高度都少于二百米。芦青河和界河,这两条母亲河流,时而激荡前行,时而默默缓步,在旺水季节可以把碗口大的砾石冲刷到河口——那儿的海水与淡水交汇,形成一个半月形河湾。两条河流把无数泥沙运送到海洋,以无以言说之力筑成了一道沙坝,形成了半岛奇观。

我曾在芦青河边见过多少珍贵涉禽,像白翅浮鸥、白额燕鸥、草鹭;大白鹭又名"风标公子",体长达一米,全身洁白如雪,风度潇洒!一只大白鹭的出现,会让心肠铁硬的猎人枪口低垂——这时它会一动不动地注视着人类,以美制暴……

蝈蝈的叫声此起彼伏,这些绿色的小精灵,大自然的季节性歌手,藏在一丛丛柳树棵中。我尽量不去惊扰它们,绕着走过;渠畔下只有个别地方才有一汪水,偶尔有青蛙被惊起,扑通一声跳到了水的中央。远处的一个枝头上有一只绶带鸟,一只雄鸟,拖着长长的绶带,全身闪着一种栗红色,胸部和腹部呈现一片洁白;它双脚紧紧地抓在树枝上,头顶是蓬蓬的毛发,就像一个冒冒失失的小伙子。大山雀正在枝丫上斜着身子,猛一看还以为失去了平衡,随时就要掉下来。一只黄腰柳莺在灌木丛中穿来穿去,捕食小蝇。

水渠两岸是油亮亮的花生田。这片平原大部分是宜于耕种的潮棕壤,只有界河下游为河潮土。除了海滨小城周遭一带有一小部分黏褐土之外,其余的就是一望无际的肥沃土地,是整个省份最富饶的地区。令人不解的是,也就是这里,历史上却一次又一次发生饥馑……

抬眼望去,可以发现在风中摇摆的柳树、白色的杨树和栗树、法国梧桐、枫杨和千金榆、楸树……草地上长满了结缕草和香附子,渠岸的粟米草连成了片,在风中泛着水波似的光亮;一株很大的西伯利亚蓼就在五六米远的地方,由于营养过剩,叶子透黑。树密草稀的地方露出干净的土皮,肥胖的马齿苋正在浓旺生长……

三

我踏进园子时,最早发现的当然是斑虎,它一喊叫做活的人就一齐抬头,接着飞快扔下了手里的工具。

我问四哥:"怎么样?像一个刚刚出来的人吧?"

拐子四哥抚摸着我的胳膊,拍掉我身上的尘土。鼓额和肖明子有点惊讶地盯着我撕破的衣服……吕擎和阳子没有说上几句,就和我一起回到他们的屋里。吕擎说:"李大睿联系不上,不知是不是故意躲开。大胡子精常来。"吕擎的脸色比过去黑了一点,嘴唇上有了不少白屑,嗓子有些哑。阳子接上他的话:"那个富翁指望不上,我们还得自己干。"吕擎苦笑:"这个家伙上次来还说过大话,说他的律师会把一切摆平,最后是一走了之。"是的,我们会尽自己的一切力量——这将是一场艰难的搏斗,不管我们这会儿愿意与否,都需要拾起地上的那枝长矛。

夜晚肖明子又吹起了他的笛子,那笛声在我听来比过去更加凄凉。武早被这笛声引诱着,一个人向前走去。他倚在石桩上,沉沉的背影像一座山。四哥说他从小城回来就这么沉默着——长时间闷在屋里或独自去园子深处,到现在没有说一句话……

我走到武早跟前,看着他焦干的双目。一会儿他紧闭双眼,然后扬起下巴,像是在嗅一天繁星。他鬓角的白发在夜色里闪闪发亮,这是短短十几天的时间里生出的吗?他开始了喃喃自语,奇怪的咕哝声让我一阵惊惧——它一个字都听不清晰,但节奏越来越快;他有时咬紧牙关,就像抵抗着巨大的疼痛——这样一会儿自语再次响起,悲愤急促,就像一连串的诅咒。

我大声叫他,他只不答话,一只大手抚在我的肩头,一下下揉动,力气大到让人难以承受。"武早……"他的狮子一样的头颅垂下来,一声不吭。

笛声冰凉。远处,高空的孤雁叫了几声。它大概也听到了葡萄园里的笛声……

照 彻

一

在我离开的这段时间,吕擎和阳子与大胡子精来往密切。为了把一些数据搞得更扎实,吕擎不得不小心地核对,一一删虚就实。这个过程十分繁琐,多少像个老会计师干的活儿。大胡子精说自己的许多账就装在肚子里,灌足了酒以后就要一串串吐出来,他越来越有把握地叫着:"我想给闵小鬼套上一条绞命索!"话是这样讲,其实我们明白,一切都没有他说的那样简单。现在看来,落在纸上的这些文字的确坚实有力,任何一个有起码的责任心和道德感的人,都不可能在它面前无动于衷。当然我们没有必要在更高的目标上与大胡子精达成一致,甚至无法对他讲得稍稍透彻——在他面前我们只能比着劲儿说牢骚话,像他一样出一口恶气。

　　与此同时我们仍然想让城里朋友，甚至是牟澜和黄先生，还有那个出言狂妄的李大睿搭上一手。我们不能忘记的仍然是正义和自尊——我们究竟在什么时候丢失了自己的自尊？在这个特殊的时期，许多时候要放低了声音，用说悄悄话般的声音轻轻吐出这两个字，以免惊扰了四周——特别不要惊扰了自己的一颗心，它正在沉睡或者还没有完全醒来……在这样的日子里吕擎和阳子一再提到我的岳父，是的，这个面色冷峻、常常与我发生诸多冲突的老人，这一次也许真的要求助于他了。

　　不过我们丝毫没有把握获胜，事情必定比我们想象的更为复杂。对方的优势是潜隐不查的，那是一种特殊的文化和传统凝固的一道屏障，它许多时候并不能被正义之剑戳穿，尽管这剑看上去已经磨得锋利无比。今天再也找不到削铁如泥的家什了，它已经遗失在历史的尘埃之中。它让许多热血男儿不辞万难苦苦搜寻，最终还是两手空空。

　　阳子除了在园子里劳作，再就是不停地在纸上用力，近来甚至在那部久久没有完成的文字作品中构思杀人。我说人在铁窗下，在不可承受的污辱和绝望中，那时再虚构就容易多了——你过去以为只有那些极易冲动的，或心理上有某种缺陷的人才会动这个念头，现在才知道完全错了。你会接近于明白这到底是怎么一回事。正常的人也可以那么干——人一旦被逼到了某种境地，就会相信这一切。那个幽灵般的声音会问："你说不杀怎么办？"你的虚构不过是回答类似的问题……阳子点点头："可是人一旦离开了那种境地，就能够忍受了。比如我们现在，只是天天干活、忙，谈论葡萄园和杂志，很少提到复仇之类——它到最后不过是个艺术话题……"

　　复仇是艺术话题吗？至少现在并不全是。阳子故意这样说，意在激励。我捏捏他正在变得粗壮的胳膊说:"当他们逼得你走投无路的时候,当他们碰到你最最心疼的东西时,你就没有办法了。你要被迫去拾起地上的那支矛,你只好这样了。"

阳子沉默着。他在想小涓吗?人这一生,也许爱的同时也就学会了仇视。可惜后来人又会把这个本事给忘掉,正像把爱的本事也忘掉一样;或者将二者死死地对立起来,以为它们是水火不容之物。其中只有一小部分人明白它们不过是一回事,就像一片叶子的两面。

我不愿细细端量自己。那个清晰的映像让我越来越失望,越来越沮丧。我知道自己步入了没有任何奢望的时段——生命是一个个"段落"组成的,它甚至与年龄没有多大关系。看着自己过早苍老的面容、损伤了的牙齿,只好让压在心底的那个"未来"沉默。脸上除了皱纹之外,再就是新添的几道发青的疤痕,它们多少有些难看,就像拙劣的画家随便用油彩在脸上涂了几下似的。时光一闪而过,在葡萄园的草创阶段,我们历尽辛苦却干得有滋有味。那时的日子单纯多了,我们每一个人都目标清晰,信心十足。那些日子如在眼前。那时是欢快喧哗的,流光溢彩的,并没有包含过多的呻吟。是的,爱和恨,它真的是同一片叶子的两面:那时我、我们大家,都徘徊在叶子的另一面。

我常常在这深长的默想和回忆中,一步步走出葡萄园,一直往西,踏上了那条不知走了多少遍的窄窄的小路。这是一条通向园艺场的小路,有时循着它会听到琴声。天色又一次走进了黄昏。但愿我的这次突兀来访不要打扰了她。

轻轻叩门,啊,门开了。她微笑着。我和肖潇仿佛很久没有见面了……每一次见到她,和她在一起,都会有一种特异的、深深的安慰和愉悦。她可能并不知道葡萄园最近发生的事情,或者不了解这场危机的详细情形,因为她的神色一如往日,那么温煦安逸。

在她的目光下,我的焦躁在消退,好像又回到了许多天之前。我们都没有询问,没有倾听和相诉。哪怕只是默默地坐一会儿,在我来说已经是十分满足了。这种需要是从什么时候开始的?它在记忆上或许有一道明确的界线?无法回答……一切都来自那颗坦然的心灵、那种默契和友谊——我欣悦于她的全部,渴望这双世界上最美的眸子,让这清澈的生命之光照彻我……

二

我们饮着淡淡的春茶。她此刻肯定看到了我脸上那几处变色的伤痕,因为她的目光在我脸上停留了一瞬,很快就挪开了。我甚至正琢磨怎么回答她,可她接下去并没有问什么。大概在她看来,我没有主动讲出的事情,大半也就不需要探问了。我脸上的伤疤与心上的伤疤一样,都属于我自己。我如果愿意把它当成秘密,那么它也就是了。

我喝着茶,一颗心开始安定下来,放松下来。我眼前又展现出极其美好的一种感觉,它无形无色地在眼前铺展,身上的焦思和痛苦、困惑和追究,一块儿退得遥渺。我身上郁积的那些忧愤和不安这会儿也神奇地消失了……我请她弹一下风琴。她点点头,走到琴边,按响琴键。我又听到了那种舒缓的声音……我想无论是钢琴还是手风琴,任何东西都取代不了这一架破旧的风琴。它因为深长的阅历,声音沙哑,可是仿佛因此而更加接近了一种自然之声,一种古老的海边和大地的音韵。我从中可以听到海滩平原上的潮声,秋风吹送树叶的声音,也可以听到干涸的土地上大雨浇泼之后的那种吱吱欢叫,各种小动物在土地上奔跑:露水弄湿了它们的四蹄、额头和圆圆的小猫一样美丽的鼻梁,三瓣小嘴给洗得通红锃亮——它们正在土埂上驻足遥望。噢,除此之外,远处还有一个美丽的少年、亭亭玉立的姑娘,他们一块儿被雨后的金色阳光照耀着,相互注视。姑娘温暖而纯洁的目光,还有她那玫瑰花一样红的双唇——只有使用这种古老的比喻才能让人想起它的湿润多褶——它在少年的眼前变得模糊,他真的感受到它玫瑰花瓣一样的质地……

此刻坐在她旁边的,是一个满脸胡茬、一脸青痕的家伙;生人看上去或许还像一个土匪、流浪汉,一个缺乏修养的野蛮人——他会粗鲁地骂人。粗鲁的骂声有时也蛮好的。粗鲁的话语背后,有时却包裹着少年的羞容。

她的手指在琴键上飞快活动,那么灵捷从容;有时又在舒缓地揩拭。她摆弄这架风琴,就像一个母亲爱抚着婴儿的头。这诉说把我带到了遥远浩渺之地,以至于久久不能回返……

有许多次了,在我最为牵挂、无力排遣的日子里,极想对她说说城里,说说淳于黎丽——那个执拗的莱夷姑娘……那是她从医院里苏醒不久,我的痛苦和不安达到极点的时候。我相信肖潇什么都会理解,一点都不会误解,因为在这双聪慧的目光下,一切都那么明晰。但我最后还是忍住了。它只成为我心底的一块忧伤。

同样,在我面临着巨大的坎坷与危机,从无法承受的沉重之中走出的这一刻,我仍然还是要坐到她的旁边。但我再次忍住了没有说出。

我回想这脸上的疤痕——一个夜晚,就是从小城归来的第二天,我被一个梦境吓坏了……梦中不知来到了什么地方,有一帮身穿白衣服的人围住了我。我给剥得一丝不挂,冰得牙齿打战。那些人飘起的白衫下边露出了黑色的带铁钉的衣服,这让我心上一慄!我马上喊起了武早,因为只有他给我讲过这样的地方。我呼喊,可是没有声音。我挣扎,可是四肢被牢牢按住。就像武早说过的那样,这些人相互使着眼色,然后就拿出一根针管。万分焦急之中我死命地挣脱,喊叫……那些穿制服的人跑过来,他们每人手里都有一根高压电棒——就在它们一齐伸过来的时候,我醒来了……我满头大汗坐在炕上,突然觉得今夜是这么安静!我想起了什么,一下闯到外间屋里——武早休息的床铺果然空空的!我把梦中的情景与眼前的一切都混在了一块儿。我喊着,不顾一切地跑了出去。

那是个无星无月的夜晚。我仿佛看到一些人在折磨武早。我扑过去,我只想把他抱在怀里——就在我的手刚刚伸出的一瞬,脚下给绊了一下,我重重地跌翻过去……

这就是那个晚上的情景。我被葡萄架绊倒,脸上撞了好几处伤痕,直到屋里有人跑出来,直到四哥把满脸血渍的我紧紧抱起……

肖潇停下了弹琴。她看着我。多么明亮的眸子。如果那一夜有这样的一双眸子,我就不会一头跌进了黑暗里。

多么软弱的时刻,多么顽强的时刻,多么无助的时刻,多么自信的时刻。

我要离开了。在迈出这间屋子的那一会儿,我突然又迟疑了。我在想武早——他从那个小城回来之后一直沉默……谁能让这个沉默的巨人开口说话呢?这成了我们最大的心事。我知道此刻除非象兰回到他的身边,不然就无以疗救。

我在想那个聂老和滨,并由此想到了一位有名的西方老人:他说只有女人才能带领我们"飞升"。"飞升"到哪里去?他没有说。是的,我们最害怕的是沉沦。看来我们所有人都或多或少地具备了聂老的倾向,只不过那个聂老来得更直接更无所顾忌罢了,姜还是老的辣啊,人家聂老删繁就简,一把抓住了美丽的滨,毫不扭捏毫不客气。

对于聂老而言,除了老迈还有艺术的颓败,本来处于无比艰难的人生时段,然而滨在带领他"飞升"……眼前呢?除了象兰,能够与武早交谈的好像还有罗玲——这时候她愿施以援手吗?

我终于向肖潇求助了:请她和罗玲去我们的园子,她们是我们最重要的客人。

三

我担心的是在小城那天,有人制服不了狂躁的武早,会不会给他施了重剂?我害怕那个才思敏捷、话锋犀利的武早一去不返……我不再去想在铁栅窗外砰砰乱砸的汉子,那时他为我忧肠寸断。那些窗上安了拇指粗的铁棂子,很快把他的手碰出血来。看守们带着高压电棒跑来了。接下去发生了什么我就一无所知了,现在我们大家面对的就只有一个沉默的武早了。

从侧影上看他仍然那么结实,很壮;但他转脸时,我发现这脸上的线条变了,有一点浮肿,眼窝也比过去深了——可是那双眼睛仍然喷吐着火焰。他从一大早就在屋里走动,时而站在窗前遥望。他转脸看我,看我的一双手、一双脏里脏气的鞋子、放在屋角的背囊……当看到背囊的时候,两眼好像有火星跳动了一下,但很快就熄灭了。他紧紧咬着牙关,时而闭上眼睛。他沉浸在一片漆黑的夜色里。他的世界里没有光。

这个周末的下午她们来了。罗玲顾长的身影第一眼看去多像一个人,那简直就是象兰啊!武早神情专注地看着她,像一只猫发现了飞鸟……记得他们第一次在一块儿交谈,武早高兴得神采飞扬,事后才有些沮丧地对我埋怨:"她不跟我叫'老孩儿'……"

肖潇与我交谈时,罗玲一直陪着武早。她想逗他开口,让他说点什么。武早看着对方,眼睛一亮,但很快暗淡下来。罗玲拉起他的手,他并不拒绝。很早以前的篝火晚会上,罗玲与武早是一对绝佳的舞伴——她这时牵着他的手站起,尽管没有音乐,还是带着他踏步。他脸上有了一丝不难察觉的笑容。

"老孩儿不高兴了？为什么？"罗玲柔和地询问。

武早渐渐攥紧了她的胳膊，拍打着，脸庞碰到了她的臂弯。他的嘴角在颤抖，眼角的鱼尾纹有什么渗出……"啊！啊！"这是两声叹息。我看了肖潇一眼。

罗玲停下来，轻轻抚摸他的头发："老孩儿，老孩儿……"

武早的目光不再游移，只看着她的脸，嘴里发出一阵急促的自语——但这会儿听得清晰："……我想你啊、想你啊……我们过去的事情、一切……都会重新开始的——我知道，所以哪儿也不去，就在这里等你……"

"我也在等……"罗玲说了一句，泪水流下来。

武早的脸庞转向我："等啊……可是我们的酒浑了，'酒浑浊'。酒的浑浊问题在1863年就解决了，那个人，他的'巴氏杀菌法'，整整花了三年时间……我的酒，我的酒……"

武早啊，你总算开口说话了……

"我们什么时候走啊？"他突然睁大眼睛问着罗玲。

我代罗玲回答说："不，我们已经回来了，我们哪里也不去，四哥他们都在，大家都在等你……"

"象兰也这样讲。可是象兰把我一个人扔在这里……"他的双手插进头发里，开始不停地揪着，有发丝从指缝里掉下来。罗玲安慰他，拍打他，直到他再次平静下来。他用商量的口气说：

"我知道，只有你才能把我从这里领走。那些人一直在暗处盯着我，他们要把我带回林泉……我们还是回家吧！"

"老孩儿，这儿就是家。你该相信，没有比这里更安全的了，大家都在保护你。"

武早直盯盯地看着罗玲："你会经常来这里看我吗？"

"当然！我们是最好的朋友啊，一定会的！"

武早真的高兴起来，兴奋地看着我和肖潇，像要从我们眼睛里得到进一步的证实,又像是幸福的炫耀。可一会儿他的神情又沮丧起来:"我最想干的一种事儿,在这里还是不能做……"

"什么事?"

"造酒。我只想造酒,我是个酿酒师啊……"

我大声说:"这一天很快就会来到,我们还会返回酒厂!"

武早转向罗玲,声音放得很低,"……你以为如何?这是真的?"

"真的,你还会酿出更好的酒!"

武早紧紧揪住罗玲的手:"你知道,这才是他们最怕的。商业竞争的残酷才导致了这样的阴谋——可惜没有一个能够明白!这就是他们把我送到林泉的原因……用针管给我注射,喂一些白色红色的药片。有的药片就像硫化铜,绿晶晶的……春天葡萄树长出叶子,就该喷硫化铜溶液了……"

我听着,甚至并不觉得这是精神病患者的呓语。

"你是明白的,你知道是那群王八蛋在设备上搞了那么多金属、铜、铁,是这些引起了葡萄酒破败病。真的,破败病,就是 casse,就是那个……"

罗玲温煦的目光一直看着他,轻轻说:"是的,是的!"

武早转脸看着我和肖潇,笑了。

回　家

一

按照我们商定的计划,现在需要快些返城。在吕擎和阳子他们看来,葡萄园以及杂志的未来都在此一役了。踏上归途我才发现,自己的一颗心竟如此沉重:既无把握,又顽强执拗。

回家了……屋里静静的,像刚刚离开了几天似的,一切如旧。

我在屋里踱步,连杯水都没有喝,就把带回的材料找出。它很有分量,一式四份——怎样才能把它转到一个至关重要的人手里?他们哪怕稍微坚持一下原则,闵小鬼也就破产了。我想起了牟澜,还有岳父。看来岳父是最好的人选,可怎么去求他呢?他那个严厉的样子让人望而却步。我希望某个秘书会把材料送上去——但这样是否会受到重视,却没有一点把握。

心上太躁,再也忍不住,马上给一位秘书朋友拨了个电话。

他很快来了。先让他耐住性子看材料。他看得似乎太快了一点,并且马上义愤填膺,接着铁肩担道义,表示愿意直接把材料拿走。我就让他拿走了。

松了一口气。不过我并没有那样天真,以为如此一来万事皆休。我知道重要的当然还是要找到他——李大睿。

给他打电话,未通。与此同时,又想起他在发行部上做过的手脚,心里一阵厌恶。他的恶劣行径被人家抓到了把柄,我们因此栽到了里边。我忍不住按按脸庞,上边至今还有两个紫斑呢。我想该让这个黑胖子尝尝高压电棒的滋味才好。当我再一次拨着电话时,梅子和小宁回来了。

小宁扑到我的怀里,我一下把他揽到了膝盖上。归来之初,梅子每次都是同一副表情:一种淡淡的埋怨的目光,以掩饰心中的高兴。显然,对她来说丈夫归来仍然是无法比拟的欣悦。她现在就这样看着我,又看孩子。我多么想念你,我很幸福。总之我是个傻瓜,只是渴望幸福,幸福近在咫尺。

梅子开始讲一个事情,说你回来得正好,"小宁落选了!"她的口气中这是一件大事,实际上对于小宁来说也是:"就因为一点小事,他的班长就给拿掉了,这是什么班主任!"

小宁开始复述落选的过程。原来一场重要的体育赛事正在这座城市里举行，这之前多半年全市都在大兴土木。他们学校配合赛事也要开运动会，可是小宁的班在全校得了倒数第一……

"就为这个落选？"我笑不出来了。

第二天是个星期天，全家人就可以整天在一起了。也许是刚刚归来的那种情形，它使梅子目光蒙眬，竟然忽略了我的变化——第二天早晨正在那儿整床，刚把窗帘拉开，一回身看到了我的脸，立刻惊讶地叫了起来：

"天哪，你的脸怎么了？"

她一连声地催问，我就把手按在了脑壳上，用沉重的语调说："你知道吗？你丈夫差一点没有活着回来……"

"到底是怎么回事儿？"

我就把那些家伙如何栽赃，如何想毁掉我们的杂志、我们的葡萄园，如何把我关在铁窗里边——我简单描述了闵小鬼和凌春利宽脸一伙，数叨了各种各样的罪行……当我说完这一切的时候，抬起头，见梅子脸上流下了泪水。

我挥动了一下带回的那些文字材料："事实胜于雄辩……我们要为民除害！"

我吐出了一句豪言壮语，走到了窗前，注视着远处那熙熙攘攘的街道。

梅子把那些材料翻看了一会儿，擦去了泪花说："我找爸爸。"

我是那么高兴。她要找爸爸！我催促说："正好是星期天，你赶紧回去吧！"她穿上了外套，把那些材料装到包里，扯上小宁就走——不过她刚刚走出一步，又回过头来意味深长地问了一句：

"你就是为了这个才急火火地赶回来吧？"

我点头又摇头："也不全是，顺便，回家——找爸爸的事情你去做，小宁落选的事我去办！"

梅子领上小宁走了。我忍不住心里的高兴。

二

屋子里一时静得很,空空荡荡。我又变成了一个人。原来一个人在哪里都可以获得这种孤寂的感觉。这种感觉有时真好。

我在屋里轻轻走动着。这个只有两间的小窝,这时给我一种多么奇怪的感受啊:又陌生又熟悉,这些家具、书,我曾经伏在上面彻夜不眠的书桌……我抚摸着,就像抚摸孩子的脊背……书籍落了一层灰,可见梅子没有时间整理它们,更没有时间去读它们了。翻着翻着,一本书里一下掉出了一片五角红枫。我差点喊出了声音——这是她,淳于黎丽在那个秋天还书的时候夹进去的……已经好多年了,我一直那么小心翼翼地放在那儿。五角红枫啊,一下引起了那么多回忆……我的眼睛一阵发热。

电话响了,是梅子的声音:"爸爸让你赶紧来一趟。"

我急匆匆赶过去,岳母站在门口等我。她一见我就迎上来,一下子握住了我的手。我忍不住叫了一声:"妈妈!"她看着我,手按在我的头发上,抚摸了两下,问:

"当时疼吗?"

我点点头。我看见岳母眼里闪出泪花:"孩子,你一个人跑那么远,何苦来呢?这样两头都牵挂……早点回吧,你爸就想跟你谈这个……"

我心里凉了一下,还是点了点头。

在中间大客厅里,岳父铁青着脸坐在那儿,见了我拍拍旁边的沙发。我坐下了。

他说:"梅子讲得不清楚,不过我大致还是明白了,你到底还是闯了祸呀。"

我一急就站起来,岳父用两个手指捅了沙发一下。我只得再次坐下。我说这不怪我,是他们搞了个圈套——因为他们做的坏事太多了,无非是想把我们连根拔掉,把我们从平原上赶走……

岳父说:"他们是他们的问题,你们是你们的问题。你也该好好考虑一下了。"

我强调一切都是按上级要求,我们的杂志、葡萄园,一切都是合法的。将来事业进一步发展,条理有序——到那时候我就可以走开了,我就不必像现在一样,一直盯在那里。

岳父抬头瞥了我一眼,好像在考察我这话有多大分量、多大真实性似的。他拍着藤椅的扶手说:"总要跟地方搞好关系嘛,这也是我们胜利的一个基本保证,一个传统嘛。跟群众不能打成一片,这怎么成呢?这站得住脚吗?任何根据地要巩固,必须有当地老百姓的支持,这就是平常说的鱼和水的关系……"

"水是好的,有些大鱼太坏!我们和当地老百姓可好了,他们过年过节都给我们送粽子、送好吃的东西,我们也常到老百姓家里去做客。群众都拥护我们,而迫害我们、跟我们过不去的,就是闵小鬼一伙坏蛋——这些家伙窃取了一部分人民的权力……"

岳父立刻指着我说:"同志之间不准叫外号,叫'闵副市长'嘛!"

"可是当地群众都这样叫……"

岳父严厉地盯了我一眼:"以后不许你掺和当地的矛盾,如果想搞葡萄园和杂志,你就搞;不想搞就回来。我想告诉你两点:一、不许给我在外面招惹麻烦;二、这一类事我概不过问。"

我的心一下凉了。我站起来,一时说不出话。

岳父站起来,一转身走掉了。我们费了好大劲儿才推敲出来的那一沓材料,就撂在了沙发扶手旁,有一张还飘到了地上。我把它捡起来。这时梅子从外面进来,岳母也进来了,她们在一旁看着,似乎在用目光鼓励我。我咬了咬牙关,终于没有追到里屋。我想到此为止了,我不会乞求你。"

我走出门去,岳母喊我。接着梅子跑上来说:"慢慢来,你怎么这么急呢?你不知道爸爸正为一件大事烦透了……一位老领导的孩子牵进了一场足球案子,越闹越大。老领导去世了,他老伴只好来求爸爸,她就这一个孩子……"

"前不久运动会上发生的?"

"就是。爸爸左右为难……"

"足球也会有案子?"

梅子叹气:"是这样,有人一直在暗地控制比赛,输几个球赢几个球的,我讲不清。反正那需要一大笔钱,一拿就是好几百万呢。这一次被告发了……"

我突然想到了黄先生,担心这事他也会插手——这样李大睿就要牵扯其中,如果这样,那他们就不会再有闲心管我们的事情了。我有些沮丧。这一下我更急于离开了。

梅子仍然迟疑着,最后说:"你等一等。"就返身回屋了。

一会儿,她一手拿着宁子的新衣服,一手牵着孩子,从院里走出来了。后边跟着岳母。我一看到老人心就有些软了。我停下来。她再次抚摸了我的头发。我小声说:"我改天再来,妈妈。"她高兴了,好像眼睛里闪烁着泪花。

我和梅子谈到了深夜。我们都没有睡意。我们谈了很多,事业、孩子、家庭,分别以后各自的生活。我发现好长时间没有这样深入的谈话了。我特别向她打听了吴敏和小涓的情况。梅子一说到吴敏就叹气:

"可惜吕擎不知道,知道了还不要气死呀。"

"怎么了?"

"她老和雨子在一块儿,有时滨也在场,不过更多的是他们两个,还一起看电影……雨子有时在她那个店里一待就是半天,人们有议论呢……"

"无论怎样讲,吴敏绝对做不出任何对不起吕擎的事情。"

"吴敏是个好姑娘,不过谁敢说百分之百没事呢?"

"为什么不能?"

"再正派的女人,只要长久地离开丈夫,那就难说了……"

我听出梅子想趁机刺我一下。她这是在吓唬我。我想笑,但笑不出来。

我又问起了小涓,她说:"小涓倒是一个单纯的姑娘,爱说爱笑的,也不像吴敏那么招眼。她现在把小家收拾得干干净净,该锁的锁,该封的封,只等着手续办下来,就到葡萄园里去。这期间阳子和吕擎回来过,他们谁都比你回得勤呢。"

好像是这样。但这是我催促他们的结果啊。

"等你的朋友和妻子都走了,只剩下我们娘儿俩了,就算我不抱怨,你不觉得难过吗?"

黑影里,我想看清她那闪闪的眸子。我怎么会不难过?不过……我在想怎样回答自己。我不愿再问:你为什么非要守在这座破破烂烂的城市里?!沉默中我差不多听到了她一如既往的回答:这儿是我的出生地,这里有我们的窝,有……我却得忍受滚烫烫的血流对我的催促。我很想给梅子讲一下莱夷族的事情,可是那些远古的故事她压根儿不会关心。梅子与我不同,她属于鱼族。

第二天梅子又回了娘家一趟,回来时舒了一口长气:"你知道吗?听母亲讲,爸爸尽管昨天对你发了火,晚上还是给部长拨了电话,他说胡乱抓人、关人,而且……实在应该调查一下了!还说,闵市长哪里还像个领导干部?妈妈亲耳听到爸爸在电话上这样讲……"

我赶紧问:"对方怎么讲?"

"不知道,妈妈听不清,问爸爸,爸爸让她少管闲事,说到此为止吧。你看,爸爸还是护着你。他把你当成自己的孩子,当然要严厉一些……那个足球案子越闹越大,爸爸干着急还是管不了。其实这里不光是足球,别的比赛也有人暗地插手,城里就有这样的团伙。老领导的夫人说她儿子冤。"

"他一点都不冤!为了这场运动会,全市动员了多少人力物力,可以说把吃奶的劲儿都拿出来了,他们还这样胡来……"

"光是新建的体育设施就花了几个亿呢。"

"还有——我忘了问你,那家伙姓什么?姓黄吗?"

"不姓黄……"

我松了一口气。

驳 夤 夜 书

[论体育]

讨论一下体育吧。这很重要:不是体育本身有多么重要,而是它成了这个时代里的一个显赫话题。在我们这儿,体育早就从健身的位置上给移走,搬到了金碧辉煌的厅堂里。今天的体育已经与健身、与人类增强身体机能的锻炼活动没有了任何关系——不,它仍然有关系,它正极大地影响和破坏人类正常的生活,严重地损害到人类的健康,成为现代社会的公害之一。

我们不得不把当代体育列为人类的公害,不得不说它的危害也许甚于黄赌毒:不同的是前者人人喊打,后者却让许多人当成了高尚之业,大张旗鼓地操办、不遗余力地铺张。事实上它一旦和一个团体、一个民族的虚荣心结合起来,其破坏力不亚于一场战争。国与国之间、城与城之间、省与省之间,都在它的名义之下倾尽全力角逐搏杀,不惜以最浩大的经济投入、最卑鄙的做假手段、最冷酷无情的训练方法、最不人道的较量形式,隆隆有声地往前推进,一路留下难以想象的身心戕害。

本来体育活动本身是有益和有趣的——即便人类进入了高度文明时期,不再需要以体能的优越来夺取生存空间,也仍然如此。在古代,人类如果不能在体能方面,比如奔跑的速度和投掷的距离超群出众,就不能有更好的生存,甚至会在无情的自然竞争中被动物吞食。这个时期的体能训练就不是一个增强健康的问题,而直接就是活下去的问题。但人类进入了现代科技时代,也就靠头脑站立了。心智的优越与否才决定着生存状态——至此,我们的体育活动完全是为了活得更好,即更健康;同时,它本身所焕发的力与美,尚有极大的激励性和观赏性,所以说它是有趣的。它具有艺术的魅力。在这个时期,体育已不是生死攸关的至大选项,而是退居到了一个适当的位置;只有心智的发展、思想的追求,才是这个现代世界至为重大、光荣和艰巨的目标,它才与生存更为紧密地相连。这是人类发展进化的另一个阶段,即高级文明的阶段。

所以我们现在说,体育只是、只应该是有益和有趣的。体育一旦从这个适当的位置上稍稍僭越,就会走向自己的反面,变成有害的东西。正常的健身活动走向畸形,被用来进行类似于赌博或直接的赌博,用来制造浮夸和虚荣、装饰和遮掩,甚至是颠倒黑白的工具,已是常态。就为了这些并不光彩的目的,赛场几近于战场,那里每每发生最大的阴谋和算计,有化学制品的使用,有接近于血腥的搏杀。而为了这一场场残酷的较量,背后经历了难以历数的危厄与诡谲,比如集一区一国之财力,比如规模浩大的选拔和层层淘汰,再比如军事行动一般的严厉。这一切造成的后果,只能是彻底走向了它的反面,变成了招人痛恨的荒唐怪异之物、危害身心之物。而商业力量的介入,又会进一步玷污纯洁的事业,让其进入新一轮的蹂躏。至此,种种丑闻层出不穷,风波不断,其恶劣影响远远超出了体育活动本身。

　　它本来应该是人们劳动之余的一种爱好,可以让人更好地投入劳动。可是我们竟然荒唐之至地在每一县、每一市、每一省,更不要说国家了,建立起一个个庞大的体育机构,并集中起大批的专业体育人员,这些人可以不从事任何劳动,一心要做的只有一件事,即在赛场上拿回奖牌。如果成了,那么多达几十万上百万的奖金、各种梦想的荣誉,顷刻间都会堆到这人身上。人类如果没有变疯,怎么会发生这样五迷三道的怪事?让一个人从事压根儿就不能成立的荒唐专业,并让好生生的健身活动变质,让从事这个活动的人变为名利之徒,这真是不可思议的怪事——而这种怪事又由于天长日久的重复和强调,最后竟被视为天经地义!也许只有一部分人会在私下的冷静中多少问一句:他们这样干,耗费了多少纳税人的钱?这种耗费合法、合理、合情吗?

　　事实上正是这种巨大的消耗,使我们尚有能力普及的大众体育设施变成空白。我居住的社区里,还有我熟悉的所有居民区里,几乎看不到一处像样的、民众能够利用的体育活动场所;在这个世界上首屈一指的乒乓大国,大家即便要找一个地方打打乒乓球都很难。没有地方散步,垃圾成堆,连人行道都被小商小贩们占据了。最污浊的呼吸、最不能忍受的噪音,都与普通民居紧紧相伴。而那些管理者之所以总是对这些视而不见,就因为他们百分之百地住在专属区:绿化得很好的官员大院或高档小区。他们终于从庞大的人口中脱颖而出了,所以不再有同情心,也不再说一句真话。

　　可是平心而论,我们就会承认,再也没有比体育更给我们国家丢脸的事情了。为几块奖牌搞得鸡飞狗跳,人心惶惶,勒紧腰带,人家会看不起我们的。一边是拼了吃奶的劲儿去夺牌,一边是最恶劣的居住条件。对应那些光泽闪闪的金牌和铜牌的,是我们大街上那一张张疲惫的脸。多少人因为生活所迫,因为生存的屈辱,压根儿就想不起体育锻炼这档子事。如果我们不再为了那几块金牌折腾得天昏地暗,而对民众的健康给予稍稍的关注,使体育锻炼的热情与相应的条件相匹配,让居处保持起码的卫生,能呼吸一口清洁的空气,有个地方打打乒乓球跑跑步,岂不是更为划算?我们在体育方面获得的荣誉包括所谓的"国威",所值几何?能当饭吃吗?比得上本城名吃"老汤肴"吗?以金牌银牌装饰的所谓体育强国不堪一击,还比不上纸糊的,因为它是虚假的、中空的、可憎的、有民愤的。如果说我们过去可以把外国人挡在门外,那么现在开放了,外国人常来城里走动,肯定会看个一清二楚。所以即便从做假的技巧上看,今后也要有全新的思维才行。

我真的是一个爱国者、一个爱好体育活动的人,所以我仍然要为体育操心,为国家的脸面献计。我担心人家说,看那群东亚病夫,他们为了几块金牌忙成什么,真傻!是的,实在不值。再看那些壮实的孩子,不趁着大好年华去做一番事业,却要天天玩球、往水里跳、溜冰、打拳、舞剑、攀木头杠子,这不是太傻了吗?这样闹腾一辈子既不正常,也无意义。体育本为强身,可你再看那些整天操练的孩子,本来一个个挺精神的,是咱们从人堆里挑出的最壮的孩子,几年以后全都哼哼呀呀,有的还成了残疾。

当然,竞技活动是必要的,也从未有人否定它的精神意义。但我们不能闹过了头,不能让其僭越应有的位置——它的僭越,就意味着对思想的践踏。因为在灵与肉之间,我们不能天天喊肉。天天喊肉的人,一般会是什么人?

[批驳]

我们的体育事业是与新中国一起成长和壮大起来的,不允许任何人、以任何借口来攻击和污蔑!我们也不允许将全民健身活动与专业体育事业的发展对立起来！因为二者之间有一个辩证的、互相转化的关系，它们相互依存、相互促进。事实上这些年来，不仅是专业体育事业蓬勃发展，群众性的健身活动也如火如荼地开展起来。二者是相辅相成的。群众性的体育健身场所从来也没有像今天这样得到飞速建设，像一些小区，不仅有了路边体育小设施，而且还有了棋牌室台球室等高档场所。人们不出自己的社区，正走着路，高兴了就可以停下来做做扭腰、踏轮等运动，这在十几年前，更不要说旧社会了，是可以想象的吗？

当然，任何事业都有一个从无到有、从弱到强的过程。如果我们不用发展的、进步的眼光看问题，而只从挑剔的甚至是攻讦的立场和心态出发，再好的事业也会被说得一无是处。体育的繁荣正好说明了我们的综合国力，它极大地提高了我们的国际声誉，增强了国民的信心。说到"东亚病夫"，这正是洋人在比赛场上送给我们的绰号，而不是因为考察了社区的结果。可见你的社区搞得再好、再现代化，有再多的绿地、乒乓球室，如果赛场上不能让洋人服气，也仍然还要戴着这顶不体面的小帽子。洋人难道就不是势利眼？他们是最讲实力的，你民间的体育搞得再好，如果不能把他们从赛场上打得趴下，他们还是不服你！

说到体育中间参与的商业活动，我们认为这既是现代体育运作方式的一场革命，同时又极有利于体育事业本身的大发展大繁荣。任何事业要取得长足进步，没有巨大的财力支援是不行的，而我们的财政支持只是一部分，更大的部分则要来自社会各界，来自方方面面。比如一些赛事仅冠名权一项，就会有相当可观的收入——而这种冠名能给我们的体育比赛带来什么害处？丝毫都没有，有的只是双赢。这是何乐而不为的事情？类似的道理还有很多，这里不再一一。总之现代商业社会的运行规则是无处不在的，我们不但不能将体育事业置于整个规则之外，相反还要利用这个规则,以求得更快更好的发展。

*　　*

这些年来,前进步伐最大的就是我们的体育了,在这里却受到了恶毒的、无端的攻击,真是是可忍孰不可忍。那些在国际上得到金牌的运动员,哪个国家不将其看成民族英雄?只有你这样见到别人成功就眼红,自己却又没什么本事的人,才会发出这样的无耻谰言。体育人才既是训练培养的,又需要先天的条件,他们在任何一个国家里都不会到处都是,更不是唾手可得。所以他们才是人类的宝贵财富。试问那些外国人比如美国人,最佩服的是什么?是球星是体育健将!这些人挣的钱比总统还多!你如果不服,就了解一下看。球星走到哪里,后边的人都会跟上一大群,这大概既不是空穴来风也不是随意编造的吧!发达国家如此,更遑论不发达的国家!我们这个国家自然也不会例外,体育的地位不是你我几个人规定的,而是人类历史的发展所决定的。

你所说的现代社会应该推崇思想——这个我同意;但这种思想必须是正确的指导思想,而不是你的思想;你的反动思想不仅不能推崇,还要发动大家来批判才行,因为不批判不得了。我们对于正确的思想、有普遍意义的思想,岂止是推崇,而且要天天学习!我们对一些重要的文献和讲话,每年从机关到企事业单位,到部队和村庄,都有组织有步骤地进行一系列宣讲来加强领会。而我们的体育事业之所以有了骄人的成就,也正是与重视思想教育是分不开的。

*　　*

体育的其他作用不需多说。我这里只想说说它另一个方面的意义,与该文作者商榷。我们知道,人类常有一定的攻击性和侵犯性,民族与民族之间、人与人之间,这种倾向是有的,对人性中的这个弱点,我们不必讳言。那么,这种倾向、这种人性中的破坏能量,以什么方式释放出来呢?最常见的方式当然是战争。可战争是最不人道、最残酷的。那么剩下的一个方法,就是以体育代替之。

试想,一个只有体育比赛而没有战争的世界,该是多么理想的世界。在这样的世界上,就是再商业化、对抗再激烈的体育项目,我们也要伸出双手赞同啊!

让人类不斗争不竞争是不可能的;让人类不剧烈地竞争甚至是残暴地竞争也是不可能的。既不可能,那就要选择一种相对平和的、安全的、有益的,选来选去,你还能找到比体育更好的方式吗?

故而,理解万岁! 体育万岁!

第十一章

一天一夜

一

　　仍旧无法找到李大睿。上次他路过葡萄园时言之凿凿,说要"搭上一手",还留下了不止一个联系方式,可结果竟是如此。最后让我不得不怀疑,这家伙是否要故意躲开;我甚至还产生了更多的疑虑——这一想差不多把自己也吓了一跳:那家伙从头至尾不仅没有与我们真诚合作,而且在发行部的事情上正与宽脸一伙暗中串通呢……这个念头只是一闪而过,因为我知道自己并没有什么确凿的证据。

　　只好去找黄先生。这是一个无以言喻的角色,他在这座城市里一次次证明自己并不是可有可无的。

　　多日不见,黄先生好像更加深奥了,穿着等等也似乎更加讲究:头上打了发蜡,闪闪发光,脚上的皮鞋也锃亮逼人。他仍在用那个很长的、中间镶了转轮的高级烟嘴吸烟,说话时也不取下来。我简明扼要地把平原上的事,特别是李大睿的发行部被封的过程讲了一遍。我强调:黄先生是手眼通天的人,能否在这个关键时刻帮我们一下?看来要对付那个小城里的宗派势力,那帮坏透了的家伙,非您出面不可了!

黄先生坐下来,仰靠到沙发上。他那支烟嘴的中间飞轮转动不停,朝上撅起来:"这事情嘛,我可以帮你找找人,嗯;不过嘛,你最好还是到那个地方去一下……"

"哪个地方?"

"李,李大睿。这家伙对付这种事儿特灵。他随便找个关系就得,再说发行部也是他的,多少也算咬着了他的肉,他会不舒服不高兴。随便什么地儿,只要他不高兴了,事情也就好办了。"

我这时候才注意到,他能讲一口流利的北京土话。我实在忍不住,一时撇开了正事,问他是哪里人?黄先生说原籍河南,三岁时跟爸爸到了这个城市。我想他竟能说这么一口流利的北京土话,这倒多少有点怪了。我不太习惯北京土话。说到李大睿,我说:别提这个人了,我不知找了他多少遍,压根儿就没有影儿。"他说不定是故意躲开这事儿呢!"

黄先生没有说什么,马上到电话机跟前去拨弄,奇怪的是他只一下就把对方找到了。"宁先生有要紧的事情,嗯,特意赶回来的。是啊,他急着找你呢,知道吗?这关乎到你……什么?那个事?那个事过去了。以后再说,嗯。你们当面合计一下也好嘛,这也用不了多少工夫。嗯?"他又说了几句什么,鼻子里吭吭几声,放下电话:"李大睿约你明天见面。"

我心里有点吃惊,当然更多的是高兴,我想这个李大睿啊,就像一种动物,这座城市到底还是有人能降得住你。你终于被我抓到了。刚才黄先生电话中说的"那个事过去了",似乎是另一件事,它与我无关。我这会儿琢磨见了他会怎样——我要好好克制着才能顺利地交谈下去,因为这家伙可把我们坑苦了……

在见李大睿之前的这段时间里,我想得最多的,就是他正在筹划的那本打印小册子,我常常琢磨他到底是怎样一个人:这个人的内心既矛盾纠结,又冷利尖刻。他甚至可以称得上某个角落里的潜伏生物,就像海底里会射电的那种可怕的鱼。他洞彻而后冷酷。然后我又想了整个事件的前前后后——我特别要弄清对方在其间扮演的到底是怎样的角色;如果说他与小城的宽脸他们从根上是一伙,那也未免太玄了一点,因为双方过去并不认识。可是后来事态的发展,他满不在乎的样子以及那个发行部经理的全面配合,塞给我心中的疑虑实在太多了。

李大睿在他的乡间别墅接待了我。我还从没到过这儿,就连类似的地方也没见过。说心里话,它让我大吃了一惊。此地离纷乱的市区还有一段距离,大约需要四十多分钟的车程。与那些破破烂烂的郊区农舍也保持了距离,它们中间并且有一片林子隔开:那是一条河谷,两旁全是杂树林子,其中的松树和白杨可真高,树下边的紫穗槐灌木密不透风。一条白石子铺成的不太宽的乡间公路看上去明晃晃的,一直消逝在灌木丛中——可以想象,树林挡住视线处正有一座河桥。三四幢楼房组成了一个小小的建筑群,它在路边不远,河谷右岸。整片建筑看起来还算朴素,然而可能是因为临河而立,再加上绿苍苍的树木的衬托,一眼望上去即有一种说不出的气势。我隔着楼房一百多米远处看着,发现庭院外边正开着火红的美人蕉,还有一些别的鲜花,都异常美丽——仔细看了看,那正是武早反复提到的罂粟花,它们刚刚开放,花瓣有点像木槿,但比木槿收得更拢。这种花有一种特异的妩媚……踏进庭院又有了新的发现:这几幢楼房的那种朴素只是极力遮掩的结果,它们的后面还有一些带阁楼的单层附属建筑;阁楼实际上是宽敞讲究的第三层,因为走近了还可以看到一层地下室。

李大睿正站在刚刚修剪过的草坪边上,身旁有一条卵石小径。他一手搂着那只叫"小耍"的猫,看着我,笑眯眯的,像是早就期待着我的到来了。我走近时,他伸出的手没有握过来,而是重重地拍一下我的肩膀,嘴里发出"哞"的一声,像一头犊子在叫。他真的像一头小牛那样健壮,这会儿低着头往前拱,一口气拱进了屋子里。

我一跨进门就觉得空荡荡的,忍不住仰头——玄关的顶子可真高,一大串洁白的琉璃灯一直悬下来;我们说话时,高高的顶子响着若有若无的回音。我们踏着猩红色的厚毯进入大厅,几乎没有停留,又拐进了一个小厅。这里面安静得很。我们喝茶,吃水果,李大睿笑,哼哼叫。在这儿耽搁了二十分钟左右,他又起身,领我穿过一个小走廊,踏在向下的台阶上——我跟上糊糊涂涂地拐过一个长廊,好像走进了地下一层。

我想这儿可能连通了那几幢带阁楼的一层建筑吧。原来地下有一个如此宽敞的大厅!厅里闪着橘红色的灯火,也许那窗户的下半截只是装饰性的——地下室不可能有这么漂亮宽大的落地窗,整整是一道虚置的风景。有了这一排落地大窗,大厅显得华贵非常,而且丝毫都不再有沉闷感了。一个女人的影子一闪而过,我认出那是弱不禁风的小煤。

地下大厅的面积不少于二百平米,隐蔽而华丽。它大概运用了特别的通风除湿设计,温湿度相宜,而且到处飘溢着一种玫瑰花的香味。

"怎么样,你对这儿印象如何?"

"不错,国王看了也会嫉妒。"

"算了吧,我们弄不懂国王。国王到处都是妙窝。"

大厅里的长条西餐桌上面铺了亚麻桌布,有插了鲜花的青釉陶罐,像是刚刚开始准备一个大型酒宴;大厅的一侧是几个大茶几,两旁放了可躺可坐的大沙发,上面都有厚厚的丝绒垫子。椭圆形茶几上的一大束鲜花闪着晶莹的露滴,散发出强烈的香气。靠近的是一个大壁炉,里面还有黑白相间的灰烬。眼前的一大束鲜花简直让人神色迷乱。闭上眼睛,闻着一阵阵飘来的清香,一时会忘记身在何方。富丽、舒适、可意,这种感觉逼真而强烈,就像十恶不赦的大盗生了一个美貌温柔的女儿似的,她同样会让人倾倒。但你总不能因此而连那个强盗也一块儿谅解——实际上我们在现实生活中却常常将二者混为一谈。是的,这种可怕的混淆简直比比皆是。比如说眼下这一大束美丽的鲜花,它正在让人遗忘它的主人,遗忘他的种种劣迹,他的一切,他与这河边建筑群落所产生的巨大的不和谐……实际上稍稍静下来想一想就知道,我旁边坐着的是一个投机商、一个书海大盗、一个进行多种投资的盘剥者、一个无所不用其极的家伙。他的职业完全没有什么道德基础。

他手里一直不离"小耍",抚摸它,偶尔还亲亲它的额头。他让我喝葡萄汁,喝一种新鲜饮料,又罗列出各种各样的高级香烟。他说:"认识你这么长时间,很少好好谈谈——上一次到你的葡萄园里去太匆忙了,也没有机会。不过我还是第一次到那个海滨小城,那儿很好,如果有可能的话,我想在那里也搞一个落脚的小窝。"

这家伙总是想得很美,但不幸的是他大半总是能成。世界就是这样,上帝偏爱一些能想能干的胆大包天的家伙。我心中极力压抑着什么,因为我知道这次是来求助而不是来谴责的。我现在已经像一个被围困的人,需要有一个人为我解围,不管这个人多么邪恶。我的这种妥协精神在别人看来也许是自然而然的,而在我过去却是很少有的。就是这样,莱夷族的后人在今天也不得不学会妥协,这就是一个时代的催逼和胁迫。我回应他刚才那番话时,嗓子有点沙哑。我说:

"您的那个愿望和打算很好,可是……我今天不得不告诉您一个坏消息,因为它太不利于我们了——事情的发展有些出乎预料……"

李大睿笑着,吸着烟,看样子一点都不惊讶,放松得很。他斜躺在了沙发上,"小耍"因为厌恶主人吸烟而躲开了一点,他抱歉地拍拍它:"说说看呀。"

"他们把那个发行部封掉了。"

"嗯。"

看来这并没有引起他多大的不快,更无惊讶。

"就为了黄书的事儿吗?"

我点点头。

他哼了一声:"人家到底还是不嫌麻烦呢。"

我努力理解着这句话的含意。

他接上有好长时间不再说话,眼睛东看西看,舌尖顶了一会儿鼻中沟下边一点。他有点顽皮地瞥瞥我,说:"不过我现在没有什么心情跟人计较了,只想好好玩一玩。扳扳手指算算,年纪已经不小了,该好好玩一玩了——不是吗?"

听了这句话我心里有点发冷:这家伙大概在想办法往外推挡吧。是的,他失去一个发行部根本不算什么,可是由此引起的一系列问题,对我们都是极其严重的、致命的——它将带来可怕的后果,把葡萄园和杂志一块儿逼到绝境上!而这一切恰恰就是因为他的背信弃义!他现在住在一个舒适的乡下城堡里,成了一个不仁不义的隐士,可是他惹下的这些祸患还远远没有完,也许才刚刚开头呢,也许有一天会把这家伙连同这个窝一块儿烧毁呢——可即便如此,也不足以赔偿我们的一切!我抑制着心头的愤怒,正盘算着怎样提出这些严厉的指责——这时他却咕哝了几句,高声喊了几句什么。

喊声刚落,小煤就一下闪了进来。她脸色比过去更加苍白,穿着一件漂亮的睡衣样的长衣服,袅袅婷婷,像个老熟人一样朝我打招呼,温柔地笑笑,但目光转向李大睿时倒严肃起来。

李大睿说:"给我们端点热饮料。"

我听了在心里骂道:"狗东西,热饮料多了,你到底想要什么?"

一会儿有个中年女人端来了喝的。茶几上摆了两杯咖啡,还有热腾腾的别的什么。我的一杯挪到面前时,小煤又过来坐了,问加糖不,我点点头。她在旁边活动着,不知整理厅里的什么东西,把茶几上的那一大束花摆弄了一下,又去看长条桌上的陶罐。

二

小煤在我们左右徘徊。这使我想起上一次,我们谈话时她也是这样。李大睿好像很难不在客人面前炫耀她,这是他引以自豪的秘密武器或其他?说不好。她摇晃了一会儿,把情绪不佳的"小耍"取到怀里,这才离开。李大睿看着小姨子的背影,眯眯眼:"你看这孩子怎么样?"

我压根儿就不想回答。她以前对我来说像谜一样,这会儿却无聊极了。我现在只想朝他发火。我好不容易才忍住,随口说:"这孩子写的那几本书我都翻过了,很……"我想说"很不是东西",但还是没有说出口。

李大睿笑了,拍着膝盖说:"也许在别人看来怎么也不会明白,她一个孩子嘛,会有这么大的才华!"

"才华。"我重复着这两个字,笑起来。

"瞧她那个小脑瓜,鼓鼓的,脑瓜皮很薄,我有时忍不住就要用手去弹一下。那个小脑瓜里怎么装了那么多妙词儿,太妙了,是不是?太妙了!我有时就说,小煤,你写这么一沓子,老天,让我读了怎么受得了啊,你写了这么多妙词儿……"

我终于找到了一个搭言的好茬口,就说:"可就是她的这些'妙词儿',给我们惹了天大的祸。我们原来的协定中,明明白白强调:那个发行部绝对不能搞黄色的东西!这一下被人家抓住了把柄,你看到我脸上的伤了吧……"

我终于难以抑制心头的怒火,气冲冲地复述已经发生了的事情,即将面临的巨大危险——不仅是这个发行部,还有酒厂、刊物,这一来差不多统统都要关门了。

　　李大睿故作惊讶地瞪大眼睛看着我,但很快又笑了,故意哭丧着脸说:"可我们公司,我们,也没什么可检讨的呀……"

　　我简直不相信自己的耳朵,呼一下站了起来。他赶忙摆摆手:

　　"你不用急里马眼的,看火齜齜怪吓人的。其实没有什么大不了的,没什么;再说嘛,我也有我的道理。我是说——依我看,嗯,俺们小煤弄出来的这些才是真正的艺术哩!有人把它看成了黄色,那是他们自己的事儿——是他们自己太黄了!妈的,说穿了还不就这么回事儿?咦?哦操,哦,哦操哦操……"

　　我想再也没有比李大睿更具幽默感,同时更邪恶的家伙了,这家伙真的太怪异太可恶了一点。我说:"是啊,说穿了就是那么回事儿,无所不用其极——你们什么都不在乎……"

　　李大睿心里的什么东西被我撩拨起来了,终于忍不住了,兴致勃勃地说下去:"你刚开始跟我打交道的时候——我是指一年前,那会儿就该明白!我是一个商人,一切都为了赚钱,要赚钱嘛,可能就要做点有趣的事情啦……"

　　这个家伙竟然使用了"有趣"两个字。可它对于我来说却只是残酷,根本就没有趣。

　　"你应该有这种思想准备,对我来说,这点事儿当然不算什么——我是说任何事情的道理都是一样,被他们抓住了,那算他们有本事;抓不住呢?我就胜了一回。这些年来我就是这么过来的。所有的大成功者都是这样——我们从来如此。"

　　我知道他这会儿把自己界定成一位"大成功者",也许是的;可这些以后有时间讨论,连同那本颇费猜测的小册子,都要讨论——我现在要问的只不过是迫在眼前的问题,我问这个黑乎乎的"大成功者":"那今天的事情怎么办?我要问的只是这个,你知道我关心的只是这个——你能不能、有没有力量阻止闵小鬼他们?他现在把持了那个城市……"

"我以前不是跟你讲过吗,那是'小菜一碟'!不要说我,就是我下边的三层经理,都可以用钱把他这个官买下来!"

这句话尽管说得平平淡淡,还是把我吓了一跳。我只听说买官卖官,没听说可以花钱把别人已经做成的官再买下来……琢磨了一会儿,似乎明白了他是什么意思。

"怎么样?我可以出这个数。"他竖起一根手指。

"一百万吗?"

"你太小气了。一千万。一千万总可以把他这个官给买下来——让他下台吧?"

"我只听说买官做,没听说可以把官买下来。"

"我只要想做就会做到。上与下都是一个理儿,都要用钱。不过你放心,这个臭小子才不值得我破费一千万,我也许一分钱也不用花就把他治得服服帖帖。也就是说,咱这次可能要省点钱了。他做得太过,是自讨苦吃——给我挠痒都不会挠,弄得我好不舒服。这么着吧,我先让他也不舒服一下……"

我有些高兴,按捺着心头的愉悦说:"无论如何你该让朋友们帮帮我们,比如说请牟澜老,他在必要时先保一下我们的刊物——就算发行部有问题,也应该与刊物和葡萄园分得清一些,牟老是有这个能力的……"

"你是说我舅舅吗?你是为我舅舅——为他来找我是不是?"

"多少算是这样吧,因为很早以前创办刊物时,是在你舅舅一手支持下才搞起来的,我们必须依靠他,没有他恐怕是过不了关的;你要让他明白,这是有人设下的一个圈套,一个阴谋,完全是栽赃陷害……"

李大睿撇撇嘴,大眼刺我一下:"也不能那样讲,如果你认为小煤写的东西的确是黄色的,那么人家搞你就有理。"

他还在盘算为小煤正名,可我怎样看待小煤,原本是毫无意义的啊。眼前的家伙真是难以琢磨,我盯着他的脸,恨不能给他一拳。我干脆不做声了。

他完全躺在了沙发上,吸着烟,样子悠闲极了。我想这家伙在玩弄我,看着我挣扎心里高兴。我恨不能一抬手就打折这家伙的鼻梁。

他懒洋洋地说:"我想出了一个办法:让手下的几个兄弟开着车到那个城市,找到闵小鬼,把他臭揍一顿,打他个腿断胳膊折,让他多少明白明白,你看这样好不好……"

"这可不行,这不是我们做的事情,我们应该通过程序,让他最害怕的组织上解决……"

他像没有听到我的话,继续说:"黄先生手下的小济也是扔黑石头的好手,把他也叫上。等闵小鬼他们几个人一出门,就在月黑头给他一杠子,先把他砸个半瘫,余下的事情就好说了,一切再慢慢讲。"

"这绝对不行!"

李大睿拧着眉毛坐起来:"宁先生,本来我想痛痛快快解决这个问题,可你又不干,这就不能埋怨我不帮忙了。"

我愣愣怔怔看着他,终于明白这个家伙是开玩笑,在故意耍弄我。我再也忍不住了,只得告诉他:这个事情与他有着绝对重要的关系,完全是因为他违背了原来的约定,才搞成了这个局面,他必须为我们的刊物和葡萄园去找牟澜,就是说,在这个问题上他必须负责到底,什么时候他都逃不了干系。我们是非常认真的。

李大睿瞪着眼睛看我,哭丧着脸问:"'干系'?'干系'是个什么物件?"

我不理他的幽默,又加上一句:"做任何事业都要讲起码的职业道德,讲起码的诚信!"

我想这些话一定会让这个家伙暴跳起来,谁知他愣了一会儿,接着就哈哈大笑,一边笑一边把坐起的身体往下出溜,又大仰着躺到沙发上:

"你讲得多么好,老伙计,真好。你这些话勾起我满腹心事哩。你大概不知道我这个人有多寂寞,你别看我有很多钱,生意搞得也不错,可是从根上讲,我与我这些手下人包括那个黄先生,都是完全不同的人哩。我很寂寞呀。我今天让你来的目的,就是想跟你做个彻夜长谈——我俩得好好聊一聊了,聊聊学问,聊聊你们所喜欢的'艺术',同时也聊聊'道德'什么的。'道德'这物件不错,我有时挺喜欢这'物件'的,真的。你刚才不是讲了不少'道德'什么的吗?这不错啊,你得多说说它了。"他又一次坐直了身子,看样子真想认真一下了,"你看到我正准备一个大宴会吗?告诉你吧,城里的头头脑脑——那些大官们常在周末来这里玩玩。他们从来不会说'道德'这物件……所以你也不用急躁,你那点儿事我随便交给他们当中的一个就办得妥。我现在就想听你说说'道德'……"

我想听他说下去。因为我不知道他这会儿到底是什么意思。

"我也不是你想象的那种人,我跟你讲过,连黄先生也不配和我坐在一块儿,那家伙,嘻嘻,不过是一个'假斯文'。他玩高雅,玩足球,这次如果不是我的提醒,他就会玩进去……"

我马上问一句:"他也牵进那个足球案子里了?"

"没有,差一点。是我踩了急刹车,这一回我没有插手,也让他小心着点。结果算我救了他一把!算了,不说这个了……"

我心里想的却是,"这一回"没有,那么过去呢?可以想见他和黄先生是怎么玩钱的。这些家伙在许多领域都要插上一手。

他接着说:"我这个人和他们玩玩可以,真正崇拜的是另一种人——你这一类。嗯,我更崇拜梁先生那一类人。"

我愣了一下:"就是那个搞古文字学的梁先生吗?"

他点头又摇头:"无缘相识啊!我已经不配去见梁先生了,但我心里最敬重的人——还是梁先生。"

我看看李大睿的脸,想弄明白这一次他是不是在搞幽默。还好,不像。他接上说:

"我以前告诉过你,我原来的职业是什么来着?教师,停薪留职。我原来是个教师——你不是说我现在的职业缺乏'道德基础'吗?我也承认。那么我想问你,我原来的职业有没有'道德基础'?"

我点点头。

李大睿很快收敛了笑容:"具有'道德基础'的职业很多呢,教师,还有你们这一类人,还有梁先生,这些职业都很有'道德基础'。比如说你们会说自己就像医生,治病救人,职业本身具有很高尚的基础,可是你们当中的许多人不仅自己过得不愉快,还要给自己的亲属带来一些不愉快。更可怜的是你们为之服务的那一部分人,对你们也并不感激,更不理解——你看这种'道德'和'基础'不是很糟糕吗?相反我现在失去了这个'基础',反而比过去快活得多;还有那个闵小鬼,他倒从来不讲什么'基础',可他却是一个大权在握的家伙,控制了东部一座城市,那家伙活得也蛮自在。我舅舅牟澜曾经安慰我,说'道德'是个历史的概念——过去认为经商如何如何,而现在'搞活'了,商人也同样有'道德基础'嘛,怎么会没有?我知道舅舅他们活络得很,需要怎样解释就怎样解释,可是我心里明白,人世间某些最基本的东西是很难改变的,它们在时间的长河里只会发生很小的一点变化,绝不会因为我们这几个哥们儿赚了点钱,这门职业就突然发生了根本性的、意义上的逆转,就突然崇高起来了——我心里明白这只是一种说辞,一种廉价的安慰罢了,有点像掩耳盗铃,我内心里才不会买账呢。我知道摆在面前的路只有一条:要么不讨论这个,要么就真的索性不管不顾,放开手脚跟他们'练一练'……"

"练一练",这个词儿我觉得很新鲜。

李大睿说下去:"我选择的是后一条,就是放开手脚跟他们'练一练'。你刚才看到了小煤吧?你可能也听到了我跟她如何如何——到底如何呢?我从不打算遮掩。我对我们手下人、对我老婆,也从来没有遮遮掩掩过。这小女孩就是有意思,我就是喜欢她,她也愿意跟我一块儿,我们俩合作得很好——这种合作当然是多方面的了;我只要和她在一起就觉得来劲儿,一切烦恼都抛到了后面,用你们常说的一个词儿来讲,就是'乐此不疲'!这事儿看起来也像我的职业一样,也缺乏一种所谓的'道德基础',可那又怎么样呢?我不是跟你讲过,咱要放手跟他们练一练吗?在这种事儿上也是一样……"

"'他们'究竟包括了谁?"

李大睿站起来:"包括谁?"他用手在空中画了一个很大的圆圈:"包括的东西太多了,一种看不见的、所有的、综合的、全部的——一种无所不在的力量。他们又强大又邪门儿,谁也不能战胜,是这样一些东西。我就想跟他们或它们'练一练'。"

我明白了,"练一练"实际上就是较量的意思,实际上是用魔王的办法对付魔王,也就是我们平常所讲的"以恶制恶"。

"我辞职几年了,发现这几年练得不孬。我一拳接一拳打,把他们练得真够呛。你以为我这些年里就过得太平?夜里我一个人就在这个地下室睡觉,铺着一床毯子,盖着一床被子,就在当心的地毯上睡,搂着'小耍'。我可想了不少事儿,有时候冤得泪流满面。我想我这一辈子是没有办法了,这'练一练'既然已经开了头,也就没法停下来了,不能回转了。你以为我就不留恋那种'道德基础'?咱比谁都留恋!可是我不敢回头去找它呀,因为在那儿等着我的,是无边的苦难,也就是常说的,'苦海无边'。而我只有这一辈子,人人都没有来世,所以我才怕了。我现在明白:所有具有'道德基础'的那种职业都不会长成大树,都不会壮大起来,全都不会;它们真的就像一棵树,天生长在了贫瘠的土壤上,永远也长不大!于是,后来,干脆,我就把自己这棵树移到另一种'基础'上了——它不道德,可是它肥沃啊!你明白了吗?我的好伙计,你今天来这儿一定挺失望的,会骂我不帮忙,反而讲了这么一通大话,是一个无仁无义的王八蛋。其实呢,我不过是说了一点大实话而已……时间不早了,我最后想让你放心,告诉你一条:我会替你去找的,我会让那个闵小鬼难受的——看看,你还是没有白来一趟吧!不过这都是小事一桩,不值一提,要紧的是今夜咱俩玩得挺好、谈得不错……"

"我,全都认真拜读了……我是说那个打印本。你印它也不见得全是商业目的吧?你起码赞同其中的一部分,可以这样说吗?"

"当然。你知道是哪一部分?"

"不知道。说说看。"

"就是最辣的那一部分。"

到底哪一部分才是"最辣"的,他没有回答,而且不置一词。他只是顺着另一个话头往下讲。我有一刻走神了,心里想:洞彻和理性,偏执和勇气,直到冷酷;可是这并不影响你做另一些事情。今夜我因此而绝望,是对整个世界的绝望……他丝毫不为别人所动,仍然在讲下去,讲下去。

三

我们真的作了彻夜长谈。大部分时间是他在侃侃而谈;只是接近黎明时分,我才疲乏得不能支持,睡了过去。

吃了早点,该离开了。他要用车送我,我谢绝了。我发现他并没有怎么挽留。

走上了白石路,我才发觉脚步有点踉跄,身体疲乏得很。我的头发大概乱蓬蓬的,好像一脸倦容再也没法洗去。我往前走了许久才搭上了一辆市郊车,然后又不知在哪儿下了车、是哪一站……盯着街上混乱的车辆和人流,听着那像海潮一般的声音,呆呆地怔在那儿。我脑子里突然一片空白,忘了这会儿要到哪里去——我为什么到了那个地方,为什么要作彻夜长谈,谈了些什么,一时都有些糊涂……大概由于极度的困乏和紧张,加上沮丧和长途旅行的疲劳,我这会儿站在纷乱的大街上,什么都想不起来了。我要到哪里去?我正处在这座城市的哪个方位?

费了好大劲儿,我才弄明白是从郊区走向市内。我没有继续搭乘交通车的念头,只是这么往前走着。我慌里慌张的神色引起了几个路人的注意,他们用好奇的目光盯着我。走啊走啊,实在有点累了,就倚在电线杆上歇息一会儿。我想问一下到市里去该乘几路车,他们指点我上了车,可是在第一个停车点,我又莫名其妙地被推拥下来。

我竟然忘记了在车子开启之前重新登上去,就这么眼巴巴地瞅着它离去了。我揉了揉眼睛,生气地捶了捶自己的头。我真像一个乡下人,简直是给弄蒙了。到后来我好不容易又搭上了另一个班次,不知坐了几站就下了车。我朦朦胧胧觉得这里离家不远了,因为我看到了家的南面一点儿的那座小山。我往前走着,天色尚早。

这会儿这座城市是那么陌生,我像来到了一个崭新的星球上,一切都觉得奇怪。大白天闪耀的霓虹灯,叫卖的商贩,远处那个站在红白两色指挥台上的交通警,都有点怪模怪样。此刻我站在这座城市的街道上,像一个茫然无定的流浪汉——没有立足点,没有准确的去处。

太阳越来越烫。随着往前,我终于记起了一切:我是为刊物和葡萄园的事情才来到这座城市的,我刚刚去求助了一个人,那是个亿万富翁——接上去我还要到另一个地方……我渐渐振作起来。是的,我是到这座城市里来打拼的,我必须赢——多久了,我真的像一个孤儿,破衣烂衫地奔跑在秋风里……这时候我突然想到了雨子、想到了滨。

是的,我想到了滨。

在这城市的秋风里,我突然想到了他们,并且清楚地记起:往南走两条街,然后乘坐三路电车往东,就可以看到那个有着青铜雕塑的广场。啊,铜雕……铜雕下站立着一个穿着黑色长裙的淳于黎丽——她如今和一个处长生活在一块儿了……对,我要找到那座铜雕。

车子咣咣当当,塞得像沙丁鱼罐头,挤得我简直不能呼吸。一个人厉声吆喝了一句,大伙儿都闭了嘴巴。我用力地挣扎,好不容易钻出了挤挤的人丛,钻到了车子的中央。这里稍微宽松一点,我岔开两腿,把手搭在了横杆上。我突然记起,以前我就是常常这样对付这个拥挤的车子,这个摇晃不停的破铁笼子……秋风从破碎的玻璃上灌进来,有点凉。我发现自己上身只穿了一件衬衣。

我一眼看到了那个铜雕。好久不见了,好像铜雕也像我一样消瘦。它在我眼里变小了,而记得以前是一个很高大的雕塑。我在它跟前转了一圈,想寻找当年那片盛开的菊花。没有了,光秃秃的,什么都没有了……

一个破衣烂衫,手里提着铁罐的人走到铜雕跟前,仰脸往上看着,伸手指指点点,口中喃喃。这是一个城市流浪汉。我拍了拍他的肩膀,他就举起手中的铁罐:一股刺鼻的膻臭让我赶紧捂上鼻子。后来我好奇地看了看,发现铁罐里是变馊了的一点稀饭。他刚才指点着铜雕,是跟它讨要食物吗?

我从衣兜里掏出了一点钱,那是一元纸币和几个硬币,把它们递到他手里。他看了看,不假思索地扔进了盛着馊饭的铁罐里,满意地走了,一步三摇,还哼起了歌。那歌声同样是谁也听不明白的流浪汉的歌。

我久久站立着,看着他的背影消失在人流里。

这是那个小胡同吗?当我突然察觉自己来到了哪里,赶紧转回了身子。我拐进了离这儿不远的另一条巷子,那个铺着青石板,通往雨子家的巷子。

雨子那么热情地接待了我。天哪,他这里果然十分温暖。雨子把我让到那把全家惟一的藤椅上。

"滨呢?"

"上班去了,她一会儿就回来。"

我发现自己有点老了。声音苍老,心态也苍老,有点像那个定期来看望滨的聂老——我又问起了聂老,雨子说他每个星期都要来。我说:"我也来看滨……"雨子愣怔怔的。干吗用那么奇怪的眼神打量我?难道只有聂老可以,我就不可以吗?难道只有老人才可以按时来看一位美人,而我就没有了这样的资格吗?不,我同样需要,需要一张温和的、永远微笑着的面庞……雨子给我倒茶,又拿过他们出版社刚刚出版的一本绝对漂亮的画册让我翻。我想他把我当成了一个娃娃:看图册。不过我翻动这些图册时立刻想到了我们那个刊物,它的美丽插页。我站起来,在他的书架上寻找着我们的杂志——找到了,好几本插在一块儿,金光闪烁……我一下欢欣起来,把它们全都抱到了怀里:

"你看,你看,我们的杂志……"

"我们很受鼓舞,真的,我和滨都特别喜欢。"

我拥抱着我们的杂志。我离开它多长时间了?很短,刚刚一个星期。可是我觉得就像离开了它们一年似的……我刚刚投身的这座城市与我们杂志的气质相距何等遥远。它天生就该诞生在那片平原,诞生在一个海滨葡萄园里。可是想到它面临的危难,心里一阵阵发疼。它像一个少女被一帮痞子给围困……

接下去我对雨子扼要地介绍了整个情况。雨子默默无声。他好像已经知道了一切。后来他说:

"你知道吗?我一直在为你们的葡萄园捏一把汗呢,我知道你们把这个包袱背过去了,面临着两种危险:一方面它来自刊物本身;一方面来自你们的经济压力。你知道吗?你们的刊物招来的不仅仅是喝彩声,还会有……但我总想,你们已经使它顺顺利利地出版了,这就了不起,它生存过,这是一个事实。它告诉大家,这样的杂志是有的!它将会让好多人去效仿——如果今天没法效仿,那就等到明天!这份杂志是你们葡萄园的,它与我们的出版社、与那个海滨小城其实没有任何关系。也许就因为这一点,它很难生存下去……"

我心中不甘,绝对不甘……一切才刚刚开始……我们没有伤害任何东西,我们只是用自己的血汗滋润它,让它芬芳四溢。如果现在剿杀它还为时过早,也太残酷了。

"雨子,我这次回来就是要设法保住它,我想请你和主编川流一块儿想想办法——作为一位有名望的老人,他大概会有办法的,关键是要让他勇敢起来。他还是这份杂志的主编,他有责任也有义务……"

"是的。不过我没有这个把握……走吧,我们一起去找找川流吧。"

四

川流迎接了我们,仰靠在沙发上听我们说着。谈起刊物时他明显地有些兴奋:"这正是我要办的一份杂志,很好,很好,很多人要我赠阅这份杂志,我都答应了,我这里开了一份单子……"说着就从写字台抽屉里抽出了一沓子名单。我一看上至城里最高领导,下至一些企业家,足足有几百份。我说:"川老,我们现在最要紧的,是想法把它保住。"

"噢,经济上出了问题吗?"

"不,我刚才讲过了,是其他方面……"

他皱了皱眉头:"有那么严重吗?"

"也许比这个还要严重。您是一位有影响的老前辈,您的话无论谁都会听取的,您能否……"

川流拍了一下沙发扶手,说:"哼。"

我不知道他这一声到底是什么意思。他刚刚哼过,滨就赶过来了。可惜滨一到,川流满脸恼怒都没有了,立刻站起来与她握手。原来雨子走时给滨留了条子,告诉她我们去了哪儿。滨仰脸对我说:"我多么高兴啊,你终于回来了!"

川流招呼着让家里人准备饭,说中午就让我们在这儿吃饭,我们要好好喝一盅,迎接客人。他的声音喊得很响,可我发现他家里连个像样的饭桌都没有,最后就在那张脏里脏气的写字台上,摆了可怜巴巴的四碟小菜:一碟花生米、一碟油炸豆腐、一碟海米拌黄瓜、一碟粉皮。

只喝了一会儿,川流的脸就红了,然后就离开了饭桌,不顾老伴埋怨的眼神,在屋里急急走动。他的手一会儿插在裤兜里,一会儿扬起来。雨子伏在我耳边说:"川老又激动了。"

他走到窗前,两手扶在暖气片上,高声朗诵道:"大海啊,是汇起的——我的——浑浊的——眼泪……"

我和滨一次次碰杯。离这么近,我又一次发现并从心里认定:她实在美丽,她真是一位美丽的妇人。我想这些年里价值观混乱,人们已经长时间没有真正崇拜的东西了,那么干脆一点,崇拜滨怎么样?我转脸对雨子说:"好好爱护她吧……"雨子的脸红扑扑的:

"对,让我们一块儿保护滨吧!""长久以来我们没有崇拜的东西,现在我才明白聂老是对的。"雨子点点头:"聂老是对的。""让我们一起来崇拜滨吧,好好崇拜她。"

滨在一旁听了,流出了泪水。她站起来,向我们鞠了一躬。

雨子小声说:"他喝醉了……"

川老仍旧伏在窗前,仍旧在重复那一句诗。

离开川老家时,我大概真的醉了,因为雨子坚持要送我。我拒绝了,雨子说:我一定要送你!他搀着我的一只胳膊往前走去……

回到家里时,天已经接近了黄昏。雨子帮我敲门。梅子和小宁一齐看着我,有点紧张;梅子用一条湿毛巾给我敷在脸上。我说:"我是一个流浪汉。"梅子说:"看你醉成了什么样子……"

我迷迷糊糊睡去了。睡梦中,我看见雨子夫妇走了——走到门口时,他们竟不顾一切地拥吻起来……

早晨醒来,我发觉身上没有一点力气。

几天过去,一天梅子很高兴地回来了,一进门就告诉我:"部长给爸爸打电话了。"

"他怎么讲?"

"爸爸讲,部长对那个闵副市长很恼火,说这怎么可以呢,这太不像话了!他一定过问……"

我松了一口气。"没说怎么处理吗?"

"能这样已经不错了。你太急了。"

我当然明白。尽管这样,我觉得还是有点轻松。

梅子说:"不过你们也该早早撤出来才好,事情越来越麻烦——你们的杂志恐怕也办不成了,听说查得很严的……像那个足球案子,听说谁也救不了……"

我又想到了黄先生。我自语道:"不要紧,我们有'百足虫',他会帮我们的。"

梅子说:"爸爸是有原则的,那个足球案牵扯了好几百万,他就不过问了。"

她　们

一

越来越举步维艰。可怕的沉重压在身上,卸不掉也推不开,而且其重量正随着时间的推移而增加。在这座干燥的城市中,我每时每刻都在耗损自己所剩无多的生命汁水……这沉重既熟悉又陌生,它从很久以前就在尾随我,这会儿终于缚住了我,将我紧紧地拥向无测的深渊。每逢我走进这座城市,它就会隐隐地逼近、再逼近。

回城后我已尽了最大努力;我几乎没能松上一口气——感觉上一直被沉沉地压紧,难以松弛……

这天小宁从学校回来,我注视着他的眼睛,突然想起一个重要的事情还没做——我是听了孩子落选的事才急急赶回的啊!一股暖流从胸间涌过。我开始再次询问,让孩子把那些事儿从头至尾再复述一遍。

"……老师讲,我们入学已经好长时间了,大家都互相熟悉了,原来指定的班干部是临时的,要重新选举,大家可以选举自己最信任的同学来做班长……"

"就是这些话吗?没有说别的?比如说没有追究你在全校运动会上的责任?"

小宁忽闪了一下长长的睫毛,摇摇头:"嗯。说我工作不主动,还说'班长'要为同学服务……"

我明白了。我问:"你们发扬民主的精神倒是很好,不过——会写别人的名字吗?"

"老师指定几个候选人,同意谁,就做一个记号……"

我笑了。从这么早就培养民主意识毕竟不是一件坏事,不过这里的一个问题是,所有的候选人都是由班主任一个人指定的。我又问班主任好不好,小宁说:"可好了,她最漂亮了!"

"你这么小,懂什么漂亮不漂亮。"

"我懂。"

我在心里已经决定去为儿子争得一点什么,也许这有点"鸡肠小肚"和"鸡零狗碎"。不过这个愿望竟然很强烈……我真的找一个机会就离开了家,骑上一辆破自行车走了。这车子好长时间不骑了,就放在外面阴凉处风吹雨淋,蹬一下就发出一阵刺耳的咯咯声。到了小宁的学校,打听了一下,很容易就见到了他们的班主任。她穿着一条呢裙,呢裙是棕红两色格布做成的,显出一副很圆很细的腰。她大概有二十三四岁,样子多少有点像阳子的爱人小涓。总之小宁说得不错,她真的很漂亮,不过看上去冷冷的。就是她,生生把我儿子的班长给搅下来了。在她的办公室里有一只猫,它缠着她,她就索性抱起来。这个地方也养宠物,让我出乎预料。"野猫,我们收养了。多乖啊,真乖啊!"她的脸贴在它的额上蹭着,直到它的呼噜声响起来。

我自报家门,说明了来意……我说作为一个家长,做得很不够的。她很痛快的样子,说有什么意见请说吧。我说想了解一下孩子的操行等等。她搔着猫,背书一样说:我们认为他是一个很优秀的同学,遵守纪律、品学兼优;说到这儿瞥我一眼:"他长得好像不太像父亲……"我点点头:"可是,他的班长落选了。"

她脸上的笑容瞬间凝固:"当班长要做很多杂事,有时会影响学习的……"

"不过……"我想找一个恰当的词汇,很难;我这才觉得为这么一点小事儿来找班主任,多少有点无聊。我犹豫着。

姑娘倒是很开通的样子,说:"有的小朋友也许觉得自尊心受不了,现在的孩子懂事早,自尊心很早就表现出来了——是不是?"

我笑了。

她又说:"你的精神很让我感动,你特别关心孩子,如今这样的家长越来越多了。我们那时候读书,家里大人根本就不管……是啊,只要双方进一步配合、理解,一定会把我们的教学工作搞上去。"

套话来了。我在一些套话面前总是理屈词穷。后来我想了想,说:"我从孩子入学以来,就没到过几次学校,自己也觉得……同时,也想看望老师——你们教书育人很辛苦……"

我终于想到了一句套话。她脸上立刻开朗起来,有了微笑。她的微笑多美啊。她抚摸了小猫许久,把它放到地上:"宝宝去吧,哎,去吧……可是,你知道这是我们应尽的责任,现在的家长和学生都很辛苦——你大概在外地工作吧?"

她的眼睛变得非常明亮。

我点点头。

"做什么工作?"

一句话不假思索地从嘴里冒出来:"我是种葡萄的个体户。"

"个体户?"她大着声音重复了一遍,笑了,她说,"不,我好像知道你……知道一点,你是在那里给个体户做什么的吧?"

"不,我自己就是个体户。"

她笑了,"你真幽默。你们这些人都很幽默。"

没法跟她讲得清,她还是个小姑娘,尽管是一位班主任。我相信她一定教得好我的孩子,我觉得心里那种极大的不快已经多少被抚平了。刚才在路上我还担心会和她吵起来呢。现在我朦朦胧胧觉得,这样一位年轻美丽的姑娘,绝不会伤害我的孩子的,她应该受到极大的尊重和爱护……

她站在那儿,脸上汗津津的,胸部一起一落,说:"希望对我们的工作多提宝贵意见……"

"不客气。"

"我说的是真话。"

我们分手时,她突然说了一句:"你该帮孩子母亲做点什么,我发现她很辛苦,每天都一个人来接孩子……"

这个姑娘的心多细啊。我问:"别人家里,父亲和母亲都是轮流来吧?"

"是的。"

二

离开了学校,并没有觉得如释重负。那辆破旧的自行车后来停在了一个地方,一抬头,原来是到了吴敏的那间家用电器商店。吴敏一见我就叫起来,说:"一点也想不到!"我说本来一回城就该到这儿来,有很多事情耽搁了……

"小涓昨天还来过呢,她也不知道你回来。"

"是的,谁也不知道。"

我没有向吴敏讲葡萄园最近的危机,因为我不愿在这时候打扰她,让她扫兴。她一连问了很多事情,都是关于吕擎的,什么精神啊、身体啊,等等。吴敏很好,像一切好女人那样挂念自己的男人。我说他一切都好,他和阳子的精神都很好,工作更好,身体嘛,壮得像头牛。

吴敏笑了。

我发现这个面孔微黑、温柔诚实的姑娘没有一点变化。她身后的货架上放着整整一排我们的杂志——它在任何角落里都熠熠闪光。

"放在这里出售吗？"

吴敏点点头。

"谁让你这样做的？"

"谁也没有。"她说是特意给自己的店订购的——虽然不属于这里的经营范围，但一看到它们就高兴，就觉得和你们几个在一起。

"你喜欢这份杂志吗？"

"嗯。我和小涓经常在一起讨论它，所有人，只要是我们熟悉的人，差不多都赞扬呢……"

我感到了从未有过的快慰。这是非常真实的幸福感——我真感激她。吴敏又说：

"我和小涓都急着到葡萄园去，我们正做着最后的准备。我们想早点收尾呢。"

我真想说：还是放慢你们的节奏吧，不争气的男人们现在已经在那里遇到了新的难题，严格讲他们还没有做好接纳家属的准备……但我只说："也不要太急，慢慢来吧……"

"可吕擎信上电话上都催促，后来连母亲也这样讲了，说让我先走，店就由她暂时照看一下。其实我正在想法把它转包出去，这样虽然要受点损失，总比让老人受累、关门好啊。"

"小涓呢？"

"小涓没事，现在就等我了。"

"你们大约什么时候离开这儿？"

"很快，大约一两个月吧。"

我的心怦怦跳。天哪，眼看朋友全家都要移居到葡萄园里去了，而那里却面临着最大的危机……可我能阻止她们吗？不能……因为这是一个长久的梦想；虽然可以设想，当没有了心爱的杂志,我们这样一些人居住在园子里将会何等寂寞……那里毕竟是一片荒野。这对于我和吕擎他们还好一点,因为毕竟是男子汉;女人呢?她们一直搁在荒原上,这是否有点太残酷了?一次大迁徙对于男人并没有什么了不起,可女人跟上了,就意味着整个家庭的迁移……我对整个事情负有多么巨大的责任啊,接下去发生重大变动的不是一个家庭,而是三个……怪不得我感到了那份难以承受的沉重,原来我面临的是如此重大的抉择。

我真的处在了一个十字路口上。

怎么办?现在就阻止她们?

吴敏说:"你总是皱眉头,像我们家吕擎一样,心事重重,这样多累呀。"

我没有应声。是的,我该独自一人好好想一想了。我告辞了。

在大街上,我发现所有人都急匆匆的,惟独我一个人缓缓而行……我在街上兜了一圈又一圈,太阳老不沉落,时间过得真慢。好像应该再到哪里去一下。我琢磨了一会儿,想到了小涓——真的,回城后还没有见到她呢,应该马上就去找她。

她分配到一所中学后一直没有报到,正通过熟人进行二次分配。事情有结果之前,她只能待在家里。她事事都想模仿吴敏,后来等得不耐烦了,就决定暂时到那所中学里去报到,然后再设法像吴敏那样——干脆辞掉。实际上她一直没有到学校去上班。

奇怪的是,她见了我并没有问葡萄园的事,只谈了没有几句眼圈就红了。她哭了起来,呜呜地哭。小涓要比阳子小好多岁,实际上是一个很小的姑娘,是真正的早婚。她哭起来完全像个孩子,边哭边说:

"我想阳子!他要再不回来,我就要养只猫了,这是真的……"

"阳子前不久刚回来过,你也去过啊。"

"我想他,再也不想分开了……"

"那你就去好了。"

"可我也不能老去呀,还有,我们这儿的家怎么办?有人说我们一离开就会被人偷光。吴敏有时要来做伴。"

她说要等吴敏把店里的事情办妥就走……我说:"那就好了,你不要哭了,反正很快就要团聚了。"

小涓哭着:"我才不在乎这里呢,我要去找阳子……"

她的话让我一阵感动。瞧吧,梅子缺少的就是这种精神。梅子如果说一句:你这一辈子走到哪里,我就跟到哪里——那将会多好啊,那将同时改变我们两人的命运……前些年我们俩一块儿背着简易帐篷在平原和山区旅行,那一段幸福的时光让我至今难忘。

眼前的小涓和梅子是完全不同的人,她太需要一个兄长了,而梅子却有一种可怕的独立性——像猫一样温柔而独立,有时甚至是冷漠……小涓抬起头来,只一会儿的工夫她的两眼就哭得通红:"我很孤单,朋友很少,以前的同学都分配到各地去了,我没事就到吴敏那里。有时淳于黎丽也去那儿……"她说到这里突然察觉了什么,立刻闭上了嘴巴。我让她讲下去。

"阳子不让我讲。"

"请你一定告诉我!你经常和淳于见面吗?你们联系多吗?"

她吞吞吐吐,像下着一个决心。

三

最后她还是讲出了事情的来龙去脉:原来阳子离开时特别嘱托小涓,让她有时间去看看淳于黎丽,有什么事也好照应,只是让她一定不要把对方的事情告诉我……

我听了一声不吭,心里有说不出的感动。原来阳子比想象的更善良也更细致。他可能认为淳于黎丽正与那个处长在一块儿,不想让我再掺和进去——他觉得我对她的关心应该到此结束了。

但他又怕淳于黎丽会出什么事,就暗里叮嘱了小涓……我从心里感激阳子。是的,我当然明白那种没法解脱的沉重到底来自何方……这样静默了一会儿,我还是变得急切起来:急于知道关于她的一切——可小涓说她们已经好长时间没有见面了,"这是真的!我去她的宿舍,小门老是关着……"

在她的目光下,我多少有点不好意思。

"我知道你们像兄妹一样,很感动。淳于黎丽在这儿常常流泪,她说不知道你在那儿怎样了……她说不能去看你,因为她发过誓……她当时正跟一个处长恋爱,可后来才知道,那叫什么'恋爱'啊,那完全为了离开兄长——我问那个人可爱吧?她没有做声,只是苦笑。最后一次见她时,她说马上就要登记结婚了……"

"什么时候?"

"上个星期天,不,星期六……"

我一声不吭。

"你从来没有见过那位处长吗?"

我摇摇头。

"阳子也没见过,他只是老远见他们坐在一条石凳上。我出于好奇,有一次就看了一下,是偷看。那个男人五十左右,脸色很黄,头发稀稀的……"小涓咬了咬下唇,"有一天,淳于黎丽在这儿玩,往外掏东西,不小心把自己的一封信掉在了沙发垫上,她走以后我才发现,原来是处长写给她的。我好奇,就打开了信。有一些焦干的玫瑰花瓣掉出来;当然是一些热烈的情话,让我不好意思。信的末尾还画了一只小猫。原来这个大男人爱猫成癖,直到现在还是搂着猫睡,所以人并不坏……处长是刚刚离婚的,他爱人到淳于黎丽的学校那儿好一阵闹,全校的老师都围在那儿。那一天她在我这儿待着,我们俩谈了一夜,天亮时她还要赶回去上课……"

我想起了什么,问:"淳于黎丽在哪个学校?"

"她就在小宁的学校啊,是小宁的老师。"

我愣了一下:"不可能!"

"淳于黎丽教他们音乐,还负责他们的手工制作课……"

我想离开了。我想马上回去……小涓在后边喊,我充耳不闻。我急急地往学校赶去……学校门前空荡荡的,没有一个人。天太晚了。

我返回家里,梅子正把小宁从膝盖上扶下来,给他辅导功课。不知为什么她的声音有点粗暴,这在过去是很少见的。梅子奇怪地瞥我一眼。我说:"小宁,来,把你所有的手工制作都拿来,我看看……"小宁高兴得跳了起来。梅子说:"我正为这个批评他呢,他的功课越来越差了,以前都是一百分……"

我没有在意梅子的话,一直看着小宁从一个纸盒里边搬出了一个更精制的小纸盒。小纸盒打开,他的手工制作,这些了不起的创造全摊在了写字台上:一只绿色的斑马、棕色的小青蛙、小猫、小刺猬、大公鸡、一辆火车、一柄斧子、一只小花篮……它们都做得精美绝伦,我真有点不能相信,这竟是小宁做成的!每件手工制作品的边缘上,都有红墨水写下的分数,都是满分。我抚摸它们。梅子在一边看着。

"多么好,做得多么好!"我忍不住感叹。

"这是过去,现在做得越来越差了,你看,这是他现在做的。"

我发现在另一边放着的是一个歪歪扭扭的、刚刚做成的小猫。

"这是第二次制作了,你看,还不如第一次做得好。"梅子把两只猫摆到了一块儿。

小宁有点委屈,看看母亲又看看我,后来终于忍不住了,鼻子一缩哭了起来。

梅子去哄他。

小宁越哭越厉害,怎么也哄不好。梅子生起气来:"还好意思哭呢,没有进步反而退步,你越长越大了……"

我让梅子做饭去。她走了。接着我就把里屋的门关上了。我问:"小宁,不要哭了,给爸爸讲讲,这是怎么回事?"

小宁抽泣着:"原来的淳于老师告诉我这样做、那样做,有时还亲手给我修改。可现在换了另一个老师,她理也不理我,对我们小同学一点也不好……"

"就是淳于黎丽吗?"

"嗯。她对我可好了,老要抱着我,同学们都走了时,她就抱着我。"

我的声音像叹息:"啊,那她现在哪儿去了?"

"好长时间没来上课了,差不多有两个星期了。"

"我明白了……"

"你明白什么?"小宁瞪起眼睛问了一句。

"我明白了你功课落后的原因。这不要紧,淳于老师还会回来的。"

小宁望着我:"我们都想淳于老师,我爱她,爸爸!我爱她……"

"你爱她吗?"

"我特别爱她。"

"特别"两个字在稚嫩的小嘴里吐出来让人感动。我抚摸了一下他的头发,开门出去。

梅子就站在门口。我看了她一眼,她走开了。

四

第二天我要去学校接孩子。

学校门口,大概我是所有家长中来得最早的一个。我在刷了绿色油漆的大铁门前徘徊,学校的老传达笑眯眯地看我。他大概在想:多么好的一个父亲!当然老人误解了,我是所有学生当中最差的一位父亲,我有点失职。我只想孩子长大了,长成了一个真正的男子汉的时候,回忆起他的童年,也许会给我一个公正的评价……等了好长一段时间,学校门前的人仍然没有多少,问了问老传达才明白,原来离下课的时间还有一个多小时呢!我觉得自己这会儿有点好笑。

正这时,我见过的小宁那个班主任拿着粉笔盒从一间教室里走出来,那只猫正等在那儿,她弯腰就抱起来。她正要走向办公室,可往门口瞥了一下发现了我,就抱着猫走了过来。我告诉她来接孩子。"来这么早呀?""我第一次接孩子,疏忽了放学时间……"

姑娘笑了,邀请我到办公室坐一会儿,我去了。办公室里一个人也没有,她把粉笔盒放在了一个没有打开的风琴上面,猫却搂得紧紧的。我看了一眼,是一架崭新的风琴,不过这架风琴跟我在园艺场子弟小学看到的那架风琴大致一样,只是上面撒了好多污迹,在这里基本上是被当成放杂物的小木桌用了。

"你会弹风琴吗?"

"大家都不喜欢弹,现在有手风琴了,还有一架钢琴——我会弹钢琴。"

"风琴的声音多美啊!"

她笑了,下颏蹭着小猫的脸,它很快发出了呼噜声。我突然想到她说过"知道你一点……"有些好奇,就问:"有谁向你说起过我吗?"

"淳于老师。她提过你……"

"淳于黎丽!她今天在这儿吗?"

"没有。你不知道吗?她请了婚假。"

"噢。"

"不过后来好像他们吵架了,她走得很突然,她爱人到我们学校里来问,我们都不知道啊。新郎慌慌张张的……不知她现在回来了没有……"

下课铃响了。我走出办公室。我的眼睛搜索着,看到小宁就大步走过去。他笑嘻嘻地伸出手来牵我。我把他抱在怀里……小宁给搂得太紧,喊起来。

我大步流星地把他抱出校门,放到那架吱吱嘎嘎的自行车上,猛力往前蹬。小宁在车子上喊着"爸爸",我什么也没有听清,嘴里却在念叨:

"她不辞而别……"

"谁不辞而别?"

我没有回答,把他放到了离家二三百米的巷口说:"爸爸出去一趟,你回家吧。"

小宁不解地站在那儿。我反身骑车走了。

我直接到了那个机关宿舍,问了一下传达,打听了一下那个处长的住处,然后急急地找去。我敲开了一个贴着喜字的暗蓝色的小门,是二楼的一套三居室。

开门的是一个老太太,我说找处长,老太太就喊着往里走了。出来一个五十多岁的人,他把灯按亮了。这时我看清他的确很老了,头上还包了一块毛巾,肩上蹲着一只猫,这时不好意思地从头上取下毛巾来。我发现他两眼浮肿,神色慌张,一脸憔悴。我开口就问:

"淳于黎丽在吗?"

"你是?"

"我是她老家的人。"

"老天,你看,我快急死了,我正……"

"怎么回事?"

"你看,"他从抽屉里找出一张纸条,"她留了张纸条,我下班来家一看,就是这么一张纸,人不见了!"

我一把将纸条抓到了手里,见上面写了这样几个字:"我回母亲那儿去了。"

我觉得眼前一阵恍惚,脑子里嗡嗡响着。

我重新去看那句话时,纸条已经从手里飘落了。

"怎么、怎么回事?"

我问:"你见过她的母亲吗?"

"没、没有啊,她从来没、没讲过母亲……"

"你这个混……球!"

"你、你怎么骂……你骂谁?"

"你这个昏头昏脑的家伙,我告诉你:她母亲早就去世了!"

驳飠夜书

[爱猫者说]

我曾于多年前郑重作过建议:国家应该设立爱猫日。这不仅是因为目前的流浪猫越来越多,已成为一个广泛的社会问题;也不仅是因为爱猫的人为数可观,以至于成为一个不可忽视的庞大群体——我甚至想过,如果在西方社会里搞选举,候选人单单是不断传扬自己爱猫成癖这么一条,就会拉到相当多的选票——我的建议其实是建立在一个更深层次的认识之上,即这样有助于改造和完善我们的国民性、有利于整个社会的和谐美满与安定。国民性如何,的确关系到一个民族的未来和命运——如此看来,是否有更多的人爱猫,就绝不是一个如何对待宠物的小问题,而是直接与国家和民族前途联系在一起的大问题。

有人会认为这是没事了瞎嚷嚷,是吃饱了撑的,是一种无聊。

是的,这就是某些人惯有的那种狭隘思维:粗糙、想当然、又硬又直。由此更可以证明某种倾向和特质的培植之重要之紧迫。一个民族如果是粗糙和粗疏(其实是粗俗!)的,那么即便财富积累得再多,也绝不会有精致的思想和生活。有人总以为爱猫是一种闲情逸致,他们就忽略了一个基本的事实,那就是:有的人连温饱还没有解决呢,待猫却亲如手足!而有的人腰缠万贯,对猫却是深恶痛绝,抓起来往墙上扔啊!可见这完全不是一个钱的问题,更不是一个有无余暇的问题,而是心灵质地的区别,是人性的不同之不同。

上帝对我们如此体恤:瞧他老人家,觉得我们人间太缺少忠诚了,就造出一个狗放在我们左手边;觉得我们人间更缺少温柔,就造出一只猫放在我们右手边。这是让我们学习它们二位啊!女士们先生们,你意下如何呢?

我通过多年观察发现:几乎所有爱猫的人都多情多趣而又心地善良,他们无论男女,都是那么善解人意,易于相处。不客气地说,爱猫的人也相对聪明一些。可见这都不是偶然的。猫作为一种动物,有着其他动物所不能比拟的极为独特的形体与灵性:体态之娇媚,动作之顽皮,无有出其右者;更有柔顺聪明和顺从依恋,有床上缠绵酣睡之朦胧。总之妙物一个,言说不尽,实为上天珍贵之馈赠,人间相伴之厚福。那些更加偏重爱狗的人虽也不错,但二者性情之间却仍有较大差异。像猫那样更曲折更柔细的心情,一般而言狗是没有的。狗忠诚勇敢,猫儿何尝不是。男子爱猫,犹似珍爱女子;女子爱猫,几如亲近儿童。

单讲猫儿之美,也可谓惊世骇俗。遍观世上生灵,谁有如此明亮之大眼、小巧之鼻梁、秀气之双耳、滑稽之胡须、柔软之肚腹、憨憨之巴掌、绚丽之花纹、清爽之精神?一猫端坐厅堂,即有温柔气息散发出来,家居氛围倏然浓烈。无猫之家,空空荡荡索然无味;有猫之家,熙熙煦煦和蔼可亲。长期以来,我想写一部《美猫赞》,

且采用汉赋体例,只可惜才疏学浅,生怕贻笑大方,久未成篇。但这里字拙心诚,却也聊胜于无,说出的无非是一些家常话语,只留给那些有心之人。

失眠者有个切身体会,即无论怎样的重疾,只要有一猫儿卧在枕侧,待那呼噜一起,必能随之同酣。发火者也有些儿心得,即气上心头之时,只要有只猫儿缓缓倚将过来,暴怒也就消了大半。至于嗝逆、食滞、神痴、恍惚诸种不适或病症,猫儿也都具备或大或小的疗效。近年西方高人依赖先进科技又有了新的发现,即猫儿呼噜声中有一种超凡高妙之声波,此声波竟然具有天然神奇的治愈能力,多种疑难杂症,悉数攻克。

当然,猫儿之功效实在不能够以实用来概括,这样也就怠慢了它们。它最重要的功用或者说异能,根本就不限于日常使用,比如现代人绝少为了捕鼠才将它收为家庭成员的,而更多是为了心情喜悦,为了精神的寄托。说到这里也就明白,这一切又哪里是金钱所能购取,更不是实用所能解决。一旦猫儿与人情同手足,也就变得两不分离,情深意浓。猫儿的喜怒哀乐无人否认,除非是四六不通的老赶,没有谁会持半点异议。

爱猫者增多之日,也就是柔软心肠普及之时。举国上下,家家养猫,地无分南北,人无分老幼,都有一颗爱猫眷恋之心,世界就将变得热情洋溢。这哪里是什么小资情调,而是人生在世的不刊之论,是历尽沧桑的深情一叹。呜呼,新的世纪,敢不爱猫乎?

[批驳]

荒唐乱弹,以至于此,开放之世,何谬不有。窃以为谈猫为虚,纵情为实。该文作者必为色痨花痴无疑,些许声色自文中渗流而出,难以掩藏。吾则认为,纤纤女子,爱猫也情有可原;伟伟丈夫,岂可玩物丧志!君不见冷肃年代,人人斗争,个个忙碌,哪个还有闲心饲猫喂狗？而今一声解放，万众松弛，满街小兽，成何体统？曾几何时还批判西方，资产情调，抱猫唤狗；转眼间中华大地也畜满为患——皆为小畜，既无食用之价值，又无耕载之功用，可见净是儿戏荒诞之举。如此市相，实乃亡国之兆，我也——呜呼！

＊　　　＊

我们国家设立了爱眼日、教师节、植树节，更有父亲节母亲节等等，该文作者想必是受到了启发。但是为一个畜类专门制订出全国性节日，会不会有不好的国际影响？现在不是过去了，现在是地球村、一体化，做什么事情都最好考虑一下外国人怎么看。我认为作者并非有什么不良用意，如真有这样一个节日，也不见得是什么坏事，但惟一的不足，可能还是有碍观瞻吧。

我个人的意见是否加以折衷考虑：下一个内部文件，号召人们重视一下猫的饲养，并适当督查一下落实情况。如果这样，大概也就可以了。

＊　　　＊

奇谈怪论，令人发指！有人就是要语不惊人死不休！我们是最大的发展中国家，还不到穷奢极欲的时候。艰苦奋斗的精神，再有一百年也不能丢！作者文中有几句话也说到了点子上：吃饱了撑的！这个人如果不是游手好闲之徒，就一定是个享乐主义者！他与人民大众的情感是格格不入的，绝不是全民奔小康的那种劲头，而是十足的十里洋场买办性情，是后资本主义和后殖民时代的一种腐朽情调。可以作为一个腐化无聊的生活标本、一个典型。

奔 向 终 点

一

我不得不正视这样一行字:"我回母亲那儿去了。"

而她的"母亲"已长眠于地下……一个不祥或不合逻辑的推论让我吓出了一身冷汗。后来我又试着去想"母亲"这两个字的虚指——她到底会把什么比做"母亲"呢?当然,我首先想到的只能是她的出生地,即那个藏徐镇;还有她母亲生活过的那个东部小城,这些地方似乎都有可能被她喻为"母亲"……

我匆匆告别了梅子,甚至没有在她的惊愕面前多作一点解释,只告诉她:事情紧急,这事情十分重要——等回来再详细说吧……

火车铿铿锵锵,像逼人的催促。我上车后一下仰靠在座位上,想使自己安定一会儿。我这会儿想,无论淳于黎丽现在的结果如何,但有一点可能是肯定的,即她再也不会回到那个"新房"里去了。她这次显然会深深地伤害到那个新郎,但那个爱猫的男人一定也伤害过她——作为一个女人,她给予了对方最严厉的回应。

淳于一族的血脉是决绝刚烈的,可惜对方没有研究过这个家族,没有关于她的一点点知识。

她如此急切地"回母亲那儿去",这让我觉得自己的整个神经好像都绷在了一个点上,全身的血液也在加速奔流。直到现在,直到这个时候,我才彻底明白:一直压在我身上的那种不可抵御的沉重其实就是一个不祥的结局。可我们恰好又在为自己的生存而奔波。但愿它不要在这个节骨眼上、不要这么快地来临……我的脑海里暂时抹去了其他一切牵挂,葡萄园、刊物还有那个平原上的险恶阴谋,一切全都飞得光光的。此刻我的心中只有一个人和她的危险的决定,只有她留下的那句谶语。

火车吭吭哧哧喘息起来,开始攀爬鼋山山脉——半岛的"屋脊"了。接着它还将穿过几个黑暗的隧道,然后抵达终点,我将在那儿改乘汽车直抵平原——这时候恨不得立即赶到藏徐镇去。

只是在火车驶进了那个东部小城时,我才猛然记起什么,想是否应该马上下车,先到淳于黎丽母亲工作过的那个单位还有旧居和邻居那儿看一看?这样想着,火车一靠月台我就抓起了背囊。

匆匆赶去那里,仔细找了问了;我又想起了她的父亲和继母,寻觅的结果仍是一无所获。坐在一道水泥台阶上擦着满脸汗水,想着下一步该怎么办。最后我到处打听她母亲的坟地,好不容易才在小城公墓那儿找到了——这是一座很小的、刚刚长了一层荒草的坟头。墓园里静静的,没有一点声音。四周没有多少人,因为不是节令,来这里的人不多。

我徘徊着,直等到太阳落山我才离开。踏着墓园外的青石小路时想:也许淳于黎丽根本就没有打算到母亲这儿来——那真的只是某种晦涩的暗喻?既然如此,那么她到底会去哪里?剩下的时间我在小城里徘徊着,并没有马上离去。因为我心里还在渴望一个奇迹,后来又一次回到公墓那儿,心想她只要从这一带经过,无论如何也会踏进这个墓地一次,会看一眼母亲的坟头……因为这个想法固执起来,我就在小城待了两天。白天,公墓里不断有一些人进进出出,有人哭得伤心。我在想我的外祖母、父亲母亲,想他们最后的日子。我没有眼泪,我的眼睛已经被连日来的焦灼烤干了,结膜发疼。

我仍旧琢磨着纸条上的那几个字。医院那一幕又在眼前闪过。我朦胧觉得自己正在与一个奇怪的东西赛跑,它也许真的会夺走淳于黎丽。

我一刻不停地奔往藏徐镇。又是那个十分熟悉的、沉默而又破烂的镇子。不知为什么，刚刚下车心里就泛起了一个预感：这儿不可能藏下那样的一个儿女。理由是什么我不知道，反正我觉得她不会在这里。问了许多镇上的人，他们一个个无精打采，忙忙碌碌，说起话来伸着手指点点画画。淳于家族的人听我问了一遍又一遍，最后才咕哝说：多少年了，他们再也没见过这个孩子，她和母亲一块儿，像个鸟儿一样飞走了——谁会到这个苦地方来？

我在镇子干燥的街道上转悠着，无奈而焦躁。

我想在不同的人的心中，"母亲"这个概念是不同的。对我来说，它可以是具体的人，是故乡，是那片苍茫大地……我在太阳西斜时分走出镇子，来到了离镇子不远的殷山遗址，站在了莱夷古国的那一截夯土墙下……这里早已荒无人烟，一片凋零。在这个秋天里，没有人来凭吊，也没有人来勘察古迹了。我是惟一的一个远方客人。在古国的半截城墙下边，我站立了一会儿，看到了一些供品：它们经了一场雨，有的已经发霉了。这显然是许多天以前放上的。可见人和人是不一样的，血脉的记忆何等坚韧，莱夷的后代毕竟没有湮灭净尽，他们当中仍然有人在寻觅自己的故国之魂，来这儿寻找自己的勇气和根性。

每次面对这片遗址，我的心中都要滋生出一阵悲凉和忧伤……再次领悟淳于黎丽留在纸条上的话，好像此刻才稍稍触及了它的真正含义——对她来说，也许这真的是一次告别和开始，是一次长长的流浪——就像失去了家园的族先一样，她将在这片再也不属于自己的、陌生而又熟悉的土地上无望地奔走下去。

二

从藏徐镇到葡萄园已经不远了。一个朦胧的幻想正随着接近这片园子而变得强烈起来：她能否一路走到我们的葡萄园里去，哪怕是远远地看上一眼？这个时刻我在心里悄悄呻吟：你还多么年轻，无论从哪方面看，你的生活只算开始了第一个段落，没有什么可以毁掉它，无论怎么说，都好像是这样，你可一定要打起精神——即便有一个或几个负罪者，几个在徘徊和犹豫中铸成了大错的家伙，那都构不成孤注一掷的理由……同时，某些人今后再也不必奢谈道德，因为由于其怯懦和或多或少的虚伪，一夜之间就失去了这样的资格。至此，我的头脑中又一次闪过了那个破衣烂衫的人，那个在我们葡萄园的大门口突然出现的挚友，他就是那个卖锡壶的人……原来你每天都在厌弃和憎恶的邪魔就寓居于自己的躯体之中，他们其实完全不需要手提矛枪四处寻觅了……吕擎和阳子就淳于黎丽对我的辛辣嘲讽，那种椎心之言，又一次在我耳边鸣响。

经历多日焦虑奔波，我的脑子木木的，眼白变得一片血红，头发芜乱，两手空空地回到了葡萄园。我突兀地出现在园子里，让大家不由得怔了一下。他们到底说了什么我没有听得太清，只对他们说：一定要找到她，找到她。拐子四哥拍我的肩膀，摇动我，我睁大了眼睛盯住他问："没有人来吗？她，一个……"

"你在说谁……谁啊？"

"我一定要找到她，找到她！"

我安静下来。在他们看来，我的一双眼睛熬得有些吓人，整个人已经无比倦怠。吕擎和阳子很快明白这是怎么回事，当他们听了我一路的跋涉，也有些焦急了。吕擎很是沮丧，说："这样的女人会是相当冲动的，她这次离家出走，究竟要干什么、要到哪里去，实在是很难说。"阳子叹息："这闺女真可怜，找了那么一个家伙……她大概受不了他了！可她一开始就该想好……她到底是怎么想的啊！"

许久以来，我一直想回答的就是阳子最后的询问。一个人的自戕和决绝之间,到底包含了多少内容?这太复杂了,我们无法回答。

　　人没有找到,其他事情也没有着落,我不能在园子里长待下去。歇了两天,我只得又一次告别大家,匆匆上路。

　　回到城里,我想从小涓和吴敏那儿听到一个惊喜——没有,没有任何关于淳于黎丽的消息。我去了学校,小宁的班主任仍像上次一样重复说:她结婚了,她丈夫来找过……最后又见到了那个倒霉的处长,他像女人一样哭哭啼啼,眼睛比上次肿得更厉害了,回答问题前言不搭后语。这是一个不幸的、让人可怜的家伙。

　　我又回到了自己的小窝。

　　梅子用奇怪的眼神看着我,并不想问什么。我斜躺在沙发上不愿活动,疲惫和失望压得我一动也不想动了。梅子在一边忙碌,说:"我知道你是为杂志的事儿焦心,可一个人的力量毕竟是有限的啊。你该做的都做了,最后也只能这样啊。"

　　我坐起来:"只能这样了吗?"

　　"爸爸说,牟澜告诉他,一些人一直在看你们的杂志,他们正恼火呢。"

　　"你说他们恼火杂志?还是刚刚发生的那些事?"

　　"当然是杂志吧。"

　　我吸了一口凉气:"这个'百足虫'!他应该帮我们,还有姓李的……牟澜到底怎么说?"

　　"他就是说,有些人不高兴了……"

　　"哪些人?"

　　梅子摇头:"他没有说,肯定是一些重要的人,不然他不会对爸爸说的……"

　　我从来没有像现在一样强烈地牵挂。我已经不能在这座城市里待下去了,尽管我想在这小窝里睡上三天三夜……我再次找李大睿,未果,又去找了雨子和川流——奇怪的是他们虽然并不看好杂志的前景,却对"一些人"不高兴的原因说不具体。用他们的话说就是:"这种事不能再具体了,不高兴就是不高兴。"

沮丧而又疲惫。奇怪的是越是困乏越是难以入眠,我只好一遍遍翻动那本秘籍,并且第一次描绘出一张地理草图,还从中确认了葡萄园的坐标:黄河东部,小平原,莱夷古国,老铁海峡,海角……

三

园子里所有的人都满脸喜悦。那个一直像一块乌云、像一场瘟疫一样笼罩着我们的闵小鬼,被狼狈地调离了这个平原,并听说走前被严厉地训斥了一番。"这家伙应该法办才是,就这么挪挪窝儿算完了?"四哥愤愤不平。可是我们心里明白,一切远没有那样简单,这已经是大喜过望了。不知为什么,我宁可更多地将这个聊可自慰的结果记在李大睿身上,而不愿相信岳父——或者是一种合力也未可知。

不言而喻,接下去新的一页即将翻开,一切都将重新开始……

大胡子精简直乐坏了。他一进到园子里就哈哈大笑,说话的声音很大,震得四周嗡嗡响。他动不动就来这儿,整个人精神焕发。在他看来,这是他一生中最大也是最有意义的一次胜利。据说他的对手凌春利蔫了,那个宽脸竟然不顾廉耻地到我们葡萄园里来,弓着腰,赔着笑脸。大胡子精的助手,那个女书记刘宝也笑得合不拢嘴,见到我时显出非常高兴的模样,然后询问一些城里消息。

我没有提到杂志的事情。多么滑稽,经过一场苦斗,酒厂和发行部都保住了——保住它们的目的恰是为了让我们心爱的杂志生存下去,因为它简直是狂涛大作中的一叶扁舟。而现在的尴尬是,我们刚刚依靠一场苦斗保住了其他,这份杂志却要面临又一次更大的磨难。这是我离城时从雨子和川流那儿再次确认的不祥消息:那个"百足虫"可能出于自保的目的吧,已经对杂志放出了重话。这当然是说给那"一些人"听的。我暂时没有说什么,一方面还要等等看,另一方面我真不知道将如何面对这个又一次逼到眼前的、更为残酷的现实。

我看着刘宝。她大概是受大胡子精的感染吧,这会儿也走上来,拍拍我,轻轻的。

我转脸去看武早。他的神情一直沉沉的。大概我们分别得太久,他有许多话正不知从何说起。我也一样,令我高兴的是他这会儿看上去一切还算正常。吕擎私下里告诉我:我们真该感谢罗玲啊,她每个周末至少来这儿一次,和武早交谈得越来越多,这才让老武安定下来……

夜晚,肖潇和罗玲都来了。武早又恢复了以前的兴致:从住处搬出了所有私藏的美酒,从中选出一瓶,给大家一一注满了杯子。

我品了品,苦得厉害。他告诉:这就是苦艾酒,一般情况下只能放三十克干艾叶,而咱呢,放了三十五克。

"怎么样?"武早不无得意地问。

罗玲说:"太苦了。"

拐子四哥喝得太多,脸色红中透紫,又唱起了我们都熟悉的那种哩哩啦啦的歌。这是流浪汉的歌,它马上让武早两眼放光。武早又给自己的杯子斟满了酒……一阵突来的沉寂。

大家都把目光转向了武早——他正深深地埋下头颅,双肩抖动,一团卷曲的头发颤着。当他抬起头时,所有人都惊讶不已。他的脸上挂着晶亮的泪花,双唇颤抖着吟哦道:

"我总看到一个'我',奇迹般地,孤苦伶仃四处巡行……"

拐子四哥嘴巴张着,盯住了他,拐着腿迎上一步,大声喊着:

"孤苦伶仃,四处巡行……四处巡行啊——四处巡行!"

武早拥紧了四哥,用力拍打着,又做出大雁飞行的姿势。四哥点点头,重复了一遍他的动作。肖潇和罗玲一直看着这两个男人,眼睛里是惊讶的神色……

大家喝着。这是我们自己酿出的酒,可它真的太苦了一些。

今夜星光闪烁得厉害,那一团团的星云像在剧烈燃烧……我看见斑虎高高昂着额头——它的眼睛似乎也泪花闪烁。

有一只孤独的大鸟从空中飞过。我闭上眼睛,好像清晰地看到长空被它抽出了一条弧形脉管,一些金色的沙粒在其中流动、奔涌。一种巨翅拍击的声音由近到远,渐渐消融于一片绝渺……

缀章：前夜—后夜

前　夜

一

那一天你走得这么匆忙。无奈。天太晚了，你不得不走。我一直看着你消失在这条斜巷的尽头。我的小屋对你来说好像是一个巨大的危险，这让我一想起来就难过。不幸的是你走得越远，我的心离你越近，最后像是挨在了一起、合在一块儿跳动。怎么办？我们是这样的一对：都来自东部，来自那个平原，如今都挣扎在这座城市里。

我一个人给扔在黑夜里，就像溺水的人一样，想法救出自己。就是白天我也不会安静下来，心里像是装满了火药。它早晚会把我炸飞，这让我想起来发抖。你也担心。你因此寝食不安，人都熬瘦了。你大概多少有些后悔了吧？后悔我们不该认识更不该交往……这样想你会生气吧，我也生自己的气。

好了，我再也不这样说、不这样想了。

我已经有些老了。尽管你一直把我当成一个小孩子，可我知道自己已经不再年轻，青春在我这儿是最靠不住的玩意儿。你常常取笑我的幼稚无知、我的顽皮，这等于是对我的一种委婉的安慰和奉承。也许我的年龄没有那么大，可我经历的坎坷实在太多了。

你知道我们家的事,父母的事,我的事。我觉得你会嗅到岁月在我身上留下的气味——瞧我又来了你嘲笑的学生腔。可这是真的,我担心它有不好闻的气味。不过你总是说:你身上有一股李子花的气息。

我好几次在李子树前停下来,想弄明白那到底是一种什么气息。

最后我才知道,那不过是你心里想出来的,你在想小时候,那是童年的气息。我才没有那么清纯,尽管我一直盼着身上带有那片野地的青生气——哪怕只有一<u>丝丝</u>也好啊……

二

你如果这会儿没有入睡,伏在窗前就会听到一匹小马嗒嗒跑过去的蹄声。这匹小马还没有被人镶上铁掌,可是它半夜叩在柏油路上也够响的了。它跑一阵,又停下来听一阵。它望着这座城市,觉得它像一座迷宫,密密麻麻一片灯火怪吓人的。

它在这深夜里转悠,走啊跑啊,全是因为一个人,想着让他来牵走它。

它心甘情愿这样,觉得只有这样才算找到了归宿。它傻乎乎地踩着这座城市的街道,一夜一夜,担惊受怕。它记住你曾经夸过,说它的眼睛又黑又大,睫毛长长的。它为这个自豪和骄傲,因为你喜欢它,它也只有在你面前才变得美丽。

这座城市的小巷太黑了。寥寥几盏灯照不透这儿的深巷。它深一脚浅一脚地走着,有时真怕闯入绊马索,让那些等在暗处的人绞起来。它一想起这个就哆嗦。它还是在这街巷里来来去去窜着。它心里只有一个不灭的念头,就是要等他来牵走。

它痴痴迷迷挨到了下半夜。没有人来牵它。有一次来了一个流浪汉,那家伙破衣烂衫,满身臭着呢。可是他和它一样,都是午夜城市街巷的游荡者。他和它都孤苦无援,踟蹰在谁也不认识的、别人的城市里。

三

我因为渴望就不停地做梦。我连自己都害怕了。我听着半夜城市喧哗起来,不知出了什么大事。这和起风的大海一样。我以前在海边出神,想的都是激动人心的事。我那时就幻想长大了以后,我会遇上一个什么人,想着自己早晚会是个幸运的人。因为一切都有可能发生。妈妈太不幸了,她说:孩子,你可不要像我啊。你是我的兄长,在这个到处都是陌生人的地方,只有你是我们老家的人。我和你在一起时,真想伸手摸摸你的眼睛,在心里悄声问自己:这大概不算什么过错吧。我害怕,没敢那样,没敢伸手。你可不要怪罪我啊,我又不能说谎。

又一年过去了,仿佛到了最后的时刻。最后的时刻。

我想把自己交出去,就像别人——所有人都要把自己交出去。我多么大胆地告诉了你,当然是半夜里,偷偷对自己说的。我是东部小城的孩子,更是这个夜晚的孩子。我在急急的喘息声里,又一次重温你说的那些故事,比如沙岗,比如李子花什么的。半夜,这儿听不到风吹那棵大树的声音,更听不到夜露的滴答声。这是一个焦干的城市,我们东边来的孩子分外容易渴——我们多么——渴!

就为了解渴,我有一天肯定会畅饮一顿。让我们一起来畅饮吧。我如果和别人一起,会亏欠死了。晚上,我问黑影里的一个人,这人就在想象中站着,听我说话——我好像在他耳边窃窃私语,像午夜的微风似的,因为我说的是这样的事情,太害羞了。

四

在童年的海边,在柳枝掩映的地方,我差一点犯下可怕的过失。那完全是因为好奇,因为年幼无知。我想告诉你那是怎么一回事,因为对兄长什么都不能隐瞒……那天我和一个拉网的壮实小伙子躺在一起,他就像平时拉网那样,一点衣服都没有穿。他让我也这样,互相看着。他的身体是古铜色的,手脚真大,真有劲儿。对他来说,我知道天大的沉重都不在话下,再大的险阻都挡不住。那一天我们一直待到半夜。你知道,人到了半夜什么办法都没有,那是一天里最需要帮助的时候。他一直说:来吧来吧来吧。

今天又到了那样的午夜,可是你又在哪里呢?

我的耳朵里全是那天海浪的噗噗声。它在扑打我这道并不结实的堤坝。它这会儿就要塌下来吗?我因为恐惧和探险似的快乐,大声叫了起来。我以前从来没有这样叫过。他吓坏了。他捂着耳朵,最后跑开了。他忘记了自己的衣服,最后又急匆匆回来取……

其实我根本不是那个意思。是他太胆小了。我这会儿想起来还一阵后怕。我根本不是那个意思,他太胆小了。你呢?你大概也是一样。

我因为渴望就那样大喊大叫。眼前这座焦干的城市,让我骨髓里都是渴望。

半夜了,我必须这样说,我要如实地说出自己的过去,还有现在。

你说这儿并非自己的久留之地,你要走开,某一天会转身离开这里;不仅如此,你还会走得更远,会一去不再回来。男人有时真是这样。我也会学你那样,因为兄长从来都是我的榜样。尽管你没有像另一些人一样,不停地重复"远行"两个字,但我知道你是说走就走的人。你这个倔犟的家伙啊,谁都没法改变你。

我长大了以后才知道,女人一生遇到的最大奇迹不是别的,就是一颗男人的心。那得是怎样的心?用书面语来表达,就是:执着、倔犟、不屈、仇视、深爱,却又如此的善良和柔软。一个男人有了这样的心,怎么都难以回避,难以回避啊。我是一个幼稚的人,也许像兄长说的,一辈子都长不大,可是我能分得清真假,能看到能找到那样的一颗心,这也是我的本能——我不说,我把它装在心里,放在半夜里悄悄吐出来。

我这不是犹豫,是个约定。约定了你是我的兄长,所以这没有什么好说的。我如果草率起来任性起来,就成了愚蠢的人。

我期待着又拒斥着。我向前一步又退后两步。你多么宽容啊,真正的兄长才能这样宽容。我正在享受这样的宽容带来的陶醉和幸福。我和你在一起,这么久了;我们读啊说啊,一天又一天啊——我们多了不起啊。我们真的是莱夷人的后代啊。

五

这真像一个古老的游戏。如果不是我们俩,我们的过去和现在,以后的日子里会不愿回想的。我们会嘲笑自己的书呆子气和学生腔。但是我们都知道,当时我们可没有这么简单和肤浅。

你最终把我介绍给自己一帮最好的朋友。我得承认,他们才算得上真正意义上的朋友。而我以前最害怕的就是所谓"朋友"。这是两个可恶的字眼。你们把它们彻底更正了、重写了。我知道自己以前错了。

朋友往大了说就是一场约定,往小了说就是互相不会取笑的一些人。

没有朋友,就会孤独。人没有朋友不行。女人没有朋友,一辈子就成了老处女。我仅仅因为这一点也要感激你啊。因为后来,你不在的日子里,我在这座城市里才能透出一口气,能活过来。

你们之间的争执和玩笑我都愿意听。你们这些人有时也蛮孩子气的。可是你们即便肤浅地幻想着什么、筹划着什么的时候,也不显得那么可笑。幼稚的深度,这是我过去不曾明白的。我甚至想都没有想过,幼稚是最有深度的,而老谋深算是最可笑最浅薄的。

可是,可是,我的青春在这种古老的游戏中一点点给耽搁了。我可老大不小了啊。我要去海边找那个拉大网的小伙子了,他健康得就像一头牛犊!

六

"我是一个老家伙",你后来总这样说。你在模仿某些老人说话。我觉得有趣,人这一辈子,许多时候都在模仿别人啊,你也没有例外。从年龄上说你并不太大,起码不是老苍苍的模样。我知道你在说自己的心,是的,它有时可能真是够老的。不过它更多的时候像孩子一样天真。

你的一些主意就像孩子,你的一些想法活像外星人,你有时产生一些不切实际的念头会让我大吃一惊。好在你会沉思默想一会儿,一点一点转过弯来。不然你冲动起来会犯多少错误。好在你对女人从来不会冲动。这又是你的一个大缺点。你因为这个早晚会吃大亏的。

我在一边不说话的时候常常在端量你:这是一件多么有趣的事情。歌上唱道:读你千遍不厌倦。这句话有点甜腻腻的,挺俗气。可是真实的情况就是这样。你刚从野外回来的时候,人变得黑黢黢的,眉骨凸着,目光煞厉厉的。你累得眼窝深了,鼻梁挺了,嘴唇上全是白屑。你一瞪眼就像一个古代刺客似的。你说话不多,这一刻想的问题大概够多了,你总是在这时候计划许多。你这人瘦瘦高高,手腕子比一般的男人细弱,有人会以为你是个没力气的人。那真是大错特错。其实你这个人有劲儿,还有勇气和耐心。你是一个把所有力量都憋在了心里的人。就是说,你的心劲儿大。

我有时候想：当我和你在一起的时候,我不会唠叨什么,不会打扰你。那会安安静静的。因为有许多话是不必说的,它们都装在心里。人在悄没声时解决的事情,通常会是大吵大叫那些人的二十倍。聪明人会用心语。剩下的工夫就是其他了。想是这样想,不知有没有这一天。

男人没法琢磨,你也一样。兄长也一样。

你没有隐瞒自己的过去,这让我感动。老家的人说起了老家,就是最大的安慰,最大的信任。也就因为这样,我不想再听别人讲故事了。我一句都听不下去。我慢慢害怕了,知道自己弄到最后,毁和成都在你的手上。

这句话我从来不敢告诉你,我怕一说出来会吓跑你。

彻底交付自己的日子还要等到后来。哪一天才是后来？我满头白发的时候？

要不是那一夜的到来,要不是那一场冲天大火,我还会一直等下去、等下去。真是猝不及防啊,那场大火说来就来。它一烧起来大地也抖动了——这时候我怎么也找不到你了,喊破了嗓子也找不到你了。

七

你为我也为自己寻找和辨认家族和血脉,一心扑在那些古籍上。我相信你的话,相信你的所有努力都不会白费。我认自己和你同族同脉,也就等于认了自己的命。你一次次给我讲老铁海峡的故事、孤竹与纪的故事,那时候啊,讲得我热血沸腾。

我知道这样的年头,人人忙于生计,再没有多少人会为自己的来路费心。太远了,自己的家族,他人的家族,管他呢。可是你和他们不一样,你有这份耐心。记得书上说,许多时候,人还必须生活在遥远的时光里。星光也足够遥远的,可是没有星光就没有了一切,这个星球上什么都不会有了,我们脚下的泥土也不会有了。我现在总算多少明白了这些话是什么意思。

我一直这么困惑,这么苦,原来也与血脉有关。另一个姓淳于的女人也在这座城市里,不过她早就不在人间了。她的故事好吓人,但愿我的命运能比她好一点点。书上说淳于属于一个不会苟且、难以屈服的种族。死亡的阴影在他们四周徘徊,像乌鸦一样,可他们就是不察不觉,仍然专注于一件事情。多么执拗的一种人。真可怕啊。

八

我的一个朋友,那个夏天与我一起参加了讲习班,像我一样坚持在那儿——只要是你的课她必定去听。她赞同你、信赖你。可是后来她对我说:"我就听不得'葡萄园葡萄园'——又是葡萄园!"我问她怎么了?她皱着眉头摇头。她自己也不知道为什么。

到现在为止,我也没有去过那片园子。我只将它想象成一片沙漠中的绿洲,这就够了。那些焦渴的人当然要向往绿洲。讨厌绿洲的人一定不会渴。

我不明白的是我的朋友,她为什么会如此厌烦?她怎么了?她不渴吗?

她是一个多么好的人啊。可是她在拒绝一个从来就不曾了解的地方。这是她的自由。我也不了解,但我不会轻易埋怨。有时候人是会绝望的,绝望者没有理由在厌烦中跟随。我只是从心里盼望我的朋友能够幸福,心里亮堂堂的。我们都害怕无边的沙漠,一脚踏进去再也走不出来,那就完了。所以,要有绿洲。

它是我心中的绿色,它在我心中。这就足够了。

九

我梦见葡萄园的篝火旁,有一双明亮的眸子。可是我不嫉妒,我告诉自己,人家在绿洲里,而你在城市里,你在做梦,你可不要在梦里哭鼻子啊,这会显得非常可笑。

我如果出现在葡萄园的篝火旁,你们会用怎样的目光看我?你的朋友中有的也是我的朋友——而有的我从来没有见过。我是说,我多少有点害怕他们。我说的是真话。这是我的狭促和小气,可是我只能如实相告啊。

你在那样的时刻,在夜色深处,会偶尔想起我,悄悄地呼唤我一声吗?如果那样我也就满足了。我心中有一块水晶,它一尘不染;如果它被玷污了,我会疼死的。你什么都知道,知道我在小心地一丝一丝地爱护心里的这块水晶。算了,不说这些了,太学生腔了。

在你离开的夜晚,我想去找梅子说话——我只想找她、和她在一起。我知道她一直厌烦我,可我还是想和她在一起。不知为什么,不知道。只是这样想过。我那时满脑子都是你园子里的篝火,没有办法。

篝火点起来,眸子亮起来,还有人在喝酒。多么奢侈。

我什么都知道。然而我不说。你有一个葡萄园,我有一个梦。这是天生的不公,还是我的褊狭可恶?我真希望是后者。真的,我们人类难以改变的劣根,一次次在我身上生出来。我会动手连根拔了它。不过这得给我一点时间,太急了可不成。

我希望自己一直就在篝火旁边,也像你们一样,被它烤得浑身发热。可惜我没有这样的机会。

十

我想象她们——那些大眼生生的朋友,一个个都是怎样可爱的模样。想也想不出。你称赞她们的时候从来不吝言词。我当然不是她们当中的一员,我宁愿而且的确是你惟一的另类朋友。这座城市这么大,你哪里还有这样的朋友啊?等你白发苍苍的那一天,你会明白这是真的。我不再需要什么了,等我一天天变老了的时候,就更不需要什么了。我不是使性子才这样说,我真的是这样想过。让我快些变老吧。

人老了会是多么好的一件事啊!我甚至想,我不幸的母亲如果早一些变老,就不会遇到父亲了。她的所有的倒霉事、一辈子最倒霉的事,就是遇到了父亲。人世间再也没有比我母亲更漂亮的人了,可惜做女儿的这样说,所有人都会打个折扣。不过你会是一个例外。

我想象自己老了的一天,白发飘飘,你和你周围的人送来的同情的眼神。我会不声不响地喝茶。那时你还有心情将那些没完没了的纸片、散页、书,那些关于莱夷族的晦涩东西搬弄给我吗?肯定不会了。好了,如果这样一切也就过去了。

现在还不行。我得学会摆正位置,我是指心的位置,这是最重要的,是黑夜里的证据。许多人都忽略了这个证据,好在我还有。

我让你担忧了吗?但愿没有那样严重。我不会妨害到你一丝一毫。当我认真对待自己与梅子的距离时,就发现自己开始平静了,我没有了通常的那种不安和愧疚。这是真的,所以必须告诉你。

你后来知道了我一夜夜失眠,曾指出过我有某种"轻微的"神经质和植物神经紊乱之类的症状。我让你从医学科学的角度说一说,你只是笑。后来你才承认,你那儿什么根据都没有,你说你不过是从我鼻中隔与鼻中沟连接处——从那一点点皮肤的交接点上看出或想到了那些词儿。瞧你多么有趣和怪异!你就是这样一位不可言喻的人!神经质吗?也许我们都有一点。

有一部分人真的要在一个个长夜中熬和煎。这样的人是世界的警醒者。在应该睡眠的时辰里,一小部分或一大部分人恰恰因为心事而不能睡。折磨,快乐,担心,伤感,这些都能让他睡不着。呼噜声是他们所知道的人世间最奢侈的东西。那干脆就大睁双眼吧,盯视黑夜、星星、风和游云。而我,主要是闭上双眼想着你,想你现在在哪儿、干什么?像我一样地难以入睡?

十一

今天一早校长助理又来我这儿了。我又一次后悔开了门。他长得并不难看,对我也足够友善。他鼓吹自己是一个业余飙车手,说得多了让人腻歪。他难以避免地炫耀自己的出身,不在乎对方怎样看待这一类问题。

我已经赶了他多次,他忘记了还有自尊心这回事儿。他不能理解的是我为什么会放弃对他的注意?为什么?他一直痛苦的不是性、不是婚姻、不是爱情,而是其他。他最不能忍受的是某些人对他的忽略,比如我。"你甚至都不正眼看我一下。"他这样说。我承认他真的说对了,我哪有这样的心情啊。

他今天再次请我到他家里去做客,"我爸呀,你瞧见就知道了,那才是好客的人哩!那才是喜欢青年的人哩!"他喘着,哩哩哩。他这人一强调某个事情就要大喘着说话,后边加个哩。我知道他真正想做的一件事没有成功,那就是向我炫耀自己的家世。其实这有什么,这不过是一份粗鄙的财富罢了。在一个成熟的现代人看来,在我们这样的女子看来,这都是比较廉价的一些东西。

我摆脱这一类人的纠缠很久了。这些你都知道。可你就像隔岸观火一样,根本不管不问,更没有抓紧时间把我落到实处。我不是指婚姻,你当然知道我不是指这个——不过我也不知道有什么更好的办法——肯定有,不过是我们一时没有找到罢了。我们要继续找,我们千万不要灰心。

我在日落时分的叹息啊,从不敢让你听到!我不敢让你听到!

我从这一点上来看,算是一个平庸俗气的人。我会让你失望的。我也无法超越一个平均值。我有时那么浮躁不安,惶惶不可终日!我无法阅读也无法收看电视——和你一样,那些闪闪跳跳的画面只会让我更加厌烦。大部分的电视节目都低于有教养者的平均水平,一般来说它是极其无聊的声音和图像,甚至极其可恶。它常常让人产生一种极度的厌恶。我节省了大量的时间却没有事情做,就是这样。如果和你在一起就完全不一样了——你总是能带领我,将最最枯燥的事情做得有滋有味,比如看那些旧纸片。你离开了,可是我去哪里呢?我不知道。人们都说青春会躁动,但纠缠我的好像不是什么青春。让我不再安宁的,好像是一只觉悟的狗,它在我心里汪汪叫。

我能回到最平常的日子里、回到过去就好了。可是我被领出来了,我只能向前走,一直走下去。

十二

你和朋友用了这么长的一段时间,终于把自己的辛苦之果捧到了我的面前!我真高兴真幸福,我的感动其实一点都不亚于你们几个!一本杂志,这对我们意味着什么啊!是的,它应该是完美无缺的,有血脉筋肉的。你的、他的,他们和我们的——所有的盼望和心情,都可以包容在里面。它像节令里空中绽放的礼花,迸溅着,五颜六色,让我仰着头看啊看啊!

它们排成一溜站在了那里,真美啊。你,你和朋友,还有我,为什么这样盼望它的出世?只有书呆子才会这样干吗?讲不明白,只是想,就像想一个人似的。为了这个人的到来,可能要受尽折磨吃尽苦头。人和书都是有缘分的,就像人和人一样。

这个世界上的书已经太多了。可是你们仍然要留下自己的一本。这是一种热病。病来如山倒,病去如抽丝,这丝总要在最后一刻才抽尽的。我为你们的犟劲儿着迷。我应该尽自己的力量去帮你们做点什么,可惜一时还不知道该怎样做。我是一个不自量力的、跃跃欲试的人。

我把透着墨香的新书一直放在枕边。睡着了,梦见自己站在一间作坊里,看一些人穿着围裙在忙。这是一些连夜造书的人。

十三

剩下的就是无望的等待。夜太长了,人太远了。接下去,我终于犯了一些大错。我从来不想请你原谅,因为从一开始就觉得用不着。我像其他人一样,使性子,赌气,最终迈出了可怕的一步。我知道这只能使你失望,但一点都伤害不到你。可是我没有走向自己的深渊,没有一头栽下去,只是在边上转了一圈,吓得大气不喘,然后慌慌逃开了。

那些一想起来就让我羞愧的事,如果从来没有发生多好啊。我再也不会那样了。我向你发誓般说出这一切,只想让你信任我。如果那些日子里你在身边,在冰雪消融的日子里来看看我,将大手搁在我的头顶,抚摸一下我的头发,我就不会做出那样的傻事了。

那些天多么冷啊,我母亲不在了,我一个人待在这个冰窖里。哪个慈悲的人让我偎进怀里,让我不再瑟瑟发抖,让我有望转活过来吧。我就这么盼着,念着,直到最后。

十四

一场惊天大火就这样烧起来了。到处都是吓人的呼号。巷子上的人群啊,大街上,十字路口,到处都挤得水泄不通。一个让人怦怦心跳的日子就这样来临了,我不知怎么给困在了火里。就在万分危急的时刻,有一个人把我搭救了。

那也是一个男人。是我在这场大灾难中结识的一个朋友,一个火场英雄。

几天后的一个深夜,有人啪啪打着窗户,我知道是他告别来了。在他离开之前,我们终于相拥在一起了。

我等了多久。宁伽,我说过,我要将自己交付出去。我明白这个时刻来到了,我无力拒绝一个即将分手的、让冲天大火将全身映成一片金色的男人。这该不会是又一次长别吧。我滚烫烫的泪水在脸上漫流,我张开嘴轻轻咬了他一下。他惊讶地看了我一眼。

大概是黎明前的一刻,他要走了。我们差不多在一起整整一夜,一夜的相互拥有,不再睡。他离开的一瞬间,站在门口看着我。我记得他的眼睛像星星一样亮。

我好像把要说的话咽了回去。我想说:你要好好活着,你要平平安安的,身上一点擦伤都不许有!你听到了吗?听到了吗?

他的目光告诉了我:一定。我知道他听到了我的心声……

后　夜

一

这场冲天大火里,我因为害怕,几次掩上窗户。我有一个可怕的预感,吓得不敢出声。我不知道今夜对我意味着什么。但我明白这场大灾难会延上许久,让无数人泣不成声。

火光和嘈杂小一些时,我裹紧衣服出门,只看了看斜巷,又赶紧回到屋里……等待吧,当雨水把地上的狼藉洗去之后,我再踏着一层泥土走上街头。我在心里为这个人祷告。我为挽救自己生命的人祷告。

宁伽,你那会儿正在半岛上,没有看到这场大火,也没有看到火场里的这个男人。你一定会问:这个人是谁?他为什么会突然出现在这里?他又为什么要去西部?是的,这都是不能回避的问号,我在见到你的时候会一一回答。请你相信我,我不会那么莽撞和草率地爱上一个人的。关于他和高原,那又是另一个长长的故事了。

在将来,在很长的一段时间里,他都不得不隐姓埋名。现在他对于我来说只有一个名字,即"我的英雄"。

夜里我忍不住一次次跑上街头。我的英雄在哪里啊,在火光里、风雨中,在谁也找不到的地方。我等不到人,只好返回我的小屋。

我听到风声彻底息了,雷声和火光也一块儿息了。大地又变得悄没声的了。

我一夜又一夜不敢合眼,只怕错过了他的声音。没有,什么消息都没有。我坐起来听着。连风吹落叶的响动都没有。

第二天夜晚,带着一身烧灼的痕迹,他终于来了。

原来他是在回到高原的前一天路经这座城市的,却命中注定了要把我从一场大火中搭救出来,而我,则把自己交付给他。这些事情发生得那么突然,连一点准备都没有。我甚至在冲天的火光里,一度错把他当成了那个老家的小伙子——赤身裸体躺在沙滩上的人。真的,火光里映出的身体简直是同一个颜色,都是金色的。

他来了又走了……我迎着夜色,在心里一遍遍呼叫那个人的名字,无声地吐出这热得烫人的几个字。

接下去的严寒中,我苦苦等待一个消息。一种特异的感觉在悄悄提醒我,逼近我,让我在难以抵御的惊异和欣悦中浑身战栗。也许,不,这是真的,我终于可以确认了,一个新的生命正在自己体内孕育!我的男人,我的一别再无声息的男人啊,他这会儿在哪里?他听到了我惊喜的叫声吗?

他(她)在动,在轻轻地、急躁地推动我了。我抚摸他——我不知为什么觉得他会是一个男孩,是我们的儿子——我开始对他声声自语。我告诉他谁是父亲,父亲正在远处……

他如果此刻握住了我的手,只轻轻握一下,那该多么好啊。不是我害怕,不,我从来没有像今天这样坚决和自信。我已经什么都不怕了,不怕各种各样的目光,不怕责问,不怕四周的吼叫和嘈杂。我将上街,出门,挺着身子走路。

这一段日子里,我发现自己变得容光焕发了。我脸上的肌肤像饱含汁水的苹果一样光亮,两眼里全是欢乐。我从此就不再是一个人,而是两个——我和孩子在一起了。

夜晚我一遍遍告诉还没出世的孩子:你的父亲正在西部呢,好好长大吧,给父亲一个巨大的惊喜。

二

我果然生了一个男孩。他像我更像那个火光中的男人,他偶尔蹙起的小小眉梢让我再清楚不过地想到了他。可怜的孩子,还在褓褓中的孩子,却要睁大双眼张望——他在找谁?也许不久,他还要踏上寻父之路。这是命中注定的。但他有一天会因为那样一个爸爸骄傲。

我无休止无困倦地读着孩子的目光。这是一对清纯极了的眸子,是我生命的湖水和镜子,可以映出我的一切。他的到来真是一个奇迹,一个让我大吃一惊的奇迹。

孩子的手指、手指关节,都让我想起了一件精美的艺术品。我从此不再抱怨什么——生活对我们多有折磨,却不失公平。因为它把这样美好的生命、一个至宝赠与了我。

我在想那个男人此刻正在干什么?他的目光正望向这座城市

吗？他能看到自己满面喜泪的女人和新生的孩子吗？

三

我为他做了一件连脚棉裤袄，迫不及待地赶在这个春天上路了。我搜集一切讯息，他的讯息，当什么都准备妥当时，然后就上路了。我怀抱着他，不，我常常把他扛在肩头，挤入密密的人流里。我大概想让他尽可能地攀在高处，让他第一眼就能看到自己从没见面的父亲。

我这辈子都不会忘记，大火和遍地呼号中，一个男人怎样拼死向前，不顾安危地投入进去。一地火光一地血色。这场呼救奔突中死了多少人，谁也不知道。令人震惊的是，他一个人就挽救了那么多老老少少，我只是其中之一。

孩子一路问着爸爸的故事。他一张稚气的小嘴里蹦出的几个词儿里，最清晰的就是"爸爸"。他来到人世间的第一件大事，就是和母亲一起去找爸爸。从此就是母子相依为命，跋涉千山万水，一路向西，风餐露宿了。

四

我们的小家伙病了。这是个坏消息。一路上他病了几次，好在都不重。也许我把一个刚满周岁的孩子牵到路上是不容原谅的错误。可是我一个人在那座城市里待不下去，我必须上路啊。我的男人，我必须牵上孩子的手上路找你去啊。

如果孩子的病加重了，我会在半路耽搁下去。尽可能找好的诊所和医生，我寸步不离守在一边。上一次孩子发烧把我吓坏了，烧得很厉害，我差一点就打消了往前再走的念头。我想这是老天爷对一个莽撞母亲的惩罚，老天爷让我就此打住，让我别再疯狂，别再一路追赶下去。好在孩子的烧退得很快，他又笑了——只要身体没有毛病,他就这样笑。我想这是对我最大的犒赏和鼓励。

我身边有一个小男子汉了,这使我一路上可以和他商量事情了。尽管他听不懂什么,牙牙学语,可我觉得他真是我们家的一个男子汉了。

我把所有的积蓄都带在身上。路上会遇到许多不测,但我做好了种种提防。这个迅速走入下流的年头,旅途上遭逢什么都不会让人吃惊。我谨慎到了可笑的地步,不是胆怯,是为了旅途和孩子,为了抵达。

有一次下车后,一个流浪汉曾伴着我们走了很久,给我以极大的信任感。依我的判断力,我不会看不出他的不良企图。我是说,我对这个穷乡僻壤来的居无定所的倒霉汉,常常是充满了同情。一路走下去,他净是憨厚的样子。可是想不到在分手的前一夜他露出了真实面目:趁我和孩子睡去时伸过手来,到处摸索。我疲倦到了极点,他的手法又娴熟,所以待我发现时他已经找到内衣口袋,正想掏走里面的一点钱。我一下捂住了口袋,他却机灵地把手一弯压在了我的乳房上,想给我另一种迷惑。他错了,这对我的伤害和侮辱更大,引起的愤怒也更大。我一转身抓起了刀子——我任何时候都把刀子放在一个最容易取到的地方——他叫一声跳起来,蹲在了一边。

我盯着他汗漉漉的胡子,心中的憎恶一下达到了顶点。我让他快些滚开。他说:"天哩,忍了这些天,实在忍不住啦,能要一回死也值哩!"我啐了他一口。

五

在路边那些小旅店里宿下是最不安全的。我只有在万不得已时才找这样的地方投宿。我常去的是一些淳朴的老乡家里。这些小旅店有许多是黑暗污浊的地方,开店的人什么买卖都做。

有一个晚上,店主半夜了来敲我的门,说能不能"互相方便一下",联手做成"一桩好生意"?我给他的诚恳和急切弄蒙了,问了许久才明白是怎么一回事,立刻大吃了一惊。亏他想得出来,原来是投宿的人中有几个商人,这些人当中有的看到了我,就向店主提出让我陪他们过夜。"我也知道这不合适,你也是住店的客人嘛。可我想来商量一下,反正是拾草打兔子,顺手的事儿,两头方便……"我劈头大骂了几句,对方大为惊愕:"这不是好说好商量吗?你不愿意拉倒,又没人逼你!真是的,和气生财,买卖不成仁义在,恶声恶口的干什么……"

店主咕咕哝哝走了。我却再也睡不好了,最后收拾一下,还是马上离开了这个小店。

"在路上"——前不久我还会把这几个字轻飘飘地从脑际一划而过,而今却不能了。这三个字被我实实在在地填上了内容,它十分具体。只要想到这三个字——无论是现在还是将来,我的心头都会立刻浮现出一串串的故事,还有画面。它们相加在一起,就是——在路上。

我们在路上。我和我的儿子,在路上。

六

将来我会说,他是那一场大火的儿子。

我们会亲自作证,给一个不同凡响的生命作证。从现在离那场大火的时间,就是他的年龄、他与那场毁城之火隔开了多久。这是关于生命和时间的最好的纪念和度量方式。我们一家都没法忘记的,就是那个夜晚的光亮——当然还有吓人的喊声。

我的男人是被火光照成了金色的人。只一眼我就爱上了他。

一些人在大火中逃离或化为灰烬。围绕他们的故事,会有人做一个涅槃之歌。他们直接就是迎着火光飞啊飞啊,飞走了。

随着往前,孩子开始长高、开始询问:到底去哪里才能找到我的爸爸啊?我望着西边回答:高原上嘛。夜里听着呼呼的北风睡不着,孩子又在谈父亲,我就告诉他:父亲就是那场大火,呼呼燃烧的大火。

七

在为孩子寻找父亲、为我自己寻找男人的路上,宁伽,我一遍遍想着你。你一定会赞同那个大火之夜的交付,也会赞同我现在的行动。

我从来都没有停止对你的诉说。我会把自己这一路、这一生,都告诉你,我的兄长。

此时此刻你在哪里?你是一个不会绝望的人,又是一个被绝望的火焰日夜烧烤的人。你的话像水一样淹过我的心,我命里的一寸寸一丝丝。我们老家的故事,我们家族的故事。

在安静和无聊中,在长长的难挨的时光里,在谁也没法忍受的消磨中,我许多时候是在和你说话。你一直在看着我,好像在问:高原的路越来越远,越来越凶险,你真的能够一直攀援、一直坚持下去?我点点头,我会的;可是你要帮我,你要一直这么看着我。

我的孩子真的长大了。他该上学了。我自己的职业就是一个教师,你看这大概不是一种巧合吧。我们一边赶路寻找,一边修课,我保证让孩子成为最优异的学生。

他比同年龄的孩子要高,身材颀长,就像他的父亲。随着时间的推移,他简直越来越像——从神情到脾气性格都像那个大火里钻出来的人。他是一束崭新的火。他的命运——我在早晨的第一道阳光里看着他英俊的面庞时曾经想过,就和他的父亲一样,也还是像火一样燃烧……

八

不知这是不是我的男人所经过的一个个村镇、一个个城。它们太多了,一律土黄色,就像被什么力量无情地剥出了绿色的皮肤,被什么剖出了赤裸的心。这些心迎向太阳,天空。我没有见过比这儿更朴实的土地和人,没有见过比这里更干燥更坚实、更真实更有内力的地方。

宁伽,你在我身边时,最愿意使用的一个词儿叫做"内力"。

我记住了你的口吻和意思,我一再重复使用你用过的一些词汇,并设法用得准确。也许我直到现在才真的弄懂你的词汇——它们的真实含意到底是什么。你对我的影响太大了,我身上到处留下了你的痕迹。

我想象自己的男人就在这些黄土大岭之间,或凝止不动,化为了它们的一抔。谁来回答我啊,这沉默太久了,太长了,我眼看就要承受不住了。哪怕他站在高山上看我一眼,哪怕从山岭上发出一句回声也好。我扯着孩子的手站在这儿,觉得我的男人就是这黄土山岭。

九

什么是高原?我回味他离开前的描述,盯着眼前这片真实的存在。这是梦一样的现实。他是一个从大火中飞走的精灵,一个英俊男孩的父亲,一个女人的男人?或者他直接就是——高原?

当我们走进城镇,走在汹涌的人流中,我总要像过去那样,把孩子高高地放在肩头。我举着他,只为了让他看得更远。我相信他一眼就能辨认出自己的父亲。

十

宁伽,我想告诉你的是,我在绝望的日子里是多么爱你恨你。

我在这两种不同的情绪里活着。回头看看,你是一个最不像男人的大男子。你是最多情最无情的人。你在不知不觉中把人毁了。

你去了半岛,就这样逃开了。你不愿承认——你背向着这座城市里的所有人和所有事,这个你不愿见也不想见的世界跑开了。这是我现在才敢说的。可是那个海角的风多么冷啊,我一想到这里就心疼起来。

我可怜你,因为你是一个善良的人。我想问你一句:你和我在一起时,真的一直把自己当成了兄长吗?

你如果胆子再大一些,会和我生一个孩子吗?女人和男人真的不一样,男人想的是赶路,女人想的是为他生下一个孩子。

想念你。好好提防海角的寒风吧,好好照顾自己。我领着孩子,我们在路上,去找他的爸爸。

十一

今夜我们宿在了野外。我对孩子说,你有一位伯伯,只要天气允许,总乐于在野外过夜。他问:为什么?我说,因为他是野地的孩子,还因为他曾经是一个地质工作者。

"什么是野地孩子和地质工作者啊?"

我解释得有点费力。但最后我相信孩子总算弄懂了。

静寂的夜晚,他睡去了,我却不能安睡。微风扫着叶片沙沙响,我想起这是一个初秋。是的,宁伽,我就是在这样的一个季节犯下了那个大错,一个不可饶恕的错误。我以最荒唐最疯狂的举动去告别你、伤害你——我是指"嫁给"那个处长的事情。

我当然压根儿就没有也不可能与那个人真正在一起,哪怕是片刻。我心里厌弃那个人。这种强烈的报复心是女人身上最不可理喻不可救药的东西。它伤害了你和他,但伤害最大的还是我自己。

我后来逃开了,真想一死了之。

我今天真正后悔的,就是这段不堪回首的经历。那个处长怎样了,我好奇,但并不急于知道。我吃惊的是自己:我为什么会那么愚蠢?我在这条孤注一掷的路上走得太远了。还好,我没有沉沦下去,我又回到了那座城市。关于往事的回忆潮水一样涌来,漫过了眼前的路,漫过了这片野地。我全身都浸在这片冰凉的水里。我以一种少见的愚蠢,赢得了一个宝贵的经验。宁伽,我一生再也不会走失,不会不辞而别了。

如今,我知道自己往哪里去,也知道自己会怎么过下去。有了不变的主意,这才是人生最大的幸福。在这里想着你,想着我没有来得及和你一起走过的野地,觉得我们的结识真是一个奇迹,是命中注定的事情——待我安定下来时,我会把你接到高原上来做客——一定的!

我相信自己走过的所有的路,你都走过;我不过是踏在你的脚印上,梦想着你以前梦过的一切。我明白自己在兄长的扶持下长大了,终于不再被你称做"小孩子"了。在我的理解中,这可不仅仅是一个昵称。

我要睡了,要积起新的力气,明天还要赶路。

但愿你今夜也能有一个甜甜的睡,能在梦中见到我……

1991 年 10 月—2006 年 8 月一稿至三稿于龙口、济南
2009 年 10 月四稿于万松浦